浙江文叢

汪輝祖集

〔上册〕

〔清〕汪輝祖 著　商刻羽 點校

浙江古籍出版社

圖書在版編目(CIP)數據

汪輝祖集 / (清) 汪輝祖著 ; 商刻羽點校. —杭州：浙江古籍出版社，2021.12
(浙江文叢)
ISBN 978-7-5540-2168-2

Ⅰ. ①汪… Ⅱ. ①汪… ②商… Ⅲ. ①中國文學—古典文學—作品綜合集—清代 Ⅳ. ①I214.91

中國版本圖書館 CIP 數據核字(2021)第 244336 號

汪輝祖集

(全三册)

(清)汪輝祖 著 商刻羽 點校

出版發行 浙江古籍出版社
(杭州市體育場路 347 號 郵編:310006)
網　　址 https://zjgj.zjcbcm.com
責任編輯 劉　蔚
文字編輯 王振中
封面設計 吴思璐
責任校對 吴穎胤
責任印務 樓浩凱
照　　排 浙江時代出版服務有限公司
印　　刷 浙江新華數碼印務有限公司
開　　本 710mm×1000mm 1/16
印　　張 57.5
字　　數 589 千字
版　　次 2021 年 12 月第 1 版
印　　次 2021 年 12 月第 1 次印刷
書　　號 ISBN 978-7-5540-2168-2
定　　價 500.00 圓

ISBN 978-7-5540-2168-2

諸可寶手橅汪輝祖小像（採自浙江圖書館藏《汪龍莊先生遺書》）

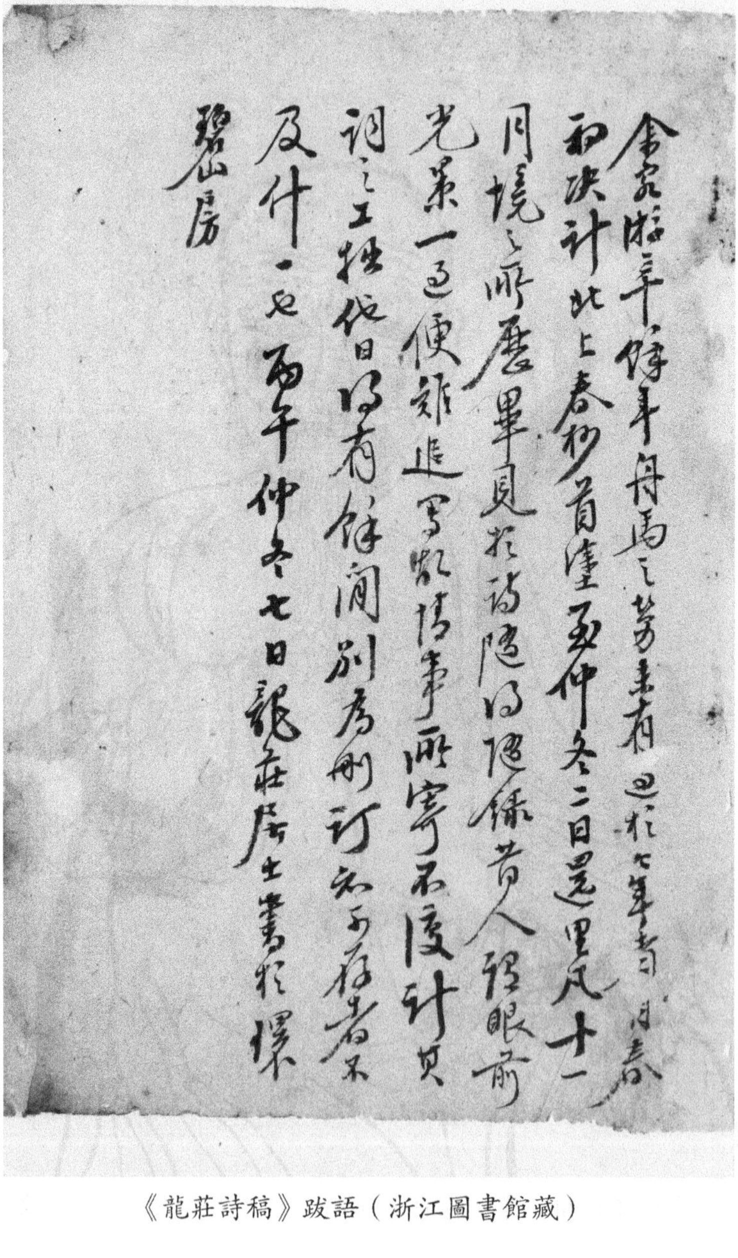

余客昭平十餘年，舟馬之勞，未有過於七年者。自春初決計北上，春杪首途，至仲冬二日還里，凡十一月，境之所歷，畢見於詩，隨得隨錄。昔人謂眼前光景，一過便非，追寫數情事，所寓不復計其詞之工拙，他日得有餘閒，別爲刪訂，或可存者不及什一也。丙午仲冬七日，龍莊居士書於環碧山房。

《龍莊詩稿》跋語（浙江圖書館藏）

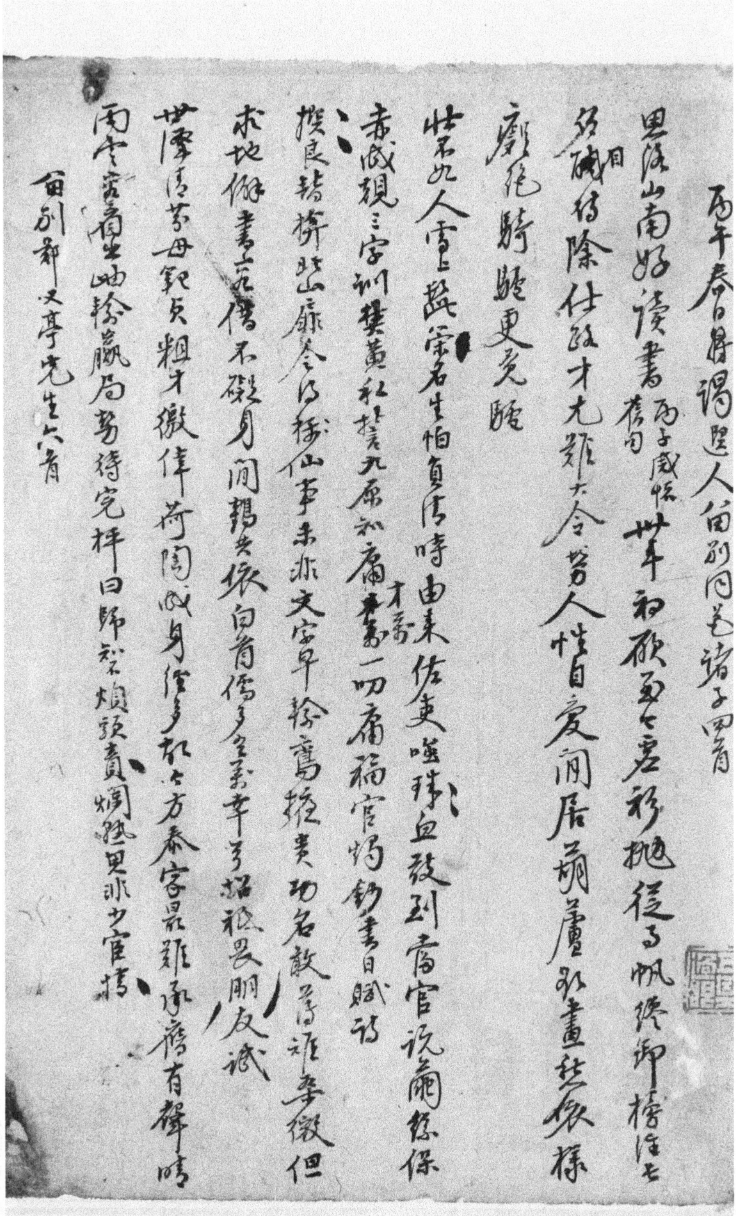

《龍莊詩稿》書影（浙江圖書館藏）

嚴誠寫《夜績課兒圖》（採自浙江圖書館藏《雙節堂贈言集録》）

前言

同治四年（一八六五）十一月十三日，曾國藩（一八一一—一八七二）吃過早飯，照舊處理一些文件，下了兩局圍棋，之後開始看書。他在這一天的日記裏説：

閲汪龍莊先生輝祖所爲《佐治藥言》《學治臆説》《夢痕録》等書，直至二更。其《庸訓》則教子孫之言也，語語切實，可爲師法。吾近月諸事廢弛，每日除下棋看書之外，一味懶散，於公事多所延擱，讀汪公書，不覺悚然！

曾國藩爲晚清中興第一名臣，被譽爲『立德立功立言三不朽，爲師爲將爲相一完人』。曾國藩在家庭教育方面也成效卓著，足爲後世歆羡。汪輝祖的『教子孫之言』能讓曾氏讚爲『語語切實，可爲師法』，汪輝祖的著作能讓曾氏『不覺悚然』，可見這位汪公不能不算一號人物了。

汪輝祖（一七三〇—一八〇七），字焕曾，號龍莊，浙江蕭山（今屬杭州）人。少年喪父，賴繼母王氏、生母徐氏守節教之成立，故以歿身爲期，徧求天下能文者撰文，以表彰母節。汪輝祖早年多次應試未中，其間只好以坐館、入幕爲養親計，而漸有能聲。乾隆三十三年（一七六八）中舉人，乾隆四十年（一七七五）成進士，彼時他已經四十六歲了。乾隆五十一年（一七八六），需次謁選，得湖南永州府寧遠縣知縣，蒞任數載，治績斐然。乾隆五十五年（一七九〇）

署道州牧。本年底因驗楊古晚仔命案跌傷左足，以病請辭，次年卻因所謂的規避之罪遭彈劾，最終於乾隆五十七年（一七九二）正月奉旨革職，四月歸居鄉里。里居期間，以著述、課孫爲樂，不問外事。但『邑有大事，露版侃侃言，中朝貴人，竟歲不通一刺』（王宗炎《汪龍莊行狀》）。嘉慶十二年（一八〇七）三月二十四日去世。洪亮吉評價汪輝祖説：『計君一生，在家爲孝子，入幕爲名流，服官爲循吏，歸里後又爲醇儒。』（《更生齋集·文續集》卷二《知縣加三級蕭山汪君墓志銘》）王宗炎説他『事親爲孝子，佐治爲名幕，入官爲良吏，里居爲鄉先生，教子孫爲賢父師，可謂有德有言，學優而仕者已』（《汪龍莊行狀》）。對照汪輝祖七十八年的人生，我們找不到更合適的蓋棺定論了。

汪輝祖是入了《循吏傳》的，與歷史上或同時期的循吏相比，他的政績並不更出色，職位當然也不算高。真正讓他脱穎而出的，按照瞿兑之的説法，是他成就了兩件事業：第一是地方行政制度與方法之整理；第二是史學工具之整理。（瞿兑之《汪輝祖傳述·序》）

汪輝祖二十三歲入幕，五十七歲任知縣，六十三歲退職歸里，大致做幕僚三十四年，爲州縣六年，可以説歷經四十年宦海生涯的實踐，在地方行政方面具有豐富的經驗。他根據自己的所見所得，撰寫《佐治藥言》《續佐治藥言》《學治臆説》《學治續説》《學治説贅》《雙節堂庸訓》等著作，對爲官從政的方法進行了總結，成爲清代後期各級官僚的指南書，對地方政治運作具有較大的影響。無論是入幕佐治，還是自己做官，汪輝祖首先强調的是做人，特别注重守身自律。他在寫給湯金釗的信裏説：『「守身」二字，是第一生功力。出處不同，守之境界亦别。惟正路是由，脚踏實地，無論遭際，總可頭頭是道。』自己守身嚴，心術正，人品高，做幕僚的時候，才能堅持『合則留，不合則去』，才能得到幕主的信任，從而可以盡心盡力，以公心辦公事；做官長的時候，才能清廉勤政，以實心爲要，以清心爲本。鮑廷博這樣總結汪輝祖的幕學、吏治思想：『大旨律己以立品爲先，佐人以盡心爲尚，以儉爲立品之基，以勤爲盡心之實，讀律以裕其體，讀書以通其用。』（《佐治藥言跋》）這在今天仍然有很大的啟示意義。

學術方面，汪輝祖也取得較大的成就。他撰寫的《元史本證》，被『讀《元史》者奉爲指南』（錢大昕《元史本證序》）。他撰寫的《病榻夢痕録》《夢痕録餘》，以其『體裁最完整』得到梁啟超的讚譽，又被胡適推許爲第一流的傳記。我們從中不僅能讀到汪輝祖的生平行實，也能了解他所處的時代，因爲『其時風尚儉樸，皆於先生一生蹤跡因事類著』（龔裕《病榻夢痕録序》）。尤其重要的是，汪輝祖孜孜不倦，花費巨大精力編纂了《史姓韻編》《三史同名録》《九史同姓名略》《二十四史同姓名録》《二十四史希姓録》一系列史學工具書。雖然現在隨著電腦技術的發展，這些索引工具書的實用價值不高了，但在當時及以後相當長的一段時期内，這些工具書極大地方便了學者，具有不可替代的作用。章學誠對此大力表彰，説這是『專門之學，不可同於比類徵事書也』（章學誠《史姓韻編序》）。

汪輝祖一生著述甚豐，一些著作流傳廣，版本多，本次整理《汪輝祖集》，不計劃全部收入。

具體所收書目和版本情况如下：

一、《汪龍莊集》

汪輝祖著有多種詩集，今天能見到的，僅有《汪龍莊集》和《龍莊詩稿》，前者是從後者過録的，所以實際只有一種。本次整理以《國家圖書館藏鈔稿本乾嘉名人别集叢刊》影印民國初年烏絲欄鈔本爲底本，校以《清代詩文集彙編》影印稿本《龍莊詩稿》（校勘記稱『詩稿本』）。

二、《學治臆説》《學治續説》《學治説贅》

三書均以《續修四庫全書》影印望三益齋本《汪龍莊先生遺書》本爲底本，校以國家圖書館藏乾隆庚戌年重鋟《雙節堂雜録》本。

三、《佐治藥言》《續佐治藥言》

二書均以《續修四庫全書》影印乾隆己酉年鋟雙節堂藏版爲底本，校以國家圖書館藏乾隆庚戌年重鋟《雙節堂雜録》本。

四、《善俗書》

本書以國家圖書館藏乾隆庚戌年重鋟《雙節堂雜録》本爲底本，參校國家圖書館藏乾隆庚子年鋟《雙節堂雜録》本。

五、《雙節堂庸訓》

本書以山東書局《汪龍莊遺書》本爲底本，參校望三益齋藏板《汪龍莊先生遺書》本。

六、《病榻夢痕録》《夢痕録餘》

二書均以《續修四庫全書》影印清道光三十年龔裕刻本爲底本，參校望三益齋藏板《汪龍莊先生遺書》本。

此外，整理者輯録了汪輝祖的集外詩文（不含《病榻夢痕録》《夢痕録餘》所録者），作爲《汪龍莊集》的補遺。書後附録則分兩部分：一是汪繼培等編《汪輝祖行述》十卷，以臺北廣文書局影印傅斯年圖書館藏清刊本爲底本；二是傳記序跋資料，主要爲不見於《汪輝祖行述》的傳記及他人爲汪輝祖著作（含未收入本集者）所撰寫的序跋。補遺、附録所輯詩文和相關資料的來源主要有：（一）汪輝祖所撰（含編）但未收入本集的著作，其中《雙節堂贈言集録》《雙節堂贈言續集》《雙節堂贈言三集》是大宗；（二）他人著作及方志等文獻。

揆之常理，除《汪龍莊集》外，本書所收汪氏著作，宜均以國家圖書館藏乾隆庚戌年重鋟《雙節堂雜録》本爲底本，但限於時間和精力，只能依據整理的實際情況作上述處理了。這一點，尚請讀者留意並諒解。

汪輝祖『學識頗平凡，不足耐人尋味』（梁啟超《中國近三百年學術史·譜牒學》），但他在立德、立功、立言方面均取得一定的成就，很大一個原因在於他的勤慎篤實。反觀許多比他聰明靈巧的人，多半泯然衆人矣。在這一點上，曾國藩和他略有相似之處。曾國藩的資質肯定不是絶頂的，但他勤而能恒，堅韌不拔，耐得住煩，吃得起苦，『更事既多，識力乃卓』（譚嗣同

《思緯壹壺臺短書》)，成就了一番震古爍今的大事業。曾國藩是在汪輝祖去世四年後出生的，他閱讀汪輝祖的著作，不覺悚然自警，讓我莫名想到，追慕前賢，安頓自己，大概是我們讀古人書的意義之一吧。

本人才疏學淺，書中可能的錯誤，尚祈讀者不吝指正。

二〇一九年六月七日，商刻羽

總目

汪龍莊集

汪龍莊集目録

汪龍莊集補遺 …………（一〇七）

小傳〔一〕

汪輝祖，字焕曾，號龍莊，浙江蕭山人。父楷，官河南淇縣典史。君年十一而孤，繼母王、生母徐教之成立，故汪氏有雙節堂，爲世傳重也。君才識開敏，少入諸州縣幕佐其治，因練習吏事。乾隆三十一年成進士，授湖南寧遠縣知縣，政聲卓著。官寧遠未及四年，以足疾請告。時大吏已疏調公善化，疑公規避，劾免。歸之日，民走送境上，老幼泣，擁輿不得行。里居後，尤以文章道誼見重於世。嘉慶元年，詔舉孝廉方正，邑人以公應，固辭免。嘉慶十三年卒，年七十八。

校勘記

〔一〕原無題，標題爲點校者擬。

跋文兩則〔一〕

是書爲先生手筆，想即當年原稿本也。咸豐辛酉，匪擾蕭山，慘同秦火，卷帙散失，何可勝言！癸亥仲春，先大夫隨同克復，進城後，見穀米字紙抛棄滿衢，劫餘慘狀，不堪寓目。先大夫慨然身任，雇工檢拾，遇字紙遭污穢者，皆親自洗拂，然後焚化。一日適檢得先生詩稿二本，首尾完善，毫無缺損，其果有呵護之者歟！先大夫亟加裝飾，什襲珍藏。又嘗舉以示昌曰：『汝宜好好收弆，俟力可付梓，即勉爲之。』在先生文章政事，炳耀宇内，原不藉此以傳。倘以檢拾微勞，得附名于鄉先生後，亦與有榮焉。况翰墨之緣，不爲無因。憶昔咸豐丙辰，余梓永康吴烈婦《六宜樓詩稿》。次年遊湖上，適購得烈婦《六宜樓畫圖》，一時題詠甚多，傳爲佳話。今余得先生詩稿，次日又適檢得先生手札數事、《雙節堂贈言》數則，裝潢成册。嗣晤先生曾孫芑洲茂才，舉以還之。而茂才德甚，即舉先贈朝議公手鈔杜集相報，蓋亦從殘書中檢來。適當時靳不舉還，則又何由得先人墨寶哉？翰墨之緣如此，而報施之道又如此，汝小子當謹誌之。適當訓言猶在，音容已邈，迄今追憶，不禁愴然。光緒己卯長夏，謹讀一過，爰記顛末於端。同里後學王暐昌午琪甫謹識。

憶昔壬申冬，昌初需次吴門，參謁撫衙，時護撫篆者爲長白恩竹樵方伯錫，旅見後〔二〕，即首問曰：『蕭山有汪龍莊先生，其後人若何矣？』昌舉以對，方伯曰：『宜善人之有後也。』嗣見各上遊，亦多有問及者，是則先生之爲當今名公鉅卿所景仰者，亦云至矣。忝居同里，與有榮施焉。暐昌又誌。

校勘記

〔一〕原無題，標題爲點校者擬。

〔二〕『旅見』，原闕，而『錫』字右側有『旁注』小字，據詩稿本補。

自序〔一〕

余客游三十餘年，舟馬之勞，未有過於今年者。自春初決計北上，春杪首塗，至仲冬二日還里，凡十一月。境之所歷，畢見於詩，隨得隨録。昔人謂眼前光景一過，便難追寫。故情事所寄，不復計其詞之工拙，他日得有餘閒，別爲删訂，知可存者不及什一也。

丙午仲冬七日，龍莊居士書於環碧山房。

校勘記

〔一〕原無題，標題爲點校者擬。

汪龍莊集卷上

丙午春日將謁選人留別同邑諸子四首

思洛山南好讀書，《丙子感懷》舊句。卅年初願至今虚。衫抛從事帆纔卸，榜注長名目待除。仕路才尤難大令，勞人性自愛閒居。葫蘆欲畫愁依樣，癡絶騎驢更覓驢。

壯不如人雪上髭，榮名生怕負清時。由來佐史嗤珠血，敢到當官説繭絲。保赤成規三字訓，焚黄私誓九原知。庸才萬一叨庸福，官燭鈔書日賦詩。

撰良暫揜北山扉，令得稱仙事未非。文字早輸鸞掖貴，功名敢薄雉桑微。但求地僻書容借，不礙身閒鶴共依。白首儒多吾萬幸，弓招祇畏朋友譏。

世澤清芬母範貞，粗才儌倖荷陶成。身經多故今方泰，家最難承舊有聲。晴雨雲容看出岫，輸贏局勢待完枰。曰歸知不煩頭責，爛熟思非少宦情。

留別鄭又亭先生六首

眼見孤兒今白髮，相憐相慰獨先生。春風一歲承顔幾，忍更遥辭杖履行。

生難報答是親慈，燕輩當年苦繫思。長憶珠江臨別語，爲兒儆倖得人師。

師門臭味久彌親，眼冷風花鏡裏塵。除是從遊同學外，謂佐荆兄、鶴旋姪。里居新契更何人？

病起精神鶴樣癯，前塵覼縷説榮枯。人間老福閒身稱，禮佛談仙不礙儒。

迢遞王程發軔纔，敢從墨綬望三台。虛聞孺子猶堪教，辜負師恩老欲來。

母範清貞師範嚴，酌泉時復辨貪廉。歸來誓不煩鳴鼓，好向元亭字更拈。

人日湯廣文湘畦顧上舍在西王上舍涇揚鄭明經近瞻蔡明經雲白陶上舍圃棠金上舍羽儀金鹺使湘帆王同年星航陶進士南園鄭進士蘭畦王進士穀塍富孝廉蘭涯徐孝廉古楳何孝廉葭汀吴孝廉芳汀蕭同年景溪小春浮餞別即席賦謝四首

雲龍蹤跡赴嘉招，急雪兼風入夜飄。新漲一篙三疊浪，扁舟五里十停橈。行因程遠心彌急，人想來齊首共翹。屐齒拚教苔印滑，晴光猶喜及晨朝。

開筵歲歲記靈辰，此日相於意倍親。觴詠居然成故事，權輿彌復感前塵。謂來江皐。相沿齒敘聯兄弟，忽聽驪歌判主賓。約取明年重把盞，梅花驛使念勞人。

征帆欲挂又經年，聯袂彈冠幾輩賢。料得積薪輸後上，慚教駑馬著先鞭。春明桃李相思路，白社琴尊未了緣。最喜登瀛人滿座，他時定有玉堂仙。

鼕鼕街鼓報更闌，情話纏綿未盡歡。都不勝杯慵賭酒，獨能健飯勉加餐。此筵應爲明星惜，相望同將皓月看。倘念天涯鄉國夢，東橋時報竹平安。

即事口占呈童別駕陶南園金湘帆

含沙真叵測[一]，流毒到斯文。吾自甦乾唾，人尤善解紛。打頭驚落葉，過眼幻浮雲。不是聯翩鵠，飛鳴孰念群。

校勘記

〔一〕『測』，原作『側』，據意改。

示兒輩八首

不羡遷除不計財，書生官是偶然來。吾今老大何奢望，只盼承家汝輩才。

陶器曾看墮地完，先人訓厚日鏤肝。闕心弱歲更名意，述祖詩成報德難。

依人懷抱質幽陰，劬體甘貧直到今。倖得全家資禄食，敢因仕宦負初心。

名最難居父母官，拊循不易況摧殘。忍收百斛蒼生淚，灑向孫枝總不乾。

月俸從誰計賸緡，官聲最好是清貧。鸕鷀没翅漁人笑，喉下知消幾片鱗。

半生辛苦老蟲魚，結習垂衰未消除〔一〕。最愛東坡詩句好，爲兒留讀五車書。『五車書已留兒讀』，見東坡集。

好官誰見得多錢，餬口分將一藝傳。爲語兒曹爭自愛，此行慎勿望求田。

徵書到手幾徘徊，自信頭方非吏才。臨别一言吾不食，焚黄願了便歸來。

校勘記

〔一〕『消』，原作『肖』，據意改。

寄王穀塍六首

舊説江臯子，情長狥物多。心方吾自媿〔一〕，眼冷事頻過。君獨權輕重，人誰更誚訶。平生師友分，高雅足觀摩。

過君終夕話，借箸幾回曾。出豈蒼生繫〔二〕，衰從白髮徵。弓裘肩累葉，車乘畏良朋。樂歲談休養，吾才萬一能。

叵耐粗知事，依人歲月更。龜毛窮物力，雞肋識官情。鼓瑟愁膠柱，慈孩怕倒綳。春風催五兩，轉側颺心旌。

勞是吾生素，貧經累世安。忍當懷印日，頓作掠脂官。勢慮方圓忤，行籌進退難。良言真藥石，銘座百回看。

文靖勳名舊，西河論著傳。英年騰妙譽，兼美逼前賢。自命應如此，相期更勉旃。學山端可至，君方箸書，名『學山』。□□□□□。〔三〕

送我餘三里，行行路轉修。小橋新雨滑，紆徑野田幽。話向臨分密，情兼訪古稠。懷人他日句，吟到葉凫不？

校勘記

〔一〕『方』，原作『於』，據詩稿本改。

〔二〕『蒼』，原作『若』，據詩稿本改。

〔三〕此下原缺一句。

張司馬顧堂辱和前詩贈别兼以宗譜屬訂疊韵奉酬

昔賢榮策名，早裕受者地。鹵莽輕試嘗，坐使儒風替。經術苟未充，誰諒性情摯？嗟我抱律游，佐幕談豈弟。幸得所主賢，尚不遭訕誹。行將身自爲，背若有芒刺。迂疎暗時宜，何以應官事？俶裝重踟躕，懼負素餐恥。端賴同心人，好我不遐棄。獲上猶弗能，下民安可治。問道先已經，敢慕文法吏。上德推吾兄，通理寧無自。大雅夙所師，時時默會意。瓊藻何纏綿，中夜喜忘寐。録副爲座箴，筆迹寶行笥。攻病獨窮源，諄切旨淵懿。撫衷增悚皇，雒誦日數四。誠勉誓勿諼，率由恐匪易。過蒙筐篚頒，復任臂指使。一編盈尺餘，譜傳遠彙寄。煜煜天街星，他姓安得比？排纂經數公，潤色教起例。猥許井中觀，吹求命詳至。其事與其文，竊取寓微義。極欲罄悃忱，居然妄品第。梗概多從同，次序偶標異。詎弗畏人嗤，不敢欺吾志。傳後須信今，淺顯勝元閟。就簡删厥繁，條理具終始。愛我直披肝，報君力捶字。旌旗東海濱，委重勤瞻企。述系與垂範，見一可知二。大要揚前芬，精誠潔結締。擴兹務本思，循譽非倖致。努力趨後塵，萬一能合契。即日雲水分，長言無隱忌。

答魯進士絜非四首

一面何由識，關心最懇勤。書來商出處，語妙極情文。色養能輕禄，神交獨契君。倚枰從袖手，勝負静中分。

負米悔前事，晨宵累倚門。烏頭曾表節，鸞誥待酬恩。肯解供鈔史，車何礙折轅。因緣如可託，問字向花村。

甲值雌辰度，星居磨蠍躔。祇憑天作宰，敢與命争權。巧分輸三窟，恩容住五年。素心真已愜，評騭鑑如仙。絜非爲余推命，謂歲行在亥，可作歸計。

珍重兼金訊，吾非不愛官。迴思更事久，過計入時難。均補腸原熱，疎慵膽自寒。子孫良可念，□□□□□〔一〕。

校勘記

〔一〕此下原缺一句。

題寄絜非書函

十年蹊跡託郵筒，矩步方心約略同。氣味偶緣文字合，箴規不盡語言工。風前緘寄神先去，日下人來信好通。官路即今知近遠，天涯是處有鱗鴻。

示家人

開年新典鸘鸘裘，料檢餱糧去復留。卜日居然行就道，逢人只是諱言愁。伏波書自從兒願，優孟官須與婦謀。計買洛思峰一角，臨溪歸築看山樓。

答韓明府理堂

心親何必貌相親，濰水雙魚到浙濱。殷浩書郵真叵測，前書多未達，故云。瀧岡阡表豈無因？理堂索《雙節贈言》刻本。才名公論推前輩，官跡新聞步後塵。爲報今來定行策，不關中熱羨垂紳。

送孫甥繼英之壽昌幕即以言別

汝母我仲姊，汝父弟畜我。我亦多懿親，獨於汝父妥。汝家兄弟賢，少孤命俱頗。猶幸知所裁，先後出轗軻。譬金光在鎔，如米積待簸。相依近十年，嘉湖共席舸。舅甥父子如，督責窮碎瑣。敢辭人事劬，每憂家聲墮。天不辜苦心，稍稍名譽播。我已行宦游，遠送勞道左。讀律戒刻深，舉念慎因果。方今吏難爲，民若射者垜。佐治無他長，寬猛水濟火。吏危欹側帆，幕把平安柁。用拙吾道存，詭隨觸陰禍。得失命爲之，勿謂通融可。頭方嘗自憐，知己亦復夥。須知貧可矜，毋恃富者哿。汝母幸康寧，菽水頤自朵。汝弟從我行，應不慮驕惰。我以不盡言，賴汝能任荷。臨行重徘徊，三緘凜侈哆。

示培墒兩兒四首

逡巡重逡巡，從政計非左。所憂兒女癡，失教易驕惰。家世四傳單，縷髮老在我。卅年佐幕游，念念凜天禍。忝竊第南宫，前光始然火。續薪期後來，種福謹因果。小弱性防偏，强壯氣慎頗。涵養在詩書，成人自勤課。譬若穀貴精，萬春更千簸。但求行端醇，未必命坎坷。試看百尺桐，春到枝猗儺。

樹木先樹根，治水先治源。蒙養端不細，浮澆敗德門。我家世務本，儒業苦不振。我祖力孝弟，道爲宗族尊。隆禮崇師傅，博愛徧斯文。我父我二母，詒穀及仍雲。嗟余少孤露，乞米連冬春。腹得幾卷書，名榮一第恩。誰言天道遠，報後如報身。庶幾黄紙詔，可慰地下魂。望汝承先澤，砥行勤昏晨。毋使家聲替，貽咎讀律人。

官體四民同，學人翹居首。其業安以尊，其名榮且久。曰士曰先生，齒胣綰組綬。責報德可薫，蚩蚩賴啓牖。庶幾躬修純，坐使風俗厚。孝弟百行先，不僅章句剖。泛愛宜謙中，百慮徹前後。量大在有容，事至凜毋苟。於家爲端人，於朋爲益友。風雲會乘時，一一能荷負。不則腹便便，不如耕田叟。牛馬而裾襟，讀書亦何有？

爲人若行路，有路俱可行。所懼首塗誤，涉足迷榛荆。左右紛罥挂，顛蹷傷其生。我倖號稱士，愛敬及庶氓。第非蕩遊手，門户皆可營。汝兄兩廢儒，責之賈與耕。吾意寧厚薄，以質爲權衡。汝輩雖小弱，似可傳一經。吾聞穀不熟，不如荑稗成。即今吾遠宦，母慈或難憑。萬一過姑息，世德何由承？訓詁兼督責，託命惟先生。應念在三義，受教崇信誠。

二月十一日前司坂展曾祖墓

不盡詒孫事，滇南萬里魂。曾大父旅歿滇南。人言宜祭社，才忝説興門。高冢封三尺，分流會一源。應縁餘慶在，吉夢植孤根。己卯八月至九月，輝祖病且不起。初八夜，先嫡母夢堂中集百數十人，五六人南向坐，曾大父東向拱立，先大父、先君子皆東隅侍立。南向者語喃喃不可辨，唯聞曾大父曰：『此須留垃圾在。』南向者曰：『可。』百數十人皆散，有數人痛哭出。先大父、先君子亦出，若有喜色然。垃圾者，輝祖小名也。詰朝，先嫡母方與先生母言，而友人徐頤亭來問疾，爲輝祖胗脈定方，則與他醫大異。服未三劑，輝祖即霍起。居亡何，大伯祖、二伯祖支下孫曾凡八人，相繼徂謝。輝祖遂以單丁承曾大父祧，康强以迄於今，且幸多男。蓋曾大父實庇蔭之，先嫡母之夢驗矣。

十二日硯湖灘展先大父墓二首

羞著襴衫拜墓門，更名人笑語無根。誰圖四十餘年後，始信前知非戲言。吾宗六百餘年，無第進士者。輝祖初名鰲，爲先大父寶愛，賜改今名。嘗號於人曰：『此兒必成進士。』人多竊笑。先大父聞之，曰：『吾豈戲言哉？特吾不及見耳。』又嘗語輝祖曰：『兒他日著襴衫，拜吾墓下，吾當開笑口也。』

不待清明上冢來，銓期苦被吏人催。幽光潛德天能鑒，手捧鸞書到墓開。

十三日秀山展先考妣墓四首

搴衣記送嶺南船，遺訓丁寧五内鐫。嘗藥悔無身入地，廢詩唯有恨終天。翳桑人述淇園德，詒穀心輕杜曲田。争説崇公應裕後，秀山可得比瀧阡。

曾從生母稔前徽，顧復當年懷抱依。繞向苓牀猶索果，捧來栗主乍沾衣。先生母言母慈輝祖甚，母尸在寢，輝祖猶頻向索果。母將斂，先大父命輝祖捧栗主，始知母不能再生，呼號欲絶。副笄重貌潛靈象，餘照長懸寸草暉。賴有女兄相慰藉，酬恩心事未全違。

三紀貞風薄海知，此身無可報恩慈。最憐上計縫衣日，便作終天永訣時。課讀圖今傳夜績，教廉訓自記朝糜。母嘗曰：『吾得見汝做官清正，日啜薄粥兩餐，吾無憾矣。』壽觴入夢頻頻舉，猶見高堂一解頤。戊子鄉舉後，集吾郡同年爲母上壽。母顧而樂之，語輝祖曰：『吾三十年積悶，今日稍紓一口氣。』因滿引一巵。

辜恩深痛不才軀，累盡慈闈憂患俱。纔出胎先成母疾，備攻苦是恤兒孤。烏頭自以靡他著，黄紙能酬罔極無。執玉身如歸未老，一犁墓下手親扶。

十六日格溪展前室墓二首

送子歸幽宅，匆匆四五年。相尋聯午夢，到此憶塵緣。蔬筍修時祭，牛羊下墓田。添香催夜讀，記否繡燈前。

白首曾相約，黄壚竟此歸。便營新馬鬣，何補舊牛衣。千騎看誰上，六珈報已非。重來知幾歲，瞻隴更依依。

留别丁上舍周遠三首

師嚴道自尊，於分每不親。或乃小遷就，厥弊流因循。堂堂丁夫子，植德端且醇。謹逾不字女，粹過崑岡珍。餘事精訓詁，經術推紛綸。寒塾懸絳帳，荏苒六七春。蒙騃兩穉子，啟牖宵連晨。夏楚虛不試，能使健犢馴。繄惟身作則，服教如畏神。人師重古昔，夫子誰等倫。

末學媿膚受，忝冒一第榮。恭惟我先祖，忠敬事先生。二母夔且寠，辛茹謀傳經。束脯供十指，肴饌皆手營。報久鄙人食，世澤宜流馨。嗟余屢行役，門户持布荆。年來婦工病，中饋誰解承？黽勉奉饘粥，槃槅多未精。拳拳幸不棄，禮意君所矜。即今身許國，内顧戒牽縈。婉孌兩小弱，成敗關家聲。函丈前再拜，天日鑒此誠。

力田務三時，朝種誰暮斸。水滴石可穿，薪添飯自熟。爲學小大成，漸進那一蹴。所懼作輟多，嬉戲荒誦讀。掘井不到泉，求魚如緣木。循序稱厥資，月計寧不足。我心苦望兒，功不期巧速。勵行培始基，經史次第督。善誘誠循循，毋廢荆條扑。俾保孺子良，亢宗差免辱。善教素所欽，情深語重復。

同邑諸子餞别後復以贈行詩惠册見貽作詩八首寄謝見集中

折柳河橋氣味親，陽關歌罷又陽春。詩裁背面都如話，語出知心自見真。到處只求完本分，歸來要想對同人。鹿鳴篇裏周行義，書徧顓孫别後紳。

手丸熊膽望何如，説到焚黄報已虛。死悔成名遲二紀，生慚學古負三餘。爲人論定當官後，詳先府君行述。行事好須立意初。詳先生母行述。不是良朋真好我，誰臚先德勵翹車。

表節恩兼賜第恩，戴天無計報高閽。可容更戀黄綢被，幸不能勝緑蟻樽。政譜敢希花滿縣，家風曾記菜餘根。故人鄭重勞相勖，一寸靈臺曉夜捫。

文章許國記初心，捧檄躊躇思不任。名士由來嗤畫餅，道人相約鍊黃金。祇應飽啖姑臧韭，未擬閒調單父琴。好夢長憑時鳥喚〔一〕，鷓鴣啼罷費沉吟。

卅年代斲手無傷，倖博虛聲拙許藏。佐治私憐今令長，求全愛説古龔黃。隨身竿木從人看，異味鹹酸到口嘗。怕是病根醫不得，平生誤坐次公狂。

官最難居父母名，人歌人詛自分明。因曾閲世粗諳事，算到親民易寢聲。才拙預籌勤補綴，時澄會遇俗和平。談經讀法書生分，莫計三年考課程。

秋中諏吉又春闈，愛看閒雲勝愛官。人説畫蛾新樣好，我愁騎虎下時難。未能分料先辭鶴，苦要留香徧藝蘭。贏得千金宵一刻，燈前吟字課兒安。

什襲行裝絶妙詞，贈言遠過百朋貽。焚身象笑生多齒，畫足蛇憐飲失卮。浮海危於觀海處，還山計定出山時。不知他日投簪後，可有人吟餞別詩。

校勘記

〔一〕『鳥』，原作『馬』，據詩稿本改。

何葭汀枉過里門復以詩篇寄贈因作二首報謝葭汀亦節母子也

祖帳綢繆感在心，蓬門何幸惠然臨。諏來吉日頻頻换，釀得離愁旋旋深。此去怕同猴入袋，相思喜聽鶴鳴陰。郵緘又枉瓊瑶贈，八首詩如夜氣箴。

劬勞痛負兩慈貞，愛日如君天鑒誠。鵬翮圖南應努力，萱花樹背正敷榮。文章聲價鸞坡貴，案牘才華江縣輕。敢恃笠車盟有舊，拚將手板馬前迎。

與内子話别六首

作吏非吾好，遲留兼爲君。比來欣善飯，他日好耕雲。衰健關門户，癡聾省見聞。節勞酬遠念，月臂盼贏分。

客游三十載，歸計欠青山。未竟心中事，先凋鏡裏顔。慙余勞索米，累子苦漚菅。待捧鸞迴紙，同隨倦鳥還。

吏事吾粗習，爲官勢大難。形將垂組束，膽到察眉寒。獲上心須降，勤民力易殫。何如林下樂，閒對鮑家桓。

儉是儒家素，醫能病骨支。休因資小靳〔一〕，漸見體增羸。藥物須先理，香車莫後期。欲知相憶處，日誦采蕭詩。

培塿兩驕兒，聰明漸有知。都堪千里驟，莫過十分慈。食漫膏環缺，衣教大布宜。好將紗幔訓，時慰遠人思。

從來名利累，强半爲家人。我解輕塵吏，君能薄要津。忍從蛾近火，曾笑象焚身。珍重齊眉約，風詩和采蘋。

校勘記

〔一〕『資』，詩稿本作『貲』。

王明府晴川來訂行期口占示内子

折簡遥傳旅伴呼，舟人曉起理檣烏。年年近别愁今遠，去去牽腸怕爾劬。二頃未營田負郭，雙棲應得鳳將雛。何時歸作劉樊侣，不羨梁家舉案圖。

培兒奉素册求題走筆成詩一首付之〔一〕

人言好官多得錢，我今先棄桑麻田。豈不解爲温飽計，眼見名敗有由然。行謁選人務揮霍，裘馬僕從矜鮮妍。假貸子錢子生子，日增月長滋糾纏。印囊到手百不辨，呼來胥史籌補填。黠吏萬狀迎其欲，倒授太阿鼻受牽。聰明無暇分詛祝〔二〕，從流易於下瀨船。百里宰名民父母，可容下走操吾權。我生薄命幼失怙，恃先德庇二母甄。當時負米輕讀律，嫁衣代製虚勤拳。聖恩高厚榮一第，居然令長今就銓。在昔責人苦求備，持論休養懲苛朘。古調每逢知音賞，身親爲之忍改絃。用損義入資義出，廉恥不使當官捐。莫云官俸足衣食，增飾奴婢添車船。男勤士賈女績織，唯天生人天自憐。曩我先子尉淇縣，往往午突虚無烟。方寸耕留後人穫，緊余茹苦能幾年。同時不少積金吏，繼者不繼亡忽焉。菲材幸叨先德樹，怨恫何可貽九泉？況復故人滿天下，忍令腹誹恕我愆。惟忠與孝吾分事，仕途亨塞命在天。嗚呼小子好自立，五官四肢儘粥饘。盡分自古最上策，忍貧母笑阿翁顛。

校勘記

〔一〕詩稿本無『之』字。

〔二〕『詛』，原作『祖』，據詩稿本改。

留別宗人四首

遷祖韜光六百年，科名獨忝不才先。秫揚劇自慙宗秀，薪積從今望後賢。案牘形勞塵鞅吏，文章價重玉堂仙。鹿鳴好發秋風軔，驛路遥聽吉語傳。

遺訓淒凉屬纘詞，曾將一第盼孤兒。天憐抱白生前痒，報待焚黄地下知。捧檄痛虚三釜養，讀書功悔卅年遲。好心好事何由稱，參胆宵丸記母慈。

久叨帳餞悵行遲，黻綬愁看垂老時。鵬翼便容辭北海〔一〕，葵心何以報南離？敢矜吏傲慵成癖，怕是筋衰力未支。一語諸君憑記取，不教詛偏邑中兒。

泛緑依紅早自量，安心有藥恐無方。瘡深聞説難剜肉，穴小偏愁易潰防。才不能堪今大令，業曾肄及古羔羊。子公書在吾羞上，義取臺萊第四章。

校勘記

〔一〕『翼』，原作『翬』，據詩稿本改。

三月初八日謁新廟四首有序〔一〕

新廟者，大義里社也。神曰裴六明王。祈珧得聖陽之詞曰：『好箇金魚變作龍，西南有路喜重重。向陽花木逢春早，玉骨冰肌百代宗。』往歲丙寅，初應童子試，曾得此珧。己卯九月，病篤，先母又得此珧。今三見矣。因賦詩誌之，以俟徵應云。

飽挂春風十幅蒲，愛閒心自戀枌榆。初衣只向神前乞，不望君王賜鑑湖。

齒搖髮秃更何求，願得同心人白頭。徜散一經還自課，歸來先構讀書樓。

臣心誓不負君王，入幕常焚清獻香。宦海偏愁風失信〔二〕，平安珧記聖陽陽。

吉祥消息七言中，冰玉分明勵匪躬。應許此行符舊兆，病曾霍起試曾通。

校勘記

〔一〕此組詩，詩稿本第二、三、四首標有『二』『三』『四』字樣。

〔二〕『宦』，原作『官』，據詩稿本改。

夕　發

今夕是何夕，烏篷乍放船。三春蓂八葉，乙夜月初弦。擁別書雲客，添裝白雪篇。迴腸千萬事，欲語向誰邊。

培塇兩兒送至河干依依不忍別口占示之

報道宵深是吉時，河干涕雨訝兒癡。不須衫袖臨行挽，只要聲名跨竈奇。從政方酬弧矢志，傳經莫負鳳鸞期。天涯欲慰征夫望，師訓承兼稟母儀。

舟中書懷卻寄家人四首

十换行期竟啓行，西斜弦月記初程。情長未免牽兒女，身健無妨託舅甥。客路寒暄吾久慣，歸期遲早事難平。連宵不寐非關喜，可易庸才保令名。

籤籐排比舊精廬，檢點牛衣並鹿車。官興早輸歸興緊，官才愁較幕才疎。敢貪飼鶴長謀料，未解投綸肯羨魚。記取壓裝今日數，三肩行李兩肩書。

病婦年來喜就痊，灌園相約硯湖邊。未禁風力閭門送，更檢行縢秉燭搴。藥裹尚勞兒輩治，眼光漫爲旅程穿。可憐齒冷山公偶，不羨夫人願比肩。

親朋贈策攬征驂，争祝郎星照近南。食宿東西關定命，詩書甲乙望諸男。生求無忝家聲舊，官怕難爲世事諳。乞得紫泥書五色，蓬門歸徑待開三。

渡錢塘江

正是潮平候，風徐雨乍晴。船如天上坐，人在畫中行。節序重三後，關河第一程。鄉音聽漸別，猶有賣餳聲。

坊兒送至武林作四十韻遣之

送我汝何爲，遠涉錢塘西。行旅吾夙習，底用重依依？服官身許國，門户須汝持。持門良不易，人情多險巇。寡過斯遠辱，要在遵禮儀。未礙秀才腐，勿效公子癡。我行遲今久，富貴非敢期。豈不願富貴，草頭露易晞。黽勉崇令德，榮名其庶幾。譬如成大厦，衆木相拄搘。宗桷苟不正，欒棟因以欹。美譽誰弗愛，往往家累之。自古賢哲士，所難在家齊。亹亹先世祖，有穀孫子詒。醞釀六百禩，肇吾甲第基。我祖樹人望，宗黨交口推。吾父吾二母，廉節三綱維。吾懼前光遏，謹約汝素知。區區負郭畝，積自傭書資〔一〕。廢棄以從宦，此意端可思。今汝年廿五，不比角丱兒。汝母病初瘉〔二〕，藥物好調治。責休婢媪委，事賴子婦宜。兩弟質庸下，模範惟汝爲。穉小兩弱弟，頗近弦誦姿。早晚嚴董課，吾倚西塾師。好語中饋婦，精肴潔盤匜〔三〕。誠慎須日篤，文貌勿偶漓。循循先生誘，汝亦兼提撕。應憶曩客侍，講授吾寧疲。轉睫鄉貢士，園葵何暇窺？試看摩溪鵠，漫同觸藩羝。弋慕非空拳，秋穫先耘耔。菜根有餘味，先訓吾家規。磨鍊乃成器，鼎烹出鹽虀。我非喜饒舌，百慮愁十遺。冀汝分我任，内顧紓憂疑。可以行我法，敬公不恤私。我髮已垂白，我心敢自欺？詩成意未盡，迴帆看汝歸。

校勘記

〔一〕『資』，詩稿本作『貲』。

〔二〕『瘉』，詩稿本作『愈』。

〔三〕『盤』，詩稿本作『槃』。

已買棹吴門聞晴川未能即發復枉道吴興

後事師前事，新聞異舊聞。俄迴胥水棹，重泛霅溪雲。鯉躍終歸海，鴉飛自戀群。會須分黑白，刼急任糾紛。

仁和道中作

三日流甘兆作霖，過江霽色散重陰。鴨頭波漲辭家路，羊角風高就日心。荑柳乍舒青眼細，遠山如畫黛眉深。首塗記取春光好，晴旭輕帆出武林。

舟次吴興

苕上琴尊賸宿緣，經旬意外得鉤牽。荆州仍署依劉客，剡水還紆訪戴船。時欲訪鮑綠飲烏鎮。奇字問來重載酒，慎進士習巖、石文學瑞徵先後過訪。驪歌唱罷更開筵。推篷飽看蘋洲景，桑葉初黄柳未綿。

贈晴川

御板從兹不羨潘，代僵漫作吃虚看。他年合斷兒孫累，此日先贏夢寐安。宦計儘渠争巧拙，物情自古判暄寒。誰知廉吏辭榮後，急義人偏勝在官。

過烏鎮訪鮑茂才緑飲同至吴門臨别留贈四首

紆程申别緒，世味辨鹹酸。掃壁方題鳳，迴航恰卸帆。余到門時，緑飲先之桐鄉，正欲解維，而緑飲還舟。相逢真倒極，出語總非凡。幸許窺緗袐，臨行更啓函。

小舫衝風急，吴門艤棹聯。誰圖歧路别，又締浹辰緣。眉白忻逢馬，謂馬上舍東來。堂虚記叩鱣。謂楊進士慧樓。詩情兼酒分，是處快纏綿。

乍掩水山録，重翻忠愍書。〔一〕緑飲既出嚴嵩籍没産籍曰《天水冰山録》屬余題跋，又奉楊忠愍公手書贈應養虚册子索題，皆於舟中應之。臭芳分若此，法戒定何如。神悚披函後，心齋授簡初。良朋珍重意，敢不畏翹車？

老作諸侯客，方心幸未刓。敢因行作吏，翻使性猶湍。割□許鮮試，騎愁下虎難。應憐雙陸勢，長憶碩人寬。

校勘記

〔一〕『重』，原作『香』，據詩稿本改。

彭進士尺木曾以雙節傳寄贈因聞參禪謝客不得謁謝悵然有作

千佛名經客，新參兩足尊。電泡今並悟，文字昔猶存。卻掃傳居士，銘恩到後昆。橫枝吾尚隔，未敢叩真源。

過倪氏塾別家克標兄即席留贈二首

麻衣六度共風檐，明遠樓前月上簾。望斷蓬萊長隔岸，偶然刻畫到無鹽。此行敢計衡奴橘，卻恐虛拋鄴架籤。高厚主恩酬不易，白頭已分笑郎潛。

名師賢主二難兼，卜夜殷勤鄉味添。實不能容新白墮，是誠有益古青黏。兄以藥散見惠。相思應續看雲句，異日休輕剔齒纖。去莫訝遲歸盼早，君平聞說下重簾。兄欲邀余問卜，故云。

克標兄詢及家鄉正月十一日事

傳作新聞不偶然，霓裳媿賦大羅天。虛聞猘犬憎蘭佩，雞肋何曾厭老拳。

金閶夕發寄家書

半千里外逡巡甚，旬五日來風雨多。料得家人談水驛，燈前屈指渡黄河。

無錫過鄒孝廉半谷同訪諸丈類谷

水隔雲分十五年，金臺舊夢兩茫然。何圖乍接談天論，便許同尋子敬氊。話到人琴紛涕淚，謂竇松先生。檢來奏牘過三千。諸丈以刻稿見贈。釭尖無柰東風便，不及親嘗第二泉。

惆悵

惆悵播閒客，孤船四面環。推篷看未飽，辜負九龍山。

過毘陵驛感舊八十韵見集中

古驛蘭陵道，征夫浙水船。韶華春欲暮，麗景日當天。棖觸懷疇昔，塵踪記蹇連。歲雞干紀癸，建兔月初弦。壻笑淳于贅，翁調單父絃。循聲推協贊，赤縣慶超遷。我亦攜家累，因之藝硯田。仲華齡廿四，曼倩牘三千。甥館餐愁素，衙齋幕試搴。傭書殊草草，坦腹乃便便。豈意黔婁窶，能逢德曜賢。應官初事了，入室得人憐。起慣驚雞唱，粧慵鬬錦妍。畫眉深淺恰，佐讀墨朱研。瑣闥鶯簧度，雕櫳燕剪穿。玉臺晨乍掩，銀蒜午高褰。並蒂花頻刺，同心結屢纏。量腰裁白疊，揎袖拂青氈。愛問鴛鴦字，耽吟芣苢篇。筆床安碧慮，繡榻卧烏圓。嬌女剛啼褓，宜男更製蟬。職修獻履敬，望慰倚閭懸。賴是忘行脚，微聞喚比肩。有時勞藥裹，輒自典花鈿。小食餳絲結，嘉肴縮項鯿。手營都脆潔，鄉味務芳鮮。蹙額躬祈代，怡容命許延。感兹恩義篤，誓欲死生聯。每勖層霄上，毋甘矮屋卷。槐黄勤夏課，蟻戰慕羊羶。盼領吹笙讌，慙同磨鏡甎。醉惟隨眊燥，誤竟斥烏焉。短盡英雄氣，參來默照禪。杜羔羞寂寞，祖逖待騰騫。凝睇機先下，攤書燭與然。不辭依鮑鹿，曾未貸戎錢。冰鏡光俄蝕，皋魚痛莫捐。外舅王坦人先生以丁艱解官。誰爲東道主，暫穩北窗眠。酒少尋常債，裝輕九萬箋。牛衣縈密緒，蟫篋理殘編。尸藻襄時祭，攀蘿葺故廛。加還箴雁弋，濡寧足蝸涎。價忝虛聲竊，文叨儷體傳。胡偶韓先生賞余儷體文，聘主書記。通才求記室，虛左啟賓筵。樂職須工賦，徵書忽至前。奚圖交落落，幸賁帛戔戔。太守常州貴，清名伯武宣。饑充名士餅，招用庶人旃。蘧使期方急，湘湖棹遂遄。者回行踽踽，相對涕漣漣。母老資扶掖，缾空倚粥饘。溪雲蒼狗幻，踏迹磨牛旋。穎士原無僕，揚雄祗有鉛。此身真似寄，到處合從權。路出重關遠，帆爭過鳥翩。李膺舟子共，摩詰病纔痊。詎謂封姨力，翻滋羈旅瘨。郵籤鳴乙夜，客舫泊東阡。睡美甜鄉熟，登呼彼岸先。魂飛驚露鶴，神怵勸歸鵑。進退籌維谷，生疏計總邅。恥踰牛後辱，貌媿馬曹虔。余孑身附舟赴常，以風利，夜半即至，舟人迫促登岸，因向驛卒借止廡下。敗几蘆簾畔，腥聞豆櫪邊。形孤燈燼暗，漏靜析音闃。醒久衾如鐵，更長夕抵年。淚兼檐雨滴，夢逐海濤顛。悔教來成錯，妄云謫是仙。薰香慳石葉，寫悶屬陳玄。擬水將趨壑，非夔那惜蚿。平生多濩落，憶此最拘攣。賦命傷縈薄，含情寄渺綿。途窮堅樹立，境换念陶甄。遲久儕千佛，垂衰就四銓。亨屯思歷歷，親故誼拳拳。墨綬王程近，黄壚宿草芊。所悲榮五殺，不及報重泉。遺挂彌珍重，歡悰曷補填？便容膺敕贈，何以暢幽悁？契永題衫什，癡留隔世緣。浩歌增腹痛〔一〕，擲管扣紅舷。

校勘記

〔一〕『腹』，原作『腹』，據詩稿本改。

行次京口

驛過雲陽路漸攲，南徐古鎮重藩維。岸如山削人行怯，船似梭穿柁轉遲。懷古誰封孫策墓，步虚愛誦許渾詩。瓣香獨灑春風淚，月冷芙蓉舊絳帷。謂前守謝韞山師。

先生母忌辰

宵來歸夢向江東，白蝶灰飛燭影紅。鼎養無能酬反哺，形勞枉自類飄蓬。縫衣恩重彌高厚，屬纊詞酸記始終。補到白華韭莫副，守身遺範是羹葱。

渡揚子江

魚鱗波細片帆圓，揚子江頭曉放舩。金山也似蓬萊頂，未許人窺第一泉。

邗江阻風邀王二晴川徐甥嘉會孫甥蘭啟泛虹橋過平山堂取道高橋歸舟夜色已深得絶句六首

急槳輕帆克日催，長征何計小徘徊。石尤幸許閒能乞，領取虹橋春色來。

倚虹園浄軟琉璃，宸翰光華畫裏詩。一自山靈迎蹕後，風光遠過冶春時。

勝跡誰尋廿四橋，名園夾岸半吹簫。垂楊又費金多少，撚出新黄萬萬條。

樓臺十里抱清灣，花影衣香畫舫閒。若教天然留本色〔一〕，西湖何必勝平山。

太守名傳地亦傳，天章稠疊奬前賢。風流合自官聲著，修禊虚聞費錦箋。

功德山前路幾盤，籠燈歸步笑蹣跚。二分明月揚州夜，留與重來仔細看。

校勘記

〔一〕『若』，原作『茗』，據詩稿本改。

偶　成

揚子江頭米似珠，拱宸門外女當壚。阿誰解散看花費，分活操瓢鵠面徒。

先母忌辰

我母我母歸何處，十年前痛今日去。有兒呼不到床前，目斷長安涕零雨。新婦搴帷泣致詞，阿婆語婦如語兒。舌本漸乾氣欲結，婦知吾意兒自知。兒合成名吾願畢，若翁含笑待歸室。團沙撒手萬事空，回首凄涼那盡説。素幕高張月二更，孤兒日下計遷鶯。可憐緘罷泥金帖，報道西山日已傾。雙節贈言盈海内，叨得一第章慈誨。附身附報兒弗親，母也前知婦竟代。前婦亡時，余無意再娶，母曰：『兒長行役，吾他日無婦治含歛，吾不瞑也。』因婚曹氏。萬悔難返上計車，歸來像設北堂虚。此生已抱皋魚恨，此後誰牽温嶠裾。自此無心希仕宦，銓曹符下腸千轉。義方訓敢負生平，兩載撰良十度换。髣髴丁寧旅夢中，望兒揚顯述家風。天官幸注青袍籍，泉路還期黄紙封。瀝血裁文親誓墓，珠江遺訓分明付。記取做官須做人，民詛民祝關門祚。衣錦故人將母還，同舟王晴川以告養奉母還鄉。畫船時復列長筵。嗟哉我獨非人子，板輿懸後初服官。

寄示坊兒六首

刮目惟三日，兼旬今若何。身閒抛挂礙，飯飽足吟哦。士豈科名重，人偏貧賤多。槐花黄欲近，錦樣記新梭。

挫折慙吾久，文章望汝妍。青衫如早脱，翠巘已高眠。出自憐遲暮〔一〕，名誰繫簡編。鼎鐘饒事業，努力及華年。

攻玉他山石，同人得幾人。何如長鍵户，只是勉修身。六籍師資在，千秋法戒新。時賢誰第一，模範準先民。

行行紛内顧，病婦可平安。汝負當門寄，誰容袖手看。藥調均佐使，羹禁記鹹酸。心病禁鹹，脾病禁酸，古語也。好誦南陔句，晨羞日采蘭。

江北殘春路，淮南鄭俠圖。饑人顔似菜，脱粟價疑珠。乞食周闤市，探丸半道途。猶憐螻蟻命，比户貼桃符。自揚州至淮安，乞人載道，盜賊時聞。米價每石直五千六七百文，至六千三四百文。家家貼符逐疫。

新節將逢夏，餘寒未解裘。夢驚鄉路遠，詩索故人酬。牟麥康年兆，黄河大海流。二麥頗茂，聞河已通流，稍紓旅抱。應將桑梓訊，頻寄北來郵。

校勘記

〔一〕『暮』，原作『墓』，據詩稿本改。

寄示培墇兩兒四首

盼汝蜚英張我軍，休教人見不如聞。豕頭曾笑遼東白，驥足須空冀北群。士要知名先實學，書非有用總虛文。來兒作相虞兒匠，計較家聲望更殷。

養蒙功力戒游敖，最好時光髫兩髦。母病莫添梨栗累，師賢應習典墳勞。弟兄難得宜親愛，姊妹如賓漫刺嘈。務本一章勤百讀，味回不是古人糟。

自古嚴君父母同，母今姑息或輸翁。須知責望原無別，若倚驕癡那有終。萬里首塗由户閾，百年初業在兒童。北堂病起劬勞甚，忍惱慈懷試折葼。

六經奥義只誠身，至性休漓孺子真。願得勉爲完行士，何妨長作喫虧人。年華垂老憂門户，仕路多艱分苦辛。此意汝曹應省識，他時莫倚范丹貧。

漂母祠

望報由來伏禍深，微詞直欲悟淮陰。王孫若具留侯識，漂母心真黄石心。

舟行書事二首

相逢惟説旱餘灾，蠲緩全邀帝德培。猶見屍橫飢鳥食，更無人恤棄途孩。鳩容那復辭嘑蹴，鵠結偏求任輓推。揚淮一帶，流丐求爲客船挽縴，苦不可得。幾日篷窗閒不啓，非聞風急漲浮埃[一]。

浮天麥浪待春糧，未許探支到口嘗。市静野蔬都倍直，官忙晨粥半斜陽。求漿聲急瓢長空，胠篋人多夢亦防。卻恐兒曹懸客望，時將好語報家鄉。

校勘記

〔一〕『聞』，詩稿本作『關』。

新開河

路改黄河舊，新開似帶横。水平三閘穩，沙澀萬篙争。邪許喧魂夢，迢遥盼帝城〔一〕。

校勘記

〔一〕此下疑脱兩句。

桃源道中

蓋屋茅空突絶煙，渡河風景倍淒然。飢腸競厭初生草，逃户偏多未種田。横野屍無衣一縷，垂髫女不直千錢。開頭三老匆忙甚，到處號呼繞客舡。

沈觀察青齋奉太夫人靈柩南還舟行不得相見寄唁

萍逢恰值大河邊，纔見旌旐白舫遄。途幸無岐原不左，面應可覿轉無緣。劇憐此去辜將母，翻羨君歸得表阡。千古皋魚幾人痛，恩榮獨備養堂前。

四月初八日立夏是日行次宿遷

擲下離觴三十朝，東皇辭我向煙霄。頻喧客夢嫌蛙鼓，不繫春光惜柳條。儉歲何人營薄餅，家兒應是啖含桃。壓寒尚戀輕裘力，愁見居民齧秀萋。

古　城見集中

馬年建龍月，謁選之京畿。喧傳山東道，凶歲人仳離。遵陸多恐懼，眠食託篙師。誰謂蘇常間，愁苦踰浙西。渡江歷揚淮，所見彌淒其。道如尸陀林，往往從流澌。昨至古城汎，水淺數日稽。散步思問俗，里舍半伏屍。略辨男與女，身無寸裳衣。邂逅傴僂叟，枯瘦存黧皮。爲我述近事，欲語先涕洟。去年丁奇旱，耘耔苦失時。丁壯力轉徙，老羸乞漿糜。富人豈不仁，自救亦已疷。初猶稍稍可，後惟顧而噫。百呼無一應，活命樹上枝。漸漸竭土草，未易逢梟茨。臘冬慘嚴寒，春月雨雪霏。僵死十四五，懸喘事早遲。不惟困凍餓，疫氣連路逵。不見道旁屋，毀壞無幾遺。即今麥在眼，入口尚無期〔一〕。斗米錢四百，蔬菜如靈芝。有兒適异縣〔二〕，生死久不知。有女年十五，無家安所歸？六日斷漿水，氣息在依稀。女死我寡活，穀賤究何裨？所痛委溝壑，不惟飽鳶鴟。不見市上俎，强半死人臡。語罷更嗚咽，聲色交酸悽。皇仁天廣大，振貸百萬貲。諄諄誡長吏，詳慎察創痍。人命賤若此，得毋吏職虧？捄荒無良策，自古重嗟咨。淮徐連兗青，踵接皆病黎。我昔佐吏幕，禱祀祈豐綏。矧今行就銓，父母爲有司。所望玉燭調，祥和周四陲。骨肉常相保，人壽其庶幾。傾聽歌鼓腹，敬成樂職詩。

校勘記

〔一〕『入』，原作『人』，據詩稿本改。

〔二〕『適』，原作『遵』，據詩稿本改。

鬻婦行見集中〔一〕

枯樹猶有皮，小草亦有根。結髮爲夫婦，死守何計富與貧。小草根已空，枯樹皮亦盡。願爲共命鳥，枵腹相依同日殞。郎憐妾，妾憐郎。一生兩生，一亡兩亡，天實爲之命不臧。郎命重千鈞，他日生兒承祖禋。妾命輕一葉，鬻身尚可資郎食。相向淚浪浪，沿街索主無歸鄉。青蚨多少曾不較，誰能增益一口糧？峨峨大艑長隄織，與郎彳亍求所適。一步徘徊一回看，從此難望同井邑。金閶運丁愛嬋娟，有資在橐米在船。可憐二十操家女，換得青銅錢四千。良人收錢還顧婦，運丁鞭叱下舡走。糧舡歲歲隄上過，郎能再近舡邊否？

校勘記

〔一〕『見集中』原無，據詩稿本補。

鬻孤篇見集中

四十衰媪人尚憐，十六七女錢五千。女年漸小錢漸減，猶能乞與往來船。獨有男孩人不恤，啼嬰往往委道邊。垢面老人年七十，挈五歲兒語連連。首如崩角淚雨下，謂此兒繫祧五傳。悲哉兒母吾子婦，子亡婦亦歸九泉。吾老何由丐兒食，兒命知無旦夕延。長跽稽首辰過午，莫之顧者頻呼天。鄰舡蒼頭心惻惻，飼以胡餅裹以氊。許爲養子攜以北，約略酬之三百錢。小兒雀躍趨僕抱，老人嗚嗚夕未旋。誓不敢受賜兒直，惟願撫兒得長年。黄昏捩柁篙欲發，僕僕再拜聲悽然。主人勸慰起掩涕，眼光遥注北去舷。嗚呼小兒喜得所，誰念老人溝壑填。方信生男不如女，女直差可資粥饘。我哀老人心藴結，挑燈爲作鬻孤篇。

琅邪君忌日

年年當此日，撫軫總神傷。義是糟糠重，情兼兒女長。悔教黄菊瘦，慣伴素娥孀。酬報知何似，臨風淚兩眶。

紀　夢

天風吹上海山脊，俯視塵寰細於礫。奇葩佳樹不知名，萬頃鎔銀摇石壁。方響一聲鸞鳥瘖，群仙揖讓玉樓側。長眉紅頰捲璣簾，香霧氤氳烟羃䍥。倚晨執蓋兩繽紛，爛煮瓊花燦瑶席。雲袍揎袖奉紅羅，乞與題詩横潑墨。揮毫遥聽語分明，教譜霓裳第三拍。佩環潤筆不足酬，甕大蟠桃親賜核。桃待核成客可仙，他時記取曾相識。三山事息柰情何，彩鸞未許文簫暱。別淚涓涓作怒濤，蓬萊月到鍾吾驛。

皂河舟中

新詩脱手更慵删，半是羈愁半故山。愛子應如黄犢健，勞人翻共白鷗閒。扁舟稽淺兼稽閘，幾日守風更守關。争説雙輪遵陸便，升車不耐脚腰頑。

自皂河至台兒莊一百五十里行八日未到

溯流虚競櫓篙先，一勺珍於拜井泉。東水多增新草壩，減裝分運小糧船。新建南昌營造剥淺船數百隻，剥運前行，舟人號小糧船云。行三五步逡巡泊，望咫尺間信宿延。帝廪轉輸艱若此，征夫何處更貪天？

感柳

何年栽植得垂絲，作俑誰教斧盡斯？可怕離人牽别緒，要添薪火續朝炊。更無枯樹堪栽賦，得見長條更幾時。猶喜阜城門北路，成陰兩岸緑盈枝。

任邱端午

剪艾嬌娥爭製虎，塗黄稺子要驚蛇。一尊兒女團圞酌，應説征夫遠憶家。

浮埃撲鬢驛途長，未卸征裘怯曉凉。忽見菖蒲斜插户，纔知佳節是端陽。

過趙北口

十三橋外碧涓涓，一抹秧針插水田。若得青山縈兩岸〔一〕，畫圖那減鏡湖邊。

細塵不至鏡中天，裊裊垂柳拂翠烟。行盡曉風殘月路，吟□處處柳屯田。

校勘記

〔一〕『青』，原作『古』，據詩稿本改。

雄縣聞雞鳴喜賦

不辨嗟來餉餓人，誰求餘粒豢司晨。漏殘忽聽雄雞唱，知是春收三百囷。

入都門

蒼黄憶昔出都門，草屨麻衣曉夜奔。十載重來容謁選，孤兒何計可酬恩。北山猿鶴休相誚，東壁圖書尚待温。辦得五年初願了，一犁東帶藝東壖。

寓藤花書屋在琉璃廠東門火神廟西，夾道爲王文簡公舊寓。

歷下文章伯，風騷舊狎盟。地因觴詠貴，主閱歲華更。蟠屈藤根古，蕭疏花影横。慙無佳麗句，安硯有餘榮。

舟行多阻至台莊貰車遵陸

風塵久倦蓆蓬車，閘壩重重日苦賒。拚擲青銅錢五萬，黄頭歡喜早迴艖。

即　景

灑塵雨過輪微澀，撲面風來絮不支。正是故園好時節，酴醾花下聽繅絲。

捉車行見集中〔一〕

捉車何喧喧，夜打旅舍門。云是星軺使，火急催南轅。主人色慘沮，語客聲酸楚。客若速發吾受苦，鋃鐺鎖項奈何許。我聞荆北使者去未還，相公治河駐淮安。王家營車八十輛，置之河干虛以閑。捉車捉車安所用，坐使行客悲滯壅。青蚨十貫入胥囊，疲馬曳輪連夜送。車堅車敉不遑擇，往往中途傷偪仄。僨轅濬軏時復聞，歌行路難誰與恤。問階此厲者誰人，亦有嶧之大令兒。大令兒，横若斯，嗚呼大令知不知？

校勘記

〔一〕『見集中』原無，據詩稿本補。

謁孟廟

處士縱横日，嚴嚴氣象新。言期揚墨距〔一〕，治析霸王真。道德尊私淑，賓師藐大人。奇徵傳震井，廟貌肅明禋。

校勘記

〔一〕『揚』，詩稿本作『楊』。

鄒縣早發

餘豆喧騾棧，征夫起夜闌。夢從車上續，絮到曉來寒。薄霧籠山晴，遥林漏日丹。腹枵吾已慣，底事急朝餐？

滕縣道中

井田古制可誰論，斷碣虚將疆索存。郭外山多常變態，炊時煙少不成村。佩刀羇客心猶戒，餂餉家人語漸温。盼取秋成書大有，流亡歸計長兒孫。

恩縣途次車行脱輻與邵竹泉秀才鳳和話别

唤起車中夢，匆匆欲判程。人因同調合，馬作戀群鳴。便訂雙魚約，何緣並轡行。相看更無語，誰識此時情？

壁蝨詩題苦水驛旅壁

江南號臭蟲，淮北稱壁蝨。醜狀吁可憎，即次皆是物。陰賊同含沙，嗜好埒水蛭。膨脝腹自皤，黯淡色如鐵。避寒冬且潛，向晦春乃出。率類若引繩，隨行儼攬結。續續相後先，徐徐盈十百。酣睡伺二更，肆虐快一吷。貪饕過剥膚，噫欠恣飲血。上自項及肱，下由踵至膝。頃刻粟生肌，逡巡皮起疙。纍纍貫珠連，隱隱圍棋凸。湯沃痛稍紓，爪爬癢不輟。憑誰搜厥踪，私誓掃其穴。燒燭周奥隅，循牆去倏忽。時藉敗葦藏，或營朽椽窟。嗟哉誅不勝，矧復明便發。有客多姑容，噬人窮倉卒。毒欲競蝮蛇，惡直兼蚊蠍。嗚呼大造仁，醞釀么麽黠。寢床不敢安，席地偶自逸。作詩諗來者，亦免污吾筆。

至德州竹泉以車騾被捉別傕小車同行〔一〕

信天天自劇憐余，坎止流行任所如。中路不教悲彳亍，方知脱輻是安車。

校勘記

〔一〕『傕』，詩稿本作『雇』。

口占贈竹泉

已分岐前路，何圖逐後塵。事真同塞馬，書不損河鱗。意外翻成喜，緣深自有因。且終今夕話，莫更問來晨。

書所見

小車續續碾飛埃，扶老辛劬更挈孩。幾度停鞭遥借問，渡河半自景州來。

捄荒自古説移民，此日流離獨愴神。爲問濟寧麥多許，可能分活萬千人。

口　占

西江何處乞分波，援手無緣況忍訶〔一〕。最是傷心看不得，馬前迎拜白頭多。

校勘記

〔一〕『援』，原作『擾』，據詩稿本改。

旅餐二首

盤中麥餅幾層攤，菽乳珍於九轉丹。兩勺黄粱一甌粥，更無餘味可加餐。

香茗難消土銼烟，五旬滋味斷腥羶。若教雞黍行廚給，早費何曾十萬錢。

竹泉夜酌談及捉車之累即席賦贈時竹泉赴直督幕府

刻燭郵亭賦授餐，阿誰惆悵阿誰歡。休忌此日征軺累，好念他人行路難。呼向登高聲易應，險曾親歷膽方寒。江南冀北風何似，一例民稱父母官。

將至河間竹泉分道而去口占贈别

相逢岐路許相親，儒雅吾師氣味真。臣客何時徵火色，廿年辛苦説風塵。

燕南元氣相公培，借箸還資幕府才。憑仗毫端濃雨露，陽春脚向萬家回。

獨輪車子去如流，半自南皮半景州。他日怕勞營撫字，鳩容親入旅人眸。

去去河間更幾程，榴花照眼是離情。壎箎聲裏蒲觴舉，話到瞻雲客思生。

未了名心烏鳥私，鐫華石墨淚千絲。天涯若念相思夢，爲乞才人幼婦詞。

寄示坊培兩兒

六時功課近何如，兄弟觀摩樂有餘。欲識金臺覊客味，藕花香裏日鈔書。

畫荻當年負母慈，徵言萬一展烏私〔一〕。虛聲徼倖牽連著，到處人知節婦兒。

文學爭推侍從官，星軺續續出長安。戊子、乙未兩同年爲主試者七人。問奇賴有侯芭在，謂陳生肇麒。幸不人將俗吏看。

藥裹封題餉病妻，持門辛苦目生翳。勞渠新婦親調膳，健對秋風好下梯。

一紙書來抵萬緡，郵程克日到文鱗。緘題喜見平安字，讀罷翻疑未盡真。

覓舉文知夏課忙，好憑心力趁槐黃。宦情我已浮雲薄，祖德人言源水長。

校勘記

〔一〕『徵』，原作『微』，據詩稿本改。

答楊涓泉孝廉中含簡訊

聖代官方薄海同，微臣靖獻愧私衷。欲求有米無塵處，不廢焚香掃地功。衙散一燈閒詁字，郊行三月課栽穜。遠勞手筆咨除日，此意從教笑阿蒙。

贈沈相士

曉鏡頻看白髮侵，寸丹未改少年心。簞瓢境樂憐兒女，富貴機危誠影衾。老病漸經唯欠死，去來休問只言今。虞翻骨相吾何似，擔得窮愁旋旋深。

題　畫

樵徑何處尋，山水兩面互。中有采芝人，應伴白雲住。

贈徐端揆甥

古屋藤花老，廛中小有天。風流前輩韵，氣誼主人賢。高樹凉容借，長吟静自便。茶瓜鄉味好，情話劇纏綿。

若翁吾姊壻，交契弟兄如。共賦三條燭，先歸百歲居。餘年今健在，多病昔愁余。難忘回生術，方鈔効驗書。

宅相憐吾子，英聲日下騰。才從薪膽出，家先冶弓承。翻訝名心淡，因諳世味曾。報劉縈午夢，歸思計時增。

洛思佳日夕，吾亦愛看山。肯以微官縛，而忘十畝閒。飛曾憐鳥倦，心早逐雲閒。墅約他年賭，扁舟約往還。

題徐春田同年志鼎東湖脩禊圖

十年索米小瀛洲，九派波長未盡游。夢裏湖山圖裏識，悔教塵牘苦埋頭。

浮雲有脚漸離山，一葦隨風未許閒。收拾春光歸畫稿，放衙時節認鄉關。

錢公子詩和沈元閣同年晨韵

捐魄無端更累親，蛾眉能使象焚身。可憐禍水難歸壑，誰信飛花不染塵。八拜早忘攜手處，九原空有斷腸人。陰曹若解平斯獄，一例辜恩未了因。

七月十四日夜立秋二首

漏咽銅龍暑暗辭，金鳳纖出雨千絲。打窗一夜梧桐葉，斗覺新凉上被池。

征輪三月滯長安，歸夢時驚行路難。料得兒衣初製袷，燈前人話客衣單。

代柬答丁周遠先生

餐惟疏水室三椽，七載攀嵇信有緣。小子傳聞黄犢健，先生好與絳帷懸。衰年事最傳經急，遠道書如見面然。盼得江城鄉國近，春帆飛迓米家船。

寄培兒

念我何心緒，男多望汝賢〔一〕。資猶饒樸厚，習莫近陂偏。蒙養泉初出，家聲火始然。分陰須自愛，弱弟正隨肩。

校勘記

〔一〕『望』，原闕，據詩稿本補。

寄堉兒

小弱偏憐汝，聰明望勝余。應知齠齔後，不似髫髦初。識字從師授，承歡伴母居。詩書餘澤在，努力事經畬。

詣熱河行在引見往還得絶句十首

傳喚齊班到闕門，雁行鵠立幾分番。繕成脚色無多字，儌倖榮叨賜第恩。七月廿七日，欽派大人驗看。

筍輿平穩託雙騾，險最驚心是下坡。四百里餘青不斷，引人山色過灤河。

四面山圍萬隴賒，黄粱黑黍足篝車。宵來凉雨添新白，開遍秋田蕎麥花〔一〕。

百折危崖一線升，重重掩覆畫難能。馬蹶得得盤雲上，直到青霄最上層。

廣仁嶺上點名纔，路記沂公墨斗迴。下馬讀碑重頓首，險途不是五丁開。康熙年間開通此嶺。

古堞峨峨百仞堅，前朝曾此計防邊。即今疆索通殊域，天險重關道蕩平。

臚傳悵未識龍顔，行殿瞻天咫尺間。儉甚堯階茅不剪，凉蓬高捲唤排班。

奏罷名銜屏氣徐，客城吏待聖人除。虞瞳朗徹無私照，天語親聞用董書。董君名書，以補班首列擬備。是日奏履歷訖，上諭用董書，遂退班。

纔辭丹陛便迴輪，例許秋中作選人。贏得身閒安穩睡，夢魂猶自繞勾陳。

最難調護是暄寒，晨衣輕裘午衣單。馬上看人營藥裹，病身偏喜得平安。

校勘記

〔一〕『蕎』，原作『蕎』，據詩稿本改。

石匣旅舍用題壁韵同董毖齋同年書湯稻村明府元芑作

迢遞灤河伴客驂，居然人衆已成三。路經石匣萬重翠，情過桃花千尺潭。澗外泉鳴琴入聽，車前月上鏡開函。好留他日相思夢，燭剪雙條話未酣。

再疊前韻贈董湯二君時閏七月初十日

扈蹕人多此駐驂，征軺兩兩更三三。辭巖水散同趨壑，出海輪孤獨印潭。玉自品題都長價，劍曾拂拭會辭函。詩成不盡懷群意，宦味何如詩味酣。

旅思三疊前韻

勞人遑計息征驂，爛熟思今已再三。何處美人青玉案，無多鄉夢白龍潭。潭在敕廬前南三里。癡兒可解花生筆〔一〕，故帙偏愁蠹滿函。便計頭銜叨百里，湘湖蓴熟飲誰酣。

校勘記

〔一〕『花生筆』，原作『生花筆』，據詩稿本乙。

長晝

褦襶何嫌斷法還，晝長贏得六時閒。棋逢敵手偏多劫，詩到懷人不忍删。事介信疑千慮少，情干家國一心關。從今合有擔愁力，未許參軍語學蠻。

異聞

異聞新自浙江濱，幾日喧傳徧搢紳。誰説官箴容若輩，未應子職有斯人。摸棱不礙成寬大，破膽能無畏鬼神。萬里天閽成咫尺〔一〕，由來視聽繫吾民。

校勘記

〔一〕『成』，原作『威』，據詩稿本改。

與丁紉蘭同年倜

清歌聽唱日銜山，斗覺顛毛點點斑。夢欲渡江蟲喚住，愁才離席雨催還。分明宦味雞餘肋，繚繞名心酒駐顏。相約城南同攬勝，未官且覓片時閒。

漫　興

點檢行箱試袷衣，歸驂應伴雪花飛。閏年秋近凉先緊，獨夜更長夢亦稀。遠志漸因更事減，塵容怕爲食言肥。虛名幸藉儒冠力，敢説文章不療饑。

汪龍莊集卷下

題翁鳳西儀部元圻聽松圖

飛濤入耳有餘清，兀坐岑苔静不驚。恍是小園新雨後，風聲併入讀書聲。

題翁鳳西儀部撫帖圖

惟有能琴人，勾撥解理意。惟有能弈人，攻守知位置。六書道亦然，不學不能議。吾友鳳山英，卓乎朝陽瑞。猶憶客拓湖，芳躅忝同地。作書小緑天，乞者環列侍。化雨君育才，簿書吾佐治。固知雅俗殊，敢言政學異。忽忽十載餘，翰墨益精粹。示我撫帖圖，妙揭探奇祕。蔡襄烏絲闌[一]，山如懸腕臂。定已自成家，豈特規橅備？觀圖緬昔緣，愧此湘江吏。奚以持贈爲，陳言差竊記。作字非求工，筆至敬亦至。質君君許否，應諒不能字。

校勘記

〔一〕『闌』，原作『蘭』，據詩稿本改。

遣興

不羨丹砂不愛禪，琴亭書庫夢中緣。何時斗酒能謀婦，日讀香山池上篇。

寄兒子繼坊

三伏曾無兩日晴，宵衾夢覺尚嫌輕。故鄉暘雨知何似，米價江東可易平。
談天客去便紬書，到眼焉烏掃葉如。除是乞言章母節，不曾輕謁貴人廬。
卷裏煙雲畫裏山，髩邊無計退新斑。頻來學得安心訣，掃地焚香漸解閒。
病身拚與鶴同癯，應馬呼牛自見吾。百念即今拋欲盡，關心無奈藝蘭圖。

久不得家書寄兒坊四首

游子懷故鄉，在遠念彌鬱。嗟余至情人，倫理重家室。一月書一函，郵程可計日。如何首秋書，逾期久未達。臨風首屢翹，獨坐指頻屈。亦知懸望虛，其奈內憂切。汝母平安否，得毋汝病疢。不然有他端，未易窮曲折。豈應慵且疎，逡巡忘舉筆。轆轤縈百疑，輾轉增蘊結。

蘊結夫如何，此身已許國。家累難盡排，相望隔南北。仲秋下旬中，就銓例除職。遠近安可知，恭惟聖恩錫。小臣筋力衰，鞍馬愁未歷。況復才樸疎，分難試繁劇。斗大一江城，庶幾不素食。官事約略諳，猶堪自鞭策。餘力課汝曹，績學衍先澤。此願似未奢，繾綣緬疇昔。疇昔常依人，讀律以爲養。喜遘主者賢，義取日無曠。録牒驚夢魂，持法慎銖兩。咄哉操切非，借箸籌保障。忍如畫葫蘆，草草依舊樣。掣肘時不免，紛擾俗客謗。端恃區區誠，迂拙靡弗諒。徼倖身親爲，甘受故人讓。我聞宗祊材，位置唯哲匠。得失誰預圖，努力端所向。所嚮吾夙端，素絲凜緇染。浩浩岷江波，發源僅觴濫。識易當局迷，機或臨事暗。讀書先做人，遺訓方寸塹。北堂耿幽光，熤熤銀筆掞。鉅公閔吾誠，贈言語無泛。牽連及兒孫〔一〕，奬借期有驗。慄慄執玉身，萬一蒙垢玷。將貽言者羞，豈惟我生忝？作詩寄汝曹，此意當共勘。

校勘記

〔一〕『牽』，原作『章』，據詩稿本改。

贈日者朱生

功名誰辨甲雄雌，生不逢辰數已奇。吏用慚無才學識，身宫怕值斗中箕。乘風豪氣今垂盡，炳燭餘光事可知。一語勞君籌勇退，門栽五柳定何時。

毖齋同年納姬人即贈二首

怪底眉間黄色浮，珠量百斛使君優。生兒他日名遥集，可許人呼似阿侯。

問年真箇破瓜符，煖老還教燕玉輸。看罷晨粧應失笑，芙蓉臉對雪霜鬚。

送毖齋之官容城

閩江雲隔越江天，桂籍遥聯亦偶然。不是灤河車馬共，誰從人海問薪傳。

天顔咫尺日雲如，行殿齊班屏息餘。幾輩親民侯百里，榮名獨荷聖人除。

海外陰成桃李穠，貞珉沔水勒循蹤。君由臺灣廣文初令沔縣。最憐此去王畿近，早晚賢聲達舜聰〔一〕。

忠懃高風應未湮，楊枝楊葉可逢春。知君化俗先名教，好禁樵蘇潔澗蘋。

相公元氣浹幽燕，風雅人傳太守賢。福命應推君第一，上官易事令如仙。

我亦行將步後塵，飲君氣味十分醇。藤花廳上呼名過，記取陪班第二人。藤花廳在吏部大堂後西偏，七月廿四日，余與君同以擬備過堂。

校勘記

〔一〕『聰』，原作『聽』，據詩稿本改。

輓區延清同年洪相二首

嶺南才子老書生，纔到金門撒手行。應羨浚儀新補缺，不教冢宰一知名。文章報國懸初志，松菊還家孤昔盟。博得頭銜前進士，誤人奔走是浮榮。

往事沉思劇渺綿，霓裳同詠大羅天。星奔痛讀三年問，櫻宴虛留一面緣。問疾悔教投刺晚，到門翻訝闔棺遄。扶胥江遠魂何處，酹酒臨風淚似鉛。

盼家書不至

魚書何時到，居然過萬金。未應書絡繹，都付客浮沈。鬌向愁邊白，家從夢裏尋。寒衣縫不得，隔院遞䃺砧。

觀京闈舉子入場卻寄兒坊

風搏冀北鵠鸞翔，覓舉人應到處忙。不是春波功入甲，麻衣逐隊也觀光。

蠶聲下筆興如何，到此功應念揣摩。容易繭成絲五色，春來誰最食桑多。

薄海人文聚此中，南天分與桂花風。機邊錦樣新翻巧，側鬌低哦燭影紅。

垂老光陰駟馬馳，傳經心事鬌毛知。無端望汝成名早，痛絕蹉跎負兩慈。

中　秋

露洗圓靈夜色妍，天街爆竹襍歌絃。貪看宣武門前月，定照團圞兒女筵〔一〕。

校勘記

〔一〕『筵』，原作『庭』，據詩稿本改。

題宣年伯母孟太孺人六十壽言册後

節母壽六十，鼎鼎逾八春。我友奉錦册，猶乞頌壽文。小子恥勦説，閨範誰縷陳。況久辜子職，壽言非所欣。於母不敢謝，事與二母均。賦命恨煢薄，冰霰摧貞筠。黽勉持門户，治家如治棼。作苦忌其瘁，指血充米薪。鞠孤自丱角，蔚爲王國賓。劬躬三十載，烏頭矗嶙峋。我友大孝子，能奉母陶甄。力養來以筆，潔白娱昏晨。即今服官政，板輿手扶輪。迴念茹苦日，得母吮以呻。小子恃二母，雙絲繫千鈞。中更靖家釁，較母尤艱辛。兒壯母力瘁，殁齒長食貧。豈不期捧檄，風樹悲逡巡。我友大孝子，至性通昊旻。色養由善養，未漓孺子真。能減母憂患，能培母精神。禄養從此始，美報昭令聞。小子行不逮，天譴遭蹇屯。課兒圖夜績，何如侍針紉。乞言徧天下，何如承笑嚬。展卷顔忸怩，媿非我友群。我友大孝子，烏私獨能申。側聞康寧福，堂上髩未銀。繞膝孫幾輩，點頷飴許分。行見榮八座，上壽可洊臻。與人衆母頌，遠播荻訓芬。頌壽先頌節，勿訝語不倫。頌壽兼頌孝，致孝端有因〔一〕。報母養未足，作吏師其循。平反母色喜，鸞誥來紫宸。吾皇隆孝治，宸翰褒恩勤。今大臣有老母者，皇上多賜匾音，以昭寵錫。寰海頌節壽，揚名慎立身。握管三太息，嗟哉我何人。

校勘記

〔一〕『孝』，詩稿本作『壽』。

胡海嶼孝廉如瀛過訪寓齋即贈二首

人海馨聞萬口傳，白雲南望目長穿。讀書豈藉題名重，養志端應及第先。文到鷺坡纔長價，晷移駒隙漸催年。好將吉語春風遞，華國榮親事兩全。

十載神交見過聞，拚教筆硯爲君焚。完書重賴搜遺力，余搜《越女表微録》，缺上虞貞節事，君爲搜補五十餘人。錫類兼榮表節文。君書《雙節堂記》上石，兼撰五古三十韵。心幸能同商愛日，德無可報策凌雲。何時更下陳蕃榻，翦燭西窗話夜分。

沈元閣同年晨出宰渭源贈詩四首

讀書心許國，那復計王程。叱馭邊關遠，看雲旅思生。政難籌地瘠，時好及秋成。最愛身兼僕，輕裝出帝京。

珍重加餐飯，行行莫憚勞。幸無防蟻穴，兼免刮龜毛。官事知能了，吟情想更豪。伊涼新製曲，好與寄江皋。

最難捐内顧，君意獨超然。貧是書生素，閒惟静者便。悟來心即佛，君方攻内典。到處令如仙。爲頌封侯句，商瞿莫問年。君尚未有息嗣，以道遠不能將家。嘗言年至商瞿，得子未晚，聞者憮然。

淵明真畏友，茂孝舊知名。向聞畢秋帆先生稱甘肅兩詩人，謂鎮番陶午莊、伏羌楊蓉裳兩明府也。鼎立推吾子，星分悵此行。好將文學化，永靖觸蠻争。上考他年紀，應緣撫字成。

聞元閣南中信到有舉子之慶詩以賀之四首

臣心早已分忘家，匹馬秦關去路賒。天意欲成循吏志，春風先與茁蘭芽。

繡榻閒看繡褓新，懷中啼笑日精神。知今不暇登樓望，便博封侯未誤人。

載路遲因捧檄遲，高門吉語待君知。南天門外朝天日，記取麒麟墮地時。佳兒之生，以七月初一日。是日君赴熱河引見，與余同出古北口。

繡繖光從曉日開，祥徵先自趾離來。趾離，夢神名。阿誰圓夢吾能説，應是文章蓋世才。君於得信前夕，夢繡繖一柄張於日中。

元閣過寓齋話別再贈四首

齊年九十四人中，志趣知能幾輩同。齒叙當時君最少，頭方似我目偏空。風流曾記推張緒，嫵媚今尤愛魏公。報國好憑稽古力，恭聞儒術繫宸衷。近有大吏奏開捐例，上以科目選人壅滯，不許。又稱都御史紀昀爲讀書人。

擬進陪班拜紫宸，瞻依行幄記秋辰。天心自重親民吏，臣職應爲保赤人。南楚棠留餘蔭在，西秦雨逐下車新。跛牂敢詡能隨驥，媿向雲衢躡後塵。

傳看除目幾迴腸，怕說山鄉愛水鄉。臣力衰難鞍馬試，土風習易箸籌良。繭絲治自非吾分，優孟官曾與婦商。願得江城如斗大，訟庭人散課耕桑。

天威萬里控遥關，此日伊凉肘腋間。地入豳風圖畫古，官如僧舍鼓鐘閒。相傳談虎顔猶變，料是栽花興未慳。爲問泉明腰折未，新來吟鬢幾痕斑。

八月廿四夜夢中誦東坡好竹連山覺筍香之句次日籤掣寧遠縣缺詩以紀之〔一〕

百里居然司水鄉，天憐衰病便舟航。夢中詩讖明如畫，山到蒼梧竹筍香。

校勘記

〔一〕『紀之』，詩稿本作『紀』。

得家書

十旬書不到，弓影欲成蛇。櫪馬喧殘豆，街籤亂曉鴉。宦情輕黻佩〔一〕，歸夢說煙霞。奇絶宵來燭，摇紅慣作花。

校勘記

〔一〕『宧』，原作『官』，據詩稿本改。

除寧遠令寄家人二首

填門冠蓋賀新除，獨對殘燈淚浥裾。積慶衍從貽穀後，微名成自斷機餘。髭經鑷白身將老，紙待焚黄報總虚。幾輩捧符談禄養，書裁馹使迓潘輿。

永州道出瀙河東，斗大山城愜素衷。百里宰慙稱父母，一經計欲授兒童。衰年幸許叨微禄，病婦何時耐曉風。料理堂封先請假，首塗記取小春中。

喜蔡蒿床廣文環黼過訪二首

十年斷魚雁，忽訝款柴關〔一〕。塵裏衣猶素，冠中髩未斑。名心秋水淡，歸興白雲閒。便約聯床話，仙舟伴李還。

宧地誰能擇，荆南事事便。微聞山似畫，應許吏如仙。鄉味魚兼米，官程舸與箯。此情君獨會，竿木信隨緣。

校勘記

〔一〕『柴』，原作『紫』，據詩稿本改。

贈錢裴山孝廉楷二首

生並傷孤露，君猶是吉人。撑腸餘萬卷，愛日及三春。薄命尤憐我，微官不逮親。贈言何惻楚，高義薄秋旻。

文端薪火在，門下署門生。世誼如兄弟，師承見性情。契緣文字密，心並履臨驚。吉語春風遞，湘波路幾程。

豫壽宣年伯母孟太孺人七十

歲午月在酉，謁選來京師。宣君我同譜，握手陳母儀。言某生四歲，母氏青年嫠。大母頭早白，弱弟胞乍離。食貧百劬瘁，門户瞟復支。旌門十三載，道遠難徵詞。讀子雙節集，惻惻心自知。母今六十八，隔二七十期。幸叨薄禄養，可奉介壽卮。官轍行且判，乞言何敢遲〔一〕。子文能摭實，藉以解母頤。我昨書序後，語頗多歎咨〔二〕。約略具貞範，複述夫何裨。再拜告我友，令長非易爲。推恩及蔀屋，如母慈子慈。庶幾母色喜，加餐自凝釐。萬家頌壽母，烏用小子詩？

校勘記

〔一〕詩稿本『遲』字旁有小字改爲『違』。

〔二〕詩稿本『歎』字旁有小字改爲『顛』。

山陰金嘯竹明府仁仍回浙江候補即席賦贈二首

舊作山陰令，人喧父母聲。賜環欣此日，借寇愜輿情。雅以循循誘，而無赫赫名。懸知馳竹馬，巖壑又增榮。

王路惟君使，荆南安樂窩。大夫賢易事，小邑政無多。從子聞休養，斯行足嘯歌。談諧俱治譜，莫問夜如何。

乞翁鳳西儀部元圻雙節詩久不見惠得詩五首促之

鏤冰繪雪紀貞慈，到處恩憐烏鳥私。慙媿積誠猶未摯，卷中獨少故人詞。

半載京華頻把袂，一回相見百回求。七千里外荆南路，盼到郵筒更幾秋。

昭彤立教春官事，況在枌榆耳熟餘。表節若真無箇字，如椽筆更爲誰書。

能事誰容頻促迫，相逢欲語幾俄延。記來小緑天前見，拜手徵文過十年。

鎖院三旬見面稀，官符火急去如飛。臨分更欲維駒待，萬一揮毫賦仉機。

重九日喜陳生小南肇麒秋捷即席書贈

軟紅踏徧六街塵，今日登高意象新。索米舊昔慳旅食，觀光今喜利王賓。三竿影上心垂冷，千佛名尊氣乍伸。向來撤棘皆在子丑之交，是日聞喜，日已亭午。最愛吾家賢宅相，謂徐端揆。早知曲逆不長貧。

文字緣深偶合併，幾回翦燭話雲程。識途我媿中山馬，出谷君如二月鶯。別去衡陽峰九面〔一〕，相思冀北月三更。白蓮花發孤吟處，遥聽臚傳第一聲。

校勘記

〔一〕『峰』，原作『嶧』，據詩稿本改。

慰黄韵山上舍泰下第

人生何必生相識，傾蓋論交多偶直。文字相於性命依，亨屯歷歷都身即。嗟君負米幾經年，訴我窮愁憂在色。得失原知泡電如，可憐岵屺瞻雲陟。秋風多少斷腸人〔一〕，南望家山悲旅食。挑燈重誦矮簷文，命實憎之匪不力。此情此景我曾諳，前塵不耐重追憶。我猶若此君奈何，知否吟蟲喧枕側。夢回鄉思來復來，起作新詩紓偪仄。讀書讀律用有時，至竟文章能報國。雁南好附鯉庭書，爲道三年已瞵息〔二〕。

校勘記

〔一〕『秋』，原作『愁』，據詩稿本改。

〔二〕『瞵』，疑當作『瞬』。

題程年伯母錢太夫人壽像

憶昔鄉貢士，同榜多孤兒。友程年最少，長自堂上慈。是時交未習，未得瞻母儀。今年月在西，謁選來京師。展敬拜堂上，再拜心暗摧。小子少孤露，手澤珍父遺。嫡母與生母，艱苦門户持。聞母述家事，二母儼在兹。小子薄禄相，捧檄虚涕洟。恭惟母老福，渥丹顔豐頤。褕翟輝命服，綽楔旌門楣。賢孫頭角見，含笑爲含飴。迴念初寡日，一女胞甫離。祧祀懸有待，身殉家孰支？延息歸素旐，遠奉良人輀。猶子同腹出，雇乳餔以糜。四十六朞月，寒冰到春澌。中曾錯變患，魂驚知者誰。兒知對相泣，翻懼旁人嗤。收淚課兒學，成名以爲期。舊業藉不墜，心力亦既疲。畫師善寫意，愔愔藴憂思。讀畫重掩泣，小子生何裨。母境二母境，二母今安之？我友義方秉，守身無點疵。祠部推獨诵，起家鳳凰池〔一〕。公才兼公望，鴻羽占漸逵。母也顧而樂，晚景彌恬怡。榮子以壽母，皇天信無私。小子行服政，冀免遺體虧。見母如二母，教誨幸勿辭。庶與我友勵，永永相切劘。

校勘記

〔一〕『池』下自『公才』至『皇天信』二十八字，原闕，據詩稿本補。

贈丁秋水孝廉溶二首

最愛君家山水窟，十年彈鋏白蘋洲。捧符今日浙中去，仍在荆關畫裏游。

相思相見俄三載，人海才推第一仙。記取九疑峰下吏，白蓮花發聽臚傳。

用過訪韻二首留别海嶼

好語遥期驛路傳，春來楊葉定能穿。成裘粲以千狐集，布局贏惟一著先。錦到光明騰異彩，田餘膏澤兆豐年。知君學過屠牛技，投刃何曾更見全。

湘轉帆隨證舊聞，從今吟草未須焚。風塵不礙看山興，猿鶴休移走俗文。翠袖凉生千畝竹，澄波晴漾九疑雲。頭銜待署神仙吏，莫用歌驪惜袂分。

贈馮百史孝廉宬〔一〕

叩門忽訝高軒過，握臂通名一惘然。墨絰悲看公子淚，春盤憶侍丈人筵。口碑是處喧遺愛，手澤曾經賁下泉。尊府君曾題先君子遺像。覼縷轉欣聞近事，承家風雅藹孤騫。

校勘記

〔一〕『宬』，原作『宬』，據詩稿本改。

周耕厓同年廣業冬集紀程題詞四首

鴨觜舡兼葦篷車，帆南轅北九番餘。余自己丑至乙未，公車往還，及今謁選入都，凡九度矣。匆匆過眼無留字，媿讀先生冬集書。

到處新聞印舊聞，偶然拈筆總精勤。他年若續皇華紀，可肯人云我亦云。

三千百里觀光路，五十七辰行役時。紀起癸卯十二月十八日，訖甲辰二月十五日，得紀程五十七則，雜體詩凡四十首。獨抱閒情搜古義，惜陰心事卷中知。

語到同心定不謾，風帆最好是旁觀。君行遇順風，舟人甚喜，君獨有戒心，謂不如風恬較穩。憶余舊有贈人句云：『花香最好初開日，舸穩偏宜小逆風。』頗同此意。當頭棒喝慈悲甚，莫作尋常行紀看。

題宣蘭谿同年聰夜燈課子圖

我聞有子萬事足，子若愚騃未爲福。百年富貴浮雲如，子克承家美貽穀。綿綿世澤傳一經，此事合教蒙養塾。往往從宦課便荒，無奈流光付牒録。與君一例生曰孤，父書零亂誰卒讀。閨中慈母兼父師，書聲欲斷機響續。青燈如豆宵不眠，一音一義累三復。曉起尚愁訓詁疎，令捧書就鄰家塾。兒曹禄命踰吾儕，忍使分陰擲騎竹。挽鬚問字真樂存，作吏庶幾亦免俗。夙興廳事向晦休，料不因私廢官牘。君不見銅荷燒蠟輝華筵，絃管三更顧誤曲。又不見園亭卉木供嬉娱，晝長苦短游秉燭。何如一燈對聖賢，與兒搜討鑑前躅。披圖好策稽古勳，爲清時琢豐年玉。

留別俞桂峰廷掄太史戴東珊殿泗孝廉二首

師門古誼幾人同，格度端凝數二公。學士才名鸞掖重，儒生手筆鳳樓工。吟情冀北三更月，別路湘南五兩風。愁絶雞刀初試割，箴規好與述丸熊。

玉尺分量工且明，囊錐穎脱有光榮。三條燭下文章契，數仞牆中美富并。自此頭銜輕令長，東珊已議叙知縣。相看接跡上蓬瀛。春來桃李花開日，更聽臚傳第一聲。

贈王湘洲畫師元勳三首

十載知名識面難，連牆誰分客長安。望衡寫罷圖讐字，只欠拈毫補藝蘭。

潑墨澆花日閉關，客來小犬吠銅鐶。軟紅塵裏人如海，誰似先生一味閒。

長愁鞍馬日難勝，徽倖湘南畫舫乘。領取帆開峰九面，聽風聽水到春陵。

贈李立山明府廷輝之官長寧二首籍安徽時告假省親

片玉曾傳覓舉文，長名綴榜快連群。藤花廳畔初相識，讀律時商百里勳。

驛路同隨雲水長，雙江南去接三湘。輸君一事真惆悵，晝錦歸先迓北堂。

題宣蘭谿滋桂圖

一枝分掇薌林艷，記取天工雨露恩。汲向心源滋不盡，從教自葉更流根。

題孫生元英魁乘風破浪圖

渾茫無際接遥空，萬里帆隨破浪風。好與回頭尋岸泊，莫教長逐怒濤中。

留別茹三樵前輩敦和二首

桑梓陰連未接茵，萬人海裏履綦親〔一〕。卅年早幸香名熟，百里今傳治譜新。數仞牆誰窺美富，一行吏自異風塵。摳衣領略提撕意，書徧顓孫别後紳。

逢場竿木笑隨身，鶴料還浮三百囷。臣力愁難酬聖主，家聲怕易玷先人。風流爲政師承古，寧静當官邑號新。倘念南雲憐學製，瀟湘是處有文鱗。

校勘記

〔一〕『海』，原作『梅』，據詩稿本改。

贈宣蘭谿同年聰四首

春榜同需次，逡巡十二秋。長安欣把臂，舊事話從頭。翻媿依人客，非緣負米遊。皋魚千古淚，竊禄祇身謀。

同抱孤兒慼，君猶是吉人。采蘭營貳膳，愛日及三春。誥紙鸞迴字，潘輿手御輪。從知毛少節，色喜爲慈親。

分作湘江吏，途紆越水湄。仰邀仁主鑒，過恤小臣私。許國酬初志，從公敢後期。南天回首望，應是出都時。

親民官不易，與子合交箴。勞是書生分，才休長吏侵。未應愁掣肘，且漫試鳴琴。珍重三年最，天涯聽好音。

別同年胡安址太史榮四首

聞説浙中路，離家四十程。客都嫌道遠，吾自愛身輕。縣僻宜初吏，名微怕過情。江鄉風土習，萬一勵勤清。

貧是儒生素，閒唯静者叨。不憂鞍馬瘁，敢惜簿書勞。五斗香秔足，三竿竹影高。公餘容索句，何必遜仙曹。

拂架書容借，傾心語不留。由來知己分，獨比故人優。尊酒緣初訂，風簷契更稠。乙未前二日，余過武林劉仙圃寓廬話別，君適從江右至，始於座上相識。闈中得同號舍，復同出湯蕘南師門下。翻愁鴻路斷，攬袂思悠悠。

最憶吾師訓，同門士不凡。蕁南師謂是科門下多修謹之士。雁行恥齒序，蠅字寫頭銜〔一〕。情話何由罄，離愁未許芟。懸知芳訊密，浙水盼魚函。

校勘記

〔一〕『蠅』，原作『蟬』，據詩稿本改。

留別周耕厓同年廣業二首

同是傷孤露，相逢重鬱陶。等身商述作，灑涕説劬勞。贈我珠千斛，憐君髩二毛。瀧岡阡待表，珍重續文豪。

別子浙中去，談心更幾晨。頭銜依下吏，手澤痛先人。濟物慙無術，乘時幸有因。贈言仁者事，何以慰書紳？

別同門孫寄圃太史玉庭

舊作錢塘客，人傳循吏名。尊君貽治譜，吾子大家聲。徼倖風雲會，返陪雕鶚程。蓬山看獨上，歲月幾回更。

奉別總憲紀曉嵐先生昀四首

山斗遥瞻四十朞，今來欣竟奉光儀。三條燭早文章契，己卯被放，讀先生元墨，即深嚮慕。忝竊鄉、會兩試，皆稟先生程式。數仞牆容美富巍。乞與銀管褒勁節，能教烏鳥愜微私。傾將百斛孤兒淚，稱得終身北面師。

聆音節口十言餘，寫盡恩勤畫不如。地下有靈應結草，燈前纔讀已霑裾。任教冰雪摹陳迹，獨揭精神貫太虛。語未能傳賜轉轂，微公誰解恤皋魚。『聆音問疴癢，節口營饘粥』『及最不能言，惟有賜轉轂』，皆先生所賜雙節詩句。

父書塵篋讀難終，吴下長慙等阿蒙。自感劬勞搜齧櫱〔一〕，何圖賞識到雕蟲。輝祖承二母遺命，輯《越女表微録》五卷，先生歎賞逾分。大瀛是處容觴勺，小草居然備藥籠。太息此來真萬幸，雅懷獨見古人風。

稽首依依絳帳前，官程迤邐指湘川。懸知地僻宜初官，聞説民和會有年。三異人皆榮齒録，先生言門下有山西三士，能以廉勤著譽。一行吏敢負心傳。廉勤兩字親承訓，合向靈臺夙夜鐫。

校勘記

〔一〕『櫱』，原作『桀』，據詩稿本改。

丁秋水孝廉溶屢以詩見贈依韻奉答十首〔一〕

喚作官人不解爲，可堪名長更名師。天憐吟癖宜山水，乞與閒身看九疑。

才華那得古人同，讀史曾希卓魯風。辨取樸勤消月俸，循資萬一考中中。

永州紆道出杭州，夢裏荒阡草樹秋。乞得三旬修隴假，感恩淚落向東流。

孤兒活計出紉針，銀管争裁女史箴。記得虀鹽三百甕，聽來風樹痛彌深。

鴛駘誰與錦爲幪，休養虚談幕府中。今日身親愁不易，應憐舞鶴笑羊公。

家風忍改舊儒生，素願終尋鷗鷺盟。一輛羸車書幾櫃，雲龍門外記離程。

葉翦秋風短檠明，吴興交誼數生平。石郎未遇孫郎絀，謂石生應麒、孫生憲緒、憲佑。苕霅分流未盡情。

微聞打馬日營營，尤羨文如翻水成。爲語傳經心事在，愛名不是愛公卿。來詩有『消磨歲月樗蒲齒』及『位置只宜巖壑裏』之句，故答其意。

難拋別緒是多情，此去先愁鄙悋生。眼看浮雲衣狗幻，窮通不待灼龜荆。

念到蒼生媿謝安，肯教騎虎下時難。感君稠疊贈詩意，袖向官中百度看。

校勘記

〔一〕『韻』，原作『款』，據詩稿本改。

留別都門前輩四首 見刻集

百里頭銜試服官，台星回首望長安。策名自効清時用，責實誰知大令難。曾是佐人心欲碎，翻因歷事膽尤寒。耳邊詛祝分明在，可易民將父母看。

乞得鴻文徧搢紳，馬馱吟卷出層闉。牽連都及遺孤事，擔荷彌慙不肖身。忍忘熊丸垂訓日，怕羞金筆贈言人。捧盈執玉尋常語，愁結名場未了因。

算難藉手貢葵衷，臣職差能續諭蒙。耕鑿從渠忘帝力，雨暘好與說天功。敢云政拙勤堪補，盼是人和歲屢豐。致遠合籌寧靜術，官箴凜凜邑名中。

瀟江曲曲抱浙流，說到零陵更換舟。作吏許尋山水約，攜家同入畫圖游。傳聞縣僻風猶古，料得身閒興自幽。歸橐他年應不儉，九疑嵐翠望中收。

題徐端揆甥竹圃滋蘭圖

竹根穉子尋常見，最愛君家孝笋多。未是化工私雨露，春來雷動得天和。

祖竹陰濃九畹賖，東風拂拂茁蘭芽。雙鬟莫倚滋培力，一寸心田萬朵花。

陳研香上舍溋源屬題尊人秀巖先生閉門覓句圖三首

前輩風流圖畫開，卷中詩盡卌年才。當時料得門難閉，巷口高軒索句來。

飲名日下見鱗兒，詞律嚴於細柳師。子美應留餘憾在，未聞宗武也能詩。

負米南游痛所生，先君子亦旅没嶺南。傷心怕說五羊城。比來枯盡皋魚淚，相對孤兒又一傾。

都門同年編修王治山春煦嚴愛廬福翟立齋槐何雙溪思鈞吴蘇泉紹濂吴穀人錫麒戴可亭均元戴静生聯奎章仙洲宗瀛范芝巖來宗周芝田瓊胡安址榮孫寄圃玉庭侍讀陳伯恭崇本吏部李祉亭蘧户部李寧圃廷敬沈吉堂丙工部王石臞全孫張息園敦培陳蓮石學顔刑部張雲峰慎和中翰歸忍齋姚成邱□□桂山涂鎮莊日焕侍御徐□□如澍起居注顧星橋宗泰公餞時徐鐵厓編修立綱新春安徽學政之命鄧鈞臺爲綱之元城高念齋學濂之洵陽余介軒心暢之太湖謝曲江文濤之臨淄徐春田志鼎之南溪即席賦謝四首

同詠霓裳歲幾遷，新除南楚長民員。雲霄幸附齊年譜，絲竹欣陪小會筵。自笑頭銜蠅較細，人誇齒敘雁曾聯。他時驛路星軺過，手板遥看拜馬前。

一例承恩出帝京，驪歌稠疊感交情。文章任是冰銜重，師長官誰墨綬輕。干莫何時看合劍，和巢此日聽吹笙。十分秋净長安月，半照天涯半皖城。

南望松楸乞假歸，孤兒銜恤負春暉。記來丸膽心長苦，盼到椎牛願已違。愁聽同官談捧檄，時當獨坐淚霑衣。褒貞賴有鴻詞在，皦日光騰赤管輝〔一〕。

零陵東去古春陵，百里專城懼不勝。聞説苗猺猶錯跡，何緣寬猛得全能。敢誇詩料嬴山水，最好官箴畏友朋。卻待書紳勞贈策，臨分珍重勖淵冰。

校勘記

〔一〕『赤』，原作『亦』，據詩稿本改。

邵竹泉秀才鳳和方客直隸制府幕中以書問訊代柬寄別四首

依劉滋味卅年嘗，眼冷同儕醒亦狂。筆底有刀驚手辣，口中無蜜笑頭方。絶交廣論非關傲，知己何人劇自傷。最喜客緣垂盡日，如蘭契結板橋霜。

芳訊傳來潞水潯，披肝字字勤官箴。毫端絶少暄涼語，言外偏多責望心。飾治慙無才學識，持身算定去來今。早從代斲愁傷手，肯羨莊周躍冶金。

鞅掌長愁馬汪坡，輕橈恩許泛湘波。地偏幸不勞迎送，山好知應足嘯歌。敢望功名三載最，私期穩愜五年過。焚黄心事君曾會，此去真成安樂窩。

黄金臺畔半年留，畿輔風聲聽欲周。都説府公資畫諾，專勞上客効參謀。如君才氣真堪倚，愛弟琴書可自由。謂雲翹上舍。尺素莫愁鴻影斷，瀟湘是處錦鱗浮。

魯南畹吏部藺枝招飲賦別二首

哲兄吾畏友，謂絜非進士。萬里寄良箴。自有神靈護，何愁水火侵。絜非寄贈行序并書，因無邸寓，挹塘無從轉交，已啟函欲燬，適陳生肇麒闖見，取以相付。關心憂轉切，過計語彌深。矢作韋弦佩，□□愜素襟。

握手如相識，殷勤折柬招。無嫌商卜夜，未敢誤趨朝。是日因赴天安門謝恩，特訂夜酌。宦喜珂鄉近，書憐錦字遥。明星應共惜，愁聽馬蕭蕭。

十九日飲邵二雲編修晉涵寓廬邵雙橋吏部洪翁鳳西禮部元圻先後入席言浙闈揭曉已十日歷數新舉姓氏知兒子繼坊被放作詩二首寄之

客座喧傳浙榜開，姓名歷歷説於來。聞吾邑得雋者二人，一爲來君汝緣，一爲於君士宏。懸知十日宵深坐，念我腸隨浙水迴。

遲汝三年亦未嫌，冬餘紙筆好勤拈。匆匆又報槐花放，可許青袍更久淹。

胡海嶼偕王菉園孝廉煦枉顧敘別再疊過訪韵二首

妙處誰從惠子傳，豨膏未易運方穿。滄溟翼待風雲上，籞苑枝承雨露先。良夜知交欣此夕，郵程消息盼來年。惜陰好用三冬足，紀渻雞誰木養全。

九皋唳鶴野天聞，萬一規箴象齒焚。最怕名虚成久假，肯因吏俗戒談文。推篷江岸宵聽雨，拄頰衙齋曉看雲。除是蓬萊峰頂客〔一〕，塵中閒趣許誰分。

校勘記

〔一〕『峰』，原作『嶧』，據詩稿本改。

二十四日知繼坊秋捷感賦四首

科録頻喧望已虚，飛箋急遞課三餘。傳鈔忽見兒名在，不信真叨淡墨書。

題名到眼淚如泉，闈藝重披恐未然。坊兒闈藝甫於前夕寄到。如此文能如此遇，貞風祖德是天憐。

作吏新除山水縣，登科又及犬豚兒。九天雨露濡應徧，卻到臣家似有私。

科名望切記親慈，詳先生母行述。辛苦羈窗自教兒。不是通天孤孽重，北堂應得見孫枝。

日下知舊寵貽贈行詩文彙成四册作五古一首敬書其後見刻集

一官義從公，此身寧自主。念此身有來，忍爲官所苦。官重身乃輕，身官兩無補。我生良獨難，十一歲無父。二母鞠我身，教之守規矩。偶小尺寸踰，欲撻涕零雨。爲養讀律游，婉轉勗自樹。謂身三世傳，先德懸弱縷。凜凜慈母訓，艮趾嚴布武。貞節天所矜，一第幸承祜。痛今奉官符，風拊摧肝腑。豈惟養不逮，親死誰誨予？萬一違素心，玷親豈在鉅？徧乞天下文，卷帙浮尺許。母儀賴以章，兼爲官箴輔。感誦贈别詞，不襲寵行語。推本揚前徽，美意足含咀。相望修厥身，惟恐當官迕。我聞寧遠縣，爲漢舂陵土。曾哦次山詩，感歎色慘沮。行且身親爲，得毋忘噢咻。官未一日休，身須百方努。昔賢畏友朋，此義亘終古。寶兹仁者言，百朋遜片楮。

賦得蓬瀛不可望得秋字

聞説蓬瀛勝，蒼茫不可求。誰能窮望眼，自詡見神洲。弱水三千里，層城十二樓。空空思馭氣，杳杳任凝眸。何處尋群玉，徒聞外九州。萬重煙靄迴〔一〕，一碧海天秋。句憶唐宗好，圖從學士留。願言依太液，簪筆殿西頭。

校勘記

〔一〕『煙』上原衍『青』字，據詩稿本删。

前　題

蓬瀛何處是，望望路彌修。縹緲三山闕，高寒八月秋。渡誰通弱水，風不借扁舟。翠碧摇銀海，靈奇幻蜃樓。信期青鳥遞，鄉隔白雲幽。可易聞笙鶴，虚傳到斗牛。烟横勞極目，岸遠待回頭。咫尺瞻天近，恭添萬歲籌。

聞陶午莊明府廷珍舉子詩以誌喜

丈夫生子尋常耳，不信君家事獨慳。駒過逡巡愁漸老，熊占消息怕彌艱。喧傳日下遥聞喜，相識人來盡解顔。料得分甘湯餅急，馳箋星火報鄉關。

寄賀午莊鎮番二首

愛弟書來説故鄉，椿庭人健富詩囊。官中佳兆珠雙孕，只待郵筒報弄璋。

邊關宦味近如何，此日商瞿瑞氣多。樂奏房中絃静好，談詩應愛聽江沱。聞賢姬亦將免身。

喜於體乾士宏秋捷二首

十載同場屋，窮經又廿秋。能文孚士論，惇行荷天庥。志稍榮親愜，名纔媚學酬。登賢真不媿，吾欲勵儒修。

甘貧操内行，吾黨幾人能。望豈科名重，身宜福禄承。魚鱗初變化，鵬翼看飛騰。説項非私幸，鄉邦見瑞徵。

留别徐端揆甥二首

邸舍相依過半年，藤床竹几總安便。初生豐碩看兒健，小食精勤識婦賢。先子名緣同逝水，尊先君三應省試，皆與余同寓。故園情話待歸田。憐余宦興秋雲薄，會見頭銜換散仙。

驢券書成賦載馳，南中吉語噪芻尼。冰心節自綿前葉，蕊榜名真到大兒。豫乞君爲東道主，還如我向北來時。好將辛苦徵詞意，説與渠長念母慈。

出　都

單車來亦單車去，一篋衣資兩篋書。伴侶無端甥換友，孫甥蘭畝同余入都，今以事留滯，因訂徐春田同年作伴。裝馱不礙馬兼驢。微聞有子能承學，轉痛無人更倚閭。寸草春暉悲往事，征衫猶是手縫餘。

宿長新店遲徐春田未至悵然有作

滹沱橋畔踏層冰，簇簇遥山暮靄凝。同路人今何處宿，孤斟薄酒對殘燈。

檢閲同人贈行詩册

透遲驛路指三湘，恩許瞻塋出故鄉。心似庶星長拱北，身隨賓雁自南翔。更無訓與規封鮭，況是才唯類撮囊。感激同袍人愛我，臨歧諄切誡刓方。

春田辱和前詩疊韵奉答

蓴滑如脂釜可湘，吟情都愛説家鄉。龍鱗卅六攀雲附，鯤力三千擊水翔。幸未飄零元亮菊，何須羞澀少陵囊。瀟江流接巴江遠，他日相思天一方。

再疊前韻酬春田

西江南去是瀟湘，一路春風過水鄉。到眼晴山誰獨往，傍舡嬌鳥自雙翔。將家累重泥沾絮，從政心寒穎脱囊。祇有樸勤盟夙夜，與君盂水辨圓方。

三家店旅舍有題壁句不署姓名詩未甚工而草法絶精走筆和之

壓寒裘未力，開篋更增綿。古戍三家店，殘山十月天。塵飛風不定，窗暗燭初然。掃壁看題字，張顛與米顛。

驅騾行同春田作

琉璃河外塵影高，騾馱騾載如絲繅。騾夫驅騾咤叱豪，謂吾豢爾夕復朝。爾庇有廐飢有槽，匪需爾力胡爾芟。力小不稱頻鞭敲，騾也仰天悲怨號。嗚呼爾騾不自料，何弗麋鹿同逍遥？棧豆戀戀未肯抛，食人之食勞人勞。上公卿下簿領曹，量能給廩誰嬉遨？騾乎騾乎安所遭，主人芻粟非濫叨。

和春田韻

許身那復計田園，從此行同馬服轅。塵鞅長途殫日力，堂封抔土表天恩。看君漸佩黄金印，笑我難消緑蟻樽。驛報歸期應到舍，勞他穉子屢迎門。

書懷仍用春田韵

辛苦營巢奠故園，感深風樹是歸轅。微糈幸給妻孥養，豐祭難酬顧復恩。松到千尋真拔地，匏盈五石未成樽。五陵裘馬真兒戲，笑看輕裝卸里門。

雄縣早發

纔得衾温唤駕車，趨程晝短夜偏餘。眼花欲亂燈昏際，肌粟偏生日上初。口乍張時鬚已凍，齒當戰後氣難嘘。鈴聲未許從容夢，乞與新詩潑水如。

河間二十里鋪贈董生

青帘摇曳夕陽殷，幾處紅牙倚市闤。老大無嫌殺風景，有錢真不使河間。

漫河道中遇孫秋坪明府樹本相得偕行孫還新津與春田同官川中時亦請假南還〔一〕

城北徐公方並轡，江東孫策又隨班。兩川政得龔黄侣，二子名原伯仲間。此去離情三峽水，勾人吟思九疑山。忙閒他日憑誰較，記取漫河月半環。

校勘記

〔一〕『河』，原作『何』，據詩稿本改。

觀馬二首腰站邀春田秋坪同作見刻集

輿人恤馬力，不使殫力馳。廿里一飲水，卅里芻秣之〔一〕。計程行百里，卸鞍必以時。行步偶蹶佚，揚鞭不忍施。馬漸解人意，緩急無參差。如何爲民牧，民隱了不知。

我觀當轅馬，合車任獨負。群馬多自如，轅下空驤首。行止逐馬群，駕先卸每後。群力小不齊，覆車誰歸咎？傾壓到腹蹏，憂患獨身受。百里專城官，此義當念否？

校勘記

〔一〕『卅』，詩稿本作『卌』。

新店早行

林鳥未作聲，山月猶在樹。鈴鐸響不停，輪蹄已參伍。擁衾起徐徐，我僕亟扣户。謂車南北來，小緩慳逆旅。吁嗟行路難，即次惟所主。被衣不辭寒，霜氣穿絮紵。何處尋嬾殘，吾欲啖煨芋。

茌平車中

遠舍雞初唱，征軺早向東。馬蹄遥背月，人面恰迎風。霧凇懸高樹，炊烟出斷蓬。行過程六十，旭影尚曈曨。

自銅城馹至東阿舊縣

雙輪歷碌度山坳，犖确塵飛仄徑交。南望千峰來日路，雲根缺處見行庖。

坡陀起伏軌難方，纔得升岡又下岡。行過南天門外路，此間山勢總平常。

東平

纔出山程又入山，東平山駐夢魂間。夢回忽見朝陽上，已過東平南北關。

追和高唐旅舍題壁韻

衣塵未撲絲絃到，自詡歌喉一串珠。翦翦花聲誰博笑，卻教人憶古縣駒。

兖州道中

高曠澄一碧，顥氣涵混茫。貪看林際月，不覺衣上霜。安能屏氣息，鬚戟生鋒鋩。倏然空萬慮，身世欲兩忘。忽聞一鳥鳴，衆鳥紛翶翔。百物機自動，豈獨人事忙？上車擁被臥，且尋黑甜鄉。

春田愛步行余不能從口占戲贈

輸君脚力十分健，緩步猶嫌駟馬徐。我似眠蠶嬾成癖，車中睡醒一看書。

雇車至王家營行抵馬蘭屯懼以雪阻徑赴台莊卸載

東南風急浹旬餘，釀雪雲看一色如。前路莫歌泥滑滑，斟量中道早迴車。

甫至台莊雪大作

天意真憐客，不教雪壓車。記曾驚折軸，得免路歧嗟。

梁旺閘阻雪

來牟欣有歲，莫訝路行難。畫意推篷看，誰人馬上寒。

宿遷道中

春光不耐重回首，敗屋層層新履蘆。是處麥疇抽嫩緑，岸容寫出太平圖。

泊楊家莊

扣舷誰作越人吟，風激河流響夜深。篷背霜華舡底浪，迸將寒氣入重衾。

行抵袁浦春田以事勾留過舟話別口占奉贈

幾月牽連話舊盟，河干草草判離旌。從渠肘向臨池掣，與子心期浣雪清。政好無他先簡靜，民和第一盼豐盈。倦飛不作圖南計，努力扶摇九萬程。

淮　安見刻集

兩岸淮隄高過屋，隄下人家水中宿。隄東平鋪萬頃波，隄西稍稍見原陸。中流大舸聯作橋，競渡千夫操畚揭。水多土少可奈何，欲堙洪流先葦束。一鍤土踰一握金，官符星急無夜夙。隄上老人泣且言，皇仁自廣天心酷。月記孟秋日甲辰，清黄並漲交撞觸。七方口岸決同時，安東邑首埋魚腹。泛濫高寶連維揚，三百里餘罹慘毒。河湖一氣接混茫，奔走長官各蒿目。民命上繫聖主慈，治河使者相隨屬。五里霪洞十里渠，分之使殺河身復。窪田久已成巨洪，田略高亦水瀦蓄。爲魚爲鱉知幾多，存者三旬活九粥。昨年苦爲旱魃災，疫鬼春深侮煢獨。道殣縱横無一收，往往犬豕出殘櫝。何圖延喘百日餘，微命又遭河伯蹙。骨肉凋亡生亦徒，聲將淚迸仰天哭。嗟余素未習圖經，安知河勢起與伏。與河争地河日高，揚子江頭合四瀆。危絶淮安百萬家，釜底藏身偪水族。我皇神聖格天昊，其來雖暴退猶速。善後誰紓黼座憂，賈讓三策挑燈讀。

自清河至寶應作

百里隄西路，蒼茫千頃遥。如漚浮屋脊，似薺露林梢。廢是誰家畝，分從幾處消。蚩氓無達識，挂網蕩漁舠。

邵伯隄

河溢田兼田溢湖，波光瀲灔浸菰蒲。從教船傍東隄駛，風利偏愁失故途。

大風渡揚子江

濤頭層練卷，舡尾簸糠如。山近豘吹浪，風高雁斷書。轟雷驚安夢，飛雪濺征裾。定力憑忠信，陽侯倘佑余。

京口候潮步入西門訪王夢樓太守文治乞雙節文字

歸橈急渡曉江風，卻到江頭潮未通。天借閒身容乞語，五條街口訪牆東。

紀　夢有序

十月二十四日夜，舟行丹陽道中，夢先生母病容有感，操作如平時。已而手植一樹於庭，作五色花，鮮妍耀日。少頃，母秉燭上藏書樓，握五寸許竹籌數十付輝祖曰：『幾散失，好好收之。』隨下梯，倚竹牀立，忽形容豐碩，若三四十歲人。置燭於几，倚輝祖右肩，曰：『近來常有人拜我，汝須答之。』接指姓名凡十餘人。輝祖曰：『可以不答。兒見友人父母，固無不拜者。』母曰：『雖然，我何敢當？必須答也。』輝祖敬諾。仰見母容甚喜，因問曰：『娘今飯食大加耶？』母曰：『也只照常，卻無心事耳。』輝祖曰：『娘何必有心事？願娘長健，兒亦別無心事。』母曰：『大難，大難。』乃泣下。輝祖亦泣，旋執手大慟。會鄰舟相觸，遂寤，淚溢兩眶，流離被池間。悲夫，輝祖屢夢考妣，然率無語，即語亦不甚了，未有楚楚若是者。豈惟母健不可復得，即夢中承歡，又豈易易哉？悲夫！因急起被衣，書以誌之。植樹付籌，未識何祥也。

母兮母兮今何之，辛勤猶似生前時。衣表骨露兩頤削，手提汲甕升階墀。語兒近喜力可作，須臾出理機房絲。兒執一編傍機坐，撫摩如恤兒寒飢。何來一樹庭外植，扶疎仰見參雲枝。枝下爛縵花五色，朝陽影上光陸離。一境未終易一境，銅荷擎上書樓帷。五寸長籌不知數，屬兒收貯勿棄遺。下樓卻立拊兒背，容輝丹渥豐膚肌。見所未見大過望，此生此景稀且奇。曰某某嘗向吾拜，兒亟往謝毋少遲。拜者伊誰名可數，强半兒素心相知。其間亦或登鬼籙，此理微茫殊費思。母幸老壽兒幸侍，兒願已足母嗟咨。痛哭抱持淚在枕，夢兮夢兮何可追。安得一覺三千歲，婉轉母膝長依依。

過常州

鐵甕城南夜放舟，曉看斥堠紀奔牛。牽裾夢杳枯新淚，彈鋏歌長憶舊游。米價初聞豐歲減，櫓聲漸近故鄉柔。金閶可許來朝泊，數到錢塘第七郵。

雨中過八測

薄霧濃雲夜氣并，西風吹雨到江城。空蒙烟水看無際，身在元暉畫裏行。

平望感事

洞庭山翠鬱千重，攀陟難邀二客從。吟興乍因行藥減，歸心翻爲近家濃。誰教功力同鏤楮，不信人情愛畫龍。悟得邯鄲榮落境，招提已打五更鐘。

長至前夜泊烏鎮過鮑氏知不足齋時緑飲病猶未愈

別夢平江路，歸船老冶坊。款扉人未睡，刻燭夜方長。貌訝吟詩瘦，窮憐校字忙。尊前無賸語，述古愛龔黄。

雨中渡錢塘江

蒼茫不辨岸東西，小艇孤浮水面鷖。風駕潮頭排浪起，雲懸雨脚到江低。凄迷馬鬣荒塋遠，想像鴻眉曉案齊。惆悵官程星火急，蓬門能得幾時稽。

到家口占與内子二首

相逢恰喜病新瘥，安穩輕帆溯浙河。好是今年秋八月，我通仕籍子登科。

年來事事主恩深，詔許迂程愜素心。五日封塋假一月，寸陰直抵萬黄金。

補遺

九疑山

亂峰合沓樹槎牙，聖帝遺蹤走鹿猳。仙路應從猿鳥闢，洞天時見雨雲遮。重重異境搜難遍，緩緩歸輿興未賒。一事他年堪自詡，虞陵作吏夏陵家。

（道光《永州府志》卷二下）

贈徐春田

衣白辭家賜錦還，讀依秋樹慰慈顔。飛騰科第才真健，老大追陪命亦慳。仕路于今難墨綬，文人自昔重蓬山。如君年少猶堪羡，洊陟三公鬢未斑。

十年前締六橋盟，九派湖流依舊清。绝似浮萍重泊岸，翻憐望月得連楹。春風悔趁看花隊，墨經虚慚讀禮名。想像閒身娱子舍，神仙何必住蓬瀛。

（徐志鼎《吉雲草堂集》卷四，標題爲點校者擬）

龍莊夜過話别聯句

北海樽開離思添，蕭山汪輝祖。明燈疎雨落前簷。堂堂春去休辭醉，辰東。惻惻寒深莫捲簾。詩壁堅於營細柳，輝祖。豪情大似客虬髯。倚歌愁譜陽關曲，辰東。望遠同看八月蟾。輝祖。

（阮元輯《兩浙輶軒録》稿本卷三十二）

題衫詩四首有序

《題衫詩》者，龍莊子悼婦之作也。婦歸余二十二年，余所衣布皆出婦手。今年客吴興，四月八日，婦爲余製汗衫，薄莫未竟。伯姊止之，婦流涕曰：『此夫子近裏衣也，廿年恩義，盡於是矣。棉手紡，布手織，線亦必須手縫。』伯姊訝其不祥也。衫成疾作，越七日而逝，余歸則已帷堂待斂矣。伯姊出衫授余，具述婦語，負負無可言者，因題八十字於衫，志余痛云。

衫成在曛黄，疾作自夜午。即今衫儼然，製衫人何所？

寬窄恰稱身，裁量想手拊。痛絶寄衫詞，恩義憑記取。

不著違婦心，屢著愁易腐。一年著一回，庶幾歷終古。

我生衫在笥，我死衫入土。衫灰心不灰，同穴魂相語。

（浙江圖書館藏清乾隆四十三年刻《雙節堂贈言集録》，詩亦見《病榻夢痕録》）

悼亡四首

鐵難鑄錯是歸遲，僥倖帷堂一撫屍。二紀貧勞君慰藉，七年病欠我醫治。加餐誰分非佳兆，諱疾終緣乏羡貲。持送於今惟有淚，附身衣盡嫁時資。

續息無因得暫延，春風悔上霅溪船。衣看斷手成時急，語最傷心死後傳。五日爲期歸豈遠，他生未卜去何遄。緑波芳草西陵路，從此愁逢四月天。

久慣閨門送遠行，無端小别涕縱横。緣慳算到膠煎鳳，膽怯驚聞珮戛珩。仰望已虚猶慰我，劬勞未報獨關情。應知不待歸人訣，苦語臨分畢此生。

環龜可復起蕭娘，往事沈思總渺茫。花不忍芟憐蛺蝶，字曾索解辨鴛鴦。支嬴苦作持門計，偕隱愁無辟穀方。記否調羹謀色養，翻拋兒女累高堂。

（浙江圖書館藏清乾隆四十三年刻《雙節堂贈言集録》）

送歸櫬殯苧園

舍北營高燥，桐棺借一隅。帷前兒索母，地下婦從姑。祔先生母殯舍。同穴言猶在，埋香事不圖。荒荒梧上月，欲别更踟躕。

（浙江圖書館藏清乾隆四十三年刻《雙節堂贈言集録》）

赴錢塘

結褵廿二年，于役十九歲。旅況夙所諳，豈復畏行邁？在昔將遠游，更與殷勤話。小食具餅餈，行李綴衣帶。客途異暄涼，絮語勉自愛。我亦重丁寧，養痾須至瘥。姑老敬扶持，兒嬌勤教誨。游子忘故鄉，内理恃賢配。扁舟今西渡，淒淒别遺挂。呼君君不應，愬君君不會。兒女立我旁，爲我拭涕淚。我看兒女面，淚亦珍珠碎。忍淚上高堂，僕僕亟下拜。哀此小兒女，重爲老母累。願母勿過悲，内外全倚賴。老母頻點頷，哽咽不能對。回頭屬妾婢，細意娱甘脆。共護北堂人，春秋永康泰。唯唯復爾爾，鬱結終不解。非有骨肉恩，保無筋力懈。出門仰天哭，我獨窮覆載。

（浙江圖書館藏清乾隆四十三年刻《雙節堂贈言集録》）

悲述三十六首

驚心慘毒萃中年，默數生平淚湧泉。我與黄楊同阸閏，蕙花纔萎又摧絃。先生母壬午見背，其年閏五月，今年亦閏五月。

繫足繩牽落地初，不煩青鳥爲傳書。天教辛苦成連理，齠齔同生憂患餘。

甥館經時二豎侵，明鐙涼雨擁秋衾。勞君繡閣親調藥，只避形相不避心。

鷁飛歸值小春時，拜母堂前訂結縭。纔過肥冬添繡線，蘆簾紙閣伴題詩。

聞雞火急理晨妝，啓户長愁後北堂。低揭流蘇催曉讀，藥丸早辦术苓香。

兩年贅逐滯吴閶，長鋏隨身劇自傷。賴是如賓能協趣，封胡未敢薄王郎。

一縷心香透碧紗，同祈始影月初斜。衹因結願期偕老，不折枝頭竝蒂花。

三旬一飽强支持，黽勉齏鹽慰老慈。解道家和貧也樂，雙眉絶少皺顰時。

中衰門户苦單寒，作婦貧家事事難。容易兩姑稱孝順，禦窮心力暗彫殘。

雲路初翔近日華，春風遠送潞河槎。枕囊繡出臨岐贈，笑看枝連及第花。

饁耕依媚足相羊，脈望何如秔稻香。應是凝愁無説處，乘龍不選讀書郎。余爲女相攸，必求媚學子。婦曰：『田舍兒不少端人，何必讀書？』婦非不愛讀書者，所感深矣。

拆釵把釧費經營，姑性能諳致款誠。迎得小姑歸奉母，幾曾廚下遣嘗羹。

歸橈子夜傍西河，案户三星冷浸波。紅葉陰中鐙似豆，深閨猶是未停梭。

絮定奇温語不虚，殷勤領褏改爲餘。苦心欲博霞文帔，荆布終身竟負渠。

花發棠棃憶故塋，者回共爾薦榆羹。鴛鴦譜牒緣垂盡，十日教依畫舫行。余不與墓祭十餘年矣。今年清明還家十日，與婦同舟上家。

鴨頭波緑上墳天，水鳥雙飛近畫船。竝倚蘭橈同一笑，回門髫鬌廿年前。新嫁娘同壻歸寧，曰回門。庚午正月，余與婦同赴外家。今年三月二十一日，上外舅家，兒女未從。婦笑語余：『幾似回門光景。』自此更不復同舟矣。

信宿句留判袂遲，刼中收著是殘棊。不堪舊句重披讀，人過中年重别離。余擬二十日夕發，婦留余兩日，治外家事。《别婦詩》有『事經轉眼成追憶，人過中年重别離』句，遂成詩讖。悲夫！

織杼剛收績瓦陳，女紅續續夜兼晨。繞牀兒女需衣被，執苦誰憐多病身。

歸心直度鳥飛先，催放苕溪北郭船。纔聽吴歌腸已斷，見儂淒絶夢中緣。四月十四日，聞婦病，急理歸棹，船娘唱吴歌云：『儂要見郎郎不見，見儂除是夢中來。』余甚惡之，而婦已于是日長逝矣。

鸞子桑鳩心太平，側生兒自等親生。可憐垂死還呼母，指腹重親乞證盟。婦痛妻氏妹早死，病革，請于吾母，以妻女爲壻兒婦，并屬外母導言。

扇頭詩句記離忱，伏枕頻教撈篋尋。弱女何知珍重意，翻嫌小物太關心。往婦以扇索書，余彙録寄婦詩詞，作小字千餘。婦愛如異寶。今春爲次女所壞，病中求之不得，泣曰：『吾乃無以爲殉。』意甚愠焉。

最後關情四寸棺，斟量燥溼語辛酸。被池浥徧慈姑淚，衹説深恩補報難。十四日雞鳴，婦慮新棺必溼，吾母泣曰：『汝萬一不諱，吾當以舊具明器相贈。』婦以首叩枕曰：『負恩，負恩。』自此遂不更語。

不餐煙火謝脂膏，盧橘空呼百十遭。一物從今愁入口，聞君臨死啖櫻桃。婦病作即不食，卒之日，忽索枇杷，不得，啖櫻桃數顆而已。

寫真恨不及生前，神已離形那得傳。除是天庭兼氣户，輔眸都失舊嬋娟。

更誰洗手作魚飧，哭婦聲銷行路魂。一事知君遺恨在，白頭祖母鞠童孫。

乞墅曾憐似舅甥，閨中高義獨輸卿。聘錢半是機絲換，不及親聽鳴鴈聲。伯姊子年壯未室，婦贊余擇對。惜委禽之期，後婦死十四日，未及見也。

恩愛從來兩不虧，餳甜櫱苦總相宜。悔教一語赬雙頰，臣叔公然事事癡。余與婦從無齟齬，今年正月二日，爲叔父所苦，遷怒于婦，悔何及矣！

雙條花燭照蘭房，緑燄紅銷枉斷腸。誰分安仁先悼婦，委塵長簟竟空牀。越俗，花燭男以紅，女以緑。婚夕視燭滅先後，卜夫婦修短。余與婦婚，紅燭先滅，婦常以爲憂。

工病長愁棄爾徂，手題栗主淚模餬。果然不是嫠居相，魂到泉臺可望夫。余少病羸，外舅嘗曰：『汪郎恐不及三十。』婦謹對曰：『父無慮，兒常自鏡，無嫠婦相也。』

靈衣委桁幔懸牀，狼藉香匳鏡掩光。癡想魂來重敘舊，中宵息燭坐空房。

簪折缾沈斷此生，稠桑消息渺期程。還家記值歸寧日，細雨斜風打槳迎。

舊游歷歷想迴廊，手線緘箱細檢藏。開篋不禁雙淚落，同心猶綰合歡梁。牽紅帊紅貯遺笥，同心結尚未解也。

海色連江暑氣微，涼生單袷露華晞。昨年記是今朝別，親檢行裝添袷衣。昨年下第，六月初一日旋里，初三日即就館錢塘。

蒿簪縞袂分長貧，義取無端羔鴈頻。不是虛聲長過實，投閒應作比肩人。

達識名言理不磨，詒孫應許作金科。喫虧時節便宜在，貴買家私受用多。二語婦所常誦者。

六品三方浩劫移，前身我是鍛金師。梵天他日尋佳耦，全體金光合認伊。婦舊有佛金願，余爲償之。

秀山先塋記

（浙江圖書館藏清乾隆四十三年刻《雙節堂贈言集録》）

距山陰縣東南八十里，有峰峻起，曰越王峥，志稱越王句踐屯兵之所。蜿蜒二十餘里，偃仰向背，千狀百態，氣勢脈絡，若隱若見。其西爲夏履橋，故老相傳，謂神禹之所嘗游履也。溪流會於橋而東，因山趾曲折，或抱或夾，演漾有情。青烏家覛吉穴踵相接，名墓纍纍。郡中搢紳家推靈祥之本，最越王峥，秀山其支屬也。

往輝祖之爲先君子卜宅兆也，與相墓師爲約曰：『毋平原，毋深山，毋遠水，毋與他人冢争尺寸地，而窆必四棺。』則摇手笑曰：『如君言，是必不可得之數也。地氣所聚，平原深山何擇焉？又奚必遠水之不佳，而近水之爲佳耶？且「陽宅一扇，陰宅一線」，古言也，又安所得四壙之大吉穴，而又前後左右無他姓冢相錯乎？』輝祖應之曰：『近者人於平原開田隴，往往有故冢，甚者一畝之中，冢三四。吾今處先人冢於平原，吾獨不慮後之窮地利者乎？重山複巘，則豺虎蛇虺憑依之，慮吾子孫之畏戒而缺展省也。離水遠，則上冢不便生人。坐席臥榻，與不知誰何者參，則食不甘、寢不安，何獨於死者之情而不深體也？』相墓師迂余言，多拱手謝去。然余自外歸，則必延相墓師於家，相與登臨相度，偶一遇之則必求，求而不可得則止。屢易相墓師，笑余迂者如一口。無何而先生母即世，繼母憮然曰：『兒需葬地急，求葬地既勞且憊矣。前説不可持也，無如分葬。宜先爲汝父與汝嫡母合窆，别爲汝母壙，而吾生壙與相依。吾不得視汝父含斂，必欲眼見汝父葬所也。』輝祖謹對曰：『兒聞同穴之義矣，必不忍兩母生不能與吾父相依，而百歲後，復不得共塋域也。無已，請俟兒年五十籌變計。』因相向泣下。

先生母卒之後五年，族子星旋習相墓術，久益工，遠近求相墓者甚衆，決休咎多奇驗。於是以前説屬焉，星旋亦未之許也。又三年，爲乾隆三十四年冬至前四日，余歸自錢塘，約工治先王父墓旁。石工以將往秀山立界石辭，問其主，曰：『星旋。』問其穴，曰：『單獨爲穴，不間他姓冢。』問其址廣狹，曰：『周一畝，中可容四壙。』故星旋與表山先生公之。先生余族伯父也。問其去水遠近狀，曰：『去清和橋約莫二里許。』余曰：『若是，是余向與相墓師約者具符矣。』夜款星旋門乞之，星旋曰：『固然，然吾以吾父墓右不足爲吾母壽藏，謀此數年。表山先生之葬紫廛，止二棺，故其圖之，不能更爲君計也。顧其右尚有可圖者，盍往觀乎？』詰旦偕行，星旋掖余攀崖上，見後有崇山，曰：『龍於此辭祖，爲庚午鍼。』山腰忽中斷，曰：『此開帳，爲壬午鍼。』斷處突起一峰，曰：『此爲丙午鍼，龍尚行。』由峰而下，圓泡十餘，重疊斜連，曰：『此爲連珠乘氣。』泡盡勢坦，曰：『此爲戊午鍼。』丁宫結穴，穴旁兩界水隱約可辨。前有水田數十畝，遠近之山左右環，前朝金星渾圓，山椒樹亭亭如車蓋，意甚愜焉，恨於余無與也。至山右，則不如遠甚，廢然而返。

既而星旋以其父故壙已受生氣，止弗遷。紫蹕卜葬之前夕，積雪數尺，不可以井椁，皆不果葬，於是歸其地於余。客有屬余别求師覆相者，余應之曰：『余自求地以來，十六年矣。曩師以余言爲必不可得，而今以不意得之，且爲他人之親謀，又孰若自爲其親謀之慎耶？』遂以三十六年九月丙午，葬我先君子與先嫡母、先生母，營繼母生壙於左，而貯油一盂，以驗寒温，木一方，識其輕重，以徵燥溼。星旋爲余言曰：『是山也，太微出脈，南極入穴，作巳酉丑庫局，向則丑，以朝山收水，兼癸三分，坐丁四分，丁丑丁未分金，天盤則井二十度，斗十六度，納甲則坐木向火兼癸，是爲坎離，正配葬日。以離爲主，月取戌，是其庫也。日用丙午，是其旺也。時用辛卯火得印綬也。』余於地理無所知識，固惟星旋是倚，而論得失者譁然四起。我繼母臨穴瞻眺，曰：『高敞若是，兒何慮？異日啓吾壙，無他，則吉壤信矣。』今年十月甲午啓壙，左右及下三面皆光潔，其上圜轉處有垂珠欲滴，狀若釜蓋之濡蒸，初揭時以手拓之，微溼，見風即消，油甚香洌，盂以外四圍有油跡，是爲地氣所升，木色明潤，而輕重如故。識僉曰：『大吉，大吉。』乃以十一月乙酉，奉我繼母合葬焉。

嗚呼，風之競也，求葬地則尤甚焉。强者攘以力，弱者購以機，陰私齮齕之端，變幻百出。往往素封之家，争地坐詘，甚至既葬之後，輾轉遷移，先人體魄，幾無寧歲。洎乎家貧力竭，則又不得已而委諸蟻蝕水侵之地。抑可悲已！

余堅持迂論，求除五患、可永藏而已。至我先人之所以庇及子孫者，敦行植節，天實鑒之。

是地也，表山先生與星旋精求之，而余以迂逸得之。余曾無所容心於其閒，而適與余之初願無不合而契。天固可憐先人，而福之以安地也，豈非然乎？談地理者言人人殊，故詳誌是地之所由來，見余於此未嘗不盡余力，而所以得之，則實有不繫於力者。《記》曰：『事死如事生，事亡如事存。』我繼母既嘗顧而樂之，則我先君子與先嫡母、先生母無不樂此可知也。我後人慎厥身修，無替前人行義之光。盡人事，則天理、地理不異焉，念之哉，其無爲異論惑也。乾隆四十年歲旃蒙協洽十二月丙午，輝祖謹記。

（浙江圖書館藏清乾隆四十三年刻《雙節堂贈言集録》）

重修寧遠縣節孝祠碑記

於戲，此敕建寧遠縣節孝祠也。往史所載旌門之婦，尤者專祠，非有奇行者，表厥宅里而已，未聞合祠以祀也。欽惟世宗憲皇帝御極之元年，詔直省州縣各建節孝祠，有司春秋致祭。是祠也，專祀節婦，而貞女、烈婦類及焉，所以勵風化於閨闥，厥典至鉅。

寧遠之有祠，禮也。祠在學宫之左，春秋之祀，舊以學官主之。余莅寧遠，率由舊章。嘗過祠外，見門垣湫隘，愳然不寧於心。今年三月，鳩工修葺，詣祠瞻禮。堂分三閒，虚其中不設位，左立總位一方，書唐宋以來忠臣、義士、孝子姓名，而書節婦總位一方，奉於堂右。蓋創祠之初，以節屬婦，而屬孝於士，因兼忠義之士而並祀之。烏虖，戾矣！夫守貞之婦，律己素嚴，非懿戚不得相見。既完節克終，奉旌入祠矣，而轉與不知誰何之男子，雜坐一堂，魂而有知，必不能安也。彼忠臣、義士、孝子，皆明禮達義者，又豈忍入勑建祀婦女之祠，覬覦俎豆哉？然則寧遠之節孝祠，自建立至今六十餘年，殆虛無人鬼焉享此祀也，得毋重負朝廷褒貞之義乎？因與學官謝君、張君酌議，撤鄉所設忠臣、義士、孝子之位，遷祔鄉賢祠，而清祠之基址，固祠之牆垣，傾者植之，罅者補之，丹雘之，塗墍之，一改舊觀。於是奉詔旌節婦於中堂，按名設位，以崇體制。其未嘗請旌於朝，而自地方大府以逮有司，官給扁褒異者，題曰憲旌，亦祔位於堂之左右。

夫祔祀非例也，獨念我朝重熙累洽，化理覃敷，禮部歲旌直省節婦，無慮百數十人，而邑志所載，僅雍正十二年旌表馬頭鄭氏一人。近年奉旌三人，二禮士灣李氏，一東門樊氏，皆現存。遵功令，則中堂特一位耳。其他志載故明節婦楊文試妻孫氏，萬曆二十八年奉旨建坊，給銀三十兩。此詔旌也。又趙英妻張氏，傳云弘治八年，永州通判任良才署邑事，遵恩例具申當道以聞。建坊與否，無可攷証，我朝貞節十二人，皆未邀旌典，是十三人者，並列於旌表節婦之數，則分有未安，軼之復義有不可，分祔左右，庶幾禮以義起，亦善善從長之道歟。且余莅寧遠三年矣，搜甄貞節非不殫力竭誠，僅於聽訟時訪得一人，邑人士公舉四人，此外閴無聞焉。蓋寧遠之俗，孀婦不以再適爲恥，閒有守節之婦，罕知敬而禮之，往往湮没不彰。此而不急予表章，又孰知茹苦壹志之難能而可貴哉？祔祀之舉，匪惟褒往者，亦勵來許耳。

是役也，余經營其始，節孝後裔洎尚義紳儒，相與出資成之。夫以勅建之祠，名不辨，分不正，余忝司斯土，不能釐爲釐定，而濡遲至於三年之久，是則余之幸也。夫既竣事，爰潔治肴酒，依禮致祭，用妥貞魂，而著迎神、送神之詞，勒於麗牲之碑。其詞曰：

廟貌新兮肅觀，名分正兮神安。樂具奏兮森列樽盤，嘉婦行兮白璧完。貞風扇兮芳名不刊，靈之來兮露潔霜寒。淚九疑兮竹斑，澄瀟水兮煙鬟。皇旌憲旌兮志行允班，席長筵兮無怍顔。媿鬚眉兮起懦頑，靈之去兮天朗風閒。

乾隆五十五年季夏吉日立。

（國家圖書館藏乾隆庚戌年重鋟《雙節堂雜録》本《春陵褒貞録》）

元史本證序

予録《三史同名》，閲《元史》數周，病其事跡舛闕，音讀歧異，思欲略爲釐正，而學識淺薄，衰病侵尋，不能博攷群書，旁搜逸事，爲之糾謬拾遺。因於課讀之餘，勘以原書，疏諸别紙，自丙辰創筆，迄於庚申，流覽無閒，剌取浸多，遂彙爲一編，區以三類。一曰證誤。一事異詞，同文疊見，較言得失，定所適從，其字書爲刊寫脱壞者弗録焉。二曰證遺。散見滋多，宜書轉略，拾其要義，補於當篇，其條目非史文故有者弗録焉。如《藝文志》《國語解》之類。三曰證名。譯無定言，聲多數變，輯以便覽，藉可類求，其漢語之彼此訛舛者弗録焉。凡斯數端，或舉先以明後，或引後以定前，無證見則弗與指摘，非本有則不及推詳，爰取陳第《毛詩古音攷》之例，名之曰『本證』。

曩者《三史同名録》草稾初成，子繼培復爲增補，因將『證名』一門并令校録，有及『證誤』『證遺』亦録之。時賢訂《元史》者，錢宫詹《攷異》最稱精博，戊午暮秋始得披讀，凡以本書互證，爲鄙見所未及者，悉采案詞，分隸各卷，不辭誚于竊取，幸免恥於攘善。自維桑榆景迫，梨棗功艱，强記日疏，求正益切。去夏《同名録》竣工，隨取是編重加排比，付諸剞劂。非敢規前人之過，衒其所長，庶逮聞大雅之言，補吾所短。若夫假以餘年，益所新得，此則區區之志，所不能自必者也。嘉慶七年歲在壬戌正月三日，蕭山汪輝祖敘。

（續修四庫全書影印清光緒十七年徐氏鑄學齋重刻本《元史本證》）

九史同姓名略序

九史者，新舊兩《唐書》、新舊兩《五代史》、宋金遼元四史暨欽定《明史》也。往歲丁酉，始得讀《舊唐書》，其所敘姓名，間與《新唐書》詳略不同，隨讀隨録，用備參考。嗣讀《舊五代史》鈔本亦如之。循是而讀宋唐各史，無不摘寫。已而閱歷代説部，多有採録同姓名者，寥寥不過數人數十人而止。余寅《同姓名録》號稱博雅，既正史外旁及他書，而史所紀載轉闕焉不詳。竊不自揣，欲盡讀《史記》至《南》《北史》，通録成書，猝猝謁選人，未遑卒業。爰就九史所摘姓名之同者，先爲彙録，置之行篋。丁未備官寧遠，退食餘閒，取而訂之，得姓若干，得名若干，凡同姓名者二萬九千有奇。姓依《韻府》，名依《字典》。恭遇聖祖仁皇帝、世宗憲皇帝廟諱、皇上御名，仍各歸《字典》本部，遵書『欽定』字樣，而添注『敬避廟諱』『敬避御名』四字，以別於本名元、本名允、本名宏者，既昭誠敬，無礙參稽。手繕成册，區爲七十二卷，名之曰『九史同姓名略』。嗟乎，是直點鬼簿耳。性命之學，無裨纖毫。

然自佐幕迄於服官，常與史俱，往復流覽，獲益不尠。且姓名同矣，而貞邪異迹，其實不同。論世知人，惟其實，不惟其名，未始非以古爲鑑之資也，豈惟賢於博奕已哉？遼金元三史，元本音義多舛。方今聖天子勅纂《三史語解》，如耶律，如蕭，如完顏，各從其姓，同名之人一例收録。俟《語解》頒行，欽遵更正。他如海里和尚、撻不也、伯顔、脱脱、孛羅帖木兒之類，姓未能詳，皆從佚焉。

庚戌仲秋，《史姓韻編》鏤版既竣，兒子繼培請雕是書。余姑諾之。會奉符權知道州事，無暇覆校，繼培乞稾本重訂，删複補遺，付剞劂氏。其間複者遺者，知正不少，大雅君子原其略也而是正之，幸莫大焉。夫九史之中，同姓名者已如是其夥，由《史記》以至《南》《北史》，十五史所同，及十五史之同於九史者，又不知凡幾。今方以足疾乞休，倘天假餘年，得於歸林之後，徧校二十四史，詳加釐訂，克成完書，以遂初心，則是書其嚆矢也。嗟乎，余年六十有二矣，炳燭餘光，其可必乎，抑不可必乎？是爲序。

乾隆五十六年二月既望，蕭山汪輝祖書於湖南道州官署之石竹軒。

（四庫未收書輯刊影印清乾隆間刻本《九史同姓名略》）

史姓韻編自序

讀史而記姓名，末已，抑亦何可易言也？載籍極博，史特四部之一，二十一史之在史部，太倉稊米耳。然其勳德彪炳，熟在人口，代不過十數人、數十餘人，佗有莫能舉其姓名者矣。

少時從友人假讀《史記》、兩《漢書》，僅僅焉粗涉其大端。既而衣食奔走，兼攻舉子文，不暇卒業諸史。年四十又八，始得内版二十一史及《舊唐書》《明史通》二十三種，五六年來，佐吏餘功，以讀史自課。顧目力短澀，日不能盡百葉。又善忘，掩卷如未過眼。每憶一事，輒轉檢閲，曠時不少，計欲摘二十三史中紀載之人，分姓彙録，依韻編次，以資尋覽，碌碌未遑也。因就列傳之標名者，先事排纂，則鮑君以文先我爲之。第其書史各爲衺，體例未定。且前明監本，間與内版微有參差，遂乞作槀本，合二十三史爲一編，詳加考較，闕者補之，複者删之。一人而見二史、三史者，分行注之。同姓名者，書其官籍别之。帝后不繫於姓，明所尊也，故十六國、十國仍以姓編之。男女宜有别也，故公主、列女各以類編，而不以姓分。惟秦良玉獨編於姓，遵史例也。野王二老、瞿硎先生之類，姓不可考者，别爲佚姓一條。皂旗張名佚而姓不可編，亦附焉。釋老同異端也，道士有姓，而沙門之姓不著，故以釋氏類之。從史注，則句讀如勾、賁讀作肥；從俗呼，則繆音若妙、富切方遇。《史記》留侯、老子諸篇，則各標本姓，而注曰目作某某，用歸畫一。凡期有七月，手録甫竣，邵編修二雲以新葺《舊五代史》鈔本見寄，復次第增補之，爲卷六十有四，而題其端曰『史姓韻編』。

客有送難者曰：『魏自孝文帝始改姓爲元，而子於魏之宗室概從元氏，周世宗柴氏子也，子於世宗諸子姓俱從郭，毋乃失實？遼金元三史標名而不著姓者，子各依本史，分韻彙編，謂其姓之不可詳也似矣，顧其中有編於姓者亦複出焉，而又不盡複出也，不幾自淆其例與？』余應之曰：然，抑有説焉。魏之改姓，雖始孝文，而《宗室》諸傳俱無復稱拓跋者，自不必分改姓以前，從其初姓矣。柴守禮爲世宗本生父，世宗即位，禮以元舅，是世宗仍父太祖也，其子能不承祖姓乎？遼金元三史，音義多誤，聖天子命儒臣翻譯改正。伏讀《通鑑綱目續編》改本，惟遼之耶律、蕭，金之完顔，並仍其舊，其蒲察、斜卯、紇石烈、温迪罕諸部，移剌、唐括、夾谷、粘割諸姓及元之國姓奇渥温，無不譯改。方今敕纂《三史語解》，未奉頒發，新改之名，無由周悉。是用仍依舊名彙編，專爲一卷，恭候欽定書行，祗遵改正。且是書爲讀史者便檢閲也，凡名之一望而知爲非姓者，如金之烏春、桓赧、麻産、石家奴，元之安童、桑哥、全普庵撒里、畢也速可立之類，較然不必入《姓編》矣。若唐兀氏之余闕，與漢人姓名何異？遼之奚和朔奴、奚回离保，元之來阿八赤、楊賽因不花、張萬家奴、劉哈剌八都魯之類，姓不須譯而名須譯改，故《姓編》與《彙編》皆兩收之。至耶律、蕭、完顔三姓之人名，雖多須譯改，而姓自一定，斯則無庸複出，義固各有取也。獨余於是有未能慊於心者，編録之時，遇其人勳節燦著，傳目雖不標名，亦必附載於篇，《儒林》《黨錮》《孝友》傳序之所録者，概不敢遺，雖非爲傳中人詳世系，而賢臣名將，或并其先人後裔牽連及之，若外戚，若權姦，往往亦附所自出，竊於是寓勸懲之意焉。顧時方有《九史同姓名》之録，唐以後採録稍詳，而《南》《北史》以前，諸多漏佚，竟全史而益之，行有完書，庶幾俟諸異日乎。

乾隆四十八年仲冬上澣，蕭山汪輝祖焕曾氏書於吴興寓齋。

（光緒二十九年上海文瀾書局石印本《史姓韻編》）

春陵褒貞録序

道州，古春陵也，寧遠舊隸道州。志載漢封長沙定王子買爲春陵侯，在縣西鄉猴坪，故寧遠亦稱春陵。余宰寧遠，權道州牧，皆春陵故壤，間有著録，如舊聞拾遺，如方言，如學製，一得事隸兩境者，並以春陵冠之。《褒貞録》之繫春陵，循是道也。

古之爲治者，必相俗之事勢，急其所先。初余莅寧遠之次日，有愬鬻其妻者，以歲儉故，惻然愍之。已而愬牒沓來，鄙且怪焉，爲之深求其故，則豐歲亦然。蓋寧遠之俗，處子恥繼人室，巨室喪其偶，亦必續以再醮之嫠，甚且再醮不已，至於三、至於四，驯至生去其夫，了不爲異。而婦之再醮，禮不殺於初婚，前夫若前夫之舅姑，得與後夫以親誼相往來，恬然安之。嗚呼，夫婦首倫，而敗壞至於斯極，乖名義，廢廉恥，治縣之先務莫急於是矣。

余既援禮文，引律令，條示室女可爲繼室之義，復申從一之大經，推失節之流弊，大聲疾呼。達理者稍稍省悟，樂聘處子以繼其室，閒有無賴子從而撓之，立治以法。不惟鬻妻之風漸息，即嫠婦再醮，儀文亦從約焉，所以懲之者至矣！然不有以勸，或未知所激厲也，因汲汲焉博採單寒守志、湮没不章之婦，表其廬以示褒異。顧二三年中，聽者猶不經意。嗚呼，積重難返，勢固然哉。

往年重修節孝之祠，辨名正分，恪恭將事，邑之見者聞者，始信此義之足重也。相與確採公舉，計先後扁表凡二十四人。嗣是以往，余知寧遠之革薄還淳，曉然於夫婦一倫，而忠孝友信之誼，無不肫肫加厚，俗其日上矣乎。聞余適道州，有悔具呈之不蚤者，度表節維風，後賢必同此志也。道州權篆未久，僅扁表四人。余既引疾去官，念曩者在籍，搜訪吾越貞節婦女幾四百人，上之當事，給扁旌門，手輯《越女表微録》六卷，用諗來者。既忝爲民長，顧聽其歷久而湮乎？爰取寧遠、道州所扁表者，略爲詮次，題曰『春陵褒貞録』，付之剞劂。印數十本寄二境人士，以備異時志乘收録。攜版歸里，附《越女表微録》之後，而序其緣起於端。

乾隆五十六年十月既望，蕭山汪輝祖書於長沙小東街寓舍。

（國家圖書館藏乾隆庚戌年重鋟《雙節堂雜録》本《春陵褒貞録》）

蕭山汪氏環碧山房書目序二則〔一〕

一

病稍愈，檢所鈔書目，尚有脱落，又命培兒補完。自病偏風，凡飲食、眠起、轉側以及抑搔、溲溺之類，刻刻需人。培、壕兩兒均能誠謹奉事，數月不懈，余甚安焉。因於公書中酌量賞給，以犒其勞。培兒喜讀經攷古，壕兒喜襍覽藝事，各就其性之所近，賞給培兒《通志堂經解》全部，内板《通典》《通志》《通攷》各一部，賞給壕兒《説郛》一部，聽各自收藏檢閲，不在公書數内，第須加意珍惜，勿負老人意也。三月二十有八日，歸廬老人又識。

二

乙卯十一月二十日廿四更，《同姓名録》稾成。編家藏書目，至十二月初三日丙夜，手録訖，撰序稿成後就寢，將五更睡。覺輒患右半體麻木不仁，達曉不能起。四日稍知人事。稿在床前几上，當屬友人王穀塍代書，冠之目上。至三月下澣，分賞培、壕各書，又屬穀塍附録序後，迄今十有六月，粗能操筆。念此序具有苦心，當屬後人世守，因力疾手書，以見衰病至此，不忘護惜，後人必能仰體也。《廿四史同姓名》稿，已令壕兒編總目二十卷，分一百六十卷。又别成《佚姓同名録》一卷、《遼金元三史同名録》八卷、《存疑》三卷，倩友人繕成别本。後世子孫能刻此書者，即將書目所録除分賞培、壕之經解各種外，其餘公書一概付之，他人毋得争執。歸廬老人又書，時嘉慶二年六月初二日。

（浙江圖書館藏《蕭山汪氏環碧山房書目》）

校勘記

〔一〕『二則』和序號爲點校者加。原書有三則，第一則亦見於《病榻夢痕録》，此處不録。

春雨樓集序

訪徐公春田於城北，交聯傾蓋之賓；來名士梅谷於云間，人是比肩之裔。扇頭題字，格妙簪花；句裏傳神，才高咏絮。爰知舉伯鸞之案，德曜誠賢；侍司馬以游，清娱尤俊。詩真餘事，全家以風雅相師；熱不因人，入室而歌吟互答。奚圖閨閤遭遇如斯，翻恐神仙因緣未逮。

别君三月，遺我一編，則賢姬虹屏撰集也。蓋其家傳八詠之風，生原宿慧；繡罷雙鴛之牒，工有餘閒。硯匣琉璃，墨瀋與粉痕俱韻；鏡奩翡翠，筆華竝簾影同清。煙向花分，叵耐斜陽春老；大如竹淡，生憎微雨寒添。哦秀句之連篇，羡雅懷之獨逸。

嗟乎，小星焕采，慣被雲遮；矮屋低頭，何關形穢。從來篷室，非無明麗之姿；爲號偏房，便少從容之趣。彼夫婣連貴族，那盡安東；價博明珠，寧皆金谷。嫁才人於厮養，今古同悲；

匹騅儈以嬋娟，風騷底用？亦有婢摻白刃，髮委地以誰憐；兒過青踈，帑駕車而尋討。問小青之遺什，灰滅烟飛；傳房老之哀詞，華彫芳歇。他若君行淄右，妾在江南。悔教封侯，吟斷陌頭柳色；愁看掩鑰，歌酬城外砧聲。又或竈冷謀炊，首蓬纍下；囊空把釧，襻臏腰邊。縱無交謫之傷，祇益可憐之語。凡兹作者，大率愾然。讀未能終，腸先欲斷。

爾乃諼不勞於樹背，樂在妻孥；粟無賴于摻春，優哉風月。而且主君媚學，依然洛下書生；大婦多才，突過闞家進士。傍香奩而請業，彤管名師；揎紅袖以鬮題，鸞車良友。烏絲淺界，半主書辨玉之閒情；白雪聯吟，陋歌縷銜簪之末技。本非當泣，調最和平；如與寫真，詞還嫵媚。加以銀鉤親勒，茂漪之家法猶新；檀板輕敲，蘭畹之遺音重譜。固宜裝成錦軸，集附秦嘉；編入玉臺，傳同鮑妹者矣。

僕也舊遊湖上，友獲賢夫；幸悉閨中，耦皆淑女。到樓春雨，是鈎簾染翰之時；繞谷寒梅，寄惜玉憐香之思。解道愁來，不割振觸千端；懸知妙處，難名披唫百度。八行馳報，工慙元晏之文；六角長擎，寶甚右軍之墨。

乾隆四十七年暮春下澣，蕭山汪輝祖龍莊甫序。

（清代詩文集彙編影印乾隆四十七年刻本《春雨樓詩集》）

先芬録序

世俗以勤儉能恢家業者爲作家，作家者，猶言成家也。然知成之難，而不知所以成。嗇縮瑣屑，東濕以繩之，儳焉不可終日，其家不能齊，而卒無以成，無他，本實先撥也。是以《大學》言齊家必本於修身，以身成教，於是尊卑有禮，男女肅雍，賓祭秩如，親舊洽睦，隆隆焉家日以起，蓋作家若是難也。

輝祖童子時，聞邑有善作家者二人，曰井亭徐先生思周，曰西門湯先生爾恭。風規高遠，疑若古人。年四十餘，習鄉先輩，始得兩先生之爲人，久之，獲交徐先生之孫讓木、湯先生之孫烝詒，益稔兩先生之家法。累傳同居，家政嚴肅，三族六親，蒙其庇者，不可縷指數。輝祖生雖晚，猶皆及見，而終不得見，往來於心，不能自釋。未幾，讓木成進士，官内閣中書，而湯先生之曾孫勖兹，以第一人貢於鄉，烝詒自粤東大令入覲，累擢州牧。家門鼎盛，蓋兩先生之能儉以惜福，勤以自效，流澤深長，所由來遠矣。

今年春，勖兹尊甫益占君念祖不忘，裒爾恭先生所存文字及其軼事，暨前輩題贈之辭，都爲一集，以諗後人，名曰『先芬録』，屬輝祖爲序。

輝祖受而讀之，先生承先世遺資，不及中人産，以懋遷起家，苦志劬躬，銖累寸積，馴致素封。培十數世祖墓，置祠田，立祭規，推其餘，置義田百畝，以贍族衆，恤外姻，無微不至。爲人忠謀遠慮，義利之介，分析精嚴，與輝祖向所聞於邑人者，無不信而有徵。先生宅心仁恕，屢爲里豪所侮，忍不與校，後其人感悔論交。輝祖嘗過會膳堂，讀先生所題楹帖曰：『不奸淫終無大禍；有孝心必生順兒。』至哉言乎！是可見先生之行事矣。又嘗聞先生自題生壙曰：『煙霞爲伴，泉石爲盟，我入山來非寂寞；誦讀立身，農桑立業，汝歸家去莫嬉遊。』其立身訓後，穆然可以想見。

先生業儒未竟四子書，而生平行誼，於古賢修身齊家之理，若合符契，此之謂能作家以成其家。見之文字者，亦復愷摯樸茂，不等華言。夫儒者之學，務本爲先，天下有號稱學人，而行誼不副，華之無實者不茂，水之無源者不長，觀於先生，亦可以風矣。

輝祖於先生嚮慕數十年，今得見遺言美行，不啻如親炙焉。此輝祖之大幸也。故雖嬰末疾，手不能書，亦不敢以不文辭，口授兒子代書其端，以應益占君之命。他日晤讓木，尚當詳詢思周先生軼事，以慰積愫焉。

嘉慶二年季秋，同里後學汪輝祖頓首拜序。

（浙江圖書館藏清寫稿本《先芬録》）

孫志祖謝氏後漢書補佚序

乾隆癸丑暮春，會稽張茂才鎮南語余云：潞莊王氏家藏元大德間所刻謝承《後漢書》。王氏主人與吾邑王進士宗炎爲鄉試同年友，又故與茂才交，然二君皆求之數年不可得。去臈昭文張比部燮過訪，又謂青浦許侍郎寶善有謝書寫本，將假歸傳録。今春比部官京師，許氏之書又不可得。

輝祖按：吴淑《進注事類賦狀》在淳化時，已稱謝書遺佚。王應麟《困學紀聞》云：謝承父嬰爲尚書侍郎。原注謝承《後漢書》，見《文選注》。是謝書在宋時已無傳本，何以大德時乃有雕版，而元明諸人引用鮮有在唐宋人類書外者？王、許兩家所藏，真贋殆不可知。康熙間，姚氏之駰撰《後漢書考逸》，中有謝書四卷。孫頤谷先生病其舛闕，重加纂集，凡姚氏所采者，一一著其出處，誤者正之，略者補之，復以范書參訂同異。其未采者，别爲續輯一卷。證引精博，十倍于姚，全書雖逸，梗概于是略具，洵可謂偉平之功臣矣。

嗣君與人以稿本郵示，將遂付之剞劂。衰病健忘，不能廣閲遠稽，有所附益。竊幸十年積悃，藉此稍慰，校讀一過，識數語于後。他日如得見王、許兩家本，當即以先生是書考定之。

嘉慶七年歲在壬戌十有一月既望，蕭山汪輝祖識。

（周天游輯注《八家後漢書輯注》，上海古籍出版社一九八六年版）

吉雲草堂集序

律當讀罷，分争辟佐之陰；鋏會彈餘，勢引僧推之手。笑魔降之不易，歌也有思；問聲應以何緣，倡而無和。商得失於二十四品，將毋味向糟尋；溯淵源於三百五篇，未免劍從舟刻。銀釭愁照，顧影生憐；凄雨孤吟，懷人入夢。何來嘉藻，惠我瓊琚；具剖虛心，容其甲乙。鼇然四集，約以三年。居幾能閒，日真可愛。紀星霜于驢背，感煙水於船頭。述到家風，忽下孤兒之淚；題編秋興，偏迴羈客之腸。賦物則顧長康毫欲添三，弔古而屈正則章還分九。體格薄宋元而降，獨有師承；風神居韋孟之間，誰爲强對？

君蓋庭椿委蔭，教本丸熊；肩鳳徵祥，才工倚馬。慧辨瑯琊之稻，夙飲香名。博搜汲冢之書，群推笥腹。誰能鬱鬱，氣凌暈頂之雲；對此茫茫，筆浣當湖之水。橐三千之朔牘，摶九萬之鵬程。驚果一鳴，中兼雙疊。意文章憎命，在少陵祇托空談；豈奎壁承光，輸元積獨稱才子。六時功課，舍歌詠以安歸；四始博依，綜雅南而稟式。嗟乎，競説聖賢隸籍，釋褐爲先；倘云科第了人，讀書何事？西清簪筆，迺名流稽古之場；東觀闌題，是作者摛華之藪。

又況書羅四庫，業薈千秋。撰述需才，詔起儒臣於巖穴；編摩盡瘁，士酬恩遇以文詞。能事如君，昌期會此。若使回翔玉署端是神仙行看。繡織弓衣，遠騰聲價。而乃迢迢閶闔，午夢虛勞；寂寂衡茅，宵吟獨苦。淪靈敦厚，鳴原異夫不平；擲地清鏗，讀乃紛余多感。然而三萬六千場之歲序，景跳雙丸；五億十選步之坤輿，蹤微一粒。並德功而不朽，唾咳長留；寄吟弄以自豪，性情宛在。慨自點朱衣以八比，範黃甲以三場。株守訓蒙，覓舉號專門之學；墨追帖括，諧聲同越畔之譏。

輝祖詩媿無才，吟耽有癖。問津曾到，如將宗杜祧元；遵陸而趨，轉冀方歸駕薛。而年年毷氉，魚伏蹏涔；日日鑽研，牛行鼠穴。加以隨身竿木，鐖傷十口之軀；遮眼文書，例辨五房之録。喉乍囀而諱先愁觸，髭可珍而字不求安。幸驥尾之偶陪，頭顱如此；羨蛾眉而不讓，心力何堪？君則鬢恰垂青，衣能脱白。及其壯也，自爾風流；等而上之，安論魏晉？它日名因實著，雪唱彌高；知誰文以官傳，冰銜獨貴。吾當避舍，序慙元晏之文；君請登壇，家衍建安之格。

乾隆四十二年歲彊梧作噩涂月癸巳，年愚弟汪輝祖頓首拜撰。

（清代詩文集珍本叢刊影印乾隆五十三年刻本《吉雲草堂集》）

祥雲集序

邑令之職，匪僅鉤稽簿書錢穀之爲能，謂其能奉宣朝廷德意，道民於善，而化其不善也。顧通一邑計之，奚翅百里而遥，大者十數萬户，小者亦不下數萬户，僻里鄉氓，或終歲足不登長吏之庭，目不覩長吏之面，耳不聞長吏之言。於是一二黠者，得假臆説，以挾持短長，無識之徒，群焉煽惑，幾何不相率而出於不善耶？

余嘗論出治者欲申明治理，家喻户曉，則惟鄉之善士是賴。自承乏寧遠，即訪邑之善士。客有告余者曰：『禮士灣李大年崧亭，善士也。』徵其實，曰：『其爲人也，樸訥如不出口，内行修謹，有聲庠序。不慕進取，董其子力於學。與人交，敦氣誼，而性好施與，人多矜式之。』越數月，崧亭來謁，奉所輯《祥雲集》爲介，余受而卒業之。首《覺世》《陰騭》之文，皆摭故事爲詮證，而終以《感應篇註》及《勸孝》《惜字》諸文，蓋勸善之書也。夫因果之説出二氏，吾儒勿道。然《易》言餘慶餘殃，《書》言惠迪從逆，往史所載仁恕者必有後，而苛暴賊虐之輩，往往灾及其身。善不善之報，固未嘗不枹鼓響應矣。且民之訟於官者，不難隱淆其是非曲直，指天日以自誓，及引而置諸神明之前，輒氣餒色沮者，官之法可以詭避，神之鑒不敢以私炫也。小人而無忌憚也，知所忌憚，皆可以爲君子。則是集也，勸善之書，即贊治之術也。抑人生於世，猶雲行於天，雲之變幻無方，人之行爲靡定，一念初萌，是觸石而起也，發而不善，爲翳爲霾，發而皆善，爲慶爲矞。去不善以歸於至善，祥雲之名，其在斯乎！其在斯乎！

余置是書几上，三載於兹，檢攝身心，獲益匪尠。崧亭以公事相見者數矣，熟察其行，信乎其爲善士也。邑之士皆以崧亭之心爲心，相觀而著，所以補益治術者，何有紀極哉！乾隆五十五年仲夏。

（道光《永州府志》卷九下）

書金樓子後

嗚呼！文字顯晦之故，夫豈偶然也哉？往余之乞二母雙節詩於周太史書倉也，實介邵君二雲、羅君臺山。越二年丁酉，孫君遲舟入都，余又舉以相屬。己亥孟冬，余客吴興，得遲舟書，則太史贈言，久託臺山郵寄，而臺山蹤跡渺不相知，浮沈之感，寤寐縈回。將裁書以詢二雲，會二雲云之族需葵至自長洲，言戊戌重九，二雲北上，遇臺山於吴門，臺山出周太史貽余書軸，長尺有奇，厚幾三寸，授二雲轉寄。需葵曾受其書，由武林寄余，而余未之得也。是夕遂治裝至武林求之，歷五旬又二日，而後得之於望江門外素不相識之人之手。蓋二年以來，輾轉付託，閲十有餘人，題緘之字，已磨滅殆盡，不可辨識，而緘封且半敝矣。啓而讀之，不惟雙節贈言無恙也，太史從《永樂大典》輯録《金樓子》六卷，命致鮑君以文者，亦儼然在焉，齎達以文，相與欣幸久之。

夫需葵與余竝以衣食奔走，前此之不相見者幾及十年，向非邂逅吴興，余即再介二雲求之，太史贈言，尚可復得，而所謂《金樓子》者，勢必漸就殘佚。歲月愈深，人事遞遷，其烏從而求之，又烏從而得之！説者謂余之乞言，齋心飲涕，先靈殆呵護之。顧余則以爲太史表微闡幽之力，與以文拳拳稽古之心，實隱隱焉遥相契合，而《金樓子》之得以善本流布藝林，誠哉有數存焉！然則古今來文字之足以不朽者，其精神不可終閟，類如是矣。余聞臺山歸江右後，早遊道山。今雙節贈言得補登《集録》，而《金樓子》以文梓入叢書，豈惟需葵爲能不負二雲之託，抑臺山有知，亦且含笑地下也已。乾隆四十六年嘉平七日，蕭山汪輝祖跋。

（宋亞莉《汪輝祖〈書金樓子後〉略攷》，載《文獻》二〇一五年第二期）

前明雙節堂跋書後三則

右明人雙節堂跋二首，前書真行相參，後書得右軍筆意。卷高九寸八分，長七尺，蓋卷前之詩文圖書並久散佚，而此得厪存者。余刻《雙節堂贈言集録》既成，復集諸公手墨，裝成四軸，以昭來許。丙午春月，友人鮑君以文適於古董肆中得此，寄遺余。受而讀之，穆然想見賢孝子孫寶貴其先人遺跡，用心如此其周且篤也。顧詩文不可見，既曰七代孫，則曾省爲名，而不綴姓可知。所謂高大王父、侍御公及二母之姓名氏族，末由徵信。而邑人唐益、參議朱驥、郡人少參梅倫，又史不著傳里籍，亦難援訂，爲之憮然久之。案戴文進擅名宣德時，圖爲文進所繪，度二母得旌，當在宣宗朝，或宣宗以前。自宣德至萬曆己酉，越一百八十餘年，而七代孫猶能收檢贈言，則二母之流澤遠矣。自萬曆己酉至今丙午，又一百七十六年，而二跋入鮑君之手，轉以畀余。余以母氏雙節奉旌乞言，與二母事適相類，因以尊吾母者尊二母，而珍此二跋，儕於共球，庸距知非二母靈爽實呵護之乎？跋中詩文雖不得見，而作者姓名桉跋可稽。區區之誠，欲因其姓名求其文字，記序傳贊，能得其一二，則二母之行事、侍御之里居，皆足徵信矣。寒家無明人文集可考，又謁選得寧遠，僻處南隅，無藏書可借，轆轤胸次，三載於兹。謹將二跋刊布藝林，幸大雅君子流覽作者遺集，依跋檢校，得有遺文，録本惠寄。當附刻寒家《雙節堂贈言續集》之後，庶幾二母就湮之跡，復因吾母以傳。嗚呼，『民之秉彝，好是懿德。』後之視今，猶今之視昔，豈獨二母藉以不朽也哉？

乾隆五十三年孟夏既望，蕭山汪輝祖書於湖南寧遠官舍之詠羔軒。

余既刻《前明雙節堂跋》，求二母姓氏及侍御名籍，已十有六年。今年七月，書賈以明人刻集覓售，于中得《鈔存雙節堂銘》一篇，譔人姓名不可攷，然二母事實于兹略具。銘作于壬午，以永樂後二百餘年數之，當爲崇禎十五年，距曾省作後跋時，又三十有四年。二母以永樂初守節，逮崇禎末造，後裔猶能恪守緗素，乞詞人譔銘，是二母貞風，直與明祚相始終。入我朝一百六十年，二跋流入余手。以跡類吾母，求之十餘年，忽于斷楮殘簡中得其遺事，于以見二母之高行正氣，歷久不磨，而益信文字之可以不朽也。《江南通志》列女一門載陳氏，而錢氏不著，其進士一門，並無鉉名，太學題名碑亦無朱鉉。自非銘序，何由攷見？志又稱鉉妾葉氏，嘉靖年旌節，則二母之所以成教于家者，可想見矣。前所得杜、聶二公雙節詩，杜作與銘正合，聶則題稱余氏，别是一事。余既幸詳朱氏二母之事，轉悲余氏二母無遺文可攷，而因悲守節如余母湮没不彰者，更不知凡幾也。爲節母子孫者，可不知所自處乎哉？

嘉慶六年九月既望，輝祖再識。

得雙節堂銘後三月，昭文張比部理堂録示志乘及跋中詩文，二母之大節詳，而侍御之宦迹子姓亦具矣。跋云戴文進爲圖銘及言，志皆作戴進，亦如陳九疇之爲陳疇，蓋以單名行世。比部謂嚴文靖公孫有嚴枋，無嚴材，疑『枋』字行書近於『材』。輝祖審舊跋印文，亦是『材』，字伯梁。非『枋』，或嚴君後有更名，然要於二母之大節無繫也。錢志稱侍御妾葉氏與妻曹氏同邀恩典，樹雙節坊，視侍御之爲二母建雙節堂，真堪輝映後先。他志及通志不及曹，似近疏漏，但錢志不言曹爲繼室，當非盛年居嫠，則同旌之典，亦可疑耳。二母厲節没世，迄今五百餘歲，潛德幾晦，不得銘文，無以悉其氏籍，不遇比部，無以詳其始末。今朱氏後裔遷徙無徵，而二母事迹乃燦著若此，信乎浩然之氣，塞于天地之間也。而況乎士君子之行，足以挽頽風、植人紀者乎！循覽是編，夫亦可感發而興起也已。

十有二月下澣二日，輝祖又識。

（稀見清代四部輯刊影印清嘉慶間刻本《雙節堂贈言續集》附訂，標題爲點校者擬）

跋雙節堂贈言集〔一〕

右《贈言集録》二十八卷，開雕於戊戌之仲冬，朞月而訖工。邵二雲太史、羅臺山孝廉相與訂正之。往歲戊辰，輝祖客山陽，有國子生葉鏞，方以其繼母黄氏表節狀蒲服乞言。輝祖竊自誓異日得爲兩母請旌，當勉效葉君之所爲。然是時兩母年皆未四十，而生母尤多疾病，蓋日夕惴惴焉，惟不及旌格之是懼也。逮生母年五十有一，繼母年亦五十，將以明年具狀學官，而生母即於是年棄養，奉旨旌門之日，曾不得與繼母同拜恩命也。痛何極矣！乞言以來，幸當代名公鉅卿、魁儒碩士，無不察其二三十年區區報德之誠，投贈如右。兩母之靈爽，實呵護之矣。葉君長輝祖垂二十年，久不相見，不知其所乞之言，視輝祖何如。而不孝如輝祖，得持此以報先人，則葉君之教也。讀是集者，倘哀先人之志事，而更有以章之，先人幸甚，輝祖幸甚。行當陸續編次，雕版是集，其首基歟！乾隆四十四年十月既生魄，汪輝祖謹跋。

（浙江圖書館藏清乾隆四十三年刻《雙節堂贈言集録》）

校勘記

〔一〕標題爲點校者擬。

跋雙節堂贈言墨蹟

右《雙節堂贈言》石刻十册，初刻鄒半谷先生撰書二母傳一石，時爲乾隆丙戌仲秋。越十二年丁酉，刊先人表墓之文，續刻六石。已而集録贈言授梓，力不能兼及。又十二年戊申，作吏湖南，由寧遠郵屬王穀塍進士增刻二十一石。壬子歸田，復刻二十六石，别刻墓表縮行本，並附以亡室墓誌共八石。通六十二石，凡一萬九千三百三十七字。癸丑仲冬，築室三楹，周遶缭垣，置石其間，而《贈言續集》明年亦次第梓成，蓋輝祖年已六十有五矣。髮禿齒落，衰耗日甚，無能闡揚先德，因編次目録，以遺子孫，冀永其傳。

嗟乎，輝祖少遘閔凶，非二母教養之力，無以有今日，是輝祖偷息視景之日，皆思報吾母之日也。輝祖從曾祖昆弟，其子姓存者什無四五，從祖昆弟以下，其子姓無一存者。而輝祖以孱弱孤露之身，獨嗣宗祊而衍似續，非二母庇護之力，無以有今日，是輝祖子孫戴高履厚之日，皆當思報吾母之日也。輝祖力不足以傳吾母，不得不求憑藉於大人先生之文詞，懼其流失散佚而不得傳也，於是畬而鏤諸版，懼其漫漶螙敝而傳之不廣也，於是摹而勒諸石，懼其剥泐損裂而久或失其傳也，於是覆之以堂，固之以甃，力之所得爲，如是而已。

夫以輝祖身受吾母罔極之恩，親見吾母艱貞憂苦之狀，乞言天下餘三十年，所以傳吾母者，不過如是。顧以緜延保大，俟之後世不可知之數，輝祖不敢自信，誰爲輝祖信者？然《贈言》所録，皆當世不朽盛業，重以吾母堅節厲行，其精神皆自足以傳，而且石未必遽泐，而版未必遽漶也。後之君子，讀其文詞，撫其刻石，知人論世，珍重而愛惜之，不與瓦礫同棄，不與草木同腐，斯則輝祖之所厚望也夫。

乾隆五十九年暮春中澣，蕭山汪輝祖謹識。

（《雙節堂贈言墨蹟》拓本，標題爲點校者擬）

雙節堂贈言續集跋

蓋自己亥《集録贈言》版行，迄於今又十六年矣。丙午謁選人，至京師，大人先生賜言大備。爲吏湖南，僻處山縣，轉不能如游幕時之函書四達，乞得詩文不過二十餘首。兒子繼坊三應禮部試，命之乞言，所得無幾。積誠未至，而欲感孚群雅，固知其難也。録中之言，或乞之十餘年而得，或乞之二十餘年而後得。紀曉嵐先生語輝祖曰：『子爲諸生，吾即見乞言之啓。及來京師，必以是爲請。今行作吏矣，尤拳拳弗置。子之誠於乞言如是，而吾忍獨無言乎？』蓋二十年來，屢蒙面諾而未之能得者，竇東皋先生一人而已。其言曰：『此文以事傳者，吾當必爲。第必自信可傳，而後有以報命。』然則先生非不肎爲也，其難之也誠，重之也謹。綜十六年中拜賜之作，續録如右。自維衰老病廢，足跡不能出里閈，嗣兹以往，恐不能遠有所乞。苟有可乞，不敢稍斁吾誠。世之君子有可傳吾先人者，能繼吾誠以乞之，是在兒輩矣。讀前明雙節堂卷跋，以七代孫追叙先節，輝祖所爲，有槩於中，録附卷末，汲汲焉欲攷其里居事實也。

乾隆五十九年四月丙寅，汪輝祖謹跋。

（稀見清代四部輯刊影印清嘉慶間刻本《雙節堂贈言續集》卷末）

雙節堂贈言三集跋

輝祖爲兩母乞言，始於乾隆乙酉，其時以諸生佐幕，足不出兩浙，名不聞縉紳，所得者，浙之知交及官浙之賢大夫耳。賴沈君青齋代徵於京師，時時寄贈。戊子舉於鄉，乙未成進士，中間四上公車，凡青齋所未徵與徵而未得者，皆親往乞之。又屬邵君二雲、孫君遲舟展轉廣徵，迄丙申，彙録成册。時二雲讀禮家居，羅君臺山自江右來游四明，陶君午莊養志里門，分求校定，遂於戊戌開雕，己亥竣工，通二十八卷，名曰『贈言集録』。嗣是遇立言之士，無不乞，乞無不得。丙午謁選人，乞日下大人先生洎諸知名士，所得益夥。比吏楚南，上官僚友亦蒙賜言。壬子歸里，又乞浙中之能文者。甲寅，復彙而梓之，共二十二卷，名曰『贈言續集』。私計廢棄林泉，可以徧訪諸大家，補前集所未備。乙卯冬，忽嬰末疾，手足偏枯，跼居斗室，苦念此事，不忍遂廢，籲告諸友，同申鄙意。年來湯君敦甫徵之京邑，臧君序東、張君理堂徵之浙西，徵之江左，俯鑒章親之志，並推錫類之仁。長子繼坊、四子繼培先後入都，亦能體吾積悰。八九年中，詩文復積數百篇。客歲編輯，命五子繼壕録之，以奉賜之年月爲先後，尺牘具焉，計十四卷。屬何君葭汀、王君穀塍審定文句，是爲三集之藁，付兒輩篋藏，續有所得，即分類入之，俟吾蓋棺後，付之剞劂。嗚呼，罔極德，終難報，止此徵詞。

吾身生亦有涯，要諸没齒後，啓所云『誓於心，告於先靈，質於天日，信於當世賢豪，是以弗得弗措』，克償素志。今年命不可知，而數十年精神所繫，疾痛憂患，寢食無間，兒輩見見聞聞，慮無不知不悉。異日得遇仁人君子，可以不朽吾先人者，稽首頓首，求之求之，世世子孫，永矢弗斁。吾之願，蓋未有涯也。惟是立德、立言之士，能以言重人者，必先自重其言。後之人第知日誦贈言，而不深思言者之意，不能束脩自整，遏佚前光，則雖僕僕亟拜，當未之有得也。可不慎歟！可不慎歟！嘉慶九年歲在甲子中秋前一日，汪輝祖跋。

先君作此跋後三年而棄養，又五年甫得開雕，中間續有所得，仍依類編入。贈言諸君官職，一以嘉慶十六年官簿爲定。是歲十二月十四日，繼坊、繼培、繼壕謹識於譔美堂，先君生日也。

（紹興圖書館藏清嘉慶間刻本《雙節堂贈言三集》卷末）

重刻先考妣合葬墓表跋

韓城夫子賜書先人表墓之文，輝祖受而勒諸碑，拓三百本以貽同好。後十年吏湖南，不更拓，藝林多求是碑者。杭州估肆翻刻縮行本衒鬻，摹鐫拙劣，形似羸存，輝祖歸見之，懼流傳失真。越明年，重摹真蹟，别刊此石，藏之家塾。夫子翰墨，超冠當代，是書又加意爲之，圓勁遒美，兼外拓内擫之法。碑微豐肉，此本差瘦，精神骨采，並較碑爲勝。碑高四尺五寸五分，廣二尺一寸五分，計二十四行，行爲字五十有七。篆額二行，爲字二十有七，高二尺五寸，廣視碑。此本無篆額，首尾總百有九行，行九字，高八寸八分。石横幅，如杭本而無闌道。標題第二行增『配方孺人』四字，杭本與碑皆未有也。輝祖家距杭一舍耳，十八年間，真贋錯賾，幾不可户説。更千百年，學者各守所見，僅據贋本，將疑是書非夫子手蹟。夫夫子之人之書，傳於後無疑也。先君子之篤行，兩母之苦節，藉夫子之書傳於後無疑也。傳之而不足爲夫子重，輝祖滋辠矣。傳之而不足爲夫子重，而因不足爲先人重，輝祖辠滋甚矣。《蘭亭》祖定武，而定武已有二刻，至剔損五字，以爲别識。顔魯公書《麻姑壇記》，爲大小二碑，備損壞。古人用心，蓋深遠如此。輝祖重刻此本，詳識行款同異，幸後之覽者，不致爲贋本惑也。乾隆五十八年秋八月甲子，輝祖謹識。

（稀見清代四部輯刊影印清嘉慶間刻本《雙節堂贈言續集》卷末）

全浙詩話跋

鼂亭先生初號篁邨，博洽群書，吐屬淵雅。世家南堰，遷居於蕭久矣。輝祖年十三四，震其名，心嚮往之，相隔城鄉，末由親炙。越三年，入城應童子試，方謂可圖晉謁，而先生已俶裝北上矣。嗣後輝祖奔走衣食，先生亦歷遊五嶺三山，仰望彌殷，雲波阻絶。又二十餘年，獲交哲嗣廷珍、廷琡，竊聞餘論，私淑良多。迨先生倦遊歸里，始得拜於庭下。時先生年届杖鄉，輝祖亦四十有三矣。邑中好學之士，幸見顔色，喜若登龍。問字、質疑、求詩古文者，屨滿門巷，教者幾幾舌欲敝、腕爲脱。於是渡江，至葛嶺下，小築數椽，避喧娱老，署曰『泊鷗莊』。莊中有沼，沼中有鼂亭，禽魚滿目，風月宜人，顧而樂之，因即以鼂亭自號，而海内人挂諸齒頰者，仍其故號焉。輝祖客吴興，往來錢唐，必過湖上，乃益習先生之粹然儒者，愈敬而親之，先生亦雅愛輝祖，不以弇陋是棄。

洎輝祖宦楚歸林，蒙出示《全浙詩話》若干卷，受而讀焉，網羅今古，雖一臠半炙，俱堪含咀，愈歎其用心虚而致力勤也。以先生之才之學，欲成一書，自可刻日蕆事，使其逕伸己説，不必有所根據，則吾湖詩人警句，何難日輯萬言？即吾越名篇，車載斗量，奚至寂寥若此？則其以述爲例，不以作爲例也明甚。故歷十有七年之久，始得裒然成集。自鍾嶸《詩品》以來，詩話相仍，非開標榜之風，即近阿私之好，是書一洗而空之，讀詩者可以知人，考古者可以論世，誠説詩之極軌也。世之閲是編者，既知其爲古今已成之話，而非當局者新構之話，則話所不及之人，雖聞人不求其備，話所不及之句，雖佳句合憾於遺，若恐其挂漏，猶欲憑臆見而品題增益之，是亂其例矣，豈先生纂輯之意哉？嘉慶元年六月六日，媚愚姪汪輝祖謹跋。

（清嘉慶元年刻《全浙詩話》）

湘湖攷略跋

《湘湖全圖》一，攷略二十二則，吾友於君汝夔身歷心營而手訂之。歲丙辰，屬序於余。余客游久，間一至湖，未嘗周知原委，因轉請王君穀塍爲之覆校。穀塍固稔湖事者，歎爲精審，序而歸之。

余維文字以有裨實用爲貴，坐言可起行也。湘湖關吾邑水利，此書之作，可繼顧、富、毛、張四家之書。慫恿版行，君固辭不許。或曰：『君非靳其資也，慮利弊無所隱，干姦豪胥吏之忌耳。』余曰：『惟其然，必不可以不傳。』會余有剞劂之役，遂代爲之梓，而記其緣起於後。嘉慶六年十月既望，同里汪輝祖跋。

（浙江圖書館藏清嘉慶學忍堂刻《湘湖攷略》）

繪林伐材跋

右《繪林伐材》十卷，郡憲王蓬心先生之所輯也。先生望重烏衣，聲蜚鳳沼。豪傑争求識面，豹猶隱而文已先騰，公卿樂與論心，鯤乍化而翼還遥蔽。蓋詩原餘事，早自成家，盡得宗風，兼推絶詣。髯似蘇而酷肖，文直同工，瘦較沈以彌清，品尤遠勝。是以卅年京國，譽壓枚臯，五馬瀟湘，勛齊李峴。胸懷月霽，揮毫與對客兼酬，案牘雲行，畫諾亦飛箋不輟。索解人而未得，侑以新詞，快知己之儻來，浮將大白。如叨尺幅，秘之寶若天球，但得寸函，受者榮逾華衮。一門群從，具體而微，到處賓僚，聞風以慕。輝祖忝儕下吏，屢侍清塵。間從提耳之餘，請讀等身之著。此其一種，成已十年。肇自皇初，訖於昭代。美無不備，録過眼之雲煙，人各有師，紀專家之譜系。旁搜方外，軼采閨中。但可取材，大匠之門無棄，何勞尋斧，喬林之秀都搴。莫不信而有徵，皆可傳之不朽。溯淵源而述祖，數典能詳，持規矩以與人，傳薪勿替。謹書末簡，締千秋筆墨之緣，用諗來賢，備百氏繪圖之考。乾隆五十四年閏五月上浣，屬吏汪輝祖頓首謹跋。

（國家圖書館藏清乾隆五十四年刻本《繪林伐材》）

跋夏景宸汪母徐孺人墓誌銘

晚園先生，邑之獨行君子也。往歲庚寅，先生母宅兆未定，輝祖豫乞銘幽之文，先生頷之。尋以疾作，不果爲。至辛卯九月，合窆有期，而先生先於是年六月謝世，因復請銘於金匱鄒半谷先生。既而先生門下士編次遺文，得是編長箋，草字中有圖乙數處，朱墨相錯，殆非定本。先生重然諾，力疾屬草，以不朽吾母，古誼可感。謹繕寫一通，與鄒先生作同刊家乘，而識其端委如此。乾隆三十七年秋九月，汪輝祖書。

（浙江圖書館藏清乾隆四十三年刻《雙節堂贈言集録》卷五，標題爲點校者擬）

跋朱梅崖汪氏二節婦傳

梅崖先生撰傳，嚮以原本並臺山兄改本録請鄭誠齋、彭尺木兩先生商榷，俱云改本更精，因遂録刻初集。今讀先生書，作者深恉，非局外可喻。先生原本已自入文集，先人行誼藉傳千古，感且不朽。先生與臺山兄久游道山，文字無由再質，謹遵先生之命，就臺山兄評註删易處，一一附鐫，敬俟後賢論定，且以見贈言君子均非率作，世世子孫所當銘勒勿諼。惜先生註釋之本，舊爲臺山兄攜去，不得並梓，終負先生雅意，滋之歉愧耳。壬子十二月十一日，輝祖謹識。

（稀見清代四部輯刊影印清嘉慶間刻本《雙節堂贈言續集》卷十九，標題爲點校者擬）

跋魯九皋送汪龍莊赴選序

輝祖與絜非大兄交未握手，而手書敦勉，懃懇周摯，真得古人之義。自謁選逮得缺，諸先輩暨同人贈言，皆援兩母節行以相勖誡，而是序與任芝田先生《書後》尤爲深切著明。竊禄五年，時時循誦二篇，如臨師保。曩留别知好詩，所謂『最好官箴雙節録』及『怕羞海内贈言人』者，盟心固有在也。芝田先生文已刻第一卷，謹附刻是序，用誌銘感。壬子臘八日，輝祖識。

（紹興圖書館藏清嘉慶間刻本《雙節堂贈言續集》卷二十，標題爲點校者擬）

跋湯溘汪氏雙節旌門詩

乾隆丙戌，先生作此詩，爲寄者失去。丁未復作二首，已入《續集》中。今又得前藁，遂并梓之。嘉慶五年庚申閏四月，輝祖謹識。

（紹興圖書館藏清嘉慶間刻本《雙節堂贈言三集》卷八，標題爲點校者擬）

跋王穀塍書

自丙辰迄今，所得書疏涉於贈言者，歲不下數十首，集中弗能盡登，簡選録之，俱以奉到時日爲次。轉乞詩文多出湯君敦甫、臧君東序、張君理堂，其手札合爲一卷。何君葭汀、王君穀塍皆從審定三集文字者，録於下卷之末。始之終之，深感良友之誼矣。甲子中秋前一日，輝祖謹識。

（紹興圖書館藏清嘉慶間刻本《雙節堂贈言三集》卷十三，標題爲點校者擬）

致孫淵如書札

致孫淵如觀察，後學汪輝祖頓首上觀察大人閣下：

輝祖三十年前交邵二雲學士，得聞洪稺存先生之名，即介二雲求得雙節七古一首。久之，二雲推重閣下甚至，丙午入都，曾懇介紹，未有機緣。迄由楚歸里，閣下已褰帷山左，自分此生素願難酬。輝祖自乙酉乞言，始而博，繼而慎，於有道德而能文章、可以不朽先人者，見面無緣，則稟啓至于再四。齋心誠懇，大人先生無不閔而應之。山斗之望如閣下，積二十餘年竟不得通名左右，悵怏無已。今春欣聞駕臨蕺山，衰廢累年，不惟不能走叩，并不能虔修寸楮，諄命兒子繼培叩謁講壇，面乞賜言。幸蒙俯如所請，日夕禱祀以求，初三日瓊函下賁，寵賜題詞，盥誦再三，情文並摯，先人志事得仁言以著，九京有知，定當銜感。惟輝祖陋劣不能立身修行，視老大人之德邀天鑒，承歡裕後，繼以閣下之榮名顯揚，撫心自問，直不可以爲人爲子。乃叨宏獎過情，恐爲大集之累，益覺慚惶，無以自解。鴻文敬謹什襲，以爲三集開章第一篇。文與例稱，真家集之光也。

前七月何君蘭汀過蕭，奉到大集及《古文尚書》，今又荷賜《元和郡縣志》《孫子十家注》，滿目琳琅，直如貧兒暴富，感何既極。輝祖少孤失學，衣食於佐幕者三十年，問學疎蕪，茫無根柢，齒將五十，得了舉業，方於幕中公暇，壹志讀史。所有《史姓韻編》及《九史同姓名録》二種，皆讀史時手鈔備攷，不完不備，未敢云書。兒培十五六歲，因官中有辦公梓人，鹵莽授雕，刻成檢閲，甚多舛漏，是以未敢求政大雅，十數年來，卒業全史，得成《二十四史同姓名録》一百六十卷，以《九史同姓名録》覈之，在在疎脱，不堪覆瓿。今蒙齒及，遂亦不敢藏拙，《二十四史同姓名録》序例，一并呈請鑒政。自嬰末疾，屏謝應酬，又成《遼金元三史同名録》四十卷。比來專攻《元史》，就本史參校，成《元史本證》約二十卷，明春或可脱稾求誨。

海内雙節贈言，大人先生刻入撰集者，已二十餘家。區區烏鳥之私，痛生養未能，欲求當代集中俱得，榮逮先人，庶垂久遠。頃見觀察秦大人著作，卓然名家。輝祖不能親求，擬來春命兒培叩請，敢祈閣下相見時，先道積誠。錫類之恩，歿存銘感。

洪公無因布悃，閣下回府，定當面晤。外信并書，特求附達。如得回書，並懇轉寄。漵縣毛西河先生本無所出，其嗣子遠宗生健、儒二子，俱爲諸生。今聞健有孫二人，客居徽州，無業儒者，本籍竟無後人。墓在本縣北門外，去城五六里許，歲歲春間，邑人醵錢，以特豚祭掃。雖尚未寂寞，而鄉賢諸祠未得邀分片席，閣下想當同慨。輝祖竊意先生闡明經義，不爲無功，而後人微弱至此，疑過謗朱子之咎，《四書改錯》識議確有依据，然未免有過當之處，必得精博如閣下者，糾正刊行，方爲完善。鄙意《四書改錯》之名，亦未妥協，似須增『朱注』二字，否則竟謂四子書有錯，則不合矣，未知閣下以爲然否。雙節石刻，隨時增續，現得七十石，字亦加增。謹奉上一部，尊稿《碑目》字數乞爲改正，俾可信今而傳後，幸甚幸甚。握管甚苦，且不能正書，口授兒子代筆鳴謝。恭請鈞安，統惟垂鑒，不莊不備。小春七日，輝祖再頓首上。

（中國歷史博物館編《小莽蒼蒼齋藏清代學者法書選集》，文物出版社一九九五年）

汪龍莊手札〔一〕七通

一

弟自壬子旋里，得見曲江風度，即與十三兄言，閣下必當爲桑梓第一人，並常與同人、兒輩數數言之。今乃始基，深自幸相契之有真，相期有在，不敢以俗例道賀。所喜者，堂上盛年具慶，閣下他日可以黑頭言色養，此則尊大人純孝之美報，閣下能以福德承之，爲可欽羨耳。讀重午日手書，初入詞垣，酬應叢集時，即荷垂念草土病夫，足見十四兄老先生古心高誼，兼徵局度從容，異時遠到之模，實忻且感。鄙性樸戇，向承閣下虚懷過愛，每有所言，不知自檢，聞者或訝其率，而閣下優容採納，幸矣。

來翰商及立身之要，爲學之方，所見者大，非專務進取之士所可幾及。弟老而無聞，何足知此？然『守身』二字，是弟一生功力。出處不同，守之境界亦别。惟正路是由，脚踏實地，無論遭際，總可頭頭是道。弟閲事近五十年，所見仕路人不少，大概走此一路者，畢竟攧撲不破。故鄙見以存誠務信爲本，充之可以希賢，約之亦不失爲端人。功名事業，根基於此，皆可自立。閣下醇篤開朗，未審以爲然否。

閣下詞章之學之才，即今所就，已爲詞垣冠冕。弟向謬論學以致用爲要，玉堂儲才，爲異日大用。凡古大臣處常處變之所歷，今國家大經大法之所在，及古今事勢不同之故，須於讀書應事時，一一究心，則刻刻皆有進境，皆是經濟。吾鄉先輩西河先生之文學，終不若文靖公之勳望也。閣下英年篤志，何所不成？願勿僅以文人自勵，是則區區之素所望於閣下。敢因下問而一布之。

弟近日眠食如常，書亦倦檢，其衰可知。率候陞安。不敢令兒代繕，力疾草草，不備。

上敦山十四兄老先生閣下

弟汪輝祖頓首。六月八日。

可亭先生得間，乞代求雙節文字爲禱。

培兒稟筆請安。

二

仲夏一函奉答，昨聞十一兄言，不隨書籍同寄，想早荷照入矣。詞林工夫，閣下儘足。望十四兄老先生讀書通古今，儲他日致用之本。弟謬謂今日需才孔亟，不學者既蹈無術，徒以粉飾爲能，務學者又多迂疎，於時事無濟，故有一分識力，始有一分事業。此則非通達事理、稽古有素者，不足以當之。閣下年力志趣，皆優爲之，幸勿以詞章自隘也。

潭府安嘉，十一兄又入仕途，日前言别，弟亦不作世故語贈之，恃閣下交好故耳。弟今年精神大憊，不茹齋而不知肉味者，五月於兹，執筆更苦，舉步必得人扶掖，生真如寄矣。

尚有請者。近日才人輩出，閣下必多相識，舊存《先慈事實》三本，附呈左右，千萬爲弟擇人而請，期其必得。弟一息尚存，此念一息不輟。數十年專賴知交推愛，今日所恃，惟閣下一人知我最深。切禱，切禱。臨緘翹切，順請陞祺。不既。培、壕兩兒稟筆請安。

敦山十四兄老先生閣下

愚弟汪輝祖頓。八月五日。

三

正月二日，尊公大人惠臨，敬詢潭禧增佳，並稔寄回家言『做官原應勞苦』一語，聞之忭慰無似。從來士習官箴，皆因不明此義，其趣日非。今閣下以此語慰親，以此志許國，爲醇儒，爲名臣，豈第爲桑梓人望哉？輝祖病廢餘生，更無他説爲閣下捧土益岱之助矣。家鄉自去夏後，盜劫公行，阮公下車不及一月，大案立破，民可安堵，已先受其惠，浙西之漕務亦清，真大臣經濟也。輝祖眠食如常，而步履更艱，無可如何。順候陞祺。呵凍濡毫，欲言不盡。輝祖頓首上

敦甫十四兄老先生閣下。初四日。

去冬奉札，敬繳謙姪。

四

輝祖頓首，奉答敦甫十四兄老先生閣下：

二月六日，得人日手書，不啻面晤。並惠到徵言二首，具見吾兄錫類之仁，感佩不可言似。徵詞一事，弟親爲之，尚不易得，況代爲請乞乎？必請之非了世故，而應之者亦有至情，方可不朽吾親，兄勿訝其不易也。弟以無足輕重之人，而三十年來求無不應，全仗吾友沈青齋啟

震、邵二雲晉涵、孫遲舟辰東三人鼎力。三君始皆孝廉，殫力徵求，有未得者，弟復到京面懇。初集有終未識面者，皆三君力也。故間有代作，後見面而復改正書示者。惟其難，是以佳，能事固不受促迫耳。

任子田先生曰：『如欠龍莊債，吾知必不以負約絶交；欠龍莊雙節詩文，則不得不措其一種。真性人亦何忍負之！』子田先生已作古人，念此語猶爲泣下。紀曉嵐師曰：『子乞言時尚爲諸生，今已作選人，二母去世已久，猶以此事爲急，至誠可格豚魚，我豈豚魚不若者？然非愜意，不敢以應。』今所刻五古，蓋親見其三易稿、兩易韻矣。伏望吾兄勿訝其難，而諄告以白首孤兒待報九原之誠，其庶有憫而許之者。世世子孫，當銘大德也。

弟倖眠食如常，惟步履更難，作字更苦。穀塍言兄留心經濟，甚慰。惟『有治人，無治法』六字，真當今要語。以聖天子洞悉民隱，爲百姓謀利益者，百姓不能自言，至尊曲折代言之。弟草土餘生，每讀恩綸，不覺涕零。而親民者若惟恐民之知也，真不解其故。利於民，則不利於官，藉彌補虧空之一言，下以欺民，上以欺大吏。爲大吏者，亦若虧空必可彌補，忍受其欺而不問。究之彌補何如，民不能知，大吏亦不能權其實在出入而確核之。大吏無不潔己，州縣愈可肥家，官不愛民，民不親官。弟生如寄，未知虧空何時補足，而聖恩之實能逮下也。兄不從此處留意，則積儲亦病民之術耳。病手不能多書，順申謝悃，並候升祺。不宣。

庚申四月廿三日，輝祖再頓首。

謙姪叩繳。培、壕兩兒侍筆請安。

五

輝祖頓首上敦甫老先生閣下：

七月三日，得五月廿三日手書，並徵示贈言三首，皆自有作意。古人所謂事情相稱者，非應酬之作，固由大君子錫類之仁，然非閣下之推誠以求，何能致之？銜感五中，言不能喻。前後五公，已令兒坊代謝，並乞多多轉道。餘有乞而未得者，祈命兒坊亦爲親叩。向者初集皆蒙良友布悃，已登姓氏，卷首二集，俱是親求。今初集之刻入作者詩文本集，已二十餘家，良友之德，没齒不敢忘。今將没齒矣，而閣下念之諒之，一至於此，真求之而不敢必之，乃得之如是，是先人之靈爽憑之也。當且有報於冥冥者，非輝祖所能知矣。

抑有重望者，鮑以文兄得明雙節堂跋，旌於宣德年，跋於嘉靖中，皆撰人姓氏，而節婦姓里無攷。輝祖附刻二集後，輾轉屬攷，竟不可得。昨年兒子於書肆舊褎中得抄《得堂記》一篇，佚作者姓名，而小序所載事蹟，與跋相合。節婦是妯娌，夫姓朱，子爲侍御，是以作者多達人名士。佚名之人似係明末人，以二百餘年，云仍尚爲徵文，見朱節婦之流澤甚長。竊以望之子孫，而輝祖不肖，恐不能得之，是可懼也。

閣下德學並懋，祈有以訓兒輩耳。輝祖精力大憊，觀所寫字，可見其概。昨得句云：『萬一加年兒福命，尋常送日病時光。』其意當閣下知之。草草，敬請升安。屢札謙光溢分，折福之至，不勿再爾。餘不盡言，諸維丙照。

十二月十三日，輝祖再頓首上。

六

弟今真木偶，一切兒培自能面言。惟屢荷徵詞，以寵先人，感難言似。各處兒培禮應代爲叩謝，乞十四兄命之。有應乞者，再令親叩。可亭先生幸閣下轉爲致意，培當以年家子面請也。此時除乞言外，更無一事到心頭矣。廢物可愧。草候升安。不一。敦甫十四兄老先生閣下

弟汪輝祖頓首。三月六日。

七

閣下今在詞垣有聲望，爲大君子所推重。輝祖爲二母乞言，後啟曰：□□没齒□□□矣。且有道德而能文章者，多萃於京師，老病無以自通。《事實》五本，乞閣下爲我求之，即没齒，幸勿孤此志也。輝祖頓首。

表章里人，亦公之事也。不敢以時日計。又懇。

（見《張菊生先生七十生日紀念論文集》，商務印書館一九三七年版）

校勘記

〔一〕標題和序號爲點校者所加。

自題小像贊

咄咄此翁，亦名爲士。長遜戣身，短同歐視。讀幾册書，誦某家史。壯媿飢驅，老慙禄仕。行恐辱親，守惟知止。自幸歸林，嘗憂顛趾。行年七十，無聞如此。更假數年，食粟而已。歸廬佚叟自題。

（續修四庫全書影印望三益齋藏板《病榻夢痕録》）

越女表微録例言六則

一、貞節事蹟不拘繁簡，請件繫條分，各從其實。

一、籍貫以夫家爲主，其嫁在同邑者，母家不煩贅敘。如母家、夫家邑里各别，應請詳述父若夫姓名，及有科名、官職者，一一開示。

一、本人于歸及夫亡并身殁各年歲，均須詳覈。

一、現存節婦貞女，其守志之年及現年若干歲，竝請查註。

一、烈婦捐軀之年月，斷勿從略。

一、孝婦須有實在藭苦情事，如止井臼承歡，可無瑣叙。

（四庫未收書輯刊影印清乾隆四十五年雙節堂刻增修本《越女表微録》）

九史同姓名略例言四則

録同姓名，辨異也。有專傳者，稍詳行蹟。如僅散見他文，則官名、地名之類，摘録一處，餘不復詳。同在一史，録其時世。史既不同，灼然異矣，時世亦閒略焉。

《唐書·世系表》多與傳異，往往表不著官，而人名、官名錯見紀志列傳，無從訂其異同，録俟考辨。

唐宋世系諸表，群從兄弟同名不少，甚有同父之子，名亦相同，疑有一誤，無可證定，仍並録之。至《宋史》宗室，同名最多。凡古今文，如从從、弜弼、窣松、潷淳等字，各有所同，依字分録。如止單見，即附古文於今文之下，從其類也。

九史交涉之際，或一名而兩三史互見，其官職較然不同者無論矣，閒有疑似之處，亦録以備考。俟偏校《史記》及南北史後，詳加辨正，冀成完書。

（四庫未收書輯刊影印清乾隆閒刻本《九史同姓名略》）

雙節堂贈言集録例言四則

雙節之名，章於旌表卷端，恭録請旌案，誌錫類之恩也。歲乙酉始刻徵啟，用求闡揚，而寒微不能自達。仁人君子愍其孤露，輾轉代求，四方投贈之作，與歲俱積，遂得裒次成編。卷首先臚請旌姓氏、徵言姓氏、贈言姓氏，備書爵里字系，以申銘感。

前賢編詩文總集，標題先後，各有指歸。輝祖編録贈言，體崇摭實，謹先録傳狀紀事襍文，次及騷賦詩詞，分體各見。惟宗人撰述及閨秀所作，則自爲一卷。贈言中敘請旌歲月，或作甲申，或作乙酉，未盡畫一。蓋奉旌在乾隆二十九年十二月，次年正月浙省始接部咨。語雖參差，事皆覈實，今各仍寄贈原本。

歲丁亥，曾有詩文初集之刻。版行後，作者務求盡善，重寄新篇。如錢文端公易詩爲誄，沈歸愚宗伯易五言古詩爲七古，杭堇浦太史易序爲十一言詩，今竝以更定本爲据。其原作出於假手，後別有贈者，則將前作仍歸撰人。總之，珍重贈言，不敢脱漏一字。然四方郵寄，易致浮沈。如乙未同年小集，始知德君昌、郟君錦早有歌詩，武林書肆見吴君蘭庭刻集，始知久有題贈，此外恐遺墜尚多，顒望確寄，容俟續編。

昔年嚴孝廉誠作《夜績課兒圖》，爲兩母紀事，遠近交友，多有題辭。自乙未五月遭大故，不能重展矣。冬間卜葬秀山，嚴孝廉果復繪《秀山先塋圖》，詳述兆域四至，以示後人，因并取

《夜績圖》刻於卷後。今昔殊觀，讀之嗚咽。

乾隆四十三年十二月壬午，蕭山汪輝祖謹識。

（浙江圖書館藏清乾隆四十三年刻《雙節堂贈言集録》）

雙節堂贈言續集例言

鸞書寵贈，恩賁九京。荷聖主錫類之仁，章兩母撫孤之效。《大清一統志》新增節婦，每縣例擇一人大書作綱，餘皆細書類敘。兩母得邀大書，首冠蕭山，非常之榮幸也。卷首恭録敕命誥命，《一統志》次之，本府誌傳附焉。

是録爲前集之續編，書後第一，誌因也；次經解，尊經也；其他傳誌、褉文、詩歌，俱依前例編定。惟樂府、歌行、絶律、長律止分古今二體，以拜賜之先後爲序，便於續增，與前例小異。

輝祖乞言以來，當代大人先生得請見者，稽首頓首至於再、至於三，既别去，函書敦迫，弗得弗措。不克見者，屬知交君子輾轉代徵，肅拜修牋，瀝誠陳悃，瑣瑣瀆布，蘄於頒賜而後已。自乙酉至壬子，二十有八年，報章稠疊，謹裝潢成軸，寶爲家珍。兹並彙録登梨，補前集所未備，欲使世世子孫銘德弗諼。間有不繫雙節而語多箴誡，勖輝祖無忝所生之義者，亦兼録以識古誼。

昔亡友嚴孝廉誠《夜績課兒圖》已摹鐫前集，繼作者有陶封翁元藻《凌霄雙玉圖》、錢明府維喬《清門雙柏圖》、蔡明經英《竹柏雙清圖》、朱茂才光裕《硯湖保宅圖》，最後王太守宸作《夜績課兒》第二圖，各有題詞，依韻編刻。圖皆長幅，難爲縮本，割愛未鐫，負歉無已。前集鏤版蕆事，即選工勒石，名曰『雙節堂贈言墨蹟』，用昭來許。現今陸續繼鐫，後蒙題贈，幸祈法書寄示，竚壽貞珉。

先人行誼，冀藉文字流傳，群雅斐然，歿存並感。

乾隆五十八年九月甲午，蕭山汪輝祖謹識。

（稀見清代四部輯刊影印清嘉慶間刻本《雙節堂贈言續集》卷首）

上學憲蕭山縣節孝貞烈事實請給旌匾竝祠廡祔主狀

具呈蕭山縣進士汪輝祖，爲乞表窮嫠恩飭祔祀，以章志操，以勵風俗事。竊惟蕭山敕建節孝祠，於乾隆三十五年改建之時，邑人捐建旁廡三間，安設憲旌節孝神牌。輝祖向爲二母請旌建坊，母氏念及同族苦貞之婦無人陳請者，感涕交并。輝祖因由族而邑而郡，與編修王增、邵晉涵，主事來起峻，進士王宗琰，舉人樓卜瀍、翁元圻、陶廷珍，生員王元春、鄭王賓等，各就所知，輾轉採輯。數年以來，得山陰、會稽、蕭山、諸暨、餘姚、嵊縣節孝貞烈婦女三百餘人，於四十四年九月具狀藩司，蒙檄府縣褒異。緣節孝祠之有旁廡，係蕭邑創設，是以未經申請。伏念下户貞媛，窮鄉苦志，不能盡邀旌門之典，即不獲上祔敕建之祠。今蕭邑幸有旁廡，可以仰邀憲德，推廣皇仁。恭惟大人氣轉洪鈞，褒榮華衮，風聲所樹，人紀爲昭。謹將蕭山縣節孝貞烈各婦女事實，清册呈送憲案。伏乞大人俯憐苦行，給匾旌表，并賜核册，飭發儒學存查，以備修志時採録。其有該節孝後裔及親族人等，情願備主入祠者，聽其祔祀廡内，以章志操，以勵風俗。事繫激勸，當不獨九地貞魂銜感恩施已也。乾隆四十五年十月初七日呈。

初十日蒙欽命吏部左侍郎、提督浙江學政加六級、紀録十次王批：據呈蕭邑節孝貞烈各婦女未及請旌者，請給廡匾。竝請核册，飭發儒學，以備採録。事關激勸，殊屬義舉可嘉。准照所請，竝給『勁節幽芳』四字，以章志操，以勵風俗。事實清册二本，一附案，一發該學，仰即存檔可也。十月十二日，奉發事實册竝原呈，檄行蕭山縣儒學遵照存案。

（四庫未收書輯刊影印清乾隆四十五年雙節堂刻增修本《越女表微録》）

上藩憲請褒越中節孝狀

具呈蕭山縣進士汪輝祖，爲博徵苦行，録實祈褒事。竊惟皇仁表節，里崇斲石之坊；婦德完貞，祠勒題名之碣。窮不憂於無告，善何患其勿彰？然而發端在保社之間，吹求瑣瑣；申報由學官而上，考覈層層。罰無疏漏之條，事以因循而誤。自非息子，誰闡幽光？降及孫曾，都成陳迹。故伶仃下户，懷清不乏孀嫠，而遼闊多年，潛德易歸湮没。

輝祖鞠從二母，深知齧檗之艱；乞得十行，竝許卓烏於宅。間因侍帟，幸詁旌門。而母方欣曠典之親膺，旋慨殊恩之溢分。謂族姻某某，亦勵貞操，何蓬蓽蕭蕭，不聞褒異。誡小子毋忘茹苦，願他年更計推恩。輝祖當据家乘，得節婦二十三人，稍爲詮排，上之縣府。時以方攻帖括，未暇搜羅。何圖一第倖叨，慈顔頓謝。九京不作，遺訓難承。負此生昊天罔極之悲，眷疇昔同病相憐之語。冀成先志，博采孀閨。布同好以腹心，溯流芳於桑梓。山陰則編修王增，會稽則舉人陶廷珍，蕭山則主事來起峻、舉人王宗琰、生員鄭王賓、汪銓，餘姚則編修邵晉涵、舉人翁元圻，諸暨則舉人樓卜瀍，嵊縣則生員王元春，共襄厥事，各舉所知。發隱表微，有力者不録。循名責實，無徵者弗登。力瘁四年，地周六縣。或居貧而無嗣，或鬻子而固窮，或時遠而名章，或義昭而世絶。稽其年歲，均爲合格之人；揆厥遭逢，將在就湮之數。有可傳而傳者，豈涉瞻阿？無所爲而爲之，曾何假借？至於貞姬守義，烈婦狥夫，以及奉舅刲肌，救姑割臂，情尤可愍，道並難能。無非厲俗之模，率皆据實以紀。恭惟大人彝倫標準，名教宗師，褒以一言，榮直逾於華衮；俟諸百世，信可壽於彤編。是用略緝芬徽，伏乞俯垂觀覽。

昔者大威從政，先旌李婦之廬；度尚蒞官，首謁曹娥之墓。風聲以之丕樹，史册著爲美談。以古方今，於斯彌盛。敢祈大人檄行所司之縣，扁表諸女之閭。其有歷代既遠，無閭可表者，並飭備存檔案，於修志時稍資徵引。温重泉之寒魄，知正氣不與形銷；扇嫠室之貞風，庶弱寡更無隅向。則小人有母，窮壚酬推及之私。即大化無遺，廣廈庇單微之族矣。所有上虞、新昌二縣，輝祖現在確求，容當續禀。謹呈。計呈事實册八本。乾隆四十四年九月二十三日呈。

本月二十九日奉欽命浙江等處，承宣布政使司、布政使加三級、紀録十次國批：娥江孝躅，古自垂型；楓嶺貞操，今能嗣美。即今聞之勿替，見正氣之長留。該進士推不匱之思，爲閤郡闡就湮之跡。覽茲載册，事皆信而有徵；溯彼流芳，名可傳之不朽。竝如所請，轉飭有司各予嘉稱，用光潛德。樹烏頭于宅里，雖有待焉；備彤管之稽求，此其略也。册存核，餘候檄發府縣備查。十月十七日奉發事實册七本，行紹興府轉行山陰、會稽、蕭山、餘姚、諸暨、嵊縣，分別存案，備志乘採録。仍聽各本家自行立扁。

（四庫未收書輯刊影印清乾隆四十五年雙節堂刻增修本《越女表微録》）

上學憲續褒越中節孝狀

具呈蕭山縣進士汪輝祖，爲續採節孝叩恩褒異事。竊輝祖承二母遺志，搜採紹郡節孝婦女之事蹟就湮者，於乾隆四十四年得山陰、會稽、蕭山、餘姚、諸暨、嵊縣凡三百五人，開具事實，呈請藩憲國，分行各縣存檔入志。嗣緣蕭山節孝祠設有旁廡，復將蕭邑諸女具呈陞憲王，給匾祔祀。

輝祖自將節孝事略分類綴輯，爲《越女表微録》四卷，以備志乘採擇，因上虞、新昌二縣未暇周訪，具呈之後，復輾轉諮詢。上虞則泰順教諭范景炎、舉人胡如瀛，新昌則布衣石茂嘉，協力訪求。六年以來，上虞得五十四人，新昌得四人，又續得山陰四人、蕭山八人、嵊縣四人。或茹苦立節，或秉義捐軀，或未嫁守貞，或封肌盡孝，事皆確著，與旌格相符。恭惟大人名教宗師，人倫模範，褒榮一字，論定千秋。用敢繕具各婦女事實清册，呈送電核。伏乞大人俯念苦行可矜，給匾褒異，并將各册恩賜蓋印，分發各縣存檔備查，將來可以録入志乘，則貞風所扇，懦立頑廉。輝祖藉得稍酬先志，銜感直同身受矣。乾隆五十年正月初七日呈。

蒙欽命宗人府府丞、提督浙江學政加四級、紀録十次竇批准：即分别奬勵。

（四庫未收書輯刊影印清乾隆四十五年雙節堂刻增修本《越女表微録》）

乞言啟

小人有母，冰霜分彤管之輝；君子贈言，錦繡表青閨之範。從來闡德，端資手筆於名家；稽古徵詞，例請頭銜於上客。然而事同耳食，語或未詳；何如途是身經，言皆有物。非阿私而歸善，應不鄙其人微；可立説以風時，諒無嫌於辭費。輝祖幼而無父，生不逢辰，痛庭椿委蔭之年，正分角垂肩之日。被麻衣而騎竹，遑識天窮；啟芸籍而捧心，幾成木朽。不有三遷之訓，疇延一線之傳？維我繼母，恩媲屬離。曁我生母，境貞荼櫱。凡節孝大端，具於請旌事狀者，固已秋陽並皦，古雪同清矣。夫使當日者，顔子巷前，尚餘負郭；荀公廚下，猶積勞薪。八百株桑，饒給蘋蘩之用；一千頭橘，差供麤糲之須。抑或鴒原有急難之親，貝錦無萋斐之隙。葛能庇本，終免斧尋；豆不燃萁，罔虞釜泣。則是放姜工績，祇須閔免持門；柳母和丸，自可從容課學。豈非懿節，未歷奇艱；獨我兩慈，實膺萬變。蓋自家遭不造，事值難平。售雁稅以償逋，典魚租而結窆。籢無賸珥，壁僅懸瓢。誰謂釁起蕭牆，更切覆巢之懼；警逾風鶴，頻占入坎之凶。今日沈思，還教膽碎；當年相對，能不裳霑？

且夫孝在婉容，時丁履困。倘膝下深崩城之慟，將堂前增封篋之悲。我母殫十指以承甘，誓同心而茹苦。形聲不動，消閔侮於澹定之中；禮讓爲先，奠家室於漂搖之後。用瞑泉臺之目，不貽萱室之憂。此則視陳孝婦之奉姑，尤經盤錯；擬梁高行之勵志，彌極艱辛者也。嗟乎，生成宏覆載之仁，留落負涓埃之報。青衫廿載，捧檄偏虛，長鋏重關，承顏能幾？書雖可讀，難依秋樹之根；飢且來驅，空望白雲之影。經年桂玉，饔累長尸。遠道河山，門勞頻倚。憶昔亨屯出險，腔血應枯；即今居賤食貧，春暉易老。是以先生母年逾大衍，遽撿霜闈。我繼母憂積半生，蚤成雪鬢。周伯仁稱觴而後，惆悵遺言；温太真絶裾以還，縈迴別夢。奉板輿於周道，彼獨何人；秏手線於征衣，我真不子。乃者徽音上達，幸采輶軒；帝澤旁覃，許榮綽楔。北堂淚落，翻憐逝者無知；丙舍魂歸，或歎苦心不負。在我母蘭生空谷，香自藴於忘言；顧輝祖莛叩華鐘，聲必求其届遠。敢呈事狀，跂望揄揚。伏乞玉署前賢，鳳樓鉅手。詞傾陸海，賡聖朝錫類之恩；毫粲江花，紀家母完貞之實。一吟一韻，善善從長；以雅以南，多多益辦。俾錦囊襲美，豔香珍才子之文；將金筆揚休，雲耳拜仁人之賜。汪輝祖頓首謹啟。

嗚呼，痛雙闈之捐背，今昔同悲；保六尺於仳離，生成合德。逢人拜跪，十年徵幼婦之碑；報我瓊瑶，千幅溢孤兒之篋。亦既銀鉤勒就，永列女之芳型；綾𧑲裝來，勝傳家之重器。斐然有作，抑又何求？

乞言後啟

然而詩有别裁，文無定格。三變體析，從靈運不少專家；八斗才分，自陳思都成名士。歐心是錦，安知來者之不如；欬唾皆珠，會見陳言之務去。用是書馳生紙，瀆勿憚於再三；語剖潛肝，誠更輸夫萬一。嗚呼，屋外之烏頭對峙，久辜毛裏之恩；山中之馬鬛初封，載絶門閭之望。鸞將回誥，計偕之結願偏睽；樹不寧風，永訣之遺言安在？忝春官之一第，報滯泥金；負慈母於重泉，悲纏刻木。念罔極德終難報，止此徵詞；料吾身生亦有涯，要諸没齒。伏乞奮如椽之史筆，闡合璧之坤儀。俯察哀忱，洪頒鉅製。驅遣鳳毛熊膽，翻舊事以生新；規橅竹節松心，抽靈機而獨運。樹一家之風骨，寧減袁常；傳三紀之苦辛，直追陶柳。跂望而首惟九頓，先人之英爽憑焉；立言而名在千秋，作者之精神聚矣。礱將貞石，竚搨韓潮蘇海之文；斲到堅梨，儲鐫鮑俊庾清之句。嗚呼，表陳李密，空懷烏鳥之私；銘副裴均，愧乏黄縑之獻。澤沛九原寒魄，草結窮壚；恩鍐一寸靈光，珠銜明月。汪輝祖頓首再啟。

徵越郡節孝事實啓

（浙江圖書館藏清乾隆四十三年刻《雙節堂贈言集録》）

旌表節孝，著在令甲。而得旌之難，約有數端，無子者詘於人，無資者詘於力，年未五十者詘於例。彼年幸及例有子與資，而濡遲就湮者不與焉。

輝祖不幸生十一年而孤，恃先繼母王太孺人、先生母徐太孺人食貧砥節，以養以教。洎奉朝命旌表雙節，則先生母已棄養三年。語及族婦未與旌者，先繼母輒愀然不懌。輝祖是以徵之家乘，覈之鄉評，得寒家苦節之婦二十三人，皆上其狀於縣府，給扁旌門，祔主節孝之祠。今先繼母棄養又二年矣，求所以報吾兩母者，更力無可致。因念往者兩母推己及人、矜恤窮嫠之意，由同族而周於同里，由同里而通於同邑，由同邑而廣於同郡，凡諸苦節之婦，或貧而無子，或有子而貧，旌典之所弗逮，意欲録其梗概，章其姓氏。而奔走四方，於郡邑之事見聞鮮尠。用布愚誠，敬告同志。因族而親而友，輾轉訪查，其有安貧矢節、窮而無告如前所云云者，無論遠近歿存，統祈開具事實，郵筒寄示。輝祖不文，不足敷揚高行，而據事輯綴，分不敢辭。如力能上陳當事，必當代請扁表。即力不從心，亦必轉求有道德而能文章者，著爲傳論，以備志乘之採擇。

夫青閨守志，非以邀名，且正氣自在天壤，亦不藉文字以流傳，傳不傳，於節婦何所加損？

而闡貞風於既往，發潛德之幽光，則吾黨之事也。惟是前所云云，大率門户衰微，志事晦隱，非旁搜博考，難得其詳。敢乞仁人君子悉心殫力，隨地留神，勿遠而遺，勿親而飾，豈惟貞魂亮節仰賴表章，抑輝祖得藉手以成先人之志，實厚幸焉。至於貞女、烈婦、孝婦，事同一例，竝祈兼採。跂余望之矣。

乾隆四十一年歲游兆涒灘仲春既望，蕭山汪輝祖謹啓。

（四庫未收書輯刊影印清乾隆四十五年雙節堂刻增修本《越女表微録》）

寧遠縣採訪節孝告示

爲訪採幽潛，以勵風教事。照得士崇百行，以孝爲先，女秉一心，以節爲重。是以孝子節婦，歷奉恩綸，飭地方官訪查旌表，所以勵名教，敦風俗，意至厚也。第孝無盡境，名不易居，節有明徵，事皆顯著。是以史策所載，志乘所編，類皆節婦多於孝子，而朝廷旌例，亦於節婦加詳。定例婦人夫亡守志，年在三十歲以内至五十歲以外者，即准旌表，其有年未五十身死，計其守節已在十五年之上者，亦得請旌，矜恤孀嫠，備優極渥。然請旌之例，須由學牒縣，由縣詳府，層層結報，始達大憲具題。雖覈實以昭隆舉，而無子者絀於人，無資者絀於力，得奉旨旌表者，什不過二三，所賴有司採訪，紳士公舉，登之志乘，可資考据。

今本縣查閲縣志，國朝一百五十年，記載者僅十有三人，政恐湮没不彰，所在多有，合亟示訪。爲此示仰闔邑紳民人等知悉，凡境内節孝婦女，例得旌表，而勢居困阨，境歷單微，或無子而孤苦終身，或有子而貧寒無力，不能具呈請旌者，果係食貧矢志，信而有徵，無論存没，並許該氏族親開具事實，公同呈案，以憑確覈優獎，備記檔案，爲他年志乘援據，庶貞嫠無向隅之泣，而高行昭勵俗之模。倘人非合例，事在傳疑，一經察出，定將具呈之人究處。固非本縣表微彰節之心，當亦孝子仁人所不忍出也。各宜凛遵毋違。特示。

乾隆五十二年九月十九日

（國家圖書館藏乾隆庚戌年重録《雙節堂雜録》本《春陵褒貞録》）

亡室王孺人行略

孺人王氏，名寵，字令儀。先世歙人，曾祖某客紹興，占籍山陰之安昌鎮。祖萬里，國子監生，贈修職郎。考諱宗閔，由典史累擢上海縣知縣。母沈太孺人。

孺人與余同年生，先君子與外舅交善，同謁選人，遂締姻焉。無媒妁，亦未納采也。既而先君子爲典史淇縣，外舅任靈石典史，不通音問者數年。先君子卒，余方十一歲，外舅調任山陽。時寒家多故，繼母王太孺人、生母徐太孺人護視凛凛，足不踰户限，傳謁者乃謂余從叔父博簺也。外舅憂甚，或進悔婚議。孺人聞，告母氏曰：『兒字汪，父命之矣。脱有他故，兒何以爲人？』日夜泣。外舅憐之，招余讀書官舍，兩母以羸稺辭。謁者益鬨，而孺人未嘗爲所動。

越六年，余補學官弟子。又二年，就甥館，未兩月而疾作，藥物湯粥小食一切，外姑舉以屬孺人，早晚有度。其年冬，余歸里。明年，孺人從母氏還家，以十一月己巳歸余，年二十矣。

余家故貧，叔父攜眷他徙，先世祭祀及王母朝夕，皆責之兩母，兩母艱苦萬端，以孺人初來歸，諱不使知。孺人私語余：『頗見盎中無宿米，竈下薪往往不給，君奈何不爲兩姑謀？』余默不語，則又曰：『吾誠不忍兩姑之操作也。』遂入中庖親爨汲。晝刺繡易錢，佐菽水。夜從兩母習紡織，一鐙熒熒，余亦就明誦讀。兩母率雞鳴就寢，黎明起，孺人不敢稍異，兩母慰勞之，則婉容謝。當是時，一閨之中，上下相安，融融愉愉，不知貧窶之能苦人也。

後四年，外舅知金山縣，余往佐官事。兩母念余善病，命孺人偕行，復同之武進。會遭先王母喪，外舅意欲有所贈，孺人固辭謝，因謂余曰：『今日累親戚，或恐日後貽口實。君性狷介，豈能堪此乎？』又一年，外舅去官，余獨身客四方。孺人事兩母，日柔謹，無過失，余每歸省，兩母必稱新婦賢。歸余五年，生一女，又九年而後有身。時生母望得孫如異珍，雖病，不欲以湯藥勞苦孺人，而孺人侍起居勿怠。將彌月，生母棄養，上膳朝夕奠，同於事生，猶必日三詣繼母前慰問安否。族姻婦來弔者，孺人悉主之，哭泣稽顙不輟。繼母諭令節哀，則泣謝，然卒幸無恙。既生子，痛生母之不及見也，泫然，繼母因名所生子曰慰徐，即今名繼坊者也。

初先君子殯西園，叔父以其地售人，生母因別殯苧園。孺人日促余辦葬事，客歸，則延相墓師求兆域，孺人經營槃榼朐脒惟謹，惟恐不得吉壤也。兩母奉朝命旌表建坊，孺人輒斥賣衣飾佐費。余八試於省不偶，或竊笑之，孺人怡然曰：『夫子豈老青衿者？』

孺人自罹先生母之喪，未祥，丁外舅艱，其同母妹適婁氏者又夭折，有弟弗馴，念母老失所，道及即悲不自止，或夢中作喑噫聲。七八年閒，骨見衣表矣。既念余作客，復苦貧，不欲求治，繼母爲延醫處方，往往隨手束置。日夕執麻枲，勉課紡績，如平常不異。今年清明，余歸掃墓，憔悴甚爲驚怛，勸之令進醫藥，猶以健飯爲辭。分手之夕，忽卸約臂贈余，因曰：『近來心如雙杵交下，兩脚不耐久立，懼不諱，將累夫子。姑老，不可無繼我者。』余以爲戲言也，笑而慰之。少選，復曰：『夫子真不負我。每憶曩者譌言叵測時，今死可無憾。惟老母在堂，不能報耳。』言已哽咽。余揮淚解之。嗚呼，豈謂絮絮數語，皆永訣辭哉？余本假館錢塘，三月庚子，暫詣歸安，與孺人約以重午歸。四月辛酉，急足至，壬戌抵舍，則孺人帷堂兩日。憑屍一面，遽爾闔棺，悔何及矣！

孺人卒之前七日，爲浴佛之辰。晨起爲余作汗衫，薄莫未竟，伯姊止之，輒應曰：『此夫子近裹衣也。棉手紡，布手織，線手縫，二十年恩義，盡於是矣。』伯姊訝其不祥，孺人亦更無他語也。黄昏衫成，夜半而病遂作。其明日，閒作寱語。醫家疑爲有祟彪，我母祈禱百方，卒不可救。嗚呼，孺人病起於勞瘁，成於感傷，七載沈緜，僅存皮骨，寱語有自矣。

往乾隆二十四年八月，余以省試勞頓，病四旬，幾殆。覺魂從頂上出，時時穿牖穴牆，周行里巷閒，里中人往來狀，歷歷見之。白兩母，兩母察視之不爽，皆云鬼物憑焉。懺禱竟無效，氣不絕者如縷。孺人急典釵釧，購人薓，連下數劑，不十日而霍然起。孺人病勢大略同，屬纊之前，偏訣家人，向我母籌量身後事，絕無祟彪狀。余遠客，乃爲庸醫所誤。孺人實活余，余竟不能活孺人也。痛哉！

孺人之來歸也，無識者訕且笑焉。故外舅爲具籢贈，皆堅卻之。顧衣飾無多，而服用整潔，居常不耀翠鈿，不施薌澤。遇賓祭，一簪飾後，即藏弆篋中。歛用嫁衣，猶族族新也。季妹歸沈氏，家中落，孺人迎養於家，親愛如同産然。御妾婢，分甘共苦，體卹周至。見童穉失怙恃者，愍之，與語必訓以正。隣族告貸，必籌與，與不責其必償，卒之日，里黨婦媪多有搴帷慟哭者。生雍正八年六月初七日，卒乾隆三十五年四月十四日，年四十有一。子一人，繼坊。女一人，孺人卒後，字同邑貢生陳宗周子景曾，從孺人志也。妾楊氏子一人，繼墉，聘山陰國子監生婁堂女，即孺人妹出者。女一人，字山陰乾隆戊子科同榜舉人王兆嘉子元祜。

孺人嘗勸勵余績學進取，曉必進丸藥，日必市肴脯，勉加餐，常對食未嘗下一箸。余習法家言，意不謂然，嘗語余曰：『書生分官奉，動輒作孽。向聞某某者，皆揮霍一時，後皆不昌。無已，請毋任性，毋近利，毋憚熟思。長存好生心，以長子孫。』余性卞急，易嗔怒，尤喜多言，而嫉惡過甚，孺人必隨事納規。自孺人歸余垂二十二年，余歲家居不過二三十日，此二十二年中，以貧窶故累孺人思慮，以孱軀多病累孺人護持憂危。余客居於外，堂上老親，惟孺人之依，問衣燠寒，視食甘輭，老親安也。今孺人病，而余不能早診視，孺人死，而余不能一訣，余實負孺人，孺人其何以瞑哉？ 悲夫！ 汪輝祖述。

（浙江圖書館藏清乾隆四十三年刻《雙節堂贈言集録》）

皇清例贈文林郎應授登仕佐郎河南衛輝府淇縣典史加一級顯考南有府君行述

嗚呼，先君子之棄不孝輝祖而長逝也，時不孝生甫十有一年，迄於今遂三十有六年，而不孝年已四十有六矣。往者童騃無知識，少長，先王母及兩母時時道先君子行事。出而從先君子執友游，後又獲交淇士之受德於先君子者，合先後内外所聞，周復於心，始髣髴先君子行己大恉。嘗思編纂成次，諗我後人，舉筆悲來，怛然自廢，匆匆以至於今。今生母見背又十有四年，而繼母復以今年三月棄養矣。追念先君子，創痛益深，使不及今記載，遏前光，宿隱德，不孝懼焉，用敢有述也。

汪氏系出唐越國公華，居婺原十八世，有惟謹者，遷浙江鄞縣。又四世曰大倫，自鄞遷蕭山，是爲蕭山大義邨始祖。十五傳至高王父諱造，生曾王父諱必正，子三人，其季爲先王父諱之瀚。配王母沈太孺人，曾王母姪也。

先王父敦本行，慨先世歲祀舉廢無常期，乃治丙舍，植松楸，稱墓田羸絀，條立祀規，酌豐儉之中，俾可蕆事，至今有定期，無敢愆者。里黨有忿争不可解，得王父片言立釋。每自傷少孤廢學，見有質美向學而絀於資者，必力贊成之。不孝初名鰲，八歲時，王父易以今名，命之曰：『先人韜采弗章，兒耀之。他日其告吾墓也。』嗚呼，不孝飢驅流離，每一念及，輒背汗下，淚霑襟袖。

先王父生二子，長先君子。先君子諱楷，字南有，一字皆木，行十三，合群從而第之也。年十四，受學鄞蔣蓼也。先生爲經義有聲，試不偶，棄去。習法家言，既而曰：『吾恐損吾福也。』又棄去之，而爲賈，置薄田百畝。以資補河南淇縣典史。先是，先嫡母方太孺人生女兄二副，以先生母徐太孺人生不孝二歲，而先君子赴官。又三年，方太孺人卒於家。又一年，繼母王太孺人來歸，偕生母挈不孝之淇。時雍正十三年，先君子年四十一。居卑位，砥行潔整，官事外，瀹茗讀書，無褻謔。不孝侍塾師食，得齒粱肉，先君子自奉則屑蕎麥爲飯，褉以脱粟羞菽乳而已。歲入俸不滿百金，日用所需，兩母以鍼紉佐之。嘗指不孝言曰：『吾非不能殖生，此不才，則所傷大耳。』兩母亦處之怡然。王太孺人言先君子在官時，稀受辭訴，稀笞人，或不得已笞人，輒不懌終日，恐受笞者媿鄉里，或戕其生也。先君子歿後二十一年，不孝游江蘇臬司胡公幕中。客有薄君耕方者，淇産也。不孝道家世，至先君子游宦處，薄君愀然曰：『公實生我。向吾爲怨家所擠，幾陷於辟。公來，廉吾枉，弛吾桎梏，且言於邑侯，事得雪。微公，吾瘐死久矣。』言已流涕，因出橐中金二挺，奉先君子窀穸費。又曰：『吾縲羈四年，因之入其中者，往往食不飽，垢不滌，病不療。前尉者數日一至檢獄具，他不問。自公日省囚，囚始得所，獄吏亦不敢肆虐，藉以生全者，蓋不獨吾一人。』嗚呼，是可以見先君子仁恕存心之一端也已。官於淇凡八年，念王父母春秋高，例不得以終養請，乃引疾歸。歸一年，而先王父棄世。

初先君子之去官也，以薄田可以資菽水，思長侍子舍。洎歸里，則叔父私斥賣所置田且就盡。或告先君子：『受産者率以博簺鉤致，券多不直語，昌言之，尚可復也。』先君子不忍間手足歡，又恐貽兩老人憂，終不言，而假資以供鮮臙。既遭王父大故，治喪卜宅兆，稱貸百計。而叔父猶私負惡少錢，乘王父喪，填門追索，先君子復身任之。以故逋責愈多，勢不可自存，時舅氏王冠臣先生客兩廣制軍幕，遂往依焉。

不孝嘗記憶先君子之治任踰嶺也，爲乾隆五年中秋之夕，紆道過會稽外家，命不孝從初放舟。密雨如絲，不孝枕先君子左股臥，行二十餘里，撫不孝起，推篷四望，月慘淡，波瀾漫，顧謂不孝曰：『兒知吾此行何爲者？』不孝未有以應也。先君子曰：『垂老依人，非吾願也。幸老親尚健，不及此時圖生理，兒將無以活。』不孝泣，先君子泣瀏漓不自勝，旋爲不孝收淚，襍舉經書，令不孝背誦。因問曰：『兒以讀書何所求？』不孝對曰：『求做官。』先君子曰：『兒誤矣。此亦讀書中一事，非可求者。求做官，未必能做人。求做人，即不官，不失爲好人。逢運氣當做官，必且做好官，必不受百姓詬駡，不貽毒子孫。兒識之。』後又襍舉《論語》『學而』『孝弟』數章，講説之夜分乃寢。至會稽，先君子又手授《綱鑑正史約》一册，曰：『日後長成，當熟此。』遣不孝還家，遂行。嗚呼，豈謂遂成永訣乎？

其年十二月望後，奉先君子十月中手書，屬兩母善事祖母，命不孝受兩母約束，毋從叔父游，命不孝顧己名，深思其義，毋舍業以嬉。嗚呼，豈謂書到之日，先君子已早捐館舍乎？鄞人嚴君惠公，與先君子同南海逆旅，護匶還家。言先君子以十月壬寅至廣州，微有腹疾，後謁舅氏，若不快。十一月丙子，已登舟還里，越六日復還，自言母老子幼，歸益無以爲生，貌若甚戚者。至十二月初旬，而腹脹不治。又曰垂死前數日，猶時時彊起作書，累數十幅，病劇，盡火之。嗚呼，不知所作累數十幅書書何言、言何指，含痛飲恨幾何事，其教訓不孝者幾何篇。幸不燒，今日猶得展手澤，接音容。酸楚萬端，不可盡告，語且恐傷先王母心，決然灰燼，一切聽天命。嗚呼，天以羸毀委頓之餘，墨經首路，非得已，又不攜傔從，四千里水陸長征，病有自來矣。天乎，人乎！其不孝生不辰，而速吾父閔凶乎？痛哉！痛哉！

先君子生康熙三十四年正月十三日，卒乾隆五年十二月十五日，年四十有六。配先妣方太孺人，同邑太學生考授州同知諱麟長公女。繼配先妣王太孺人，會稽縣學生諱雍文公女，後先君子三十六年卒。副室先生母徐太孺人，鄞縣處士諱茂公女，後先君子二十三年卒。王太孺人、徐太孺人俱于乾隆二十九年奉旨，得竝旌節。孝子一，不孝輝祖，乾隆乙未科進士。娶王氏，山陰江蘇上海縣知縣諱宗閔公女。繼娶曹氏，同邑太學生諱韞奇公女。徐太孺人出。女四：一適同邑陳珏，一適山陰孫世埰，方太孺人出。一適同邑陳柔之，一適山陰沈仁埈。王太孺人出。孫四：繼坊，聘會稽乾隆辛卯科舉人陶廷珍女；繼墉，聘山陰太學生婁堂女；繼埒，未聘；繼培，聘山陰乾隆乙酉科舉人陳士鎬女。孫女四：一適同邑貢生陳宗周子景曾；一字山陰乾隆戊子科同榜舉人王兆嘉子元祐，未行殤；二未字。

先君子歸里，日侍王父母左右，出入必以告，得一味必以先進，曉必問寢安否。王母性嚴重，少不豫，則長跪以請，必俟色解乃起。不孝時十歲矣，歷歷識之。先王母又嘗爲不孝言，先君子六歲時，王父病痢月餘，婉轉幃闥間，趾不踰閾，蓋天性然也。與人交，伉直無城府，不以冷煖輕重。人有闕失，面規之，及與他人言，則專道其長，故人皆感服，推爲長者。居常教不孝，隨事開牖。一日，兩陶器墮地，薄者毁，先君子舉完者而示不孝曰：『若彼厚如此，則亦完矣。』嗚呼，先君子他行事不得而詳矣，其所能詳者，僅如是而止矣。以爲平行無奇，抑不傳，不敢也。恢而張之，以不信誣先人，愈不敢也。伏乞當代大人先生，哀其孤露，察其區區欲報罔極，而求所以表章先德畢生竭慮、無能自己之心，不鄙夷之，而賜之以言，俾勒之貞石，信今傳後，不孝世世子孫，感且不朽。不孝輝祖稽顙謹述。

賜進士出身儒林郎、翰林院編修加一級、前内閣侍讀學士、通政使司參議、光禄寺少卿、鴻臚寺少卿、陝西道監察御史、翰林院編修、翰林院庶吉士、通家弟湯先甲頓首拜填諱。

（浙江圖書館藏清乾隆四十三年刻《雙節堂贈言集録》）

皇清例贈孺人欽旌節孝顯妣王太孺人行述

我母之來歸繼室先君子也，不孝輝祖生始六年耳。又五年，先君子見背，恃我母偕先生母徐太孺人同心鞠育。而生母先於乾隆二十七年三月棄養。二十九年十二月，天子俞大吏請詔旌兩母節孝，賚以白金六十兩。越四年，恭建雙節坊於里門。我母望闕謝恩訖，泣數行下，謂不孝曰：『吾與徐孺人共危苦二十餘年，望兒立身揚名，以承先志，吾初念不及此。吾與徐孺人閭閻弱孀，朝廷鏡燭幽遐，不遺微小。小子其益圖殖學敦行，庶幾報稱萬一。以卒慰徐孺人，以幸先人。』言已泣不止。不孝跪而對曰：『謹識之不敢忘也。』今者倖叨一第，而我母竟不得聞，揭曉信而我母竟棄不孝子而長逝矣。不孝遠留京師，病不及侍湯藥，没不及奉遺訓，殯不及親斂含。嗚呼，不孝負何辠辜，而降不孝此大戾，使抱鉅憾如此之極也。蓋自先君子旅卒廣東，家徒四壁立，家中凡營養、畢葬、完婚、嫁庚、遺負、靖族、孿小，而冬棉夏苧、衣履冠帶，一切悉我母劬心劬躬所經辦，略具請旌事狀中，天下畜德懷文之仁人君子，紀載丙備，焜燿碑版矣。顧念我母生平，尚有旌册所未及臚者，用敢茹哀綴述，冀備彤管採擇焉。述曰：

先妣姓王氏，會稽縣學生諱雍文公次女，妣陳太君，生母劉太君。生有淑德，當先嫡母方太孺人之卒也，先君子方爲淇縣典史，先王父與舅氏冠臣先生交善，習聞母賢聲，因求聘焉。初我母之待年在室時，夢兩鳥空中翔，闊翅如蓋，一白其一玄，先後集庭樹。後又見一五色雛徑投懷中，毛采陸離，照屋梁有光。視庭日方午，朱衣暴焉，遂取以覆雛，白鳥長鳴而去，玄鳥留。覺則户外剥啄，媒者至矣。比歸，嘗與先生母言之，詫笑爲異兆。既而挈不孝之淇，護視勤篤，過於生母。踰二年，先王父亦來淇，見而色喜，摩不孝頂，笑謂曰：『不意吾兒福分好，得賢母鞠也。』

及不孝少長，我母嚴督之於學，不少寬假。每從塾中歸，必考所習業。少怠，生母奉夏楚，我母令不孝跪，責之，將撻焉，然夏楚在手，欲撻未撻，涕已隨之，隨與生母唏嘘相慰解，飲涕而罷。不孝十二歲，爲時文成篇幅。至十七歲，頗自詡其技，傲然欲旅試童子中。我母固核問之，曰：『兒文究奚若？可入學否？』則應曰：『可行且驗之矣。』已而試於縣，汪氏同縣試者，與不孝合十九人，縣鄉城市千餘人。初招覆凡九百人，汪氏十八人者皆與覆，不孝獨黜落。我母唏謂生母曰：『何如？兒嘗造大言謾我，謂入學猶掇之。蕭山歲入學二十五名耳，今於縣九百人中不與招，於一族十九人中顧脱，是兒治藝且不足比此十八人，而乃思與千餘人者角，不能列於九百之數，而罷厠於二十五之間，吾實不信也。兒居書房，不知作何狀謾若此。』涕簌簌下。不孝惶懼，謹對曰：『兒不謾，某某者，實兒代爲之，顧招。』我母變色曰：『何哉？代人爲人得招，自爲乃不得招，欺我女流不知書，愈謾矣！』捶牀大怒，促生母具朴。不孝跪曰：『誠然。兒欲置一紗單衣，無錢，得兩生錢，與代爲，實不敢謾也。』我母愈益怒，謂生母曰：『兒已長，延師傅教之，不爲不勤，全無志氣學好樣。其速出錢還某某，吾寧凍餓死，不忍見兒爲此也。』舉朴，不孝亦自痛恨，泣曰：『兒以後誡之，母無怒。』我母第涕泣而已，亦卒不忍撻之也。自是課學愈嚴。其年九月，不孝入縣學，明年授徒鄰縣，又五年游幕江南，歸子舍，誡責如疇曩，惟恐家聲自不孝墮也。

不孝體羸善病，每疾作，我母輒委家事於生母，而自爲不孝調護百方，往往廢餐櫛，夜儲飲具，煴以棉衣，著席薦，察伺體驗，不知疲。不孝年三十時，省試歸，遘病幾殆，我母保持之，周謹無異孩提。後稍瘳，謂新婦曰：『翁以此兒付我，設不諱，何以見翁地下？兒以孱軀藉筆墨謀食，又要自讀書，兒有多少心血能堪此？吾嘗憂念之。今四十日來，心膽破碎矣。兒尚未得舉子，未知何日豁愁眉、弛吾擔負也。』蓋不孝之僥倖有今日，而我母之精力已盡瘁矣。

不孝治刑名家言，非兩母意。我母嘗誡勖之曰：『汝父爲吏典縣獄，嘗言生人慘苦，無若囹圄中人者。每見汝父笞一人，數日不怡，曰：「得毋以此負媿鄉里，乃自生戕乎？」汝佐人，當常畜此意。勉之矣。』每歸省，必問不辦死獄否，不破蕩人家産否，對曰無，則歡然終日，偶或稱曰法不免，輒與生母慘然色爲沮，曰：『吾聞業此者，往往獲陰譴。吾家三世彫零，何爲久習此？』不孝束脩所入，必鉤稽其數，曰：『兒毋以貧故受非義財，不長吾子孫也。』乾隆三十年，不孝中浙江舉人。我母微解頤，曰：『庶幾可以報我翁矣。』旋念我父與我生母之不及見也，泫然承睫。嗚呼，不孝三上公車，我母皆屬以早歸，獨今年正月，辭膝下，執手命之曰：『汝齒已壯矣，我未衰，努力進取，勿以我爲念。』嗚呼，豈謂終天之痛，遽在此行，臨別數語，竟成永訣哉？

我母自先君子歿，百苦備嘗。不孝客游，家事無大小，惟我母尸之。近年數言不耐勞，將令新婦持内事。而不孝婦王氏病夭，雖爲不孝繼娶曹氏，而所以字不孝子繼坊者，纖悉必周。又以營先君子窀穸，歸不孝長女於陳，爲繼坊輩延師家塾，事冗數倍於前。嗚呼，周甲老親，精神能幾？而以不孝家累日加銷耗，昨年雙鬢毿毿垂白，久坐則時見倦容，私以爲憂。然耳目聰明，記終年事鉅細不遺忘，猶私冀倖謂壽徵，當長庇覆不孝至耄。乃五月壬戌，繼坊書來京師，言我母於三月初旬目眵舌强，至下旬而喉間微痛，遂以不治。屬纊日，精爽不變，處分簪履衣襦、斂殯訃祭，具有成命。嗚呼，天乎，何奪我母之速至是乎！

我母生二十三歲來歸，二十八歲而先君子即世，五十三歲得奉旌如制。生康熙五十二年十二月二十日，卒乾隆四十年三月二十六日，年六十有三。子一人，不孝輝祖，娶王氏，繼娶曹氏。女四人，壻陳珏、孫世採、陳柔之、沈仁埈。孫四人，繼坊、繼墉、繼埒、繼培。孫女四人。

我母性方嚴，行坐皆有矩度。家門擾攘，多方理遣，從不厲聲色向人。尤不喜談人過失，不孝偶及之，則曰：『汝能不爾便佳，何與汝事？』歲時膢臘修祀，事必先期齋潔，瓣香勺水，非手檢不以獻，楮鏹必手制新婦前，代制，不許也。功緦族屬露殯未葬者，皆命不孝歸之土。先世祭享，設位以祔，歲以爲常。自奉旌後，語及族婦未得與旌者，愀然曰：『吾與若等耳，何獨以吾爲異行？』不孝於是采縣志、家乘及所見聞未旌節婦二十三人，上其事縣府，祔主節孝祠，成母志也。我母之初喪先君子也，先叔父爲庸妄子所蠱，潛攜眷他徙。既而窮蹙復來歸，賙卹有加，洎病且死，斂而葬之。撫方太孺人出腹女二人，愛護甚摯，比嫁，妝送豐腆，倍於所生。自奉嗇而喜致禮於賓，尤好施與，戚懿緩急，必求愜其意。嘗曰：『安得吾兒財稍裕，使吾得分惠貧乏，種後人德邪？』豈意不孝衣食奔走，終不克副我母願乎？

憶往者先生母病劇時，不孝歸自秀水，奉侍不及三日，自傷不可爲子，搶呼無已。我母憮然曰：『兒不能不客，客之程不定止二三百里。萬一我以暴病死，恐兒且不及見也。』嗚呼痛哉，庸詎知逾今十四年，遂成斯讖！昊天不弔，遺恨九京，泣血椎心，悔何及矣！伏乞大人先生賜之銘誄，以光泉壤，不孝用得稍逭辠戾焉，感且不朽。不孝汪輝祖稽顙謹述。

（浙江圖書館藏清乾隆四十三年刻《雙節堂贈言集録》）

皇清例旌節孝先生母徐太孺人行述

不孝輝祖生十一年，先君子見背，恃我繼母王太孺人暨我生母徐太孺人恩勤教養，得成人。今且三十有三歲矣，猶日在所生之懷，不謂生母竟以今年三月棄不孝而長逝也。不孝衣食奔走，墨經首塗，不人不子，夫復何言？惟念我生母懿行苦節，未忍湮没不傳，用敢泣血鳴哀，以告立言君子焉。

先生母姓徐氏，世居鄞，考諱茂，妣張太君。生九齡，父母相繼没。兄高不克自存，舅氏張某挈母依山陰戚屬。年十八，歸先君子側室，佐先嫡母方太孺人中饋事，得王父母歡心。其明年十二月，生不孝。時嫡母沈疴初起，母不敢以新娩廢梱職，食不暇檢，遂苦脾泄，蓋我母一生病患纏縣，自不孝墮地時始矣。嗚呼，痛哉！越四年，嫡母棄世，先君子方爲淇縣典史。其明年，繼母王太孺人來歸。母隨繼母之淇縣署，先君子厲廉隅，月俸所入，日給不足支。癬無婢媪，舂汲之任，母一身肩之。凡五年還里。又一年，先君子遭王父喪，以艱窶入粤，卒於旅。明年喪歸，母呼天誓死殉，繼母挈不孝於匶前，哭言曰：『死者有知，目眴眴望此小孩兒長大成人。若與我可以一死塞責邪？』母乃銜哀受命，協志撫孤。

先是，先君子引疾歸里，囊無一錢，懼貽王父母憂，稱貸供鮮臑。而族黨中匄潤未厭之徒，見叔父愿樸，煽惑搖撼百方。洎先君子櫬歸，索逋者踵接。兩母盡出衣飾償之不足，盡斥賣負郭田，遂無以爲生。而向之煽惑叔父者，復起爲不孝難。或爲不孝畫移家之策，母、繼母相與謀曰：『汪氏三世，支屬或絶，或散處他方。苟去此，非稻誰供，墳墓誰護者？』是時叔父攜眷屬他徙，王母年踰七十，欲偕行，繼母、母涕泣留止居，卒亦弗他遷。不孝至今得守大義里先人敝廬者，兩母之力也。王母有所嗜，雖難致，繼母必百計購之。而起居扶掖，惟母是賴，寢興欬唾抑搔，頃刻不可離。每疾作，母徹夜坐牀側，屏息假寐，聞呻吟聲，輒前按摩唯謹。如是有年，王母病革時，以目屬兩母曰：『我無以報若，願若世世子孫婦，皆如若兩人賢。』言訖而瞑。不孝方客江南，兩母治斂含、營窀穸如禮。族黨至是咸稱頌，翕然謂『孝婦、孝婦』不置云。

不孝少善病，繼母愛憐周摯，而我母尤凛凛若持寶玉，若頗黎器盛盈膏，捧而行危橋，若傳火者冒風，志戰色焦。故不孝之出就於塾也，必親掖送焉，凝立而望之，嗒然念兒之不得不就於塾也，其若神之驟離形也。不孝之罷塾而歸也，必倚門以待焉，遥見不孝郵巷來，夷然及身，提攜撫摩之，充然其若神之復反於體也。夜篝鐙整不孝書册，令朗誦，紡車坐其旁，繼母亦就明紉鍼補綴，或時制楮鏹。誦聲流美，母忻然而聽之，與繼母相笑語，若平人聞絲竹歌吹之樂也。偶誦未熟書，齒棘舌澀，即繼續不倫。母瞿然曰：『兒在塾，其必不守師傅約，就同塾兒嬉。書生若此！』怫然起，奉朴于繼母前，曰：『兒太嬌癡，不撻習爲常。』然不孝竊流視我母，鼻洟下淚滿眶，哽咽幾欲出聲嚬，亦自酸動，徧身奇熱叵耐。繼母持朴，握不孝臂令跪，數之，舉朴即淚涔涔不禁，卒掖之起，謂曰：『好好讀，後勿舍書嬉，氣惱人也。』不孝每常念此，髣髴昨日事。今已矣，思反我母進朴時，豈可得哉？

不孝授室嫁女，兄弟次第成禮，盡出兩母十指。或饔飧不繼，母先託疾爲減箸。乾隆十六年夏，浙中旱荒，斗米錢三百有奇，不孝課童子里中，不足資朝夕。母時病瘧，汗方止，即起理機，軋軋至夜分，成一匹布，易穀三斗，親操舂杵，怡然也。不孝自乾隆十七年客四方佐人，每歲歸省，見米鹽淩襍，無不勞母經紀。請少即安，輒不懌，私謂新婦曰：『阿官依人生活，得暇且當温習書本，豈可令顧家中瑣屑？』操作如故。阿官，母所習呼不孝者也。

我母脾泄疾既不瘉，止作不時，益以勞苦憂患，又染痧症，夏輒發。以不孝多客游，故誡家人諱不使知。去年五月自秀水歸，母色顦顇倍他日，始治藥餌。迨臘月再還家，母又操作如常。不孝遂以上元後二日，俶裝之秀水。三月丙午急足至，言母病且劇，丁未抵家，母不服藥者已五日矣。不孝親奉人蔘湯，則涕泣曰：『吾主客死，吾不獲侍左右，吾不忍此也。』繼母彊之再三，微啜之而已。其明日，語不孝曰：『我萬一病得瘉，汝婦生一子，早晚抱持，便亦不理他事。』時不孝尚無息嗣，婦方孕，故母言云爾。其日夜，不孝侍寢，母尚念不孝不勝寒，從被池出右手，爲不孝增覆被。又明日黎明，飲藕汁半琖，執不孝手曰：『昨夢我主以新衣衣我，殆不起矣。汝幼多疾病，懼不育。少長，望汝讀書成名。今七試不中，我不及待汝。』不孝淚下，則又曰：『毋悲，年逾五十非夭。自汝出門，即不意與汝訣。汝能自樹立，我死猶生。』少頃復曰：『深刻者不祥，勿以刑名敗先德。窮通不可知，但存好心，行好事，毋貽辱，我死何憾？汝非主母不至是，主母老，宜善事主母。』語訖，握繼母兩手，哽咽不能出聲。又環呼家人，一一慰訣。俄問：『何時矣？』繼母泣曰：『且午。』曰：『是矣。』遽命不孝婦束髮整髲，盥沐更衣，既畢，氣漸斂，微聞言『煩難』兩字，未知意恉，再請，目已瞑矣。嗚呼，不孝之挂繫母懷者三十三年，不孝客歸奉母未三日也。十餘年之前，内釁外侮，紛沓環生，母子三人，無可告訴，青鐙夜雨，相對涼涼，不悲則懣耳，自謂生人奇苦。今日回念彼時光景，又此生不可再得者也。痛哉！痛哉！

我母生康熙五十一年十二月十二日，卒乾隆二十七年三月十七日，年五十有一。生不孝輝祖一人，娶王氏。孫女二人。母卒越一月二日，孫男生。不孝稟命繼母，告於母之靈，命以名曰慰徐。

母以少遭孤露，不知外家音耗，每語及，即慘然終日。性儉潔，所服布衣，縫紉少完處，而勤滸濯不垢。寢木板牀，擁敗絮被餘二十年，不孝屢請更易，曰：『此我主所予，弗忍易也。』堅不許。事繼母動循禮則，同室二十八年，無纖芥之嫌。先嫡母之卒也，女兄二人皆幼穉，母字而長之。繼母生女弟二，每斷乳，母即與同臥起，曲盡其慈。女兄弟嫁後，挈子女歸寧，提抱無倦容。御下以慈，一味之甘必分給。尤能體卹人，里嫗有以急難告者，必委曲籌濟，曰：『不可使人失望。且窘苦，吾所不敢忘也。』嗚呼，綜母生平，潛德宜光。而不孝以飢寒累母，生不能養，疾不能侍，死不能喪，有靦面目，齎恨終天，此生尚可逭哉？我母苦節二十三年，例得旌表，行當具狀上陳，幸大人先生錫以鴻文，俾垂琬琰，烏鳥私情，感且不朽。不孝汪輝祖稽顙謹述。

（浙江圖書館藏清乾隆四十三年刻《雙節堂贈言集録》）

祭亡室王孺人文

維乾隆三十有五年四月辛酉，輝祖歸自歸安。壬戌至西興，聞吾婦訃，痛心不可爲狀。越五日丁卯，爲首七之辰，乃具清酌庶羞之奠，灑淚爲文，以告於亡室王孺人之靈曰：

嗚呼，別未三旬，死已七日。貧賤夫妻，如此永訣。虛聲誤我，不能手執。君若有言，夢中來說。夢中之語，是幻非真。庶幾彷彿，得一見君。不堪回首，君去我存。我存獨苦，弱子老親。子弱誰依，親老誰恃？乞食連年，惟君是倚。自君善病，我心如擣。豈謂天命，無緣偕老？人之夫婦，先以媒妁。惟我與君，我翁一諾。人之夫婦，訂於長成。惟我與君，締在初生。痛我垂髫，所天見背。遭家不造，戈操門內。我翁招我，從師官閣。一棹春江，淮陰游學。我少羸弱，君少清强。我翁憂我，累君未央。時君與我，尚未花燭。君在閨中，日調湯粥。逮君來歸，我勖我佐。寒夜一鐙，君績我課。君竊語我，昔有流言。言卿薄倖，難守青氈。將信將疑，憂心戚戚。忽聞采芹，喜還成泣。願卿努力，光大家聲。勿使兩姑，負此苦貞。比我飢驅，同君贅逐。泖湖之濆，毘陵之麓。知我傲骨，熱不因人。翁媪問君，君不言貧。兩載言旋，蕭然敝廬。以紡以緶，不黛不朱。我既傭書，弗遑休息。君自執爨，空房蕭瑟。兩姑之側，婉娩承顏。姑曰新婦，實才而賢。朝韲莫鹽，半出十指。不使征夫，牽懷甘旨。我或慰君，君笑我癡。男兒四方，唯分之宜。妾雖不學，頗亦聞古。古之婦人，誰謂荼苦？我實不才，省闈屢困。君相慰藉，三年一瞬。時復主我，夫子必貴。恐妾薄命，不及冠帔。我聞是言，青衫頓溼。君不長年，浮名何益？前年戊子，忝竊乙科。君笑謂我，曩言如何。席帽扁舟，廢然返矣。我貴何時，君命至此。君素健飯，頗亦豐肌。歲在甲申，瘦削難支。病於何始，我殊不解。幾度問君，君曰無害。稜稜骨出，七更寒暑。以我遠游，諱疾弗語。今年三月，我暫還家。君忽語我，心力不加。甚恐累卿，廿年恩愛。老母小兒，實惟卿賴。我笑答君，貞疾不死。少息勤勞，早眠晏起。君又語我，妾死無憾。婦人三從，或多闕陷。妾父清廉，夫子端淑。妾今有子，可以瞑目。一事難忘，老姑雪鬢。中饋之司，繄誰是問？聞君絮語，心訝不祥。揮淚止君，勿斷我腸。匆匆分手，豫訂歸期。重午佳節，蒲觴共持。何圖死別，即此生離。前言非戲，永訣之辭。我若知君，不能相保。雖有萬鍾，寧忍就道？我有居停，錢塘之宰。一葦東杭，計時可待？無端轉徙，碧浪湖濱。故人義重，乃至負君。痛君之歿，我不及面。未知君心，飲恨何限。聞君垂死，徧訣家人。大小咸集，好語肫肫。最後目張，頻呼夫子。瞻望弗及，哽咽不止。維君疾作，初八宵分。是日鐙下，征衫手紉。顧謂我姊，與弟伉儷。布從親織，衣從親製。藉以親膚，區區恩義。我姊詰君，回頭拭涕。嗚呼痛哉，君知死邪？何不招我，急理歸艖？若其無知，言何不佳？何處問君，泉路幽遐？衣今在笥，那忍手披。感君盛意，我當服之。服衣見君，永永相思。附身相見，同穴庶幾。君雖素病，何至遽歿？而況疾作，身止微熱。時或昏昏，語言恍惚。是爲中虧，神氣離脱。急投補劑，可望安貼。何物庸醫，疑鬼疑孽。拜斗誦經，舍本逐末。七年不死，死於六日。我若在家，或求生活。是我之辜，誤君何極！自君歸我，終歲食貧。賴君内理，出險亨屯。君忽棄我，我苦誰陳？椎心泣血，負義辜恩。痛君之歿，遺囑無傳。思君之語，盡在生前。訣我慰我，真摯纏緜。我若負君，日墜虞淵。君有老慈，我事如母。君有令弟，我視如手。君有愛女，我擇嘉耦。君有嬌子，我以書授。君若有知，老姑是掖。君若有知，小兒是植。君若有知，偕我出入。君若有知，相我眠食。惟我與君，異日同庚。如賓如友，如弟如兄。二十二年，心魂共守。中多分攜，東西奔走。君強而死，況我素弱。遘此煩冤，大夢已覺。昔我于役，君檢行縢。紓我内顧，問我歸程。昔我旋里，君卸歸裝。勞我勤苦，恤我離腸。而今而後，空陳遺挂。鏡猶在籢，衣還懸架。白髮堂前，麻衫膝上。惘惘出門，淒淒返舍。人生樂事，天倫之閒。我幼無父，生母棄捐。終鮮兄弟，形影孤單。君復舍我，我何賴焉？我罪伊何，悠悠蒼天。我昔爲友，作祭婦文。君令我讀，含笑而云。無關休戚，死者不聞。戲謂我曰，情貴從真。卿如祭妾，必可霑巾。豈意今日，我果祭君。一字一淚，泛語不陳。君其静聽，盡此一樽。痛哉尚饗。

（浙江圖書館藏清乾隆四十三年刻《雙節堂贈言集録》）

再娶告亡室文

嗚呼，憶昨春莫，君辦我裝。首夏歸來，君屍在堂。感君義重，宿契難償。永矢獨寐，報君黄壤。嗟嗟我母，雙鬢如霜。女嬌兒穉，未解扶將。我行上計，奏賦明光。母曰輝祖，兒須忖量。吾須有婦，兒須有孃。莫繼爾室，仰俯誰匡？捧書涕泣，中夜徬徨。兒或失教，母或過傷。我名不淑，君善不揚。敬從母訓，卜吉占凰。史邨有女，曹氏閨房。纘君遺緒，紹君流芳。自君之逝，雀屏屢張。長女字陳，次女字王。念君鞠育，淚尚浪浪。而況續娶，能勿霑裳？帷屏不改，簾幕孔彰。其或見君，髣髴在旁。人非物是，裂腑摧腸。未周改火，忍對新妝。勢緣時會，事與心妨。所願新婦，比德珪璋。字君兒女，奉君姑嫜。君無遺憾，我裕後慶。我或負君，上有蒼蒼。君母依我，眠食樂康。君弟因人，餬口魏塘。君事我久，我意君諒。天定人定，謀敢不臧。珍君手線，貯我客囊。見衫如面，伴我行藏。酹君卮酒，結契冥茫。尚饗。

（浙江圖書館藏清乾隆四十三年刻《雙節堂贈言集録》）

雙節坊成家廟祭文

維乾隆三十三年歲次戊子四月戊午朔越十有五日壬申，雙節坊成。裔孫輝祖謹以清酌庶羞之奠，告於遷祖以來一十八世祖考祖妣之靈曰：

於戲，帝德鑒幽，母儀耀彩，痛絶孤兒，沈憂莫解。嗟兒輝祖，生不逢辰，童年顛躓，失我嚴親。維我繼母，偕我生母，荼堇同茹，如左右手。含酸勵節，執苦持門，望兒輝祖，揚名守身。昔兒曰孤，蕭墻搆釁，風鶴交驚，蒺藜致困。僉曰藐諸，勢不克支，矧丁多病，百藥是資。母子惸惸，無可告語，課讀一鐙，績筐絲杼。時我祖母，耄病侵尋，實維二母，夏帳冬衾。輝祖不肖，飢軀佐幕，湯藥未嘗，西山日落。二母黽勉，總厥大凡，飾終禮備，裹土麻衫。我父九京，是用目瞑，哀感塗人，家難以靖。詎兒薄相，生母中徂，悲我繼母，影隻形孤。維昨之年，銜恤臚狀，天高聽卑，賚金標牓。母拜稽首，飲泣承恩，念我生母，陳迹艱屯。往往對食，投箸而起，話昔鳥頭竝卓，敬告先靈，洪惟祖澤，潔治豆登。尚饗。

（稀見清代四部輯刊影印清嘉慶間刻本《雙節堂贈言續集》卷末）

雙節堂贈言集録成家廟祭文

維乾隆四十六年歲次辛丑十月庚午朔越十日己卯，裔孫輝祖謹以清酌庶羞之奠，及《雙節堂贈言集録》二十八卷、《越女表微録》五卷告於遷祖以來一十八世祖考祖妣之靈曰：

嗚呼，輝祖之生，不幸少孤，世澤未替，二母提扶。焦心劬體，以長羸軀，悲哉中道，生母先徂。甲申春月，銜哀陳狀，維帝曰俞，錫金題牓。煌煌雙節，烏頭相向，時則繼母，拜恩感愴。語兒輝祖，吾初未亡，賴汝生母，左右劻勷。勤勤二紀，懸膽同嘗，今者不作，誰憐疇曩？且少嫠者，吾族豈罕？或没或存，賦命竝舛。孰旌其閭？孰表以扁？而我蒙恩，以茹荼顯。輝祖不肖，謹推母仁，詳稽舊譜，及所見聞。秉節之婦，凡廿三人，上之有司，乞闡幽湮。二母之德，天高地厚，哀哀欲報，靡可藉手。廣乞鴻詞，再拜稽首，庶幾表章，用垂不朽。歲在戊子，雙節坊成。母曰輝祖，莫務虚聲，我所望汝，力學成名。況汝生母，遺訓丁寧，尚期秋捷，發軔登同辛，得獨享此。幾番制淚，勸母加餐，母也哽咽，彌益汍瀾。今者撰良，庀材斲石，雙節題坊，皇言赫奕。二母之名，先世之慶，豈惟我父，姓氏用章。所願繼母，康寧而壽，從此輝祖，長叨慈覆。輝祖不才，世德幸承，永懷生母，遺訓丁寧。轉瞬秋闈，背城借一，積善蒙休，庶幾纘述。

瀛。貞一之心，久邀天鑒，斯言一出，鹿鳴遂忝。上壽捧觴，春醑瀲灩，母曰輝祖，吾差無憾。憶昔先舅，名爲汝更，冀汝上第，世德克承。區區秋賦，雲路初程，父書卒讀，更上一層。輝祖不才，文戰三北，壯氣益衰，幾無餘力。母曰輝祖，慎勿摧抑，志貴求伸，功宜不息。迺至乙未，幸舉南宫，衫纔抛紵，生紙告凶。泥金緘報，素幕啓封，胡爲大戾，不丁我躬。人世浮名，輕如塵坱，得何足欣，失何足怏。以得爲榮，謂能禄養，養之不逮，曷生天壤？所幸乞言，獲遂私圖，歌詩頌述，班馬嚴徐。自名公卿，暨有道儒，求無不得，靈實相余。溯遷蕭祖，逮我顯考，備著於編，幽光日皦。彙卷廿八，敬壽棃棗，大義汪氏，于焉永昭。念母同患，由族旁推，由邑而郡，輾轉搜遺。上之大府，褒以扁詞，總成一録，越女表微。輝祖倖生，於母何利！敬體母心，勉成母志。以此報母，萬一小慰，此其初基，兒願猶未。自悲風樹，曾誓先靈，贈言集竟，表微録成。齋心告廟，信而有徵，亦越於今，始展寸誠。復荷前光，庇及兒子，新賦采芹，附名泮水。言授之室，繩繩繼起，事父未能，何圖得此？實維先澤，呵護非才，重以母節，不肖是培。有肴在俎，有酒在罍，神其昭格，降福孔皆。尚饗。

（稀見清代四部輯刊影印清嘉慶間刻本《雙節堂贈言續集》卷末）

乞假省墓家廟祭文

維乾隆五十一年歲次丙午十二月庚子朔越二十二日辛酉，裔孫新選湖南永州府寧遠縣知縣輝祖，乞假回籍省墓。先是，兒子繼坊中式本省鄉試舉人，謹以清酌庶羞之奠告於遷祖以來一十八世祖考祖妣、先考先妣之靈曰：

於戲，自我遷祖，亦越於今，六百餘載，澤厚仁深。德輝久閟，上鍥天心，迺佑輝祖，食報孔諶。輝祖之幼，家丁中替，我祖我父，相繼即世。二母代終，備經勞勩，鞠兒有成，教之六藝。二母衣葛，兒絮蚤裝，兒饜白餐，二母秕穅。曰兒不學，必墜宗祊，兒能努力，凍餒我當。兒無以養，佐人讀律，母曰輝祖，此非仁術。汝父嘗爲，小試而輟，欲長子孫，愼毋操切。兒蕪學殖，兼苦饑驅，無心進取，日益荒疏。壬午三月，生母將徂，望兒秋試，緩死須臾。輝祖聞命，驚悸欲死，背汗雨淋，跽畣母氏。以試以讀，兒死迺止，倘不見收，俟諸息子。時婦方娠，男女未分，母曰天乎，願若兒云。踰月子生，幸慰母魂，名曰繼坊，冀表清芬。區區之誠，天日我鑑，二母苦貞，不留遺憾。十四年中，科第倖忝，惟悲繼母，年華亦欠。奉諱以來，萬慮俱灰，念母遺志，腸日九迴。坊質庸下，懼不成材，攜之客館，以植以培。以父兼母，時其衣食，以父兼師，牖其知識。教之不率，厲其董敕，言教身教，既婚猶責。彼不諒者，謂兒過嚴，甚迺歸咎，後婦之讒。兒心誰白，憂來如惔，求可衍緒，忍弗蒙嫌。區區之誠，鬼神我愍，以坊爲文，篇幅尚窘。振翮秋風，疾於飛隼，先人之慶，以翼以引。輝祖何幸，承家有聲，言念先人，涕泗縱橫。惟兒罪孽，母不永齡，不則堂上，歡忭交并。自來科名，造化所靳，非大積累，如火易燼。父子相承，家之昌運，輝祖當之，實慙非分。昔我先祖，睦族禮賢，自信有後，必獲於天。坐兒膝上，勗兒勉旃，曰兒登第，告吾墓前。斯言方出，人多竊笑，謂大義汪，無此奇效。如操豚蹄，篝車索報，兒既曰孤，或以此譙。懿惟二母，鬻兒誨兒，嘗呼兒名，令兒熟思。是用章母，藝苑徵詞，因母之節，述祖之詒。雙節之堂，名喧萬口，薦紳先生，詠歌不朽。坊忝鄉舉，傳自浙右，僉曰世德，發祥匪偶。時則輝祖，銓宰湖南，縣曰寧遠，僻在江潭。猺紛地瘠，人謂不堪，兒私慰幸，此可養廉。三紀幕游，麤諳吏事，衝劇最難，偏簡差易。而況將家，不憂重費，病婦可偕，弱子可庇。從此游宦，行遠松楸，灑涕陳狀，先壠是修。我皇孝治，給假小休，官程星急，何敢躕留？首路撰良，仲春初吉，坊上計車，兒溯三浙。取道西江，春陵之駟，祿不逮親，迺贍家室。老之將至，抑又何求？長安先輩，責望偏周。曰禀家訓，治行必優，聞言踧踖，士論曷酬？二母旌門，輝祖通籍，坊復登科，皇恩爲奕。圖報未能，持盈增惕，矧敢喪良，不自修飾。昔我先考，尉淇遺安，嶺南旅没，壁立磬懸。二母矢節，兒未飢寒，亦有巧宦，終且微單。輝祖佐吏，敬奉母誡，務求平寬，不爲機械。遇賢主人，推誠相愛，今得身爲，其忍曖昧！所慙薄劣，識滯才拘，未能通曉，僅見方隅。庶幾庸福，有歲頻書，藉手休養，民無詐虞。職在親民，與民最邇，民有室廬，我有子弟。民不得安，家何以起？惠民保家，結願如此。孔曰懷刑，孟曰守身，苟圖幸免，尟不辱親。詎不好逸，非欲長貧，惟懷惟守，規矩式遵。儌倖需次，督坊問學，今者之行，備員邊索。兒培兒堉，如玉在璞，官事無多，從容雕琢。伏惟列祖，庇之有成，坊能上進，培堉傳經。兒雖不肖，冐羨金籯，力勤力儉，保此生平。令長雖卑，福孽在手，誓不負心，冀緜先祐。翹首五年，我皇萬壽，恩許焚黄，歸耕阡畝。遷祖逮兒，一十九傳，枵然之腹，科第開先。吾宗將大，若積薪然，兒不自愛，後何述焉？區區之誠，先靈我矚，俾寡愆尤，罔有迕觸。作修謹人，爲臣子鵠，借曰飾詞，神其勿福。尚饗。

（稀見清代四部輯刊影印清嘉慶間刻本《雙節堂贈言續集》卷末）

假滿曾祖考曾祖妣墓祭文

維乾隆五十二年歲次丁未正月庚午朔越六日乙亥，曾孫輝祖謹以清酌庶羞之奠，告於曾祖考曾祖妣之墓前曰：

輝祖既選湖南之寧遠，自念以身許國，不能顧家，因乞假歸省先塋。今抔封事竣，一月假期届滿，當遵限載塗。回首松楸，行行日遠。伏乞靈鑒迂疏，默爲呵護，俾善始慮終，得以堅守初志，毋干民怨，毋玷官箴，家聲不自輝祖而隳，幸莫大焉。尚饗。祖考祖妣、先考先妣祭文竝同。

（稀見清代四部輯刊影印清嘉慶間刻本《雙節堂贈言續集》卷末）

祖考祖妣焚黄祭文

維乾隆五十七年歲次壬子十月丙寅朔越十有三日戊申，嗣孫輝祖謹以清酌庶羞之奠，及貤封文林郎、孺人敕命謄黄一通，告於先祖考先祖妣之靈曰：

輝祖不肖，叨蒙善慶，微倖通籍，爲令湖南，由寧遠調善化。不期署道州知州任内，失足跌傷，公事未畢，冒昧告病，罷於例議。追維更名之意，弗克負荷，秪益悚惶。幸令寧遠時，乾隆五十五年正月，恭逢聖天子八旬萬壽覃恩，獲以本身應得封典，遵例貤贈。敬舉焚黄之禮，齋誠以告。尚饗。

（稀見清代四部輯刊影印清嘉慶間刻本《雙節堂贈言續集》卷末）

先考先妣焚黄祭文

同月日告於先考、先妣、先繼妣、先生妣之靈曰：

輝祖以不肖之身，幸承先德及我母節撫，得通仕籍，爲湖南永州府寧遠縣知縣。乾隆五十五年正月，恭逢聖天子八旬萬壽，恩寵所生，贈封父母。乃奉調善化之後，署道州知州任内，公事未畢，失跌告病，致罹例議。服官無狀，子職有虧，撫心增疚，夙夜靡寧。惟念所干處分，非緣私罪，尚於我父做人做官之訓，未敢有違，或邀鑒察。旋里後，擬行焚黄之禮。論者謂白衣將事，非二母撫孤初志，二三媢友爲兒子繼坊醵資，循例加級，捐請從五品封銜，以光祀典，非輝祖所敢安也。兹以前奉恩封文林郎、孺人敕命一通，謄黄謹告。尚饗。

（稀見清代四部輯刊影印清嘉慶間刻本《雙節堂贈言續集》卷末）

石刻雙節堂贈言墨蹟成先考先妣祭文

維乾隆五十九年歲次甲寅正月己丑朔越十有一日己亥，譔美堂落成，嵌《雙節堂贈言墨蹟》石刻於壁。嗣子輝祖謹以清酌庶羞之奠，及搨本十册，告於先考、先妣、先繼妣、先生妣之靈曰：

輝祖爲二母乞言以來，歲凡三十更矣。方今蓄道德而能文章者，求無不應，非輝祖所能也，惟高行之感孚，實仰賴夫先靈。山林秀彦，廊廟公卿，盡汰應酬之習，而一一相答以至誠，爲傳爲述，爲贊爲頌，爲賦爲銘，以及樂府歌行，長律短調，無不信而有徵。下逮閨房之秀，亦各以附驥爲榮。蓋天下之文章，莫大於是，而豈僅剞劂氏之能不脛而行？嘗聞記於文字者，可以無窮。是用鏤兹貞石，藝苑流馨，真草隸篆，美具難并。或謂書多館閣，未足集帖體之大成。輝祖則謹對曰：『是我朝之法書也，詎必與鍾、王、顔、柳、蘇、黄、米、蔡衡量其重輕？且唐之書不襲晉，宋之書不襲唐，元明皆然，而何疑乎當代之群英？』排比體類，釐爲十册，子孫保之。築室三楹，名曰譔美之堂，嵌置四壁，以俟他日之書評。敬奉神版，享祀於中庭，庶幾陟降在兹。不震而不驚，痛罔極之難報。秖此區區，竭心力於半生。父兮母兮，其幸鑒此烏烏之私情。尚饗。

（稀見清代四部輯刊影印清嘉慶間刻本《雙節堂贈言續集》卷末）

大義邨汪氏族譜

舊譜言魯成公幼子初生，手握三日乃啟，左文『水』，右文『王』，命名曰汪，其後遂以爲氏。鈍翁謂周人重諱，不當氏以王父之名，則或云汪之得姓，以食采於汪始，似爲可據。自汪已來傳三十一世，有名文和者，漢建安三年爲會稽令，始居始新。又五世，晉歙令曰道獻始居歙。又八世，至唐越國公華篤生八子，於是子姓蕃顯，羅布吴越江楚間，所在成族。族於蕭山大義邨者，始大倫公，出越國第七子爽後。爽傳十二世曰道安，遷婺源。又五世曰惟謹，遷慶元之鄞，即今寧波鄞縣也。惟謹生子曰元吉，元吉生子曰永漸，永漸生子曰思信。蓋距得姓之初，凡六十有四世矣。大倫公爲思信長子，在鄞娶夫人高氏，生子存中。宋嘉定十年，高夫人卒，繼娶夫人爲大義邨劉氏女，遂家大義。而存中所生之二子，之衍遷臨川，之瑑遷宣城，亦無居鄞者。今專譜大義邨汪氏，故以大倫公爲始祖云。（表略）

昔遜志方氏謂尊祖莫過於重譜，而曰新安之汪，繇其身緣而上之，至於魯公之族，七十餘世，皆有諱字卒葬，若目見而耳受之者。其心以爲博也，而博不勝其僞也。嗚呼，是豈篤論哉？

歐陽子有言：有其人雖千載不絶，其人無所稱，其世輒復不顯。我汪氏以祖德之懋，世澤之長，閩人踵接。自晉淮安侯旭表上姓譜，品八綱宗，唐越國公華敘譜進奏，敕爲族望，由是而降，開成四年，則有芬之《汪氏族譜》，宋咸淳七年，則有有聞之《大阪家譜》，元至順二年，則有松壽之《淵源録》，至正八年，則有澤民之《汪氏家乘》，明隆慶三年，則有湘之《統宗譜》。源流井井，按牘可稽，目見耳受，殆不是過也。

今大義之族，自始祖大倫公至於輝祖，十有九世，他房且二十有二世矣。舊譜修於康熙二年，百十餘歲來，丁愈蕃，派愈析。謹譜世系如右，惟自出之祖，字第配葬，一一詳紀，而旁支則止著其所傳之支。誠如歐陽子所云『諸房子孫，各紀其當紀』，而遷徙者勿遺，亂宗者必黜，將由分得合，舊譜無難補續，而方氏之譏，其亦庶幾可免乎！乾隆四十四年五月庚戌，輝祖識。

（浙江圖書館藏清乾隆四十三年刻《雙節堂贈言集録》）

學治臆説

學治臆説目録

重刻汪龍莊先生學治臆說序

棠爲諸生時，先大夫館於胡心齋媚伯家，得左仲甫中丞所刊汪龍莊先生《治說彙纂》一書，授棠曰：『小子識之，非獨做官宜然，做人亦宜若是。』棠謹受之不敢忘。甲辰大挑南河，初攝碭山篆，即以汪先生之書試之。甫三十五日而去。迨補桃源令，赴會垣謁徐穉蘭觀察，云：『有《學治臆說》，君見之乎？汪先生，吾太岳也。今之州縣，大半養尊處優，不知親民爲何事。君年方壯，其勉爲之。』棠並謹識之不敢忘。

嗣爲牧令，日以此編爲課程。於汪先生所言，不能盡其萬一，然幸不爲百姓所怨惡。久欲刊行此書，輒不果。後家燬於火，并此書失之。兹於清河龔式之茂才家得汪先生《治說》，並《夢痕録》《雙節堂庸訓》，亟爲鋟板，以公同好。天下牧令，皆能清心實心，遵汪先生之書，積德造福，何有既極？

方今聖天子殷殷求治，日以救民水火爲念。棠以菲材，受特達深恩，罔知報稱，惟仗諸寅僚共相砥厲濯磨，以補不逮，俾無辱先大夫之命，則區區寸心所深望於賢牧令朝夕共勉者也。

同治元年歲次壬戌仲春，署漕運總督江寧布政使盱眙吳棠謹序。

序

余自道州引疾蒙諐，僑居長沙，幾三十旬，同官之至省者，識與不識，多叨過訪，間以吏事商榷，男繼培、繼壕竊録所聞〔一〕，積久成裒。比還里門，媚友將謁選人，輒來問塗，長男繼坊又隨聽而隨録之。

長夏無事，三男各奉所録以請曰〔二〕：『大人曏著《佐治藥言》，爲學幕者言之。今言吏之爲治，有非《藥言》可該者，盍寫定版行，以申《藥言》之藴？』嗟乎，小子休矣。余不善爲吏，即於廢棄，而欲爲善爲吏者言治，幾何不南轅而北轍也？坊、培、壕請不已〔三〕，因思余之《佐治》，實戇且拙，而《藥言》六十餘則，過爲師友許可，其諸言有一得，不以人廢乎？遂取所録，手爲別擇，汰其複於《藥言》者，存其可與《藥言》互參者，區分條目，得一百二十四則，析爲二卷。自維佐治三十年，稔知吏不易爲，身親爲之，懔懔慄慄，切墨引繩，惟恐小踰尺寸，庸莫甚焉。然區區求治之悃，可盟天日也。

夫天下者，州縣之所積也，爲之令牧者，人人各盡其職，不虧帑，不虐民，黎庶乂安，府庫充實，安在不可仰副聖天子勤民之睿慮於萬一哉？自州縣上至督撫大吏〔四〕，爲國家布治者，職孔庶矣。然親民之治，實惟州縣，州縣而上，皆以整飭州縣之治爲治而已。余曩佐州縣吏，而自爲亦止州縣，先後商治者，大率吏州縣之人，余之所知，州縣治耳，故就數十年目見耳聞，憑臆以説，止於州縣之治，且止於州縣常行之治。他如水利、荒政，治之未親歷者不妄言，郵驛、工程，治之有專條者不贅言，言其常不敢及其變，言其經不敢通其權，繁褋碎瑣，詞意淺顯〔五〕，學治者或當節取焉。神明於治者，非余所能知，非余所能言也。詮次既定，題其端曰『學治臆説』。

進坊、培、壕告之曰〔六〕：『小子異日皆有爲治之責者也，遇不遇，天也，非人所能爲也。人所能爲者，治而已矣。盡其所以爲治，不遇何傷？離乎治以求遇，是詭也。志趣不正，將事上接下，無一而可，昧守身之要，必貽毒子孫，違先人訓誡。幸而遇，重爲有識者所鄙，況於不遇。失己之悔，庸可追乎？夫天下無不可爲之治，亦無不可爲治之人，治術之不修，急於遇者誤之。惟不志在速遷，循循然以稱職是蘄，則知州縣之所以爲治，即知所以整飭州縣之治，而州縣無一不治。小子識之。』有婣友筮仕者，持此與《藥言》並贈，倘亦古者贈人以言之義歟。善爲吏者，未必一無異説，則請不以臆對，而剿先民之説以應曰：『人意之不同，如其面焉。吾豈敢謂吾意盡如人意也哉？』

乾隆五十八年六月己卯，蕭山汪輝祖書於環碧山房。

校勘記

〔一〕雙節堂雜録本『男』前有『第四』二字，無『繼壕』二字。

〔二〕『三』，雙節堂雜録本作『兩』。

〔三〕『壕』，雙節堂雜録本作『固』。
〔四〕雙節堂雜録本『上』前有『而』字。
〔五〕『詞意』，雙節堂雜録本作『詞義』。
〔六〕『壕』，雙節堂雜録本作『而』。

學治臆説卷上

盡　心

余言佐治以盡心爲本，況身親爲治乎。心之不盡，治於何有？第其難視佐治尤甚。蓋佐治者就事論事，盡心於應辦之事，即可無負所司。爲治者名爲知縣、知州，須周一縣一州而知之，有一未知，雖欲盡心，而不能受其治者稱曰父母官。其於百姓之事，非如父母之計兒女，曲折周到，終爲負官，終爲負心。

官幕異勢

官以利民省事爲心，非有異於幕也。然幕據理法，心可徑行，官兼情勢，心難直遂。民之情可以愬官，而官往往不易轉達於上。官訥於口者，不能盡吾所言，怵於威者，又恐逢彼之怒。略涉瞻徇，便多遷就，此處能於心無負，方見平日立身功效。

志趣宜正

服官一也，而所以服官之心不必盡同。有急於干進者，有安於守分者。干進者易躁，未嘗不進，而或以才情挂累。守分者近庸，果能盡分，亦終以資格遷除。此其中有命焉，非人之所爲也。一念之差，百身莫贖，故志趣不可不正。

自立在將入仕時

志趣之正，全在將入仕時。號稱選官，輒以裘馬自衒，貰寓宅，假子錢，皆將取償官中，到任之日〔一〕，勢不能自潔，輾轉惑溺，不至敗壞名節不止。諺曰：『一著錯，滿盤輸。』發軔之初，何可不慎？

校勘記

〔一〕『到任』，雙節堂雜録本作『到官』。

訪延賢友

有司之職，禮士勤民，迎來送往，謁上官，接寮屬，日有應理公事，簿書陵襍，雖能者亦須借佽幕友，況省例不同，俗尚各别，惟習其土者知之。故到省先宜諮訪賢友，聘請入幕。同寅推薦，不宜濫許，上官情勢有必不可卻者，甯如數贈脩，隆以賓禮，勿輕信妄任，馴致誤事。

得賢友不易

嗟乎，幕道難言矣。往余年二十二三，初習幕學，其時司刑名錢穀者，儼然以賓師自處，自曉至暮，常據几案治文書，無博奕之娱，無應酬之費。遇公事援引律義，反覆辨論，間遇上官駁飭，亦能自申其説。爲之主者，敬事惟命，禮貌衰，論議忤，輒辭去。偶有一二不自重之人，群焉指目而訕笑之，未有唯阿從事者。至余年三十七八時猶然。已而稍稍委蛇，又數年，以守正爲迂闊矣。江河日下，砥柱爲難，甚至苞苴關説，狼狽黨援，端方之操，什無二三。初入仕途，往往坐受其誤而不自知。於此欲得賢友，宜向老成同官虚心延訪，庶幾遇之。

幕賓不可易視

幕賓之名，曰刑名，曰錢穀，曰徵比，曰挂號，曰書啟，其大較也。刑名錢穀，動係考成，盡人而知其當重矣。抑知賦繁之地，漏催捺閣及大頭小尾諸弊，實皆徵比核之，而詞訟案牘，刑錢多不上緊，全在號友稽查催辦，至書啟庸拙疏怠，亦足貽笑招尤，無一可以易視。惜小費者率計較於歲脩之多寡，第其人不自愛重，往往隨緣曲就。若心地光明、才學諳練之士，歲脩外別無染指，非餼廩足稱，必不久安其席。與其省費誤公，貽悔於後，何如隆禮厚幣，擇友於初？

擇友之道

人之氣質，大概不同。毗於陽者剛，不免伉直忤物，毗於陰者柔，類多和易近人。然非平日究心律例，斷不能高自持議。較之隨波逐流，胸無定見者，遇事終可倚賴。擇友自輔，當無取其軟媚也〔一〕。

校勘記

〔一〕『軟媚』，雙節堂雜録本作『軟美』。

宜習練公事

幕賓固不可不重，一切公事，究宜身親習練，不可專倚於人。蓋己不解事，則賓之賢否無由識别，付託斷難盡效。且受理詞訟，登答上官，倉猝自有機宜，非幕賓所能贊襄。不能了然於心，何能了然於口？耳食之言，終屬葫蘆依樣。底蘊一露，勢必爲上所易，爲下所玩，欲盡其職，難矣。

勿濫收長隨

長隨與契買家奴不同，忽去忽來，事無常主。里居姓氏，俱不可憑，忠誠足信，百無一二。得缺之日，親友屬託，到任之初〔一〕，同官説薦，類皆周全情面，原未必深識其人之根柢，斷不宜一概濫收。至親臨上官面言者，其勢不得不允，處之散地，尚非善策，不若任之以事，留心體察，足供驅使，固爲甚善，覺有弊竇，立時辭覆，使其無可歸怨，亦有辭以對上官。

校勘記

〔一〕『到任』，雙節堂雜録本作『到省』。

濫收長隨之弊

濫收長隨之弊，始於誤人，終以自誤〔一〕。蓋若輩求面情而來者猶可，其曾出薦資者，一經收録，薦主之責已卸，投閒置散，不惟薦資落空，且常餐之外，一無出息，若輩又多貪飲嗜食，加以三五聚處，賭博消閒，勢不得不借債鬻衣，此皆由我誤之。彼不自度材力，又不能諒我推情收納之故，而署中公私一切，彼轉略有見聞，辭去之後，或張大其詞，以排同類，或點綴其事，以謗主人，訛言肆播，最玷官聲。

校勘記

〔一〕『以』，雙節堂雜録本作『於』。

用長隨之道

宅門内用事者，司閽曰門上，司印曰僉押，司庖曰管廚，宅門外則倉有司倉，驛有辦差，皆重任也。跟班一項，在署侍左右，出門供使令，介乎内外之間。惟此一役，須以少壯爲之。司閽非老成親信者不可，其任有稽察家人出入之責，不止傳宣命令而已。心術不正，將内有所發而寢閣，外有所投而留難，攬權婪詐，無所不爲，其後必至鉤通司印，伺隙舞弊，此二處官之聲名繫之，身家亦繫之。管廚、辦差則有浮冒扣剋之弊，管倉則有盜賣虛收之弊，皆虧累所由基也。

用人不可自恃

此事余身歷之而始悟者。往承乏甯遠，止録游幕時先後所用舊僕五人，一門，一印，一跟班，一司倉，一管廚。其中一人，素無才識，余以閣人蒼猾，稽察不易，特令專司啟閉，不甚檢覈。閲歲之後，捺硃、票閣、稟單稍稍婪索，間有言者。余念大小公事，一一手治，渠不敢旁參片語，未之深信。又一年而事敗，乃痛懲焉，已幾幾受累矣。兼視並聽，如之何可過恃耶？嗟乎，不可自恃，又豈獨在用下人哉？

勿令幕友長隨爲債主

選官初至省城，及簡縣調繁，間遇資斧告匱，輒向幕友、長隨假貸子錢，挈以到官，分司職事。此等人既有挾而來，必攬權以逞。辭之則負不能償，用之則名爲所敗。所當謹之於初，無已，甯厚其息而不用其人。

受代須從忠厚

受前官交代，是到任先務。其時官親長隨，急欲自見，往往盤量倉穀，百計掺求，以爲出力。甚有不肖長隨，借刁難爲由，從中需索，一信其説，便著刻薄之名。迨監交持平説，亦終歸無用。此等人便須留意，不宜委以事權。至平庸幕友，大處不能察核，每斤斤於些小節目，苛駁見長，亦不可輕聽。第同監交官三面核算，正項虧缺，斷難接收留抵。如有詳案，自不妨斟酌承受，其他襍項短少些微，直可慷慨出結。此實品行攸關，勿效官情紙薄。

勿受書吏陋規

財賦繁重之地，印官初到，書吏之有倉庫職事者，間有饋獻陋規，若輩類非素封，其所饋獻，大率挪用錢糧〔一〕，一經交納，玩官於股掌之上矣，無論不能覺其弊也，覺之亦必爲所挾持，不敢據實究辦。諺云：『漏脯救飢，鴆酒止渴。非不暫飽，死亦及之。』其斯之謂歟！顧官既洗心，則門印亦難染指，必且多方慫恿，非有定識定力，不惑者尠矣。

校勘記

〔一〕『挪』，雙節堂雜録本作『那』。

事上

獲上是治民第一義，非奉承詭隨之謂也。爲下有分，恃才則傲，固寵則諂，皆取咎之道。既爲上官，則性情才幹不必盡同，大約天分必高，歷事必久，閱人必多。我以樸實自居，必能爲所鑒諒，相浹以誠，相孚以信。遇事有難處之時，不難從容婉達，慷慨立陳，庶幾可以親民，可以盡職。

上官用人非一格

上官之賢者，使人固必以器矣。即非大賢，未必不用守正之吏。我向穩處立身，辨本分之事，用亦可，不用亦可，舍己徇人，斷斷不可。

憲眷不可恃

屬吏受上官之知，可展素藴矣。然先受知者忌之，將受知者嫉之，求知而不得者，伺隙而擠之，百密一疏，謡諑生焉。上官不一，不能無愛憎之别，即皆愛我矣，保繼來者之取舍一轍乎？駱統有言：『疾之者深，譖之者巧。』受寵若驚，唯閲事者知之。

要人不可爲

既經受知，必且受任。任之既重，權漸歸焉，而要人之勢，成於不自知矣。探上官之意指者〔一〕，從而窺詞氣焉，卜上官之喜怒者，從而承顔色焉，縱不敢攬權，而斡旋微驗，門如市矣。況趨奉者日衆，勢必至於鬻權乎。曩見吾浙爲上官要人者，初焉僚屬不屑顧，繼以同官不暇顧，終且分在己上者，亦欲先一見而不可得。未幾，雪山見晛，玉屑同漂，而端人正士甘受其陵肆者，乃安如磐石，名位且日上焉。豈盡天定哉？豈盡天定哉？

校勘記

〔一〕『指』，雙節堂雜録本作『恉』。

私人尤不可爲

服官之義，唯上所使。上官以公事見委，艱苦皆不可辭。使我以私，必當自遠。不特私事也，名爲公事而行私意於其間，一有迎合，便失本心。爲之愈熟，委之愈堅，其勢必至喪檢骫法。此當於受知之初，矢以樸誠，不知有私，惟知有公，上官以爲不達權宜，便是立身高處。

職不可戀

或曰：『才必可供指使，而後上官引爲私人。既以才見知，而不以才應用，上官豈甘心焉？徵色不已，必至發聲，發聲不已，必至積怒，怒不可回，則在在皆獲譴之緣。索垢求疵，免者幾何？』曰：『是以平日不可不慎也。作吏者公私罪名，有動必連〔一〕，故服官曰待罪。惟不貪不酷，不虧公帑，即免大戾。其他不韙，皆公過耳。與其戀棧罹辟，何如奉法去官？此處關頭，須獨斷在心，切不可遲疑商酌。一有游移，妻子皆足爲累。』

校勘記

〔一〕『必』，雙節堂雜録本作『多』。

恩不可希

亦有憐才上官，不懾之以威，而結之以恩，遷以好官，調以美缺，受恩漸重，圖報漸殷，不得不承其志趣，爲之驅策。余向言佐治勿過受主人情，受非分之情，恐辦非分之事。唯吏亦然，受恩之名，最不易處。

遷調非不可居

然則作吏必不可遷調乎？曰：非也。所論止争公私之别耳。出於市恩，斷不可受，出於掄才，若之何不受？士爲知己用，況重以職守哉！報上官即可以盡職守，不敢告勞致身之義也。不則進而危，不若退而安矣。

勿躁進

且爲上官者，皆有知人之明，不强人以所難也。我不希恩，彼豈漫予之恩，以恩爲餌，大率躁進者自取之。上官既投其所好，而欲拂上官之性，是謂無良。況由此而進，必無退理，凡所云云，仍爲安分者言之也。

勿喜功

縱不躁進，而有喜功之念，亦非所以自立身、膺民社，皆見過之端，無見功之處。克盡厥職，分也。偶叨上官贊譽，揚揚得意，必將遇事求功，長坂之馳，終虞銜橛。

知己難得

古人有言：『得一知己，可以不憾。』夫知己詎易得哉？知己云者，用己所長，並恕己所短。若己之才品未嘗不知，而己之短長尚未周知，謂己可用，用違其分，是謂知人，而不得謂之知己。卒之不能盡我所長，轉致絀我所短，斯殆所謂命矣。

稟揭宜委曲顯明

申上之文，曰驗、曰詳、曰稟。驗止立案，詳必批回。然惟府批由内署核辦，自道以上，皆經承擬批，上官有無暇寓目者。稟則無不親閲，遇有情節繁瑣，不便入詳及不必詳辦之事，非稟不可。宜措詞委曲，敘事顯明，上官閲之，自然依允。凡留意人才之上官，往往於稟揭審視疏密，雖報雨、請安各稟，亦不可不慎。蒙頭蓋面之文，土飯塵羹之語，最易取厭，盡汰爲佳。

欲盡吏職非久任不可

爲州縣者，得百里而長之，即此百里之中，人情好尚〔一〕，非及朞月，斷不能周知梗概。知而措之，順人情，因物利，信而後勞，又非朞月不可事事了徹，方與士民有臂指之聯。功令計典，定以三年，無速效也。躁於衒鬻者，歷事未幾，輒圖調署，擇善而赴，或無煖席，其於百姓休戚，漠不相關。如富家之顧乳媪，甫與赤子相習，挾主者衣飾而去，致赤子屢易乳媪，爲之主者屢損不一，損而赤子終不受乳哺之益，父母官之謂何？嗟乎，夫孰使之然哉？可不爲百姓計乎？

校勘記

〔一〕『好尚』，雙節堂雜録本作『風尚』。

簡僻地易盡職

且欲爲本分官，利於簡僻之地。簡則酬酢無多，僻則送迎絶少。六時功課，盡歸案牘，隨到隨辦，無虞壅滯。日日理事，常與士民相見，不難取信於人，而吏役無能爲弊，官職易盡，官聲易著。衝繁之處，勞我心力者，紛至沓來，日不過一二時可以親民。而此一二時，又皆精神疲困之候，非具兼人之才，鮮能自全。量而後入，古人所爲重致意歟？

和營伍

同城文武，休戚均之，捕盜緝私，事皆一體，小分畛域，動多窒礙，原厥所始，半由兵役不睦，偏護成嫌。道先約飭衙役，和輯兵丁。如兵丁多事，則傳唤至署，剴切勸諭，且勿知會營官，全其顔面。既免革糧，又不被責，一丁感而衆丁漸化。營官性情爽直居多，遇有事故，推誠相白，時時以禮貌接之，斷無芥蔕之理。至武職，養廉之外，别無贏羨，總比文官拮据，少有通融，量力應付，自然情投意洽，休戚相關矣。

待寮屬

州縣之屬無幾，才略自易周知。此中大有端人，非無奇士，然朝夕相見，性情易爲窺測。

有等近利之徒，内與閽人相狎，外與訟師相聯，揣摩恐嚇，無弊不爲。概以坦白相待，多爲所賣。操之稍急，輒云難乎爲下，束縛之，馳驟之，嗚呼，難言哉！

禮士

官與民疏，士與民近。民之信官，不若信士。朝廷之法紀，不能盡喻於民，而士易解析，諭之於士，使轉諭於民，則道易明而教易行。境有良士，所以輔官宣化也。且各鄉樹藝異宜，旱潦異勢，淳漓異習，某鄉有無地匪，某鄉有無盜賊，吏役之言，不足爲據，博采周諮，惟士是賴，故禮士爲行政要務。

宜辨士品

第士之賢否，正自難齊，概從優禮，易受欺蔽。自重之士，必不肯僕僕請見，冒昧陳言。愈親之而踪跡愈遠者，宜敬而信之。若無故晉謁，指揮唯命，非中無定見，即意有干求。甚或交結僕胥，伺探動静，招摇指撞，弊難枚舉，是士之賊也，又斷斷不可輕假詞色〔一〕，墮其術中。故能濬知人之明，始可得尊賢之益。

校勘記

〔一〕『不可』，雙節堂雜録本作『不容』。

解土音之法

各處方言，多難猝解，理事之時，如令吏役通白，必至改易輕重。當於到任之時，顧覓十二三歲村童〔一〕，早晚隨侍，令其專操土音，留心體問，則兩造鄉談，自可明析，不致臨事受蒙〔二〕。

校勘記

〔一〕『十二三』，雙節堂雜録本作『十一二』。

〔二〕『受蒙』，雙節堂雜録本作『受朦』。

初任須體問風俗

人情俗尚，各處不同，入國問禁，爲吏亦然。初到官時，不可師心判事，蓋所判不協輿情，即滋議論，持之於後，用力較難。每聽一事，須於堂下稠人廣衆中，擇傳老成數人，體問風俗，然後折中剖斷，自然情法兼到。一日解一事，百日可解百事，不數月，諸事了然。不惟理事中肯，亦令下如流水矣。

察事之法

諮訪利弊，自以紳耆爲重。余初至甯遠，慒如也，賓至，既見〔一〕，各叩以鄉土情形及棍匪姓名，密置小簿，賓去詳録所言。凡訟師棍盜等項，約記其年貌住處，每升堂，先檢閲一過，見與簿中相類者，摘發誨飭，群相驚詫，故法立而不犯。未及一年，四境要隘粗悉大略，上官偶有垂問，皆能登答，遂過蒙賞識，其實無他寸長也。

校勘記

〔一〕『既』，雙節堂雜録本作『即』。

發覺地棍勿使知所自來

若輩姓名，雖得於紳耆之口，然有以罪之斷，不可使知所由來。蓋紳耆與若輩井宅毗連，今日使有訐發之名，他日必被遷怒之禍。我方資以爲治，而致其因我受累，於義不可，於心何安？故訪察固不可不詳，舉發尤不可不慎。

治以親民爲要

長民者不患民之不尊，而患民之不親。尊由畏法，親則感恩，欲民之服教，非親不可。親民之道，全在體卹民隱，惜民之力，節民之財，遇之以誠，示之以信，不覺官之可畏，而覺官之可感，斯有官民一體之象矣。民有求於官，官無不應，官有勞於民，民無不承〔一〕。不然，事急而使之，必有不應者。往往壤地相連，同一公事而彼能立濟，此卒無成。曰民實無良，豈民之無良哉？親與不親之分殊也。官事緩急何常，故治以親民爲要。

校勘記

〔一〕『無不』，雙節堂雜録本作『自樂』。

親民在聽訟

司牧之道，教養兼資。夫人而知之，知之而能行者蓋鮮。不朘民以生，養之源也。教則非止條告號令具文而已，有其實焉，其在聽訟乎。使兩造皆明義理，安得有訟？訟之起，必有一闇於事者持之，不得不受成於官。官爲明白剖析，是非判，意氣平矣。顧聽訟者往往樂居内衙，而不樂升大堂。蓋内衙簡略，可以起止自如，大堂則終日危坐，非正衣冠、尊瞻視不可，且不可以中局而止，形勞勢苦，諸多未便。不知内衙聽訟，止能平兩造之争，無以聳旁觀之聽。大堂則堂以下竚立而觀者不下數百人，止判一事，而事之相類者爲是爲非，皆可引伸而旁達焉。未訟者可戒，已訟者可息，故撻一人，須反覆開導，令曉然於受撻之故，則未受撻者潛感默化，縱所斷之獄未必事事適愜人隱，亦既共見共聞，可無貝錦蠅玷之虞。且訟之爲事，大概不離乎倫常日用，即斷訟以申孝友睦婣之義，其爲言易入，其爲教易周。余前承乏甯遠，俗素嚚健，動輒上控，兼好肆爲揭帖，以誣官長。到省之後〔二〕，院憲嘉善浦公霖面諭明切，余唯行此法。竊禄四年，府道未受一辭，各憲因爲余功，乃知大堂理事，其利甚溥也。

校勘記

〔一〕『後』，雙節堂雜録本作『初』。

媚族互訐毋輕笞撻

諺曰：『刑傷過犯，終身之玷。』不惟自玷而已，嘗見鄉人相詈，必舉其祖若父之被刑者而顯訴之，是辱及子孫也。爲民父母，其可易視笞撻耶？黠者、豪者、玩法而怙惡者，非撻不足示儆，撻之不足，而掌批其頰，校荷其頸，皆小懲而大戒也。愿者能知悔罪已，當稍示矜憐矣。至兩造族媚，互訐細故，既分曲直，便判輸贏，一予責懲，轉留釁隙，訟仇所結，轇轕成嫌。所當於執法之時，兼寓篤親之意，將應撻不撻之故明白宣諭，使之翻然自悟，知懼且感，則一紙遵依，勝公庭百撻矣。

犯係兇横仍宜究懲

然此爲相對相當之訟，可以情恕，可以理諭者言之也。如犯者實係兇横，或倚貧擾富，撥草尋蛇，或恃尊陵卑，捕風捉影，稍從曲宥，則慾壑難填。爲之族媚者，必致受害無已，不啻犯如虎而官傅之翼矣。遇此種人，尤須盡法痛懲。即老病或婦女，亦當究其抱告，使知親不可恃，法不可干，庶幾强暴悔心，善良安業。

治獄以色聽爲先

《書》言五聽非身歷不知，余苦短視，兩造當前，恐記認不真，必先定氣凝神，注目以熟察之。情虚者，良久即眉動而目瞬，兩頰肉顫不已，出其不意，發一語詰之，其真立露，往往以是得要犯。於是堂下人私謂余工相法，能辨奸良。越年餘，僞者漸息，訟皆易辦，蓋得力於色聽者什五六焉，較口舌争幾事半而功倍也。

聽訟宜静

明由静生，未有不静而能明者。長民者衣税食租，何事不取給於民？所以答民之勞者，惟平争息競，導民於義耳。片言折獄，必盡其辭而後折之，非不待其辭之畢也。嘗見武健之吏，以矜躁臨之，一語不當，輒懾以威，有細故而批頰百十者，有巨案而三木疊加者，謂所得之情皆其真也，吾未之敢信。

未得犯罪真情難成信讞

致罪之由，犯者自知之。不得其情，非特入於重，彼不能甘，即從末減矣，彼以爲官固易欺，必圖翻異，求即於無罪而後快。於是爲之官者，惡其無良也，刑以創之，愈久而愈失其真。

古云獄貴初情，一犯到官，必當詳慎推求，畢得其實，然後酌情理之中，權重輕之的，求其可生之道，予以能生之路，則犯自輸服，讞定如岳家軍，不可撼動矣。

要案更不宜刑求

詞訟細務，固可不必加刑矣。或謂命盜重案，犯多狡黠，非刑訊難取確供，此非篤論也。命有傷，盜有贓，不患無據。且重案斷不止一人，隔别細鞫，真供以僞供亂之，僞供以真供正之，命有下手情形，盜有攫贓光景，揆之以理，衡之以情，未有不得其實者，特虚心推問，未免煩瑣耳。顧犯人既負重罪，其獲罪之故，當聽其委婉自申，不幸身罹大辟，亦可於我無憾。若欲速而刑求之，且勿論其畏刑自誣，未可信也，縱可信矣，供以刑取，問心其能安乎？

非刑斷不可用

輕則笞杖，重則梏夾，國有常刑，梏夾已所當慎。故定例招册，曾否刑訊，均須聲敘。乃有所謂跪鍊者，盤鐵索於地，裸犯膝跪其上，猶爲未足，以圓木或竹穿入兩膝彎，用兩人左右踏之，曰踏杠，亦曰壓杠，慘號之狀，不忍見聞。二十年前，幹吏用以勘黠盜，已而非黠盜亦用之，後遂用之命犯，甚則訟案亦用之。余向佐主人，極言其謬，主人勘獄，未嘗一試，然亦未有以不能審出實情被劾者。主人姓氏詳載《佐治藥言》，可顯證也。誰爲厲階，以禍百姓，其罪豈在作俑下乎？至以掌批頰，或五或十，法之輕者，今以皮代掌，有疊批四五十及七八十者，流血不止，甚至齒牙脱落，是極輕之法而酷用之，亦足病民，皆非法也。夫官坐堂上，可茶可煙，可小食，從容自如，犯跪堂下，外則飢憊，内則畏懼，雖甚刁譎，言多必失，静聽其隙而嚴詰之，受之以需，何患不得？而必酷以取供，愛民者不以爲然也。

據筆蹟斷訟者宜加意

尋常訟案，亦不易理也。凡民間粘呈契約議據等項，入手便須過目，一發經承，間或舞弊剜補，初之不慎，後且難辨。向館嘉湖，吏多宿蠹，聞有絶産告贖者，業主呈契請驗，蠹吏剜去絶字，仍以絶字補之。問官照見絶字補痕，以爲業主剜改〔一〕，竟作活産斷贖，致業主負冤莫白。余佐幕時，凡遇呈粘契據借約之辭，俱於緊要處紙背蓋用圖記，並於辭内批明，以杜訟源。至楚省，則人情雖詐，只知剜改絶賣爲暫典而已。欲以筆蹟斷訟者，不可不留意。

校勘記

〔一〕『剜改』，雙節堂雜録本作『挖改』。本條下同。

斷案不如息案

勤於聽訟善已，然有不必過分皂白，可歸和睦者，則莫如親友之調處。蓋聽斷以法，而調處以情。法則涇渭不可不分，情則是非不妨稍借。理直者既通親友之情，義曲者可免公庭之法，調人之所以設於周官也。或自矜明察，不准息銷，似非安人之道。

尋常訟案不宜輕率申詳

定例徒罪以上，通詳杖枷等罪，悉聽州縣發落〔一〕，所以歸簡易也。多一重衙門，便多一重費用，百姓何能堪此？故尋常户婚田土細事，總以速結爲美，勿聽書辦簧鼓，輕率詳報。

校勘記

〔一〕『悉』，雙節堂雜録本作『均』。

憲案可結不妨訊報

不惟小案不宜申報也，即奉上官准理事件，惟牽涉書役，必須解勘，其餘民間細故，如兩造投案求訊，自不妨録供詳結，以省跋涉。至兩造籲息，則倫紀贓盜而外，俱可取結詳銷，亦息事甯人之一端也。

與民期約不可失信

投牒候批，示期候訊，最費百姓工夫。唯期有一定，則民可遵期而至，無守候之苦。凡示審案件，自量才力，斟酌挂牌。如飾耳目之觀，以多爲貴，日留一案，即有一案守候之人，愈留愈夥，累者何堪？至勘丈事件，人多費多，守候更復不易，雖風雨寒暑，必不可失信。

審案貴結

兩造訟牒，官爲結斷，脱然歸去，可以各治其生。夸大之吏，好以示審之勤，飾爲美觀〔一〕，往往審而不結，或縶或保，宕延時日。訟者多食用之費，家人增懸望之憂，是虐民也。中有富家牽涉，好事者從而妄爲揣度，謂官可賂營，則又重自玷矣。故不審不如不示期，不結不如不傳審。

校勘記

〔一〕『美觀』，雙節堂雜録本作『觀美』。

勘丈宜確

勘丈之事，大端有四：曰風水、曰水利、曰山場、曰田界。其他房屋、基址，易見者也。田界、水利亦一覽可知，唯風水、山場有影射，有牽搀，詐僞百出，稍不的實，張斷李黐，甚至兩造毁家，案猶未定，皆勘官釀之禍也。粗疏猶可，苟有他故，鬼瞰其室矣。勘時須先就兩造繪圖，認正山名方向，然後往復履勘。凡所争之處及出入路徑，一一親歷，毋憚勞瑣，尤不許兩造隨輿譁辨，以淆耳目。勘定，將兩圖是非逐細指出，爲之明白講論，諭以子孫可大可久之故，再行剖斷，自然心平忿釋，不致争競〔一〕。能使一勘無翻，所全不小。故遇有勘案，總宜親到，轉委佐襍，徒費民財，不惟不公，即公亦不足服人。至於人不能服，仍歸親勘，重勞吾民，不可也。

校勘記

〔一〕『争』，雙節堂雜録本作『再』。

票差宜省

公役中豈有端人？此輩下鄉，勢如狼虎。余嘗目擊而心傷之，是以昔年佐幕，每屬主人勿輕僉差，及身親爲之，於此尤慎。或傳近日有原役、號役、改役、加役、拏役之名，换一役，多一費，民何以堪？其實准無不審，則一票已定〔一〕，示期不到，自可比責原差〔二〕，何煩别添役名？乃役催屢屢，案終不審，徒張役威，飽役橐，爲民父母之義安在？且屢催不到，非原告情虚規避，即被告膽怯在逃，例得暫行註銷，追呼不已，又何爲者？吾願幕之留神，尤望官之加意。

校勘記

〔一〕『定』，雙節堂雜録本作『足』。

〔二〕『原差』，雙節堂雜録本作『原役』。

公呈不可輕准

自愛之人，雖事甚切己，尚不耐匍匐公庭，況非己事乎？藉口地方公事，聯名具呈，必有假以濟其私者，其非安分可知。昔趙韓王得士大夫所投利害文字，皆置二大甕，滿則焚之。李文靖遇中外所陳，一切報罷，云以此報國。二公皆宋名相，所爲如此，蓋所見者大且遠也。聯名公呈，不宜輕准，即事關利害，言有可采，姑受而不批，別自體察舉行，切勿輕聽據詳，致開紛擾之弊。至書吏稟陳公事，尤不可信用。

告示宜簡明

告示一端，諭紳士者少，諭百姓者多。百姓類不省文義，長篇累牘，不終誦而倦矣。要在詞簡意明，方可人人入目。或用四言八句、五六言六句韻語，繕寫既便，觀覽亦易，庶幾雅俗共曉，令行而禁止乎。

得民在去弊

論治者僉曰興利除弊。方今久道化成，閭閻樂業，更無可興之利，惟積弊相仍，未能盡絶。在官者如採賣折收、徵漕浮揹及官價民貼等事〔一〕，在民者如地棍滋擾、訟師教唆及盜賊惡丐等事，皆爲民害。各處情形不同，須就所官地方，相其緩急，次第整頓，去得一分〔二〕，即民受一分之福矣。

校勘記

〔一〕『賣』，雙節堂雜録本作『買』。

〔二〕『去得』，雙節堂雜録本作『得去』。

民氣宜静〔一〕

民氣本静也〔二〕，縱惡以陵之，縱役以擾之，恩既莫敷，威亦難濟。於是愿樸者亦鬱極思奮，不得不奔愬於上官。上官憫其情迫而理之，刁民聞風以起，恣意訐告，而地方官不可爲矣。使爲地方官者，以地方爲己任，悉心撫字，與民休養，雪民冤抑，民之於官，無不可白之隱，自無不樂從之令，而民氣尚或不靖者，未之有也。善乎浦公之教曰：『百姓去縣近，去省遠，縣果勤職，百姓何愛乎越愬？』余備官時日誦此言，受益不少。

校勘記

〔一〕『静』，雙節堂雜録本作『靖』。

〔二〕『静』，雙節堂雜録本作『靖』。

退堂時不可草率

堂事畢後，精神易倦，稍有疏略，則點役刁民，乘隙嘗試。此時尤宜細心檢校，勘結案件，應發文券、議照之類，面給兩造領回安業。倘不及取領狀附卷，即於讞後標明發字，不必令其再經吏役之手，藉端需索，致滋守候。其他遵依甘結等項，並可類推。至兩造供詞起訖鈐縫處，皆須一一過目，硃筆點鉤標識，以免他日猾吏抽換增減之弊，斷不可草率退堂，貽民訟本。

堂事簿不可不設

堂事簿者，值堂書登記所理之事也。凡讞斷顛末，及諭辦公務、勾攝保羈一切，如不逐日摘敘，一有遺忘，則吏役朦混，百弊叢生。故必於堂事完竣之時，取簿覽察過硃，攜置案頭，隨時檢閲，可與内號參考互稽，叢脞之虞，庶幾可免。

事至勿忙

事雖甚繁，先要平心定氣〔一〕，分别緩急輕重，次第應付，方能有條不紊。如事到著忙，必致忙中多誤，名爲諸事皆辦，實且一事無成。環伺者窺其底藴，因緣爲弊，亦萬萬無暇檢察矣。

校勘記

〔一〕『平心』，雙節堂雜録本作『澄心』。

官須自做

非剛愎任性之謂也。事無鉅細，權操在手，而人爲我用〔一〕。若胸無成見，聽人主張，將用親而親官，用友而友官，用長隨吏役而長隨吏役無一非官。人人有權，即人人做官，勢必尾大不掉，官如傀儡，稍加約束，人轉難堪，甚有挾其短長者矣。國人知有穰侯、華陽，而不知有王，速敗之道也，故曰官須自做。

校勘記

〔一〕『而』，雙節堂雜録本作『則』。

學治臆説卷下

敬城隍神

朝廷廟祀之神，無一不當敬禮，而城隍神尤爲本境之主。余夙就幕館，次日必齋戒〔一〕，詣廟焚香，將不能不治刑名及恐有冤抑，不敢不潔己佐治之故，一一攄誠默禱。所館之處，類皆甯謐，館仁和則錢塘多獄，館錢塘則仁和多獄，其後館烏程、歸安亦然。當事戲號余爲福幕。自維庸人庸福，荷主人隆禮厚糈，所以蒙神佑者大矣。竊禄甯遠，亦以素心誓之於神，凡四年，祈禱必應，審理命案，多叨神庇。而劉開揚一事，尤衆著者，謹略書於左，以著城隍神之有益吏治云。

劉開揚者，南鄉土豪也。與同里成大鵬山址毗連，成之同族私售其山於劉氏，大鵬訟於縣，且令子弟先伐木以耗其息。開揚慮訟負，會族弟劉開禄病垂死，屬劉長洪等負之上山，激成族鬭爭，則委使毆斃，爲制勝之計。比至山，而伐木者去，長洪等委開禄於地，開揚使其子閏喜擊開禄額顱立斃，而以成族毆死具控。余嘗詰開揚，辭色可疑，縶焉。已而大鵬詞愬，辨未毆而已，終不知毆者主名，因並縶大鵬，同至城隍廟。余先拈香叩禱，禱畢，命大鵬、開揚並叩首階下。大鵬神氣自若，而開揚四體戰栗，色甚懼。余更疑兇手之不在成氏矣，然不敢有成見也。相驗回時已丙夜，復禱神，鞫兩造於内衙，訊未得實〔二〕，忽大堂聲嘈嘈起，詢之，有醉者闖入，爲門役所阻，故大譁，命之入，則閏喜也。開揚大愕，跪而前曰：『此子素不孝，請立予杖斃。』余令引開揚去，研鞫閏喜，遂將聽從父命，擊開禄至死顛末一一吐實，質之開揚，信然。長洪等皆俯首畫供，燭猶未跋也。次日覆鞫閏喜投縣之故，則垂泣對曰：『昨欲竄匿廣西，正飲酒與妻訣，有款扉者呼曰：「速避去，縣役至矣。」啟扉出，一頎而黑者導以前。迨至縣門，若向後推擁者，是以譁。』夫閏喜，下手正兇也，牘無名而其父開揚方爲屍親，脱倶長洪等供吐拘提，已越境颺去，安能即成信讞？款扉之呼，其爲鬼攝無疑也。殺人者死，國法固然，懵昧如余，得不懸案滋疑，則神之所庇，不信赫赫乎？

校勘記

〔一〕『戒』，雙節堂雜録本作『誡』。

〔二〕『訊』，雙節堂雜録本作『訖』。

敬土神

當敬者，不獨城隍神也，凡地方土神爲闔境尊信者，其先必有功德於民，始能血食勿替，或以非祀典所載，不爲之禮，此尤不可。蓋庸人婦穉，多不畏官法而畏神誅，且畏土神甚於畏廟祀之神。神不自靈，靈於事神者之心，即其畏神之一念。司土者爲之擴而充之，俾知遷善改過，詎非神道設教之意乎？

各鄉土地神與土神有别

所謂土神者，四境共事之神也。至各鄉土地神，則又有説。楚俗每逢祈雨，里民各舁其土之神，鳴鑼擊鼓，至縣堂請地方官叩禱。甯遠亦然。歲己酉四月，余方率屬步禱，而舁神者先後集於大堂，凡二十餘神。禮房吏援例請以禮，余曰：『是非禮也。』命移神座，分列大堂左右，升堂，各鄉耆跽而請，余告之曰：『若輩之爲是舉，謂民之需雨急也。民需雨而官不知，宜以神告儆。今官固先民而禱矣，是爲何者〔二〕？況官之行禮，爲九叩首，爲六叩首，爲三叩首，國有定制，無敢增減。權幽明合一之理，各鄉土地神分與地保等，地方官不可與地保平行，土地神獨可與地方官抗禮乎？不可抗禮而舁以見官，是謂褻神。且神而有知，應赴城隍神祈求，不暇入縣門也。若其無知，則土偶耳。官爲叩禱，於禮無稽。余非不愛民者，悖禮經而違國典，不可，且不敢也。其速舁爾神以歸，道逢戚友，傳述余言，不勞更入城也。』衆皆唯唯退，後遂無至者。然此在莅治二年後，民已相信，故能以莊語曉之。否則，必謂官不卹民，或滋饒舌。隨事制宜，未可一例行也。

校勘記

〔一〕『爲何』，雙節堂雜録本作『何爲』。

地棍訟師當治其根本

唆訟者最訟師，害民者最地棍，二者不去，善政無以及人。然去此二者，正復大難。蓋若輩平日多與吏役關通，若輩藉吏役爲護符，吏役藉若輩爲爪牙，遇有地棍訛詐、訟師播弄之案，澈底根究一二〔一〕，使吏役畏法，則若輩自知斂迹矣。

校勘記

〔一〕『澈底』，雙節堂雜録本作『徹底』。

治地棍訟師之法

若輩有犯，即干譴戍。然罪一人，應有證成其罪者，勢將累及平民。且若輩黨羽鉤連，被累之人，懼有後累，往往不敢顯與爲仇，重辦亦頗不易〔一〕。曏在甯遠，邑素健訟，上官命余嚴辦，余廉得數名，時時留意。兩月後，有更名具辭者，當堂鎖繫，一面檢其訟案，分別示審，一面繫之堂柱，令觀理事。隔一日，審其所訟一事，則薄予杖懲，繫柱如故。不過半月，憊不可支，所犯未審之案，亦多求息。蓋跪與枷，皆可弊混，而繫柱挺立，有目共見，又隔日受杖，宜其憊也。哀籲悔罪，從寬保釋，已挈家他徙，後無更犯者，訟牘遂日減矣。

校勘記

〔一〕『亦頗』，雙節堂雜録本作『頗亦』。

治士子干訟之法

士而干訟，必不可縱。然遽懲以法，又非育才之道。余之甯遠，過衡州，謁學使錢南園先生澧，言甯遠士習澆漓，好以干訟爲事，屬余嚴查詳褫。余因與諸生約：國家優待衿士，雖己事許用抱告，如事非切己，或爲鄰佑，或爲干證，護符袒訟者，點名之後，概不問供，給予紙筆，令在堂右席地作文。鄰證中自有白丁在審，係白丁左袒，則與白丁並列之衿士，即以白丁之罪罪之，立會教官，當堂扑責〔一〕。白丁非左袒者，衿士亦不復取供，而以所作之文，年終彙送學使。職員監生，則先責後詳，必不姑恕。自有此約，竟無紳士試法者，終四年未扑一衿。郡尊王蓬心先生宸聞之，謂余不惡而嚴，情法兼到。因思衿士原多知禮，不當與訟師同日而語也。

校勘記

〔一〕『扑』，雙節堂雜録本作『朴』。本條下同。

宜使士知自愛

士不自愛，乃好干訟，官能愛之，未有不知媿奮者。愛之之道，先在導之於學，爲月課，爲季考，拔其尤者，收之書院義學之中。鼓舞之，振興之，隆以禮貌，優以獎賞，與干訟者榮辱迥殊，則士以對簿爲恥，莫不砥厲廉隅，不獨文教之可以日盛也。

除盗之法

盗必有窩，且類與捕役鉤通，嚴比捕役，未嘗不可獲盗。顧盗之黠者，即以平日餉捕，爲反噬之計。官避處分，率多顢頇完結，而盗益難治。夫捕既獲盗，功過相抵，盗果應辦，當據實陳請上官，治盗罪而録捕功，再責其獲盗補過，庶捕知感奮，盗可廓清，亦權宜之一法也。至弭盗之道，比捕尤不如親巡，印官不憚巡歷，佐襍駐防無敢自逸，時時有巡官在人意中，則捕役常知儆畏，而盗賊莫不潛蹤矣。

保甲可以實行

力行保甲，是注考時必須之政蹟，然已成故事矣。往余佐州縣幕二十餘年，欲贊主人行之，竟不可得。歲丙午，謁選至京師，會稽茹三樵先生敦和，篤行君子也，方就養日下，甚蒙眷契。嘗以吏治求教，先生自述令南樂時，會歲歉，以舊無門牌，種種棘手，捐資設空白簿，備筆墨，每一地保給簿一本、筆二枝、墨一丸，令將所管村莊挨户填註。閲三月，另給一簿，複填一次。半年後，乘便抽查，與簿記相符，乃捐貲填門牌〔一〕，逐户分給，頗著實效。余謹識之不敢忘。比至甯遠，俗稱健訟，牒中鄰佑，率以數里、數十里外左祖之人，列名充數。縣無魚鱗册，山原相錯，各以意争。又地多外籍流民，以墾山爲名，潛留作匪。皆不易爲治。因如先生教行之，令地保將管内四至接壤及山多田多，有塘堰若干、橋梁若干，大路通某處、小路通某處，某土著住幾屋、業何事，某流寓主何人、有無恒業，一一註入簿内。凡四换簿，始抽查，無漏，然後捐發門牌。間有漏户，亦皆具呈補給。不半年，無業之流民莫爲之主，冒充鄰佑者，可以按册予儆，山原亦稍稍有界址可據，盜息訟簡，邑民稱便。去甯遠時，彙三十六里印簿移送後任，且語之曰：『四年承乏，無一稱職。惟此一事，可爲他年稿本，不無小補。』故詳誌之，以廣先生之教云。

校勘記

〔一〕『眥』，雙節堂雜録本作『資』。

查逐流丐之法

余初至湖南，今廣信太守張公朝樂方保舉知府，在省候咨。謁訪時政，公言永州壤接廣西，流丐頗不易治。余請其治之之法，言前令武陵，下鄉相驗，適丐匪群集，役少不能捕。諭之去，則譁然乞賞路費，幾不可制。見道旁有桑園，可容百餘人，令皆進園，候點名登簿，按名給發〔二〕。群丐入，則令幹役當其户，逐一唱名放出。擇其壯者，令隨至縣城領賞，至則分别究逐，皆散去。此公之急智也，不可以再。余至甯遠，受篆之次日，民人王勝字等縛一惡丐來，控其引類滋擾，立懲以法。即有老役堂回流丐横行，是目下民間大累。詰其故，則上年鄰邑歉收，扶老挈幼而來，什伍成群，徧於各里。訪之信然。以其捕之不能捕，逐之不可逐，是以愈來愈衆，然鄉民莫敢誰何。緩之急之，皆恐釀事，諮詢寮屬，均無良策。會初莅，例應點卯，知三十六里各有專役催糧，乃刷印小票數百番給役，各發各里耆民〔二〕，協保捕逐，使人人有捕丐之責，處處皆協捕之人，流丐無地可容。而王勝字所獲之丐，仍荷重枷示儆，不旬日而境内丐匪相率遠去。花户納糧〔三〕，踴躍倍常，因是遂以得民。其亦可備逐丐之一術乎？

校勘記

〔一〕『給發』，雙節堂雜録本作『給賞』。
〔二〕『各發』，雙節堂雜録本作『分發』。
〔三〕『納糧』，雙節堂雜録本作『納課』。

催科之法

催科中寓撫字，談何容易！根串不符，釀弊甚大。宜於中縫蓋用完數木戳，官民截分，可無弊混。至户糧各書，往往擱大户，摘小户，此宜責成幕賓實心檢核。凡比校時，細對完欠多寡確數，分別責免，完多之役，立予功單，記名酌賞，而嚴查需索之弊，庶不致追呼滋擾。若自圖安逸，常委佐貳比課，終屬虛名，無益也。

生傷勿輕委驗

驗傷填單，例取保辜，何等慎重！或乃委之佐襍，不知兩造報傷，多先囑託仵作，故仵作喝報後，印官猶必親驗，以定真僞。佐襍則惟據仵作口報而已，何足深信？且某傷爲某毆，須取本人確供，辨其形勢器物，萬一傷者殞命，此即擬抵之據。生前之供狀未明，死後之推求徒費，犯供龢異，案牘糾纏，率由於此，則何如親驗之可恃也！

命案受詞即宜取供

呈報命案，非屍親，即地保，宜立刻研問衅由及鬭毆之狀、受傷之處，細細詰問察看供，情虛實，自可得其要領。蓋屍親等甫至縣城，未暇受訟師指揮，代書寫詞，不敢大改情節。且鄉民初見官長，尚有懼心，立時細鞫，真情易露。往余在甯遠，蔣良榮、劉開揚自斃誣人二案，皆於初報時訊有疑竇，不致寃濫平民。故知初報即訊，是最要關鍵。若被告亦到，則更可對簿明確矣。

相驗宜速

一面訊供，即一面僉役傳驗。無論寒暑遠近，訊畢即往，以免犯證入城，先投訟師商榷。中途犯到，即擇可息足處所，提犯鞫問，使其猝不及備，得情自易。

驗屍宜親相親按

地方官擔利害，莫如驗屍。蓋屍一入棺，稍有游移翻供，便須開檢。檢驗不實，即干例議，或致罪有出入，便不止於褫職。相驗時，仵作報傷之處，須將屍身反覆親看，遇有發變，更須一一手按，以辨真僞。時當盛暑，斷不宜稍避穢氣，或致仵作弊混，且心堅神定，穢亦不到鼻孔，余屢試之，若有鬼神呵護者。驗畢，指定真傷，令兇手比對痕合，然後棺斂，自無後慮。如兇手未到，或係他物傷，傷痕分寸尤須量準，異日追起兇器比合，可成信讞。

當場奉洗冤録最可折服刁徒

刁悍屍親，或婦女潑横，竟有不可口舌争者。執發變爲傷據，指舊痕爲新毆，豪釐千里，非當場詰正，事後更難折服。宜將《洗冤録》逐條檢出，與之明白講解，令遵録細辨，終能省悟。此亦屢試有效，切不可憚半日之煩，貽無窮之累。

詳開檢宜慎

開檢之時，拆骨洗蒸，最爲慘毒。疑似之閒，出入重大，遇有屍親黷控，先檢原詳圖格，逐一精研。實有枉抑疑竇，然後詳檢，則問心無愧。倘係屍親妄聽誤告，須細細開導，果能悔悟，自可陳請上官提審，取結免檢。蓋檢而無傷，不惟死者增冤，復令生者坐罪，而曰我依律辨也，是耶，非耶？必有能辨之者。昔有强幹太守，號稱吏才，每逢發審命案，輒以詳檢塞責，半年之間，骨殖多提省垣，而太守以暴病死，家屬仳離官所，遺櫬難歸，論者謂有鬼禍，其或然歟！

勿諱命盜

余歸幕平湖，先後佐兩劉君，一三韓冰齋，一光山仙圃。遇盜案，皆力贊詳辦，不敢諱抑。後犯皆弋獲，主人亦未被議。當實報時，無知之口多以余爲迂謹，主人勿惑也，故得竟行余志。是無論例應爾也，兩害相形，則取其輕。盜案四參限滿，止於降調，往往仰荷恩原，猶得棄瑕録用，諱盜褫革，則一蹶不起矣。命案亦然。善乎劉冰齋之言曰：『吾自朝至暮，何時不擔處分？何事不可去官？顧必避盜案之降調耶？』冰齋後以保舉知府擢江西吴城同知去。有味乎其言之也！

吏役宜用老成人

少年吏役，急於見知，原易節取。六七十歲者，其奔走逢迎，往往不如少壯，然服役既久，歷事必多，周知利害，類能持重。選一二人朝夕承侍，以備顧問，總有裨益。惟若輩性多蒼猾，揣摩附會，是其所長，駕馭之方，尤須留意。

老成吏役宜留其顏面

老成之人，多知顧惜顏面。顏面既傷，其蠹弊且甚於少年。既已用之，須曲爲體卹，度其才力不能勝任、將來難免笞撻之事，即慎之於先，不以驅遣。或應驅遣，則明示以此意，使之知所感畏，自能實心圖報，獲效不尠。

馭吏役在刑賞必行

寬以待百姓，嚴以馭吏役，治體之大凡也。然嚴非刑責而已，賞之以道亦嚴也。以其才尚可用，宜罰而姑貸之，即玩法所自來矣。有功必録，不須抵過。有過必罰，不准議功。隨罰隨用，使之有以自効，知刑賞皆所自取，而官無成心，則人人畏法急公，事無不辦。姑息養姦，馭吏役者所當切戒。

至親不可用事

諺曰：『莫用三爺，廢職亡家。』蓋子爲少爺，壻爲姑爺，妻兄弟爲舅爺也。之三者，未必才無可用，第内有嘘雲掩月之方，外有投鼠忌器之慮，威之所行，權輒附焉，權之所附，威更熾焉。任以筆墨，則售承行、鬻差票，任以案牘，則通賄賂、變是非，任以倉庫，則輕出重入，西掩東挪〔一〕，弊難枚舉。即令總覈買辦襍務，其細已甚，亦必至於短發價值，有玷官聲，故無一而可。事非十分敗壞，不入於耳。迨入於耳，已難措手，以法則傷恩，以恩則壞法。三者相同，而子爲尤甚。其見利忘親者無論，意在愛親，而孳孳焉爲親計利，勢必陷親於不義，所以危也。余佐幕三十年，凡署中有公子主事者，斷不受聘。蓋坐視其害，義有不安，以疏間親，分有不可，目擊官之受此累者，比比皆是。乾隆二十九年，諸暨令黄汝亮之重征，五十一年，平陽令黄梅之苛斂，並因子累，身干重辟，子亦罹刑，尤炯鑑之昭然者矣。

校勘記

〔一〕『挪』，雙節堂雜録本作『那』。

用親不如用友

然則壻與舅猶可用乎？曰：否。特其恩較殺於子，其分較疏於子，或不致十分敗壞，尚易發覺耳。然至於發覺，亦復不易收拾。治壻則礙女，治舅則礙妻，隱忍黜逐，已累不可言。總不若擇賢友而任之，友以義合，守義則尊而禮之，苟其負義，何嫌乎絶交？甚至繩之以法，亦可對人。蓋友有瑕疵，至戚良朋，皆可啟白，且一經受玷之後，託足無方，故自愛者恒多也。

親戚宜優視

然則一行作吏，至親皆可疏乎？曰：不然。自未遇以至通籍，莫不厚望於我，其情重可感也！幸得服官，如之何勿念？不畀以事權，則負才者無所肆，不責以功效，則無才者可自容。稱吾之力，衣之食之，分禄以周之，盡吾心焉而已。心有餘而力不逮，無可如何也。第不可靳吾力而薄吾情，致他日還鄉里，無以相見耳。

子弟不宜輕令隨任

官衙習氣，最足壞人子弟。凡家居不應有之事，官中無所不有。雖居官者紀範極嚴，然時而升堂，時而公出，檢束總有不到。僕從人等，飽食群居，烏能盡安素分？如要錢、唱曲、養鳥、畜魚、嬖優伶、狎孌童之類，何地蔑有？衣美食肥，猶其小者，子弟血氣未定，易爲所惑。且若輩唯恐不當公子之意，用事者以此固寵，未用事者以此邀恩，一有所溺，父兄之教難行，爲害不淺。況官非世業，久暫靡常，子弟即幸無外染，而飽煖嬉閒，筋弛骨懈，設不能仰給於官，將無所恃以自立。故惟子弟可治儒業者，攜之官中，俾受嚴師約束。其他不若各就所長，令其在家治生，以爲久遠之計。

親友不宜概聽赴署

至親密友，義不可卻，及可資照料者，偕至官中，不無臂指之助，即酌量贈遺，力尚能支。然有恒産、有恒業者，必不肯離家遠出，惟無用之人，多樂隨任。不知官中公事，須延幕友，官親可辦，不過倉庫。倉庫並關重大，非深可倚信之人，不敢輕託。一時面輭，挈之而去，至於無所事事，徒滋悔怨，非惟無益，而又害之，何如實言婉謝之爲得乎？

愿樸親友當厚遇

官中用人，大率以勢交，以利聚，皆烏合也。一朝去官，東西散矣。惟愿樸者有性真，多能委曲相依。此種人平日無可表異之處，必須留心厚遇，以備無用之用。

任所不可無眷屬

挈眷之官累也，然實有萬不可已者。署無眷屬，則宅門内如客寓然，一切俱無檢束。官一升堂，拜客僕從即無顧忌，遇公出，晚夕印匣亦難信託。昔有同寮，孑然在官，腰間懸匙纍纍，每出必與印偕，殊非體制。或以姬妾任之，則又不可。賢明者百無二三，小家女何知大義？屬理内政，勢有不能。萬一小有色藝，馴至恃寵攬權，禍更有不可勝言者，《采蘋》之詩頌有齊季女有以夫。

嗜好宜戒

一人之身，侍於旁者，候於下者，奔走於外者，不啻數十百人，莫不窺伺辭意，乘間舞弊。不特聲色貨利，無一可染，即讀書賦詩，臨池作畫，皆爲召弊之緣。當其興到時，或試以公事，稍有不耐煩之色，即弊所從起也。人非聖賢，誰無嗜好？須力自禁持，能寓意於物而不凝滯於物，斯爲得之。

飲酒宜有節

豪士文人，類多善飲，必止酒而後可爲治，非通論也。但不爲之節，最易誤事。即於事無誤而被譴者，必曰適逢使酒，即官聲之玷矣。余佐幕時，主人多善飲者，皆與之約，非二更扃宅門後，不得舉杯，故不必有止酒之苦，而未嘗居耽飲之名。

暇宜讀史

經言其理，史記其事。儒生之學，先在窮經，既入官，則以制事爲重。凡意計不到之處，剖大疑，決大獄，史無不備，不必刻舟求劍[一]，自可觸類引伸。公事稍暇，當涉獵諸史，以廣識議，慎勿謂一官一邑不足見真實學問也。

校勘記

〔一〕『刻舟』，雙節堂雜録本作『鑿舟』。

用財宜節

士既服官，凡官之所需，及應酬種種與官俱來者，斷不能省。然官一而已，非闔家皆官也，一人官而家之人無不官樣，禄其足濟乎？且即官之一身，衣服可以肅觀瞻，輿役可以供任使[二]，似亦足矣。或者備美是求，有一帶而懸表佩玉，極其華麗，費及千金，他物稱是者，究之官聲賢否，全不繫此，而虧累因焉，果何爲哉！故優伶宜屏也，讌會宜簡也，裘馬宜樸也，家人之衣飾宜儉也。量入爲出，節用之道，如是而已。借曰缺美息阜，則有原思用九百之義在，豈患貨之棄於地者，而況其未必然耶？

校勘記

〔一〕『輿役』，雙節堂雜録本作『輿僕』。

不節必貪

國家澄敘官方，首嚴墨吏，微特身之辱也，祖父曾犯贓私，子孫雖貴，不准封贈，子孫於封贈祖父後，干犯贓私，並追奪誥敕，是下辱子孫，上辱祖父矣。人即不自愛，未有甘以墨敗者，資用既絀，左右効忠之輩，進獻利策，多在可以無取、可以取之間，意謂傷廉尚小，不妨姑試。利徑一開，萬難再窒，情移勢偪，欲罷不能。或被下人牽鼻，或受上官掣肘，卒之利盡歸人，害獨歸己，敗以身殉，不敗亦殃及子孫，皆由不節之一念基之。故欲爲清白吏，必自節用始。

宅門内外不同

宅門以外，官也，規模狹隘，則事上接下，無往非獲咎之端。宅門以内，家也，規模闊大，則取多用宏，隨在皆虧帑之漸。

勿使家人有居官之樂

造物勞我以生，無論在官在家，總無逸居之日。仕而引退，非盡求自逸也，必自問有不能改寒素家風，則家人無戀於一官，而退計不難自決矣。

勝其任者，因不敢曠官竊禄。仕路何常？宜止則止。顧有知止而不獲止者，大率家人累之。家人樂於在官，即有不能去官之勢。故居官時，須使宅門以内仍與居家無異〔一〕，女紅、中饋不

校勘記

〔一〕『居家』，雙節堂雜録本作『家居』。

出納不可不知

身兼庶事，萬不能瑣屑理財，然出納之數，斷不可不知。盡委經手之人，而己不與聞，則我不挪移〔一〕，有挪移者，我不侵盜，有侵盜者，至交代時水落石出，噬臍無及矣。宜屬司筦鑰者分列正入、正出、雜入、雜出四簿，按旬一小結，按季一大結，隨時檢閲，則倉庫出入相符不相符、有餘不足之數，一一在心。設遇去官，交代册籍，頃刻可成，雖猾吏無能爲弊，更可不致遺漏款目，受後任之推敲。

校勘記

〔一〕『挪移』，雙節堂雜録本作『那移』。本條下同。

繁簡一理

或曰：『此行於簡僻小縣則可，恐繁劇之地勢不能行。』余應之曰：『苟不耐煩，雖簡僻何

所用之？不則地異而理一也，何難行之有？夫號稱繁劇，不過增驛站、多迎送耳。亦可另設一簿，以覽其要。特立法非難，任人爲難，有治人無治法，安所得誠信之人而任之？官之所以不易歟。』

財宜實用

賓友寮屬之酬贈、贐貸、慶弔，一切分所常有，斟情量力，各視其時。不應則已，應之須令其人實受吾益。嘗見官中陋習，以此等應酬無可質證，司出納者任意短色輕平，甚有至八折、九折者，尅其贏以入槖，施者實費，受者虚承，良可浩歎。劉仙圃雁題令浙江時，（今爲貴州石阡太守。）遇有公分，屬帳房封固加簽，其應標名目，必俟手署，故色或未必全足，而平總不敢稍輕，亦厚交之一道也。

以財用人宜寬

用財宜儉，爲一己言之也。若以財用人，則處處宜留餘地。人之聽用於我，無不爲財起見，不使之稍有所利，其心思材力豈肯實爲我用？且不惟不爲我用也，將轉爲我害。蓋彼既有圖利之心，不至得利不止，我無以利之，必損我以爲利，而利歸於彼，害貽於我矣。且我亦何常不計利哉？席官之位，食官之禄，尚欲儉用以自贏，彼事官者而使一無所贏，其家何賴焉？

寬其分乃安其身，惟恐我之不用，斯收用人之益耳。

財不可入私室

甯遠舊無庫，徵收餉銀，皆儲内室〔一〕，遇批解，始發匠傾鎔。余以爲非制，創設庫房三間，命庫書司其筦鑰。此正項也。即廉俸所入，亦儲帳房，應酬日用，皆取給焉。蓋一歸私室，則當問出納於室人，性嗇者慮其絀也，出之不易，或誤事機，性奢者見其贏也，用之無節，必致匱乏。且財之所主，權之所歸也，並有因以干預外事者，若之何勿慎！

校勘記

〔一〕『儲』，雙節堂雜録本作『貯』。

官帑不可虧挪〔一〕

侈靡之爲害也，取之百姓不已，必至侵及官帑。其始偶然，繼乃常然，久則習爲固然，而忘其所以然。夫因公挪移，即干嚴律，虚出通關，亦罹重譴，況以私用而虧官帑，實爲侵盜乎？縱或倖逃法網，神且鑒之，矧法亦未可苟免耶？上官之喜怒，一身之疾病，公事之降革，皆不可知。官帑無虧，不過奪職而止，不然，將有制其命者，所當於用財時，先自謹也。

校勘記

〔一〕『挪』，雙節堂雜録本作『那』。本條下同。

倉儲宜實

夫民亦知積儲之不可少也〔一〕。實買實儲，事原易行，自换斗移星，權歸胥吏，而有名無實，窒礙多端。初猶藏價於庫，終且庫亦虚懸，而倉愈難信矣，遇有交代，輒移價作收。然堯水湯旱，盛世不免，設遭歉歲，生民之命，繫於倉儲，萬一欲賑無糧，欲借無種，嗷嗷哀雁，恐不能以美言市也。昔余佐幕浙中，嘗以此意語主人，求實倉廩，主人頗不河漢余言。比官湖南，亦持此論誠勉同官。蓋庫虧尚可補苴於一時，倉空萬難籌措於臨事，有備無患，守土者何等關係，其可度外置乎？

校勘記

〔一〕『儲』，雙節堂雜録本作『貯』。本條下同。

稱職在勤

吕氏當官三字，曰清、曰慎、曰勤，所謂三歲孩子道得，八十歲老翁做不盡者。嘗與同官侍王蓬心先生，論三事次第，先生以清爲本，同官唯唯。余謹對曰：『殆非勤不能。』先生曰：『何故？』則又對曰：『兢兢焉守絶一塵矣，而宴起晝寢，以至示期常改，審案不結，判稿遲留，批詞濡滯，前後左右之人，皆足招摇滋事，勢必不清，何慎之有？』先生曰：『誠知君之得力有自也。』因爲同官交勖焉。凡余臆説，力求稱職之故，固無一不恃乎勤也。

勤在以漸以恒

嗟乎，勤之爲道難言矣。求治太急者，病在躁，疾行無善步，其勢必蹶，道貴行之以漸。一鼓作氣者，病在鋭，强弩之末不能穿魯縞，其後難繼，道貴守之以恒。漸則因時制事，條理無不合宜。恒則心定神完，久遠可以勿倦。『靡不有初，鮮克有終』，念之哉！

署印與實任不同

實授之官，吏民皆知敬畏，浹之以德，感而化焉，俗雖敝，可以循循誘也。署印官地方格格不入，風土馴良，猶可循分爲之，若刁悍疲弊之俗，萬難措手。力求稱職者，養癰貽患，既心有不安，稍欲整頓，則群焉詫爲怪事。吏役既呼應不靈，士民亦恩威難洽，緩之則驕玩益甚，急之則謗讟繁興，上不負公，下能善俗，其何道之從？人地相宜，唯用人者權之耳。

會辦公事勿瞻徇

事由專辦，自可慎始圖終。若以數人會辦一事，心術難齊，才略亦異，尤宜細細協恭商酌。萬一意見齟齬，或罪關出入，或案有支離，當將利害關鍵剴切明言。言之不聽，不妨直抒己見，向上官委婉稟陳，切不可附和雷同，昧心分謗。特論須秉公，慎勿偏持矯激，轉自居於理絀也。

勿以私人爲耳目

事來輒理，即非曠官。有等恃才之吏，假私人爲耳目，風聞訪事，幸而偶中，自訝神明，流弊所至，必有因風吹火、李代桃僵者。夫民間多事，全賴官爲檢省。官先喜事，則好事之徒安得不聞風而起？小則累人，大則自累，知政體者不宜爲此察察也。

書版摺以備遺忘

官之一身，實叢百務，精神稍不周到，即開左右窺伺之機。宜設粉版一方，將應辦事件隨手登記，辦一條，抹一條，自無遺忘之患。事須謹慎者，或密書手摺誌之，總不必陽詡精明，授人罅隙。

勿輕薦幕賓長隨

此愛人之道也。幕賓長隨利弊，前已歷歷言之。寮友訪人於我，果相信有素，自當應其所求。如以素未深信之人，姑爲塞責，使寮友以信我之故過信其人，萬一誤事，何以相見？故素未深信之人，斷不必徇情説項。或有推薦，亦當詳其所長，不諱其所短，使用之者可略短以取長，庶於事無債，於心可安。

公過不可避

語有之：『州縣官如琉璃屏，觸手便碎。』誠哉是言也！一部吏部處分，則例自罰俸以至革職，各有專條。然如失察、如遲延，皆爲公罪，雖奉職無狀，大率猶可起用，若以計避之，則事出有心，身敗名裂矣。故遇有公罪案件，斷斷不宜迴護，幸免自貽後督。

私罪不可有

凡侵貪挪移以及濫刑枉法諸條〔二〕，皆己所自犯，謂之私罪。夫公罪之來，雖素行甚謹，亦或會逢其適，私罪則皆孽由自作，果能奉公守法，節用愛人，夫何難免之有？

校勘記

〔一〕『挪移』，雙節堂雜録本作『那移』。

事難入廟者斷不可爲

爲吏者欲求不愧不怍，衾影無慚，萬萬不能，勢會所乘，容有不能不爲、不得不爲之事。但其所以必爲之故，尚近於公，要可告之神明。如戀棧虐民，或逢迎希進，法紀不顧，甘爲罪首，發念之端不可以入廟門者，斷不可爲。余自勘生平佐治多年，堅守合則留、不合則去之義，主人亦不余强，幸免疚心。入官以後，行有不慊於心者矣，然每入神廟，檢點此中，猶可自白，或者其無大譴乎。甚矣，吏之難爲也！

上下易隔

嗟乎，吏之難爲，蓋非一端已也。上官易事也，而有致我不能事者。下民欲愛也，而有致我不能愛者。中有所隔也，隔我者我可察之，我爲所隔者，非我得自爲也。昔南唐潘在庭以財結勢要，曰非以求援，但恐其冷語冰人耳。冷語之冰，端士尤甚於此，而欲不傷品，不招尤，談何容易矣。

當思官有去日

居官時，不患無諛詞，而患無規語。民即怨詛，不遽入耳，迨去官而賢否立判。民有戀惜之聲者，賢吏也。苟其不賢，道路相慶，雖遷擢去，不能防民之口，去以他故，詬詈隨之，候代需時，有莫爲之居停者矣。故治柄在手，當時時念有去官之日，自然不敢得罪於群黎百姓。

勿沽名邀譽

如之何而可不得罪於群黎百姓？曰：誠而已矣。三代直道之風，今猶古也，爲治有體焉，得人人而悅之，一有沽名邀譽之私，其奉我以虛名虛譽者，即導我以偏好偏惡，而便民之事，亦且病民。惟出之以誠，求盡吾心焉，有隱受吾庇者，雖姦胥、蠹役、訟師、地棍之類，謗聲交作，不足卹也。

守　身

事君不忠，謂之不孝。守身云者，非全軀保妻子之謂也。致身之義，安危一理，非遭授命之時，當懔全歸之念。不惟敗檢玩法，方爲辱親，即肆虐百姓，道路有口，穢及父母，辱莫大焉。聞諸吾師孫景溪先生爾周曰：『牧民者能立身行道，揚名於後世，以顯父母，百無一二。但與部民相安，毋貽父母惡名，幸矣。』官惟州縣去民最近，辱親亦惟州縣官最易。《詩》曰『無忝爾所生子』，曰『君子懷刑』，孟子曰『守身爲大』，嘗以三言自儆，其庶幾乎。

爲治當念子孫

民易虐也，然虐民者往往無後。悖入悖出，其顯焉者。己將治士子，則念子孫有爲士子之日，將治白丁，則念子孫有爲白丁之人，自然躁釋矜平，終歸仁恕。甯遠勘丈之事，舊多反覆。余嘗誓於兩造曰：『吾才識勢不能周，如有袒私，他日爾子孫鬬争，吾子孫亦鬬争，爾子孫以鬬争釀命，吾子孫亦以鬬争釀命。願爾子孫，自吾此勘，永杜争端，即吾子孫之幸也。』四年間，本境勘案及委勘鄰境之案，從無翻異者，未必果無差謬，吾心盡，則人亦諒之。故爲治者治堂下百姓，當念家中子孫，不然，喜怒由己，枉濫必多。余學膚德薄，深懼不能爲治。到官之初，撰十四言懸之客座，曰：『官名父母須慈愛，家有兒孫望久長。』時時循覽自省。比去官，邑紳贈余别聯，曰：『爲政真如慈父母，願公長得好兒孫。』蓋即用座聯之意，受之彌增愧恧。

勿貽毒子孫

嗚呼，此先贈公遺訓也。輝祖生十歲，先贈公將之粤東，紆道會稽外家，輝祖從。舟中襍舉經書，令輝祖背誦，問輝祖讀書何所求，輝祖對曰：『求做官。』先贈公曰：『兒誤矣。此亦讀書中一事，非可求者。求做官，未必能做人，求做人，即不官，不失爲好人。逢運氣，當做官，必且做好官，必不受百姓詬駡，不貽毒子孫。』輝祖跽而受命。詳先贈公行述中。三十年幕游，間有幹吏居官，虐取以悦上官，不少留百姓餘地，當其時詬駡無算，不轉睫而坐罪去，子孫且流落於所官之地，重爲百姓唾辱，益思先贈公訓辭深切，慄慄不敢忘〔一〕。

校勘記

〔一〕『慄慄』，雙節堂雜録本作『栗栗』。

衰病當知止

進一階，更望一階，仕路豈有止境？昔人以宦海爲喻，孤舟一葉，日顛簸於洪濤巨浪中，力稍怯，不能把柁，非入溜，即落漈矣。幸得近岸，奈何不止？嘗讀廉頗、馬援二傳，未嘗不廢書流涕也。蓋膂力方剛，自宜勤勞國事，分無止理。耄年志進，鮮不僨者。不獨州縣官也，而州縣官之職繁冗細瑣，尤非衰病所宜。故自審精神不能管攝，即當懔知止不殆之義。

去官宜清楚

《容齋隨筆》云：『士之處世，視富貴利禄，當如優伶之爲參軍。』蓋謂上場有下場時也。老去，病去，降黜去，陞遷去，終有一去。去之日，任内公私代務，必須一一清楚，甯喫虧，毋便宜。

稍餘未了，即是牽挂之根。如經手工程錢糧應有咨追者〔一〕，須將底册留存，以備他時登答。諺云：『一世爲官三世累。』不可不深長思也。

校勘記

〔一〕『應有』，雙節堂雜録本作『慮有』。

還鄉

去官之後，即爲鄉人，自應還故鄉，依先隴。嘗見罷官者或居宦游之省，或籍流寓之方，不知人盡可官，獨遭運會，緜緜先德，鍾萃一身，幸得禄養釣游之地，親所不忘。不則宰樹塋田，均當料理，何忍一盂麥飯，委之他人？且鄰里皆非素習過從，類屬新交，非有香火之情，又乏葭莩之誼，設遇緩急，誰復相關？子孫皆賢，尚能自立，倘材質不能過衆，又誰與董率而扶掖之〔一〕？熟籌全局，請爲誦五柳先生《歸去來辭》。

校勘記

〔一〕『誰』，雙節堂雜録本作『孰』。

學治續說

朗文出版社

學治續説目録

學治續説

學治續説

官聲在初蒞任時

官聲賢否，去官方定，而實基於到官之初。蓋新官初到，内而家人長隨，外而吏役訟師，莫不隨機嘗試，一有罅漏，群起而乘之，近利以利來，近色以色至，事事投其性之所近，陰竊其柄，後雖悔悟，已受牽持，官聲大玷，不能箝民之口矣。故蒞任時，必須振刷精神，勤力檢飭，不可予人口實之端。

勿彰前官之短

人無全德，亦無全才。所治官事，必不能一無過舉。且好惡之口，不免異同，去官之後，瑕疵易見，全賴接任官彌縫其闕失。居心刻薄者，多好彰前官之短，自形其長，前官以遷擢去，尚可解嘲，若緣事候代寓舍，有所傳聞，必置身無地。夫後之視今，猶今之視昔，不留餘地以處人者，人亦不留餘地以相處，徒傷厚德，爲長者所鄙。

勿苟爲異同

立身制事，自有一定之理。惟人是倚，勢必苟同，以己爲是，勢必苟異。苟同者不免詭隨，苟異者必致過正，每兩失之。惟酌於理所當然，而不存人己之見，則無所處而不當。故可與君子同功，亦不妨爲小人分謗。

爲治不可無才

才者，德之用，有圖治之心，而才不足以濟之，則内外左右皆得分盜其柄，以求自濟其私。故一事到手，須自始徹終，通盤熟計，實能收之，然後發之，萬一難以收局，且勿鹵莽開端。蓋治術有經有權，惟有才者能以權得正，否則守經猶恐不逮耳。

多疑必敗

疑人則信任不專，人不爲用，疑事則優柔寡斷，事不可成。二者皆因中無定識之故，識不定，則浮議得以摇之。凡可行可止，必先權於一心，分應爲者，咎有不避，分不應爲者，功亦不居，自然不致畏首畏尾，是謂膽生於識。

宜因時地爲治

有才有識，可善治矣。然才貴練達，識貴明通，遇有彼此殊尚、今昔異勢者，尤須相時因地，籌其所宜。若自恃才識有餘，獨行其是，終亦不能爲治。譬之醫師用藥，不知切脈加減，而專襲成方，則蔆蓍殺人，未始不與砒信同禍。

舊制不可輕改

今人才識，每每不若前人。前人所定章程，總非率爾，不能深求其故，任意更張，則計畫未周，必致隱貽後累。故舊制不可輕改。

陋規不宜遽裁

裁陋規，美舉也。然官中公事，廉俸所入，容有不敷支給之處，是以因俗制宜，取贏應用。忽予汰革，目前自獲廉名，迨用無所出，勢復取給於民，且有變本而加厲者，長貪風，開訟釁，害將滋甚。極之陋規不能再復，而公事棘手，不自愛者因之百方掊克，奸宄從而藉端，善良轉難樂業，是誰之過歟？陋規之目，各處不同，惟吏役所供，萬無受理。他若平餘、津貼之類，可就各地方情形，斟酌調劑，去其太甚而已，不宜輕言革除。至署篆之員，詳革陋規，是謂慷他人之慨，心不可問，君子恥之。

常例應酬不宜獨減

凡有陋規之處，必多應酬，取之於民，用之於官，諺所謂以公濟公，非實宦橐也。歷久相沿，已成常例，萬不容於例外加增，斷不可於例中扣減，倘應出而吝，象齒之焚，不必專在賄矣。

美缺尤不易爲

俗所指美缺，大率陋規較多之地，歲例所入，人人預籌分潤，善入而善出，惟才者能之。或不善於入而不能不出，則轉自絀矣，慮其絀而入之不謹，禍不旋踵，懼有禍而入之稍慎，又不足以應人之求，故美缺尤不易爲。自愛者萬不宜誤聽慫恿〔一〕，垂涎營調。白香山詩云：『妻妾歡娱僮僕飽，始知官職爲他人。』今之爲美缺者，飽僮僕而已，妻妾歡娱，其名也，實且貽子孫之累焉。余鄉客歸安，夜中聞雁，有『稻粱群鶩共，霜露一身寒』之句，非有所感也。主人王晴川諷詠數過〔二〕，潸然泣下，明年以終養去官。居美缺者，可不常自儆乎？

校勘記

〔一〕『自愛』，雙節堂雜録本作『自好』。

〔二〕雙節堂雜録本『王晴川』後有小字注『士昕，義州人』。

須爲百姓惜力

先儒有言：『一命之士，苟留心於愛物，於物必有所濟。』身爲牧令，尤當時存此念。設遇地方公事，不得不資於民力，若不嚴察，吏役或又從而假公濟私，擾累何堪。故欲資民力，必先爲民惜力。不惟弭怨，亦可問心。

勿以土物充饋遺

地產土宜，非有土官之利也。偶因取給之便，奉上官，贈寮友，後遂沿爲故事，甚至市以官價，重累部民，毒流無既，如之何可爲厲階也？故舊規所有，尚宜酌量裁減〔一〕，若所産之物素未著名，斷不可輕用饋遺，貽後人之害，禍同作俑。

校勘記

〔一〕『酌』，雙節堂雜録本作『斟』。

官價宜有檢制〔一〕

境當孔道，酬酢殷繁，器用食物，間有官價之名，或取自舖户，或供自保役，非攤派，即墊賠，原非善政。然陋習相仍，概予裁革，轉恐事多棘手。此宜量爲節制，可已則已，萬勿任見小幕客漁利，家人借端市索，致民力不堪，激而上控。

校勘記

〔一〕此條據雙節堂雜録本補。

保　富

藏富於民，非專爲民計也。水旱戎役，非財不可，長民者保富有素，遇需財之時，懇惻勸諭，必能捐財給匱，雖慳於財者，亦感奮從公，而事無不濟矣。且富人者，貧人之所仰給也，邑有富户，凡自食其力者，皆可藉以資生。至富者貧，而貧者益無以爲養，適有公事，必多梗治之患。故保富是爲治要道。

保富之道

官不潔己，則境之無賴借官爲孤注，擾富人以逞其慾。官利其驅富人而訟可以生財也，陽治之而陰庇之，至富人不能赴愬於官，不得不受無賴之侵陵，而小人道長，官爲民仇矣。夫朝廷設官，鋤暴安良，有司之分，惟暴是縱，惟良是侮，負國負民，天豈福之？故保富之道，在嚴治誣擾，使無賴不敢藉端生事，富人可以安分無事，而四境不治者，未之有也。

辦賑勿圖自利

地方不幸而遇歉歲〔一〕，剋減賑項以歸私橐，被災之户，必有貸賑不得〔二〕，流爲餓殍者。上負聖恩，下傷民命，喪心造孽，莫大於是〔三〕。昔濟源衛公哲治牧邳州，盡出賑羸，設棲流所，贍養仳離雁户，全活無算，同時辦賑之吏，競笑其迂。然肥槖者多不善後，公獨簡在宸衷，不數年累遷至安徽巡撫，陟工部尚書致仕。尹中堂文端公繼善總督兩江時，余嘗見其辦賑條告，末云：『倘不肖有司尅賑肥家，一有見聞，斷不能倖逃法網。即本部堂稽查有所不到〔四〕，吾知天理難容，其子孫將求爲餓殍而不可得。』痛哉言乎，讀至此而不實力救荒，其尚有人心也哉？

校勘記

〔一〕雙節堂雜録本此句前有『此不便言，且不敢言，然亦不忍不言也』一句，後有『自查災以至報銷，層層需索，不留餘地，費從何出？不便言、不敢言者，此也』數句。

〔二〕『貸』，雙節堂雜録本作『待』。

〔三〕雙節堂雜録本此句後有『此吾所爲不忍不言也』一句。

〔四〕『查』，雙節堂雜録本作『察』。

法貴準情

余昔佐幕，遇犯人有婚喪事，案非重大，必屬主人曲爲矜恤，一全其吉，一慰其凶。多議余迂闊，比讀《輟耕録》『匠官仁慈』一條，實獲我心。匠官者，杭州行金玉府副總管羅國器世榮也，有匠人程限稽違，案具，吏請引決，羅曰：『吾聞其新娶，若責之舅姑，必以新婦不利，口舌之餘，不測繫焉。姑置勿問，後或再犯，重加懲治可也。』此真仁人之言。乾隆三十一二年間，江蘇有幹吏張某，治尚嚴厲。縣試，一童子懷挾舊文，依法枷示。童之婣友環跽祈恩〔一〕，稱某童婚甫一日，請滿月後補枷。張不准〔二〕，新婦聞信自經，急脱枷，童子亦投水死。夫懷挾宜枷，法也，執法非過，獨不聞律設大法，禮順人情乎？滿月補枷，通情而不曲法，何不可者？而必以此立威，忍矣！後張調令南匯，坐浮收漕糧，擬絞勾決。蓋即其治懷挾一事，而其他慘刻可知。天道好還，捷如枹鼓。故法有一定，而情則千端〔三〕，準情用法，庶不干造物之和。

校勘記

〔一〕『祈』，雙節堂雜録本作『乞』。

〔二〕『准』，雙節堂雜録本作『允』。

〔三〕『則』，雙節堂雜録本作『別』。

能反身則恕

且身爲法吏，果能時時畏法，事事奉法乎？貪酷者無論，即謹慎自持，終不能於廉俸之外，一介不取。如前所云陋規，何者不干國法？特宿弊因仍，民與官習，法所不及，相率倖免耳。官不能自閑於法，而必繩民以法，能無媿歟？故遇愚民犯法，但能反身自問，自然歸於平恕。法所不容姑脱者，原不宜曲法以長奸，情尚可以從寬者，總不妨原情而略法。

宜求不干清議

是非之心，人皆有之。當未遇時，聞談長吏害民之政，未嘗不扼腕太息，洎乎得志，則昧殷鑒之訓。當局者迷，古今同慨。故幸而居官，能回念扼捥之故〔一〕，常求不干清議，自無失政。

校勘記

〔一〕『捥』，雙節堂雜録本作『腕』。

吏不可墨

我朝立賢無方，用惟其才。高門貴胄，世受國恩，目染耳濡，蚤嫺吏治，所慮生長華膴，止知富貴吾所自有，當日懍象齒焚身之戒，力求無替家聲。至寒畯之士，科第起家，視白首窮經者，遭逢天壤，豈可遽舍所學，同於猾吏之爲？若乃進以他途，尤必自問可用於時，而後求爲時用，何至一登仕版〔二〕，即不自愛？既爲牧令，皆有廉有俸，有自然之利，無論美缺，即缺甚不堪，總勝舌耕餬口，盡心爲之，尚恐未能稱職，有孤民望，如復朘民以生，重負設官之義，鬼神鑒之矣。昔孫西林先生官浙藩時〔三〕，常禄之外，不名一錢。或勸爲子孫地，曰：『吾未見紅頂官兒孫至於行乞，如其行乞，則祖宗之咎也。』聞者至今誦之。

校勘記

〔一〕『至』，雙節堂雜録本作『致』。

〔二〕雙節堂雜録本『先生』後有小字注『含中』。

墨吏不必爲

吏不可墨，固已。余則以爲匪惟不可，亦且不必。數十年前，吏皆潔謹，折獄以理，間以賄勝，深自諱匿。自一二虧帑之吏藉口彌補，稍稍納賄，訟者以賄爲能。官惟賄徑不開，莫得而污之，偶一失檢，墨聲四播。蓋家人吏役皆甚樂官之不潔，可緣以爲奸，雖官非事事求賄，而若輩必曰非賄不可，假官之聲勢，實彼之橐囊，官已受其挾持，不能治其撞騙。且官以墨著，訟者以多財爲雄，未嘗行賄，亦冒賄名，其行賄者又好虛張其數，自詡富豪。假如費藏鏹三百兩，必號於人曰五百兩，而此三百兩者，説合過付，吏役家人，在在分肥，官之所入，不能及半，而物議譁傳，多以虛數布聞。上官之賢者，必摭他事彈劾，即意甚憐才，亦必予以媿厲之方。其不賢者，則取其半以辦公，而所出之數，已浮於所入之數，不得不更求他賄，以補其匱，而上官之風聞復至。故貧必愈墨，墨且愈貧，陽譴在身，陰禍及後，則何如潔己自守者，臨民不怍，事上無尤乎？

清不可刻

清特治術之一端，非能是遂足也。嘗有潔己之吏，傲人以清，爲治務嚴，執法務峻，雌黄在口，人人側目。一事偶失，環聚而攻之。不原其禍所由起，輒曰廉吏不可爲，夫豈廉之禍哉？蓋清近於刻，刻於律己可也，刻以繩人不可也。

假命案斷不可蔓延

應抵命案，吏役尚知畏法，惟自盡、路斃等事，更易蔓延滋擾。蓋百姓無知，最懼人命牽連，恐嚇撞騙，易於藉口，全賴相驗時，力歸簡易。凡自盡人命，除釁起威逼，或有情罪出入，尚須覆鞫，其餘口角輕生，儘可當場斷結，不必押帶進城，令有守候之累。如死由路斃及失足落水，則驗報立案，不待他求。有等鶻突問官，妄向地主兩鄰根尋來歷，以致輾轉搘拉，徒飽吏役之橐，造孽何有既極哉？

盜案宜防誣累

安良必先治盜，而寄贓買贓之累，又因治盜而起。凡誣扳窩夥，猶可留心訪察，至寄買贓物之虚實，爲輿論之所不著，不惟黠賊易於挾嫌嫁禍，且有捕役、牢頭擇殷教猱，因而爲利者，即官爲審釋，良民已受累不堪矣。浙中舊習，獲賊到官，率供無主之案，混認多贓，指某某寄頓，某某價買，承行之吏，據供弔贓，僉差四出，追贓無著落，終以游供完結。而役婪於橐，吏分其肥，愿民被獲賊之害，境内不受治盗之益。余居鄉時，深知此弊，故佐主人治盗，惟嚴究有主之賊，而不起無主之贓。前於《藥言》約略言之，今録簡易之法於左，以備採擇。

尋常竊賊〔一〕，只須飭地保諭弔〔二〕，諭内註明速將原贓交保稟解，不必到官。如果被誣，許自行呈愬，慎毋託故諉延，致干差擾。嚮在嘉湖幕中行之，民以爲便，未有不繳不愬者。

案重贓多，必須差弔者，檄内註明止許弔贓，不必帶審。如未買未寄，聽本人呈愬，毋許提人滋擾，庶捕役不敢肆横。

以被誣呈愬者，受詞時即提犯質釋，俾免守候。或即於詞内批釋，不必令平民與賊匪對簿，以卹善良。

無論爲窩爲夥，買贓寄贓，有愬稱與賊並未相識〔三〕，横被誣扳者，其中必有教供之人。可令被誣者雜立稠人之中，先令賊犯指認，如指辨模糊〔四〕，立時諭歸安業，專治賊犯以誣良之罪。然此法須時時變通用之，習以爲常，則其人狀貌，教供者亦能預先説之〔五〕，倘以識面爲非誣，恐又成冤獄耳。

至印官事冗，小竊案件，有不能不發佐貳代訊之勢。但聽其查辦，即不免有需索之弊。應令訊畢即送草供，一切傳主弔贓，俱由親核，庶權不下移，民不受擾。

校勘記

〔一〕『賍』，雙節堂雜録本作『贜』。
〔二〕『只』，雙節堂雜録本作『止』。
〔三〕『并未』，雙節堂雜録本作『并不』。
〔四〕『如』，底本原作『知』，據山東書局《汪龍莊先生遺書》本改。
〔五〕『説之』，雙節堂雜録本作『説知』。

辨重案之法

一人治一事，及一事止數人者，權一而心暇，自可無誤。或同寅會鞫，事難專斷，或案關重大，牽涉多人，稍不静細，即滋冤抑。遇此等事，先須理清端緒，分別重輕，可以事爲經者，以人緯之，可以人爲經者，以事緯之，自爲籍記，成算在胸，方可有條不紊，不墮書役術中〔一〕。其土音各別，須用通事者，一語之譌，豪釐千里〔二〕，尤宜慎之又慎。

校勘記

〔一〕『書役』，雙節堂雜録本作『書吏』。
〔二〕『豪』，雙節堂雜録本作『毫』。

辨案宜有斷制

斷制云者，非師心自用也。案無大小，總有律例可援，援引既定，則例得無干者，皆無庸勾攝，人少牽連，案歸簡净矣。鄙見貌爲精慎之吏，不知所裁，以極細事而累及鄰證，延蔓不休，有因而破家釀命者。曾爲寒心，敢不苦口〔一〕？

校勘記

〔一〕『不』，雙節堂雜録本作『陳』。

鄰境重案不宜分畛域

守土之官，治不越境，似也。然遇鄰境命盜重案，一有風聞，即宜星火緝訪〔一〕，稍分畛域，受之以需，致犯得遠竄，已失敬公之義。其或假道境内，終且牽連被議，豈非自取之乎？

校勘記

〔一〕『訪』，雙節堂雜録本作『防』。

社義二倉之弊

談積儲於民間〔一〕，社義二倉尚已，然行之不善，厥害靡窮。官不與聞，則飽社長之橐，官稍與聞，則恣吏役之奸。蓋貸粟之户，類多貧乏，出借難緩，須臾還倉，不無延宕。官爲勾稽〔二〕，吏需規費，筦鑰之司，終多賠累。故屆更替之期，畏事者多方規避，牟利者百計營求，甚有因而虧挪，僅存虚籍者。此社長之害也。其或勸捐之日，勉强書捐，歷時久遠，力不能完，官吏從而追呼，子孫因之受累。此捐户之害也。此等良法，固不宜因噎廢食，究不容刻舟求劍。欲使吏不操權，倉歸實濟，全在因時制宜，因地立法。舊有捐置者，務求社長得人，爲之設法調劑。捐户如果無力完繳，亦不妨據實詳免，若本未捐設，斷不必慕好善虚名，創捐貽患。

校勘記

〔一〕『儲』，雙節堂雜録本作『貯』。

〔二〕『勾』，雙節堂雜録本作『鉤』。

清理民欠之法

花户欠賦，是處有之，顧亦有吏役侵收，冒爲民欠者。余署道州，因前兩任皆在官物故，每年民欠不得不收〔二〕，因創爲呈式，令投牒之人於呈面註明本户每年應完條銀若干，倉穀若干，無欠則註全完，未完則註欠數。除命盗外，尋常户婚田土錢債細事，俱批令完欠候鞫，欠數清完，即爲聽斷。兩造樂於結訟，無不剋日輸將。間有吏役代完侵蝕，字據可憑，立予查追清款。其無訟案者，完新賦時，飭先完舊欠，行之數月，欠完過半。第此事必須實力親稽，方有成效，倚之幕賓書吏，總歸無濟。

校勘記

〔一〕『每年』，雙節堂雜録本作『累年』。

申明上下易隔之故

或問：『何以謂之上下易隔？』曰：『理甚易明，事則不能盡言也。爲上官者，類以公事爲重，萬不肯苛求於下，而左右給事之人，不遂其慾，輒相與百方媒孽。昔吾浙有賢令，素爲大吏所器，會大吏行部過境，左右誅求未饜，一切供儲，皆陰爲撤去。曉起，鐙燭夫馬，一無所備，遂攖大吏之怒，摭他事劾去。此隔於上之一端也。又有賢令，勤於爲治，纖鉅必親，賞罰必信，其吏役有不得於司閽者，遇限日硃單必濡遲而出。比其反也，又不即爲轉禀，率令枉受逾限之譴。此隔於下之一端也。被害者據實面陳，何嘗不可立懲其弊？然若輩勢同狼狽，所易之人，肆毒尤甚，安能事事瀆禀，頻犯投鼠之忌？故下情終不可以上達，曰易隔也。』

用人不易

吾友邵二雲編修晉涵言：『今之吏治，三種人爲之，官擁虚名而已。三種人者，幕賓、書吏、長隨〔一〕。』誠哉言乎！今之爲治〔二〕，必不能離此三種人。而此三種人者，邪正相錯，求端人於幕賓，已什不四五，書吏間知守法，然視用之者以爲轉移。至長隨，則罔知義理，惟利是圖，倚爲腹心，鮮不僨事。而官聲之玷，尤在司閽。嗚呼，其弊非説所能罄也。約之猶恐稽察難周，縱之必致心膽並肆。由余官須自做之説而詳繹之，其必有所自處乎。

校勘記

〔一〕雙節堂雜録本『長隨』後有『也』字。

〔二〕『今』，雙節堂雜録本作『官』。

宜防左右壅蔽

給事左右之人，利在矇官舞弊，最懼官之耳目四徹。凡余所言款接紳士〔一〕，勤見吏役，皆非左右所樂，必有多其術以相撓制者。須將簡號房不得阻賓及吏役事應面禀之故，開誠宣布，示貼大堂，俾人共見共聞〔二〕。並於理事時，隨便諄諭，庶左右不敢弄權，耳目無虞壅蔽。

校勘記

〔一〕『言』，雙節堂雜録本作『云』。

〔二〕『人』，雙節堂雜録本作『人人』。

差遣吏役不可假手代筆

署中翰墨，不能不假手親友。至標吏辦稿，僉役行牌，雖公事甚忙，必須次第手治。若地處衝要，實有勢難兼顧之時，不便留牘以待，則准理詞狀，即付值日書吏承辦，應差班役可於核稿時填定姓名，總不可任親友因忙代筆，開夤緣賄託之漸。

拒捕不可輕信

此條已具《佐治藥言》，今復及之者。幕不見役而念民，故意常平。官未見民而信役，故氣易激。役不得逞志於民，輒貌爲可憐之狀，或毁檄，或毁衣，以民之頑横面陳於官，從而甚其辭焉，謂其目無官法也，官未有不色然駭、勃然怒者，官怒而役狡行，民害生矣。夫拒捕有罪，人盡知之，爲鹽梟，爲盜劫，犯罪而求倖脱，是以敢拒捕也。若催賦傳訊，民尚無罪，何致拒捕？偏聽而輕信之，一役得志，群役轉相效倣，民之得自全者幾何？當役禀時，平心熟察，則粧點之弊自然流露〔一〕。姑將原檄存銷，而止以應辦之事另檄改差，及其人到官事結，告以拒捕罪名，及所以不遽辦拒捕之故，民知愛畏，即役亦不敢再萠故技。

校勘記

〔一〕『粧』，雙節堂雜録本作『裝』。

宜勿致民破家

諺有之：『破家縣令。』非謂令之權若是其可畏也，謂民之家懸於令，不可不念也。令雖不才，必無忍於破民家者，然民間千金之家，一受訟累，鮮不破敗。蓋千金之産，歳息不過百有餘金，婚喪衣食，僅取足焉，以五六金爲訟費，即不免稱貸以生，況所費不止五六金乎？況其家不皆千金乎？受牒之時，能懇懇惻惻，剴切化誨，止一人訟，即保一人家。其不能不訟者，速爲讞結，使無大傷元氣，猶可竭力補苴，亦庶幾無忝父母之稱歟。

與上官言不宜徑盡〔一〕

是説也，有所受之也。余性戇直，言無不盡，居鄉佐幕，無不皆然。將謁選人，故人贈別，謂對上官言須慎默。余雖服膺，猝難自制，凡遇上官詢問公事，無不披款直陳，倖叨信任，免於咎戾。然有賞識最優之上官，一日詢及家世，遂縷述烏私，備攄素悃。上官曰：『子有退志乎？』復謹對曰：『不敢冒昧。他日力不能支，惟祈恩鑒矣。』甚蒙許可，並諄諭不宜戀棧之故。越一年餘，傷足告病，忽以前語致疑，指爲規避，再三驗實，甫獲放還，益感故人之戒，非身歷不知。故對上官言，不宜徑盡，機不密則失身，可不慎哉？

校勘記

〔一〕此條據雙節堂雜録本補。

事未定勿向上官率陳

率陳之故有二：一則中無把握，姑餂上官意趣；一則好爲夸張，冀博上官稱譽。不知案情未定，尚待研求，上官一主先入之言，則更正不易。至駁詰之後，難以聲説，勢必護前遷就，所傷實多。

上官必不可欺

天下無受欺者，矧在上官？一言不實，爲上官所疑，動輒得咎，無一而可。故遇事有難爲，及案多牽窒，且積誠瀝悃，陳稟上官，自獲周行之示。若誑語支吾，未有不獲譴者。蒼猾之名，宦途大忌。

勿臧否上官寮友

事有未愜於志者，上官不妨婉諍，寮友自可昌言，如果理明詞達，必荷聽從。若不敢面陳，而退有臧否，交友不可，況事上乎？且傳述之人，詞氣不無增減，稍失其真，更益聞者之怒。惟口興戎，可畏也。

告下之語必須詳細

吏役鄉氓，均無達識。凡差遣聽斷，不將所以然之故詳細諭知，必且懵於遵率。吏役則周折貽誤，鄉氓則含混滋疑，均足累治。

舊典關勸懲者不可不舉

教民之要，不外勸懲二端。如朔望行香、宣講聖諭、勸農課士、鄉飲賓興、尊禮師儒、採訪節孝之類，皆勸懲之灼然者，近多目爲具文。余初莅甯遠，時方孟夏，示日勸農，皆訝異數。至鄉飲酒禮，吏莫詳其儀注，不揣迂腐，一切典禮，次第行之。三四年中，耳目一新，頑惰革面，士奮科名，婦知貞節，用力無多，收效甚鉅。夫通都大邑，猶曰公務殷繁，不遑兼顧。若簡僻之區，何致夙夜鞅掌，而亦廢弛不舉乎？吾願圖治者，先由此始。

治莠民宜嚴

剽悍之徒，生事害人，此莠民也。不治則已，治則必宜使之畏法，可以破其膽，可以鎩其翼。如不嚴治，不如且不治。蓋不遽治，若輩猶懼有治之者，治與不治等，將法可翫，而氣愈横，不至殃民罹辟不止。道德之弊，釀爲刑名，韓非所爲與老子同傳，而萑苻多盜，先聖歎子産爲遺愛也。

幹才可備緩急者宜留意

然其中間有勇幹之才，錯走路頭者，亦宜隨時察識，陰爲籍記，或選充練保，或收補民壯，懾之以威，懷之以德，使其明曉禮義，就我範圍，設遇緩急，未始不可收驅策之功。第此乃使詐使貪之妙用，非有知人之明者不能，略一失誤，關門養虎矣。

安命

飲啄前定，況任牧民之職，百姓倚爲休戚乎？不有夙緣〔一〕，安能爲治？緣盡則去，非可以人謀勝也。能者有遷調之勢，而或以發揚見抑，庸者無遷調之才，而或以真樸受知。且有甚獲上而終蹉跌，甚不獲上而荷提攜者，謀而得，不謀而亦得，愈謀而愈不得，有定命焉。知其爲命，而勤勤焉求盡其職，則得失皆可不計，即不幸而以公過挂礙，可質天地祖宗，可見寮友姻族，不足悔也。

校勘記

〔一〕『夙緣』，雙節堂雜録本作『宿緣』。

勿爲非分之事

趨吉避凶，理也。公爾忘私，不當存趨避之見。惟貪酷殃民，叢脞曠職，及險詐陰謀，因而獲罪者，咎由自取，外是則皆命爲之矣。然福善禍淫，天有顯道，以約失鮮，至竟不罹大戾。恣行威福之人，幸保令名，百無二三。不敗則已，敗必不止廢黜。能辨吉凶者，爲吾分之所當爲，而不爲吾分之所不當爲，自符吉兆，而遠凶機，趨避之道，如是而已。

事慎創始

非萬不得已，止宜率由舊章，與民休息。微特孽不可造，即福亦不易爲。不然，如社倉，如書院，豈非地方盛舉？而吾言不必創建，獨非人情乎哉？社倉之弊，前已言之。書院之名，經始勸捐於民，總不無所費。及規模既定，或倚要人情面，薦剡主講，其能盡心督課者，什不得三四。師既僅屬空名，弟亦遂無實學。以閭閻培植子弟之資，供長吏應酬情面之用，已爲可媿。其尤甚者，資不給用，則長吏不得不解橐以益之，而歸咎於始謀之不臧，是何爲乎！夫書院猶有遺累，況其他哉？故善爲治者，切不可有好名喜事之念，冒昧創始。

遇倉猝事勿張皇

天下未有不畏官者，官示以不足畏，則民玩，至官畏民，而獷悍之民遂無忌憚矣，抗官鬨堂，犯者民，而使之敢犯者官也。事起倉猝，定之以幹，尤貴定之以静。在堂勿退堂，在座勿避座，莊以臨之，誠以諭之，望者起敬，聞者生感，獷悍者無敢肆也，張皇則釀事矣。臨民者不必猝遇其事，而不可不豫其理。所以豫之者，全在平日有親民之功，民能相信，則雖官有小過，及事遭難處，亦斷斷不致有與官爲難者。

進退不可游移

仕而進，經也。不獲已而思退，權也。志乎進，則盡職以俟命，雖遇吹毛之求索，分不能辭。蘄於退，則知止而潔身，雖有破格之恩榮，義無可戀。故既明去就之界，當擇一途自立，如游移不決，勢必首鼠兩端，進退失據。

退大不易

進之難，非難進之謂也。憑人力以求，進必好，其爲難往往天定，不可以人勝，徒有失己之悔。此其故，蓋難言之。至退亦不易，則非及之者不能知也。不獲乎上，萬無退理，然遇上官寬仁體卹，轉得引身以退，幸而獲上，重其品者欲資爲群寮矜式，愛其才者欲藉爲官事贊襄，責以匪懈之義，不可偷安，督以從公之分，不宜避事。病則疑爲僞飾，老則惡其佯衰，感恩以恩縻之，懼威以威怵之，非平素無牽挂之處，必臨事多瞻顧之虞。須看得官輕，立得身穩，方可決然舍去。嗟乎，是豈一朝一夕之故哉？

治貴實心尤貴清心

治無成局，以爲治者爲準，能以愛人之實心，發爲愛人之實政，則生人而當謂之仁，殺人而意之不誠，當亦謂之仁。不然，姑息者養奸，剛愎者任性，邀譽者勢必徇人，引嫌者惟知有我。治於何有？若心地先未光明，則治術總歸塗飾，有假愛人之名，而滋厲民之弊者，惡在其爲民父母也？故治以實心爲要，尤以清心爲本。

跋

余既徇坊、培兩兒之請，開雕《臆説》，同門生歸安慎習巖咸熙選河南夏邑令，假還，春雪載塗，不遠數百里，渡江相訪，曰：『某之辭韓城師而出都門也，吾師授《佐治藥言》一册，命求教於左右。願有以益之。』嗟乎，迂拙如《藥言》，乃重爲吾師所契至於斯乎！因出《臆説》商定，燒燭劇談，引前緒而申之，不覺東方遽白。既别去，又手疏得五十則。古人綜論治理，言約旨該，余瑣細條分，至悉數之，不能終其物。自維衰廢無用，於是而益望吾黨友朋盡親民之義〔一〕，安斯民於太和樂育之中，鑒此心者，知不以辭費爲嫌也。因續付剞劂氏，郵致習巖正其可云。甲寅三月既望，輝祖跋。

校勘記

〔一〕『於是』，雙節堂雜録本作『於世』。

浙江文叢

汪輝祖集

〔中册〕

〔清〕汪輝祖 著
商刻羽 點校

浙江古籍出版社

學治說贅

學治説贅目録

學治説贅

説具於前，已不直善爲治者一噱矣。比來戚友急公報國，多以牧令自効，下問致治之方。老病惛廢，更無新得。且言貴可行，謹就佐幕服官時，素所留意最簡易者，彙簿記十則，即前説書版摺以備遺忘一條，引而伸之，乃官須自做靠實之一道，至福孽之辨、勤怠之分，特櫽括前説而切言之，近於贅矣。五男繼壕録稿，請附《臆説》後，爰授之梓〔一〕。嘉慶五年季夏，輝祖書。

校勘記

〔一〕「授」，底本誤作「援」，據雙節堂雜録本、山東書局《汪龍莊先生遺書》本改。

稽獄囚簿

記獄囚事由及收禁年月。其待鞫而暫禁者，尤須加意。應禁應釋，隨時可辨。

查管押簿

管押之名，律所不著，乃萬不得已而用之。隨押隨記，大概賊盜之待質者最多，審定則重者禁，輕者保，無干者省釋，立予銷除。

命案牽連，應即時詰正取保，勢不能速結者，至四五日，斷不可不爲完結。

若詞訟案件，自可保候覆訊，不宜差押。

政之累民，莫如管押，且干係甚重。或賊押而捕縱行竊，或命押而懼累輕生，至訟案押而招摇撞騙，百弊錯出。

向有班房，夜間官須親驗，以防賄縱。數年前禁革班房名目，令原差押帶私家，更難稽察，似不如仍押公所爲妥。

役之貪狡者，命案訟案及非正盜正賊，藉諭押以恣勒索，每繫之穢污不堪處所，暑令薰蒸，寒令凍餓，至保釋而病死者不少。故非萬不得已者，斷不可押。即押，須親自查驗。幕猶恐被人欺，止能求盡其心。官則心盡而力可自盡，慎勿爲人蒙蔽。不設此簿，或有遺忘，勢必經旬累月〔一〕，民受大害矣。

校勘記

〔一〕『勢必』，雙節堂雜録本作『勢且』。

憲批簿

記上官批發詞訟、奉批日月及易結難結之故〔一〕。

向所幕皆劇邑，凡到館之初，即飭承彙記此簿，置之案頭，日弔卷查閱。或須審結，或可詳銷，自爲注記。其原稿牽連多人，可以摘除者，一一注明。核稿時，俱行刪去。遇有訟師指告，經承弊改舊稿，即可明白批示。上官提催，亦不難將應急應緩緣由據實詳覆，以免差擾。次第辦結，不使吏役操權。

校勘記

〔一〕『日月』，雙節堂雜録本作『月日』。

理訟簿

記兩造之住址遠近及鄰證姓名。

邑雖健訟，初到時詞多。然應准新詞，每日總不過十紙，餘皆愬詞催詞而已。有准必審，審不改期，則催者少而誑者懼，不久而新詞亦減矣。手自注記，日不過數行，何至於勞幕中爲之？已有明效，官則受詞時，可以當堂駁還，新詞斷不能多，何憚於記？故欲求無事，先在省事。此一方也，試之歷驗，實政官聲，俱不難致。

放告須在日中，可以從容閱訊，令代書旁伺，情節不符，即可根問保戳及作狀之人〔二〕，立究訟師，不致被誣者受累。安民之道，莫善於此，斷不可委佐貳收詞。

右四簿，佐幕爲之已極利便，若官不憚煩，則事無不治矣。

校勘記

〔一〕『作』，雙節堂雜録本作『做』。

客言簿

民情土俗，四境不同，何况民之疾苦，豈能畫一？好問察邇，是爲政第一要著。書役之言，各爲其私，不可輕信。閽人之説，往往爲書役左袒。紳士雖不必盡賢，畢竟自顧顔面，故見客不可不勤。余初到官，見客先問其里居風土〔一〕，再見則問其里中有無匪類、盜賊、訟師，如有其人，并其年貌住處皆詳問之，而告以遲遲發覺，必不使聞風歸怨，故紳士無不盡言者。客去，一一手記於簿。或問其地某多平原，某多山澤，與某里連界，亦手爲詳記，扃之篋中，置之内室。將升堂，逐一檢視，有改名具詞，而與所記年貌相類者，猝然詰之，其真立敗。或争水利等事，間以所聞正之，觀者驚爲不測。不半年，而訟師、盜賊他徙，匪類匿跡。上官問境内利弊及界址，皆能詳對。勞心者不過半年，而逸以數歲，皆此簿之力也。但勤於見客，則周知外事，非吏役閽人所樂，須先嚴約束，客來勿阻〔二〕，以示禮士之誠，以收聽言之益。

校勘記

〔一〕『先』，雙節堂雜録本作『即』。

〔二〕『勿』，雙節堂雜録本作『毋』。

堂籤簿

事非急切，斷不可當堂籤提。役齎堂籤，甚於狼虎，往往人未到官，貲已全罄。余里居，見堂籤破家甚於常行，故不可不慎。萬一發籤，須當日訊結。若遷延一日，即民多受一日之累。如路遠人多，須至兩日、三日者，立簿登記，恐事冗偶忘，則役操其柄，所關匪細。其籤必須蓋印發行。其他硃單、硃諭，事與堂籤一例，總須蓋印登號，以防蠹役、地棍詐僞指撞之弊。

右二簿，官中必不可少，且須時時檢閱。歷時久，則《客言簿》可省矣。

正入簿

記銀穀應徵之數，及税契、襍税、耗羨等項。

正出簿

記銀穀之應解、應支、應放、應墊之數，及廉俸、幕脩等項。

襍入簿

記銀之平餘、穀之斛面及每歲額有之陋規等項。應入已者，可質鬼神，人所共知，不必諱也。若額外婪索，是爲贓私，不可以入簿者，不可以對人，即不可以問心，神鑒之〔一〕，鬼瞰之〔二〕，悖入悖出，自愛者必不肯爲。

校勘記

〔一〕『神』，雙節堂雜録本作『鬼』。

〔二〕『鬼』，雙節堂雜録本作『神』。

襍出簿

記應捐、應贈之斷不可省者，及日用應費各項。

右四簿，乃官中理財之道。官事稍暇，隨時考校。正入稍虧，或有借墊，則先以襍入補之，而用自不敢不節。

此皆記其總數，或十日一結，或半月一結。其流水細帳〔一〕，則責之司出入者，而權不任焉。否則，襍入者濫用，而正入者有虧，至交代時或不自知其故矣。

校勘記

〔一〕『帳』，雙節堂雜録本作『賬』。

福孽之辨

州縣一官，作孽易，造福亦易。天下治權，督撫而下，莫重於牧令，雖藩臬道府，皆弗若也。

何者？其權專也。專則一，一則事事身親，身親則見之真、知之確，而勢之緩急、情之重輕，皆思慮可以必周，力行可以不惑。求治之上官，非惟不撓其權，抑且重予以權，牧令之所是，上官不能意爲非，牧令之所非，上官不能意爲是。果盡心奉職，昭昭然造福於民，即冥冥中受福於天，反是則下民可虐，自作之孽矣。

余自二十三歲入幕，至五十七歲謁選人，三十餘年所見所聞牧令多矣。其干陽譴、陰禍，親於其身，累及嗣子者，率皆獲上朘民之能吏。率三十四五年間事。其嗣子有罹辟者，或流落浙中，爲農氓乞養，甚爲富室司閽，人猶呼某少爺以揶揄之。至遺櫬不能歸葬者不一，姓名尚在人口，余不忍書也。而守拙安分，不能造福，亦不肯作孽者，間亦循格遷官。勤政愛民，異於常吏之爲者，皆親見其子之爲太史、爲侍御、爲司道。檢討二：李公調元、驤元，海甯令諱某子。侍御一〔一〕：戈公濤源，歸安令諱錦子。司道三：一故浙藩孫公含中，秀水令諱爾周子；一今楚藩孫公玉庭，錢塘令諱擴圖子，皆由翰林起家；一今四川道劉公清，吾邑令君諱復仁子。海甯、秀水、錢塘、蕭山四公，余皆親見其爲治，至今民不能忘。歸安公去官，余幕江南，未及身遇，已四十餘年，頌遺愛者，與四公無異。天之報施，捷於響應，是以竊禄數年，懍懍奉爲殷鑒，每一念及，輒爲汗下。是以山行傷足，奉身求退，然且遽嬰末疾，天不畀以康甯，蓋吏之不易爲如此，吾願居是職者，慎毋忘福孽之辨也〔二〕。惟是造福云者，非曲法求寬之謂也。人之生，直多枉少，直者弱，枉者强，故姑息養奸，則寬一枉而群枉逞兇，能除暴安良，則懲一枉而群枉斂跡〔三〕，是即福孽之所由分也。子産寬猛之論，可不熟讀深思歟！

校勘記

〔一〕『二』，雙節堂雜録本作『二』。
〔二〕『辨』，雙節堂雜録本作『見』。
〔三〕『群』，雙節堂雜録本作『諸』。

勤怠之分

嗚呼，此福孽之因也！稱職在勤，前已言之，怠之禍人，甚於貪酷。貪酷有蹟，著在人口，闒冗之害，萬難指數。受者痛切肌膚，見者不關疴癢，聞者或且代爲之解曰：『官事殷忙，勢不暇及。』官遂習爲故常，而不知孽之所積，神實鑒之。夫民以力資生，荒其一日之力，即窘其一日之生。余少鄉居，見人赴城投狀，率皆兩日往還，已而候批，已而差傳，倩親覓友，料理差房，勞勞奔走，動輒經旬。至於示審有期，又必邀同鄰證，先期入城，並有親友之關切者，偕行觀看。及至臨期示改，或狡者有所牽引，諭俟覆訊，則期無一定，或三五日，或一二十日，差不容離。民須守候，工商曠業，農佃顧替，差房之應酬，城寓之食用，無一可省。迨事結而兩造力已不支，輾轉匱乏，甚有羈縶公所，飢寒疾病，因而致死者。嗚呼，官若肯勤，何至於是！其負屈不伸，抑鬱畢命者無論已，更有事遭横逆，不得已告官，候之久而批發，又候之久而傳審，中間數日，横逆之徒復從而肆擾，皆怠者滋之害也。故莫善於受牒時詰訊，虛即發還，其准理者，越夕批發，尅期訊結。官止早費數刻心，省差房多方需索，養兩造無限精神。至訟師教唆，往往控一事而牽他事，以爲拖累張本。然項莊舞劍，意在沛公，得其本指〔一〕，立可折斷，萬勿株連瓜蔓，以長刁風。古云：『有治人，無治法。』余爲進一解曰：『無治法，有治心。』但求不負此心，則聽訟必無大枉。國家之厚吏，有常禄，有養廉，居官之日，皆食民之日，乃不以之求治，而博奕飲酒，高卧自娱，民必怨，神必怒，如之何其不畏耶？余久食於幕，而不願子孫之習幕，嘗試爲吏，而不樂子孫之作吏，蓋深懼其多締孽緣，有虧先德也。前説三卷，無勦説巵言，不能更有所進，姑切指而暢言之。既老且病，言近於善，力疾書此，以諗親知。不惟望求治者察此誠悃，倘子孫幸膺學治之任〔二〕，書此座右，觸目省心，庶上不負國，下不負民，天其佑之乎！

校勘記

〔一〕『指』，雙節堂雜録本作『恉』。

〔二〕『幸』，雙節堂雜録本作『倖』。

律例不可不讀

聽訟不協情理，雖兩造曲遵，畢竟是孽。斷事茫無把握，以覆訊收場，安得不怠？原其故，只是不諳《律例》所致。官之讀律，與幕不同，幕須全部熟貫，官則庶務紛乘，勢有不暇。凡《律例》之不關聽訟者，原可任之幕友，若田宅、婚姻、錢債、賊盜、人命、鬭毆、訴訟、詐僞、犯姦、褋犯、斷獄諸條，非了然於心，則兩造對簿，猝難質諸幕友者，勢必游移莫決，爲訟師之所窺測。熟之可以因事傳例，訟端百變，不難立時折斷，使訟師懾服，誑狀自少，即獲訟簡刑清之益。每遇公餘，留心一二條，不過數月，可得其要。憚而不爲，是謂安於自怠，甘於作孽矣。

名例切須究心

一部《律例》，精義全在『名例』。求生之術，莫如『犯罪自首』一條。余初習法家言，鄰邑拏獲私鑄，以所供逃犯起意，案已咨部完結。越二年，逃者護訊，不承爲首，例提從犯質鞫。犯已遠戍，諸多掣肘。適松江友人韓升庸在座，謂可依原供而改捕獲爲聞拏自首，則罪仍不死，案即可完。鄰令用其言，犯亦怡然輸供。余心識之，後遇情輕法重者，輒襲其法，所全頗多。曩於《佐治藥言》曾記删改自首之報。辛亥寓長沙，聞綏甯盜首楊辛宗在逃，知官中比父限交，赴案投首。司讞者謂與未經破案、不知姓名、悔罪自首不同，不准援減，仍擬斬決。余旋即歸里，未見邸鈔，不知部議云何。竊思『犯罪自首律』云：『凡犯罪未發而自首者，免其罪。』是指未經破案者言也。事發在逃，律注云：『若逃在未經到官之先者，本無加罪，仍得減本罪二等。』又乾隆三十八年，刑部議覆蘇臬陳奏，定例聞拏投首，除盜犯按本例分别定擬外，餘犯俱於本罪上准減一等，是皆指被告被緝而言，故云聞拏也。楊辛宗事發在逃，聞限比其父，挺身投案，正蘇臬所奏，雖無悔過之心，尚存畏法之念者，而多一不忍累父之心，事可矜原，按本例免死發遣，未爲曲法。而曰與未經破案、不知姓名、悔罪自首不同，是必逃在事未到官、律得免罪者，方可依聞拏自首科減。𡚶使楊辛宗避罪遠颺，不顧其父之比責，偷生遲久，被捕弋獲，亦止罪干斬決，不致刑而有加〔一〕。繹讀讞詞，殊切耿耿。近日讀律之友遇一加重成案，輒手録以供摹仿。在楊辛宗死何足惜，萬一聞拏自首之律例不可徑引，則凡案類辛宗之被緝而事非强盜者，亦將棘手狐疑。況原讞云：『楊辛宗因事主家止婦女，輒向事主回罵，臨時行强，被指名緝拏。其投首在夥犯獲後，不准援減。』查辛宗劫止一次，並未傷人，視兇劫傷主之盜首，尚屬情事較輕，特以首在被緝之後，仍擬斬決，恐援以爲準，從此盜首總無生路。且案未破而自首者，千百中未聞一二，其甘心投案，多因捕緝緊急，比及父兄，子弟動於一時天性之恩，到官伏罪，若併此一綫天良而絶之，則在逃之犯，更無自首，聞拏自首之例，幾成虛設矣。案非手辦，事閲九年，疑竇在胸，終難自釋。因論治術，商及《律例》，願以正之高明。方今聖天子以不忍人之心，行不忍人之政〔二〕，爲吏者遇可出可入、介於律可軒輊之事，當與幕友虛中辨論，仰體聖慈，力求至當。『名例』一門，義盡仁至，大概必不得已而用法者，尤宜細細體究。而自首各則，斷不可略觀大意。倘有投案之犯，務在求生，以全民命。歐陽崇公所謂『求其生而不得，則死者於我兩無憾也』，敢爲學治者敬告。幸善爲治者勿哂其老而誖〔三〕，鄙其説之贅，區區之誠，重有望焉。

校勘記

〔一〕『而』，雙節堂雜録本作『更』。

〔二〕『行不』，底本原缺，據雙節堂雜録本補。

〔三〕『善爲』，底本原缺，據雙節堂雜録本補。

佐治藥言

佐治藥言目録

重刻佐治藥言序

蕭山汪君龍莊之治寧遠也，不延幕賓，鉅細身綜，拳拳以親民爲務。邑素囂健，號稱難治。君爲之數月，訟師遠，奸宄戢，盜賊潛踪。時進紳耆，諮度利病。甫越期，而令所當爲之事，次第畢舉。郡屬有疑獄，皆屬君爲辦治。

君性仁恕，才敏而識果，禀先訓，廉正自守。自其少丁孤苦，及壯佐幕二十餘年，洞曉事理，熟精律例之義，故治獄以情，無少輕重。縣舊牘之檄他州縣勘詳者，兩造率求還質於君。他州縣獄之待平反者，聞移君案鞫，輒先相慶慰。余自守永以來，所見忠信明決之吏，莫之能過也。上臺交相引重，繁劇缺員，必首推君名。而君猶以邑未盡治，抑然自退，告余代爲辭謝。嗚呼，賢矣！嗚呼，豈不難哉？

曩讀君省試對策，其言吏治也，以不利速遷、不懈久任爲蒞治之本，嘗韙其持論。今見君行事，乃知君之學有素定也。去年冬，冢嗣孝廉繼坊上公車，過永，奉君舊作《佐治藥言》見貽。余讀之終篇，益慨然有感於余懷。夫吏非素諳律令，其不能不藉手於幕賓也。夫人而知之矣。延賓者鮮不卑禮厚脩，以重其付託。而入幕之賓能視官事如己事者，什不得二三，往往視百姓之休戚，漠然無所繫於其心。甚者以博奕餘力從事録牒，或交愈久則怠氣乘之，治日以弛，而官聲爲之不振。君以盡心發其端，而繼之曰須爲犯人著想，又曰處久交更難。嗚呼，非立誠更事，其能爲是言乎？

臧孫氏有云：『太上立德，其次立功，其次立言。』蓋言爲德之用，而功由之以成。士君子修德於身，遇則以功見，不遇則以言傳，而要必歸於澤物濟世而後已。君之所以勖吏者，以信以恒。宜君之身親爲吏，無怠無欺，措之而無不當矣。

是書刻於鮑氏《知不足齋叢書》，君無印本，無以給人之求，而求者日衆。余謂書之所言，義明詞達，本末備該，不惟足以起佐吏者之膏肓，實爲吏之藥石具焉。爰屬付剞劂，而著寧遠吏跡於篇，信君之言非鞶帨也。是爲序。

乾隆五十三年夏五月，太倉王宸撰。

佐治藥言序

汪君龍莊，精於吏治。自其少佐人，歷三十餘年，今將謁選而自爲之。著《佐治藥言》，以授學者，余覽之善焉。

夫君子之佐人與其自爲一也。爲吏之道，安静不擾，悃愊無華，遇事加詳慎焉。不得已而用刑罰，其哀矜惻怛之意，寓於訊讞精核之中，此所以爲慈惠之師也。今君之所著者，大旨不越乎此，而其要尤在以義正己，而即以義處人。

昔歐陽文忠公不受范文正公陝西幕中辟命，而以書規之曰：『古人所與成事，必有國士共之。士以身許人，固亦未易。』文忠公之自重如此。而文正公嘗有言曰：『吾幕中辟人，必其可以我師者，則吾心有所嚴憚。』然則文正之辟文忠，固深知文忠者，而文忠當時則猶未深知文正也。然既未深知，則其不苟於就，固君子自重之道宜然，此所以兩賢卒深相知也。

今君自述三十餘年，所佐凡十餘人，皆深相契合，有師友之義，而君猶凛然自重，不苟去就，庶幾古人之風也哉！君今自爲矣，是書固佐治之藥石，而吾尤樂以此觀君之所以自爲也。

乾隆五十一年歲在柔兆敦牂季夏月既望，江西新城魯仕驥撰。

自序

昔我先君子業儒未竟，治法家言，依人幕下，不二年罷歸，曰：『懼損吾德也。』後尉淇，以廉惠著稱。余不幸少孤家貧，年二十有三，外舅王坦人先生方令金山，因往佐書記。明年，外舅解官持服，常州太守胡公賞余駢體文，招之幕下。間以餘力讀律令，如有會心，稍爲友人代理讞牘，胡公契焉。比胡公遷蘇松糧儲道，余與偕行。凡六年，事之關刑名者，皆以相屬，則無不爲上游許可。而見入幕諸君，歲脩之豐者，最刑名，於是躍然將出而自効。嫡母王太孺人、生母徐太孺人同聲誡止，曰：『汝父嘗試爲之，懼其不祥。今吾家三世單傳，何堪業此？』余則跽而對曰：『兒無他長，舍是無以爲生。惟誓不敢負心造孽，以貽吾母憂。苟非心力所入享吾父，或吐及不長吾子孫者，誓不敢入於橐。』二母曰：『然。兒慎毋誑，不惟汝父實聞此言，天高聽卑，鬼神皆知之矣。』明年，余遂以刑名學入長洲幕，時乾隆二十五年也，迄於今二十有六年矣。夙夜凛栗，不敢違先人之訓，重吾母九原怨恫。

顧以余之迂樸戇愚，不解諧時，而二十六年之中，未嘗一日投閒。所主者凡十四人，性情才略，不必盡同，無不磊落光明，推誠相與，終始契合，可以行吾之素志。歲脩所入，足資事畜，其諸分所當爲之事，皆次第爲之，取給脩入而無所於歉。嗚呼幸矣！抑天之愍其誠，而不窮其遇者，拙者之報，固若是其厚歟？

今主人王君晴川，以告養去職，余亦行將從宦。孫甥蘭畋將有事讀律，請業於余，因就疇昔所究心者，書以代口，而題其端曰『佐治藥言』。良藥苦口而利於病，或未必無裨乎？書竟，并撤館中舊聯授之，其詞曰：『苦心未必天終負，辣手須防人不堪。』蓋亦懸之二十六年矣。嗚呼！余之所以自箴者如是，自是而往，亦唯嘗存此心，以無負吾先訓而已。吏之職不一，佐吏之事亦不一，州縣刑名其一端也。余以素業於此，故言之獨詳，他所不及者，因端而擴充之，夫亦視乎其人而已。

乾隆五十年中秋前五日，蕭山汪輝祖書於苕溪寓齋。

佐治藥言

盡心

士人不得以身出治，而佐人爲治，勢非得已。然歲脩所入，實分官俸，亦在官之禄也。食人之食而謀之不忠，天豈有以福之？且官與幕客非盡鄉里之戚，非有親故之歡，厚廩而賓禮之，什伯于鄉里親故，謂職守之所繫，倚爲左右手也。而視其主人之休戚，漠然無所與於其心，縱無天譴，其免人謫乎？故佐治以盡心爲本。

盡言

盡心云者，非徇主人之意而左右之也。凡居官者，其至親骨肉未必盡明事理，而傔僕胥吏，類皆頤指氣使，無論利害所關，若輩不能進言，即有效忠者，或能言之，而人微言輕，必不能動其傾聽，甚且逢彼之怒，譴責隨之。惟幕友居賓師之分，其事之委折既了然於心，復禮與相抗，可以剴切陳詞，能辨論明確，自有導源迴瀾之力。故必盡心之欲言，而後爲能盡其心。

不合則去

嗟乎！『盡言』二字，蓋難言之。公事公言，其可以理争者，言猶易盡，彼方欲濟其私，而吾持之以公，鮮有不齟齬者。故委蛇從事之人，動曰匠作主人模，或且從而利導之，曰箭在弦上，不得不發也。嗟乎，是何言哉！『顛而不持，焉用彼相？』利雖足以惑人，非甚愚暗，豈盡迷於局中？果能據理斟情，反覆於事之當然及所以然之故，抉利害而强諍之，未有不悚然悟者。且賓之與主，非有勢分之臨也，合則留，吾固無負於人，不合則去，吾自無疚于己。如争之以去就，而彼終不悟，是誠不可與爲善者也，吾又何所愛焉？故欲盡言，非易退不可。

得失有數

或曰：『寒士以硯爲田，朝得一主人焉，以言而去，暮得一主人焉，又以言而去，將安所得爲之主人者？』嗚呼！是又見小者之論也。幕客因人爲事，無功業可見，言行則道行，惟以主人之賢否爲賢否，主人不賢，則受治者無不受累。夫官之禄，民之脂膏，而幕之脩出於官禄，吾戀一館而坐視官之虐民，忍乎不忍！且當世固不乏賢吏矣，誠能卓然自立，聲望日著，不善者之所惡，正善者之所好也。故戀棧者或且窮途偃蹇，而守正者非不到處逢迎。

虚心

必行其言者，弊或流於自是，則又不可。賓主之義，全以公事爲重。智者千慮，必有一失，愚者千慮，必有一得。況幕之智，非必定賢於官也。特官爲利害所拘，不免摇於當局，幕則論理而不論勢，可以不惑耳。然隔壁聽聲，或不如當場辨色，亦有官勝於幕者，惟是之從，原於聲價無損，意在堅持，間亦僨事。故士之伸於知己者，尤不可以不虚心。

立品

信而後諫，惟友亦然。欲主人之必用吾言，必先使主人之不疑吾行。爲主人忠謀，大要顧名而不計利。凡與主人相依及效用於主人者，率惟利是視，不得遂其所欲，往往易爲媒蘖。其勢既孤，其閒易生，稍不自檢，毁謗從之。故欲行吾志者，不可不立品。

素位

幕客以力自食，名爲傭書，日夕區畫，皆吏胥之事，而官聲之美惡繫焉，民生之利害資焉，非與官民俱有宿緣，必不可久。居此席者，自視不可過高，高則氣質用事，亦不可過卑，卑則休戚無關。

立心要正

諺云：『官斷十條路。』幕之制事亦如之。操三寸管，臆揣官事，得失半焉，所争者公私之别而已。公則無心之過，終爲輿論所寬，私則循理之獄，亦爲天譴所及。故立心不可不正。

自處宜潔

正心之學，先在潔守，守之不慎，心乃以偏。吾輩從事於幕者，類皆章句之儒，爲童子師，歲脩不過數十金，幕脩所入，或數倍焉，或十數倍焉，未有不給於用者。且官有應酬之費，而幕無需索之人，猶待他求，夫何爲者？昔有爲余説項者，曰：『此君操守可信。』余聞之怫然，客曰：『是知君語也，夫何尤？』余應之曰：『今有爲淑女執柯，而稱其不淫，可乎？』客大笑而去。

儉　用

古也有志，儉以養廉。吾輩游幕之士，家果素封，必不忍去父母，離妻子，寄人籬下。賣文之錢，事畜資焉。或乃强效豪華，任情揮霍，炫裘馬，美行幐，已失寒士本色。甚且嬖優童，狎娼妓，一讌之費，賞亦數金，分其餘貲，以供家用，嗷嗷待哺，置若罔聞。當其得意之時，業爲識者所鄙。或一朝失館，典質不足，繼以稱貸，負累既重，受恩漸多，得館之後，情牽勢絆，欲潔其守，終難自主，習與性成，身敗名裂。故吾輩喪檢，非盡本懷，欲葆吾真，先宜崇儉。

範　家

身之不儉，斷不能範家。家之不儉，必至於累身。寒士課徒者，數月之脩，少止數金，多亦不過十數金。家之人目擊其艱，是以節嗇相佐。游幕之士，月脩或至數十金，積數月寄歸，則爲數較多。家之人以其得之易也，其初不甚愛惜，其後或至浪費。得館僅足以濟，失館必至於虧，諺所謂擱筆窮也。故必使家之人皆知來處不易，而後可以相率於儉。彼不自愛者，其來更易，故其耗更速，非惟人事，蓋有天道矣。

檢點書吏

衙門必有六房書吏，刑名掌在刑書，錢穀掌在户書，非無諳習之人，而惟幕友是倚者。幕友之爲道，所以佐官而檢吏也。諺云：『清官難逃猾吏手。』蓋官統群吏，而群吏各以其精力，相與乘官之隙，官之爲事甚繁，勢不能一一而察之。唯幕友則各有專司，可以察吏之弊。吏無禄入，其有相循陋習，資以爲生者，原不必過爲搜剔。若舞弊累人之事，斷不可不杜其源。總之，幕之與吏，擇術懸殊，吏樂百姓之擾，而後得藉以爲利，幕樂百姓之和，而後能安於無事。

無端而吏獻一策，事若有益於民，其説往往甚正，不爲徹底熟籌，輕聽率行，百姓必受累無已。故約束書吏，是幕友第一要事。

省事

諺云：『衙門六扇開，有理無錢莫進來。』非謂官之必貪，吏之必墨也。一詞准理，差役到家，則有饌贈之資，探信入城，則有舟車之費。及示審有期，而訟師詞誣以及關切之親朋〔一〕，相率而前，無不取給於具呈之人，或審期更换，則費將重出。其他差房，陋規名目不一，諺云：『在山靠山，在水靠水。』有官法之所不能禁者，索詐之贓，又無論已。余嘗謂作幕者，於斬絞流徒重罪，無不加意檢點，其累人造孽，多在詞訟。如鄉民有田十畝，夫耕婦織，可給數口，一訟之累，費錢三千文，便須假子錢以濟。不二年，必至鬻田，鬻一畝則少一畝之入。輾轉借售，不七八年，而無以爲生。其貧在七八年之後，而致貧之故，實在准詞之初。故事非急切，宜批示開導，不宜傳訊差提。人非緊要，宜隨時省釋，不宜信手牽連。被告多人，何妨摘唤，干證分列，自可摘芟。少唤一人，即少累一人，諺云：『堂上一點硃，民間千點血。』下筆時多費一刻之心，涉訟者已受無窮之惠。故幕中之存心，以省事爲上。

校勘記

〔一〕『誣』，雙節堂雜録本作『證』。

詞訟速結

聽訟是主人之事，非幕友所能專主。而權事理之緩急，計道里之遠近，催差集審，則幕友之責也。示審之期，最須斟酌，宜量主人之才具，使之寬然有餘，則不至畏難自沮。既示有審期，兩造已集，斷不宜臨時更改。萬一届期别有他事，他事一了，即完此事，所以逾期之故，亦可曉然使人共知。若無故更改，則兩造守候一日，多一日費用，蕩財曠事，民怨必騰。與其准而不審，無若鄭重於准理之時。與其示而改期，無若鄭重於示期之始。昔有犯婦擬淩遲之罪，久禁囹圄，問獄卒曰：『何以至今不剮？剮了便好回去養蠶。』語雖惡謔，蓋極言拖延之甚於剮也。故便民之事，莫如聽訟速結。

息訟

詞訟之應審者，什無四五。其里鄰口角、骨肉參商細故，不過一時競氣，冒昧啟訟，否則有不肖之人，從中播弄。果能審理平情，明切譬曉，其人類能悔悟，皆可隨時消釋。間有准理後，親鄰調處，籲請息銷者，兩造既歸輯睦，官府當予矜全，可息便息，亦寧人之道。斷不可執持成見，必使終訟，傷閭黨之和，以飽差房之慾。

求生

『求生』二字，崇公仁心，曲傳於文忠公之筆，實千古法家要訣。法在必死，國有常刑，原非幕友所敢曲縱，其介可輕可重之間者，所争止在片語，而出入甚關重大。此處非設身處地，誠求不可，誠求反覆，必有一線生機可以藉手。余治刑名佐吏凡二十六年，入于死者，六人而已。仁和則莫氏之因姦而謀殺親夫者，錢塘則鄭氏之謀殺一家非死罪二人者，起意及同謀加功二人，平湖則犯竊而故殺其妻者，有毛氏一人，竊盜臨時行强而拒殺事主者，有唐氏一人。其他無入情實者，皆於初報時，與居停再三審慎，是以秋審之後，俱得邀恩緩減。是知生固未嘗不可求也。

慎初報

獄貴初情，縣中初報，最關緊要。駁詰之繁，累官累民，皆初報不慎之故。初報以簡明爲上，情節之無與罪名者，人證之無關出入者，皆宜詳審節删。多一情節，則多一疑竇，多一人證，則多一拖累，何可不慎？辦案之法，不唯入罪宜慎，即出罪亦甚不易。如其人應抵，而故爲出之，即死者含冤。向嘗聞鄉會試場，坐號之内，往往鬼物憑焉。余每欲出人罪，必反覆案情，設令死者於坐號相質，有詞以對，始下筆辦詳，否則不敢草草動筆。二十餘年來，可質鬼神者，此心如一日也。

命案察情形

命案出入，全在情形。情者，起衅之由，形者，争毆之狀。衅由曲直，秋審時之爲情實，爲緩決，爲可矜，區以别焉。争毆時所持之具，與所傷之處，可以定有心無心之分。有心者爲故殺，必干情實，無心者爲鬭殺，可歸緩決。且毆狀不明，則獄情易混，此是出入最要關鍵。審辦時，必須令仵作與兇手照供比試，所敘詳供，宛然有一争毆之狀，鑿鑿在目，方無游移干駁之患。

盜案慎株累

贓真則盜確，竊賊亦然。正盜正竊，罪無可寬，所尤當慎者，在指扳之人，與買寄贓物之家，往往擇殷而噬，藉端貽累。指扳之人，固須質審，其竝無實據者，亦可摘釋。至不知情而買寄贓物，律本無罪，但不得不據供查弔。向嘗不差捕役，止令地保傳諭，檄内注明：『有則交保，不須投案，無則呈剖，不許帶審。』亦從無匿贓不繳，自干差提者。此亦保全善類之一法。蓋一經差提，不唯多費，且竊盜拖累，幾爲鄉里之所不齒。以無辜之良民，與盜贓庭質，非賢吏之所忍也。

嚴治地棍

吏治以安良爲本，而安良莫要於去暴。里有地棍，比户爲之不寧，訛借不遂，則造端訐告。其尤甚者，莫如首賭首娼，事本無憑，可以將宿嫌之家一網打盡，無論冤未即雪，即至審誣，而破家蕩産相隨屬矣。惟專處原告，不提被呈，則善良庶有賴焉。惟是若輩倚胥吏爲牙爪，胥吏倚若輩爲腹心，非賢主人相信有素，上水之船，未易以百丈牽矣。

讀律

幕客佐吏，全在明習律例。律之爲書，各條具有精藴。仁至義盡，解悟不易，非就其同異之處，融會貫通，鮮不失之毫釐，去之千里。夫幕客之用律，猶秀才之用《四子書》也。《四子書》解誤，其害止於考列下等，律文解誤，其害乃致延及生靈。昔有友人辦因姦拐逃之案，意在開脱姦夫，謂是姦婦在逃改嫁，竝非因姦而拐。後以婦人背夫自嫁，罪干繯首，駁詰平反，大費周折。是欲寬姦夫之遣，而幾入姦婦於死，所謂知其一不知其二也。故神明律意者，在能避律，而不僅在引律。如能引律而已，則懸律一條，以比附人罪，一刑胥足矣，何藉幕爲？

讀書

學古入官，非可責之幕友也。然幕友佐官爲治，實與主人有議論參互之任，遇疑難大事，有必須引經以斷者，非讀書不可。向在秀水時，有陶氏某，以長房獨子出繼叔父，生五子，而長子故絶。例得以次子之子爲後，其三子謀以己子後其伯兄，因乘父故僞託遺命，令仲子歸嗣本生。祖次房者謂以孫禰祖，禮難歸繼，祖三房者謂本生有子而無後，於情不順，歸繼之説，未爲不可。薦紳先生紛如聚訟，上臺檄下縣議，余亦無能執中。長夜求索，忽記《禮經》『殤與無後者，祔食於祖』之文，爰佐令君持議，謂彌祖之論，必不可行，陶某既出繼叔後，斷難以子歸繼本宗，本宗有子而絶，情有難安，請以其主祔食伊父，聽陶某子孫奉祀。大爲上臺所賞。後在烏程，有馮氏子，因本宗無可序繼，自撫姑孫爲後。及其卒也，同姓不宗之馮氏，出而争繼，太守允焉。余佐令君持議，據宋儒陳氏《北溪字義》『系重同宗，同姓不宗，即與異姓無殊』之説，絶其争端。向非旁通典籍，幾何不坐困耶？每見幕中公暇，往往飲酒圍棊，閒談送日，或以稗官小説，消遣自娱，究之無益身心，無關世務。何若屏除一切，讀有用之書，以之制事，所裨豈淺鮮哉？

婦女不可輕喚

提人不可不慎，固已，事涉婦女，尤宜詳審，非萬不得已，斷斷不宜輕傳對簿。婦人犯罪則坐男夫，具詞則用抱告，律意何等謹嚴，何等矜恤！蓋幽嫺之女，全其顔面，即以保其貞操，而妒悍之婦，存其廉恥，亦可杜其潑横。吾師孫景溪先生，諱爾周，言令吴橋時，所延刑名幕客葉某者，才士也。一夕方飲酒，偃仆於地，涎沫横流，氣不絶如縷，歷二時而甦。次日齋沐閉户，書黄紙疏，親赴城隍廟拜燬。回署後，眠食若平常。越六日又如前偃仆，良久復起，則請遷居外寓。詢其故，曰：『吾八年前館山東館陶，有士人告惡少子調其婦者，當核稿時，欲屬居停專懲惡少子，不必提婦對質。友人謝某云：「此婦當有姿首，盍寓目焉？」余以法合到官，遂唤之。已而婦投繯死，惡少子亦坐法死。今惡少子控於冥府，謂婦不死，則渠無死法，而婦之死，實由内幕之傳唤。館陶城隍神關提質理，昨具疏申剖，謂婦被惡少子所調，法合到官，且唤婦之説，起於謝某。城隍神批准關覆，是以數日幸得無恙。頃又奉提，謂：「婦被調之後，夫已告官，原無意於死，及官傳質審，始忿激捐生。而傳質之意，在窺其色，非理其冤。念雖起於謝某，筆實主於葉某，謝已攝至，葉不容寬。」余必不免矣。』遂爲之移寓於外，越夕而隕。夫以法所應傳之婦，起念不端，尚不能倖逃陰譴，況法之可以不傳者乎？

差票拒捕宜察

余族居鄉僻，每見地總領差，勾攝應審犯證，勢如狼虎，雖在衿士，不敢與抗，遇懦弱農民，需索尤甚，拂其意則厲聲呵詬。或自毁官票，以拒捕禀究。人皆見而畏之，無敢公然與之相觸。夫兇盜重犯，自問必死，拒捕之事，間或有之。若户婚田債細故，兩造平民，必無敢毁票以拒者。拒捕之禀，半由索詐而起。然一以拒捕傳質，即至審虚，民不堪命矣。余在幕中遇此等事，直將毁票存銷，改差承行，止就原案辦理，其果否拒捕，屬主人密加確訪，而改差票内不及拒捕之説，以免串詐。然其事每訪輒虚，故差禀拒捕，斷斷不可偏聽。

須爲犯人著想

親民之吏，分當與民一體，況吾輩佐吏爲治，身亦民乎？嘗見幕友，位置過高，居然以官體自處，齒鮮衣輕，漸不知民間疾苦。一事到手，不免任意高下，甚或持論未必全是，而强詞奪理，主人亦且曲意從之，恐其中作孽不少。余在幕中，襄理案牘，無論事之大小，必静坐片刻，爲犯事者設身置想，并爲其父母骨肉通盤籌畫。始而怒，繼而平，久乃覺其可矜。然後與居停商量，細心推鞫，從不輕予夾桚，而真情自出。故成招之案，鮮有翻異，以此居停多爲上臺賞識，余亦藉以藏拙，無賦閒之日。故佐治所忌，莫大乎心躁氣浮及拘泥成見。

勿輕引成案

成案如程墨然，存其體裁而已。必援以爲準，刻舟求劍，鮮有當者。蓋同一賊盜，而糾夥上盜，事態多殊，同一鬭毆，而起衅下手，情形迴别，推此以例其他，無不皆然。人情萬變，總無合轍之事，小有參差，即大費推敲。求生之道在此，失入之故亦在此，不此之精辯，而以成案是援，小則翻供，大則誤擬，不可不慎也。

訪案宜慎

恃才之官，喜以私人爲耳目，訪察公事。彼所倚任之人，或摇於利，或蔽於識，未必俱可深信。官之聽信，原不可恃，全在幕友持正不撓，不爲所奪。若官以私人爲先入幕，復以浮言爲確據，鮮不僨事。蓋官之治事，妙在置身事外，故能虚心聽斷。一以訪聞爲主，則身在局中，動多挂礙矣。故訪案慎勿輕辦。

勤事

辦理幕務，最要在勤。一事入公門，伺候者不啻數輩，多延一刻，即多累一刻。如鄉人入城探事，午前得了，便可回家。遲之午後，必須在城覓寓，不惟費錢，且枉廢一日之事。小民以力爲養，廢其一日之事，即缺其一日之養。其羈管監禁者，更不堪矣，如之何勿念？況事到即辦，則頭緒清楚，稽查較易。一日積一事，兩日便積兩事。積之愈多，理之愈難，勢不能不草率塞責。訟師猾吏，百弊叢生，其流毒有不可勝言者。譬舟行市河之中，來者自來，往者自往，本無壅塞之患。一舟留滯，則十百舟相繼而阻，而河路有擠至終日者矣。故能勤則佐劇亦暇，暇自心清，不勤則佐簡亦忙，忙先神亂。

須示民以信

官能予人以信，人自帖服。吾輩佐官，須先要之於信。凡批發呈狀，示審詞訟，其日期早晚，俱有定準，則人可依期伺候，無廢時失業之慮。期之速者，必致輿人之誦，即克日稍緩，亦可不生怨讟。第欲官能守信，必先幕不失信。蓋官苟失信，幕可力争，幕自失信，官或樂從。官之公事甚繁，偶爾偷安，便踰期刻，全在幕友隨時勸勉。至於幕友不能克期，而官且援爲口實，則官之不信，咎半在幕也。

勿輕出告示

條教號令，是道齊中一事。告示原不可少，然必其事實有關係，須得指出利弊，與衆共喻，或勸或戒，非託空言，方爲有益。若書吏視爲故紙，士民目爲常談，抄録舊稿，率意塗飾者，儘可不必。非惟省事，亦可積福。每見貼示之處，牆下多有陽溝，及安設糞缸、溺桶之類，風吹雨打，示紙墮落穢中，褻字造孽，所損正不細耳。

慎交

廣交游，通聲氣，亦覓館一法，然大不可恃。得一知己，可以不憾。同心之友，何能易得？往往所交太濫，致有不能自立之勢，又不若硜硜自守者，轉得自全。且善善惡惡，直道在人。苟律己無媿，即素不相識之人，亦未嘗不爲引薦。況交多則費多，力亦恐有不暇給乎？

勿攀援

登高之呼，其響四應。吾輩聲名所繫，原不能不藉當道諸公齒牙獎借。然彼有相賞之實，自能説項，如攀援依附，事終無補。非必其人之挾貴自大也，即甚虚懷下士，而公務殷繁，勢不能懸榻倒屣。司閽者又多不能仰體主人之意，懷刺投謁，徒爲若輩輕薄，甚無謂也。總之彼須用我，自能求我，我若求彼，轉歸無用。故吾道以自立爲主。

辨事勿分畛域

州縣幕友，其名有五，曰刑名，曰錢穀，曰書記，曰挂號，曰徵比。劇者需才至十餘人，簡者或以二三人兼之。其事各有所司，而刑名、錢穀實總其要，官之考成倚之，民之身家屬之。居是席者，直須以官事爲己事，無分畛域，知無不言，言無不盡而後可。蓋宅門以内，職分兩項，而宅門以外，官止一人。諺云：『一人之謀，不敵兩人之智。』如以事非切己，坐視其失，而不置一詞，或以己所專司，不容旁人更參一解，皆非敬公之義也。特舍己從人，其權在我，而以局外之人，効千慮之得，則或宜委婉，或宜徑直，須視當局者之性情而善用之，否則賢智先人，轉易激成乖剌耳。

勿輕令人習幕

吾輩以圖名未就，轉而治生。惟習幕一途，與讀書爲近，故從事者多。然幕中數席，惟刑名、錢穀歲脩較厚，餘則不過百金内外，或止四五十金者。一經入幕，便無他途可謀，而幕脩之外，又分毫無可取益。公事之稱手與否，主賓之同道與否，皆不可知，不合則去，失館亦常有之事。刑名、錢穀諳練而端方者，當道每交相羅致，得館尚易，其他書記、挂號、徵比各席，非勢要吹噓，即刑、錢引薦，雖裕有用之才，潔無瑕之品，足以致當道延訪者，什無一二，其得館較難。以脩脯而計，刑、錢一歲所入，足抵書、號、徵比數年。即失館缺用，得館之後，可以彌補。若書、號、徵比，得館已屬拮据，失館更費枝梧。且如鄉里課徒及經營貿易，緼袍疏食，勤儉有素。處幕館者章身不能無具，隨從不能無人，加以慶弔往還，親朋假乞，無一可省。歲脩百金，到家亦不過六七十金。八口之家，僅足敷衍，萬一久無就緒，勢且典貸無門。居處既習於安閒，行業轉難於更改，終身坐困，始基誤之。故親友之從余習幕者，余必先察其才識，如不足以造就刑、錢，則四五月之内，即令歸習他務。蓋課徒可以進業，貿易可以生財，『作幕』二字，不知誤盡幾許才人，量而後入，擇術者不可不自審也。

須體俗情

幕之爲學，讀律尚已。其運用之妙，尤在善體人情。蓋各處風俗，往往不同，必須虚心體問，就其俗尚所宜，隨時調劑，然後傅以律令，則上下相協，官聲得著，幕望自隆。若一味我行我法，或且怨集謗生。古云『利不百不興，弊不百不除』，真閲歷語，不可不念也。

戒已甚

余嚮在胡公幕中初讀律書時，惴惴焉恐不能習幕是慮。友人駱君炳文，端方諳練，獨嚴事之。嘗語余曰：『以子之才之識，爲人佐治，所謂儒學醫、菜作齏者，非不能之患，正恐太能耳。』余請其故，曰：『衙門中事，可結便結。情節之無大關係者，不必深求。往往恃其明察，一絲不肯放過，則枝節横生，累人無已，是謂已甚，聖賢之所戒也。』余心識之不敢忘。數十年來，覺受此語之益甚多。

公事不宜遷就

實之佐主，所辦無非公事，端貴和衷商酌，不可稍介以私。私之爲言，非必己有不肖之心也。持論本是，而以主人意見不同，稍爲遷就，便是私心用事。蓋一存遷就之見，於事必費斡旋，不能適得其平。出於此者，大概爲館所羈絆。不知吾輩處館，非惟賓主有緣，且於所處之地必有因。果千慮之得有所利，千慮之失有所累，小者尚止一家，大者或徧通邑，施者無恩怨之素，受者忘報復之端。所謂緣也，宿緣有在，雖甚齟齬，未必解散，至於緣盡留戀，亦屬無益。且負心之與失館，輕重懸殊，何如秉正自持，不失其本心之爲得乎？

勿過受主人情

合則留，不合則去，是處館要義。然有不能即去者，不僅戀館之謂也。平日過受主人之情，往往一時卻情不得。歲脩無論多寡，餽稟稱事，總是分所應得。此外多取主人分毫，便是情分。受非分之情，或不得不辦非分之事。故主賓雖甚相得，與受必須分明。即探支歲脩，亦宜有節，探支過度，則遇有不合，勢不得潔身而去矣。

去館日勿使有指摘

官之得民與否，去官日見真。幕之自愛與否，去館日畢露。佐主人爲治，須算到去官日，不可令惡聲至耳。與主人相處，須算到去館日，不可有遺議敗名。總之官之得民，要在清勤慈惠，故苛細者與闒冗交譏。幕之自愛，要在廉慎公勤，故依回者與剛愎同病。

就館宜慎

幕賓之作善作不善，各視乎其所主。賓利主之脩，主利賓之才，其初本以利交。第主賓相得，未有不以道義親者。薰蕕强合，必不可久。與其急不暇擇，所主非人，席不暖而遽去之，不若於未就之前，先爲慎重，則彼我同心，自無掣肘之患，愈久而愈固，異己者亦不得而間之。余自維樸戇，故就館最慎，然從無半途割席之事，職是故也。昨留别同事諸君，有『一事留將同輩述，卅年到處主人賢』之句，不可謂非天幸矣。通計幕游，自壬申春迄乙巳秋，凡三十四年，惟始二年主者爲外舅王坦人先生，不在賓主之數，餘所主凡十六人，其中無錫、慈谿二處皆偶託也，實則十四人而已。具詳於左。

乾隆十九年甲戌二月，館常州府知府胡公幕。公諱文伯，字偶韓，山東海陽人。其年冬，遷蘇松常鎮太糧儲道，余偕行。明年胡公督運臨清，余病不能與俱，假館無錫縣魏君幕。魏君諱廷夔，直隸柏鄉人。至六月仍回胡公幕。凡主胡公者六年，乾隆二十四年十二月，余欲專治刑名，受長洲縣聘，辭之歸。乾隆二十五年正月，館長洲縣鄭君幕。君諱毓賢，山東濟寧人。是年十二月，以秀水縣孫景溪師召，辭之歸。乾隆二十六年二月，館秀水縣幕。景溪師諱爾周，山東昌邑人，余受業師也。至次年八月，陞河南開封府同知去官，余即受平湖縣劉君聘，是月至平湖。劉君諱國烜，號冰齋，奉天人。乾隆三十二年正月，陞江西九江府吴城同知去官，余即受仁和縣李君聘，二月至仁和。李君諱學李，陝西三原人。是年十月緣事去官，余即受烏程縣蔣君聘，是月至烏程。蔣君諱志鐸，號振菴，奉天人。至次年五月緣事去官，接任者爲戰君，名效曾，號魯村，直隸寧津人，延余接辦。九月叨鄉薦，十二月以會試辭歸。乾隆三十四年五月，下第回，館錢塘芮公幕。公名泰元，號亨齋，雲南泰和人。至三十五年十二月，以會試辭歸。乾隆三十六年五月，下第回，受海寧劉君聘。以故人戰君官嘉善，辭不獲，因卻海寧聘，至嘉善。七月，戰君調富陽，余偕行。九月，孫公諱含中，號西林，來官寧紹台兵備道，公景溪師子也，義不可辭，乃去富陽，館寧波道幕者四月。十二月以會試辭歸。乾隆三十七年五月，下第回。海寧劉君復以聘來，七月至海寧。劉君名雁題，號仙圃，河南光山人。居海寧者二年餘，至三十九年八月，海寧縣升爲州，劉君解官，余歸里。乾隆四十年，會試成進士後，丁母憂歸。九月館慈谿黄君幕。君名元煒。不一月辭歸。時戰君已由歸安陞海寧州，以聘來，復就海寧。十二月以平湖劉君尋舊約，辭之歸，劉君前海寧令也。乾隆四十一年正月至平湖，凡四年餘。乾隆四十五年，劉君陞杭州東海防同知。余受署烏程縣興君聘，是年五月至烏程。興君名德，號勉菴，滿洲人。至四十六年四月，前令徐君回任，延余接辦。徐君名朝亮，山東萊陽人。六月，徐君丁憂去官，余歸里。是年九月，受龍游王君聘，十月至龍游。王君名士昕，號晴川，奉天義州人。居龍游一年餘。乾隆四十七年七月，王君調任歸安，余偕行。居歸安三年餘，乾隆五十年八月，王君以母老告養解官，余歸里。

佐治藥言跋

《佐治藥言》四十則，吾友汪君焕曾游幕之學也。焕曾秉兩節母義方之訓，守身如執玉，自爲諸生至成進士，以讀律爲養。爲人至性純篤，尚氣誼，慎交游，與之處者久而益摯。佐州縣吏數十年，聲稱爛然，獨不受主者關防。嘗曰：『閑邪以存誠，是方寸中事。未嘗以非禮自冒，而主人防其非禮，是猶遇守貞之女，而曰若無誨淫也，其誰能受之？受之而甘焉，轉恐不可問矣。夫主之與賓，不盡素識，猝然舉身名以任之，關防固其所也。第陰察其實，而不陽著其目，則不賢者無可隱，而賢者有以自居，斯兩得之耳。』聞者韙其論，以故爲之主者無不推誠相倚，焕曾亦不以形迹自拘，凡游跡所至，邑之魁儒碩士，常相晋接，因得周知其地之俗尚人情，措之於事，緩急相協，人亦莫敢干以私者。

余嘗過其幕齋，經史鱗比，而所爲幕學之書，百無一二。客爲予言，其佐理官事，率有恒度，雖在劇邑，日不過三二時便了，暇則讀書自娱。辨色起，丙夜方息，不以寒暑少閒，遇公讌，必以漏刻補之。韓子有言，業精於勤，豈不誠然乎哉？今將身自爲治，録素所自勖者，授其甥孫君蘭啟。余從蘭啟假而讀之，大旨律己以立品爲先，佐人以盡心爲尚，以儉爲立品之基，以勤爲盡心之實，讀律以裕其體，讀書以通其用，乃知佐治之不易如此，而益歎焕曾之所以到處有逢迎者，非無本也。

夫在官之身，百務叢焉，簿書期會之繁，勢不能不分寄於幕賓之手，幕賓之責，實佐官以理民。顧號稱名士，以風流自賞者，往往不耐碎瑣，一切以闊略付之，而墨守律令之士，又拘文牽義，唯兢兢焉主人之考成是顧，其弊也，操切爲道。吏治之未能盡肅，安在不由於是耶？循是編而三復之，賓盡其心，主勤其職，事不隳而民無擾，仁人之言，其利不且溥歟？古之言吏治者多矣，未有及幕賓之佐治者，余故急付剞劂以廣其傳云。

乾隆五十一年二月，古歙鮑廷博跋。

書佐治藥言後

疇昔正夢食書而嗛，既寤，喉咯咯作楮氣，旦而得汪君所詒《佐治藥言》。味其言，軌迹夷易，令今可行也。叔孫穆子曰：『匏葉不材於人，供濟而已。』韋曜讀材若裁，言不可食，而可佩以度水也。《論語》曰：『吾豈匏瓜也哉？焉能繫而不食？』其告季路氏，則曰：『無所取材。』汪君服官，政行道以濟天下，無論已。若其書芻豢尗粟，可食之書也。宗琰溝瞀，固陋於吏事，若涉大水無津涯。鄭氏《詩箋》曰：『匏葉苦而渡處深，夫苦藥也。』他日佩是書以濟以食，取其材矣。夢其告之矣，書於後以識其徵焉。

乾隆丙午二月晦日，同里王宗琰。

續佐治藥言

續佐治藥言目録

續佐治藥言

摘喚須詳慎

省事之説，大屬不易。蓋詞之訐控多人者，必有訟師主持其事，或以洩忿旁牽，或以左袒列證，不墮其術，往往以經承弊脱爲詞，百計抵怨，甚且含沙射影，妄指幕友關通，啟官疑竇。故核稿時，必須細加衡量，主人庭訊應問及者，方予傳喚，則凡摘釋之人，自有確然可删之故。遇有刁怨，無難明白批斥，使訟師不敢肆其譸張，庶株蔓之風漸息，而無辜不致受累矣。

批駁勿率易

一詞到官，不惟具狀人盛氣望准，凡訟師差房，無不樂於有事，一經批駁，群起而謀抵其隙。批語稍未中肯，非增原告之冤，即壯被告之膽，圖省事而轉釀事矣。夫人命姦盜及棍徒肆横，原非常有之事，一切口角争鬭，類皆户婚細故，兩造非親則故，非族則鄰，情深累世，衅起一時，本無不解之讐。第摘其詞中要害，酌理準情，剴切諭導，使弱者心平，强者氣沮，自有親鄰調處。與其息於准理之後，費入差房，何如曉於具狀之初，誼全媚睦？

核詞須認本意

諺云：『無謊不成狀。』每有控近事而先述舊事，引他事以曲證此事者，其實意有專屬，而訟師率以牽摭爲技，萬一賓主不分，勢且糾纏無已。又有初詞止控一事，而續呈漸生枝節，或至反賓爲主者，不知所以翦裁，則房差從而滋擾。故省事之法，第一在批示明白。

人命宜防牽連

前明徐相國階柄政時，作家書示子弟，尚誡命案不可牽涉，何況尋常百姓？余鄉居，見命案列證，便舉家惶駭，往往有兇犯赤貧，累歸詞證者。故在館閲報詞，非緊要人證，即屬主人當場省釋，不命令入城〔一〕。應取保者，訊後立追保狀，然猶聞有官保私押之事，一日不歸，則其家一日不寧，如之何勿念？至路斃案件，差保無可生發，每將地主牽入，此則真屬無辜，尤須屬主人禁絶。核稿時，更宜字字檢點，以防株累。

校勘記

〔一〕『命令』，雙節堂雜録本作『令』。

侵佔勿輕查勘

豪强侵佔，律所不容。若世業相承，重加修整，或本非官産，原聽民便，往往地棍藉端挾持，需索不遂，即飾詞訐控，一經准理，必先差查。差查不已，必須勘斷。官或不暇遽及，則棍差朋比，費已不訾。此等借名啟訟之人，多非善類，能於呈控時嚴切批斥，使小人畏法，固爲上策。否則，催主人速勘嚴懲，必有陰受其福者矣。

勘案宜速結

事關田房墳墓，類須勘結。官事甚殷，安能日履山澤？且批勘之後，凡遇催詞，無可費心。故批勘最易，不知疆界不清，每易釀成他故。如按圖辨址，核計魚鱗弓口券册明著者，或批斷，或訊斷，自能折服其心。不得已而批勘，須屬主人爲之速結，使造葬無稽，亦所全不少。至示勘有期，勢必多人守候，尤萬萬不宜臨期更改。

押犯宜勤查

案有犯證，尚須覆訊者，勢不能不暫予羈管，繁劇之處，尤所多有。然羈管之弊，甚於監禁，蓋犯歸監禁，尚有管獄官時時稽查，羈管則權歸差役，差不遂慾，則繫之穢處，餓之終日，恣爲陵虐，無所不至，至有釀成人命，賠累本官者。若賊犯久押，則縱竊分肥，爲害更大。此等人犯，官雖畢記，全在幕友立簿檢察，以便隨時辦結。即官有代任，幕有替人，亦可免賄脱之患。

勿輕易僉差

訟一僉差，兩造不能無費，即彼此相安息銷，亦且不易。余向佐主人爲治，惟必訊之案，方僉差傳唤。其餘細事多批族親查理，或久而不覆，經承禀請，差催從不允行，亦不轉票。蓋事可寢擱，必其氣已平，因而置之，有益無損，加以差催，轉多挑撥矣。且族親縱有袒護，終不敢盡没其真，役則惟利是視，更不可信也。

宜隨機杜弊

地方風氣，以官爲轉移。地棍揣摩，即視官爲迎合。官有善政，未始不資若輩厲階。如官懲賭博，則棍首局誘；官治小錢，則棍訐攙和；官清水利，則棍控侵佔；官嚴鬭毆，則棍飾僞傷；官禁錮婢，則棍告佔揹；官恤窮佃，則棍訟業横。如此之類，悉數難終。大概有一利，必有一弊，甚且利少而弊多。全在幕友因利察弊，力究寃誣，固不可因噎廢食，斷不宜乘風縱火。使棍姦可戢，官法可行，則平民自安無事之福矣。

草供未可全信

罪從供定，犯供最關緊要。然五聽之法，辭止一端，且録供之吏，難保一無上下其手之弊，據供定罪，尚恐未真。余在幕中，凡犯應徒罪以上者，主人庭訊時，必於堂後凝神細聽，供稍勉强，即屬主人覆訊。常戒主人不得性急用刑，往往有訊至四五次及八九次者。疑必屬訊，不顧主人畏難，每訊必聽，余亦不敢憚煩也。往歲壬午八月，館平湖令劉君冰齋署，會孝豐事主行舟被劫，通詳緝捕。封篆後，余還里度歲，而邑有回籍逃軍曰盛大者，以糾匪搶奪被獲，訊爲劫案正盜。冰齋迓余至館，檢閱草供，凡起意糾夥上盜，傷主劫贓，俵分各條，無不畢具，居然盜也，且已起有藍布綿被，經事主認確矣。當晚屬冰齋覆勘，余從堂後聽之，一一輸供，無懼色。顧供出犯口，熟滑如背書然，且首夥八人，無一語參差者，心竊疑之。次晚，復屬冰齋故爲增減案情，隔别再訊，則或認，或不認，八人者各各歧異，至有號呼訴枉者，遂止不訊，而令庫書典税書，依事主所認布被顔色新舊，借購二十餘條，余私爲記别，雜以事主原認之被，屬冰齋當堂給認，竟懵無辨識。於是提犯研鞫，僉不承認，細詰其故，蓋盛大到官之初，自意逃軍犯搶，更無生理，故訊及劫案，信口妄承，而其徒皆附和之。實則被爲己物，裁製有人，即其本罪，亦不至於死也，遂脱之。越二年，冰齋保舉知府引見，而此案正盜由元和發覺，起贓主認，冰齋回任，赴蘇會審定案。初余欲脱盛大時，闔署譁然，謂余枉法曲縱，不顧主人考成。余聞之，辭冰齋，冰齋勿聽。余曰：『必欲余留止者，非脱盛大不可。且失贓甚多，而以一疑似之被，駢戮數人，非惟吾不忍以子孫易一館，爲君計，亦恐有他日累也。』然短余者猶竊竊然私議不止，幸冰齋不爲動。至是冰齋語余曰：『曩力脱盛大，君何神耶！』余曰：『君不當抵罪，吾不當絶嗣耳。』蓋余自此益不敢以草供爲據矣。

上臺駁批宜細繹

初報宜慎，前已言之。或奉上臺駁詰，尤須詳繹。蓋駁法不一，有意在輕宥，而駁故從重者；有意在正犯，而駁及餘證者。非虚心體會，易致歧誤。至案可完結，而碎瑣推敲，萬勿稍生煩厭，付以輕心。若主人所持甚正，與上臺意見參差，必當委曲措詞，以伸主人之意。斷不可游移遷就，使情罪不符，亦慎毋使氣矜才，致上下觸忤。

不受關防先宜謹敕

關防之名〔一〕，必不可受，而可以不受關防之故，全在謹敕。朋友爲五倫之一，主賓特朋友之一，重一主人而盡疎朋友，固非端人之所以自處。然因主人不我關防，而律己不嚴，將聲名有玷，爲主人輕薄，終有不得不受關防之勢。故親友往來，必須令主人知名，有事出宅門，亦須令主人確知所往，事事磊落光明，主人察其可信，自不敢露關防之迹。否則，主人舉身家以聽，安能禁其不加體訪也？

校勘記

〔一〕底本無『名』字，據雙節堂雜録本補。

須成主人之美

吾言不合則去，非悻悻也。人之才質，各有所偏。賓之於主，貴相其偏而補之，審於韋弦水火之用，始盡佐治之任。不合云者，必公事實有不便，不可全以意氣矜張。主人事有未善，分當範之於善，不能就範，則引身而退，是謂不合則去。若吾説雖正，而主人别有善念，此則必須輾轉籌畫，以成其美，方於百姓有益，斷不宜堅持不合之義，艴然舍去，即諺所云『公門中好修行』矣。

處久交更難

人知賓主初交不易，而不知交久更難。蓋到館之始，主人情誼未甚浹洽，盡我本分，可告無媿。若相處多年，其爲契合可知。交既投契，議論必有裨益，官聲所繫，須事事爲之謀出萬全。任勞分謗，俱義所應得，引嫌避怨，便失朋友之道。特不可恃主人倚重，挾勢以濟其私耳。

賓主不可忘形

交至忘形，方爲密契。獨吾輩之於主人，賓主形迹，斷不可略。蓋幕客之得盡其言以行其志，全在主人敬以致信，一言一動，須主人有不敢簡慢之意。忘形則易狎，狎則玩心生，而言有不聽者矣。余與光山劉君仙圃甚洽，仙圃令平湖時，欲聯齒敘之歡。余曰：『俟去館日如命。』同事者多笑之，仙圃不余訝也。故仙圃陞任，余贈别詩有『形迹略存賓主分，情懷雅逼弟兄真』之句，蓋紀實云。

不宜經手銀錢

署中銀錢出入，其任甚重，其事甚瑣，不惟刑名幕友不可越俎，即錢穀職司會計，亦止主簿籍之成、筦贏絀之數而已，出入經手，非其分也。蓋既經手銀錢，勢不能不計較節嗇，其後必爲怨府。況權之所歸，將有伺顔色、逢意旨者，而公事多礙，人品因之易壞。且出入簿記，一時難以交卸，雖有不合，亦不能去，如之何其自立耶？

勿求全小節

入幕以賓爲名，主人禮貌盛衰，即敬肆所别。大段儀文，何可不講？若誠意無渝，則小節亦須從略。飲饌之類，當視主人之自奉何如，果其自奉素豐，而儉以待我，是謂不誠，若待我雖儉，而已豐於彼之自奉，即爲加禮，更不宜瑣瑣求全。鄉客胡觀察文伯處，因言肉敗，責逐庖丁，常以爲悔，故後來歷幕，從不以口腹責人。至主人所用僕從，大率不知大體，萬不可稍假詞色，或啟干求之漸。若此小過失，量爲包容，亦遠怨之一端也。

勿忘本計

鬻文爲活，非快意事，固不可有寒乞相，使主人菲薄。而本來面目，却須時時自念。食饒粱肉，念家有應贍之妻孥，自不忍從粱肉外更計肥甘。賚及優伶，念家有待濟之戚友，自不暇向優伶中妄博歡笑。且客中節一錢之費，則家中贏一錢之資。家食無虧，行裝可卸，又何必以衰年心力，長爲他人肩憂患哉？

囚關絶祀者尤宜詳審

外舅王坦人先生諱宗閔，令金山時，余初入幕平湖。楊君硯耕爲外舅故交，時從山西來，言雍正年間，嘗館虞鄉，主人兼署臨晉縣，有疑獄久未決，主人素負能名，不數日鞫實，乃弟毆胞兄至死，遂秉燭擬罪。屬稿畢，夜已過半，未及滅燭而寢。忽聞牀上鉤鳴，帳微啟，以爲風也，復寐。少頃，鉤復鳴，驚寤，則帳懸鉤上，有白鬚老人跪牀前叩頭，叱之不見。几上紙翻動有聲，急起視，即擬讞稿也。反覆細審，罪實無枉，惟兇手四世單傳，其父始生二子，一死非命，一又伏辜，則五世之祀絶矣。獄無可疑而以疑久宕，殆老人長爲乞憐耳，因毀稿存疑如故。後聞今皇帝御極大赦，是案竟以疑宥。余聞而謹識之，故凡遇父子兄弟共犯者，尤加意審慎焉。

定罪時有鬼物憑依

乾隆二十年間，浙江司臬同公嘗爲人言，辦秋審時，夜將半，令小僮提鐙，親至各房科察看，皆滅燭酣睡。一室燈獨明，穴牕紙視之，一老吏方手治文書，几案前一白髮翁，一年二十許婦人，左右侍，心甚駭異。俄見吏毁稿，復書訖，婦人斂衽退。吏別檢一卷，坐良久，書籤，白髮翁亦長揖不見。遂入署傳詰此吏。先書者爲台州因姦致死之案，本犯爲縣學生，初意憐才，欲請緩決，後以敗檢釀命，改擬情實。後書者爲寧波索欠連毆致死之案，初意欲請情實，後念衅由理直，情急還毆，與逞兇不同，故擬緩決。然則年二十許者，爲捐軀之婦，白髮翁乃兇手之先人矣。吏之擬稿，不過請示，鬼猶瞯之，況秉筆定罪者，可勿慎歟？

删改自首之報

余館秀水時，幕寮在三堂東，又東爲内宅門，門外東南爲庖廚。室故爲樓，甚宏敞，版梯久毁，西向尚懸『愛日樓』匾額。天陰雨，輒聞鬼泣聲。令君孫景溪先生，徧詢署中人，無知其故者。一老吏年八十餘，言：『康熙時，令有母，喜誦佛號，始創此樓奉佛。雍正初年，刑名幕友胡姓歙人，盛夏不欲人見，因獨處樓中。凡案牘飲饌，縋而上下。一日薄暮，聞樓頭慘號聲，從者急梯而上，則胡赤身仰卧，自剸刃於腹，刲肌膚如刻畫，血被體。問之，曰：「向客湖南某縣，有婦與人私，夫爲私者所殺，婦首於官。吾恐主人罹失察處分，作訪拏詳報，擬婦淩遲。頃見金甲神率婦上樓，刃吾腹，他不知也。」號呼越夕而死。嗣常見形，樓頭版梯所由撤也。』先生爲文懺之，後稍戢。今不知庖廚有更易否。夫《律例》一書，於明刑之中矜恤曲至，犯罪自首一條，網開一面，乃求生之路。删改而致之重辟，是死於我，非死於法也，鬼之爲厲宜矣。

事關入罪者口宜謹

諺云：『好動扶人手，莫開殺人口。』居幕席者更當三復此言。昔吴興某，以善治錢穀有聲，爲當事某公所慢。會故人子官浙中大僚，某訐其侵盜陰事，竟成大獄。獄甫定，某忽自齧其舌，至本潰以死。頃讀無錫諸類谷先生《洛近稿》，載其邑人張希仲事，尤可鑑也。希仲館歸安令裘魯青署。歸安有民婦與人私，而所私殺其夫者，獄具，裘以非同謀，欲出之。時希仲在座，大言曰：『趙盾不討賊爲弑君，許世子不嘗藥爲弑父。《春秋》有誅意之法，是不可縱也。』婦竟論死。後希仲夢一女子披髮持劍，搏膺而至，曰：『我無死法，爾何助之急也！』以刃刺之。旦日其刺處痛甚。自是夜必來，遂歸。歸數日，鬼復至，愈厲，使巫視之，如夢，竟死。夫某公侵盜有據，於法得死，宜爲大僚所治，某言非虛妄。特意出於私，尚罹陰禍，況傳聞有未實者乎？若希仲誅意之説，非法家所忍言，宜爲鬼讐矣。吾輩讀律佐治，身當其任，自不得曲法姑寬。如不在其位，又何忍下石耶？

仁恕獲福

外舅之母舅韓其相先生，榜姓何，名大鏞。居蕭山之迎龍閘。爲諸生時，工刀筆，久困場屋，且無子。館公安縣幕，治刑名，絶意進取。雍正癸卯，夢神人召而語之曰：『汝因筆孽多，盡削禄嗣。今治獄仁恕，償汝科及子，其速歸。』時已七月初旬，韓不之信也。越夕復夢如故，答以試期不及，神曰：『吾當送汝。』寤而急理歸裝，江行風利，八月初二日抵杭。適中丞大收遺才，補送入闈，果中式。次年舉一子。

乾隆十三年，外舅尉山陽濟源大司空衛公哲治方守淮安，詢知舊客山陰姚升階先生爲外舅媚連，因言：『先生在幕十餘年，無刻不以息事爲念。偶罪一人，則旁皇周室行，食飲不怡，真仁人也。其後必大。』時先生之子墟尚應童子試也，俄補博士弟子，由乾隆壬申舉人官肅州州同，告養歸侍。先生躬膺敕封，與德配白首相莊，安養二十餘年，見冢孫斌游庠，年八十餘，無疾而終，衛公之言驗矣。又會稽唐我佩先生久幕江蘇，治獄慈慎，有唐老佛之稱。子廷槐，乾隆辛未進士，令江西時，先生親享禄養也。

忌辣手

同里丁君某游幕河南，爲制府田公賞識，羔幣充庭者十餘年。余年十歲時，君歸里，過先大父。先大父問其何以得致盛名，君累舉數事，余童騃不能解，記先大父曰：『得毋太辣手乎？』君曰：『不如此，則事不易了。』君既去，先生妣奉茗以進。先大父曰：『頃丁某言，汝聞否？雖多財，不足羨也。辣則忍，忍則刻，恐造孽不少，其能久乎？』復摩余頂曰：『省否？』對曰：『省。』先大父曰：『省便好。』未幾，丁君旅没，厥子年十五六，酷嗜飲博，不六七年，資産罄盡，婦亦死，遂流蕩不知所終。余舊撰館聯，所云『辣手須防人不堪』者，誌先大父訓也。

擇主人獲益

前言就館宜慎，猶爲處館言之，實則人品成敗，所關尤鉅。蓋尋常友朋，鮮能經年聚處，惟幕友之與主人，朝夕相習，性情氣質，最易染移，所主非人，往往遠離其本。曩余初入幕時，懵無知識，在外舅署二年，未甚預官事也。迨至常州主海陽胡公，舉目生疎，始凛凛自勵。公官太守而自奉儉約，過於寒士，無聲色嗜好，無游談諠語。日未出，先僕從起，坐書室，治官文書，夜必二更餘，方入内室，風雨寒暑無間。每辦一事，必徹始終，反覆辯難，以求其是。嘗言心之職思，愈用愈出。思字之義，以心爲田，田中横竪二畫，四面俱到，缺一面，便不成字。僚屬號公三世佛，謂過去、現在、未來無不周計也。余司書記，而公善余持論，遇刑名、錢穀大事，必招共議，頗多芻蕘之采，余是以樂爲知己用。既敬公正直廉勤，又以公之生年月同先君子，僅後先君子一日，益嚴事之。公亦雅器重余，有國士之目，禮貌視他友加等，故他友皆苦公瑣細，不樂久居，余獨相依六載，覺立身制事之道，師資不少。其後擇主與公異轍者，輒不就。孔子曰：『居是邦也，事其大夫之賢者。』豈可苟焉已哉？

玉成有自

余安貧自守，固稟二母訓，不敢隕越。然玉我於成，臨桂中堂陳公實有力焉，而人未之知也。往歲庚辰二月，余館長洲，有某胥者，蠱余以利，謂非此不足濟貧，且詭玷前輩知名諸君，以相歆動，並導余納賂之術，余笑而不答。胥意余諾也，如其術來，嚴斥之，增賂以復。余甚恐，擬批提主訟人。胥來謁，大詫。余謝曰：『主人意也。』遂絶之。至七月，余歸應鄉試，代庖者誤爲所惑，比余九月至館，甫三日而事敗，奉中丞訪究，二人蒼黄竄逸。中丞臨桂公也。於是余私自幸，益悚然於法之不可試，利之不可近，貞初志以迄今，未嘗見棄於大人先生，蓋數十年來，得力全在『懷刑』二字也。

余既書《佐治藥言》四十則，示孫甥蘭啟。歸里後，偶有記憶，又得二十六則，皆館中所躬行而習言者，命兒子繼坊録草，寄甥續入前編。徽事處頗近果報，藉以相規，行益自勉也。乙巳小春五日，龍莊居士跋。

跋續佐治藥言

余以《佐治藥言》印本貽焕曾，後焕曾謁選人北上，挈其甥藺啟過余敘別，聯舫至吴門。藺啟復出焕曾續篹《藥言》二十六則，惓惓然條省事之目，申辣手之誡，綴以徵應，而自著師資所由及懷刑之益。蓋仁人之用心深摯矣。

余嘗讀《雙節堂贈言集録》，至趙太守書後，具記焕曾辦平湖洋匪始末，以身之去就，争囚罪出入，卒得平反，慨然於焕曾之善禀慈訓，爲能不撓其志。及見芮明府書後，焕曾之舉於鄉也，其初卷未出房，夜有飛瓦示警，覆校薦售，則又曉然於天之所爲報。焕曾以章二母之教者，固若是其響應也。當焕曾總角時，其大父爲更今名，早信世澤涵濡，韜光必耀。復繼以厥考淇尉公之廉惠、二母之賢節，其發跡固宜然。焕曾鄉舉即在洋匪獄後，則焕曾之佐治仁恕，不忍遏佚前光之苦心，鬼神不既昭鑒之乎？讀《藥言》而知不敢負心造孽之語，誓於二母，讀《續藥言》而知辣手不堪之聯，本於祖訓。嗚呼！焕曾之以佐治名也，其來有自矣。他日以佐人者，自爲推此心而廣之，福世福身，又可易量乎哉！是爲跋。

乾隆丙午三月二十一日，鮑廷博書於平江舟次。

善俗書

善俗書目録

善俗書序

余嘗讀《漢·循吏傳》，而知父母斯民之任，非無本而能爲也。夫民之於官也，以未經熟習之人而父母之，官之於民也，以散處不齊之衆而子孫之，難乎？不難乎？然而無難也，難在無本耳。昔文翁以文教治蜀，次公以寬和治潁川，仲卿以仁厚治北海，少卿以儉約治渤海，此皆因其地而利導之也。古之民即今之民，曷爲而今之人不逮古人也？

己酉閏五月，寧遠明府汪君龍莊遣使以《善俗書》一編見示，余受而讀之，實獲我心，慨然念今人之未必不如古也。如『辨稱謂』至『勸課業』數條，即文翁之選郡縣小吏開敏有才者張叔等十餘人，親自飭厲，遣詣京師，受業博士，或學律令，諸生皆成就，還歸，文翁以爲右職。次如『多種植』諸條，即次公爲善防奸之意〔一〕，及務農桑，節用殖財，種樹畜養，去食穀馬。米鹽靡密，初若煩碎，然次公精力能推行之〔二〕。至『禁誠』、『明勸』諸條，則又如龔少卿之見齊俗奢侈，好末技，不田作，迺躬率吕儉約，令口種一樹榆、百本薤、五十本葱、一畦韭，家二母彘、五雞。民有帶持刀劍者，使賣劍買牛，賣刀買犢，曰：『何爲帶牛佩犢？』春夏不得不趨田畝，秋冬課收斂，益畜果實菱芡，勞來循行，郡中皆有畜積，吏民皆富實，獄訟止息。所以論治者輒推龔、黄、文翁。而朱仲卿以廉平不苛〔三〕，利愛爲行，未嘗笞辱人。及遷北海太守，亦以治行第一稱。《易》曰：『觀我生，觀民也。』孟子曰：『上有好者，下必有甚焉者矣。』有旨哉！治道亦視乎其人耳。

余承乏永州者七年，無一善政宜民。今更老而且憒，無能爲役矣。慨懸車之未得，知寡過之爲難，得同舟者有龍莊其人，亦可無憾矣。是爲序。

太倉王宸撰。

校勘記

〔一〕『次公』，原作『次翁』，據乾隆庚子年録《雙節堂雜録》本及《漢書·循吏傳》改。

〔二〕『次公』，原作『次翁』，據乾隆庚子年録《雙節堂雜録》本及《漢書·循吏傳》改。

〔三〕『朱仲卿』，原作『朱次卿』，據乾隆庚子年録《雙節堂雜録》本及《漢書·循吏傳》改。

善俗書序

今天下家無殊俗矣，顧習俗相沿，容有未盡淳美者。使之遷不善以歸於至善，親民者之責也。寧遠之爲縣，南、北、西三面皆有猺人聚處，故邑中間染猺山舊習。其爲俗也，西北文勝而漓，東南質勝而僿。聞之故老，二三十年前，風猶近古，比歲漸稱難治。余蒞事以來，日與士民相見，問所疾苦，籌其利便，與之導揚皇仁，宣明憲紀，兩載於兹，邑人士信余拙誠，言無不率，嚮所沿抗糧健訟之風，翕然丕變。喜其可以爲治也，舉舊俗之未善者，隨時隨事，訓之誡之，環而聽者，皆知其當然之故矣。

然縣境方隅幾六百里，爲鄉者十，其間大小邨落四百有奇，凡所條示，勢不能家喻户曉。欲申余恉，鏤版以布，進紳耆而質之，僉曰：『如是則數年之後，可以敝俗盡除，善莫大焉。』又徇所請，增益數事，通四十三則，名曰『善俗書』，自倫紀大端及家人細故，具有指陳，非瑣也。治邑如治家然，析之爲家，合之爲邑，人人能自治其家，而邑以大治，豈非親民者之厚幸哉？在寧遠言寧遠，故俗之通於天下者不與焉。是爲序。

乾隆五十四年歲屠維作噩季春月既望，知湖南寧遠縣事蕭山汪輝祖書於縣署之咏羔軒。

善俗書

辨稱謂

寧俗紳士謁見知縣，多稱太爺，巡檢、典史，則稱老爺。謁縣名刺用『治』字，謁巡、典率不用『治』，間有用者，衆或笑之。

余初至省，聞寧遠紳士不循禮法。蒞事後有來謁者，接以禮，遇以誠，未見其肆也。今兩年矣，無不自愛，鮮有非分之訟，與所聞大異。而稱謂之間，類多錯誤。

朝廷設官分職，各子其民。一縣之中，知縣與丞、簿、巡、典，國家皆謂之地方官，部民皆稱爲父母官，天下通義也。太爺、老爺之目，上則上臺之稱屬吏，下則百姓之稱長官，紳士與細民有別，或曰父臺，或曰父師，或曰父母，尊之親之，美其名所以責其實，不顧名思義，其不致曠官干咎者幾希。余製頭門對聯曰：『人宜自積兒孫福；官最難居父母名。』官民交惕，則民可臻於睦親。官不流於刻忍，上下協和，而一縣治矣。客座之聯曰：『官名父母須慈愛；家有兒孫望久長。』則余所自惕，深懼父母之名不易副也。巡檢、典史，官秩雖降，各有治民之責，受其治而刺不稱『治』，豈爲下之分哉？此雖小節，實於名義有關，明禮者所當轉相告誡，急爲改正。

勸士志上進

寧俗士子以省試爲難，故通籍者少。

儒者以治生爲急，余何謂不然？然既隸名庠序，則學古入官，不當專求温飽。寧遠距省稍遠，貧者既絀於資斧，力難應試。其小康之户，素封之家，又藉口俗務牽挂，無暇讀書。夫天下安有富而不必理財、貧而可以安享之人？且貧能上達，不致終貧。富能成名，方非怙富。按縣志，前明弘治以前，館選七人，後乃寥寂。謂地之不靈，地豈任咎哉？一衿自畫，不自愛之士，無所用心，間或從事刀筆，喪其所守。譬如水不地中行，則泛濫爲害，勢必然也。今迷途者漸知悔悟矣。丙午、戊申，鄉舉踵接，安見古今人不相及耶？有志者宜一意進取，庶學校有所觀感焉。

士子宜講求文字

寧俗家自爲師，人自爲學，文多簡率，不中程度。

既欲進取，須爲進取之文，古人所謂京樣文章也。譬之小幘短衣，亦可便體，而不可參朝宁冠帶之班。胡琴琵琶，亦足動聽，而不足協清廟笙鏞之奏，無他，體制殊也。文格無定，而理法有定。寧遠之士，何嘗不讀經史，不讀古文，不讀先輩八股文，而書理文法，總少理會，故自成其爲寧遠之文，而無當於清真雅正之格。且平日類多曠功，眼高手生，去之遠矣。志科名者，當百復『業精於勤』一語，講求理法，毋以倖獲爲念。至五言八韻之詩，其起承轉合之律，與八股無異，工於文者，非所難爲，而略不究心，或并其平仄而失之，所誤不小。字之工拙，雖若於文無與，然六書之義不明，則用字多不確當，況書之工者，其得益甚大乎！所願多士互相勸勉，無爲識者所嗤。

課業宜勤

寧俗不盡講尊師之禮，每年二月十六日起館，七月十六日學會，十月十六日散館。且起館未幾，而清明解館，學會之後，繼以刈穫，或至九月到館，已届散館之期，通計一年，館學不過半年。

欲子弟學業有成，當以尊師爲第一義。師尊則嚴憚生，而功課自勤。肄業日少，放學日多，安有進境？況三冬足用，昔人所尚，而十月散館，遲至來年二月從師，於義何取？故正月二十日以後，便須開館，至十二月望後，方可解館。中間遇佳節及祭辰等項，偶曠數日，尚無妨礙。不然，一日暴之，十日寒之，放心之不收，而求敎學之益，烏可得哉？

勸廣生計

寧俗畏離鄉井，故專倚田息，別無生業可圖。即邑中貿易之事，亦多他處人爲之。

以農爲本，以商賈爲末，此古訓也。後世生齒既繁，經營亦重，故理財者，必就其子弟之材質，使之有所習業，以廣治生之計。寧遠之爲邑甚古，而城廂以内，絶少土著，問之耆老，皆云三四十年前居民無幾，間遇訟牘，查驗議約，每有康熙年間奉縣招徠之語。其興廢之故，縣志失傳，大概從前必罹兵燹之厄，居者逃亡廢業，故通縣之中，不惟本省客民，即兩粤、江西人之占籍者，所在多有。揆厥所起，皆曩時墾山而來，本係隻身，於山主處，每年認租一二錢不等，受鋤一柄，儘其力之所墾，据爲佃産。初止苫茅爲舍，迨息入漸阜，遂成世業。其人能耐勤苦，平原沃壤，亦歸佃種。而邑之號稱有産者，僅歲收田租所入，别無他息。余初蒞事，適當前一年儉收之後，景象蕭條，深爲蒿目。蓋邑人懵於貿易，凡一切店舖百貨生理，可以獲利者，皆他處人爲之。此在豐年相沿不察，一遇歉收，租入不給，則富家相率坐困矣。余爲邑人計，無恒産者固非謀生不可，即有産之户，亦當於田息外，更圖營運，庶利津漸闢，生計日充。否則，地畝有限，生齒無方，數十年後，必有窘於用者，不專在儉歲也。

勸多種植

寧俗農功專種稻穀，罕種雜糧，秋成以後，曠土甚多。野無曠土，農之責也。百穀用成，稻止數種耳。就寧遠而論，宜蕎宜麥，秋成之後，儘可播種。丁未春杪，余初由新田入縣境，春蕎夏麥，彌望皆是。詢諸土人，可資三四月口糧，戊申、己酉，種者寥寥，始知丁未之廣種，因丙午歉收而起。夫地之有利，視乎人力。春蕎夏麥，既土所便，自可廣爲種植。乃一遇豐年，稻穀登場之後，間種蘿蔔蔬菜，不以田功爲事。勤力之謂何！如謂刈稻再種，不免有傷地力，則丁未秋收，未嘗不厚。爲儲蓄計，自當以廣種爲上農。

倉厫宜置管守

寧俗倉厫貯穀，多在居室之外，不設典守，失脱尤易。貯穀於倉，待時糶買，必宜謹鑰固藏，以昭慎重。寧遠地多山鄉，向來穀賤，貯穀之倉，類在居室之外，無人看守。蓋山鄉則偷運不便，穀賤則糶價無多，故不虞被失，習爲故常。近年穀價稍昂，是以他處竊賊，專事偷倉。上年緝獲蔣光祖等各犯，皆衡山匪類，以佃種爲名，窩頓糾竊。其行竊之法，越牆入院，開門接夥，竊穀之後，仍將厫門鎖固。既運穀出倉，止留一人在内閉門，越牆而出。雖穀主日在倉前經過，無從覺察，至糶穀開倉，甫知被竊。跡既詭秘，贓復花消，破案甚難，若輩愈無忌憚。今雖按律究詳，自遞籍之後，窩夥一清，幸無失事。然積久弊生，不可不思患預防。則凡有倉廒之家，宜以慢藏爲戒，管鑰之司，不可不置也。

下墄後不宜洩水

寧俗插種之時，必須田水充盈，種畢以灰肥田，謂之下墄。下墄後，則盡決田水而洩之。邑號山鄉，水田最重。故力田之家，以瀦蓄爲本。三、四、五月，大雨時降，田水充足，塘堰皆盈，農有喜色矣。然天事不可恃也，一洩之後，雨不遽得，則凛乎懼焉。聞農之勤力者，下墄後原不盡洩，或雇人種植，及惰農則盡洩之。萬一洩後無雨，即有雲霓之望。所當於洩水時，預留有餘，亦獲益不少也。

禁挖壩撈魚

寧俗農田必築壩蓄水，以資灌溉，間有匪類，私挖壩門，毒取壩魚，往往因而致訟。此雖小事，所關甚大。一壩之水，多者溉田數百畝，少亦百餘畝及數十畝不等。壩門一開，勢難遽遏，一經瀉洩之後，雨稍愆期，即苗憂就槁。攫魚能值幾何？而田之受害無窮。每於此等訟案，余俱立時提究。然尚有犯者，如再不悛改，定從重枷號。雖係童穉，亦必提父兄重處。

禁燒山

寧俗冬月輒放火燒山，詢之土人，謂採薪以乾爲佳。亦有從而逐兔者，欲使兔無所匿。冬月雖百蟲蟄伏，然縱火肆焚，所傷終亦不少，有干好生之德。且枯槁接連，燎難猝滅，桐㯫松杉之類，延燒甚多。況訪聞被火之後，薪茅俱盡，水源亦竭，關係田畝更大。現在示禁，各宜痛改舊習。既積陰功，兼資農利。凡有山者，皆當輾轉勸誡也。

禁佃户强耕

寧俗佃户率多客民，以欠租爲長技。業主之愿厚者，間有寬讓，則以所讓之數爲額，抗欠如故。遇别佃輒攘奪滋訟。

業主將田付佃，一切完餉辦穀，取給租入。佃果馴良，萬無别召之理。因欠而讓，讓非得已，既讓復欠，欠更無情。霸佃啟訟，已干法紀，且有不肖佃户，摭拾他事，圖飾霸佃之非，强横極矣。每遇頑佃，無不押退。此後各宜安分佃種，趕早輸租。設有他故退佃，例聽業主另批。如敢頑霸强争，及借詞誣抵，除究懲外，定遞解原籍，以安良善。

量穀宜用斗斛

寧俗交易皆用官秤，一曰馬秤，每十六兩爲一斤。惟秤穀者曰禾秤，分兩無定。各鄉亦大小不同，百斤以外，加籮五斤。市井利徒藉以高下其手，弊難悉數。

此利小人，而不利君子之道也。權之與量，用各有宜。量粟以升以斗以斛，天下通義。即寧遠之北鄉，亦多用之。余徇邑士公請，已仿倉式製爲升斗，頒發四境。今尚未能一律遵行，其弊在糶户侔利。蓋用斗則有目共見，童叟難欺，用秤則見景生情，低昂任意，故貧愿孤弱之輩，受虧尤甚。現在隨便察查，此後如再不用升斗，公平交易，添設籮頭名目，定予嚴懲，決不姑恕。

序齒宜論昭穆

寧俗偏鄉小族，輕昭穆而重年齒。聽訟之時，往往叔呼姪曰第幾哥，詰之，則曰渠齒長，故尊之。

鄉黨莫如齒，此在異姓則然，若同姓，則昭與昭序，穆與穆序，序齒云者，昭序昭齒，穆序穆齒也。今以齒長而呼姪爲哥，不拘行輩，悖禮甚矣。此禮易明，余每於聽訟時，剴切指示。或習尚相沿，尤望轉相諭導。

兩造房族隣佑不宜冒充

寧俗爲兩造房族者，曰户老，不必其分之長也，類以黠者充之。充隣佑者多數里外之人，到案則酬以跪膝錢三錢，故好事之徒，樂爲之役。

嗟乎，此左右袒所由分，而訟之所以險健也。余初到時，謂公論出自鄉黨，雀角細事，多批族隣理處，迨族隣各持一説，則仍歸訊斷，故近日無批族隣者。今遇同族事，必弔查家譜，户老已無能冒混。保甲法行，隣佑亦可按籍而稽矣。自愛者當痛改故習，以敦睦婣之誼。

争山争水須紳士富户本人具呈

寧俗争山場水利者，主人擁貲自雄，令貧而無賴者，挺身訐控。勝則受酬，負亦不以爲辱，故妄控甚多。

余到任兩年，最不喜紳衿富户，匍匐公庭，一則憫其傷體，一則懼其費財，亦教養之一端也。唯爲保墓而争山，因溉田而争水，則必究問其共是墓者有無紳衿，需是水者有無富户，蓋祖墓之蔭，紳衿最優，灌溉之資，富户必廣，鰥寡窮丁何與焉？且山場水利，地方官必須親勘，不敢憚勞，而紳衿富户，反家居自若，於理不可，於情何安？此後有私貼訟費，令無賴之徒出名妄告者，除詞不准理外，並提出錢之人，從重究辦，以儆無良。

上控原呈應聽地方官傳喚

寧俗有等好訟之徒，縣案未結，輒赴上憲控訴，亦有事涉書役徑行上控者，皆曰告大狀。奉憲准理，則原呈侈然自詡，不服地方官傳喚。

是大謬事。知縣爲親民之吏，由知縣而上，憲臺甚多，皆察吏之官。官果庇縱書役，百姓蒙冤，原許層層上控。然地方官一日未去，猶一日當治百姓，況兩造訟案，與官吏無涉者乎？奉上憲檄提，自應投案候解，恃大狀原呈居然不服差傳，即抗法也，安分之人，豈敢出此？此皆不明尊卑大義之故。余到官以來，無日不升堂理事，每於聽訟時，開誠指諭，幸無一赴上臺訐控之案，想已漸解義分。誠恐積習相因，或未能家喻户曉，故再申論之。

禁匿名帖

寧俗好事之徒，遇有訟事，及秋成歉薄，輒編造謡言，粘貼揭帖，名曰飛紙。

查粘貼匿名揭帖，罪應擬絞立決，知而不首者同罪。定例甚嚴，所以懲奸宄也。夫聽斷不公，原許受屈人指告，年歲不齊，自有地方官主裁，何可愍不畏死，以身試法！近來此風已絶，第不申明例禁，明白曉示，萬一故智復萌，誤罹重辟，余實有所不忍耳。

禁鳴鑼聚議

寧俗公事會集，必以鳴鑼爲號。

拜盟立社，例禁最嚴。鳴鑼聚衆，雖止鬬毆，已罪至杖一百，流三千里，傷人者杖徒，即附和而未傷人，亦犯枷杖，況他事乎？且一聞鑼聲，聚觀必衆，人多口雜，意見稍未協一，便啟争端，往往出鳴鑼人意計之外。一有干犯，則罪坐鳴鑼者爲首，何可不慎！余屢經曉諭，風已漸革，窮鄉僻壤，或未周知，所期輾轉告誡，永杜惡習，共享昇平之福。

禁補價代納之弊

寧俗田房交易，所議時價，必分兩契，一正一補。補契俱不投税。無賴賣主，藉以爲訛，屢補不休，甚至有情補、義補、盡補、賴補、死補等名，買主之樸愿者累焉。至典契例可不税，故多有名典實賣者，而糧不過撥，仍交賣主代納，遇賣主私用，則又有重完之累。

余自到任後，嚴處地棍訛補之風，今漸息矣。嘗訪訛補之由，則因買産正契填價不多，必分立補契，以足時價。而補契概不投税，不肖之徒遂屢補不休。查列載賣産，立有絶賣文契，並未註有『找貼』字樣者，概不准貼贖，此典買田宅原例也。後因找贖田産，訟牘糾紛，乾隆十八年續纂條例，産業典契務於契内註明『回贖』字樣，如係賣契，亦於契内註明『絶賣，永不回贖』字樣。是乾隆十八年以前，舊契則未註『找貼』，即爲絶産，而十八年以後，凡屬絶産，必須註明『永不回贖』也。典契云者，必立有回贖年分，方謂之典。若契載『有銀回贖，無銀聽買主耕管』，是名典而實賣矣，特避『賣』字以省税價，安得不留訟本？

論者謂三十年以内，契無『絶賣』字樣者，方聽找贖，若在三十年以外，不載『絶賣』字樣之契，總可號爲絶産。不知三十年内外之限，專就乾隆十八年定例之時計算，定例之後，則絶賣之産必須註明『永不回贖』，方爲割絶。如無『絶賣』字樣，應作活産論也。典契免税，係雍正十三年定例，至乾隆三十五年，部議典契不税，以三五年至十年爲率，逾限亦應補税。今則久典之産既不投税，又不撥糧，致使賣主收銀代納，往往轉致追呼之擾，謂非自貽伊戚乎？

此後田産交易，絶賣者須遵例註明『永不回贖』字樣，不必另立補契，以杜棍徒無厭之求，典契之年久者，皆收撥過户，以絶賣主代納之弊，如此則買主自處萬全。倘有棍徒索補，賣主侵糧，痛繩以法，又何説之辭？

禁充山主

寧俗先世有捐産入菴寺者，子孫號稱山主。凡僧之賢否，其産之去留，皆得而主之。即餘産非其祖捐，遇有典賣，亦藉口把持，輒啟訟端。

昔有檀越之名，久奉例禁，山主云者，即檀越之改稱也，豈容冒混？且子孫承受祖父分産，不能保其世守，何獨於僧人而責備之？況僧果不守清規，稟官驅逐，猶曰爲佛門出力。今訐訟者，非因僧鬻産而欲分其肥，即因僧多産而欲資其潤，於法爲多事，於祖爲不孝。余已隨事示懲，再有犯者，必當嚴究。

佃户來歷責成招主稽查

寧俗佃山佃田，多衡、永、郴、桂及江西游民，不肖者混跡其中，易爲奸藪。余編查保甲兩年矣，本境土著，按籍可稽。所不易核者，此等佃民，雖反覆抽查，終難詳晰。上年竊穀賊匪，盡衡州民人，在寧佃種。因辦理之時，不忍株連招主，故招主概未深究。然此輩匪類，無可託跡，勢不能糾夥群居。雖所佃山場田畝，離招主遥遠，未便照窩主科斷，而容留來歷不明之人，盤踞肆竊，亦有應得之罪。今保甲册内，外來佃民，皆註招主姓名，爲招主者，各宜留心查察〔一〕，如形跡可疑，或立時驅逐，或稟官究問。倘再因循玩忽，佃民犯竊，定提招主并究。後悔其何及乎！

校勘記

〔一〕『各』，原誤作『名』。

房主宜查租屋人來歷

寧俗商賈之歇家，曰火舖。西北則零陵、桂陽、衡州，東南則臨武、藍山、宜章、兩粵，類皆肩販小民，往來無定。火舖無本地居民，亦皆零陵等處人開張，多無眷屬者。

查此等肩販小民，無大貲本，不能保其必無匪類寄跡其中，故火舖稽查，最關緊要。顧開舖者皆單身客户，稍有干係，則脱身竄避，大可慮也。今近城各舖，已設循環簿，令將歇客來歷生理據實填註，隨便抽查，略有考核。鄉墟各處，勢難徧及，設有窩藏，所關匪細。非責成房主，則火舖且無根據，何況客商？此後房主招住火舖，須靠本地有身家者爲之保認，庶開舖之人不致濫留匪類。倘貪得租價，任意出租，將來火舖不能安分，及有脱逃等事，定提房主根究，受累不淺矣。

禁宰牛

寧俗遇有喜慶筵讌，以牛爲敬，私宰之風甚熾。

查定例宰殺耕牛，及販賣與宰殺之人，初犯俱枷號兩箇月，杖一百。若計隻重於本罪者，照盜殺例治罪。再犯，發附近充軍。殺自己牛者，枷號一箇月，杖八十。故殺他人牛者，杖七十，徒一年半。若計隻重於本罪者，均照盜牛例治罪，免刺，罪止杖一百，流三千里。是私宰之例，罪名甚重。紳士犯至杖枷，皆例應審詳究擬。蓋禮重太牢，祭祀猶有定制，力資耕作，功勞亦屬非輕。雖國法不言報應，而稗官説部，所載果報不爽。即以寧遠合邑而論，惟下隊墟、火燒墟、盤石墟等處，總少豐年，細訪其故，因彼地毗聯隣境，他處竊盜牛隻，多藉彼處宰消，獨干天地之和，遂致陰陽之戾。既無紳士，常病歉收，報應已經顯著，何弗翻然悔悟，痛改前非？至喜慶筵讌，自有雞豕可供，斷不必以牛致敬，陰罹天遣，顯犯王章。所望紳士之家，轉相告誡，使此風永絶，獲福當不可量也。

禁宰馬

寧俗馬價賤於牛價，而豬肉之價更貴。民間或以馬肉代豬肉之用，近乃復有宰馬者。

例載宰殺馬一二匹，枷號四十日，責四十板。三四匹，杖六十，徒一年。五匹以上，以次遞加罪。至軍流、牙行及賣馬之人，照數各減宰馬人一等。至三十匹以上，均發附近充軍。其徒罪以下，再犯不論匹數，均發附近充軍。是宰馬之罪，亦由杖枷而至遣戍。屬在軍民各宜痛湔舊習，毋以口腹之累，自干法網。

禁猜標

寧俗歲二月，市民懸肉一方，置錢其下。聚觀者各以其意揣度斤兩，中者攫錢而去，否則如數賠錢，謂之猜標。

此亦賭博也。寧遠之賭，如擲攤、挖窖之類，其名不一，余皆痛懲之矣。或以猜標賽勝，非聚賭可比，不知賭博人數尚少，此則愈賽愈多，釀釁尤易。業經示禁，倘再有干犯，定照賭博例，從嚴究辦。

禁喪家跳獅

寧俗游手之徒，群集多人，扮演獅子，遇有喪之家，伺至昏夜，鳴鑼擊鼓，譁然扣户，名曰送儺。孝子跪接入門，跳舞爲戲，酒食犒賚，耗費不少。或數隊，數十隊，絡繹踵至，則擁擠鬭争，甚有藉洩宿忿者，勢不可解，須孝子跪勸乃止。

哀有喪，古訓也。乘凶而譟之，天良昧矣。即安静跳獅，已不免耗財，況藉以角力乎？儺之爲名，非喪所宜，扮獅何物，而令孝子跪迎，無是理也。至忿争不釋，勞孝子長跪排解，病狂玩法，莫此爲甚。嗣後紳士之家有喪，此等獅儺夜至，當閉門弗納。有不逞者，指名禀究。其寒微下户，力不能制，則户老練隣，俱宜協力驅逐。如或縱容，並究不貸。

禁喪家寄菜

寧俗名豬肉爲菜，姻親弔喪，主家必有回贈。如弔客用豬一隻，喪主只收半隻，以半隻回送弔客。其所收之半隻，復零碎分切，送弔客之尊長，人多則另買豬肉，以添補之。一家有喪，戚屬家家有肉，喪家雖欲不費不得也。

古者有喪之家，親隣助其不給，此任恤之義也。不幸而遭喪，雖在上户，恐費不給用，何況中下之户？今不能推情資助，而反以無益之費，重煩喪主經營，揆之情理，俱有不安。且喪主用度艱難，勢必衣衾大事，轉不能竭力措辦，虧孝辜恩，其來有自矣。既屬姻親，分宜體諒。香楮爲禮，古今通義，弔不用豬，既省喪主之應酬，亦節弔客之浮費，如之何其弗革也！

禁封喪酒及唱孝歌

寧俗初喪殯殮，族屬讌集，必飲酒茹葷，謂之封喪酒。發引之前，親友皆攜鑼鼓至喪家歌唱，晝夜喧譁，名曰唱孝歌。喪主必具酒肴款待，以豐爲敬。間有不容唱歌，或不具酒肴者，衆誚其嗇。

『喪，與其易也，寧戚。』聖有明訓，殯殮之時，正創鉅痛深，送殮者何忍以酒食擾之！至孝歌殆輓歌遺意，然自晝徹夜，擊鼓鳴鑼，既非喪禮所宜，兼累喪家不少。不容唱歌，乃明禮之人，而圖飲食者，轉以爲非禮，錯謬極矣。故封喪酒、唱孝歌二項，急宜公禁，以培風化之原。

誡拜乾親

寧俗喜拜乾親，如乾爹、乾娘、乾姊妹之類，所在多有，啟訟不少。

別嫌明微，居家大節，雖至親骨肉，尚有男女之分、内外之辨，何況陌路。今以素識往還，女拜男爲乾爹，男認女爲乾娘，拜認之後，全家不避。夫姻親至戚，或貧富不同，或貴賤不敵，其勢必終疎闊，矧拜認者率勢交賄交乎？不避形相，不分内外，雖知禮者斷不至於蕩檢踰閑，而流弊所極，不可不防其漸。則拜認之説，必當杜絶也。

禁棄妻

寧俗夫稱妻曰婆娘，或貧或反目，輒嫁賣之。娶主先付半價，留半價以防訐告。

夫婦爲五倫之首，一與之醮，終身偕老。故貧賤相保，患難相依，疾病相扶持。今以家貧細故，夫棄妻如敝屣，妻亦去夫如路人，人道喪矣。且婦人以改嫁爲常事，即居常履順，已不啻過客之於歇家，休戚可以無關，疾病患難，又安可性命相託？丁未余初涖事時，當歉收之後，間照因貧賣妻之條，斷歸後夫完聚。比歲豐登，已節次示禁不止，至再至三，聞鄉間尚有爲之者，見在訪拏，犯必重究。

勸婦人習縫紉

寧俗婦人不習縫紉，能做鞵者，即爲善修婦職。績麻紡棉，其偶也。無論孩衣，即褻衣亦倩縫人製之。

嗚呼，夫婦之不相保，蓋由來漸矣。婦人無治生之事，夫不能養，即棄而去之，勢使然也。余越産也，第言越俗。女子生八九歲，其母必教以針刺，巧慧之婦，多能手自裁翦，雖拙婦亦無不解縫紉者。鄉人率兼治紡織之業，計十指所出，總可自餬其口。不幸而夫貧或病，力不足相聚，則受傭直於姻隣富户，以澣滌縫補自活，節縮力入，以醫藥其夫，故夫婦義重，從無中道棄去者。富家婦自較貧婦稍逸，然亦未有離中饋、廢女紅，而曠閒度日之人。非盡天性也，群習於勤，有慵惰者，里黨皆訕笑之，激而奮矣。雖薦紳之家，素封之户，其兒女衣履，及婦人裏衣褻服，斷不假縫人之手，爲其可恥也。越之諺曰：『要知賢妻，看夫裳衣。要知母福，看兒衣服。』又曰：『入門欲識婦勤惰，只看衣裳完與破。』故雖衣甚敝舊，亦必補綻完整。今余每公出，見男婦鈕襻，多不修飾。嗚呼，此教家者之責也。逸則淫，淫則忘善，忘善則惡心生，可不戒哉！

禁勸嫁孀婦

寧俗婦人不以守節爲重，不幸而嫠，媒者踵接，雖紳士大家，不以爲異。其母家愈有聲望，娶主愈因以爲利。

婦人之德，從一爲尚，非天性純粹者，未必生而知之，全在父母之教，姻黨之型，目染耳濡，感奮立志。其事難能而可貴，故孀居在二十歲以内，守節至五十歲以上，或年逾四十身故而守節已逾十五年者，朝廷皆旌表之。建坊於里，祀主於祠，所以章其志行，即所以風勵人倫也。且其堅操苦節，天亦憐之。

語云『孝節之後必昌』，江浙大省，科名仕宦甲於天下，類多節孝後人。余生十一歲而孤，恃兩母太孺人茹苦長教，深知立節之難。成進士後，嘗推先人之意，搜訪同郡八縣湮没未章貞孝之婦，越十年，得四百餘人，列其事於當道，給扁旌異，纂《越女表微録》五卷，以諗來者。今宰寧遠兩載矣，徧加採訪，僅得四人。豈有司之力不若寒士歟，抑俗不以此爲重，有矢志終老者，皆不著見聞歟？

嗚呼，寧遠之敝俗，莫甚於夫婦一倫，生離死嫁，習爲常事。夫男女飲食，生人之大欲存焉。唯太上無欲，其次莫如制欲。不見可欲則不亂，修士猶然，況閨閤乎？寧遠之嫠婦，未必無賦性貞一者，夫亡之後，本無改嫁之心，而無知之親屬，利孀婦財禮，不肖之媒妁，利娶主謝儀，先從而蠱惑焉，一之未允，瀆以再三，婉語甘言，以歆動之。及其欲念既萌，勢難復遏，而又習見夫黨母黨，嫠之再嫁者，不一而足，則翻然變計，情之所必至也。且紳士大族，亦不以娶孀婦爲恥，而孀婦之再醮，其迎娶之儀，概與室女相等，遂靦然不復知人世間有羞恥事矣。

余屢剴切示誡，聞近日稍稍悛改，此轉移之機也。嗣後有孀婦並未出口欲嫁，而親屬謀奪其志，媒妁先爲説合者，立提究處。如生監甘爲再嫁之媒，必係貪財無賴，定以有玷行止，詳革嚴懲。

明室女可爲繼室之義

寧俗室女恥爲填房，嘗究問其故，或曰夫死之後，仍與前妻相聚，繼娶之鬼，無可依附，或曰前妻遺有子女，初嫁而有人呼母，女子恥之，女子之父母亦恥之。故雖紳士大族，不幸而中年喪偶，不得不娶孀婦爲繼妻。

陋俗如此，無怪孀婦之不以改嫁爲可恥事矣。諺云填房即古繼室，其名見於《左傳》，體統與原配相等。《儀禮》曰『繼母如母』，則古之爲繼室者，大率其夫皆有前妻子女者也。爲夫撫前妻之子女，禮宜受母之稱，名正言順，何恥之有？父母以此爲恥，不肯以其女許字繼室，而其女不幸夫亡，則又令其改嫁，視夫如奕置，恥莫大焉，轉恬然安之。吁，可怪也。

至死後之説，尤荒唐不經。鬼而無知則已，如其有知，必無耦前妻而棄後妻之理。且婦出則義絶，豈繼娶孀婦之人，死後祇覓前妻，而既嫁之孀婦，鬼魂仍可歸依故夫乎？

功令：夫貴，繼室與前妻並受封贈，得爲命婦。子貴封贈其母亦如之，前妻之子貴，繼母一例封贈。使女子以稱母爲恥，是古今來無繼母之名矣，此不待智者而知也。改嫁之婦，不惟不能叨夫之榮，即親生子孫貴顯，亦不能邀請封典。故婦人請封，册結必聲明實係某人室女字樣，以見其並非孀婦改嫁。

朝廷於從一之義，蓋如此其重也。宋儒有言，配失節之婦，即身亦失節。此在鄉愚無論，儼爲紳士，何亦昧之？娶孀婦者，縱不自計，獨不爲子孫計乎？使明理達義之士，肯以其女許字繼室，一人行之，衆人效之，自好者必不樂取孀婦爲繼室，則孀婦不輕言再醮，而完節自多，豈非風俗之厚幸哉？

明妻妾之分

寧俗妻妾之分，懵焉不講，家族之所以稱妾，其妾之所以稱家族者，皆與妻同。

妻者，齊也，體與己齊。妾者，接也，義取於得接君子，其名分迥不侔矣。古者匹嫡之嫌，諸侯猶以爲戒，況士庶乎？功令妾稱夫曰家長，不得稱夫。有子女，則嫡子、衆子稱爲庶母，制服杖期。無所出，則直稱之曰父妾而已，死不制服。辨名定分，何等森嚴。今概與妻同，是匹嫡也，不惟悖禮，勢且尾大不掉，流弊無底。欲齊其家者，何可不慎！

誡婚禮浮費

寧俗訂婚之初，有下定禮，男女年長，有行聘禮。凡女家旁親，皆須分贈禮物。將婚有聽親准日禮，臨娶有催妝禮，而歌堂之豬不與焉。貧者力不給，則不能迎娶，往往坐視老女在室。六禮之名，雖見古經，然存其義，不必求其備，視其力，不必强所難也。今江浙嫁娶，費孔繁矣。而寧遠亦漸即於靡，屬在至親，自當相諒，必拘泥俗習，致有怨曠之嗟，夫何爲者！且父母愛女，莫不願其相夫成家，因娶婦而廢産負債，於女何利？紳士告余下定及聽親准日二禮，爲費尚簡，即歌堂之豬，在所必革，而行聘、催妝二禮，費已浩繁，中人之家，力實難給。請行聘用白金十兩，加豚肉二方、雞二隻、酒二埕，凡擡豬擔果以分贈旁親者，概從裁汰。下定准日，均止用雁，催妝非古，竟行革除。聘書用泥金字，亦不若墨書之便，皆不戾於古而有益於今，當如所請，永爲程式。夫中下之户，孰不樂節用從事？紳士富家，果能身爲民創，則還淳返樸，不數年而通行四境矣。否則，繩以官法，滋之紛擾，終無補也。

誡濫費首飾

寧俗出嫁之女，首戴白銀殼一箇，副以釵簪，將鬢髮全然罩住，名爲假髻。又製牙籤、香包、銀鍊、步摇之類，以爲雜佩，懸之胸前。少者六七串，多者十餘串，費銀五六斤至十餘斤不等。

余公出，偶見新嫁娘作此妝飾，其首全白，遥望之，如戴孝然，甚可訝也。即胸前懸掛纍纍，殊不雅觀。詢諸紳士，謂初嫁則然，見賓數日之後，便不復用。而嫁女之時，則以多爲貴。嘗取而審視之，大概每首飾一兩，鎔之可得白銀三錢，餘皆工匠作僞，雜之以銅，而工價每兩須白銀三錢，以真銀抵工價，僅足相當。是以銀一兩，易銅一兩也，暴殄天物，莫此爲甚。而忍而爲此，非丈夫之不明，特蔽於婦人之溺愛耳。爲家督者，當向閨中人明白曉諭，欲製首飾若干斤贈女，而歸無用，何如竟以銀贈女，既省工價，兼資實用乎？論者謂銀匠打造首飾，當隨時抽查，作僞者須懲之以法。理固然矣，然懲銀匠之作僞，而命之造者，仍甘受其僞，猶不揣其本之説也。婦女簪笄釵環，自不可少，若假閣、牙籤之類，於義無取。嗣後白銀首飾，不得過十兩，違者察究，亦惜物力之一端也。

禁新壻過門潑水

寧俗新女壻成婚三日，謁見妻家，其妻之姻親婦女，如舅妻、小姨之屬，相與乘隙覆水，以能避水者爲智。少不及檢，則衣服污濕，譁笑隨之。

弄壻之説，見於《酉陽雜俎》，此其遺智歟？然嬌客初來，觀禮者群屬目焉，而以潑水戲之，戾矣。且以婦女而調男子，已屬不經，舅妻、小姨，禮當迴避，而亦不自引嫌，戾滋甚矣。況間有還戲而致訟者，此風必宜痛絶。有犯則治妻家之家長，以教男子之禮儀，以存婦人之廉恥。

誡室女結拜姊妹

寧俗女子年十二三歲，遇姻隣女子同庚者，兩意相諧，輒拜姊妹，如匹偶然。既相拜，即不許與他人再拜，往來甚暱，至嫁乃休。

此殆猺風也。聞知禮之家，皆已無之，然尚未盡絶也。是非閨門之福，爲父母者，必當曉以大義，永禁乃可。

禁嫁夕歌堂

寧俗女子嫁之前夕，凡姻友家女賓，及隣舍年十四歲以上女子畢集，主人設長凳於堂之左右，雜坐女賓，設長几於上，羅列杯盤酒茗。諸女子面南而坐，名爲歌堂。出嫁之女，哭於户内，則堂中諸女，依次歌以答之。姻戚兄弟皆哭，哭畢，繼以鼓吹。鼓吹畢，嫁女復哭，和歌助哭。及鼓吹皆如之。女子哭亦有詞，專指贈奩。女子必將所贈物事，一一敘出，贈奩女子答歌，則敘不忍離別之情。自昏達曉，歌哭喧呶，出嫁之女，聲愈啞愈佳。故女子生年八九歲，即以學歌爲事。至是夕酒讌，用豬一二隻不等，每隻須重至一百一二十斤者，方足飾觀，他物稱是。其費皆夫家備送，或送豬，或折錢，必不可少。

夫婦大倫，女辭家而適人，人道之始也。初至夫家，禮舅姑，見賓客，修婦職，其事甚繁。古者嫁夕，唯母命之以婦道，何等鄭重！乃於嫁之前夕，以歌曲耗其精神，悖禮極矣。且男子亦得以歌哭雜之，别嫌之義安在？況女子七八歲，知識漸開，不教之針紉，而教以歌曲，既曠其功，復蕩其志，所關尤鉅。此殆猺人舊習，何可爲訓？余聞讀書明理之家，近亦稍稍禁革，然積習相沿，尚不全在編氓下户，實於名教大戾。已專示諭止，犯者必提其家長究懲。且革歌堂，則豬酒諸費即可盡革。娶婦之家，不必籌辦此費，庶幾迎娶亦易。重人倫而厚風俗，大有裨益。

誡中路交親

寧俗娶婦者，不至女家，送女者亦不至夫家，一應人從，皆於半路交替。

親迎之禮，雖不能概行，然何至嫁娶皆於中野？習俗如此，猥褻甚矣。余謂迎親儀從，必須俱至女家，女家親戚，原可不必遠送，以省費用。如有送者，即當至夫家而歸，亦親親之義也。

地名用祖諱宜改

寧俗地名多用祖諱，如李時晚、柏晚成、王道宜、駱伯九、李亥、李巳之類。各里俱是，不可悉數。

古者名以正體，死則諱之。《禮》云：『見似目瞿，聞名心瞿。』言及先人，理當感慕，豈可越數代、數十代，而以祖先之名名其鄉里？不惟他人呼之，即子孫亦人人呼之，日日呼之，於心何安？或曰稱名已久，猝難更易。然嫌名不諱，無已，則擇其字不同而音稍同者易之。余易李時晚曰禮士灣，柏晚成曰百萬塍，餘可類推，亦教孝之一端也。

用鼎鍋不如設竈

寧俗家不設竈，一切食飲，皆懸鼎鍋以炊。飯熟另鼎煮菜。兄弟多者，娶婦則授以鼎鍋，聽其别炊。

竈爲五祀之一，有神以主之。職中饋者司竈事，故造竈之日，須合主婦年命，重中饋也。炊鼎而不設竈，於義何取？聞炊鼎多在内寢，以從婦便。不知烟煤所積，牆壁皆黑，即司炊者，右袂必不能潔浄，未見其便也。且一餐飯，煮菜煮湯，須易數鼎，一日三餐，婦力已無多暇，安所得治女紅？况娶一婦即分一鼎，夫婦同食，而兄弟妯娌可以久不相聚，準諸孝友之義，亦所關匪細。余家於越，炊爨以柴以草，寧遠亦然，是越竈之法，寧邑可通也。越中居人皆有竈舍，其竈約高二尺五六寸，寬二尺餘，長六尺、八尺不等。竈面著牆處，牆中留一小孔，以洩洗盌、洗竈之水。設竈口三，安鍋三口，小鍋徑寬一尺四寸，中鍋徑寬一尺六寸，或一尺八寸，大鍋徑寬二尺，或二尺二寸，於兩鍋相隔處，旁留一孔，安砂鍋一，曰湯罐。三鍋竈可安兩湯罐，中人之家，大概只用兩鍋竈。尺四之鍋容米三升，如止食十餘人，則尺六、尺八，一鍋已足。鍋用木蓋，約高二尺，上狹下廣。入米於鍋，米上餘水二三指，水乾則飯熟矣。以薄竹編架，横置水面，肉菜湯飲之類，皆可烝於架上。一架不足，則盌上再添一架。下架烝生物，上架温熟物。飯熟之後，稍延片時揭蓋，則生者熟，熟者温，飯與菜俱可吃。而湯罐之水，可供洗滌之用，便莫甚焉。鍋之外置石版一條，上砌磚塊，曰竈梁。約高二尺餘，寬一尺餘。著牆處可奉竈神，餘置盌盤等物。梁下爲竈門，竈門之外，攔以石條，曰灰牀。飯熟則出灰於牀，將滿則遷之他處。竈神之後牆上，盤磚爲突，高於屋簷尺許，虛其中以出烟，曰烟熜。烟熜之半，留一磚可以啟閉。積烟成煤，則啟磚而掃去之，以防火患。法亦慎密。余嘗爲紳士言之，若能交相仿用，一歲之中，較鼎鍋省柴草或不僅得半，而司炊之婦大可省力以治女紅，日計月計，豈特小補云哉？

醬醋皆可自造

寧俗一切食用，取之於市。如醬醋一日不可缺者，亦隨時沽之，價昂而味劣，不䘏也。此亦婦職也。余越凡力可自給之家，必婦人自爲之。其法亦甚簡易。治醬油法，入霉後，每黄豆三斤，配麪粉一斗，先將黄豆煮熟，以麪拌之，揉使融洽，作爲醬餅。以麥草鋪竹簟，攤餅於上，覆以草薦、稻草等物，置無風處所，任其霉透。歷旬餘閱之，餅上白花愈厚，則醬愈佳。初伏日，汲井水入缸，下以净鹽。驗鹽之輕重，須投以雞蛋，蛋浮水面如圍棋，是爲恰好。先曬七日，再入醬餅。若將水煮熟，則醬餅可以當時入水，不必先曬。每鹽一斤，下醬餅一斤。餅須破碎。朝啟暮蓋，忌著水。天欲雨，則蓋之。遇晴日曬兩旬，便成醬汁，名爲頭醬油，味最濃鮮。再下鹽曬之，可得二醬油。豆之浮起者，曬乾爲豉，麪之沉者，尚可烝食也。

治醋之法，六月初一日，白糯米不拘多寡，用淡水浸之。至初六日，去水烝熟，攤放至冷，入之罈中。加熟水數盌，布封罈口，覆以草薦等物。歷十四日啟視，味色俱變，則計米一盌，用水二盌，入罈。熟米入罈時，須以盌量記數。每日晨起，燒鐵條至紅，攪數百下，日日如是，以酸爲度。閱兩月漉而煎之，固封不使出氣，則味嘗香洌。

越之諺曰：『醬醋味佳，主一年順遂，否則不利。』余每舉以問人，多不解其義。比見治醬缸、攪醋罈，皆婦人早起爲之，乃知味之佳否，繫婦功之勤惰。警婦心，所以課婦職也。

雙節堂庸訓

雙硯堂詩賸

雙節堂庸訓目錄

雙節堂庸訓卷三　治家……（四四〇）

雙節堂庸訓卷五 蕃後……（四八四）

雙節堂庸訓自序

《雙節堂庸訓》者，龍莊居士教其子孫之所作也。中人以上，不待教而成；降而下之，非教不可。居士有五男子，才不逮中人。孫之長者，甗解字義，其次亦知識漸開。居士扃户養痾，日讀《顔氏家訓》《袁氏世範》，與兒輩講求持身涉世之方，或揭其理，或證以事，凡先世嘉言嬔行及生平師友淵源，時時樂爲稱道，口授手書，久而成衺。删其與顔、袁二書詞恉複沓者，爲綱六、爲目二百十九，釐爲六卷：首《述先》，誌祖德也，先考、妣事具行述者不贅；次《律己》，無忝所生，有志焉未逮也；次《治家》，約舉大端而已，家世相承，兼資母範，故論女行稍詳；次《應世》，寡尤寡悔，非可倖幾也；次《蕃後》，保世滋大，其在斯乎？以《師友》終之，成我之恩，輔仁之誼，永矢勿諼矣。友之存者，兒輩耳熟能詳，不煩録敘。

且廩廩乎有《谷風》陰雨之憂焉。居士自少而壯、而老，循軌就範，庸庸無奇行也。庸德庸言之外，概非所知，故名之曰《庸訓》。冠以『雙節堂』者，獲免於大戾，禀二母訓也。諸所爲訓，簡質無文，皆從數十年體認爲法、爲戒，欲令世世子孫、婦穉可以通曉。自念身爲庸人，不敢苛子孫蘄至聖賢，而參以顔、袁二書各條，則學爲聖賢之理，未嘗不備。

夫人無中立，不志於聖賢，其勢必流於不肖，可不慎歟？嗟乎！教者，祖父之分；率教是則者，子孫之責。苟疑訓詞爲庸，而别求新異之説以自託，將有離經畔道、重貽身世之患者，居士之所大懼也。

乾隆五十九年正月癸卯，龍莊居士汪輝祖書，時年六十有五。

雙節堂庸訓卷一　述先

本系

我汪氏系出唐越國公華第七子爽後。爽傳十二世曰道安，遷婺源。又五世曰惟謹，遷慶元之鄞，今寧波府鄞縣也。惟謹生元吉。元吉生永漸。永漸生思信。思信長子大倫公在鄞，娶夫人高氏，生存中；宋嘉定十年，高夫人卒，繼娶夫人爲蕭山大義邨劉氏女，因家大義。而存中所生二子，之衎遷臨川，之球遷宣城，亦無居鄞者。

大義邨汪氏，以遷蕭始祖大倫公爲第一世。公字叔彝，號冰谷，夫人劉氏，葬本里花原。花原者，以樹木棉得名。子一，述，字天錫，夫人馮氏。子三，長演，字宗三，夫人趙氏，並祔葬花原，歲以清明前二日墓祭。子二，長溥，字克洪，夫人楊氏，葬本里西睦橋。子五，三渙，字巨淵，夫人王氏，葬本縣航塢山。子二，長游，字龜沼，號一齋，葬本里中巷南園，旅歿黔中。相傳歿時，與山陰賈人同厝，比遷匶，二棺毀，櫝骨以歸，兩家秤骨分葬，時號秤骨府君。故夫人徐氏遺命不同穴，别葬航塢山，皆以清明前一日祭。子二，長椿，字春齡，號養拙，夫人朱氏。子二，次璋，字廷章，號居易，夫人鍾氏，並葬航塢山，以清明日祭。子四，次纘，字克承，號逸菴，行彤三，夫人陳氏。子三，次范，字居賢，號樂遂，夫人徐氏，並葬航塢山，以清明後一日祭。子三，長天秩，字宗禮，號鋭菴，行練二，夫人沈氏，葬航塢山，以清明後二日祭。支下男婦俱集。自此以下各祖，皆依次墓祭，集男婦如禮。子四，次棟，字克隆，號成軒，行宏八，夫人傅氏，葬本里前司東阪。相傳墓師登航塢山擇兆域，脱頭巾置石上，爲過鳥所銜，越數日，相地至此，前巾在焉，遂定爲吉壤，舊號頭巾地。余年十五，侍祭墓下，曰：『是天所葬也，不宜以頭巾名。』乃稱『天葬地』云。子三，次時忠，字靖共，號秋莊，夫人沈氏、王氏、趙氏，沈夫人葬航塢山，王、趙兩夫人合祔前司東阪。子三，三應元，字世魁，號惺臺，行明五十九，夫人朱氏，葬本里硯湖灘。子四，季玉華公，諱造，行信八，爲輝祖高祖考，夫人陳氏、繼夫人陳氏，葬山陰縣夏履橋徐闞塢。子三，第三爲曾祖考孚夏公，諱必正，行仁七十一，夫人沈氏，葬前司西阪。子三，第三爲顯祖考毅菴公，諱之瀚，字朝宗，行三，敕贈文林郎、湖南永州府甯遠縣知縣，夫人沈氏，敕贈孺人，葬硯湖灘。子二，長爲顯考皆木公，諱楷，字南有，行十三，河南衛輝府淇縣典史，敕贈文林郎、湖南永州府甯遠縣知縣誥贈奉直大夫，夫人方氏，敕贈孺人，誥贈宜人，夫人王氏，篴室徐氏，旌表『雙節』，建坊本里聚奎橋北岸，並敕贈孺人，誥贈宜人，合葬山陰縣清和里秀山。

子一，輝祖，字焕曾，一字龍莊，罷官歸，又以歸廬爲號，爲冰谷公十九世孫。乾隆戊子科舉人，乙未科進士。湖南永州府甯遠縣知縣，調長沙善化縣知縣，未任，署永州府道州知州。告病解官。誥封奉直大夫。娶王氏，誥贈宜人，生子一：繼坊，字元可，行三，乾隆丙午舉人，揀選知縣，今就職直隸州州同，加二級。繼娶曹氏，誥封宜人，生子二：繼培，字因可，行九，縣學生；繼壕，字深可，行十一，國子監生。妾楊氏，生子二：繼墉，字勤可，行四；繼垿，字序可，行六。

繼坊娶朱氏，今二子：世鐘、世銘。繼墉娶婁氏，今一子：世鎬。繼垿娶王氏。繼培娶陳氏，今一子：世鈺。繼壕聘來氏。通家子吴斐填諱。

顯祖考文林公軼事

公少孤，讀四子書未竟，中年文、字並工，族黨規約盡出公手。輝祖十歲時，公年六十七，遇疑字必從人索解甚力。嘗語輝祖曰：『我未學，非問不至此。我問一人，可答十百人之問，受益最多。小子慎毋懶於問也。』

公同懷三人，年十三，兩伯祖析産令別居。公力自樹，後諸父不善治生，並招與同爨，歷二十餘年無倦色。

自遷蕭始祖至高祖，凡十五世。田息不足以給祭，清明墓祀，往往入夏不舉，甚至棄子女以辦。公請之族長與各房長，準息入爲制，克日行禮，至今無敢渝者。

公行誼既孚鄉里，遇齟齬事，皆質正于公，公反覆理解，率釋忿去。終公之世，無履公庭者。洎公殁，族人多訟。輝祖四十餘歲，猶聞人言：『朝三翁在，必不至是。』公字朝宗，行三，相習以是爲稱。蓋距公殁踰三十年矣。

族有愿人爲盜誣引，縣捕至，竄匿他所，捕者挾其婦去。公遇之塗，廉其情，立以私橐酬捕，婦得釋，而冤亦旋白。兩母雙節坊成，鄉耆追叙此事，皆云：『宜有賢婦。』並謂公之隱德類此者甚多云。

公篤慕儒業，見識字人輒優以禮貌。遇博士弟子，雖卑幼，必肅然起立，貧不能應試，必助以資，或失館，則力爲推薦，必得當乃已。嘗有一士，考列下等，輝祖聞群言訕笑，舉以告公，公怒叱曰：『小子何知！秀才方有等，即下等，畢竟賢於不入等者。汝他日能是，吾死且含笑也。』

輝祖幼時，公寶愛特甚，邨中演劇，必命輝祖侍觀，歸則詳問劇中人姓名及事之關目，并禍福報應之故。應對不譌，輒喜賜小食，不能記憶，或所述是非舛謬，輒恚怒曰：『再爾必撻。』祖母嘗以曠學爲言，公曰：『非若所知。』一日觀演《繡襦記》，公曰：『虧他後來中狀元。』輝祖對曰：『便中狀元也算不得孝子。』公大喜，每舉以語人曰：『兒有識，他日當做正經人。』恨輝祖德不修而耄及，無以副公期望。至今憶公之所以爲教，背汗常如雨下。

顯祖妣沈太孺人軼事

祖母年十五來歸，歸未三月，祖父析居，祖母食貧執苦垂三十年。迨吾父衣食粗足，祖父尚義好施與，祖母遇事贊成，無纖微靳色。

雅重讀書人。鄰有寒士，力不能自給，祖母嘗節縮口食周其匱。比吾家中落，祖母篤老且病，其人漸豐贍，不一顧問。見者議其辜恩，祖母不齒及也。

性莊重，與人謙謹。行輩最尊，凡卑幼跪拜必答，過其前必起立，雖見丐者亦然，或止之，曰：『彼亦人也，何敢以貧故慢之？』

顯考奉直公軼事

公自淇縣歸，年已四十有四。事祖父、祖母依依如童穉，得食物雖薄少，必以奉。吾母疑爲不敬，公曰：『只要舉念不忘，不在物之多寡。必多而後進，則不進者多矣。』一日輝祖見薄炊餅二枚，食其一。公察之大怒，曰：『尚未送婆婆，汝便先喫，必折汝福。』輝祖不獲長侍膝下，即此二事，可想見孺慕大凡。

吾母王太宜人嘗言：公禮師最重，在官中每送束脩，必擇銀之上者，平亦較常用稍重。既家居用制錢，遇大錢輒手自選留充束脩之數。曰：『萬一先生付典當贖衣物，有小錢揀退，是我之罪也。』

『陶器厚薄』之訓，詳《行述》中。輝祖尚憶公言：『做人積福，須耐得幾層剥削，方可傳之子孫。如布如緞，自然耐久，絹便薄脆。降而如紙，亦須作高麗紙，可以揭得數層；若爲竹紙，觸手便破矣。』蓋皆以厚爲道。

外父王坦人先生，公執友也。輝祖十一歲時，先生過舍，公命出見，衣藍色布袍，吾母曰：『兒以敝衣見新親不雅觀，須假綢衣衣之。』公曰：『何礙！此時衣綢、衣布無關榮辱。今父母爲之衣綢，而他年自以布衣終其身，乃爲辱耳。』會有邀公喜醼者，公以持服辭，其人堅欲引輝祖去，吾母曰：『君將遠行，兒不能無應酬，令與人熟識亦可。』公曰：『兒欲熟人，人不與兒熟也。兒能自立，人樂與交，何患無熟人？』終不許。

顯妣方太宜人軼事

吾母見背，輝祖未有識知，不能詳記行誼，讀家静山先生撰傳，略見梗概。祖母性嚴峻，御家人，辭色不少假。臧獲有過誤，吾母輒身承之。而時時私敕家人曰：『若慎毋干太孺人怒，吾鼐非愛若，恐高年人不耐氣耳。』一日，縫人製祖母衣，不戒于熨，襟且燬，吾母急出己衣付質庫，市他縑，秉燭成之。

顯妣王太宜人軼事

曾祖祭田三畝，吾祖所置也，諸父輩共謀鬻之。是時輝祖年十四，家甚窶，書券者慮輝祖有後言，邀列名分價，吾母不可。書券者曰：『列名賣，不列名亦賣。特不列名，則價不得分耳。』吾母曰：『吾雖貧，何忍分此價？』書券者曰：『不分價，亦不能不值祭也。』吾母曰：『譬祖傳止吾兒一人，願永永值祭，無他詞。』産遂廢。而諸父或絶，或散四方，吾母歲時奉祭唯謹。

輝祖自年十五六，以假貸資生，至二十二習幕事，子錢累七百餘金。至年三十，歲脩尚不滿百金。吾母口食不給，而責家之息，付必以時。或勸少緩，曰：『不可使吾兒無面目對人。』往往忍飢竟日，唯吾生母及吾前婦知之而已。風樹之痛，所謂百身莫贖也〔一〕。

吾母終年無夢，夢必徵。乾隆十四年歲丁卯元日，語輝祖曰：『吾頃夢中堂燃巨燭六七條，面南坐者數人，東西侍者十餘人，汝祖、汝父與焉。奂若叔向上拜跪起立，東西侍者數人，向上揖，語不可辨。聞面南者曰：「應與宗銓、宗獻。」奂若叔又拜跪如初。汝祖、汝父向上揖，復揖奂若叔。奂若叔答揖，若不豫然。燭遂熄，不知是何祥也。汝其誌之。』是年七月，輝祖將應省試，而奂若叔病。吾母曰：『叔屢試屢躓，今病不能試，而汝繼之，或將售，此其所以不豫乎？』亡何，輝祖下第。叔五男子析産，則尚友堂住宅爲銓克標兄、獻奕宸弟鬮得。又數年，獻出游，以所受小樓三間暫典趙氏。又十二年爲乙未，吾母棄養。輝祖將治喪，無賓舍，代獻弟贖樓款賓。又十八年壬子，樓歸輝祖。憶吾母言，始恍然悟吾祖、吾父之所以揖也。

又歲己卯八月十四日，輝祖省闈遘疾，試竣輿歸，水漿不入口，晝夜卧，轉側需人，魂時時從頂上出。醫師莫名其證，治方温涼歧雜，氣不絶如絲。至九月初六日，辨附身具矣。吾母夢中堂簇簇數十人中，多古冠服者，吾祖、吾父皆西隅侍立。堂中聲喁喁，若辯論然。久之，聞一人大言舍多舍少，見一戴紅緯帽、隆凖高顴、鬚鬑鬑者，向上跪曰：『該留垃圾。』垃圾，輝祖小名也。吾祖、吾父遂叩首出。有號泣以從者，吾祖、吾父皆揖之。夢甫覺，而友人徐頤亭夢齡至，辨脈定證，一藥而起。未一月，堂伯父所生三子，堂叔父所生一子，相繼没，明年堂叔亦没，曾祖支下唯輝祖獨存，以至今日。曾祖旅没雲南，無遺像，故老言曾祖狀貌與吾母所夢符合。蓋輝祖之生，曾祖實相之矣。記此二夢，見祖蔭非可倖邀，我後人可不求所以仰承先澤之故與？

校勘記

〔一〕『謂』，望三益齋藏板《汪龍莊先生遺書》本作『爲』。

顯生妣徐太宜人軼事

吾母自生輝祖時得脾泄疾，時時憊困，執作不少休，前婦請代，不許。及輝祖有妾，吾母猶親司爨火。輝祖固請命妾代勞，吾母曰：『渠不善用薪，炊一頓飯吾可三頓，汝心血錢，吾不忍耗也。』力疾耐勤苦，大率類此。

病起出汲，至門不能舉步，門故有石條可坐，鄰媪勸少憩，吾母曰：『此過路人坐處，非婦人所宜。』倚柱立，鄰媪代汲以歸。

嘗病頭暈。會賓至，剥龍眼肉治湯，吾母煎其核飲之，暈少定，曰：『核猶如是，肉當更補也。』後復病，輝祖市龍眼肉以進，則揮去曰：『此可辦一餐飯，吾何須此？』固卻不食。羊棗之痛，至今常有餘恨。

吾母寡言笑，與繼母同室居，談家事外，終日織作無他語。既病，畫師寫真，請略一解頤，吾母不應。次早語家人曰：『吾夜間歷憶生平，無可喜事，何處覓得笑來？』嗚呼！是可知吾母苦境矣。

輝祖既孤，力不能從師，吾母請於嫡母曰：『兒不學，汪氏必替，歲需脩脯，十指可給也。』故雖病不廢織作。凡紡木棉花，必擇最白者另爲一機，潔而韌，市價逾常直。每獲千錢，選留大錢三百，儲爲館穀之用。

吾母治庖以潔爲主。嘗言物無貴賤，得味自善，手段無高低，盡心自合宜。當吾師鄭又庭夫子主講家塾時，輝祖方奇窮，膳羞皆吾母手理。今五十餘年矣，吾師追述往事，猶言館餐之潔，莫若吾家，殽雖不豐，無不適口，則當日之精於中饋，可想見也。

雙節堂庸訓卷二　律己

盡心

心宰萬事，人之成人，全恃此心。爲此一事，即當盡心於此一事。所謂盡者，就此一事籌其始以慮其終而已。人非聖賢，烏能念念皆善？全在發念時將是非分界辨得清楚，把握得定，求其可以見天、可以見人，自然去不善以歸於善。不特名教綱常大節所繫，斷斷差不得念頭，即細至日用應酬，略一放心，便有不妥貼處。亡友孫遲舟辰東嘗語余曰：『朱子言：「人同此心，心同此理。」今竟有事出理外者，心有不同乎？』余應之曰：『同此理方爲心，同此心方爲人。若在理外，昔人謂之全無心肝，即孟子所云禽獸也。我輩總當於同處求之。』故惟事事合於人心，始能自盡其心。

人須實做

具五官，備四肢，皆謂之人。曰君臣、曰父子、曰夫婦、曰兄弟、曰朋友，是人之總名。曰士、曰工、曰農、曰商，是人之分類。然臣不能忠，子不能孝，便不成爲臣、子。士不好學，農不力田，便不成爲士、農。欲盡人之本分，全在各人做法。諺有云：『做宰相，做百姓，做爺娘，做兒女。』凡有一名，皆有一『做』字。至於無可取材，則直斥曰『没做』，以痛絶之。故『人』是虚名，求踐其名，非實做不可。

人從本上做起

俗曰『做人』，即有子曰『爲人』。嘗讀《論語》開端數章，聖功、王道，次第井井。聖人以學不厭自居，只一『學』字，已該千古人道之全。學者，所以成其爲人。記者恐人之爲學無下手處，故緊接『其爲人也孝弟』一章；慮有干譽之學，次以『巧令鮮仁』。一貫之傳，曾子以魯得之，記曾子爲學人榜樣，而聖功備矣。『道千乘』一章，王道也。聖功、王道基於弟子，故『弟子』一章，孝弟信仁俱於前數章見過，此即弟子務本之學，以『行』不以『文』。如以文爲學，則子夏列文學之科，何以言學只在君親朋友實地？故做人須從本上起，方有著力處。

做人先立志

做人如行路然，舉步一錯，便歸正不易。必先有定志，始有定力。范文正做秀才時，即以天下爲己任。文信國爲童子時，見學宫所祠鄉先生歐陽修、楊邦乂、胡銓像皆謚『忠』，即欣然慕之曰：『没不俎豆其間，非夫也。』卒之范爲名臣，文爲忠臣。亦有悔過立志如周處，少時無賴，聞父老三害之言，殺虎斬蛟，折節厲學，終以忠勇著名，皆由志定也。故孟子曰：『懦夫有立志。』蓋不能立志，則長爲懦夫而已矣。

須耐困境

番禺莊滋圃先生有恭撫浙時，手書客座楹帖曰：『常覺胸中生意滿；須知世上苦人多。』識者已知爲宰相之器。人生自少至壯，罕有全履泰境者，惟耐得挫磨，方成豪傑。不但貧賤是玉成之美，即富貴中亦不少困境，此處立不定脚根，終非真實學問。此聯見《池北偶談》，乃桐城姚端恪公文然語。

常存退一步想

存一進念，不論在家、在官，總無泰然之日；時時作退一步想，則無境不可歷，無人不可處。天下必有不如我者，以不如我者自鏡，未有心不平、氣不和者。心平氣和，君子之所由坦蕩蕩也。

時日不可虛度

非僅時不可失之謂也。穿一日煖衣，喫一日飽飯，費幾多織婦農夫心力？得能安享便是非常福分。此一日中各事其事：男則讀書者讀書，習藝者習藝，女則或紡、或績、浣汲、縫紉，不敢怠惰偷安，是爲衣食無媿。不然，人以勞奉我，我以逸耗人，享福之時，折福已多。富貴子弟或至於食無覓處〔一〕，職是之由。

校勘記

〔一〕『至於』，望三益齋藏板《汪龍莊先生遺書》本作『致衣』。

作事要認真

『世事宜假不宜真』，此有激之談，非莊語也。畢竟假者立敗，真者顛撲不破。雖認真之始，未必不爲取巧者譏笑，然脚踏實地，事無不成，即成之後，謗疑冰釋矣。

作事要有恒

能認真於始而不免中輟，斷斷不可。諺曰『扳罾守店』，言罾不必得魚，手不離罾，必可得魚，店不必獲息，身不離店，必可獲息，貴有恒也。又曰『磨得鴨觜尖雞賤』，言變計未必逢時，以無恒也。故作事欲成，全以有恒爲主。

事必期於有成

作事之成與不成，即一事而可卜終身福澤。有首無尾，其人必無收束。嘗歷歷驗之，頗不甚爽。『不爲則已，爲則必要於成』，朱子所以垂訓也。『靡不有初，鮮克有終』，詩人所以示誡也。念之哉，毋爲有識者目笑。

要顧廉恥

事之失其本心，品不齒於士類，皆從寡廉鮮恥而起。顧廉恥乃有忌憚，有忌憚乃能檢束，能檢束自爲君子而不爲小人。

貴慎小節

著新衣者，恐有污染，時時愛護。一經垢玷，便不甚惜，至於澣亦留痕，則聽其敝矣。儒者凜凜清操，無敢試以不肖之事。稍不自謹，輒爲人所持，其勢必至於踰閑敗檢。故自愛之士，不可有一毫自玷，當於小節先加嚴慎。

當愛名

聖賢爲學，以實不以名。然君子疾没世而名不稱焉，實至名歸，亦學者所尚。謂名不足愛，將肆行無忌。故三代以下患無好名之士。好孝名，斷不敢有不孝之心；好忠名，斷不敢爲不忠之事。始於勉强，馴致自然，事事皆歸實踐矣。第務虚名而不敦實行，斯名敗而詬訕隨之，大爲可恥。

勿好勝

夫愛名非好勝也。唯恐失名，自能求以實副。專以好勝爲念，必至心馳於外，務勝人之虚名，忘修己之實學，則人以虚名相奉，勢且墮人之術，受人之愚，而不自知其弊，終至失己而後已。

財色兩關尤當著力

世言累人者曰酒色財氣。然酗酒鬭狠，鄉黨自好者尚知儆戒。唯『財色』二字，非有定識、定力，鮮不移其所守。昔人言：『道有黄金不動心，室有美人不炫目，方是真正豪傑。』余獨有要箴二則，能臨境猛省，便百魔俱退。財箴曰：『貨悖而入者，亦悖而出。』色箴曰：『淫人妻女者，妻女亦被人淫。』天道好還，相在爾室矣。

因果之説不可廢

因果雖二氏之言，然《易》六十四卦皆言吉凶禍福，《書》四十八篇皆言災祥成敗，《詩》之《雅》《頌》推本福禄壽考之故。『無所爲而爲善，無所畏而不爲不善』，惟賢者能之。降而中才，不能無藉於懲勸。

余年十五，檢敗簏得先人舊遺《太上感應篇圖釋》半部。誦其詞，繹其旨，考其事，善不善之報，捷如桴鼓。自念少孤多病，懼以身之不修，廢墜先祀，怵然默誓。日曉起櫛洗訖，莊誦《感應篇》一過，方讀他書。有一不善念起，輒用以自儆。比在幕中，率以爲常，日治官文書，惟恐造孽，不敢不盡心竭力。從宦亦然。歷五十年，幸不爲大人君子所棄，蓋得力於經義者猶尠，而得力於《感應篇》者居多。故因果之説，實足糾繩夙夜，爲中人説法，斷不可廢。

不可責報於目前

『惠迪吉，從逆凶。』理之一定，然亦有不可盡憑者，《陰騭文》所云『近報在自己，遠報在兒孫』也。爲善必報，君子道其常而已。不當以他人惡有未報，中道游移，以致爲善不終。

名過實者造物所忌

造物忌名，非實至名歸之名，乃聲聞過情之名也。盛名所歸，不但其實難副，兼恐其後難繼。幸而得名，兢兢業業，求即於無過，自爲鬼神呵護。若以名自炫，必有物焉敗之。驗往徵今，若合符節。

不可妄與命爭

貧富貴賤，降才已定，但天不與人以前知，聽人之自盡所爲。人能居心仁恕，作事勤和，久之必邀天鑒。機械變詐之人，剥人求富，傾人求貴，幸得富貴，輒謂人力勝天，可與命爭，不知營謀而得，亦有命所當然，心術徒壞，天譴隨之。向使循分而行，固未嘗不得也。

少年富貴須自愛

世有辛苦一生不得一襲，皓首窮經不得一第者。或襲祖先餘蔭，或藉文字因緣，少年時號素封、躋膴仕，此非常之福也。幸履福基，時存惜福之心，行修福之事，福自無量。不然，禄算綿長，良不易易。

處豐難於處約

處約固大難事。然勢處其難，自知檢飭，酬應未周，人亦諒之。至境地豐亨，人多求全責備，小不稱副，便致釁尤。加以淫佚驕奢，嗜慾易縱，品行一玷，補救無從。覆舟之警，常在順風，故快意時，更當處處留意。

欲不可縱

縱欲敗度，立身之大患，當於起手處力防其漸。凡聲色貨利，可以啟驕奢淫佚之弊者，其端斷不可開。

貧賤當勵氣節

氣節與肆慢不同。肆慢者，以貧賤驕人，必至恃貧無賴。位卑言高，皆獲罪之道也。不洩洩以乞憐，不唯阿以附勢，固窮厲志，守義不移，富者不敢傲以有餘，貴者莫不敬其有守，謂之氣節。

擇穩處立脚

如行軍然，出奇制勝，危道也；仁人之師，堂堂正正，勝固萬全，負亦不至隻輪不返。兩利相權取其重，兩害相形取其輕。甯按部而就班，不行險以僥倖，是爲穩處立脚。

居官當凜法紀

職無論大小，位無論崇卑，各有本分當爲之事，少不循分，即干功令。凡用人理財、事上接下，時存敬畏之心，庶幾身名並泰。

宦歸尤當避嫌

幸而宦成歸里，當以謹身立行，矜式鄉黨。一切公事不宜干預，地方官長無相往還。遇有知交故舊，更宜引嫌避謝。稍可指摘，即爲後進揶揄。

守身

《大學》《中庸》《論語》言身甚詳。誠身爲始事，致身爲終事。而孟子獨言『守身爲大』，蓋知所守，則窮通壽夭無一敢輕。戰陳無勇，亦爲非孝，殺身成仁，未爲虧體，極守之能事矣。然聖賢甚愛此身，不肯輕擲，曰免於刑戮，曰隱，曰危行言遜，無一非守身之義。《詩》云：『既明且哲，以保其身。』終以保身爲守身之正。能立身揚名，以顯其親，尚已；其次莫如夙夜匪懈，常凛懷刑之思，全受而全歸之，蓋棺論定，得稱善人，庶可見先人於九原。嗟乎！窮而在下，尺步繩趨，猶易自主；幸而通顯，地愈高，勢愈危。此義不可一日忘也。

雙節堂庸訓卷三　治家

統於所尊則整齊

一家之中，天合人合，氣味不同，剛克柔克，性情亦異，惟受尊長約束，方能畫一。不然，妯娌以貧富相耀，姑嫂以疏戚生嫌，僾焉不可終日矣。

孝以順爲先

『順親』二字，見於《中庸》。諺云『孝不如順』，蓋孝無形而順有迹。順之未能，孝於何有？如謂父母亦有萬不當順之故，則『幾諫』一章自有可措手處。玩紫陽『愉色婉容』四字，何等委折！天下無不是之父母，必先引咎於己，方能歸善於親。一味戇直，激成父母於過，即所謂不順也。若欲與父母平分曲直，以己之是，形親之非，不孝由於不順，罪莫大焉。

惟孝裕後

人能孝順，也只盡得子職，原不應望報於天，亦無望報於天而後勉爲孝順之理。然天道於此，報施最分明，最迅速，不待他證也。吾曾祖生子三人，吾祖父、祖母獨善事吾曾祖母，故止鍾福於吾祖一支。吾祖生吾父暨吾叔父二人，吾父、吾二母獨善事吾祖父、祖母，吾生母尤力爲其難。詳《徐太宜人行述》。故吾以伶仃孤苦之身，得至成立。念吾祖母遺言，吾生母自當有後。知吾生母之必當有後，則知事親者不可不奉吾生母爲法矣。

繼娶難爲父

婦未必皆賢也，而所生子女無懟母之人。不幸喪耦，處不得不繼之勢，遇不賢婦强分畛域，調劑之苦，天實爲之。幸而婦知大義，未嘗不慈，而前妻子女外視其母，至父有詬劳，輒歸過於後母之所爲。爲之父者，責善不能，避嫌不可，動而得謗，是誰之過與？

事後母

後母難事，尚宜事之以禮，況易事者乎？然往往遇易事之母，而被以難事之名，使母稱不義，父號不慈。是誠何心？或曰『是有間之者』。賢如吾母王太宜人，蔑以加矣。然余年十三歲，太宜人約飭素嚴，族叔某私語余曰：『若母慈汝，固萬不如慈汝妹也。』余大以爲不然，奉太宜人教益謹。不四年，某子死。又十餘年，某死。今爲之後者亦死。向使余惑某言，其能有今日乎？人在自爲耳，爲子而以人言即於不孝，人果任其咎歟？否歟？

事鰥父寡母更宜曲體

寡居之母，雖有婦可依，有女可侍，然婦有子女，女有夫婿，不能專依膝下。疾病飲食，苦有不能言者。至於父老鰥居，真煢煢矣。鄙見吾族某翁，中年喪耦，至八十餘歲，寢食孑然。嘗語余曰『吾拭面巾久，如敗絲瓜，求换一方不可得』，言已泣下。余晝焉傷之，曾告其諸子，皆弗顧也。未幾，子亦身歷其境，窮且過之。天鑒不遠，可不畏哉！

友難於孝

人於父母，容有不敢直言之隱。若兄弟，則事事可以推誠共白，其勢比事父母較易，而往往難盡其道者。蓋家庭齟齬多起婦言。父子天性，讒不能行。婦非甚不孝，尚不敢肆論舅姑。子稍有天良，必無徇婦忤親之事。至妯娌相猜，讒言易入，起於芥蒂，釀爲參商。不知自父母視之，毫無區别，不能友愛，即非孝順。故先聖引《書》云『惟孝，友于兄弟』也。歷來手足不和，多從利起。昔人有言：『父母有事，譬如少生兄弟一人；父母分財，譬如多生兄弟一人。』能三復此言，婦言又何自而生？

冢子宜肩重任

冢子之生，多在父母盛年。及父母生幼子，冢子已届成立，往往所生子女年齒與弟妹相等。貧賤之家，分勞立業，責在冢子，不當以力由己出，區弟妹而貳之。幸爲富貴之胄，則受庇獨早，子女並承餘蔭，迨父母衰邁，自宜以受庇之身，庇其弟妹。先圖自逸，知有己之子女，不顧父母之子女，父母其能安乎？知其不安，而忍而爲此，是可忍也，孰不可忍！

弟當敬事兄長

父兄並稱，故諺云：『長兄如父。』其年齡既長，其閱歷必多。爲之弟者，自應受其訓誡，敬而事之，凡事禀承，自有裨益。若儼然抗行，是謂不弟，必非福器。

齊家須從婦人起

齊之云者，一不一以歸於一也。婦自外來，母教不必盡同。一家之中，有一婦不遵家督，不守家範，或服飾鮮妍，或餐起遲晏，便規矩參差，不能畫一。往歲與客論《詩》，兒子繼坊、繼培侍。培方八歲，忽問坊曰：『太史采風，不專女子，何以二《南》之詩，男少於女？』坊無以應。余曰：『化男子易，化女子難。至女子皆化，則男子之率教可知。』雖一時臆説，每舉以質人，無異辭。姑録之，以諗來者。

婦言不可聽

不聽婦言，大非易事。蓋婦人之性，多有偏蔽，全在爲之良人者，隨事隨時婉轉化導，使於大段道理一一分明，自然無禮無義之言不敢輕易出口。故不在禁於既言之後，而在制於未言之先。屢言之而屢不聽，則頑者易疲，黠者必恚，漸開反目之端，必戾同心之義。惟相忘於無言，太和之氣自在門内矣。

婦人不良咎在其夫

婦人以夫爲天，未有不願夫婦相愛者。屢憎於夫，豈其所性？惟言之莫予違也，馴至喋喋不休。爲之夫者，御之以正，無論明理之婦，知所自處，即不甚明理者，亦漸知感悟。故吾謂男子之能孝弟者，其婦必不敢不孝不睦。婦之不良，大率男子有以成之。

女子當教以婦道

婦性不馴，皆由爲女子時失教。夫今日之女，他日之人婦也。以其爲女而驕縱之，一旦受姑嫜督約，苦不可耐，賢者尚能自勉，不才者必上下交盭矣。語云『百了女做不得一了婦』，可不豫乎！

佳子弟多由母賢

婦人賢明，子女自然端淑。今雖胎教不講，然子禀母氣，一定之理。其母既無不孝不弟之念，又無非道非義之心，子女禀受端正，必無戾氣。稍有知識，不導以誑語、引以詈人，後來蒙養較易。婦人不賢，子則無以裕其後，女則或以誤其夫。故婦人關係最重。

教子弟須權其材質

子弟材質，斷難一致。當就其可造，委曲誨成；責以所難，必致僨事。昔宋胡安國，少時桀驁不可制，其父鎖之空室，先有小木數百段，安國盡取刻爲人形，父乃置書萬卷其中，卒爲大儒。大宗細桷，大匠苦心，父兄之教子弟亦然。

子弟勿使有私財

愛子弟輒私以財，此大謬事。天下悖理之行，皆非徒手可爲。竊余自十六七歲，至三十歲，内外知識未堅，血氣未定，凡目之所接、心之所萌，可以喪名、可以敗儉者，無不可爲。幸囊無一錢，煽誘之所不到，余亦不能與華奢子弟參錯爲伍，遂由强制以臻自然，得厲名節，不爲大人君子所棄。欲求子弟自愛，先不可使有私財。

謹財用出入

不惟寒素之家用財以節，幸處豐泰，尤當準入量出。一日多費十錢，百日即多費千錢，『不節若，則嗟若。』富家兒一敗塗地，皆由不知節用而起。

財貴能用

節用云者，非不用也，特不宜妄用耳。『錢』之義爲『泉』，取其流，無取其滯。惟事必需用，故貴有財。若疾病而靳醫藥，吉凶而斷往來，無濟於用，與無財何異？且有積之數十年而銷之不過數年者，其祖父慳吝過甚，其子孫糜費必多。盈虚之道，歷歷不爽。

勿貪不義之利

所貴乎有財者，以能爲所當爲，可得體面也。若義非當，取必越分。悖禮而取之，當其取之之時，怨毒所叢，詬及父母，詛及子孫，體面已傷。此等近利之徒，不過炫裘馬，飾妻妾，當爲之事必不能爲。即爲父母營養葬，爲子孫求田宅，庸人羡之，達人鄙之，不體面又孰甚焉？何如安貧守分，人人敬禮者之爲有體面乎？

勿争虚體面

不顧體面，必不知自立。若虚飾體面，則又萬萬不可。蓋體面之説，起於流俗，儒者惟知有心術而已。勉争體面，不得不詭無爲有，其弊也，假借子錢，斥賣産業，不至水落石出不止。流至末路，體面不能終保，將心術亦不能自固矣。是亦不可以已乎！

儉與吝嗇不同

儉，美德也，俗以吝嗇當之，誤矣。省所當省曰儉；不宜省而省，謂之吝嗇。顧吝與嗇又有辨，《道德經》：『治人事天莫如嗇。』注云：『嗇者，有餘不盡用之意。』吝則鄙矣。儉之爲弊，雖或流於吝，然與其奢也，寧儉。治家者不可不知。

非儉不能惜福

儉之爲益，非僅省財而已，惜福必多。嘗見富貴之家，子孫多不肖，或動與疾病相值，勤耕務織者往往康强，後人亦知守分，暴殄與惜福之别也。昔吾浙有達官寵妾占熊，屬吏以珠補繡蟒爲獻，達官大悦。無識之吏聞風競起，凡獻蟒袍二百餘件，皆定製顧繡，其長不踰二尺。余曰：『此兒必不育，不則必敗其家。』聞者大詫。余曰：『蟒袍非常服可比，計二十歲狀元及第，三十歲作太平宰相，八十歲榮歸，亦不能衣蟒至二百餘件之多。今襁褓中遽受此數，恐福已消盡耳。』皆笑余迂闊。不數歲，達官賄敗，此兒納刑部獄，未幾病殤。反是以觀，則惜福者延齡，古人豈欺我哉！

服用戒過奢

服飾器用，俱視各人自家身分。不自審量，務爲逾分之美，不但損福，并足招尤。同儕共耦之中，人皆樸素，我獨奢華，即不遭誚譃，亦莫與親近。爲輕薄子所訕，不可也，爲長厚人所遠，如之何其可！

儉非勤不可

余言：『佐治、學治，皆以勤爲本。』治家亦然。不惟貧者力食，非勤不可，即富者租息之增減，筦鑰之出納，無一不須籌畫。婢媪之功、僮奴之課，不歷歷鉤稽，則怠者不儆，勞者無勸，未有不相率而歸於惰者。至賓祭酬酢，在在皆關心力，不則濡遲誤事，簡略貽譏。勝我者以爲慢，不知我者以爲驕，慢與驕，咎所由起也。諺曰：『男也勤，女也勤，三餐茶飯不求人。女也懶，男也懶，千百萬畝終討飯。』蓋諺也，而深於道矣。

婦道尤以勤爲要

勤固男子之職，而婦人尤甚。米薪瑣屑，日用百須，男子止能總計大綱；一切籌量贏絀，隨時督察，惟婦人是倚。婦人不知操持，必多無益之費。諺有云『鹽缾跌倒醋缾翻』〔一〕，一無收束，安能不至千創百孔，甚至貸假典質，以飾男子觀聽？往往饒富之户，室已屢空，而主人尚不自知，極於無可補苴，男子亦難自主。故治家之道，先須教婦人以勤。

校勘記

〔一〕『醋缾』，底本誤作『醋缺』，據望三益齋藏板《汪龍莊先生遺書》本改。

婦職不可不修

婦人不勤，必且廢職作、厭井臼，而莫大於棄針黹、遠庖廚。此二事乃婦人要職，富家女視爲不屑：綦履屬縫婦，粥飯屬庖人，主婦坐享其成，物力艱難，一無知識，而婢僕乘機偷盜，茫無檢點。且婦職既廢，穿衣喫飯外，無所用心，則抹牌觀劇，皆越職爲之。馴致家素〔二〕，豈曰天命哉？昔胡偶韓先生文伯嘗言，守揚州時籍没潁州府王太守泰興原籍，居室壯麗，百物具備，而獨無廚竈。詰之，則門外酒肆領本開張，宅中饔飧食物皆給單支算，不自舉火。此自婦人不治中饋，充類以至於盡也。故教婦人以勤，先從縫紉、烹飪始。

校勘記

〔一〕『素』，望三益齋藏板《汪龍莊先生遺書》本作『索』。

婦不宜男當買妾

娶婦著代承祧爲重。既不宜男，禮宜置妾。賢明之婦，自知大義。不幸而婦性猜妬，亦當曉以無後之禮。偏於所愛，縱之使驕，曲徇悍婦之私，忍絶先人之祀，生無以對里黨，死無以見祖宗，真不可爲人，不可爲子。

置妾不當取其才色

爲宗祊而置妾，非得已也。當擇其厚重有福相者，毋以色選，即才藝亦非所尚。蓋厚重之人，必能下其正室；有福相，可因子貴。矜才者巧，恃色者佻，皆非載福之器，且斷斷難與正室相安，所繫於家道甚鉅。

有子勿輕置妾

美女入室，惡女之仇，自古爲然。故素相愛敬之伉儷，因妾生嫌，漸致反目。婦已有子，自可毋庸置妾。先貧後富、先賤後貴者，尤所不宜。實於品行有關，不僅室家可慮。

勿使妾操家

吾越作妾，類皆大家婢女。過江吳産，多以室女爲之，然亦小家女也，素無姆教，明理達義，百無二三，全賴正室拊循化誨。苟因正室愿樸或衰老，令妾主持内政，必有不知大體之處。若正室無子，以有子之妾操家，勢且尾大不掉，害有不可勝言者，終非其子之幸也。

娶醮婦宜慎

婦人義止從一，故能以夫爲天。既已貳之，婦德乖矣，分不宜娶，不待智者而知也。然或家貧而不能備禮，或喪耦而已近衰年，非醮婦莫爲之室者，欲延祧祀，不得不權宜遷就，大非幸事。此與室女有間，儘可從容訪問，以家貧性順，無子女者爲尚。不然，慎毋草草。至貪其賸資，尤爲大謬。

無子當立後

無後爲大，人盡知之。然往往不肯立後者，一則偏聽婦言，慮嗣子不能孝順；一則嗣子之本生父母攘踞嗣産爲己物，反致所後之親不得顧問，故人以立後爲畏。不知一朝怛化，争繼争財，喧呶肆起，鬼而有知，雖悔何追！故不幸年老無子，當於昭穆相當之中序立一人〔一〕，以杜争端。才不才自關家運，腹出之子何嘗皆克肖哉！

校勘記

〔一〕『二』，底本誤作『以』，據望三益齋藏板《汪龍莊先生遺書》本改。

勿以異姓亂宗

立繼須擇同宗之人，一脈感通，方能格享。同姓不宗，已難續祀，何況異姓？《意林》（底本缺意林二字）載《風俗通》稱：『周翁仲妻産女，會屠者産男，密以錢易之。後翁仲使見鬼，周光與兒同祭先塋祭所，但見屠兒持刃割肉，別有人帶青綬彷徨東廂不進，妻具陳其事，翁仲曰：「凡有子者，欲承先祖。先祖不享，何用？」遂送還屠家。』

近紀曉嵐先生昀《槐西雜志》有視鬼者曰：『人家繼子凡異姓者，雖女之子，妻之姪，祭時皆所生來享，所後者弗來也。凡同族者，雖五服以外，祭時皆所後來享，所生者雖亦來，而配食於側，弗敢先也。惟于某抱養張某子，祭時乃所後來，享後知其數世前于氏婦懷孕，嫁張生，是子之祖也。』蓋異姓之不享，古今一致。不幸無子，當以族子爲後，慎勿爲婦言所惑，子異姓之子，自斬其祀。

無子可繼宜依禮祔食

異姓不可爲後，而服屬之親又無可擇立，若必執繼絶之説强爲序繼，則懷利者紛起而争，甚無謂也。夫承繼專爲承祭，但使烝嘗有屬，何庸似續旁求？《禮》有祔食於祖之文，以喪葬餘貲，祔爲祖考祭産，俾有後者輪年祔祭，鬼自永不憂餒。息争端而延久祀，莫善於此。

不可求爲人後

恩莫重於父子。出爲人後，以義裁恩，事難由己。擇立之所不及，議立之所不到，而曰『吾應爲後』，忘本貪財，不孝極矣。功令先儘同父周親，次以服制旁推，言其常也。繼言嗣子不得於所後之親，聽告官别立賢愛，通其變也。蓋誼非天屬，全以義維。故重賢愛，甚於重周親。既擇立、議立，皆非主名，則其不得於所後之親，情事甚明。雖已立，尚聽告官，况猶未立，而欲以勢力争之？天道有知，豈能昌後？

聖天子矜憐無告孀婦立繼，聽其自主，雖獨子，亦所不禁。近來争端漸息，覬利以棄親者，亦可自惕矣。

祭先宜敬

羊跪乳，烏反哺，物猶知本，何况於人？祭先之道，不惟物之致豐，尤貴心之致敬。即力有所絀，不能備物，誠意勿渝，先人亦格享之。不然，能邀福佑者，未之有也。

祭産宜豫

賢孝子孫，原不倚産承祭。但子姓繁多，不能盡屬有力，萬一力不副心，必致奉祀不虔。古人先備祭器，所以敦水源木本之思也。且祀産不定，則祭之規模皆難豫立。豐儉無常，亦乖禮制。吾族遷蕭始祖傳世二十有餘，計年六百餘歲，而歷代墓祭至今勿替，祀産之益彰彰矣。

值祭不宜論産

亦有支下子孫以他事廢棄祭産，廢産者固爲不孝，若以産廢之故，即諉祭於廢産之人，應輪祭而不值祭，坐視先靈之餒，此則視廢産者不孝尤甚。蓋子孫不致山窮水盡、貧極無聊，必不敢廢棄祭産。祭産既廢，其不能料理祭祀，大概可知。我尚饔飧足給，而忍俎豆不供，尤而效之，罪莫大焉。是必有善處之方，所當隨時斟酌。

賓讌宜潔

自奉不可不儉，以儉待賓，則斷斷不可。且不必主於豐也，不速之客，家常餐茗亦當以潔爲敬。即一頓客飯，而中饋之勤惰可見。

勿淹葬

人有恒言曰：『死者入土爲安。』聖人復起，斯言不易。顧吾越淹葬之習，恬不爲怪。貧者猶曰無力，素封之家，妄求吉壤，月宕歲延，有一再傳而停匱於堂、厝棺於野者。甚或改卜佳城，屢屢遷掘，没者不寧，生者不順。不知古來發祥大地，其子孫未嘗人人富貴。大率獲福之人，類能守身敬祖，亦如子孫孝事祖父母、父母者，見愛於祖父母、父母，不孝者不愛也。爲人子孫，不自求多福，而借祖父母、父母遺魄爲祈福之具，其不獲罪於天者尠矣。

疾病宜速治

疾起即藥，易於見效；因循不治，醫師束手。儉嗇之人靳於醫藥，猥曰：『死生有命。』夫疾即不死，而抱疾以生，何累如之？治家以勤，勤非康寧不可。故疾病以速治爲貴。

婚嫁宜量力

嫁娶之事，動曰顔面攸關，千方百計，典借飾觀。無本之流，涸可立待。成婚後，稍不周到，徒費口舌，有因而齟齬者。訂姻之初，宜從樸實，勿以媒妁所誑，作重聘厚奩之想，庶無後悔。

相子擇婦

相女配夫，古人言之。不知聘婦尤當相子。若子不才而徒希門閥，女子甚賢，自安義命，非然者，『天壤之間，乃有王郎』，必將薄視其夫，釀爲家門之禍。禮聘之始，何可不慎？

攀高親無益

嫁女勝吾家，娶婦不如吾家，則女子能執婦道。前賢慮事極周。世俗多援繫之見，無論嫁娶，總惟勝己者是求。夫富與富接，貴與貴比，人情也。兩家地位相當，自爾往來稠密。稍分高下，漸判親疏，勢實使然，賢者不免。故五倫之內，不綴姻親，氣誼浹洽，即爲朋友。如不相孚，雖姻何益？

締姻宜取厚德之家

子孫繁昌，類皆先世積善所致。擇婿聘婦，俱望其裕後興宗。殘刻之家，富不可保，貴亦難恃，目前榮盛，轉睫彫零。惟恭儉孝友，家風醇謹者，其子女目濡耳染，無澆薄習氣，可以爲婿，可以爲婦。雖境地平常，餘慶所鐘，必有承其流澤者。

奴婢宜督約

幸有奴婢，足供使令，逸矣。然凡爲奴婢，知識多愚，筋骨多懈，非主人董率，鮮能盡分。隨才器使，因時督約，須處處精神周到，方可收指臂之助，其勞有過於無奴婢者。若稍耽安逸，聽奴婢之自爲，弊將錯出矣。《袁氏世範》於待婢僕之道言重詞複，有以夫。

奴婢不中用宜速遣

奴婢之長，以能護主爲上。既不遵約束，或意在他圖，急宜邀中遣去。如以身價、雇價未清，勉强容留，愚者愛惜氣力，遇事因循；黠者勾串外人，乘機偷盜。家賊難防，閉門養虎，自貽伊戚，悔之晚矣。

奴婢疾病宜善遣

風寒小疾，必無他慮者無論。若病勢稍覺可慮，即當邀同中保，交還親屬，量予藥資，聽其調治。既見待人之厚，兼無意外之虞，一切所用之人，皆當如是。

婢女當養其廉恥

婢亦室女，特其父母貧窶，及幼失所親，不得自居於室耳。他日或爲人妾，或爲人婦，總望其有所成就。當於驅使之中，教以閨房之義，事之近於褻者，語之近於狎者，無使見聞。俾知愛惜廉恥，自無蕩檢踰閑之慮，亦惜福之一端也。

乳媪不宜輕雇

『教兒嬰孩』，古訓也。富貴之家較貧賤者，尤須加謹。其受害之源，全在乳媪。蓋乳媪一流，多單門下户，貪嘌嬾做者爲之。恣兒所欲，固其懽心，至勢不可離，輒挾兒爲奇貨，百方求全，以遑其私。主母以兒故，不得不委曲含忍〔一〕，害有不可更僕數者。其恣兒之法：兒有知識，則導之索玩好，求衣食，争好醜，競多寡。小不如意，教以詬詈潑賴之方。僕從莫之敢忤，日以驕縱，少成習慣，故大家子弟一壞而不可檢制。古人養子，原皆自乳，或雇乳，則擇端良之婦。顧婦之端良者，何可多得？且又安肯爲人乳哺？苟非産母缺乳，萬不得已，斷斷不宜雇媪乳兒。不惟可以省氣，可以省費，實關於嬰兒之成敗者不細。

校勘記

〔一〕『含』，底本誤作『貪』，據望三益齋藏板《汪龍莊先生遺書》本改。

保全節操

婦人嫠居而能矢志不貳，或撫孤，或立後，其遇可矜，其行可敬，雖有遺資，總當善遇。若遭貧窶，更爲無告。房族不幸而有是人，必須曲意保全，俾成完行。吾母兩太宜人，艱難植節，吾所身親。具官寧遠，習俗不重貞節，會有茂才孀妻，貧難自立，諄諭族長於祭祀中節羸資膳，堅其壹志。其後他族聞風式法，守節遂多。因知婦人立節，不可不思所以曲全之道。

無志秉節者不可强

秉節之婦，固當求所以保全之矣。其或性非堅定，不願守貞，或勢逼饑寒，萬難終志，則孀婦改適，功令亦所不禁，不妨聽其自便，以通人紀之窮。强爲之制，必有出於常理外者，轉非美事。

酒最僨事

酒以成禮合歡，原不可少，耽之必至僨事。且好飲者，多在晚夕，一人銜杯未止，舉家停鐙以俟。奴僕則伺隙滋弊，廚竈則遺火可虞。故飲酒不可無節，而居家爲最。

戲具不宜蓄

賭博之事萬不可犯，犯必破家。即一切賭具，亦不可蓄。嘗有新年無事，偶爾消閒，子弟相習成風，因之廢時蕩産。即笙簫鼓板之類，雖非骰牌可比，然亦足荒正務，總以勿蓄爲宜。

架上不可有淫書

淫詞豔語，最足壞人心術。子弟成童，天性未漓，尚不至爲物欲所誘。日見淫書，必至目摇神蕩，不能自制。間或蹈於匪僻，關係甚大。故書架之上，斷不可存此等書籍。

田宅交易須分明

典賣田産〔一〕，須確查户貫、字號、段落、四至、界址、佃人、租額、有無典賣他處，一一分明，然後憑中立契。屋宅則間數、椽瓦、牆壁、門窗、正路、旁徑，以及花木、甎石，凡宅中所有一切，均須註載清白。售主當面交割，然後受産，自無後患。如或愛得些小便宜，必有餘累。弱者累在及身，强者累貽後嗣，十常居其八九矣。

校勘記

〔一〕『賣』，望三益齋藏板《汪龍莊先生遺書》本作『買』。本條下同。

便宜産業不宜受

産業各有時價，正項交關，無所謂便宜者。且得業者虧，亦不當妄想便宜。無端而價值比大衆較廉，其中必有欺隱、影射、重賣、盜賣等弊，貪小承受，必致訟費不訾。或乘人窘急，多方准折，自謂得計，此則巧取昧心，甚非詒穀之道。前室王宜人嘗誦『吃虧時節便宜在，貴買家私受用多』二語，不知所本，義明理足，吾子孫能世世書爲座右箴，必有食其報者。

契税不可漏

田産税契，例限一年，漏匿不税，當罰契價一半入官。故不税之契，刁劣賣主得以藉詞找貼，即爲訛詐之由。遇多事地方官、書役，更得借端滋擾，按例議罰，所傷實大。

勿欠額賦

國課早完，民之職也。黠者、疲者，率屬户書捺擱，不即依限完納。究之延欠不過半年，終須全完。先費賄託之資，後受差追之擾，是謂至愚。

官項不宜借

官中出借，如生息銀兩、出陳倉穀之類。初時經承傳語，未必無些許利益〔一〕，息價或輕於民間。一經具領，則銀有扣折，穀有攙和。領既入官，不得不受，及於繳還官款，加平色，加斛面，層層喫虧。其或稍逾時日，則追呼隨之，至有典鬻應比，禍及子孫者。既累且辱，不可不絶之於初。

校勘記

〔一〕『許』，望三益齋藏板《汪龍莊先生遺書》本作『須』。

勿受來歷不明之物

此種物事，大概皆過路人齎售，亦有三姑六婆中轉鬻者。急於脱變，價直視尋常稍輕，來歷多不可問，草率成交，必貽後患。昔有人以數十文錢買一銅壺，已而官捕查起强盗正贜，輾轉根訊，事幸得白，家已全破。故物良價賤，率係來歷不明，斷斷不可貪小承受。

勿貪重息出貸

以本生息，治家者不能不爲。然借户奸良不一，最須審察。經紀誠實之人掂斤簸兩，子母相權，必不肯借重息作本。其不較息錢，急於告貸者，原無必償之志。諺所云『口渴喫鹹菜滷』也，利上加利，亦所不較，而終歸於一無所償。故甘出重息之户，不宜出貸。

勿因息輕舉債

緩急相通，舉債亦不能免，要必不得已而後爲之。須先權應借之故，得已即已。或因借主息輕，以爲不妨多借，不知多借則多用，已爲失算〔一〕。若出輕息以博重息，從而牟利，則人負我，而我不能負人，尤速貧之道也。

校勘記

〔一〕『已』，底本作『以』，據望三益齋藏板《汪龍莊先生遺書》本改。

債宜速償

假債濟急，即當先籌償之之術。與人期約，不可失信。諺云『有借有還，再借不難』，真格言也。因循不果，至子大於母，則償之愈難，索之愈急。不惟交誼終虧，勢且負累日重。

子孫多産宜分析

累世同居，豈非美事？然衆口難調，强之轉爲不美。蓋子多則婦多，婦人之性最難齊一，至孫婦更難矣。產業貲財不爲分析，不肖之婦各私所私，費用浩繁，有家長所不能檢者，致貧之道即基於此。一朝撒手，兄弟、妯娌疑少争多，必釀家門之禍。《禮》有之：『六十曰老而傳。』年力就衰，即當手定分書，按股析授〔一〕，以杜身後釁端。

校勘記

〔一〕『析』，底本作『折』，據望三益齋藏板《汪龍莊先生遺書》本改。

析產宜酌留公項

嗚呼！是言也，余固有爲言之也。使爲子者皆能以事親爲心，爲之親者何必過慮及此？顧余嘗見衰老之人，盡將產業分授諸男，遇有所需，向諸男索一文錢不可得，仰屋諮嗟，束手飲泣。而不肖子孫且曰：『老人已日受膳奉，何有用錢之處？』茹苦莫愬。故既分產，必須自留公項，生則爲膳，死則爲祭，庶可不致看兒孫眉眼。嗚呼！後世受產子孫，讀是語而不惻然生孝親之念者，其能邀福於祖宗乎？

有室有家之男女宜爲曲諒

父母之愛其子，豈有窮期？男雖有室，猶若孩提；女雖有家，猶若在室。顧有室即有兒女之事，有家即有舅姑之奉，愛則維均，孝如有别，爲父母者，須當曲爲體諒，善自譬解，方可無失其慈。不然，鮮不鬱而成憤，怒徵辭色矣。然女生外向，服且從降，義有專重，分不得齊父母於舅姑。男則何可厚兒女而薄父母哉？

嫁女亦須體恤

習俗務爲奩送，吾意不以爲然。然生女雖不如男，而鞠撫無異。且女子適人，舅姑娣姒間有不能不曲盡其意者，不專恃以順爲正，儀文不至，多爲獲咎之端。且女子既嫁，止能受庇於父母爾，至兄弟而跡疏矣，至内姪而跡愈疏矣。可以庇而不庇之，使其無可告訴，亦屬虧慈。特義須量力。婦人無識，損男以益女，則於情不愜也。

愛憐少子長孫之故

成立之子日與親遠，少子常依膝下，愛所由鍾也。父母於子，皆望見其成立。子尚少而身漸老，勢恐不及庇之有成，憐所由起也。以憐生愛，以愛增憐〔一〕，情也，亦理也。成立者以爲父母偏愛，忌而疏之，則愛憐愈甚矣。至祖愛長孫，《袁氏世範》以爲由少子而推之，此則未然。蓋人之性情，大率老而漸寬〔二〕，祖之見孫，多在中年以後。孫畏父嚴，而樂祖寬，常與祖近，祖亦藉以自娱，此其所以愛歟。

校勘記

〔一〕『增』，底本誤作『憎』，據文意改。

〔二〕『率』，底本誤作『衰』，據望三益齋藏板《汪龍莊先生遺書》本改。

勿營多藏

力求儲積爲子孫計，非不善也。然子孫之賢者，不賴祖父基業；苟其不肖，多財何益？天下總無聚而不散之理。苦求其聚，凡可以自利者，無所不至，陰謀曲構，鬼笑人詛。聚之愈巧，散之愈速。惟勤儉所遺，庶幾久遠耳。

宜量力贍族

同一祖系，一支富貴，必有數支貧賤，非祖蔭有厚薄也，氣之所行，盈虛相間，有損始有益，此盛則彼衰，理固然耳。我幸富貴，如之何不念貧賤者？顧富貴無止境，亦無定象。衣食有羨，即爲豐饒；俸禄有餘，即爲充裕。宜儉約自持，節損所贏，以廣祖宗之庇。有服之親無子者，或立後，或祔食，使鬼不憂餒。極貧者，或給資，或分産，使人無失所。高曾以上，則置義田以邺之。昔宋范文正贍族義田，至今弗替。其規模宏遠，雖萬難幾及，然自就己力，量贏籌辦，爲平地一簣之基，何患無繼起以成其美者？必待甚有餘而後爲之，則終無爲之之日矣。吾族無百畝之户，公事動多掣肘，仁術一無可行。余夙鍥於中，而佐幕食貧，竊禄未久，有志焉，無能爲也。後有賢達者，尚其念旃。

宜儲書籍

『遺金滿籯，不如一經』，古人所以稱書爲良田也。暴發之户，非無秀彦，苦於無書可讀，虚負聰明。爲父兄者早爲儲蓄，俾知開卷有益之故。中人以上，固可望爲通儒；中人以下，亦可免爲俗物。或謂書非急需，急而求售，必虧原直。嗚呼！是薄待子孫之説也。子孫至於售書，不才極矣，以購書之資置産，終歸罄蕩。若其才者，則讀家藏書籍，大用大效，小用小效，又豈必以資産爲憑藉哉？

造宅不宜過麗

宅取安居，惟堅樸者可久。子孫賢才，自能别恢基業。如係中人之質，必使力易葺治，方無傾圮之患。蓋居是宅者，不必皆無力也。丁口繁多，有一二人力不能齊，即難一律整頓。每見世家大族，其門户廳堂，往往剥落，以葺治之不易也。故造宅不宜過麗。乾隆十八年，武進布商張氏，承買藉没張藩司括之青山莊别墅，毁拆花木亭臺，得直繳官，而以莊地爲蔬圃。當時群訝其俗。迨二十一年，總督尹公按部常州，欲至莊攬勝，聞莊廢而止。假令别墅猶存，則爲當道游觀之所，轉須時時葺治，重貽後累。知此義者，庶可治家。

長齋拜經宜戒

衰翁老婦，嫁婚事畢，藉誦佛號消遣歲日，亦愛養精神之一端。至特殺本所當戒，託茹素以全物命，未爲不可。有等愚闇之人，妄聽僧尼簧鼓，男既誦經拜佛，女復長齋禮懺，甚至婦廢蠶織，深扃佛堂之内，目蓐室爲暗房。姑不邺婦，姒不顧娣，少婦免身，一切付之蓐母，有釀成大患者。菩薩慈悲，豈忍致是？吾祖母，吾二母，俱恪守婦行，不信長齋，不禮經卷，考終備福，可知皇天與善，在此而不在彼。家法具在，慎毋爲邪説所摇。

女尼宜絶其往來

三姑六婆，先民所戒，尼姑一種，尤易惑人。裙釵無識，愛聞禍福之談，此輩莠言可入，託經卷爲名，鼓舌摇唇，誑財騙物，兼致婢媪之類亦被煽蠱，不惟耗財，終且滋事。故宜早防其漸，禁止往來。

雙節堂庸訓卷四　應世

勿欺

天下無肯受欺之人，亦無被欺而不知之人。智者當境即知，愚者事後亦知，知有遲早，而終無不知，既已知之，必不甘再受之。至於人皆不肯受其欺，而欺亦無所復用，無所復用，其欺則一步不可行矣。故應世之方，以勿欺爲要，人能信我勿欺，庶幾利有攸往。

處事宜小心

事無大小，粗疏必誤。一事到手，總須慎始慮終，通籌全局，不致忤人累己，方可次第施行。諸葛武侯萬古名臣，只在小心謹慎。吕新吾先生坤《吕語集粹》曰：『待人三自反，處事兩如何。』小心之説也。余嘗書以自儆，覺數十年受益甚多。

大節不可遷就

一味頭方，亦有不諧時處，些小通融，不得不曲體人情。若於身名大節攸關，須立定脚跟，獨行我志，雖蒙譏被謗，均可不顧，必不宜舍己徇人，遷就從事。

寧喫虧

俗以『忠厚』二字爲無用之别名，非達話也。凡可以損人利己之方，力皆能爲而不肯爲，是謂宅心忠，待物厚。忠厚者往往喫虧，爲儇薄人所笑，然至竟不獲大咎。林退齋先生遺訓曰：『若等只要學喫虧。』從古英雄只爲不能喫虧，害多少事？能學喫虧充之，即是聖賢克己工夫。

勿圖占便宜

譬如路分三條，中爲公，甲行其左，乙行其右，各相安也。甲跨中之左半，乙猶聽之。跨至中之右半，乙縱無言，見者詫矣。若并乙之右一條而涉足焉，乙雖甚弱，不能忍也。倘遇兩强，安能不競？至相競，而曲直判，是非分，甲轉無地可容。『占便宜者失便宜』，千古通論。

勿任性

不如意事常八九，事之可以競氣者多矣。原競氣之由，起於任性，性躁則氣動，氣動則忿生，忿生則念念皆偏，在朝在野，無一而可。到氣動時，再反身理會一番，曲意按捺，自認一句不是，人便氣平，讓人一句是，我愈得體。

遇横逆尤當忍耐

兇狠狂悖之徒，或事不干己無故侵陵，或受人唆使借端撄詐，孟子所謂『横逆』也。此等人廉恥不知，性命不惜，稍不耐性，構成釁端，同於金注，悔無及矣。須於最難忍處，勉强承受，則天下無不可處之境。曩館長洲時，有丁氏無賴子，負吴氏錢，慮其索也，會婦病劇，負以圖賴。吴氏子斥其無良，吴氏婦好語慰之，出私槖贈丁婦，丁婦屬夫急歸，遂卒於家。耐性若吴氏婦，其知道乎？

讓人有益處

且横逆者未嘗無天良也，讓之既久，亦知愧悟。遇有用人之處，渠未必不能出力。

斷不可啟訟

不惟官斷十條路，難操勝券也。即幸勝矣，候批示，勞鄰證，饒舌央人，屈膝對簿，書役之需索，舟輿之往來，廢事損財，所傷不小。總不如忍性耐氣，聽親黨調處，歸於無事。彼激播唆訟者，非從中染指，即假公濟私。一被揺惑，如縱孤舟於駭浪之中，彼第立身高岸，不能爲力。勝則居功，負則歸過於本人無用，斷不可聽。

勿鬬争

逞一朝之忿，忘其身以及其親。聖訓切著，有理不在高聲。争且不必，況鬬乎？余閲事數十年，凡官中命案，不必多傷，亦不必致命也，偶然失手，便爲正兇。故争競之時，萬萬不可舉手撻人。

言語宜慎

多言宜戒，即直言亦不可率發。惟善人能受盡言，善人豈可多得哉？朋友之分，忠告善道，善道云者，委婉達意，與直言不同，尚須不可則止。余素戇直，往往言出而悔，深知直言未易之故。若借沽直之名，冷語尖言，訐人私隱，心不可問，賈禍亦速，又不在此例。古云『出口侵人要算人受得』，又曰『傷心之語，毒於陰兵』，非閲歷人，不能道也。

小人不可忤

與君子忤，可以情遣，可以理諭，諒我無他，不留嫌怨。小人氣質，用事志在必勝，忤之則隱怒不解，必圖報復。故遇小人無禮，當容以大度，即宜公言，亦須稍留餘地，庶不激成瑕釁。

嫉惡不宜太甚

余性褊急，遇不良人，略一周旋，心中輒半日作惡。不惟良友屢以爲誡，即閨人亦嘗諄切規諫，臨事之際，終不能改。比讀史至後漢黨錮，前明東林，見坐此病者，大且禍國，小亦禍身。因書聖經『人而不仁，疾之已甚，亂也』十言於几，時時寓目警心，稍解包荒之義。涵養氣質，此亦第一要事。

善惡不可不分

然善惡之辨，斷不可小有模糊。或曰：『皂白分則取舍嚴，取舍嚴則門户立，非大度之説也。』曰：『不然。不知而徇之，謂之闇；知而容之，謂之大度。闇則爲人玩矣。毋顯受人玩，寧佯受人欺。』

勿苛人所短

此即使人以器之道也。人無全德，亦無全才。雞鳴狗盜之技，有時能濟大事。但悉心自審，必有能、有不能，自不敢苛求於人。故與人相處，不當恃己之長，先宜諒人之短。

勿過剛

剛爲陽德。正人之性，大概多剛。然過剛必折，總非淑世淑身之道。千古君子爲小人讒陷，率由於此。當爲受者層層設想，使其有以自容，則寬柔以教，原不必全露鋒棱。

遇事宜排解

鄉民不堪多事，治百姓當以息事寧人爲主。如鄉居，則排難解紛爲睦鄰要義。萬一力難排解，即奉身而退，切不可袒幫激事。如見人失勢，從而下石，尤不可爲，爲者必遭陰禍。

勿預人訟事

切己之事尚不宜訟，事在他人，何可干預？如鄰佐干證之類，斷斷不宜列名。蓋庭鞫時語挾兩端，則易遭官府訶譴；公言之，必與負者爲仇，大非保身之哲。

勿輕作居間

姻族中遇有立繼、公議之事，於分於理不能自外者，不得不與，即不得已而訟案有名，亦不得不昌言，此有公議可憑，非一人所得偏也。若事關田産資財，恐有未了者，總不宜與事居間，後干訟累。至官司交易，一涉銀錢，便爲贓私過付，牽連獲罪，尤當避而遠之。

勢力不可恃

恃勢逞力，必有過分之事，損福取禍，萬萬不可。諺云：『有一日太陽曬一日穀。』又云：『有尺水行尺船。』皆刻薄語也。有太陽時，須算到陰雲霖雨；有水時，須算到河流淺涸，自不敢恣所欲爲。能以禮下人，全在有勢力時，若本無勢力可倚，不得不畏首畏尾，非讓人也。天道惡盈，凛之哉！

信不可失

以身涉世，莫要於信。此事非可襲取，一事失信，便無事不使人疑。果能事事取信於人，即偶有錯誤，人亦諒之。吾無他長，惟不敢作誑語。生平所歷，愆尤不少，然宗族婣黨，仕宦交游，幸免齟齬，皆曰某不失信也。古云：『言語虛花，到老終無結果。』如之何弗懼！

勿傍人門户

他人位高多金，與我何涉？依門傍户，徒爲識者所鄙。且受恩如受債，一仰人鼻息，便終身不能自振。惟豎起脊骨，忍苦奮厲，方爲有志之士。

勿貪受贈遺

勢當窮迫無路，亦不得不藉人援手。無論姻親、朋友，望其提攜，切不可受其遺贈。蓋品題作佳士，在人不費，在我有益。世無樂于解橐者，至靳我以言，酬我以資，其情分盡矣。斷不能再爲發棠之復。是受一人惠，即絶一人交，不可誤貪近利。

貧賤勿取厭親友

貧賤之人，僕僕於富貴親友之家，縱一無干求，見之者總疑其有所請乞。且地處富貴，類無閒空工夫，我以閒散之身，參伍其間，原不免有衆裏嫌身之狀，久則厭生，或爲同輩所輕，或爲閽人所慢，甚無謂也。

富貴勿薄視姻鄰

生女無人道喜，載生男子，姻鄰並賀，非賤女而貴男也，謂女生外向，而男子興宗，榮可旁及也。原思辭禄，夫子即教以與鄰里鄉黨，其義甚明。幸而得志，當存此心。如倚勢以逞，至鄰黨寒心，姻親側目，未有不速禍者，刻薄之名，又其餘事已。故身處富貴，遇單微戚友，必須從優禮款，並訓約子弟僮僕，不許稍有褻狎，俾可久遠往還，以盡篤親重故之誼。

須予人可近

春夏發生，秋冬肅殺，天道也。惟人亦然。有春夏温和之氣者，類多福澤；專秋冬嚴凝之氣者，類多枯槁。固要巖巖特立，令人不可干犯，亦須有藹然氣象，予人可近。孤芳自賞，畢竟無興旺之福。

失意人當禮遇

趨炎附勢，君子不爲。然熱鬧場中遇落寞人，多不暇照應。不知我目中無彼，而彼目中有我，淡泊相遭即似有心倨侮。余年十四五時，身孤貌寢，家難多端，幾不爲宗親齒數。山陰李惟一先生，族姑夫也，一見相賞，謂『孺子不凡』，輒有知己之感，益自奮勵，至今猶常念之。故生平遇失意人及孤兒、寒士，無不加意禮遇，亦有無意中得其力者。俗傳：『錦上添花，不如雪中送炭。』言近指遠，當百復也。

保全善類

澆薄之徒，惡直醜正，非其同類，多被謗毁、受摧折，專賴端人君子爲之調護扶持。遇此種事務，宜審時察勢，竭力保全。切勿附和隨聲，致善類無以自樹。事之關人名節者，更不可不慎。

敬官長

朝廷設官以治，尊卑相統，不特富户、平人當守部民之分，即曾居顯宦，總在地方官管内，禮宜謙恭致敬，俗所謂『宰相歸來拜縣門』也。若身在仕途，亦宜約敕子弟、家人，謹遵法度，投鼠忌器之故，不可不知。萬不可被里人慫恿，把持抗阻，官長之所憎嫉。

勿交結官長

仕路最險。同官爲寮，可以公事往來。宦成退居，已不必與地方官晉接。若分止士庶，斷不宜交結官長，蓋略與官近，易爲鄉里屬目。即不敢小有干預，而媚友之涉訟者，不無望其盼睞，謝而絶之，嫌怨遂生。彼不知自慎，以致身敗名裂，更無論已。

睦鄰有道

望衡對宇，聲息相通，不惟盜賊、水火呼援必應，即間有力作之需，亦可借佽將伯。若非平時輯睦，則如秦人視越人之肥瘠矣。輯睦之道，富則用財稍寬，貴則行己盡禮，平等則甯喫虧，毋便宜。忍耐謙恭，自於物無忤。雖强暴者，皆久而自格。

受恩不可不報

士君子欲求自立，受恩之名，斷不可居。事勢所處，不得不受人恩，即當刻刻在念，力圖酬報。如事過輒忘，施者縱不自功，亦問心有媿。

索債毋太急

負債須索，常情也。其人果力不能償，亦勿追求太急，迫之於窮。懦者典男鬻女，既獲罪於天；强者徵色發聲，亦取怨於人。甚有抱慙無地，釀成他故者，不可不慮。

貸親不如貸友

炎涼之見起於至親。倘境處貧困，向富戚告貸，我原意在必償，彼先疑我必賴。以必償之債，被必賴之名，無論未必肯貸，即肯貸矣，其聲音笑貌總有一種夷然不屑光景。自愛之士，誰能堪此？且十年消長不一，他日有求於我，稍不遂意，輒以前事相苛。余爲童子時，聞鄰家有先世叨親戚之助，至其子孫尚苦訾議者。故鼎當奇窮之日，每從朋友通融，不煩親戚假借。蓋朋友有通財之義，果稱相知，自關休戚，既償之後，無他口實。故存必償之念者，貸於親，不若貸於友。

宜量友力

然竭人之忠，盡人之歡，則又不可。雖密友至交，前逋未償，必不宜再向饒舌〔一〕。即我處必貸之勢，亦先須權友之是否能貸。倘友實力有不及，而我必强以所難，安得不取憎於人？

校勘記

〔一〕『再』，底本原無，據望三益齋藏板《汪龍莊先生遺書》本補。

諱貧僞貧皆不必

富少貧多，古今一致，故士以安貧爲貴。然非佚居無事也，特不肯爲悖理遠天之事耳。有道而貧，儒者所恥，自當劬躬循分，求可免於長貧。若以貧爲諱，將飾虛爲盈，必致寡廉不顧。至實已不貧，而僞爲貧狀，此在居家則欲疏親簡友，在居官則圖虧帑婪贓。鄙哉！不足道也。

受憐受忌皆不可

我丈夫也，何事可不如人，而下氣低頭，乞人憐我，恥乎不恥？若才智先人，事事欲求出色，則鋒稜太露，爲人所忌，必至獲咎。故受憐不可，受忌亦不可。

與人共事不可不慎

不幸與君子同過，猶可對人；幸與小人同功，已爲失己。況君子必不諉過，小人無不居功。與人共事，何可不慎？故剛正若難逢時，而堅守不移，終爲人重；唯阿似易諧俗，而得中無主，卒受人愚。欲處處討好，必處處招尤。鄉愿固不可爲，亦不易爲也。

勿破人機關

此遠怨之道也。一切財利交關、婚姻撮合、至親密友相商，自應各以實告。如事非切己，何必攻瑕訐隱，破人機關？昔有愿人爲盜誣引，屢質不脱，莫知所由。久之身以刑傷，家以訟破。盜始曰：『吾今仇雪矣。某年除夕，吾鬻缸已售，汝適路過，指缸有滲漏，售主不受，吾無以濟用，因試爲竊，後遂滑手爲之，致有今日。非汝，吾缸得鬻，豈爲盜哉？』嗚呼！天下有結怨於人，而己尚懵然者，大抵自口召之。金人之銘，可不終身誦歟？

知受侮方能成人

爲人所侮，事最難堪。然中人質地，快意時每多大意，不免有失。無端受侮，必求所以遠侮之方。遇事怕錯，自然無錯；逢人怕尤，自然寡尤。事事涵養氣度，即處處開擴識見。至事理明徹，終爲人敬禮。余鼏孤寒時，未知自立，幸屢丁家釁，受一番侮，發一回憤，愈侮愈憤，黽勉有成，故知受侮者方能成人。

老成人不可忽

少年之人，惟天分穎異者見理早徹，處事能周。如非過人之質，類多血氣用事，壯往致悔。涉歷一番，則精細一番，故持重之説，專歸老成。不獨學問中人，即野叟鄙夫，閲事既多，識議亦時中肯綮。諺云：『若要好，問三老。』大舜之察邇言，詩人之詢芻蕘，非務乎其名也。言出老成人，須反覆尋繹，不可以其易而忽之。

先友宜敬事

先人取友，必有數事相契，方與定交。其言論風采，亦必有與先人相類之處。手澤猶珍，況先友乎？余不幸少孤，不逮事父，吾父執友一無識面。年十八，授徒郡城，遇山陰會稽先輩，詢及吾父名號，肅然敬對，有曰鼏曾同文會者，有曰鼏嘗共師門者。余皆謹執猶子之禮。或以爲太過，余曰：『先人既蒙垂念，非友而何？敬父執即所以尊吾父也。』至今念之，此意差可上質先人。

故人子宜念

讀嵇叔夜《絶交書》，令人氣結。彼所謂交本非義合，無怪其然。果以文字相知，性情相洽，非攀援聲氣可比，不幸宿草更新，隻雞增痛，遇其後嗣，自當爲之保護。如孤兒未立，有待扶持，更不宜冷眼相看，致負故人於泉下。

不必議論二氏

老、釋二氏之學，固儒者弗道。然庸夫愚婦，不畏物議，而畏報應；不懼官長，而懼鬼神。存其説，未始不足陰輔皇治，何必以隸籍儒門力與爲難？且今之道士、比邱，誠不盡守老子、如來法律，即我輩談性命、爲文章，亦豈入聖工夫？無昌黎、考亭之精實學詣，而摭拾闢二氏陳言，虚張吾幟，不幾躬自薄而厚責於人乎？余生平於二氏之徒一無還往，而未嘗放言攻擊，自媿業儒淺，無以折其心而關其口也。故佞奉二氏妄求福佑雖斷斷不可，要不妨聽其自爲生滅，置諸不論不議之條。

雙節堂庸訓卷五　蕃後

裕後有本

欲求子孫繁熾久長，謀積聚，圖風水，皆末也，其本全在存心利物。肯受一分虧，即子孫饒一分益。創業之家，多由赤手；成名之子，半屬孤兒，並不恃祖父資産。昔有人談宦缺美惡者，余笑曰：『缺雖惡，總勝秀才課徒。吾未見官鬻妻妾，只見官賣兒孫。』聞者詫曰：『惡有是？』余歷數數十年中聞見：横虐厚斂，蓄可累世者，一彈指間子孫零落，爲被虐者所嗤，而清苦慈惠之吏，子孫類能繼起作官，如此，居家可知。

濟美不易

世濟其美，昔賢所榮，不特名公鉅卿也。業儒、力田之家，世世清白，相承亦復不易。數傳十百人中，有一不肖子，即爲門第之辱。固由積之不厚，亦因教之不先。故欲後嗣賢達，非教不可。

教當始於孩提

孩提之時，天性未漓，當先固其真性，斷不可導以詈人。聞詈人則呵止之，使有忌憚。若詈及人之父母者，尤爲損福，萬不宜姑恕。他如扑打蟲豸之類，雖細事，總干天和，須明白戒禁，養其慈祥之氣。至拜跪儀節，亦當隨事教導，則愛敬行乎自然矣。

宜令知物力艱難

巨室子弟，揮霍任意，總因不知物力艱難之故。當有知識時，即宜教以福之應惜，一衣一食爲之講解來歷，令知來處不易，庶物理人情，漸漸明白。以之治家，則用度有準；以之臨民，則調劑有方；以之經國，則知明而處當。

宜令習勞

愛子弟者動曰：『幼小不宜勞力。』此謬極之論。從古名將相，未有以懦怯成功。筋骨柔脆，則百事不耐。聞之旗人教子，自幼即學習禮儀、騎射，由朝及暮，無片刻閒暇，家門之內，肅若朝綱。故能諸務嫻熟，通達事理，可副國家任使。欲望子弟大成，當先令其習勞。

宜令知用財之道

財之宜用與用之宜儉，前已詳哉言之。但應用不應用之故，須令子弟從幼明晰。能於不必用財如僭分、繼富等類。及萬萬不可用財如纏頭、賭博等類。之處，無所搖惑，則有用之財不致浪費。遇有當用如嫁婚、醫藥、喪祭、贈遺等類。之處，方可取給裕如，於心無疚。

昔吾越有達官公子，務爲豪侈，積負數千金，將鬻産以償。受産者約日成交，公子張筵款接，薄暮未至。居間人出視，則布衣草屨，爲閽者所拒，竚候門外半日矣。導之入曰：『此某也。』公子敬而禮之。讌畢贈以儀曰：『先生教我，不敢棄産。』居間人詢其故，曰：『彼力能受吾産，尚刻苦如此。吾罪過，何面目見先人？』遂痛改前之所爲，出衣飾盡償宿負，謝門下客，減奴僕，節日用，訖爲保家令子。今已再傳，猶襲其餘資云。

宜令勿游手好閒

此患多在富貴之家。蓋貧賤者以力給養，勢不能游手好閒。富貴子弟衣鮮齒肥，無所憂慮；又資財饒足，幫閒門客及不肖臧獲相與，淆其聰明，蠱其心志，障蔽其父兄之耳目，順其所欲，導之以非，莊語不聞，巽言不入，舍嬉娱之外，毫無所長。一旦勢去財空，親知星散，求粗衣淡飯不可常得，豈非失教之故歟？小説家稱：『富家兒中落，持金盌行乞，知乞之可以得食，而不知金盌之可以易粟。』語雖惡謔，有至義焉。

宜杜華奢之漸

略省人事，無不愛喫、愛穿、愛好看。極力約制，尚虞其縱；稍一徇之，則恃爲分所當然，少壯必至華奢，富者破家，貴者逞欲。宜自幼時即杜其漸，不以姑息爲慈。

父嚴不如母嚴

家有嚴君，父母之謂也。自母主于慈，而嚴歸之父矣。其實子與母最近，子之所爲，母無不知，遇事訓誨，母教尤易。若母爲護短，父安能盡知？至少成習慣，父始懲之於後，其勢常有所不及。慈母多格，男有所恃也。故教子之法，父嚴不如母嚴。

蒙師宜擇

爲子弟擇師，夫人知之，獨於訓蒙之師，多不加意。不知句讀、音義所關最鉅，初上口時，未能審正，後來改定，便喫力。吾謂童蒙受業，能句讀分明、音義的確，則書理自易領會。嘗聞邨塾蒙師課徒『道盛德至善』句，『道盛』二字逗斷，讀者不察，輒以『道』與『德』對，『盛』與『至善』對，豈非句讀不清之明驗歟？故延蒙師不可不擇，爲人訓蒙亦不可不深省。

不宜受先生稱字

師嚴則道尊。人生在三，事之如一，師與君、親並重。微特弟子事師，必當隆禮；即爲師者，亦不宜稍有降格。吾爲童子時，見塾師之呼弟子，無不稱名。二十年前，有稱字者矣。近遇成童弟子，或止稱其字之上一字，而冠以老字，呼者、應者俱安之若素，師道陵夷至此，而欲弟子知所嚴憚，豈不難哉？望子弟有成者，先宜教以不敢受先生稱字。

讀書以有用爲貴

所貴於讀書者，期應世經務也。有等嗜古之士，於世務一無分曉，高談往古，務爲淹雅。不但任之以事一無所濟，至父母號寒，妻子啼饑，亦不一顧。不知通人云者，以通解情理，可以引經制事。季康子問從政，子曰：『賜也達，於從政乎何有？』達即通之謂也。不則迂闊而無當於經濟，誦《詩三百》雖多，亦奚以爲？世何賴此兩脚書廚耶？

讀書求於己有益

書之用無窮。然學焉，而得其性之所近，當以己爲準。己所能勉者，奉以爲規，己所易犯者，奉以爲戒，不甚干涉者略焉，則讀一句，即受一句之益。余少時讀《太上感應篇》，專用此法。讀四子書，惟守『君子懷刑』及『守身爲大』二語，已覺一生用力不盡。

須學爲端人

希賢希聖，儒者之分。顧聖賢品業，何可易幾？既稟儒術，先須學爲端人。繩趨尺步，甯方毋圓。名士放誕之習，斷不可學。

作文字不可有名士氣

父兄延師授業，皆望子弟策名成務，無責其爲名士者。士人自命宜以報國興宗爲志，功令自童子試至成進士，必由四書文進身。鐘鼎勳猷，皆成進士後爲之。能早成一日進士，便可早做一日事業，可以濟物，可以揚名。好高務遠者，嘐嘐然以名士自居，薄場屋文字不足揣摩，誤用心力與寒畯角勝，迨白首無成，家國一無所補，刊刻課藝，炫鬻虛聲，顏氏所譏詅癡符也。抑知前明以來，四書文之傳世者，類皆甲科中人，苦志青衿，僅僅百中之一。何去何從，其可昧所擇歟？

文字勿涉刺誹

言爲心聲，先貴立誠。無論作何文字，總不可無忠孝之念。涉筆游戲，已傷大雅，若意存刺詐，則天譴人禍未有不相隨屬者。『言者無罪，聞者足戒』，古人雖有此語，卻不可援以爲法。凡觸諱之字，諷時之語，臨文時切須檢點。讀烏臺詩案，坡公非遇神宗，安能曲望矜全？蓋唐宋風氣不同，使杜少陵、李義山輩，遇邢、章諸人，得不死文字間乎？士君子守身如執玉，慎不必以文字樂禍。

勿作穢褻詞

文以載道，表章忠孝，維持綱紀，尚已。降而託於寓言，比興詼諧，猶之可也。至穢詞褻語，下筆時心已不正，閱者神識昏摇，必有因而隳行者。他人之孽，皆吾所造，人謫鬼禍，懺悔無期。自來文人多悲薄命，未必不由於此。

文章關福澤

文章氣象，關一生福澤。凡享順遂之境者，其文類皆和平中正，無幽憂蕭颯之氣。動輒慨歎，斷非福徵。且習不加察，縱其筆之所與，勢必傷時罵坐，召怨蒙愆。至應試之文，尤以醇雅爲貴。

讀古人文取法宜慎

作文宜慎，讀文先不可不擇。嘗見塾師授業，好選前人悲感恣肆之作，令子弟誦習，謂可開拓心胸，引伸議論。讀之者不能得其神髓，而僅學其皮毛，所誤不小。吾友江西新城魯潔非，初名仕驥，改九皋，今爲夏縣知縣。素書往還，論文相契。别有唐宋八家選本，凡傷時感事之語，細加評節，具有苦心。

勿輕爲人作詩文序

詩文之序，所以道作者之意，非徧覽全集，不能得其竅要。萬一集中文字失於檢核，既爲作序，不能以未見自解，代人受過，關係非輕。故非於作者心術、品詣深知有素，斷不可徇一時請託，冒昧措辭。至鄉曲文人，多不知文章體裁，其所撰述，更宜詳審。

勿紀録時事

『不在其位，不謀其政』，聖訓也。位卑言高之罪，孟子又剴切示之。唐宋文人私記間及國事，然多與史傳盭戾。蓋所聞異辭，所傳聞異辭，類非確實。昔有不解事人，以耳食爲筆記，謬妄觸忤，禍及身家，皆由不遵聖賢彝訓所致。故日記、劄記等項，斷不宜摭拾時事。

浮薄子弟不可交

血氣未定時，習於善則善，習於惡則惡，交游不可不謹。與樸實者交，其弊不過拘迂而止；交浮薄子弟，則聲色貨利，處處被其煽惑。才不可恃，財不可恃，卒至隳世業、玷家聲，禍有不可僂指數者。

勿輕換帖稱兄弟

交滿天下，知心實難。余生平識面頗多，從無凶隙之事。然以心相印者，寥寥可數。惟此數人，勢隔形分，窮通一致。每見世俗結締，動輒齒敘，同懷兄弟，莫之或先。有朝見而夕盟者，有甲款而乙附者，公讌之後，塗遇不相知名，大可笑也。既曰朋友，即繫五倫之一，何必引爲兄弟？如其無益，不如塗人。故功令換帖之禁，皆宜遵守，不必專在仕途也。

擇友有道

人不易知，知人亦復不易。居家能倫紀周篤，處世能財帛分明，其人必性情真摯，可以倚賴。若其人專圖利便，不顧譏評，縱有才能，斷不可信，輕與結納，鮮不受累。或云『略行取才』，亦是一法，然千古君子之受害於小人，多是『憐才』二字誤之。

業儒亦治生之術

子弟非甚不才，不可不業儒。治儒業日講古先道理，自能愛惜名義，不致流爲敗類。命運亨通，能由科第入仕，固爲美善。即命運否塞，藉翰墨餬口，其途尚廣，其品尚重。故治儒業者，不特爲從宦之階，亦資治生之術。

讀書勝於謀利

不特此也，文字之傳可千古，而藏鏹不過數世；文字之行可天下，而藏鏹不過省郡；文字之聲價，公卿至爲折節，而藏鏹雖多，止能雄於鄉里；文字之感孚，子孫且蒙餘蔭，而藏鏹既盡，無以庇其後人。故君子之澤，以業儒爲尚。

勿慕讀書虚名

然『業儒』二字須規實效，若徒務虚名，轉足誤事。富厚之家，不論子弟資禀，强令讀書，豐其衣食，逸其肢體，至壯歲無成，而强者氣驕，弱者性懶，更無他業可就，流爲廢材。子弟固不肖，實父兄有以致之。故塾中子弟，至年十四五不能力學，即當就其材質，授以行業，農工商賈，無不可爲。諺云『三十六行，行行出貴人』，有味乎其言之也。

勿任子弟匿瑕作僞

爲父兄者，無不願子弟學問勝人。然因其本領平常，姑聽匿瑕不出及作僞盜名，則萬萬不可。故子弟所作文字，遇親友索觀，必須責令面奉教益。凡有文會，亦不當稍任規避。蓋受人指摘，可望感媿奮發，功力漸進。若意在藏拙，未有不燕石自珍者。至作僞之弊，尤爲可慮。窗下倩雇、捉刀，習爲常技，臨場必有懷挾、槍手等事。作奸犯科，所關匪細。近閲邸鈔：江西有一童生，縣試時以槍手考列第一，院試敗露，學使奏鞫治罪。其父年逾八十，亦坐遠戍，不准收贖。原其由起，始於匿瑕，終於作僞。涓涓不絶，將成江河，可不戒於初乎？

不宜輕令子弟附學

獨學無耦，則孤陋寡聞，敬業之所以樂群也。然附學他處，同門人衆，品詣必有參差，苟蹈群居之戒，即匙廣益之功。全在擇師而事，不宜徒騖虚聲。倘人師難得，又不若扃户下帷，嚴憚父兄之教矣。故冀子弟不染習氣，以家塾延師爲尚。

授徒勿誤人子弟

業儒者，以授徒爲第一事。弟子終身北面，禮至重，品至崇，須令弟子曉然於爲人之本，不僅在文藝也。然文藝亦斷不可荒。有種不自愛重之人，靦然擁臯比，談經史，於主者前高自位置，而教其弟子，則惟恐不稱主者之指〔一〕。遇有所作，私爲删潤，以誑其父兄，此固不足污人齒頰。即不至是，而約敕不嚴，縱弟子之肆，課程不密，長弟子之惰，所誤何可勝道？大概二十歲内讀書、爲人俱要立定基址。一過二十，不特寒畯子弟多内顧之憂，不能專心鍵户，即富貴兒郎，亦有婚宦牽率。自五六歲至二十歲，全在爲之師者範之以正，誨之有方。

凡人相處，不合則離。惟師席必終一年之局。韶光如水，禁得拋荒幾個一年？且父兄既將子弟付託師長，勢不復身親攷校。師長荒之，則竟就荒，可乎不可？弟子材質不同，造就匪易。聰明者必當成之於學，頑鈍者亦宜曲爲誘勵，令多讀數卷書，省識爲人之分，庶幾不負師長之任。

曩讀《曲洧舊聞》，屯留王誥少應進士舉，家貧，訓幼學爲業。屢取鄉薦，而於省試不利。每赴省試，必夢胡僧謂曰：『君此行徒虚耳。君骨相雖主有才，而不應得禄位。壽可過耳順。外是非余所知也。』年五十餘，又將赴省試。夢前僧相賀曰：『君是舉必登第無疑。』夢中詰之曰〔二〕：『師曏語我不當得禄位，今何云登第也？』僧曰：『以君教導童子用心篤摯，不負其父母所託，爲有陰德，故天益君算，報君以禄位。』因引至一官府，指庭下所陳樂器曰：『君記之，異時當自悟也。』時范蜀公方獻新樂，詔於延和殿案試。誥意廷試必問樂，凡古今樂事無不經意。試賦題爲《樂調四時和》，遂預正奏名，於馬涓榜下賜第。歷官數任，以奉議郎致仕，年至七十有七。

近又見稗官載：武進有老學究，教讀數十年，勤懇不倦。乾隆辛酉元日，鄰叟夢文昌司命甄別新科舉人名次，一生以行玷應黜，司命難其選補。旁一神曰：『某學究可。』司命曰：『學問欠優。』神曰：『某教讀認真，不誤人子弟。』司命曰：『若是，可矣。』果於是年江南鄉試中式。循是以思，不負子弟之父母者，德可奪命。彼素行無他玷而終絀於試者，得毋有誤人子弟之愆歟？

校勘記

〔一〕『指』，望三益齋藏板《汪龍莊先生遺書》本作『恉』。

〔二〕『詰』，底本誤作『結』，據望三益齋藏板《汪龍莊先生遺書》本改。

力田勿欠人租息

士之次莫如農，此本業也。因天時，乘地利，盡己之力，以收其成，不須因人輕重。即佃人之田，依額償租，亦可於人無求。偶逢歉歲，自有鄉例可循。乃無恥下農恃頑欠租，或致公庭追比，辱莫甚焉。縱佃主憐而不控，亦爲鄉里不齒。況其勢必至於無田可佃，難免凍餒之戚。

藝事無不可習

人惟游惰，必致飢寒。其餘一名一藝，皆可立業成家，但須行之以實，持之以恒，有一事昧己瞞人，便爲人鄙棄。昔仁和張氏以説書萩花爲生，得有辛工，隨手散去。有勸其爲子孫計者，曰：『吾福子孫多矣。』詰之，曰：『若輩生具耳目手足，儘可自活。』真達識哉！

幕道不可輕學

吾越業儒無成及儒術不足治生，皆遷而之幕，以幕之與儒近也。然幕之爲道，負荷甚重，必心術正、才識敏，周於慮、勤於力、廉於守、安於分者，方可爲之。不則逐響依聲，誤人自誤。諺云：『作幕喫兒孫飯。』非幕之必損德也，乃不可爲幕而漫爲之者，德必損也。余衣食於幕垂三十年，從不敢薄視幕客，顧目之所接，未敢盡愜於心。比從宦數年，身親民事，益知隔壁聽聲，迥異當場辨色。幕中無心之過，所在多有，甚不願吾子孫更習此事。勢或不得已而爲之，則《佐治藥言》具在，不可不潛心玩味，以補吾過。

習醫宜慎

語曰：『儒學醫，菜作齏。』言其易也。又曰：『不爲良相，則爲良醫。』蓋醫以活人爲道，其功甚大。然天之寒燠異候，地之燥濕異宜，人之强弱異質，拘泥成方，殺人必多，非儒業精深，未易辨此。以性命所寄，博衣食之資，何可不慎？嘗見醫家以病試藥，消補遞換，涼熱互更，或致病因加劇。

歲己卯鄉試，八月初九日，晝夜雨，號舍水没至踝。余於十二日得病。試畢輿回僵卧，勺水不進，汗流不止，肢體滯重，不能轉側，醫屢易不效。余自分不起，九月初七日備後事矣。執友徐頤亭夢齡過訪胗視，曰：『此號舍水氣直達上部也。』投以人蔘、肉桂、附子一劑，而瀉水數升；兩劑，能扶牀立；三劑，而啖粥。不數日霍然。蓋頤亭同試，故能直探病源。向使不遇頤亭，詎有濟乎？後有爲救貧計者，寧從他術，切勿妄習岐黄。倘必習之，宜細玩古書，潛心體驗。遇貧苦人，尤須加意，慎勿高擡聲價。至藥料不正，最足累病，市肆售藥，道地絶少，此亦大傷陰德，業此者必不可以僞亂真，負心害命。讀《袁氏世範》『戒貨假藥』一條，仁人之用心苦矣。

勿妄言相墓術

幕客、醫師之外，最足誤人者，莫如相墓師。卜葬之術，言人人殊，襲其詞而不能通其理，毫釐千里，爲禍甚大。古云：『只有人發地，未有地發人。』積善之家，自獲吉壤，積不善之家，雖有吉壤，而福不足以承之，轉爲厲階。吾目中所見，因求地而破産者，比比也。先隴不幸侵於蟻水，不得不遷。若冀子孫富貴，遷葬父祖遺骸，不孝甚矣。而相墓之無識者，好持遷葬之説，自神其術，造孽何可勝算！其他誤於取舍，營葬水蟻之地，致令破家絶嗣，得不蒙陰譴乎？吾喜覽百氏之書，獨不讀地理家言，懼蔽於識也。後人慎毋輕學相墓師以誤人，亦毋爲相墓師所惑以自誤。

作事須專

無論執何藝業，總要精力專注。蓋專一有成，二三鮮效，凡事皆然。譬以千金資本專治一業，獲息必夥。百分其本，以治百業，則不特無息，將并其本而失之。人之精力，亦復猶是。

臨財須清白

財利交關，最足見人真品。天下無不能計利之人，其不屑屑較量、甘於受虧者，特大度包荒耳。顯占一分便宜，陰被一分輕薄。故雖至親密友，簿記必須清白。

勿自是

事到恰好之謂是。讀書應世大率是處少，不是處多。常恐不是，則必精求其是，可以爲學，可以淑身。一有自是之念，便覺不是在人，争端易起，窮則忤人，達則病國，可勿慎諸？

勿自矜

讀書中狀元，從宦爲宰相，皆儒者分内事。況狀元、宰相尚是空名，循名責實，大懼難副。

又況不能爲狀元、宰相乎？恃才而狂，挾貴而驕，昔人所謂器小易盈，非惟不直一錢，且有從而獲禍者。《易》曰：『謙受益，滿招損。』萬事皆然。舉一隅，餘可類推。

當明知止知足之義

致顯宦，號素封，皆由祖宗積累。承庥食報，當念國恩家慶，酬稱兩難。刻刻矜持，尚防蹉跌，一意進取，必致肆行無忌。日中則昃，月盈則虧，將有噬臍無及者。『知止不殆』『知足不辱』二語，當銘之座右，時時深省。

言動當念先人

人非聖賢，不能終身無過。蓋棺論定之後，猶視子孫賢否，以資尚論。子孫賢，則人舉其父祖善行，推福所自來；子孫不肖，則人摘其父祖瑕疵，溯殃所由積。爲人子孫，奈何以一己行事，上累父祖？班孟堅因張安世而恕張湯，朱晦翁因張栻而寬張浚。常存此念，庶不敢貽玷先人。

門閥不可恃

幸踵祖宗門閥，席豐履厚，得所憑依，進身之塗，治生之策，諸比常人較易。然必克自樹立，則延譽有人，汲引有人，在在事半而功倍。若穿衣喫飯之外，曾無寸長足録，雖門閥清華，於身無補，適足爲人鄙棄，玷辱家聲。所謂銀匠之後有節度使，不足恥，節度使之後爲銀匠，乃足恥也。嘗聞人言：會稽陶堰陶氏，當前明時甲科鼎盛，郡邑鮮與倫比。同里陳氏有成進士者，乘轎拜客，陶氏無賴子見而揶揄之曰：『小家兒何遽學官樣？』進士下轎謝曰：『惶恐惶恐。寒族無奈兄輩人多，小家名不敢辭，貴族大家只是弟輩一流人多耳。』聞者啞然。進士固器小，然陶氏子當前受辱，可爲恃門閥者炯戒。

幹蠱大難

祖父有隱疵，全賴子孫蕩滌。第積垢有因，湔洗不易。與君子同功，不得並君子揚名；與小人同過，必且代小人受謗。無他，憎其父祖者，刻覈其子孫，人情類然。故犁牛之子雖騂角，而人欲勿用也。不幸而處此境地，尤當痛自飭厲，事事求全，歸善於親，不可有毫釐失行，予人口實。我能使人敬人，自不敢道及前愆；我能使人愛人，更不忍追言先慝，方爲賢孝子孫。昔山陰沈某，少負文譽，嘗膺博學鴻詞科薦舉。御試黜落，人咎其所出不良，自號『牛糞靈芝』。以靈芝自比，而比其親於牛糞，坎壈終身，爲鄉黨不齒。生二子，一號『蔗皮』，一號『角心』，並無所取材，今寂寂久矣。不知幹蠱之義，獲辠於天如此。

須作子孫榜樣

賢子孫良不易爲，即欲爲賢祖父，亦談何容易！創業成家者，固非勞心劬力不可。即承先人餘蔭，小不勤飭，斷不能守成善後。生之而無以爲養、無以爲教，便孤祖父之名。夫子教我以正，夫子未出於正，子孫雖不敢顯言，未嘗不敢腹誹。無論居何等地位，一言一動，要想作子孫榜樣，自然不致放縱。

不可道他人先世短處

澆薄小人，不樂成人之美，好道他人先世短處，以資談柄。試設身以處，先人被人瑕疵，於心何安？損福招禍，莫此爲甚。況吹毛索瘢，何所不至？萬一他人反唇相稽，污我先人以不美之名，不孝之辠，更何以自解？能一轉念，斷不忍輕易出口。不特此也，嘗聞争詈之時，以訴辱人之先世爲快，雖怒不擇言與有心攻訐不同，然畢竟口孽，且使子孫效爲刻薄，總非昌後之道。

爲後人留餘地

高明之家，鬼瞰其室。造物忌巧，天道惡盈。居家刻薄者，資無久享；居官貪殘者，後有餘殃也。火烈爲人所畏，既成燼，便無火氣；水懦爲人所狎，雖斷流，猶賸水痕，故稱世曰澤。誦『君子有穀，貽孫子』之詩，可以知所藉手。

窮達皆以操行爲上

士君子立身行世，各有分所當爲。俗見以富貴子孫，光前耀後。其實操行端方，人人敬愛，雖貧賤終身，無慙賢孝之目。若陟高位、擁厚資，而下受人詛，上干國紀，身辱名裂，固玷家聲，即倖保榮利，亦爲敗類。古人所以崇令名也。余嘗持此論勵官箴，規士行，識者不以爲非。故所言《蕃後》諸條，多安貧守分之事，不專望子孫富貴。且富貴何可多得？苟能富貴，願日誦『思貽父母令名』之句。

得志當思種德

爲學志科名，末已。然達則行道，究以入仕爲貴。人人可以做官，我獨幸荷國恩，此由祖德緜長，適逢運會。第政柄在手，不能種德，便至造孽，總無中立之理。曩辛卯赴禮部試，吳菉庵斐明府同上計車，言吾邑風水單薄，匙世傳進士，且進士之後，類多不振。余曰：『然則不如返轍南歸爲老舉人，留兒孫科第矣。』因歷數式微之家，則皆進士而起家知縣者。余曰：『是非進士之不大其後，而知縣之自隳其先也。』蓋官之有權者，種德不難，造孽亦易。微特知縣，等而上之，至於督撫及風憲、刑名之官，無不如是。惟得志時，常以造孽爲戒，惟恐於物有傷，自然於人有濟，庶先人之澤，不致自我而湮。

人當於世有用

有用云者，不必在得時而駕也。即伏處草野，凡有利於人之事，知無不爲，有利於人之言，言無不盡，使一鄉稱爲善士，交相推重，皆薰其德而善良，是亦爲朝廷廣教化矣。硜硜然晝地以趨，求爲自了漢，尚非天地生人之意。

惡與過不同

惡與過蹟多相類，只争有心無心之别。過出無心，猶可對人。若有心爲惡，則舉念時干造物之誅，行事後致世人之怒。不必其在大也，大事多從小事起，必不可爲。

清議不可犯

常人讒口，勢固不能盡弭，然不授之以隙，亦未必無端生謗。至爲士君子清議所不容，則真有靦面目矣。故事之有干清議者，雖有小利，斷不可忍耻爲之，流爲無所忌憚之小人。

宜知盈虛消長之理

諺云:『十年富貴輪流做。』庚金伏於盛夏,暑氣方炎,涼飆旋起。處極盛時,非刻刻存敬畏之心,必不能持盈保泰。藝花者,費一年辛力,纔博三春蕊發,花開滿足,轉眼彫零。甚矣,興之難,而敗之易也。梅之韻幽而長,桂之香豔而短,千葉之花無實。故發洩不可太盡,菁華不宜太露。余自有知識訖於今兹,五六十年間所見,戚友興者什之二,敗者什之八,大概謹約者興久,放縱者敗速,匪惟天道,有人事焉。知此義者,可以蓄後。

聽言不可不察

人有失誤,惟祖若父可以厲色嚴詞,明白教誨。伯叔兄長,色稍和,詞稍緩矣。朋友之規諫,旁引曲喻而已,全在自家留心體察。聞有談他人得失者,總須反觀自照,必待實指本身,已成笨伯,若褎如充耳,先聖所謂吾未如之何也已矣。其他種種世事,亦畢生學習不盡。惟聽一事解一事,觸類引伸,便無地非學矣。至祖父家庭敘述親友盛衰賢否,原想子孫知所法戒,更不可作閒話聽過,方不負教誨苦心。

宜常念忠恕之道

余數十年間閲事，方悟忠恕之道須臾不可離。蓋心有一毫不盡，事必無成。祇知有己而不知有人，必到處窒礙。覺『忠恕』二字理，日在人眼前。不常存此心，微特不能希賢希聖，即求爲尋常寡過之人，亦不可得。

聖賢實可學而至

孟子謂『人皆可以爲堯舜』，止在『孝弟』二字，原非强人所難。讀孔子『老安』數語，益知聖賢之道，事事切近。人未有不欲安我之老，信我之友，懷我之幼者，特我之外不暇計耳。去一『我』字，擴而充之，便是天下一家氣象。聖賢何嘗不可學而至哉！

人在自爲

天之生人，原不忍令其凍餓，雖殘廢無能，尚可名一技以自活，況官體具備乎？上之可爲聖爲賢，下之至爲奸爲慝，貴之可爲公爲卿，賤之至爲乞爲隸，在人之自爲，而天無與焉。父母之於子亦然。流俗妄人乃謂祖父未有資産，以致子孫窮困，此大悖之説也。必有資産而後可爲祖父，則成家多在中年以後，娶婦生子非五六十歲不可。有是理乎？不能爲祖父光大門間，而以不肖之身歸皐祖父。爲此説者，全無心肝，靦然人面，而襲其説以自寬，吾知其能爲祖父者罕矣。

不孝者不祥

孝能裕後，前已切實言之。今復申以此條者，蓋孝量無盡，而不孝易見。孩穉稍有知識，父母即取坊本刻像二十四孝故事，爲之講解，冀迪其良知。又費幾許心力，方得授室成人。世風澆薄，一有室家，即置父母於不顧，專爲妻子。惜力靳資財如性命，視手足爲塗人，甚且發於聲，不僅誹於腹。縱爲父母者隱忍不言，天能不奪其魄乎？故有孝而不報者，未有不孝而不報者。孝而不報，必孝有未至。不孝之報，則其子眼見其父之所爲，必且過之，孫則更甚於子，一再傳之，後欲求一不孝之子孫，亦不可得。余不逮事父，二母又不獲安一日之養，天地間大皐人也。惟念吾祖、吾父，並以孝友著聞，微末之躬，上承三世，故禀二母之教，不敢不孝。今有男子五人矣，盡解此義，勉承先澤，吾之幸也。苟或不然，吾祖、吾父實昭鑒之，詎肯令不孝子克蕃厥後哉？

善惡不在大

有利於人，皆謂之善；有損於人，皆謂之惡，不必顯徵於事也。一念之起，鬼神如見，尚不愧於屋漏，君子所以慎諸幽獨。凡人發念，大都專求利己，故惡多於善，久之習慣，盡流於惡所。當於童穉時，即導以善端。童穉無善可爲，但節其嗜好，正其愛惡，使之習於馴順，不敢分毫恣縱，自然由幼至長，漸漸惡念少而善念多，可爲樹德之基。袁了凡先生《功過格》是檢身要術，余於佐幕時嘗試行之，藉以自飭。宦游以後，役役奔走，萬念起止不常，境過輒忘，不及填注，此事遂廢。比來年衰少睡，晝之所爲每於枕上記憶，善事極尠，而不可上質鬼神之事，終不敢爲。後人常存此意，或者可無大惡，庶幾日即於善，爲善必昌，蕃後之本，端在於是。

雙節贈言不可不讀

吾家士行壼則，不待他師，亦不煩遠引。吾祖吾父，世德相仍，吾少稟母訓，惟恐遏佚前光。既爲二母請旌，乞言天下，更恐當代作者薄吾不肖，靳先人以言，寢興檢勵，求不見惡於有道仁人。幸蒙群雅斐然投贈，復媿不克負荷。是以將吏湖南，留别都門，前輩有最好官箴，《雙節傳》及『怕羞銀管贈言人』之句，益用凛凛焉。竊禄數年，黽勉奉職，懼貽二母恕恫，爲贈言諸公之玷。會有下堂之阽，循例求退。今老矣，銜邺餘生，彌憂末路。蓋自中年以來，兢兢慄慄，倖免大戾，皆《雙節》文字之教也。後世子孫不敢有忝先人，自不敢稍虧素行。故《贈言集録》二十八卷、《續集》二十二卷，是律己準繩，治家矩矱，應世範模，欲藩後者，不可一日不讀。

申嫡庶之辨

嫡庶等差，禮不可紊。生順殁寧，分定則安。吾生母事吾繼母一生恭謹，屬纊遺言，唯命孝事主母，以故余得仰承慈蔭，守身庇後。念曾祖以來，惟余一人承祧，實由吾生母節撫綿延，是以歸爲考妣造壙，止分昭穆，吾生母一壙與嫡、繼二母兩壙相並，所謂禮因義起也。會稽陶氏之有嫡子者，欲援余爲例，即以是説畣之。凡有嫡子者，自不當與嫡耦，恐後世子孫不明此分，故余自治生壙，妾不與焉。異時妾非如吾生母者，不得視吾生母之制。

傳世名系

生子命名，當避先諱。吾宗舊譜，未免失檢。大率單名居多，二名聯屬，可無此弊。曾祖而降，惟吾祖一支。自吾祖以逮吾孫，取義五行相生，遞嬗約系四十言，來者世占一字，增綴二名，用章先德。詞曰：『世思秉正，立本爲先。志學日上，庸行宜全。成名守道，庶其克賢。興宗奉國，慶澤以延。承啟惟善，佑德在天。』

雙節堂庸訓卷六　述師　述友

童子試

陳秋崖夫子，諱其凝，江蘇上元人。雍正庚戌進士，官太僕寺卿。乾隆十一年提督浙江學政。九月科試，取輝祖入縣學。

鄉　試

博虛宥夫子，諱卿額，滿洲鑲紅旗人。乾隆戊辰進士。初名綸音惠，改今諱。國子監司業。乾隆三十三年戊子浙江鄉試正典試，後終奉天府尹。

陸耳山夫子，諱錫熊，江蘇上海人。乾隆辛巳進士。壬午召試，欽賜内閣中書，爲戊子浙江副典試，終都察院左副御史。

曾洞莊夫子，諱光先，湖南湘潭人。乾隆乙丑進士。象山縣知縣。戊子分詩五房，爲輝祖本房師。後加通判銜，罷官，終錢塘行館。輝祖年十八，應丁卯鄉試，時祈神籤云：『舉頭莫道青雲遠，得路先憑博陸侯。』每遇鄉闈，輒盼霍姓典試不可得。後客平湖，年已三十八，將去館，禱于文昌祠，籤云：『應得光先兼裕後，功名一路到耆頤。』至是科，座主爲博、陸二姓，而房師之諱直著文昌籤語，遇合前定如此。

會試

嵇拙修夫子，名璜，江蘇無錫人。雍正庚戌進士。日講起居注官，兵部尚書。乙未大總裁。今經筵講官，太子太保，文淵閣大學士，文淵閣領閣事，兼吏部尚書。

王惺園夫子，名杰，陝西韓城人。乾隆辛巳進士。刑部右侍郎，乙未副總裁。今經筵講官，東閣大學士，管禮部事務。周海山太夫子煌，撰先人墓表，夫子手書勒石。

阿雨齋夫子，諱肅，滿洲鑲白旗人。乾隆甲戌進士。都察院左副都御史，乙未副總裁。歷內閣學士兼禮部侍郎，終光禄寺少卿。

湯辛齋夫子，諱先甲，江蘇宜興人。乾隆辛未進士。翰林院編修，乙未分詩一房，爲輝祖本房師。終廣東學政。

受業

薄夫子，淇縣人。不能追記諱字。輝祖六歲受業。

家静山夫子，諱崇智，同出高祖支下。輝祖自七歲至十歲受業，訓詁之學皆禀師授。旅没京師。無子。輝祖屬族兄鳳琳綬歸其喪，今尚無爲之後者。

鄭又庭夫子〔一〕，名嘉禮，同縣人。縣學生。先君子將爲粤東之游，預聘延主塾，輝祖年十一至十四歲，受業四年。館課勤密，不使得有暇晷。今年七十有九。輝祖不逮事父，夫子爲先君子禮聘，見夫子如見吾父，夫子亦視輝祖如子，呼名受拜，不假辭色，白頭師弟，肅然也。近今館師，更無能繼之者。

徐冠周夫子，諱冕，上虞人。縣學生。館族叔奂若先生家。輝祖年十五從學。當是時，家難交訌，夫子語輝祖曰：『汝不成名，門户必隳。當念二母辛苦，用百倍功充汝才，不患不成進士也。』又曰：『吾年逾六十，吾兒未十歲，不知他日吾子得如汝否。』視輝祖亦如子。輝祖年三十，客長洲，從上虞鄭茂才源詢知夫子久棄人事，世兄補博士弟子，終未得一見也。

茅再鹿夫子，諱繩武，一字詒孫，山陰人。縣學生。舅氏王深甫先生内姪，館韓德師先生家。輝祖年十六，爲童子師，課表弟二人，遇文期則從夫子乞題作文。夫子謙甚，不以師道自居，然誨教切至，歷二年不倦。

張百斯夫子，諱嗣益，山陰人。歲貢生。授徒魚化橋家塾。輝祖年十八，爲乾隆丁卯科初應鄉試之前，仍爲童子師，乞夫子命題，求教凡四月。

許虚齋夫子，諱廷秀，江蘇山陽人。乾隆甲子科舉人。戊辰三月，先外父王坦人先生官山陽典史，恐輝祖以蒙師廢學，招至甥館，從夫子游。凡八月，以疾辭歸。明年己巳，仍受業於百斯夫子。

馮夫子，佚名字，山陰人。縣學生。館安昌沈氏。庚午闈前，從游二十餘日。

楊魯蕃夫子，名際昌，山陰人。乾隆辛酉舉人。辛未館坦人先生從兄家。輝祖授徒里中，作舉業文，郵呈求教，夫子導之以正，且有相賞於文字外者，訖一年。

孫景溪夫子，諱爾周，山東昌邑人。乾隆乙丑進士。令內邱，調吳橋，丁外艱。歲己卯，輝祖客蘇松糧儲道胡偶韓先生文伯所，夫子服將闋，探戚官中，録課藝求教夫子，授以場屋律度，曰相題，曰鍊局，曰運氣，曰選調，曰遣詞，曰鍊字。反覆講解，每夜至四更方息。凡四閲月，稍稍領受。忝竊科名，皆夫子訓也。後有業儒者，飲水思源，不得忘所自來。夫子歷官四川甯遠府知府，歸老。以子西林先生含中官陝西按察使，誥封通議大夫。

校勘記

〔一〕『鄭又庭』，《病榻夢痕録》作『鄭又亭』。

亡　友

孫西林先生含中，景溪師子也。乾隆辛巳，師令秀水，輝祖傭書幕中，先生試禮部中式，來官廨省覲，得共晨夕。一日侍坐，師曰：『若兩人操心制行，異日當爲端士，可齒敘如同氣，毋忘今日之誼。』輝祖敬謝：『不敢當。』師曰：『子毋辭，士君子論交，不以窮達異趣。況子豈終幕客者？子毋辭。』先生與輝祖同生庚戌，長輝祖二十四旬有奇，遂兄事焉。越一年餘别去。

癸未選庶吉士，丙戌改户部主事。而輝祖於戊子忝充秋賦，己丑至京師，主先生寓廬，不知身之在客也。辛卯秋九月，先生由員外郎出爲寧紹台兵備道，款輝祖入幕，凡四月，以會試辭。比下第南歸，先生已調江蘇河庫道。甲午量移蘇松太兵備道，屢以師命召，輝祖母老，不果往。先生旋司臬陝西。丁酉來浙開藩，再四招延，且屬韓城師道意。輝祖過辱下交，懼爲人指目，固辭，先生不之强也。有機事輒相邀商榷，有所建白，罔弗採納。戊戌六月，手書相訂，輝祖將俶裝，而先生中暍捐館舍，憑棺一慟，已矣生平。

先生爲政持大體，廉仁平恕，守正不阿。是時，大吏頗與先生齟齬，而先生能力行其志。發引日，道路手香跽哭，靈輀不得前。至今述遺愛，猶多泣下。輝祖爲先生所部，而冠先生於亡友者，尊師命也。

羅臺山有高，江西瑞金人。乾隆乙酉舉人。己丑會試，以邵二雲晉涵先容，得訂交焉。又七年，余佐慈谿知縣黄補畬元煒幕中，臺山方主鄞縣邵雙橋洪家，迓以來，共晨夕者二旬，奉《雙節堂贈言》，乞爲論定。越二年，敘别於錢塘寓舍。凡《贈言》中古文，一一次第點正。通内典，嘗進余以攝生之道，余未之能行也。而臺山以己亥正月卒於家。

孫遲舟辰東，初名宸，歸安人。乾隆壬辰舉禮部試第一，第一甲第二名進士及第，官翰林院編修。先是歲丙戌，遲舟方持父服，課平湖知縣劉冰齋國烜二子學，余治申韓家言，佐平湖幕，稱莫逆交。甲午丁内艱，主講東陽書院。余客海寧，屢寄文字商正。丙申，余再館平湖，遲舟服闋，過余敘別。明年，遲舟舉男，余舉女，因有婚姻之訂，是爲庚子之春。其年秋，分校順天鄉試，卒於闈中。

來江皋起峻，同邑長河里人。乾隆壬辰進士。余之交江皋也，始自辛卯公車，繼以壬辰，水同舟，陸同車，京邸同寓舍，志趣並同。官户部湖廣司額外主事。以父母篤老，引疾歸，授徒於船樓家塾。甲午亦爲余評騭課藝，已而疊丁内外艱，會經理西江塘水利，勞病卒。

陶午莊廷珍，會稽人。乾隆庚寅冬扁舟過訪，出試文相質，遂定交。明年舉於鄉，丁未補咸安宫教習。丁内艱，歸。校訂《雙節堂贈言》甚力。辛丑揀發甘肅，累署知縣，借補直隸肅州州同，卒於官。以弟子爲後。

張潛亭羲年，餘姚人。乾隆乙酉拔貢生。官於潛訓導，俸滿，保舉以知縣用，請留四庫館効力，賜國子監助教銜，充《四庫全書》纂修官。丁酉中順天鄉試舉人。戊戌下第，特賜一體殿試，届期疾作，遂不起。

徐頤亭夢齡，山陰人。國子監生。精醫術。屢試省闈不遇。治危證多愈，余有回生之感，詳『習醫宜慎』條。會戚屬邀赴口外，旅没。仲子嘉會，能世其業，季子端揆，以孝友著稱。

嚴古緣果，仁和人。乾隆庚寅舉人。先是壬申二月，恩科鄉試第三場，於號舍訂交。垂三十年，久而愈篤。性肫摯，别數月，必作畫幅題句寄贈，情溢楮墨間。弟鐵橋誠，乙酉舉人，豪爽過於兄。詩筆高邁，亦工繪事，兼精篆刻。先四年卒。

家昌年永祚，六世祖支下，猶子行也。家奇窮，年四十方室。詩法徐渭，畫師米芾。事母篤孝，有禮聘者，不忍出游離膝下，忍貧爲童子師，以終其身。年八十餘，及見曾孫而卒。弟介甫永祺，年十六，爲山陰賈人司筦鑰。賈人父疾，屬侍醫師治藥，念母衰病，力不能延醫，夜讀醫書，曉就醫師求方脈之理，久之工醫術，母倚其藥以生者三十餘年。爲余治病輒效。言必以正，曰：『疾病多由不自愛而起，或以先天不足歸咎父母，不孝甚矣。』初余習幕學，語余曰：『姪見郡城幕者多浪費，願叔戒之。』又曰：『叔祖浮厝十餘年，當亟謀安葬，此事無促迫者，不可以遠游故，一刻忘也。』其相愛大率類是。先昌年卒。余爲作《汪氏二孝子傳》云。

孫惠疇世埰，山陰人。仲姊婿也。余孤且寒，年十四五時，頗不爲姻黨所禮，獨荷款接勤摯。性豪爽善飲，急人難如己，不治家人生產。游吴粤間無所遇，歸而病酒，至於没。子四人，長繼英，能修内行，佐幕，仁謹有聞。

陸三德天勝，同里人。有至性，重然諾，能知大義，爲鄉黨信重。長余十歲，少時誤陷縲絏，先大父雪出之。歲元旦起，即至大父像前禮拜。先贈公赴粤東時，屬料理家事。已而贈公喪歸，遇力作，無寒暑，早晚有呼必應。力傭自給，獨不受余一錢，曰：『吾受朝三翁恩未報，且諾十三叔，不可負也。』余入試省闈，執勞無倦色。至戊子，忝列科榜，欣然曰：『吾固知朝三翁當有後也。』視余如弟，歷數十年，名余不改。又四年而没。没之前夕，余客海寧歸，亟過訪，執余手曰：『好，好，尚得見弟一面，恨不及待弟官也。』蓋余自少孤至於成立，人情屢易，始終如一者，一人而已。

方望山魯，同邑路西人。初以治疾相識，久之志趣甚洽，交相敬也。爲人質直無城府，急人之病如在己身，遇敦請，雖極貧之家，嚴寒酷暑，皆立赴。其術以疏氣爲先，謂病率起於氣滯，故定方多用逍遥散加減，所治輒效，時人號稱『方逍遥』。子孔昭，亦工醫有聲。

於體乾士宏，同邑峽山人。乾隆丙午舉人。性純孝，與弟汝夔友愛甚摯。余自己卯鄉試寓舍訂交，長余一歲，余兄事之。後歷試無不同寓。至戊子，余忝充秋賦，君攻苦益力，於家塾旁置小屋一楹，几坐皆設仄版，如號舍然，課日食息其中。曰：『習此則闈中寬綽，可以從容構思，庶幾一當。』又八試，始與兒子繼坊同出唐一峰先生門下，年已五十有八。太孺人年踰八十，君不忍離寢門上計，戚友多勸駕者，太孺人亦促辦裝，因過余里門敘年誼，余敬謝曰：『白頭兄弟何當爲兒輩屈！』君笑曰：『盼同年何可易得？有不敘耶〔一〕？』蓋訂交後四年，繼坊甫生，而君辱與同榜，宜其言之慨也。具述太孺人命，余曰：『如兄者，其報國日長乎？』君躍然起，執余手曰：『微子孰肯作是言，吾計決矣。』遂不行。已而余之湖南寧遠，君鼂晦徒步至義橋江干敘別，勉余以『親民』之義，出《福惠全書》一册相餉。越二年而凶問至寧遠，爲罷食者數日。年不副德，遇不副才，士論至今惜之。

校勘記

〔一〕『有』，望三益齋藏板《汪龍莊先生遺書》本作『冇』。

病榻夢痕録

病榻夢痕録目録

病榻梦痕録序

汪龍莊先生《學治臆説》《佐治藥言》兩書，翻刻遍海内，而《病榻夢痕録》《雙節堂庸訓》獲觀者鮮。或以録係年譜，訓非論治略歟？竊謂《臆説》《藥言》言也，《夢痕録》行也，著録之旨明必顧也。先生遊幕筮仕在乾隆年間，里居在嘉慶初年，閲今六十年。當日自督撫迨州縣官幕，各勤其業，孜孜求治，無澳涊因循之習，並其時風尚儉樸，皆於先生一生蹤跡因事類著。讀《夢痕》一編，輒不禁慨慕係之。至若浦中丞之晚節不堅，李鬌之作奸必敗，顯資規戒。而先生之治甯遠，俗易風移，捷於影響，更可知實心實政，不必俗敝民婾之爲慮也。余撫楚之次年，以所攜是書付梓，俾廣流傳。且以求志、達道，理無二致，故以《庸訓》附焉。香吟邵君實司校讎之役，爰繹平日所論説者，并諸簡端。

清河月舫龔裕書。

病榻夢痕録自序

古人晚節末路，不忘箴儆，往往自述生平，藉以考鏡得失，亦行百里者半九十意也。余少孤露，承先人遺訓，凛凛懼隕墜，佐治入官數十年間，境遇夷險，風景變遷，情動於事，過輒忘之。奉職無狀，邀荷聖恩，不加重譴，歸卧故廬，省㥶補過，他山之錯，畏我友朋，多舉既往，以勖將來。

去冬嬰末疾，轉更沈劇，自分必死，恐無以見先人地下，循省舊事，不已於懷，嚮之所忘，今乃歷歷在心目矣。會感夢中案冥事，益信一言一行，如有臨鑒。入春以來，病體稍閒，口授培、壕兩兒，依年撮記，至今夏而止。六月，坊兒試禮部還，命其重加排比，析爲二卷，題曰『病榻夢痕録』。東坡詩云：『事如春夢了無痕。』余不敢視事如夢，故不免於痕。雖然，夢虚也，痕實也。實則誠，誠則毋自欺，硜硜之守，實即在此。書其端以告子孫，俾知涉世之難，保身之不易也。

歸廬主人輝祖識，旹嘉慶元年七月一日。

病榻夢痕録卷上

雍正八年庚戌十二月十四日寅時，余生於大義邨中巷尚友堂之東室。

汪氏自大倫公始由鄞遷蕭山，傳十六世，爲曾大父孚夏公，諱必正。曾大母沈孺人，生子三，先大父贈文林郎朝宗公，諱之瀚，季子也。先大母贈孺人即曾大母姪，生二子，長爲先考，原任河南衛輝府淇縣典史，贈文林郎、晉贈奉直大夫南有公，諱楷。輝祖遡遷蕭祖爲十九世孫。時奉直公以謁選入都，先嫡母方太宜人宿疾未瘳，先生母徐太宜人免身四日，即起治爨汲，因得脾泄病，至老不瘉，爲輝祖終身罔極之痛。同里王宗炎填諱。

九年辛亥　二歲

奉直公留京都。先是，奉直公與山陰王坦人先生宗閔交最摯。庚戌六月，王宜人生，即有婚姻之約。及余之生，遂訂姻焉，無媒妁也。

十年壬子　三歲

奉直公選河南衛輝府淇縣典史之官。

十一年癸丑　四歲

就外傅。

十二年甲寅　五歲

五月二十九日，先嫡母方太宜人卒。徐太宜人嘗語輝祖：『汝生時，吾方年少，晝勞苦。主母恐吾倦寐，失汝乳哺，夕抱汝寢。汝啼，付吾乳，乳訖，復抱去。易襁褓，燥溼必身親以爲常。氣垂盡，尚執汝手，屬汝兩姊好好照看。憐汝如此，汝當時時記念。』輝祖年四五十，與兩姊言，感母慈恤，猶相向泣下也。

十一月，先大父爲奉直公聘繼室王太宜人。

十三年乙卯　六歲

王太宜人偕徐太宜人，挈輝祖之淇縣。延家静山師崇智至署課學。

乾隆元年丙辰　七歲

先大父至淇署，命余曰輝祖。輝祖之生也，先大父年已五十有九，甫抱孫，甚喜，咳名曰垃圾，取其賤且多，而有資於農也。五歲就傅，更名曰鰲，至是見余能解字義，可讀書，爲定今名。

余見酒輒喜飲，一日署中讌客，有火酒，盜飲醉死，浸髮水中，越夕乃甦。自是杯勺不能入口。

二年丁巳　八歲

讀書官署，有兩陶器俱墮地，薄者毀焉。奉直公舉完者而示輝祖曰：『能厚如此，則均完矣。』因言做人須厚如緞，可耐幾年過，即爲紙，亦須爲繭紙，尚可剥幾層，若爲竹紙，則一觸便破矣。

三年戊午　九歲

讀書官署。

四年己未　十歲

正月，奉直公以先大父年老，家有弟，例不得終養，引疾去官。

三月，發淇縣，取道濟寧。王太宜人方娠身，同徐太宜人坐獨輪篷車甚苦，以貧不能雇大車也。

五月抵家，弟榮祖生，七月殤。

先大父寶愛輝祖甚，每觀劇，必令隨侍，歸則問所演劇姓名賢否，能對則喜。一日觀演《繡襦記》，先大父曰：『鄭元和賴得中狀元，可以做人。』輝祖對曰：『雖中狀元，畢竟不成人。』先大父嘗舉以告親黨曰：『此兒竟識得做人。』輝祖至今識之不敢忘。

一日，有鄰生歲試劣等，衆斥其名，輝祖亦笑之。先大父怒扑輝祖，曰：『是秀才纔有等，汝尚無等，安可輕薄笑人？』輝祖跪謝，則又曰：『吾望汝他日做秀才，著藍衫，拜吾墓下耳。』

十月，仲姊歸孫氏。余潛出，登舟觀綵輿，失足墜水，没入舟底，逾時獲救。先大父痛撻之。

十一月二十日，先大父卒。是歲仍從静山師學。

五年庚申　十一歲

元日，效蹴鞠戲，奉直公訶止之。授《陳檢討四六》一册，令每日讀半篇，不得下樓。輝祖後佐幕，以駢體文受知當事，本於是也。是年，延邑生鄭又亭師嘉禮主塾，令輝祖受業。

初，奉直公以賈起家，置田百餘畝，援例入官。先叔父里居，爲博徒所蠱，斥賣幾盡。奉直公既歸，或謂訟必直，田可復也。奉直公不忍皋叔父，至是資用日絀。經理先大父墳墓畢，之廣東謀生。八月十五日夕，紆道過會稽外家。輝祖從。初放舟，密雨如絲，輝祖枕奉直公左股卧。行二十餘里，撫輝祖起，推篷四望，顧謂輝祖曰：『兒知吾此行何爲者？』輝祖未有以應也。奉直公曰：『垂老依人，非吾願也。幸老親尚健，不及此時圖生理，兒將無以爲活。』輝祖泣，奉直公亦泣，瀏漓不自勝，强爲輝祖收淚。襍舉經書令輝祖背誦，因問曰：『兒以讀書何所求？』輝祖對曰：『求做官。』奉直公曰：『兒誤矣。此亦讀書中一事，非可求者。求做官，未必能做人，求做人，即不做官，不失爲好人。逢運氣當做官，必且做好官，必不受百姓詬駡，不貽毒子孫。兒識之。』後又襍舉《論語》『學而』『孝弟』數章講説之，夜分乃寢。至會稽，又手授《綱鑑正史約》一册，曰：『日後長成，當熟此。』遣輝祖歸家，遂行。蓋自此不復奉庭訓矣。

六年辛酉　十二歲

從鄭又亭師學。奉直公於前一年十二月十五日卒於南海旅邸，四月喪歸。兩太宜人勵節食貧，紡績餘功，兼鋤楮鏹自給，晝夜不少休息。常泣而訓輝祖曰：『兒不學，必無以爲人。汝父無後，吾二人生不如死。』督輝祖愈嚴。

七年壬戌　十三歲

從鄭又亭師學。時門緒中衰，近族多不自立。諸博徒復誘之，皆疑兩母從宦，有私蓄，日夜慫恿叔父向兩母索錢，不得錢，則撻輝祖，兩母百方貸錢應之，甚至從徐太宜人手篡輝祖去。多有勸徙居以避者，兩母以宗祊在，堅不聽。往往炊烟不繼，至衣單禦冬，奉先大母及育輝祖，則衣食無少缺也。

八年癸亥　十四歲

從鄭又亭師學，同學四人，遇輝祖獨嚴。每作一藝，必令三四易稾，自晝達昏，不使頃刻暇。輝祖甚苦，私屬姊壻孫惠疇世埰問之，師曰：『此子必可成就，惜不肎潛心。吾鞭辟近裏，或可望其向學。一縱之，則終身誤矣。』輝祖一生感師言入肺腑也。以兩太宜人力不能具脩脯，歲終，師他就館。

九年甲子　十五歲

族叔奐若先生家延上虞徐冠周師冕主塾，輝祖附學焉。朝暮往來，徐太宜人親翼護之。師年將七十，子幼，視輝祖則念己子，故教輝祖極摯。爲制字曰煥曾。嘗勖輝祖曰：『若不勉學，不能成立，若母無出頭日矣。』蓋知輝祖之有家難也。輝祖家與塾隔河，每出，塾師必目送輝祖過橋乃入。至今念之，猶常泫然。鄭師閱文最嚴，師以鼓勵爲事，獎許甚至，故是年行文調暢。蓋非鄭師無以立學之基，非師無以長學之趣，二師之教如此，所謂相得益彰者乎？

是歲，外舅王坦人先生官淮安山陽縣典史。或傳余從叔父博簺無行，有獻諛者謂無媒聘可悔，家人幾惑其説矣。王宜人聞之，日夜泣，母氏以告，外舅憐之。時余方學爲詩，《即事》云：『事有難平處，心無不用時。』《題牡丹圖》云：『圖成莫訝開不早，開時便得稱花王。』長短句云：『腸似黄河迴九折，一折一番愁。河流無盡頭，愁到幾時休？』里人傳至山陽，外舅見曰：『此子能處憂患，雖辛苦，終當有成。』浮言漸息。

十年乙丑　十六歲

徐師以疾去，輝祖力不能更從他師，依兩母起卧小樓。兩母督之學，不敢跬步出門外也。檢先人遺篋，得《太上感應篇註》，覺讀之凛凛，自此晨起必虔誦一過。終身不敢放縱，實得力於此。

十一年丙寅　十七歲

依兩母學。縣試童子，輝祖請往，兩母謂輝祖學未成，且家貧，未之許也。固請，兩母曰：『若自揣可進學乎？』輝祖自詡其技，輒應曰：『可。』兩母曰：『既可進學，豈有不令汝去者？』六月至縣，見試人多著紗單衫，心羡之。或贈錢許製衣，輒代作文。比案發，族中十八人皆招覆，輝祖獨不與。兩母不悦，既知輝祖受錢，則大怒曰：『兒無志氣，爲利不惜名。』予扑而遣歸錢，輝祖痛自悔，晝夜學。

八月府試，十八人者皆不招，輝祖終試。

九月，督學江甯陳秋崖師其凝試第六名，入縣學。首題『盍徹乎曰二』，次題『三里之城兩節』。覆試題『鄒與魯鬨』。從山陰茅再鹿師詒孫論文。

十二年丁卯　十八歲

王氏母舅延課諸子，凡七人，館脩十二緡，以三緡餽山陰張百斯師嗣益，從論文焉。

應鄉試第一場，有同號生呼求換卷。提調鹽驛道趙公侗斆見其七藝俱完，而卷前後各書一『好』字如杯大。問之，生曰：『某卷完，熟睡，夢人伸手入簾曰：「汝今科必中。」令於手心、手背各書一「好」字，不料俱在卷上也。』趙公曰：『「好」字於文爲女子，汝自問平日有辠過否？』生再三哀籲，換卷另書，貌若甚恐。場中有鬼神，可不懼歟！

浙江額中舉人一百四名，是科始減十名。榜發不售。

十三年戊辰　十九歲

二月，外舅以輝祖不能專學，招至官中，從山陽孝廉許虛舟師廷秀游。至十一月歸，有邀觀社劇者，余謝不往。徐太宜人曰：『今日戲場喧嚷，吾都無所恐。往時汝去，吾聞嘈雜聲即膽碎，慮汝挨擠也。』余聞之，悚然汗下，從此不敢入戲場。

是歲，叔父挈眷他徙，大母欲偕行，兩母泣留而止。

十四年己巳　二十歲

仍館王氏舅家，從張百斯師論文。

十一月，王宜人來歸。

十五年庚午　二十一歲

山陰馮思詠師館安昌沈氏，輝祖從游焉。

五月朔嚮晦發頭眩病，仆跌後園池，步腰以下皆没水。黄昏館僮覓獲，救起尚未甦也。甦而病，遂歸。

八月，應試不售。

十六年辛未　二十二歲

族伯表山先生鑼延課子弟。是歲，訂交先生子壻山陰徐頤亭夢齡。頤亭上舍生，篤學，工醫術。後以醫歿於塞外。作應舉文寄山陰楊魯蕃師際昌誨定。

十七年壬申　二十三歲

二月，應恩科鄉試，不售。是科三場策問，小學余素未究心，仁和嚴古緣果淹雅貫通，爲余歷歷言之，始得完卷。自此訂交，并交其弟鐵橋誠。古緣爲人慤信，有學行。屢過其家慶雲橋，孝友雍和，數十年如一日。鐵橋尤工藝事，中乙酉舉人。古緣中庚寅舉人。

外舅署松江金山令，三月十五日赴金山，自此入幕矣。然余頗不欲以幕爲業，掌書記外，讀書如故，月脩三金而已。

十八年癸酉　二十四歲

館金山。

三月，長女生。

五月，外舅署常州武進令，偕之武進。

七月，歸應鄉試。大母已病。闈後輝祖疾作，外舅以館事招，不得不行，又不忍別大母行。大母聞之，呼輝祖曰：『兒行幾時還？』對曰：『得中約九月二十二三日可還，不中當至臘底。』大母曰：『兒必中。然尚早，我不及待，兒亦不及待我。兒行，毋念我。』王太宜人泣曰：『兒今且病，柰何？』大母曰：『毋慮。兒有後福，多壽多兒孫。』

先是，徐太宜人不得於叔母，因漸失大母歡心。輝祖又不肖，往往爲徐太宜人累。比大母篤老，叔母棄去不顧。徐太宜人奉事惟謹，竝教輝祖曲體大母意，大母安焉。至是呼徐太宜人至榻前，曰：『若善事我，願若子孫皆如輝祖，子孫娶婦皆如若也。』余遂行。

十月初二日，大母卒。時輝祖未歸，衬身衬椁，皆兩母主之。後輝祖十五年舉於鄉，又七年成進士，今年六十餘，回思大母言，若前知者。

十九年甲戌　二十五歲

四月，外舅丁内艱，在武進候代，薦余揚州鹽商程氏，主管文翰，歲可得脩一百六十金。余欣然應之。既聞商人倨甚，每坐榻牀，倚炕桌南面，客皆侍坐白事。余度不能耐，告外舅辭之。不二月，常州知府海陽胡偶韓先生文伯招掌書記，以外舅故屬吏，無關聘，歲脩二十四金，余就之。聞者俱以爲怪，余曰：『脩雖少，太守當賓禮我也。』外舅頗以余爲傲，然甚韙余言。

二十年乙亥　二十六歲

二月，館常州。公事暇，從同事諸暨駱炳文先生彪究心刑名之學。九月，胡公陞江蘇督糧道，予辭焉。公曰：『吾遂不能久屈子乎？』留益堅，許每月增脩八金，蓋一歲不啻倍蓰矣。遂同之常熟。胡公端人也，禮余在諸賓之上，每遇大事，必招與議，所持論多見採納。嘗語諸子曰：『汪君必不久於人下，異日國家有用材也。兒輩當師事之。』公嘗言：『能思則事成。思之爲字，田在心上，田中一十字，四面俱到，缺一面，則心有未至。』故公慮事最密，時號三世佛，謂過去、現在、未來無所不用其思也。待余極瑣碎，語人曰：『汪君明爽，吾欲以細緻成之耳。』余佐幕數十年，得免粗疎之咎，皆公之教也。

凡代譔文字，類用駢體。一日譔陝藩唐莪邨先生綏祖祭章，序其巡撫湖北時，被劾起用，胡公弗慊也。踰月，陽湖楊編修述曾自揚州還，言祭章八十餘，無過常州者。公以語余，喜見顔色，後有所作，無不稱指。嗟乎，士當未遇，豈不重賴先輩齒牙餘論哉？

時禁私鑄小錢，舊傳寬永通寶，撫軍行查年號來歷。會有贈胡公《曝書亭集》者，余鐙下偶檢閲其《跋吾妻鏡》云：『吾妻鏡，亦名東鑑。前有慶長十年序，後有寬永三年國人林道春後序。東鑑爲日本國書，寬永三年者，明天啟四年也。』遂白公据申。開卷之有益如此。自此幕務稍閒，即從公假書記誦，不敢自暇逸矣。

是年歸第四妹於山陰沈有高仁埈。紹興秋收大歉，次年春夏之交，米價斗三百錢，丐殍載道。

二十一年丙子　二十七歲

胡公督運臨清，余以病不能遠行，就無錫縣魏公廷夔館，副秦君治刑名。秦君專法家，熟律令。縣民浦四童養妻王氏，與四叔經私事發，秦依服制擬軍。余曰：『童養也，可以凡論。』秦不可。魏公屬余主稾，余以凡上，常州府引服制駁。余議曰：『服制由夫而推。王氏童養未婚，夫婦之名未定，不能旁推夫叔也。』臬司以王氏呼浦四之父爲翁，翁之弟是爲叔翁，又駁。余議曰：『翁者，對婦之稱。王氏尚未爲婦，則浦四之父亦未爲翁。其呼以翁者，沿鄉例分尊年長之通稱，乃翁媪之翁，非翁姑之翁也。』撫軍因王氏爲四妻，而童養於浦，如以凡論，則於四無所聯屬。議曰：『童養之妻，虛名也。王習呼四爲兄，四呼爲妹，稱以兄妹，則不得科以夫婦。四不得爲夫，則四叔不得爲叔翁。』撫軍以名分有關，又駁，議曰：『禮未廟見之婦而死，歸葬於女氏之黨，以未成婦也。今王未廟見，婦尚未成。且《記》曰附從輕言，附人之辠以輕。』爲比書云：『辠疑惟輕。婦而童養，疑於近婦。如以王已入浦門，與凡有間，比凡稍重，則可科以服制，與從輕之義未符，况設有重於姦者，亦與成婚等論，則出入大矣。請從重枷號三箇月，王歸母族，而令經爲四别娶，似非輕縱。』遂蒙批允。余名頗爲撫軍所知。撫軍者，番禺莊滋圃先生有恭也。

五月，魏公丁内艱，余歸應鄉試。是科舉人廣額十名。

九月，下第，胡公復以柬招之常熟，仍司書記。

十一月，胡公同錢穀友朱君赴淮安謁總漕，余偕行。舟次胡公與朱持論多齟齬。將至淮安，余詢其故，因江淮衛漕船多滿十年，糧道已發價改造，其間有停運三次、二次者，户部以未滿十運駁，取擅動庫項職名。朱援例頂詳，總漕不准，是以主賓迕。朱檢例案付余披覽，曰：

『吾遵例，夫何尤？』余曰：『君援十年之例，而部以十運爲計，創也，非破其十運不可。』胡公大喜曰：『是説今始聞之。』朱曰：『吾力竭，請以累子。』余辭不遂，爲之議曰：『截留漕船，以裕民食，破格之恩，前所希有。是以向來止計十年，而不扣足運。但船隻一項，利於行駛，不利停泊。蓋一經停運，久泊河干，上之日曬雨淋，猶有苦蓋銀兩，時爲檢點，至船底版片，泥膠苔結，日漸朽損。若因船身無恙，勉强起運，重載米石，遠涉江黄，設有疎虞，所關匪細。故不敢因慎重錢糧，致悮天庾正供。既滿十年，不得不造。』朱覽之，曰：『吾實念不到此。』胡公遂録稟，呈總漕藴公著，大爲許可，令速歸請撫軍會行，萬一部駁，可奏免也。後呈稟撫軍莊滋圃先生，曰：『理足詞達，必可不致部駁。』又曰：『此稟另一手筆，得毋易友乎？』胡公以余名對。先生曰：『前在無錫辦浦姓案，甚有膽識。將來條議，當令此君爲之。』余自此更爲胡公契重，遂留常熟，兼司條議事。

次年聖駕南巡，胡公派理船隻并前營差務。十月，余同赴清江浦。余自出游，歲終必歸省。是歲，即於途次度歲。『王事靡盬，不遑將母』，佐幕者義分亦然。

二十二年丁丑　二十八歲

留胡公幕。四月差竣，偕至江甯辦報銷，寓秦淮河房，得以略游金陵名勝。七月，回常熟。又同胡公赴海州，督捕蝗蝻兩旬餘。又至安東，回署。十二月初，同至常州查漕。蘇州白糧幫干總姚起濬忤胡公意，立欲劾參，余以口過不可，議相左。初五日辭歸。

二十三年戊寅　二十九歲

正月初八日，胡公遣戚持札到家，代爲謝辠，再三堅請，復同至常熟。常熟有虞山，虞仲、言子之墓在焉。虞墓上，言墓下。虞之子姓爲仲氏，每展墓，必經言之墓道。言以爲越界，歲必競，由縣而府，而司，而巡撫，訟十餘年未結。撫軍委胡公查議，仲以言墓在虞墓禁地之内，謂言氏占其墓道，言氏之譜牒則界起於漢時，各不相下。道左十餘丈，有荆榛僻徑，言欲仲另闢行路，而仲不願也，故斷斯獄者卒無成議。余以爲非可例定也，乃爲之議曰：『墓前禁地之説，起於後世，仲説不足爲憑。言譜墓道起於漢時，亦荒遠無稽。虞先言後，相距數百年，虞以讓國而逃，必不愛此區區之地。言爲道南文學，禮讓爲先，必不忍與先賢争路。兩姓互持，皆非祖宗本意。若舍正途而另闢荆榛，不惟不便，亦屬非禮。應令仲氏每年展祭，俱由言氏墓道而上，墓道之外，不得樵採，庶奠幽魄而杜囂風。』案遂定。

胡公欲留余度歲，至十二月二十六日，猶未許歸。余題詩於壁，『如歸豈復歎他鄉，爆竹聲中歲欲央。八口自憐窮骨肉，一年幾得好時光？殷勤醴酒開東閣，寂寞斑衣負北堂。記得臨分曾有約，椒盤鞠𦞂捧霞觴』。侵曉，胡公見之，曰：『吾過矣。』即具快船飛送，於除夕到家。是年聞静山師卒於京師，屬族兄鳳琳綏歸其喪。歸第三妹於同邑陳景聲之柔。初自號曰龍莊，以家居鎮龍莊也。

二十四年己卯　三十歲

正月，以媵婢楊氏爲妾，赴胡公幕。

三月，昌邑孫景溪師爾周自山東至署，胡公屬余録文字就正，余録窗課三十篇面呈。閱一月，師不置一詞，心疑之，而不敢請也，以告胡公。次早，余未起，師衣冠來謝曰：『子文久閱矣，頗不愜於心。子才可以入彀，而文不合格，妄爲譽則不安，直言之，又恐見辠。當俟别時奉繳，故不動筆。昨胡公謂我嬾，且言子兩節母苦教，志在科名。月來見子執禮甚恭，虚心可敬，當以吾意爲子評之，毋訝也。』是日即將文一一評改，有從破題抹起者，有逐句抹者，有隔句抹者，三十篇中得連圈者，三句耳。余讀之，汗流浹背，多不能解，則執卷求教。師一一申言其故，真聞所未聞，遂執弟子禮。每日官事畢，即赴師請題，次早呈卷。如此者兩月餘，漸爲師許可。

七月，余歸應鄉試，師亦反山左，同至蘇州，過余舟，握手言曰：『子技成矣，然得失不可知。吾此行服闋謁選，萬一南來，子尚佐幕，當虚席以待。』余謹對曰：『二母多病，不能遠離。若吾師官在千里左右，必當應命。』各揮淚而别。

是科二場删表判，以第一場經文四篇改入二場，增論一篇，二場增五言八韻排律一首。八月初八日，入闈後，大雨，水溢及坐版，闈中狼狽，幾不完卷，甚負吾師教誨。十二日二場，即病，不能飲食。勉完三場，悤悤還里，遂病甚不能興，轉側需人。日惟啖生栗數枚，垂絶者屢矣。明器已具，醫師莫名其病，自信不起。九月初八日夜，王太宜人夢中堂有南面坐者數人，東西侍者甚衆，吾祖、吾父皆右隅侍。南面者語嘈嘈不可辨。惟東面立者頎而癯，熧帽微鬚，向上揖曰：『該留垃圾。』有數人哭而出，吾祖、吾父向上拜跪，若有喜色。晨起，吾母爲余言之，曰：『此有先人呵護，當無害也。』是日亭午，徐頤亭來省，爲余診脈，告吾母曰：『舅無他病，因闈中水氣直達上焦，所以飲食不通，體溼故不能運動。』用人葠桂附重劑治之，一飲即睡，醒下水數升，即能轉身。又一劑，即能起坐，不數日而瘳。十月初一日赴館。

先是，曾大父以下，同堂伯叔三人、從昆弟九人，多强壯，而余最孱弱善病，兩母常憂無年。自十月至次年二月，伯叔昆弟先後殂謝，惟存叔父一家客游，而余則自此康强，不復再病。殆兩母節孝之苦，足以蔭芘後人。所謂該留垃圾者，實邀先靈之呵護矣。

素有積負，重以危疾稱貸，勢不能支。胡公久交，又不可以計脩。歲終，遂堅辤胡公，受長洲鄭君毓賢聘，與山陰婁上舍培安基分治刑名。是年，交同邑於體乾士宏。體乾篤行力學，以孝友著聞。後中丙午科舉人。

二十五年庚辰　三十一歲

館長洲縣。婦周張氏，富家也，年十九而孀。遺腹子繼郎十八歲，將以八月授室，七月病殤。族以繼郎未娶，欲爲張之夫繼子，而張欲爲繼郎立嗣，輾轉訐訟。前令皆批房族公議，歷十八年未結。二月，鄭君受辭。張氏謂：『繼郎物故後，苦百倍於撫孤，未亡人數瀕於死，死何足惜？但繼事未定，死不瞑目。今年已望六，死期日近，恐旦夕死，而夫與子鬼餒。』其語甚哀。余弔查全卷，厚逾數尺，族繼張辭，張繼族控，批歸房族，官無成見。乾隆十九年，張指一人可以立孫，而房族謂其甫離襁褓，未必成人。後又另議，終至宕延。余因擬批：『張撫遺腹繼郎，至於垂婚而死，其傷心追痛，必倍尋常。如不爲立嗣，則繼郎終絶，十八年撫育苦衷，竟歸烏有。欲爲立嗣，實近人情。族謂繼郎未娶，嗣子無母，天下無無母之兒。此語未見經典。爲殤後者，以其服服之，禮有明文。殤果無繼，誰爲之後？律所未備，可通於禮。與其絶殤而傷慈母之心，何如繼殤以全貞婦之志？乾隆十九年張氏欲繼之孫，現在則年已十六，昭穆相當，即可定議，何必彼此互爭，紛繁案牘？』同事諸友皆以爲事關富室，舍律引禮，事近好奇，況以累批房族之案，官獨臆斷，必滋物議。鄭君見批大詫，再三屬改。余曰：『批房族不難也。爲民父母，而令節婦抱憾以終，不可。余爲主人代筆，令主人造孽，心不安。吾不顧其爲富爲貧，論事理耳。批不可易，請易友。』遂辭鄭君。鄭君勉用余批，不慊也。張所欲繼者，果已成立，因立繼書，遵依完案。後有不肖族人反覆翻告，皆不准理。至五月初五日午讌，撫軍手朱單，飭縣封送是案全卷，座客震動。余曰：『吾無私，天可見，況上官乎？』閲四日，鄭君謁撫軍歸，述撫軍言，盛贊此批得體，始知有生員上控，批發蘇州府親提重責詿劣。鄭君以上官許其能，大悦。撫軍桂林陳榕門先生宏謀，事皆親辦，凡上控之案，皆不批查，先以朱單弔卷，或有未愜，則戒官而兼訓幕，故一時吏治無不肅然。此其一也。

時有嘉興李髯者，蠱余以利，并導余以納賂之術。余懼辠，不敢應。至七月，余歸應鄉試，代余者劉某，誤爲所惑。比余九月至館，甫三日而事敗，奉撫軍訪究，二人倉皇竄逸。余私自幸，益勵安貧之志。

竊盜計贓，每米一石，例照部價作銀一兩。時米價日增，撫軍意在懲賊，飭照時價估贓。竊米七八十石，俱入滿貫。余以治賊不嫌過嚴，而計贓終須課實，事主類多惡賊，不免浮開。斛斛既大小難齊，米色復高下不一，憑一紙贓單，遽擬繯首，恐日久弊生，不無冤抑。爲鄭君通稟，請仍照部價估報。撫軍行臬司，議准通行。後數年余館平湖，援例具稟，奉浙江臬司批駁。是以江浙連疆，而竊米定辠，輕重懸殊，不知近日作何辦法也。

十月，胡公署臬司篆，招余相佐。適崇明有盜右手廢，而以左手開棺，縣讞依律議軍收贖。余意左手既能爲盜，自未便照廢疾減辠，第廢疾收贖，法外之仁，又不忍遽以私意創改成例。且安知非以此人律得收贖，因而坐以爲首？遂托故告辭。後果奉部駮，不准收贖。余雖見及之，而不敢毅然請也。

十月十七日，西席江都諸生吴山濤桂過齋夜話，嫌筆不中用。余適有兼毫，次晨持以贈吴，因留閲館課。少間，余所居齋屋傾頹，牀几皆爲齏粉。友人環視，謂余被壓，而余方自吴館回，交相慶也。

先是四月，孫師簡發浙江，過吴門，約余相佐。鄉試荷同考官李師成渠閲薦，未售。至是，遂并辭長洲歸里。是年楊氏生次女。

二十六年辛巳　三十二歲

孫師補浙江秀水縣，余遂入幕，二月初三日到館。

縣民許天若，正月初五日黄昏醉歸，過鄰婦蔣虞氏家，手拍鈔袋，口稱有錢，可以沽飲。虞氏詈駡而散。次日，虞氏控准，未審。至二月初一日，虞氏赴縣呈催，歸途與天若相值，天若詬其無恥，還家後，復相口角。初二夜，虞氏投繯自盡。孫師受篆，即赴相驗。時松江張圮逢與余分里辦事，虞居張友所分里内。張以案須内結，令將天若收禁通報。余以爲死非羞忿，可以外結，張大以爲不然。孫師屬余代辦，余擬杖枷通詳，撫軍飭將天若收禁，并先查例議詳。余爲之議曰：『但經調戲，本婦羞忿自盡，例應擬絞。本無調姦之心，不過出語褻狎，本婦一聞穢語，即便輕生，例應擬流。夫羞忿之心，歷時漸解，故曰但經，曰即便，是捐軀之時，即在調戲褻語之日也。今虞氏捐生，距天若聲稱沽飲已閲二十八日，果係羞忿，不應延隔許時。且自正月初六日以至二月初一日，比鄰相安，幾忘前語。其致死之因，則以虞氏催審，天若又向辱駡，是死於氣憤，非死於羞忿也。擬以杖枷，似非輕縱。』府司照轉，撫軍又駁。因照流臯例減一等，杖一百，徒三年。此事至丙辰正月，病中夢虞氏指名告理冥司，謂余不差。是知許天若雖非應抵，而虞氏不得請旌，正氣未消，在冥中亦似懸爲疑案也。治刑名者，柰何不慎！

四月，孫師保舉堪勝知府，赴部引見，留余家居相待。九月初三日，孫師回任，余亦至館，獲交師子西林含中。西林癸酉舉人，是歲會試中式，癸未殿試館選。爲人無疾言遽色，公明正直，體用兼該。歷官浙江布政使，卒於位。

是年十二月，大寒，官河皆凍，小河冰堅，至十餘日始解。舟中人有凍斃者。紹興亦然。有廣文某倖滿求保舉，余曰：『此君太熱，恐難信其終身。』孫師曰：『人材止可節取，必事事過慮，大憲何以保我耶？』真藹然長者之言。

二十七年壬午　三十三歲

館秀水。三月十七日，先生母徐太宜人卒。

先是，余每省試，吾母謂：『家世素無科目，且既以游幕爲養，學而荒幕，則造孽，佐幕復學，則精力不繼。』己卯大病後，復再三諄屬，戒勿應試。至是十四日，急足至館，歸家吾母已病劇。十七日早，忽曰：『萬一不能至九月，則誤汝試事。』乃知吾母望捷甚殷，向者特慈之至耳。始立志作舉業文字，不敢懈。

初，曾大父有公園在舍北，兩伯祖、伯祖母皆殯焉，先考、先妣亦殯於其右。余年十五歲時，從伯叔鬻於同族。余懼先人不安，故別租苧園殯徐太宜人，而禱於兩伯祖曰：『俟考妣合窀，當求地以葬伯祖諸匱。』

四月十九日，長子繼坊生。

縣有貢生陶世侃，以巨富聞。其父惠先以長房獨子出繼叔父，生世侃。兄弟五人，而長子故絶，例得以次子之子璋爲後。世侃行第三，謀以己子後。其伯兄乘父故，僞托遺命，令璋父歸嗣本生。祖次房者，謂以孫禰祖，例難歸繼。祖三房者，謂本生有子而無後，於情不順，歸繼之説，未爲不可。訟至司院，錢文端公陳群、諸宫詹錦及搢紳先生聚議此事，紛紛不決。時孫師已陞河南開封府同知，撫軍莊公以案關富室，飭縣定議後卸事。余亦無能折衷，長夜求索，忽憶《禮經》『殤與無後者，祔食於祖』之文，爰佐孫師持議，謂：『禰祖之説，必不可行。陶惠先出繼叔後，斷難以己之次子歸繼本宗。有子而絶，情有難安。請以其主祔食於伊父愛泉支下，聽惠先子孫奉祀。遺命之真僞，可無置議。』大爲莊公所賞，詢知余名，曰：『此君余在江南久知之，真有學識。』招余相見，一時虚譽頓起，錢塘、嘉興、海鹽、平湖争致關聘。聞劉君國煊賢，遂就平湖。

八月，孫師解任，即至平湖。

十月，乍浦巡司獲徐姓等九人在家拜佛，起經卷一篋，稟爲拏獲邪教。余檢其篋内，有《無爲教經》一帙，蠹蝕零碎，後有『萬歷十七年歷城并妻王氏』字，斷續不完，餘皆《金剛》《楞嚴》《觀音》《阿彌陀》《心經》之類。余曰：『雖無爲係邪教名，然經已歷久殘蝕，徐姓等恐非教黨。』劉君親赴各家檢搜，竝無違禁器物。余曰：『聞歸教者皆長齋，以猪羊肉試之。果教，當不肎啖。』當堂給食，無不啖者。訊經由來，則并諸經皆鬻自乞食游僧之手。遂照私家拜斗例，分別責處，焚《無爲經》，而《金剛經》等發德藏寺供奉。後族子在心商於乍浦，歸語余曰：『彼有民家於圃内書室中奉叔生像，謂當日誤犯巨案，賴叔保全，所以報也。』余不知何事，或者其即此案中人乎？

是年新例，命案初報咨部起限。幕友辨理初詳，每多草率，覆審承招，往往棘手。余爲劉君稟撫、臬二憲，凡初報時即摘敘供情，擬定辠名，加稟附申，奉批准通行，大有匡正。然幕友不以爲便也，後例停，稟亦漸止。如永爲成規，於獄情幕學，必多裨益矣。

二十八年癸未　三十四歲

館平湖。先是，孝豐縣民蔣氏，行舟被劫，通詳緝捕。封篆後，余旋里度歲。有回籍逃軍曰盛大者，以糾匪搶奪被獲，訊爲劫案正盜。劉君迓余至館，檢閱草供，凡起意、糾夥、上盜、傷主、劫贓、俵分各條，無不畢具，居然盜也。且已起有藍布綿被，經事主認確矣。當晚，屬劉君覆勘，余從堂後聽之，一一輸供，無懼色，顧供出犯口，熟滑如背誦書，且首夥八人，無一語參差者。竊疑之。次晚復屬劉君故爲增減案情，隔别研鞫，則或認，或不認，八人者各各歧異，至有號呼愬枉者。遂止不訊。而令縣書依事主所認布被顏色新舊，借購二十餘條，余私爲記别，襍以事主原認之被，劉君當堂再給覆認，竟懵無辨識。於是各犯僉不招承。細詰其故，蓋盛大到官之初，自意逃軍犯搶，更無生理，故訊及劫案，信口誣服，而其徒皆附和之。實則被爲己物，裁製者有人，即其本案，辠亦不至於死也，遂脱之。越二年，劉君保舉知府，引見，而此案正盜由元和發覺，傳主認贓。劉君回任，赴蘇會審定案。初余欲脱盛大時，闔署譁然，謂余枉法曲縱。余聞之，辭劉君，劉君弗聽。余曰：『必余留止者，非脱盛大不可。且失贓甚多，而以一疑似之被，駢戮數人，非惟吾不忍以子孫易一館，爲君計，亦恐有他日累也。』然短余者猶竊竊然私議不止，幸劉君不爲動。至獲正犯，劉君謂余曰：『曩力脱盛大，君何神耶！』余曰：『君不當抵辠，吾不當絶嗣耳。』余自此益不敢以草供爲信，犯應徒辠以上，無不親聽鞫問。

又民婦俞張氏，縱女犯姦，壻覺，毆其妻，張氏赴勸，被壻毆折一齒案，律應徒。余以爲婦人犯姦，辠應離異，母縱女姦，即與壻義絶，應同凡論。奉司府再駁，擬杖一百，枷號一月完結。

是年爲兩母具呈請旌雙節。十二月，奉巡撫彙題。

二十九年甲申　三十五歲

館平湖。是年十二月，奉禮部具題兩母旌表雙節，奉旨依議。

三十年乙酉　三十六歲

正月，奉禮部咨旌兩母雙節，建坊如例。録事實，乞言藝林。

二月，館平湖。嘉興知府金匱鄒公應元雅重余，嘗語劉君：『君幕汪某所辦案，必爲犯人留餘地，議論純正，當有後禄。』時幕中人無不排擠余者，余復不能和通，勢孤立。幸劉君信任獨深，得鄒公言，人情稍定。

五月，鄒公巡視乍浦，至署下交。

六月，乍浦同知陳虞盛會同乍浦營參將湯雲龍，獲漁匪楊極，輾轉株連，獲盜三十餘人，以寄贓、買贓諸名牽致者，又不下四十人。録盜供上申，仍檄劉君勘詳庭鞫，則各犯皆受搒掠，徧身血痂墳起，膝踝潰爛。鞫反覆，惟閩人林好曾搶奪人財物，其十六人或竊魚，或竊網，餘人皆畏刑誣服，非劫且非竊也。劉君不敢附會陳丞，止報搶奪一人、竊賊十六人，繫獄待覆勘，而盡釋餘人。余削牘竟，晉省鄉試，比試竣至館，則參將以調考謁總督於福建，侈張其事，總督下檄詰劉君。劉君持初説甚力，大與丞等忤，或以故出讒余。余辭劉君，劉君不可。未幾，參將病疽死，丞丁父憂去。先是，撫軍熊公學鵬欲據丞申入告，臬司李公治運謂丞不足信，應如縣申勘結。至是，總督楊公廷璋竟具丞、參將獲洋匪狀上聞。奉旨，命浙江、江蘇兩巡撫會讞。臬司提囚至杭州，屬鄒公親鞫囚。供如縣申，惟慈谿沈氏一案，與事主報辭異。鄒公疑爲劫，劉君力言未允。余爲鄒公言：『内河寬五六丈者，纜數船東岸，遇風纜斷，而飄西岸，則數船必不能連檣如東岸，無尺寸後先，況黄盤爲外洋，無津涯。今事主之辭，以爲三船同漁一處，被風飄至黄盤，又同泊，爲三盜船同時强劫，當無是理。』鄒公爽然改容，詰事主，則兄弟三人始雖同漁，既遇風飄失，各不相顧。林好等十五人，各竊各船，初非同謀，亦非同行。案遂定。顧兩撫軍謂洋匪宜重創，雖搶奪，亦當援强盜律治之。幕中賓皆托故去。兩撫軍專令鄒公承辦，鄒公聽余定爰書，盡四晝夜，草凡十數易，擬林好絞，餘十六人及續獲七人流徒杖，笞各有差，牽致者一無與焉。命下部議，報可。是役也，自縣稟至兩撫軍會奏，皆余持議創稾。鄒公初不知余，過蒙相賞，殆爲是案作緣也。微鄒公，吾其能行吾志哉？

是年，桐鄉沈青齋啓震館西席，訂交焉。青齋爲人豁達，通徹事理，重交游氣誼。庚辰舉人，後由己丑科中書官山東運河道署總河，引疾歸。

十月，妾楊氏生次男繼壩。

三十一年丙戌　三十七歲

館平湖。平湖多富室，争繼之訟日繁，房族不免左右袒，官吏因之上下手。余素薄之，遇有控争之案，與劉君約，置訟者勿論，而飭房族公查無子之人是否必須應繼，同父有無昭穆相當，繪圖稟核。其人如在，或有妻，則聽其自主，夫婦俱亡，則援無後祔食於祖之禮，令祔産以祭，不准立繼。行之數年，嚚風稍息。

有殳球者，狡人也。瞯其緦服叔鳳于死而無子，自言序當承繼。據房族詞，鳳于之兄有子一人，例難出繼。鳳于生時，與兄竝未分產，故後妻亡女嫁，約其餘貲，有田二百七十畝，當爲之後。余批以遺產一百畝分給嫁女，以二十畝營葬，一百五十畝爲祭產，祔父承祭，不必球爲過問。球控府，鄒公以鳳于既有遺產，自應置後，球果應繼，即非妄告。如因其首先控爭，即予擯斥，而女撥多貲，魂惟祔食，殊非繼絶之道，矯枉過正，未昭平允。飭令查繹例義定繼擬詳。余爲之議曰：『例載：「無子者，許同宗昭穆相當之姪承繼。先儘同父周親，次及大功、小功、緦麻。如俱無，方許擇立遠房。」夫曰「許令承繼」，許之云者，未嘗勒令必繼也。又云：「繼子不得於所後之親，聽其告官别立。其擇立賢能及所親愛者，若於昭穆倫序不失，不許宗族指以次序告争。」夫曰「聽其别立」、聽其擇立，聽之云者，惟其自主也。細繹例義，或繼或否，皆由無子者主之。若本人未經立繼，固無容旁人干預。夫承繼以承祧爲重，非承產也。生奉養，死服喪，謂之承祧，必繼子與所後之親恩義相維。今殳鳳于夫婦生前竝未立繼，而於物故之後，以争繼者繼之，死者不知繼子之爲何人，繼子惟貪死者之有遺產，恩既無與，義不相關，是非承祧，而承產也。天屬之親，莫過父子，謂他人父本非幸事，特爲所後之親擇立，及爲房族序推，以義制恩，情非得已。故爲人後者，必有其所生父命之。《傳》曰：「已孤則不爲人後。」蓋所生已殁，無所受命也。今殳球父故多年，既非鳳于之所擇，又非房族之所推，復無本生父之命，忍舍生我之恩，求爲他人作後？忘本貪財，已爲不孝，不能孝於所生之親，安望孝於所後之親？

天道有知，不福不孝之子。異時祀產罄盡，必韭稻難供。且鳳于與其兄久屬同居，是其在生之日，專依兄子以生。今欲爲之議繼，必先爲之分家。以不知誰何之人，忽攘其兄子之貲產，恐鳳于死而有知，亦傷心於在生之友愛矣。通盤籌畫，球無出繼之理，竝非敢矯枉而過正也。人生鞠育之愛，不鍾於子，則鍾於女。鳳于名下約有產二百七十畝，以一百畝酌給嫁女，所以誌遺恩於地下；以二十畝爲鳳于夫婦營葬，飾其終也；以一百五十畝援無子祔食之例，立殳鳳于祭户，祔伊父名下，令其兄子永遠奉祀，則其父之烝嘗勿替，即鳳于之肸蠁長延，不繼而自不絶。較之准繼殳球，似爲長策云云。』越兩月餘，方奉批准。後鄒公語劉君云：『汪友之議，創而確。吾細察之，甚敬其爲端人。倘萬一有是識、有是筆，心術不正，不可倚矣。』

未幾，有援是案欺寡者。寡婦黄俞氏，年三十餘，無子，撫二女，孀居四年矣。族長請照祔食之例，以其夫遺田四十二畝，盡付宗祠爲祭產，聽房長稽查租息，以防售賣。余大訝，擬批謂：『祔食之説，所以杜不肖争繼之習，而非開房族攘產之風。不得妄引殳案，覬覦干咎。』四月，劉君保舉知府引見，留余在家相待。九月回任，余亦至館。黄俞氏籲懇族長於署令劉君開纛任內，呈請祔產於祠，劉君批准：產立黄祠祭户，由族長收租，歲給俞氏租米三十石，餘歸祠管取，黄氏不得私賣遵依，并各佃户不得私向俞氏繳租遵結。

余曰：『婦人夫亡無子，守志者例承夫分户絶財產。果無同宗應繼之人，例得親女承受。今俞氏嫠居四年，夫所遺田，竝未斥賣，其能操家可知。二女孤幼，撫養籢嫁，爲日尚長。其事甚夥，種種貲費，須俞經理。且疾病醫藥之需，親戚應酬之用，皆事所必有，豈三十石租息所能預爲節限？以例承夫産之孀婦，應受絶産之親女，置之局外，而轉以無干之族長爲之，掣其肘而攘其財，不惟嫠婦含冤，竝使幽魂飲泣。無此政體，亦無此風俗。所有俞産四十二畝，以五畝立黄祠祭户，俟俞氏女嫁身故，歸祠收息，爲伊夫婦祔祭。其三十七畝，聽俞經管，膳養嫁葬，或存或廢，總不必房族顧問，以斷葛藤。』將署任所立祠户改正歸俞，并飭各佃户向俞輸租。原送遵依塗銷完案。

十二月，劉君陞九江府同知。鄒公先調繁杭州府，至是調福建臺灣府，以歲脩一千六百兩聘余同往。請命吾母，吾母不以爲然，遂不果行。鄒公號寶松，辛未進士。先任紹興府，爲政廉慈，誠慤禮士。嘗謂余必不以幕終。余既不赴臺灣，屬劉君致意，欲余執弟子禮，余感其知己，諾之。至臺灣後，頻以書來，情誼真摯。俸滿進京，於途次告病。後十餘年卒。兄方鍔號半谷，壬午舉人。工古文歌詩，書入晉人之室，辱訂忘年交，戊申卒。贈余書文，皆刻《大雅堂集》。受仁和李君學李之聘。是年館西席者，歸安孫丹林宸，論交甚契。丹林信果誠篤，學行竝醇。庚辰舉人。後改名辰東，號遲舟。中壬辰會元第一甲第二名進士及第，授編修。庚子順天鄉試同考官，卒於闈。今其長子憲緒，乙卯成進士，官刑部主事。

三十二年丁亥　三十八歲

正月，仍赴平湖。二月，劉君卸事，余至仁和。十月，李君以户書匿名訐告去官，受烏程蔣君志鐸聘，遂之烏程。到館，知前友以辦沈二命案未協，辭去。檢案則大愕。沈二者，沈洲之堂弟也。沈洲與蔣四共船漁，六月中，泊而修之。泊處有屋兩間，爲張氏所居。沈二一夕懸屍船上，蔣君初驗沈二繩痕周匝，疑爲勒死，無可究詰。刑求張氏，張氏供初與沈二有姦，後與沈洲姦通，沈洲妒姦謀勒，蔣四從而加功。張氏聞聲出視，畏威閉户而寢，如何懸屍，則未之見也。照謀命問擬。沈洲、蔣四解府，供大翻異，故特延余接理。余曰：『沈二姦在先，沈洲姦在後。據沈洲供，因張氏待沈二情厚，是以生妒起謀。夫張氏以情好方密之人，目擊其因己而致死，倉猝之中，情不可遏，何致默無一言，閉户寢息？且妒姦者沈洲，與蔣四無涉，蔣四何以遽冒加功？況勒死在地，何難棄屍遠處，而懸掛自己舟邊，揆之情理，均無一是。』蔣君不能答。因尋求其故，則前友主之，蔣君成見，若不可破。余曰：『必爾，獲咎甚大。』遂辭蔣君。蔣君固留，乃層層推駁，屬蔣君覆勘。沈二斃命之日，沈洲等竝未相見，亦竝未在舟邊歇宿。張氏歸寧數日，竝未在家。查傳張氏母族竝沈二等鄰右，俱與縣供相符。原審皆屬子虛。余屬蔣君乞本府發回原招，作覆審改正，詳請委員會勘。歸家度歲。是年交餘姚邵二雲晉涵。二雲經術淹通，於書無所不讀。爲人孝友誠和。乙酉舉人，辛卯會元。壬辰開四庫館，徵召，欽賜編修。終侍講學士。

三十三年戊子　三十九歲

館烏程。四月，爲兩母建雙節坊於大義里聚奎橋北岸。初買坊基時，王太宜人曰：『饔飧無寸地，且省此數百金爲朝夕計。』輝祖謹對曰：『此大人千古事也。所費不過十畝田貲，兒不肖不足以給一生，幸叨兩大人庇，即無田亦可以活。』坊既成，輝祖奉太宜人謝社廟神。太宜人稽顙百數方起，額爲紅腫。歸，輝祖問故，太宜人曰：『我與若母薄命孀居，分也。兒積誠請旌，又竭力建坊，吾願足矣。今日拜神，將汝素行及所以事吾二人者告求神鑒，使汝一第，則吾死瞑目。』輝祖泣，太宜人亦泣，累數時始罷。余赴館，太宜人曰：『兒勉之，好好讀書下場也。』

沈二案先奉委歸安縣會訊，與覆審同，詳請另緝正兇。奉撫軍委杭州府覆檢，實屬鬭死。因蔣君與撫軍幕友有隙，謂雖未成招，幾成冤獄，五月劾參革職。蔣君尚未卸事，秀水韓君本晉已專使來聘。會署烏程者爲戩君效曾，初任也，藩司諸城劉霽菴先生純煒語之曰：『烏程劇邑難治，蔣令非延汪幕，則擬辟矣。友不易得，當速聘之。』戩君述以語余，余感劉公之言，遂却韓聘，仍館烏程。

七月至省鄉試，首題『吾何執？執御乎，執射乎』，次題『日省月試』，三題『由堯舜至於湯』三節；詩題『桂林一枝得丹字』，五策經解、史傳、總集、浙江輿地兼水利吏治。試竣，聞胡公由廣東藩司調任江蘇，與孫師偕，遂之胡公署謁孫師。孫師見余闈藝，許爲必魁。九月初八日，回烏程，見《題名録》，知中式第三名舉人。至杭州謁本房象山縣知縣湘陰曾洞莊師光先，言：『八月十六日，漏下二十刻，余卷已閱訖，置几。右睫甫交，忽有瓦墜於几，斜壓余卷，厚不盈一指，而苔痕斑剥。急取卷覆校，藏於篋。方就寢，又聞几上有聲，則余卷出篋陳几，而瓦失所在。次早呈薦兩座主，爲擊節。已定元，十日陸耳山師欲傳衣鉢，改置第三。』問余有何陰騭，得致此祥，余曰：『當是先人廕耳。』嗣晤榜首德清許春巖祖京，遂同謁兩主考，國子監司業，後陞奉天府府尹滿洲博虛宥師卿額，内閣中書，後陞左副都御史陸耳山師錫熊。知第二場詩、第三場總集吏治二策進呈御覽，俱述飛瓦事，交相詫異。内簾深夜户牖皆閉，瓦之來去，真不可解，傳其事者，咸謂二母苦節之報云。

是科吾越中式二十三人，約日會讌。余揖諸同年曰：『不須另會，十二月二十日爲吾母生辰，擬稱一觴，乞枉駕爲吾母光寵。』屆期集者十有七人。賓散，太宜人曰：『二十年來，惟今日略一舒眉，吾庶幾可以對汝父矣。自阻汝臺灣之行，每慮厚脩不可多得，使汝去，今年安得中？知諸事有前定也。』余自丁卯省試，至此九度，適在太宜人禱神之後。天高聽卑，不信然乎？

是歲叔父獨身歸來，知叔母及諸弟皆前死。叔父仍出游。六月，杭城大火。七月，德清民間有妖言，群相驚惑，以翦髮辮爲鎮。傳至烏程，屬戰君查禁。後德清令阮君芝生坐是掛誤。

三十四年己丑　四十歲

正月，赴禮部會試，交瑞金羅臺山有高、會稽章實齋學誠。臺山博學能文章，兼通内典。性情純一，友誼篤摯。乙酉舉人，後屢試不遇，卒於家。聞其子之明能世其業。實齋古貌古心，文筆樸茂，能自申所見。戊子順天副貢生，丁酉、戊戌聯捷。遨游不仕。四月下第，即南歸。五月到家，受錢塘芮亨齋先生泰元聘。六月至館。

九月初一日，芮君侍撫軍熊公吴山行香畢，熊公受義烏諸生王學吾辭，授芮君訊供，芮君付余閲。其辭訟田土也，而後有粘單，則訐被控人家藏軍器，語多不經。余思熊公辦事認真，見此單斷不發縣，發縣未必見單，芮君未言，亦未必見。辭近襍亂，似有痰迷證，若併單發訊，恐預存成見，有意張皇。因留其單，屬芮君專訊辭内情節，果係痰迷，禀請遞義烏訊結。知此事者，惟甥孫志三繼英，後二十年繼英館義烏，生應歲試考前列，固安分青衿也。向使見單時稍鹵莽，必成大獄，造孽不小矣。治獄之不可不慎如此！

三十五年庚寅　四十一歲

正月，芮君赴天津辦差，署事者爲胡君嘉栗，仍余接理。三月二十日，戰君署歸安，有要案，招余商辦。

四月十四日，家人至，知王宜人病亟。十五日到家，已帷堂兩日矣。宜人於初八日得病，病作之前，爲余製汗衫。余因作《題衫詩》四首，『衫成在曛黄，疾作自夜午。即今衫儼然，製衫人何所？』『寬窄恰稱身，裁量想手拊。痛絶寄衫詞，恩義憑記取。』『不著違婦心，屢著恐易腐。一年著一回，庶幾歷終古。』『我生衫在笥，我死衫入土。衫灰心不灰，同穴魂相語。』繪圖記事。錢塘潘中書德園庭筠作

《王宜人傳》，并寫《寄衫圖》見贈。同人題二圖詞甚夥。喪畢，仍館錢塘。

五月，芮君回任。湖州府招解烏程遣犯吴青華到縣寄獄，爲之慨然太息。青華年二十一，中壬午舉人，負才不自愛。歲丁亥，余館烏程，主人屢言青華喫漕飯，不可容，當懲以法。喫漕飯者，官徵漕或浮額，黠者輒持短長，倡言上愬，官懼，則令司漕吏餌以金，自數十至數百，稱黠之力，若輩歲需專取給於漕，故謂之喫漕飯云。青華爲衆黠首推，故必欲以他事去之。余詢其他無劣行，不可而止。己丑，漕將開徵。吏爲策醉青華，道至妓門，誘以入。甫入，妓呼强姦，吏黨冒鄰佑趨捕詣縣。令素愎，且有成見，乘青華醉不省事，録供繫獄。次早覆訊，青華不承，令白太守。太守尤酷烈，立提親勘，以妓與鄰佑爲證，批其頰，威以三木，青華遂自誣，從重外遣。在青華恃符貪玩，法應嚴治，而以文致坐之，轉非信讞。臬司提鞫，未嘗不哀籲呼冤，而獄已成，無益也。後令捐陞知府去，一子夭絶，悒悒而卒。守以他故被議，捐復原官，發四川候補，犯事枷號。二人造孽不止此事，此其顯著者。天道好還，捷如桴鼓，豈不信哉？

曩余佐胡公督理蘇松糧道時，綱紀肅清。徵漕之縣，無不兢兢奉法，斛面浮一指半指，即干譴咎。其時漕船過淮，總漕楊勤恪公錫紱秉公盤量，米色小不乾潔，即責運丁、運弁。丁弁止較米色，不敢向州縣别求津貼。督運之員皆無襍費，是以徵漕者無可借名浮收。比幕浙江，風猶未改。甲申、乙酉以後，運丁詭稱沿途費用，勒索州縣，米色錢逐歲加增，州縣因以爲利，恣意浮收，甚有七折、八折、内加、外加之名。愿者重累，視輸漕爲畏途；黠者生波，盼徵漕爲奇貨。官既自決其藩，民遂敢越其畔。上官以爲源不易清，陽禁之而陰庇之。民之撓法者，亦不敢明正其辠。以故官肆民驕，習爲故常。若青華之所爲，其由來者漸矣。

七月二十三日，大風雨夕，海水溢入西興塘，至宋家漊八十餘里蘆庱河北，海塘大決，其餘決處甚多。塘外業沙地者，男婦淹斃一萬餘口。屍多逆流入内河，内河浮屍及殯厝舊棺無算，兩日不能通舟。余家水二尺餘，越日而消。

十月，繼室曹宜人來歸。宜人同邑貢生曹韞奇先生女也。歲暮以會試辭館。是年十一月，楊氏生第三男繼埰。交會稽陶午莊廷珍及其弟南園廷瑕。午莊爲人豪爽，敦本行。工各體詩文，賦尤獨絶。乙酉拔貢生，辛卯舉人，終甘肅肅州州同。南園神情諧暢，以善書名。處約而能養志。己亥舉人，辛丑進士。今貴州清平縣知縣。

三十六年辛卯　四十二歲

正月，赴禮部會試，與同邑來江皋起峻同舟，遂訂交焉。江皋内行修謹，與人交，誠爽不欺，能任事。己卯舉人，壬辰進士，户部主事。乞假歸養，養事畢，未補官卒。榜發，本房翰林院編修，今山西布政使南康謝藴山師啓昆閲薦，未售。五月旋里，受海甯劉君仙圃雁題聘，以故人戰君官嘉善，辭不獲，因却海甯，至嘉善。七月，戰君調富陽，余偕行。八月，戰君調入闈，余歸里。九月，葬先考、先妣、先生妣於山陰縣秀山之麓，遂買航塢山麓，葬兩伯祖、伯祖母、從伯母遺櫬，而歲祀焉。十月，孫西林先生爲甯紹台兵備道，從戰君假余贊理。曩徐太宜人言外家居鄞城門，臨石橋，屢屬友人訪求，不得。至是親履厢坊，凡四日，有橋之處無不周歷，間遇徐姓人，舉舅氏名問之，絶無知者，泫然而返。歲暮，以會試辭。是歲叔父來歸，不復遠游。

三十七年壬辰　四十三歲

正月，赴禮部會試，與江皐同行同寓。四月揭曉，江皐中式，余下第。俟吏部揀選。五月初四日出京，六月初三日到家。海甯劉仙圃已於五月送聘里門，望日迓余到館。余素不解書法，見中式諸君寫殿試策有規則，館中方定，臨帖日課。是年三女生，歸長女於同邑貢生陳六彝宗周次子景曾。

三十八年癸巳　四十四歲

館海甯。新例禁延本省幕賓，余辭館。會撫軍以杭嘉湖公事繁劇，有熟諳地方情形者，飭府縣暫行留止，另延妥友更换。劉君遂稟請留余。時孫西林先生由河庫道調任上海巡道，孫師專使關聘，余欲行，劉君稟辭。是年四女生。

三十九年甲午　四十五歲

館海甯。二月，二女殤。女字同年山陰王渭占兆嘉子。七月，先叔父卒，葬航塢山。八月，海甯陞爲州，仙圃調平湖，署西防同知。余歸里。壬辰會試，前同年許春巖見余課藝，謂骨節生疏，後果下第。歸即鋭志揣摩，是歲間日必作一藝。時來江臯授徒里門，孫遲舟主東陽書院講席，一藝成，必分書兩篇，寄二君評閲，或不愜，遂改作，至有三四易稾者。撰策拾十卷，手録至除夕昏定方畢，交餘姚張潛亭羲年。潛亭，乙酉拔貢生，於潛縣訓導，俸滿保題。藴藉博雅，敦友誼。後欽賜國子監助教銜，充四庫館纂修官。丁酉中順天鄉試舉人，戊戌特賜殿試，未及試而卒。

四十年乙未　四十六歲

正月，赴禮部會試。三月初三日抵京師，春巖來閲課藝，謂火候已到，可必中。初五日，疾作，勢難入闈。春巖來診視，曰：『傷寒尚輕，不可不試。萬一不進場見闈題，必悔，病且加劇。』陶午莊亦規勸甚力，邀余同寓。初八日，力疾入闈，三場惟啖生梨，不能粥飯也。試畢，漸愈。欽命四書題，首『苟日新』三句，次『仲叔圉治賓客』三句，三『敢問何謂浩然之氣』一節。詩題『鐙右觀書得風字』。

四月初九日，揭曉，中式第四十六名。大總裁爲兵部尚書，後陞大學士無錫嵇文恭師璜，刑部左侍郎，今大學士韓城王惺園師杰，都察院右副都御史，滿洲阿雨齋師肅，本房翰林院編修宜興湯辛齋師光甲。是日午門謝恩，謁辛齋師，知闈卷爲雨齋師拔取。本中第三，文恭師以詩句用重瞳，嫌《史記》不專指虞舜，不便進呈，移改今名。

嚮者己丑下第，歸輪將發，虔禱前門關帝，問此生得成進士否，籤曰：『新來換得好規模，何用隨他步與趨？只聽耳邊消息到，崎嶇歷盡見亨衢。』意謂必遭蹭蹬，方可僥倖。至是公車四上，途次偃蹇多端，至京即疾作，可當『崎嶇』二字。復禱於帝，籤曰：『憶昔蘭房分半釵，而今忽把信音乖。癡心秪望成連理，到底誰知事不諧。』自分必失矣。闈中見題紙『苟日新』三句，意新來則規模當换，妄希弋獲，力疾終場，果受知于雨齋師。耳邊消息，亦復奇驗。鄉試第三，會試名次如之，豈非連理？爲詩所累，續籤實已預示。因憶往歲戊辰，負笈山陽，與同學沭陽胡茂才江表偉過城隍廟，拜問科名。末二句云：『雲程萬里君須到，得路先憑博陸侯。』每遇省試，主考簾官從無霍姓，久亦置之。戊子鄉榜後，謁兩主考，聞同年相語，多稱博、陸二師，始悟神籤之巧。今會試得售，蓋所謂雲程須到也。十四字中，隱該鄉、會兩試遇合，一科一第，數之前定如此，他可知已。

二十一日，殿試。二十五日，臚唱，第二甲二十八名，賜進士出身。二十六日，午門賜表裏，輝祖領得寶藍花緞一疋、月白潞綢一疋。二十七日，禮部賜恩榮宴。五月初二日，國子監釋褐。初八日，朝考。十四日，引見，奉旨歸班選用。十六日，得家書，王太宜人于三月二十六日棄養。遂呈報丁憂，書贏券，次日南還。鄉、會座師及同年俱以吾母節孝素著，京邸理當成服受弔，因留數日，於鄉祠治喪，撰《考妣行述》，乞周海山先生煌作墓表，邵二雲先生作墓誌銘。

先是，欽命大臣覆閲朝考卷，輝祖取第四名。翰林院傳驗，派武英殿辦理黄籤，以憂不赴。六月初七日出都，取道泰安。二十五日，至王家營渡河，雇舟星夜飛行。七月初二日到家。九月初一日，受署慈谿黄君元煒聘，至館。聞臺山游四明，寓鄞縣邵吏部雙橋洪家。賫手鈔《雙節贈言稾》赴鄞求正，臺山慨諾，即將所撰先人行述三篇潤飾字句，并講古文之法，大有會心。既回慈谿，臺山以陸續所改文字寄還。九月二十七日，辭館。又赴鄞别臺山，將《贈言》諄求覆校。十月初四日，歸家。初七日，受海寧州戰君聘，即夕赴館。十一月，歸爲吾母舉殯，合葬于秀山之阡。仍赴海甯。至歲終，平湖劉仙圃申前約，遂辭戰君。是年七月十四日，第四男繼培生。

四十一年丙申　四十七歲

館平湖。挈兒子繼坊課學。四月十一日，晝夜大雨，聞家堰西江塘決，江水侵入内河，近塘廬舍，頃刻水深丈餘，幸人口無傷，漂没厝匱無算。北海塘亦決，水由決口入海，勢漸消。余家水三尺餘。是年，介邵二雲乞江西新城魯君絜非仕驥雙節文字。

四十二年丁酉　四十八歲

館平湖。四月，孫西林先生來，爲浙江布政使，專使相招。念仙圃舊誼，不敢就。時惺園師方督學浙江，孫公屬王師轉致誠悃，必欲相佐。余以義不當辤卑就尊，且孫公與大吏臨汾公若冰炭，孫公剛正，以剛佐之，必折，如勸其委蛇，又非輔人之道。惺園師甚善余言。是年交歙縣鮑以文廷博。以文諸生，博通典籍，爲人醇雅，有氣誼，世所稱知不足齋主人者也。魯絜非撰《汪氏世德傳》寄惠，并道締交之意。余未敢許。既而書屢來，陳義甚篤，聞其內行修謹，并讀所寄稾，如義莊儲穀諸事，仁心實行，具可師法，遂齒序焉。余生平神交，絜非一人而已，手書最多規戒之言。絜非辛卯進士，以親老告養。後改名九臯，官山西夏縣知縣，卒於任。

四十三年戊戌　四十九歲

館平湖。五女生。

四月，縣尊談公官誥詳請執業田產，按號領給清單，遇有賣買，同契送驗換單，始准開除。撫軍批藩司議詳。余適謁西林先生，先生訪余利弊。余曰：『不可行也。民間賣買，向憑户册。有册而復給單，是贅設也。開收例禁驗契，以杜需索守候。今併驗單，是違例也。夫民不急不鬻產，官不暇不驗單。民不必乘官之暇，官不能應民之急。設遠鄉僻壤，嫠婦孤兒，割畝謀餐，易田供斂，均難稍緩須臾。契單在官，斷不能立時驗給，計窮勢迫，必至別醸事端。且一號之田，多或數畝，析授歸併，朝分暮合，舍業繳單，已極紛擾，不幸水火盜賊，籲請補給，例應查訊，不免稽遲。吏胥從而抑勒，訟獄必致滋繁。如盧號畝舛錯，易於影射，果審係價買，勘明現管四至，與契載相符，即可據以定讞。其從前失除誤收者，秖准改正完糧，不得藉端奪產，亦因而勿擾之一法。』先生首肯，詳院檄縣停止，而領單之户，業已不少，數年以來，邑多空號，飛糧之訟，實肇於此。設所請得行，其弊且襍出，何有既極？利不百不興，宋李沆所以不輕徇陳奏也。

六月，西林先生卒於官，送之蘇州。九月，得濰縣韓理堂先生夢周書，知景溪師卒，爲位祭之。是年交餘姚翁鳳西元圻。鳳西恬粹有識度，學問通雅。甲午解元，辛丑進士。今爲雲南廣南府知府。

四十四年己亥　五十歲

館平湖。三月初二日，第五男繼埥生。今名繼壕。仙圃陞杭州府東海防同知，余歸里。余幕游所主，與仙圃交最厚。仙圃，光山人。庚辰進士。爲人誠篤治慈，明能知大體。上官之不賢者，不以禮遇，亦處之泰然也。今爲貴州銅仁府知府。五月，受署烏程興君德聘。縣有馮氏，因本宗無可序繼，自撫姑孫爲後。比卒，同姓不宗之馮氏出而争繼，太守衛公批准。余持議據宋儒陳氏《北溪字義》『系重同宗，同姓不宗，即與異姓無殊』之説，絶其争端。是年，鐫《雙節堂贈言集録》二十八卷成，附録一卷，王宜人傳誌也。自丙申推兩母遺志，徵紹興節孝事實，至是得山陰、會稽、蕭山、諸暨、餘姚、嵊縣凡三百五人，呈藩司國公柱，轉飭各縣備案扁表。

四十五年庚子　五十一歲

館烏程。四月，前烏程徐君朝亮回任，聘余接理。六月，徐君丁憂去官，余歸里。第六女生。興君補金華縣，訂同事。九月，龍游王晴川士昕到浙，爲惺園師族子。興君出王元亭先生猷門下，晴川叔父也。會惺園師復督浙學，屬興君讓余佐晴川。十月，至龍游。是年，具蕭山縣節孝貞烈事實呈惺園師，請給扁旌，竝于節孝祠廡祔主以祀。纂《越女表微録》五卷，鏤版分贈節孝後人，仍續採上虞、新昌二縣。

四十六年辛丑　五十二歲

館龍游。四月，兒子繼坊入紹興府學，娶同邑貢生朱斐亭鑣次女。海鹽令張顧堂力行，湘潭人，介仙圃以禮幣來，奉先人行誼文字，屬余校定。蓋張氏世多隱德，顧堂曾大母馬以節旌，大父屺亭先生祖緒，邑人稱張孝子，故藝林投贈之詞甚多。余爲分類編次，其詳紀世系、墳墓、祭田及誌表、銘贊，曰《追遠録》三卷，紀節婦者，曰《表節録》三卷，紀孝子者，曰《闡孝録》二卷，而附以顧堂母氏壽言二卷，曰《壽萱録》，通名之曰《垂範集》。凡六閱月，序而歸之。

是年正月，晴川赴杭州縣。民盧標於十三日戲鐙，與鄰人余某争道互毆，盧被余某踢傷小腹，不能言語。當晚舁至余某家，稟典史驗傷痕，取保辜，延外科調治，至二十八日，傷痊送歸。二月初二日，文昌神會，盧赴飲醉歸，越夕身熱，屬其弟延内科汪姓診治。至初九日病故，報驗。鄰邑湯溪何君代驗，小腹傷痕與典史原報傷分寸顔色相符，止敘迎鐙争踢一節，録供通詳，而汪姓醫病未曾詰實。晴川歸縣覆審，余以爲小腹致命，係必死之傷，當速死之處，例不得過三日。今盧標之死，距踢傷二十七日，在保辜正限之外。自余至盧，路隔里許，二十八日即能步行歸家，則原傷久痊可知。初三患病，不延外科而延内科，則是病非傷可知。晴川傳汪醫細鞫，追出藥方醫案，盧病起傷寒屬實。余又念受傷痕迹，日遠日消，受傷顔色，日遠日減。盧死已閲二十七日，而屍身之傷與生前之傷毫無消減，恐驗亦未確。因屬晴川詳請會同原驗官覆審。至十月會鞫，何君堅持初詳，晴川遂專詳請委賢員開檢。屍腹腐爛，牙根頂骨竝無紅色，委員蘭谿梁君不敢填格。十二月，晴川攜骨赴杭州，而何君已於大計案内參才力不及矣。第六男繼壇生。

四十七年壬寅　五十三歲

至杭州，臬司李公封與何君有舊，欲遷就初詳，晴川不可。復委處州府楊太守、衢州府王太守覆檢，盧標牙根頂心無故，李公親檢，以方骨黑色爲小腹㾾傷，令將余某擬抵。余以《洗冤録》開載，竝無小腹受傷須驗方骨之説，且傷痊則歸期可證，病死則醫藥有憑，反覆稟辯。臬司俱不批閲，惟云王君倔强，總督兼撫軍陳公輝祖頗韙晴川之論，而杭城之官與幕皆謂盧標死于限外十日之内，余某擬絞，亦須奏請，罪可減流。議余膠執，余曰：『居停吏也。吾以律例佐吏，知奉法耳。法止於笞，而欲入之於絞，分不敢安。』晴川信余甚篤，雖上官、同寅不計也，然其勢不能與臬司抗。五月初一日，余托故辭館。

當是時，盧案其稱方骨案。有新城縣婦孫葉氏自縊，稱逼嫁案。省城籍籍，無日不論此兩案。逼嫁案者，葉氏年三十有四，初嫁於黄，十七年而寡，再醮孫姓，未幾夫死。前妻有子四歲，遺産二十餘畝，惟一短雇工人秦某，相依度日。緦麻姪孫樂嘉以瓜李之嫌，屬葉辭秦另雇。葉諾之，而遲久未覆。樂嘉詰秦，則以負傭值爲詞，久留如故。族長孫某與樂嘉商，以人言可畏，勸其改適。葉以娶主難得妥人，請俟稍緩。會近邨周姓斷絃，族長商之，樂嘉欲爲葉作伐。秦某聞之告葉，葉令秦作抱，呈告樂嘉等逼嫁。比縣批查，族長等覓秦理講，秦逸去。因斥葉不應妄告，葉諉秦主謀，即於是夜乘間投繯。縣以樂嘉爲首，照威逼小功尊長律，問擬杖徒。府駁：葉雖醮婦，既不願嫁，未便强勒，應照威逼孀婦自盡例充發。及詳院，陳公以族長等商同嫁賣，必係意在圖財，委錢塘縣覆審，將族長擬絞，樂嘉擬流。撫軍以罪名屢易，改委湖州府同知唐公若瀛審理。唐公曾署蕭山，素知余，出詳册見示。余見歷次供情，俱近支離，惟原驗情節甚明。葉屍面抹脂粉，上著紅衣襯色衣，下著緑裠紅小衣，花膝褲，紅繡鞵。卧樓一間，内係葉室，中間版隔無門，外即秦牀。因語唐公曰：『歷訊皆舍其本也。不惟不應絞，不應軍，且不應徒也。一杖枷完結之案耳。』唐公曰：『何故？』余曰：『葉之死，距孫死不及一年，面傅脂粉，服皆艷妝，此豈守寡情形？舍十七年結髮之恩，守十一月後夫之義，天下斷無是情。所謂守者，殆不忍舍秦耳。秦以貧傭工，斷無無工價而長傭之理。欒嘉勸嫁之説，葉未嚴拒，周姓議姻之語，孫未面言。訟起於秦，事發在逃，欒嘉等根問秦某下落，竝非威逼可比。是葉之輕生，由於秦去。惟秦是究，自得實情。』唐公然余言。而誚余盧案者，兼誚余是案，杭城之官與幕譁然如一口。唐公勒捕秦某到官，鞫實通姦，竝無逼嫁情事，遂科秦姦罪，欒嘉等照不應律，分別杖枷詳結，得行余志，而盧案以臬司成見，委員竟以方骨爲證，擬余某以絞。

自余初習幕及佐幕二十餘年，凡爲幕者，率依律闡義，辨是非於一定，不敢絲毫假借。爲吏、爲上官者，據義斟酌，惟律是遵。雖顢頇如臨汾中丞，剛愎若如臯觀察，事關人命，猶不敢徑行己見。一二年間，風氣頓易，《律例》幾不可憑，而幕之風氣日下矣。是時吏治亦極難問。蓋以總督兼巡撫，權統於一，牧令初詳未協，皆可乞恩抽换。撫軍樂屬吏在省，各府常駐行館，縣亦常有三四十員，稽留省寓，或請回任，撫軍輒不悦，故不敢不留。日一謁上官外，無所事事，則相聚飲博，甚至盲女彈詞，流娼侑酒，毫無顧忌，較臨汾時殆尤過之。余欲赴江蘇就館，會臬司陞湖北藩司，晴川調繁歸安。惺園師爲晴川留止，余不可。師曰：『龍游堅守子説，甘心忤上官者數月。子去，渠不另延幕友，案完即欲告病，以身有官累，不能遽行其意。今臬司已去，復不必再反龍游，與衢太守相離，子柰何不輔之？』余因偕至歸安。是年，因龍游案久寓省城，適惺園師試竣在省，時時謁見，或數日不謁，即使召。終日侍坐，暢論古今，備聞立身行己之大端，書紳自凜。師亦以輝祖可與言也，教誨不倦，於守身之義大有裨益。

四十八年癸卯　五十四歲

館歸安。歸安舊習，頑嚚相仍，喜上控而不求審理，故善良之累，余知之甚悉。與晴川約，凡上官批准之事，牘留内署，先密提原告與應審人等，刻日質訊，多屬子虛，即治以誣告之辠。又俗喜以賭、以姦、以侵佔水利、以朋充牙行，憑空訐告，而吏胥藉以生財。余皆屬晴川禁止，大爲吏胥所忌。有丁姓者，首賭牽累，縣不准理，改名控府，被告諸人，皆與縣辭無異。先提原告到案，晴川訊無賭具，即擬誣詳結。其黨郭姓復改換情節，控府行縣。正提犯間，會余以他事歸里，忽另役至宅門，面言丁案同賭多富人，賄余故脱郭姓，親見孫姓過付。閽者轉禀晴川，晴川曰：『此誣也。』催提郭姓，而余至館知之，促晴川訊，則孫姓過錢有據，密遣幹役提孫姓隔別研訊，竝無其事。質之郭姓，供由丁姓所屬。暫將郭姓收禁，提質丁姓，則其説出自縣役。訊役，則得自傳聞。余曰：『此事瞭然矣。役樂於誣賭，而余不辦，是絶其生路也。舍誣賭而言賄，訊賄則被誣之人終須到案，至審虚而役已飽橐矣。今既出於役，究役即可止。』將役與丁、郭分别杖枷完結。案既定，余辭晴川。晴川曰：『事已白，與君無與也。何辭爲？』余曰：『設余避嫌，將惟役之是徇。否則終受其累。且是説豈惟役哉？正恐閽人亦與謀也。』晴川固留。越數日，語余曰：『君其神乎！閽人王節，吾舊人也。然是説實彼主之，日來役與郭姓欲首若，賂以金方止。』因遣王節而信余愈至。

是年繼坊食餼。

四十九年甲辰　五十五歲

館歸安。二月，壇兒痘殤。

五十年乙巳　五十六歲

館歸安。二月，繼墉娶山陰國子生婁升之堂長女。

四月，奉部行湖南巡撫陸公燿奏請，現任官親老獨子，循例終養。晴川母七十有一，無兄弟，遂詳請終養。八月解任，余歸里。自壬申佐幕，至是三十四年，游江蘇九年，浙江二十五年，擇主而就凡十六人，俱有賢聲。余性迂拙，不解通方，公事齟齬，即引不合則去之義。幸主人敬愛，無不始終共事。留別同事詩，有『一事留將同輩述，卅年到處主人賢』之句，殆天之不忍飢寒我也。幕途甚襍，不自愛者無論，亢者自尊，卑者徇物，故同館雖多，投分絶少。甲申、乙酉數年，頗受排擠，無非玉我於成。生平所師事者一人，諸暨駱炳文先生。至友事則山陰婁培安基、無錫華西峙岳，久作古人，今惟山陰蔣松谷五封而已。余初幕時，歲修之數，治刑名不過二百六十金，錢穀不過二百二十金，已爲極豐。松江董君，非三百金不就，號稱董三百。壬午以後，漸次加增。至甲辰、乙巳，有至八百金者。其實幕學幕品，均非昔比矣。吏之爲道，必周知所治人情風俗，方能措之各當。吏或不解此義，舉一切政事，盡委諸幕友。幕友與主人無葭莩之戚，無肺腑之知，儼然爲上賓，受厚脩，則所以効于主人者，宜以公事爲己事，留心地方，關切百姓，使邑人皆曰主人賢，庶幾無愧賓師之任。不此之務，而斤斤焉就事辦事，僅顧主人考成。錢穀刑名，分門别户，已爲中等，甚至昧心自墨，己爲利藪，主人專任其咎。彼何人哉！彼何人哉！二十年來，余所見以不義之財，烜赫一時，不數年而或老病，或夭死，或嗣子殞絶，或家室仳離者，回首孽緣，電光泡影，天網不漏，可爲寒心。時乙未進士奉部截取已二年，因請咨謁選。

是年續採上虞、新昌及山陰、蕭山縣節孝，具七十四人事實，呈督學竇公光鼐行各縣扁表。並纂《續表微録》一卷，附前録後。今新修《紹興府志》，所載婦女，俱採入矣。

至杭州，劉仙圃方陞南寧府知府，留余信宿。謂余曰：『吾初與君交，闔署上下，無一愛君者，皆畏君矜嚴不可犯。吾獨重君，能得君益。君遇知交，終日談無倦容，非愜意人，對坐無一語，此可幕不可官也。官與幕異徑，直不可行，須相機婉轉，庶幾上下協和，相愛相規。』真藥石之言！

譔《佐治藥言》二卷，鮑以文刻入《知不足齋蕞書》第十二集。

五十一年丙午　五十七歲

正月，王晴川書來，將歸義州，訂舟行同赴張灣。人日，同人公餞，贈詩寵行。作詩八首寄謝：

折柳河橋氣味親，陽關歌罷又陽春。詩裁背面都如話，語出知心自見真。到處合求完本分，歸來應可質同人。鹿鳴篇裏周行義，書徧顓孫别後紳。

手丸熊膽望何如，説到焚黄報已虚。死悔成名遲二紀，生慙學古負三餘。爲人論定當官後，行事好須立意初。不是良朋真愛我，誰臚先德勵翹車？

表節恩兼賜第恩，戴天無計報高閽。可容更戀黄紬被，幸不能勝緑蟻尊。政譜敢希花滿縣，家風曾記菜餘根。故人鄭重勞相勖，一寸靈臺曉夜捫。

文章許國記初心，捧檄躊躇思不任。名士由來嗤畫餠，道人相約鍊黄金。秖應飽啖姑臧韭，未擬閑調單父琴。好夢長憑時鳥唤，鷓鴣啼罷費沈吟。

卅年代斵手無傷，倖博虚聲拙許藏。佐治私憐今令長，求全愛説古龔黄。隨身竿木從人看，異味鹹酸到口嘗。怕是病根醫不得，平生誤坐次公狂。

官最難居父母名，人歌人詛自分明。因曾閲世粗諳事，算到親民易寢聲。才拙預籌勤補綴，時澄會遇俗和平。談經讀法書生分，莫計三年考課程。

秋中諏吉又春闈，愛看閒雲勝愛官。人説畫蛾新樣好，我愁騎虎下時難。未能分料先辭鶴，苦要留香徧藝蘭。贏得千金宵一刻，鐙前吟字課兒安。

什襲行裝絶妙辭，贈言遠過百朋貽。焚身象笑生多齒，畫足蛇憐飲失巵。作劇難殊觀劇日，還山計定出山時。不知宦海收帆後，可有人吟餞別詩？

展先墓作七絶四首示兒輩：

不羡遷除不計財，書生官是偶然來。吾今老大何奢望，只盼承家汝輩才。

依人懷抱帝天臨，劬體甘貧直到今。倖得全家資禄食，敢因從宦負初心。

名最難居父母官，拊循不易況摧殘。忍收百斛蒼生淚，灑向孫枝未許乾。

徵書到手幾徘徊，自信頭方非吏才。臨別一言吾不食，焚黄事了便歸來。

晴川約三月十八日首途。孫甥蘭啓繼蕃同行。屆期俶裝至杭州，聞欽使到浙盤查虧空，遂至湖州。會晴川覆檢交代册，逗留五日。迂道烏鎮，别鮑以文，同至吴門。舟中讀《天水冰山録》，爲嚴嵩籍没入官貲産簿，題跋歸之。以文又出示楊忠愍公手書册子，凡十八葉，通十種。蓋公在錦衣獄，感提牢應養虚調護之義，書此以贈。後有王鳳洲、王治哀輓詩文。敬跋數行於後。以文以鈔藏祕本沈棐《春秋比事》二十卷、吴澄《春秋纂言》十二卷、《總例》二卷，贈別而去。訪金匱鄒孝廉半谷先生方鍔、諸布衣類谷先生洛。至常州，泊舟毘陵驛，驛隸武進縣。憶乾隆十八年，外舅令武進，余爲贅壻。外舅丁憂解官，常州太守胡公延余入幕。十九年二月，子身襆被，由杭州附溏板船房艙，初八日晚出滸墅關，順風揚帆，三更至此。大雨如注，舟人促上岸，無可駐足，借宿駟舍。駟子以余寒窶，不顧問，獨坐皇華亭，五更燭滅，愁慘長吟，雨聲與吟聲相答。邏者訝之，告以故，假燭半枝。至黎明，謁太守。旅行苦逆風，不謂順風轉足爲累，三十餘年客游，惟此宵最爲悽寂。故余一生幕脩所入，不敢妄費一錢。回首前塵，久成陳跡，念贅居時情事，如在目前，而前婦亦登鬼籙十有七年。方余困阨時，前婦有言：『夫子必貴，恐我不及冠帔耳。』今何如耶？不禁淚潸潸下，作《感舊詩》八十韻：

古駟蘭陵道，征夫浙水船。韶華春欲暮，麗景日當天。棖觸懷疇昔，塵踪溯蹇連。歲雞干紀癸，建兔月初弦。壻笑淳于贅，翁調單父絃。循聲推協贊，赤縣慶超遷。我亦攜家累，因之藝硯田。仲華齡廿四，曼倩牘三千。甥館餐愁素，衙齋幕試搴。傭書殊草草，坦腹乃便便。何幸黔婁窶，能逢德曜賢。應官初事了，入室得人憐。起慣驚雞唱，妝慵鬬錦妍。畫眉深淺恰，佐讀墨朱研。瑣闥鶯簧度，雕櫳燕翦穿。玉臺奩乍掩，銀蒜户高褰。竝蒂花頻刺，同心結屢纏。量腰裁白氎，揎衮拭青氈。愛問鴛鴦字，耽吟芣苢篇。箠牀安碧慮，繡榻卧烏圓。嬌女剛啼褓，宜男更製蟬。職修獻履敬，望慰倚閭懸。賴是忘行脚，微聞喚比肩。有時勞藥裹，輒自典花鈿。小食餳絲結，嘉肴縮項鯿。手營都脆潔，鄉味務芳鮮。蹙額躬祈代，怡容命許延。感茲恩義篤，誓欲死生聯。每勖層霄上，毋甘矮屋卷。槐黄勤夏課，蟻戰慕羊羶。盼領吹笙宴，慙同磨鏡甎。醉惟隨毾㲪，誤竟斥烏焉。短盡英雄氣，參來默照禪。杜羔羞寂寞，祖逖待騰騫。凝睇機先下，攤書燭與然。不辭依鮑鹿，曾未貸戎錢。冰鏡光俄蝕，皋魚痛莫捐。誰爲東道主，暫穩北窗眠。酒乏尋常債，裝輕九萬箋。牛衣縈密緒，蓋篋理殘編。尸藻襄時祭，攀蘿葺故廛。加還箴弋雁，濡豈足蝸涎。價忝虛聲竊，文叨儷體傳。通才求記室，虛左啓賓筵。樂職須工賦，徵書忽至前。誰圖交落落，遥貢帛戔戔。太守常州貴，清名伯武宣。饑充名士餅，招用庶人旃。遽使期方急，湘湖道遂遄。者回行踽踽，相對涕漣漣。母老資扶掖，瓶空依粥饘。浮雲蒼狗幻，踏迹磨牛旋。穎士原無僕，揚雄秪有鉛。此身真似寄，到處合從權。路出重關遠，帆争過鳥翩。李膺舟可共，摩詰病纔痊。詎謂封姨力，飄增羈旅瘨。郵籤鳴乙夜，客舫泊東阡。睡美甜鄉熟，登呼彼岸先。魂飛驚露鶴，神怵勸歸鵑。進退籌維谷，生踈計總邅。恥逾牛後辱，貌愧馬曹虔。敗几蘆簾畔，腥聞豆檻邊。形孤鐙燼暗，漏盡柝音闐。醒久衾如鐵，更長夕抵年。淚兼檐雨滴，夢逐海濤顛。悔教來成錯，遑云謫是仙。薰香慳石葉，寫悶屬陳元。擬水將趨壑，非夔那惜蚿。平生多濩落，憶此最拘攣。丁運傷煢薄，含情寄渺緜。途窮堅樹立，境换念陶甄。遲久儕千佛，垂衰就四銓。亨屯思歷歷，親故誼拳拳。墨綬王程近，黄壚宿草芊。所悲榮五殺，不及報重泉。遺挂彌珍重，歡悰曷補填。便容膺勑贈，可易慰幽悁。契永題衫什，癡留隔世緣。浩歌添腹痛，擲管扣紅舷。

時江南水祲，過吴門，即見上諭騰黄，因灾加賑。抵無錫，見官設粥廠，詢市米價，一石四千三百錢，丹陽米價更昂，每石四千八百。流丐載道。泊揚州，見城内大家，多粘四十九年、五十年舊訃帖。及新訃婦人皆綴夫銜名，出訃或用叔，或用弟，死者之子及承重孫轉附後，妾則稱某公淑配，下以杖服子著名，亦有稱降服子、降服孫者，殊非禮意。自揚以北，尤覺蕭條，疫大行。泊淮安，訪許虚舟師，卒已三十年。世兄重履未見。清江惠濟閘頭二三壩，壩外老黄河堙塞，出新開河。河甚淺窄，僅容糧艘，惟輕船可旁行。向來洪澤湖水，至壩口與黄河水相會，湖水入江，河水入海。湖自乙巳淺涸，水不能至壩口，故河水挾沙而下，致塞舊河。新河自甲辰始開，今河水亦小，舟行頗不便利。楊家莊新設小壩口甚窄，止容一艘。故自楊家莊至白洋河，遷延五日。洋河鎮隸宿遷縣，米至制錢十千二百文一石，豆價與米價等，豆腐一斤錢十六文，麪一斤錢七十六文。屍横道路。未至鎮，有一老丐，塾師也。戚然哀之，作詩以記：

馬年建龍月，謁選之京畿。喧傳山東道，凶歲人仳儺。遵陸多恐懼，眠食託篙師。誰謂蘇常間，愁苦踰浙西。渡江歷揚淮，所見彌淒其。道如尸陀林，往往從流澌。將至洋河鎮，水淺數日稽。散步思問俗，里舍半伏屍。略辨男與女，身無寸裳衣。邂逅傴僂叟，枯瘦存黧皮。爲我陳近事，欲語先涕洟。少小粗識字，授徒博一瓻。都都平丈我，甘受俗子欺。去年丁奇旱，失館百事非。眼中萬黔首，耘耔苦失時。丁壯力轉徙，老羸乞漿糜。富人豈不仁，自捄亦已疷。初猶稍稍可，後惟顧而噫。百呼無一應，活命樹上枝。漸漸及土草，未易逢凫茨。臘盡慘嚴寒，春月雨雪霏。僵死十四五，懸喘争早遲。豈惟困凍餓，疫氣連路逵。不見道旁屋，毀壞無幾遺。即今麥在眼，入口尚無期。斗米錢千餘，蔬菜如靈芝。有兒適異縣，生死久不知。有女年十五，無家安所歸？六日斷漿水，氣息在依稀。女死我寧活，穀賤究何裨？所痛委溝壑，合眼飽鳶鴟。君看市上俎，强半死人臠。語罷更嗚咽，聲色交酸悽。皇仁天廣大，振貸百萬貲。諄諄戒長吏，詳慎察創痍。人命賤若此，得毋吏職虧？捄荒無良策，自古重嗟咨。淮徐連兖青，踵接皆病黎。我昔佐吏幕，禱祀祈豐綏。矧今行就銓，父母爲有司。私望玉燭調，祥和周四陲。骨肉常相保，人壽其庶幾。傾聽歌鼓腹，敬成樂職詩。

土人謂二麥大佳，然兩岸田多未種，蓋人皆逃亡或死。屋上所蓋葦稈，亦俱毀去。又行三十里，爲亨濟閘。見八九歲女子，多有父母引至客船覓主，願收養者聽，覆之則涕泣而去。夫婦二人，年俱二十許，沿河呼號，夫欲賣婦自活。蘇州衞前幫舵工，以四千錢受之。一老人挈女子一，年十七，男孩一，年五歲，女子得錢二千，男孩無人顧問也。余作詩二首傷之：

《鬻婦行》云：

枯樹猶有皮，小草自有根。結髮爲夫婦，死守何計富與貧？小草根已空，枯樹皮亦盡。願爲共命鳥，枵腹相依同日殞。郎憐妾，妾憐郎。一生兩生，一亡兩亡。天實爲之命不臧。郎命重千鈞，他日生兒承祖禋。妾命輕一葉，鬻身尚可資郎食。相嚮淚浪浪，沿街索主無歸鄉。青蚨多少曾不較，誰能增益一口糧？峨峨大艑長隄織，與郎彳亍求所適。

一步徘徊一迴看，從此難望同井邑。金閶運丁愛嬋娟，有貲在橐米在船。可憐二十操家女，換得卌百青銅錢。良人收錢還顧婦，運丁鞭叱下船走。糧船歲歲隄上過，郎能再近船邊否？

《鬻孤篇》云：

四十衰媪人誰憐，十六七女錢五千。女年漸少錢漸減，猶能乞與往來船。獨有男孩人不惜，啼嬰往往委道邊。垢面老人年七十，挈五歲兒語連連。首如崩角淚雨下，謂此兒繫祧五傳。悲哉兒母吾子婦，子亡婦亦歸九泉。吾老何由丐兒食，兒命知無旦夕延。長隄稽首辰過午，莫之顧者頻呼天。鄰船蒼頭心惻惻，飼以胡餅裹以氊。許爲養子攜以北，約略酬之三百錢。小兒雀躍趨僕抱，老人嗚嗚夕未旋。誓不敢受賜兒直，惟願撫兒得長年。黄昏捩舵篙欲發，老人再拜聲悽然。主人勸慰起掩涕，眼光遥注北去舷。嗚呼小兒喜得所，誰念老人溝壑填？方信生男不如女，女直差可供粥饘。我哀老人心藴結，翦鐙爲作鬻孤篇。

舟次皂河登岸，有婦數人掘野草，一種狀如辣蓼，長寸許，葉有微毛，土名蒜梨子，可屑粉爲麪；一種葉如菊，土名灰菜，可炒食；一種如葱，中空而叢生，土名寶葱，亦可煮食。婦曰：『此間食野草者，數月食之，面發腫脹，不旬日而死者，所在多有。死無棺，埋於土，輒被人刨發，刮肉而啖。』余不信，一婦引至河岸，有土穴四處俱刨開，骨尚狼籍，并有剥下屍遺破衣在地，爲之慘然。

是年，江西剥船，用爲長剥，俗呼小糧船。大王閘小，糧船淺阻，迨至臺兒莊，已四月二十日矣。越二日，晴川舟至，遂别晴川，舍舟遵陸。晤常熟邵君竹泉，及其從弟雲翹，赴直隸總督幕，雇車偕行。抵滕縣界河，食新大麥麨。大麥尚未甚熟，人已不及待也。東阿舊縣道中，見小車攜老挈幼，由北而來，幾三四千輛，問之，皆景州、德州人，赴濟寧拾麥資生。五月初一日，至甜水舖，車軸忽折。邵君先行。次日德州過河，聞邵君薄暮至州，所乘車役捉當官，另换小車而去。尚有數客，無車可雇，徬徨道上。乃知折軸免捉，亦天幸也。

作《捉車行》詩：

捉車何喧喧，夜打旅舍門。云是星軺使，火急催南轅。主人色慘阻，語客聲酸楚。客若速發吾受苦，鋃鐺鎖項柰何許。我聞荆北使者去未還，相公治河駐淮安。王家營車八十輛，置之河干虚以閑。捉車捉車安所用，坐使無益悲滯壅。青蚨十貫入胥囊，瘦馬曳輪連夜送。車堅車敝不容擇，往往中途傷逼仄。僨轅濡軌時復聞，歌行路難誰與恤？問階此厲者伊誰，指揮聞是司牧兒。司牧兒横斯嗚呼，堂堂司牧知不知？

由雄縣而北，漸有豐年之象，民氣和樂矣。五月初九日至京師，主徐端揆銓。端揆，故人頤亭第四子也。雖給事吏部，而門無襍客。寓王文簡公古藤書屋，寬敞無暑氣，甚樂之。彙録《北行日記》一卷。謁各座師及同年，并知交之在京者。高郵貢生陳小南肇麒，介端揆執贄問學。是科中式順天鄉試。六月，吏部投供，王惺園師命校《天下郡國利病書》。從會稽茹三樵先生敦和商権吏治。左都御史、今兵部尚書河間紀曉嵐先生昀，余乞雙節言久矣，往反未見。先生見《越女表微録》甚契，屬邵二雲約日來候。余因走謁，蒙賜五言古詩一首，相賞篤至。余嚮讀先生闈藝，鄉、會二試，實有淵源，因修弟子禮。七月，原選容城知縣年老改教，余與董君書擬備。二十八日出京。閏七月初六日，至熱河。初七日引見，奉旨用董書。八月，籤掣湖南永州府甯遠縣知縣。九月初三日，王大臣驗放。十八日，吏部給憑，呈吏部告假回籍省墓，呈户部借領養廉銀四百兩。端揆屬捐加二級，備公過抵銷，非余意也。得《浙江鄉試題名録》，兒子繼坊中式第六十九名舉人。嵇文恭師附書撫軍浦公，馮編修鷺庭集梧附書長沙太守裴公，聞皆爲余説項，謝辭之。惺園師聞，深爲歎賞。擇吉出京。是月同選者，同年鄧釣臺爲綱元城，高念齋學濂洵陽，余介軒心暢太湖，謝曲江文濤臨淄，徐春田志鼎南溪。適徐編修鐵崖立綱新授安徽學政，詞館閣部諸同年在浙紹鄉祠公餞。作詩四首，留别都門前輩：

百里頭銜試服官，台星回首望長安。策名自効清時用，責實誰知大令難。曾是佐人心欲碎，翻因歷事膽尤寒。耳邊詛祝分明在，可易民將父母看。

乞得鴻文徧搢紳，馬馱吟卷出層闉。牽連都及遺孤事，擔荷彌慚不肖身。忍負熊丸垂訓日，怕羞金筆贈言人。捧盈執玉尋常語，愁結名場未了因。

算難藉手貢葵衷，臣職差能續諭蒙。耕鑿從渠忘帝力，雨暘好與説天工。敢云政拙勤堪補，盼是人和歲屢豐。致遠合籌寧靜術，官箴澟澟邑名中。

瀟江曲曲抱湘流，説到零陵更換舟。作吏許尋山水約，攜家同入畫圖游。傳聞縣僻風猶古，料得身閒興自幽。歸橐他年應不儉，九疑嵐翠望中收。

諸公有次韻者，有自作古今體者，有譔序者，贈言甚夥。仁和余編修秋室先生集作《瀟湘山水》小幅，常熟黄上舍韻山泰取余詩中『作吏』『攜家』一聯，圖寫其意，山陰王湘洲元勳爲余白描《望衡圖小影》。所贈詩文，類述母節以勉吏職，頌母儀以儆官邪。任禮部芝田先生大椿書後，詳言居官之節，謂自治愈嚴，閲境彌苦，困阨備嘗而人不知，疑忌交深而志莫白，節至此窮矣。窮而思通，終不可通，求不失其守，則法二母之節、二母之守焉，斯可矣。江西魯絜非寄言，懼余自衒幕學，謂君子不以己所能者愧人，不以人所不能者病人，而以老氏『上善若水』『水利萬物而不争』勖余自全。二文俱全刻《雙節堂贈言續集》。邵二雲贈序，序曰：

法家以輔禮制律者，法也。審察於禮與法之相貫通，而後能明律，而後能養人。余讀《唐律》疏傳議，予比于仁慈而參合，必以《唐六典》爲依据，猶見禮教之遺焉。《明律》改用重典，峻文苛法，欲以齊民，惡覩所謂禮以養人者乎？後之治律者，能銓度於世輕世重，以劑于平，仁者之用心也。刻者爲之，則傷恩而薄厚，昧者則坐視人之死生疾痛，而不自省。州縣之長，盛服坐堂皇，吏抱文書，伍伯環立，哆口叱詞，問以律，則懵然莫能知，憪然以爲不足。知其援律以定讞者，則爲幕賓，鉤覈案牘以上下其手者，則爲吏胥，居其間頤指而氣使者，則爲奴僕。甚至奴僕、吏胥與幕賓連合爲一心，舐文破律，戕虐名生，流弊靡究。嗚呼，是曷望其知律以養人乎哉！吾友汪君焕曾，嫺習經訓，以家貧謀養，治法家言。議論依于仁慈，佐州縣治，引三《禮》以斷疑獄，遠近稱平允。性廉介，嚴於取予，異乎俗所云幕賓者。今以進士謁銓，得湖南之甯遠縣。夫以焕曾之明律而通於禮，本之以仁，持之以廉，吾見焕曾之道得行，而豫爲甯遠之人賀也。雖然，焕曾佐治有年矣，於律文信能通其意而劑于平矣。自恃其能，以事上官必傲，以待同列必驕，其御下必愎。傲也，驕也，愎也，吾未見其道之得行也。《書》曰：『欽哉欽哉，惟之謐哉。』欽以言乎敬也，謐以言乎静也。能敬以静，則不敢自恃，而可免于傲與驕與愎。養民之道，庶有濟乎。余與焕曾交，屢以文字相切磋。兹行也，同學之士多爲歌詩以送之。余㬙括爲序，以贈其行。何以處我，焕曾獨無意哉？

語尤切摯，古義肫然，彙裝四册，春田題曰『日下蘭言』。作五言古詩一章，敬書後葉：

一官義從公，此身甯自主。念此身有來，忍爲官所苦。官重身乃輕，身官兩無補。我生良獨難，十一歲無父。二母鞠我身，教之守規矩。偶小尺寸踰，欲撻涕零雨。爲養讀律游，諄切勖自樹。謂身三世傳，厦顛待撑拄。凛凛慈母訓，艮止嚴布武。貞節天所矜，一第幸承祜。痛今奉官符，風樹摧肝腑。豈惟養不逮，慈訓誰覼縷？萬一違素心，玷親豈在鉅？徧乞天下文，卷帙浮尺許。母儀賴以章，兼爲官箴輔。感誦贈别詞，不襲寵行語。

推本揚前徽，美意足含咀。相望修厥身，惟恐當官泆。我聞甯遠縣，爲昔春陵土。曾哦次山詩，感歎色慘阻。行且身親爲，得毋忘咻噢？官未一日休，身須百方努。昔賢畏友朋，此義亘終古。丁甯仁者言，百朋寶片楮。

余在京師半載，同年故舊外，日過從者，俞編修柱峰廷掄、茹修撰古香棻、魯吏部南畹蘭枝、邵吏部雙橋洪、吴進士殷六尊盤、徐孝廉春宇文博、李孝廉立山廷輝、丁孝廉秋水溶、胡孝廉海嶼如瀛、錢孝廉裴山楷、戴孝廉東珊殿泗、王孝廉棻園煦、蔡貢生蒿牀環黼、湯明府稻郵元芑、馮孝廉穉雲宬、胡孝廉蘭川鐘、章孝廉逢之宗源、朱孝廉春泉鈺、陳上舍研香淦源、孫進士秋坪樹本、邵孝廉芾亭四枏、黄上舍韻山泰、戊子副車同年癸卯孝廉周耕崖廣業，相見論文，真得友朋之樂。今南畹爲御史，雙橋爲知府，殷六、春宇、海嶼、蘭川、秋坪、春泉、研香俱爲知縣，稻郵爲知州，裴山爲户部員外郎，東珊爲庶吉士，韻山亦中舉人。立山爲桐鄉知縣，踪跡最近，然不及相見。芾亭於福建知縣任内作古，蒿牀司訓仙居，亦已謝世。聚散之間，能無感歎！　己丑初至京師，詞館諸公從容茶話，論藝手談，羸馬敝車，風裁高雅。自壬辰四庫館開，奔忙日甚，規模亦復奢麗。聞遲舟言：『諸城劉文正公嘗至翰林院，云：「本衙門向耐清苦，今因館務熱鬧，將來館停，諸君恐難爲繼。」』今撤館已久，而既奢不能復儉，惜文正公未及見也。公車慶弔，公分向止銀三錢、五錢，最厚不過一金。今則五錢僅見，二金亦爲常事。選官類多寒士，候選時率授徒自給，可以立身。其絢爛者，戲樓酒館，稱貸應酬。得缺平常，往往束手無策，至典質文憑，竭蹶萬狀。遇美缺，頃刻間忘其本來，事事官様，招長隨，覓債主，六折七折之銀，三分四分之利，如飢食烏喙，不顧其後，及出都門，所負已多。到官之初，勢必假手吏胥，設法張羅，左詘右支，自貽後患。故余謂欲作賢吏，正本澄源，必自謁選始。國家體邮寒畯，例借養廉銀兩，果能刻苦，又何必身爲債累耶？在京謹約，同人無不見諒，故不薦長隨，不收别敬，餞席殷勤，至今抱愧。惟各座師處，略申杯水寸芹之敬，少存禮意，及留别敬二十四金，爲同年公費而已。十月初一日，惺園師招飲，留談竟夕，誨勉居官之義甚篤。初二日，與春田、秋坪結伴南還。秋坪同選新津縣，亦同告假者。出彰義門，作《新嫁娘》一首：

新嫁娘，知得否？昔日女，今日婦。婦不易爲，味調衆口。況當兩姑間，酸鹹從所受。人人擡眼皆生疎，娣姒周旋法誰某？小郎衣履小姑繡，管攝不周或叢咎。淩雜米鹽，黽勉井臼。殷勤結褵三致辭，願兒賢聲榮阿母。新嫁娘，知得否？

涿州道中見驅騾者，戚然有感，邀春田同作《驅騾行》：

琉璃河外塵影高，騾馱騾載如絲繅。騾夫驅騾咤叱豪，謂吾豢養夕復朝。爾庀有廐飢有槽，匪需爾力胡爾茭。力小不稱頻鞭敲，騾也仰天悲怨號。嗚呼爾騾不自料，何弗麋鹿同逍遥？棧豆戀戀未肎拋，食人之食勞人勞。上公卿下簿領曹，量能給廩誰嬉遨？騾乎騾乎安所遭，主人芻粟非濫叨。

至腰站，得《觀馬》二首：

輿人惜馬力，不使殫力馳。廿里一飲水，卅里芻秣之。計程行百里，卸鞍必以時。行步常偶蹶，揚鞭不忍施。馬漸解人意，緩急無參差。如何爲民牧，民隱了不知。

我觀當轅馬，全車任獨負。群馬多自如，轅下空驤首。行止逐馬群，駕先卸每後。群力少不齊，覆車誰歸咎？傾壓到腹蹶，憂患獨身受。百里專城官，此義當念否？

本雇車至王家營，抵滕縣臨城馹。同雲密布，改道臺兒莊，甫下舟，雪大作。是秋南河口決，安東沈没，渡河以南，汪洋無涯涘。高郵寶應，河與湖連，舟行甚險。幸晴霽無患。淮安得詩一首：

兩岸淮隄高過屋，隄下人家水中宿。隄東平鋪萬頃波，隄西稍稍見原陸。中流大舸連作橋，競渡千夫操畚揭。水多土少可柰何，欲堙洪流先葦束。一鍤土饒一握金，官符星急無夜夙。堤上老人泣且言，皇仁自廣天心酷。月記孟秋日甲辰，清黄竝漲交撞觸。七方口岸決同時，安東城市埋魚腹。泛濫高寶連維揚，三百餘里罹慘毒。河湖一氣接混茫，奔走長官盡蒿目。民命上繫聖主慈，治河使者相隨屬。五里霆洞十里渠，分之使殺河身復。窪田久已成巨洪，田略高亦水瀦蓄。爲魚爲鱉知幾多，存者三旬活九粥。昨年苦爲旱魃灾，疫鬼春深侮煢獨。道殣縱横無一收，往往犬豕出殘櫝。何圖延喘百日餘，微命又遭河伯蹙。骨肉彫亡生亦徒，聲將淚迸仰天哭。嗟余素未習圖經，安知河勢起與伏？與河争地河日高，揚子江頭合四瀆。危絶淮安百萬家，釜底藏身逼水族。我皇仁聖格天昊，其來雖暴去幸速。善後誰紓黼座憂，賈讓三策挑鐙讀。

自清河至寶應，得一律：

百里隄西路，蒼茫千頃遥。漚浮知屋脊，薺露認林梢。慶是誰家畝，分從幾處消。蚩氓無達識，掛網蕩漁舠。

二十四日夜，舟行丹陽道中，夢徐太宜人病容有戚，操作如平時。已而手植一樹於庭，作五色花，鮮妍耀日。少頃，秉燭上藏書樓，握五寸許竹籌數十，付輝祖曰：『幾散失，好好收藏。』隨下梯倚竹牀立，忽形容豐碩，若三四十歲人。置燭於几，倚輝祖右肩曰：『近來常有人拜我，汝須答之。』僂指姓名，凡十餘人。輝祖曰：『可以不答，兒見友人父母，固無不拜者。』母曰：『雖然，我何敢當？必須答也。』輝祖敬諾。仰見母容甚喜，因問曰：『娘今飯食大加耶？』母曰：『也只照常，卻無心事耳。』輝祖曰：『娘何必有心事？願娘長健，兒亦別無心事。』母曰：『大難，大難。』乃泣下。輝祖亦泣，旋執手大慟。會鄰舟相觸，遂寤，淚溢兩眶，流滴被池間。悲夫！輝祖屢夢考妣，然率無語，即語亦不甚了然，未有楚楚若是者。豈惟母健不可復得？即夢中承歡，又豈易易哉？悲夫！因急起披衣，書以誌之。

十一月初三日還家，第六女殤，展先墓。料理繼坊會試。典産豫到官資斧。譔座右箴一則，屬陶南園莊書，攜以自警。箴曰：

毋肆汝口，輕率悔乘。毋任汝質，疎野謗興。過剛必激，好勝必矜。汝矜而激，人將以汝懲。古詩垂戒，畏及友朋。官幕異勢，毋恃汝能。躁急易誤，碎瑣誰勝？惟勤惟儉，以漸以恒。上下協一，庶無怨憎。好人是訓，遺命服膺。贈言盈篋，雙節竝稱。汝不自愛，先業曷承？素絲染緇，白圭玷蠅。敬奉遺體，夙夜兢兢。

浙江文叢

汪輝祖集

〔下冊〕

〔清〕汪輝祖 著
商刻羽 點校

浙江古籍出版社

病榻夢痕録卷下

五十二年丁未　五十八歲

正月，繼坊赴京師應禮部試。

二月初一日，挈眷屬曉發，由義橋雇江山船至常山縣，陸行一日爲玉山縣，另雇官版船至蘆溪縣，陸行四十里爲萍鄉縣，雇杷杆船。

三月初七日，至湖南醴陵縣，晤署縣常熟趙韡軒貴覽，今乾州同知。備言湖南風尚吏治。

初八日，至湘潭縣，晤方君維祺，才人也，論亦切到。知撫軍有赴常德修隄工之信，即夕留眷屬暫泊湘潭，買小舟赴省。

初九日，至長沙，謁見撫軍嘉善浦公霖、藩司漢軍郭公世勳、臬司滿州恩公長。時衡永郴桂道滿州世公甯方署岳常澧道，永州府知府太倉王蓬心先生宸兼署道篆，亦在省謁見，并謁長沙府知府錢塘陳公嘉謨。撫軍問余年歲，余對：『履歷年五十一，實年五十八。』撫軍云：『曾作幕否？』余曰：『曾習過。』撫軍云：『署事官未必認真，即見兩司，速到任辦事。』余應諾出。嚮在浙幕時，臨汾祁陽爲撫軍，新選官到省，一二旬始得見，見亦不令赴任，又不敢稟辭，故余甚憂吏之難爲。惺園師由督學陞左都御史，余往送行，師約謁選時相見，余敬對曰：『某恐不善爲吏，不敢謁選。』師曰：『君子行其素位，應選則選，天欲成子，必有好上司，可勿過慮。』是日念吾師言，深自幸慰。

次日上院，蓬心先生語余曰：『頃見大憲甚賞君誠實，且曰甯遠疲悍，君曾習幕，可望整理。陳太守言君三十年名幕，謙言習也，且述君幕蹟品行甚詳，大憲曰：「此人既誠實，又不自衒，大有學識。」君進見當以實告。』

次日，同官稟謁，撫軍留余專見。長沙縣傅君廣聰，鹿邑舉人，語余曰：『大憲精細，應對須簡明。』及見撫軍，歷問游幕及主人姓名，因道甯遠積疲難治，舉著名訟師天罡地煞綽號，諭令捕治。蓋前令趙君爲撫軍同年，以邑民控提督衙門去官，故撫軍於甯遠纖悉具知。遂面辭赴各衙門辭行。是日同見臬司者十一縣，皆言檢骨事。恩公因語余曰：『此間民俗刁健，一涉人命，雖嫡屬無異言，其同族外姻猶以屍親告訐。向來訊明，僅予杖枷，吾皆令開檢坐誣，以示重懲。子受此種詞，非詳檢不可。』余起對曰：『敬奉憲命。但某尚欲曲求恩鑒。』恩公曰：『子有說乎？試言之。』余曰：『檢骨極慘。有冤可雪，死者所甘。萬一以妄告故，骨遭拆洗蒸檢，無辜人證，横被株累，而誣告例止充軍，似覺法輕情重。且有父母、兄弟、妻子，則他人均非至親，例不得插身滋事，應請先示諭禁，以杜訟源。若因疑妄告，果能到案供明，杖枷發落，似足蔽辜。』恩公顧謂同官曰：『此言甚有理。』復語余曰：『甯遠現有鄧姓案，委零陵會檢。子去細心推勘，吾即以此觀治術矣。』出，同官爲余慶曰：『恩公明察，屬吏無敢輕進一言。君初來，遂發莊論，君言果用，福庇多矣。此風開自長沙裴太守，憲詞批府，太守不耐勞勩，幕友設策，草草一訊，便詳開檢，可以轉發各府審辦，人多議其造孽。八九月前太守暴卒，幕友亦不良死。聞恩公近頗追悔，故君言易入。然微君，誰能回憲意者？』後恩公頒示嚴禁混冒屍親之習。余審鄧案，得詳允免檢。會陳太守鞫獄勤慎，非萬不得已，從無請檢者矣。

過衡州，謁督學昆明錢南園先生灃，亦言甯遠士習亟宜懲創。晤衡陽許君凝道，安陽人，辛巳進士。年七十餘，老成端重，後陞都察院經歷。笑曰：『吾素不款客，今爲君特設一飯，將有以告君也。』席間詳言：『永州吏治之敝，甯遠爲最。往時惟陳丹心宰是邑，正己愛民，不愧父母。劉文正門下士，固應爾爾。此後二十年，未見一人。今見君誠慤，陳君有嗣響矣。』余敬誌之，因念惺園師門牆亦不可玷也。晤清泉縣倪君爲賢，崇明拔貢生。曩辱贈雙節堂詩，握手如故交。留余晚餐，言大憲俱易事，惟臬司才大心細，事之不可不慎。

遂由衡州遵陸，二十五日抵甯遠界首鋪。巡檢李峻、典史王謙來。禮房吏請次日齋宿城隍廟。余曰：『不必虛應故事也。不可質神者，吾斷不敢爲耳。』二十六日曉行二十里，觀者駢集，吏役夾道迎跪，諾聲雷動，儀從甚都。自念佐幕三十餘年，齒逼衰殘，蒙聖恩高厚，畀以民社重任，感極涕零。又痛兩母如在，年祇七十餘，尚可迎養，而馬鬣久封，烏私莫遂，於邑久之。懼負朝廷、負百姓、負母慈，謹身勤民之志，由此益堅。輿中得七律二首：

駑朽何緣答聖明，郊圻百里荷專城。長憂官折兒孫福，難副人稱父母名。翹首争看新令尹，捫心自愧老書生。貪天惟有豐年頌，歲歲平安到宦成。

慈幃冰雪兩艱辛，成就孤兒憂患身。百里傭書江上客，卅年讀律幕中賓。題名晚悔慵稽古，竊禄遲悲不逮親。今日做官逢運氣，敢忘遺訓妄爲人。

至縣門，即見有以繩拴數惡少，如欲控愬者。既拜篆，升堂僉押，即諭傳進門。老役跪稟曰：『吉禮尚多，請俟來日。』余曰：『官之吉，有重於理民事乎？』即訊，則縣民王勝字爲惡丐所毆，群起而拴送也。丐四人咸予大杖重枷，即聞堂下歡呼好官。老役復跪稟曰：『此輩藉稱鄰邑因上年歉收，竄入甯境，不下六七百人。擾累各鄉，甚有孤僻邨民遷避去者。』余諭選役捕逐。少頃，典史來謁，問之信，余曰：『何以不究？』曰：『丐多役少，恐激事耳。』余計無所出。

二十八日，吏送册點催賦差，忽有所得。急刊二寸小單，於點名時按役給發，令催賦所至，遇流丐，立會鄰保協捕，俾各處有催糧之役，即各處皆捕丐之人。丐之尤者曰老猴，廣西人，綽號飛天蜈蚣。妻號飛天夜叉。年僅五十，有拳勇。寄居縣境巖穴中十六七年，黨翼六七十人，分路强乞，輪日供膳。老猴夫婦食有餘貲，貧民轉向借貸。或忤其黨，則挺身行兇，莫敢誰何。余訪得之，與駐防姚君約，令里民設法同捕。伺其醉歸，掩擊縛之，嚴刑拷訊，盡得匪黨姓名。羈老猴於獄，分頭緝捕。其妻聞風夜遁，黨各星散。不半月，邑中無丐。百姓感余去害之速，踴躍輪將，欠賦舊習，不懲而革。時已初夏，飭吏示期勸農，吏請儀注。老役稟曰：『自陳本官後，將三十年，未嘗再行，故無知者。』陳本官即許君所稱丹心者也，徵許君言信。老役名李成，陳君遴點頭役，每新官到，點卯值堂，或一月，或兩月，輒告病假，懼有累也。終余之任，日日承應無悮，亦見陳君之知人矣。

四月初七日，縣民蔣良貴喊禀弟婦田氏，爲胡開開争佃毆斃，鞫之，則稱承佃李維翰田三世矣，爲胡開開謀佃，被毆致死。詰其兇器，爲犂木棍毆傷顋門，當場奪得，於中途棄擲。案多疑竇，且詞色甚餒，遂繫之，署中人以爲繫屍親也，大愕。比核傳驗禀，閽人密禀李維翰爲南鄉首富，余因抹去維翰名。時所延幕友王君尚未至，仵作因公在省，關借鄰邑新田，亦無仵作。遂令刑書隨往，驗田氏屍身，合仆田中，髮際一傷斜長，皮破血出，確非棍傷。至良貴家，見其犂無棍，即攜犂迂道行，過良貴初供棄棍處，檢得棍，合之，原物也。因究出兇具别有竹片，乃伊弟良榮所毆。田氏因竊維翰租穀，維翰退佃另召，立時鞫得真情，諭繳原具定案。不累開開，不傳維翰，邑中遂有虛譽。

甯俗：一衿以上，皆把持衙門，不與地方官相見。余以衿士爲襄治之人，不見則不能周知風俗，屬學師諄切傳諭，士稍稍來，以禮接之。有呈文字者，教正之。凡見必問其所居之里，種植所宜，有無盜賊、訟師、地棍，有則考其名姓年貌，一一籍記，升堂必檢閲一過，以備稽察。於通衢榜訟師姓名，白丁則詳著其綽號，衿士則約舉其里居，諭知已往不究，再犯必懲，令洗濯自新。訟多以衿士爲鄰證，亦先爲榜示，點名後，概不問供。生員給紙筆，在堂右席地作文。鄰證必有白丁，審係左袒生員，即與白丁同辠，請教官當堂朴責，非左袒者，生員亦不取供。季終，將文彙送督學，職員監生，先責後詳。一日，有黄丹山具辭，察其年貌，與籍記南鄉訟師綽號智多星名黄天桂者合，詰實，先命杖，繫之堂柱。檢其訟案，分别示審。閒日審唆訟一事，則命杖二十，繫柱如故。不半月，憊不可支，未審各案，其母求被告人籲息。又繫十日，以累母不孝，復予重杖，涕泣悔辠，取結釋逐。其弟黄天榮綽號霹靂火，皆挈眷竄居道州矣。

先是，丙午歲穀價騰貴，每石制錢四千文有奇。示諭民欠倉穀，暫緩催徵，以俟秋稔。當是時，奏銷期迫，庫貯未充，雖完賦者較前踴躍，而民力未免拮据。諭告各鄉，謂歉收之後，大概力絀，大户亦未必從容，但較小户，尚可那展，應勿拘四月完半之例，努力全完，以免催提小户，即於急公之中，可見睦鄰之義。令下車伊始，未遑撫字，先事催科，殊非親民之道。然誤奏吏議，地方官辦理不善，分難辭咎，而累及上官，心有不安云云。解事者争相誦述，謂撫字二字，目未經見，官有此心，共當曲體，一月之中，完數倍溢。甯俗最重朱示，以朱筆非他手可假，余之諭示，多在堂上朱書，故紳民尤易感動。常平倉額穀八千石，社倉之在縣者二千石，余受代，止現穀一千九百石有奇，其二千石已給兵餉，餘皆累年民欠，社穀則歷任折價移交。五月，民艱食，詳請平糶，儘現穀糶米，分設男婦兩廠，糴者以門牌爲據，吏胥包户之弊，一概杜絶。季考生童課崇正書院，酌定規條。作《論文絶句》十二首示之：

言孔孟言大是難，御製幸貢院詩。煌煌天語訓儒冠。買珠莫便輕留櫝，龍頷探來子細看。

枵腹難雄抵掌談，心花意蕊古今含。試看四月抽絲繭，都是三春食葉蠶。

學得飛昇鍊骨仙，精神到處細筋聯。開枰一著關全局，勝算須操下子先。

堂堂正正陣雲排，徼倖奇兵萬一乖。底事蠶叢尋別徑，杏花春色在天街。

浮煙漲墨總無情，依樣葫蘆作麽生。聞説傳神歸阿堵，休教眉眼不分明。

不律陰持造化權，何當苦調譜哀絃。雒陽痛哭才伊管，梁傅傷生尚少年。

第一難醫是俗塵，陶鎔六籍出鮮新。摭將成語供塗抹，班馬韓歐也誤人。

侏離鉤棘轉喉妨，語到科名要吉祥。省識虞廷颺拜體，書生羔雁是文章。

毫端生氣斡靈機，落紙煙雲字欲飛。赤脚十年行且嫁，丹青虛寫五銖衣。

黄河九折勢奔騰，路入千巖逸興增。若使岡平流直瀉，教人留眼阿誰能。

力窮穿縞笑羸兵，善始謀終氣自盈。解悟秋波臨去轉，歌闌應有繞梁聲。

骨勁神清藻采妍，朱衣能使命無權。米顛贊石傳三字，乞取論文得妙詮。皺則致不直，透則義不粗，瘦則詞不膚。兼此三長，庶幾有目共賞。

六月，撫軍命臬司札調赴省辦公事。余具禀辭，其略曰：『受事未久，即蒙調晉省垣，可以面承訓誨，上進有階，逾格栽培，實非意想所及。但甯遠偏隅，疲頑習久，諸事廢弛，未敢縷陳。庫項倉儲，多有民欠，查非捏飾，照例接收。然設法彌補，勢難猝辦。自維譾劣，深懼曠官。接篆以來，夙夜焦急。檢查歷年訟檔，自大憲以至本府，共四百餘案，三八收辭，日不下二百餘紙。計惟積誠殫力，將新辭舊牘依次釐清，日在公堂，與紳民相見，諭以皇仁憲德，上下相孚，庶可不藉追呼，輸將踴躍。若此時赴轅，須開徵還縣，舊欠未完，新徵又督。官民未洽，掣肘必多。仰祈恩免，俾得從容，犬馬之力猶存，馳驅之報可待。倘敢飾詞委卸，怠惰偷安，咎由自取，難逃遐觀俯聽之中云云。』王友以爲不可，巡檢、典史俱來勸止，以爲撫調可違，臬調斷不可違。余曰：『不過才力不及，或以避事去耳。』稟上，撫軍謂臬司曰：『甯遠地瘠民刁，汪某竟肎任事，速止之。』臬司察實，不惟不以爲忤，且逢人獎勸也。其時已檄署道州，因此撤委。王友訝余無志進取，辭去，余遂不復他延。

平糶時，鄉民多無門牌，不得糴者，乃力行保甲法。八月初一日，集三十六里地保，人予空白簿一、墨一、筆二，令將所管邨莊填註，管内四至接壤及山多田多、塘堰若干、橋梁若干、大路通某處、小路通某處、某土著住己屋、業何事、某流寓主何人、有無恒業，一一注入簿内，限三月繳案。秋大有，開徵，諭知各鄉官民本屬一體，緩急義須相關。聽訟之任，責專在官。完賦之分，責分於民。官不勤職，咎有難辭。民不奉公，法所不恕。甯俗錢糧素多延欠，今舊習已更，深爲嘉尚。再與紳民約：月三旬，旬十日，以七日聽訟，以二日校賦，以一日手辦詳稟。校賦之日，亦兼聽訟。官固不敢怠也，爾等若遵期完課，則少費校賦之精力，即多留聽訟之工夫。至穀既豐收，價已大減，四月間完一石者，今可二石有餘。此則具有天良，不待長民者之催督矣。後傳誦至長沙，大荷撫軍激賞。

九月，奉府委勘新田縣争山案歸，下痢甚劇，幾斷飲食，屢易醫不效。鄉民完賦繳穀者，多至宅門問病，或以白菜乾爲獻，土産無白菜，故民間寶貴之。

十一月，地保繳户口册，便道至鄉抽查。有舛漏者責之，别給簿補造，并諭各里有遺漏者，領簿另編。夜聞雁聲。縣在衡州南五百餘里，是雁未始不過迴雁峰也。《筠廊偶筆》言迴雁峰因峰勢取名，信然。稗官之説，當不足據。

縣俗人命牽連最重，遇無名路斃浮屍，地保及無賴子擇里中殷而愿者，恫喝取錢，不遂則報官。蠹役翼之，必飽其欲，乃攔驗，或地僻路遠，官憚於行，則謊詐尤甚。故一月間以人命報驗者，八九案至十餘案不等，俗謂之油火命案，蓋薪欲火而加之以油，薪比匪類，油比官也。余蒞任後，凡受報辭即訊，訊畢即赴驗。有續到之人，沿路訊供，夜隨便假宿，雖雞栖豬柵，不避穢。訊誣，於屍場痛懲，惡習漸改。

十二月初一日，九疑支山諺稱拚命嶺者，地保報劉某家門有縊屍。余立時命駕，地保禀阻，嶺離城九十餘里，山徑險仄，官不能去。余詫曰：『汝可來，我獨不可去，是權在汝矣。』遂行。次早，近山二十里，重巖複澗，易筍輿行榛莽中。又五六里，筍輿亦不可行，乃步。又三四里，仄徑一條，下臨深澗。已隆冬，水猶潺潺不絶，足不可容。乃令土人前挽後推，攀林木，背澗蟹行，達於屍場，則卧斃之屍，地保與匪類數人移詐劉某，以詐不遂報官，意官必不去而詐可終遂也。鞫實，各予滿杖，仍縶回縣門枷號，而劉家一無所累。比出山，則汗浹重緜。

輿中得詩二首，有曰：『層崖紛虎跡，密樹亂猿聲。俗敝機謀險，官勞性命輕。』其境可想。然自此油火之風盡息矣。

縣民匡學義，本陳氏子，爲匡誠乞養。誠生子學禮，授學義田八畝，歸宗。後學禮病不起，贈學義田五畝，屬以家事。學禮遺田二百畝，妻李氏能儉勤，歷十七年，增置田百餘畝，歲息日阜，甚得學義力。一日，田主續産，會學義他出，李氏令子勝時檢契，則載學義與李氏同買，各契皆然。詢之學義，堅稱産實公置，租亦公分，詳記租籍。李氏愬，前令不直。愬府，發零陵，亦以産契租籍爲憑。愬本道，發道州，逾年未結。李氏求發余審。余思學義爲李氏治家，田皆學義交易，李氏執契而不識字，契載自不可憑。但舍契以斷，不足以關學義之口，且分租有籍，李氏不能以口舌争，因亦照契斷爲同買。李氏再三哀剖，至於號哭，余麾之去，而獎學義善經理，學義忘余爲鞫事矣。問其家産，曰：『共田十三畝。』問其息，曰：『歲入穀三十一石，得米十六石。』問其家口，曰：『一妻二子三女。』問其生業，曰：『某代李氏當家，唯長子年十八，方能力田。』余曰：『據汝言，完餉所餘，不過十四五石米，以贍六口，食尚不給，況有蔬薪日用，力何能支？』曰：『妻子度日甚苦。』余曰：『人皆言汝有錢，何耶？』曰：『自苦自知耳。』余拍案大怒，曰：『然則汝同李氏買田之資，必由盜竊來矣。』命吏檢歷年報竊檔案，佯爲究鞫。學義大窘，叩首曰：『某良民，未嘗爲盜。價皆李氏，契特僞書同買，欲俟李氏物故，與勝時争産。故歷年租入，竝無欺隱。』蓋租籍亦由學義僞爲也。余乃呼李氏慰諭之，契塗學義名，毁僞籍，產歸李氏。李氏求究學義累訟，余曰：『學義誠可惡，然吾念汝夫知人，設所託不當，原產且廢，安能續置？』免其罰而勒令歸宗。

縣自國初兵燹，城皆圮，無雉堞，郭門亦久廢。祀典所載祠廟，惟文廟曾經紳士捐修，規模粗具。龍神廟因丙午大旱，修築。武帝、火神、城隍各廟，皆上雨旁風，觀瞻不稱。城西南俱如邨落，惟東北二門略有雜肆、歇家，弦誦寥寥，久無游庠者。衙署傾頹，無庫藏，歲徵賦，則貯於内宅。余涖任，先捐建庫三間，設庫書、庫丁，謹其筦鑰，賦不入内，防挪用也。詳借養廉修理衙署，勸富紳修火神廟、城隍廟。至是次第竣工。初四日，奉委兼署新田縣，至次年四月初八日卸事。是年，繼坊書來，生長孫甯兒。今名世鐘。寄俸歸建秀山墓祠，鐫魯絜非前譔祠記。

五十三年戊申　五十九歲

正月，公堂行鄉飲酒禮。縣久未舉行，觀者如堵牆。

初九日，赴新田相驗北鄉路斃女屍，年約七十餘，有跌傷數處，死由凍餓。余驗實，飭地保斂埋。居民以前數日群丐負此婦行乞，恐有屍親擾累。余曰：『親屬棄屍，彼自有辠，必不敢冒名嫁禍也。』有附近居民口稟，舍側空室，有受傷人僵卧垂斃。余往視，其人佯死，令仵作解衣，始發聲。訊爲廣西全州人，孑身行乞，被人毆傷，故借宿於此。驗其左臂、左腿，俱有棍痕，曰：『是必與匪類行竊，被事主追毆，同類掖之來，爲諉詐地耳。不必給與飲食，任其去，死即埋。吾已驗，無容更報也。』退密諭屋主，宜稍給食遣去。

余遂行五六里，過一邨，見流丐男婦三十餘人，諭其去，則環乞盤費。余曰：『流丐官當逐，違即究，無給費之理。若輩曾到甯遠否？』曰：『不曾去。』曰：『汝知甯遠汪知縣乎？』曰：『知。』『知其治老猴乎？』曰：『知。』『識汪知縣乎？』曰：『不識。』余曰：『余即是也。今兼治此邑，汝不去，枷且死。』丐皆叩首願去。不數日，新田境内無一惡丐。佯死之丐亦去，屋主至縣叩謝。各鄉民隨而來者百餘人，歡聲載道，且云：『自柴青天後，無爲民除暴者，何幸今日復見好官！』

余讀書數十年，忝爲民長，一無善政，而兩縣得民，俱由去丐，良可自笑。所云柴青天者，名楨，令新田三年，陞同知去，已二十餘年，時爲福建興化府知府，訪之閩人，政聲甚美。迨壬子夏，余歸里，柴公方爲浙江鹽道，有賢名。後爲兩淮鹽運司，以官浙虧空論死，蓋棺論定，古人所爲重晚節也。

縣東北下隊鄉，離城七十里，民貧俗悍，以私宰耕牛爲業。民無事不入城，官亦近百年不到，遂至抗糧成習。四月，余抽查保甲，便道至彼。先期令居民齊集，聽宣聖諭。屆期具公服，帶講生前往宣講，環而觀聽者，合里老幼婦女俱集，詫謂見所未見。余遂委曲面諭守分奉公之義，戒私宰，勸輸課，欣欣有喜色。自是民入城，必躋堂叩安，囂風漸革，百姓之易感如此。地最高燥，意欲開井疏泉，而上多沙石，竟不能行，歉然也。

五月初一日，給發各鄉門牌，有未給者咸來求補。

境内陋習，夫家或貧，或夫妻反目，輒嫁賣。娶主先付半價，留半價以防訐告。婦人不以守節爲重，不幸而嫠，媒者踵接，雖紳士大家，不以爲異。其母家愈有聲望，娶主愈樂增其直。室女恥爲繼室，中年喪偶，不得不續娶孀婦。妻妾之分，懵然不講，家族之所以稱妾，及妾之所以稱家族者，皆與妻同。女子年十二三歲，遇姻鄰女子同庚者，兩意相諧，結爲姊妹，如匹偶然，他人不得復參也，往來甚暱，至嫁乃已。嫁之前夕，姻婭鄰族女子年十四歲以上者畢集，主人設長凳於堂之左右，襍坐女賓，設長几於上，羅列杯盤酒茗，諸女子面南而坐，名曰歌堂。出嫁之女，哭於户内，則堂中諸女和歌以答之。姻戚兄弟皆哭，哭畢，繼以鼓吹，鼓吹畢，嫁女復哭，和歌、助歌及鼓吹皆如之。女子哭時，絮絮有詞，專指贈籢女子，必將所贈人事，一一敘出，贈籢女子答歌，則各敘不忍離別之情。自此達曉，歌哭喧呶，出嫁之女，聲愈啞愈佳。故女子生年八九歲，即以學歌爲事。新壻至婦家，婦女隨之潑水，以能避爲巧。皆關風俗之大者，一一示禁，有未解者，復愷切諭之。屬紳士採訪幽隱、節婦、貞女，覆覈確實，給扁獎勵，輿情忭悦。

是歲預行己酉正科鄉試。七月初一日，行賓興禮，亦創舉也。縣入國朝，惟雍正壬子、乾隆甲子中式二人。諸生絶意科名，又距省遠，每科應試者三四人、四五人不等，士氣日頽，甚乃以刀筆餬口。余録其可造者，收之書院，月四五課，親董勸之。應賓興而貧者，酌給卷資，竝稟督學寬取遺才，以示鼓勵。故赴省之士，由科舉者二十三人，應録遺者十四人，爲數十年未有之盛。

奉聘入闈，過新田，士民迎送，相望於道。八月初一日，院考簾官，取第一名。四書題『可以爲師矣』，詩題『披沙揀金得文字』。初二日，藩司束送《科場條例》。是科始令舉子三場試藝，皆開寫添註塗改字數，每場不得過百字，硃墨卷皆點句鉤股。二場默寫頭場試藝，經題專用《詩》，次年會試用《書》，下科鄉試用《易》，以後鄉、會試輪用《春秋》《禮記》，分用訖，合用五經。初六日，入内簾，主考翰林院檢討仁和蔡毅堂先生共武、刑部山西司主事吴縣潘畏堂先生奕藻。畏堂先生，余都門舊交，然每呈薦，頗不相得。蓋先生所取，尚才氣風華，而余薦卷則取沈實。先生笑語余：『何以必欲得老門生？』余曰：『某中式時，已近四十。設爾時本房師專取少年，則某且不得爲房官矣。』先生曰：『君言良是。第掄才大典，所取之士，他日當爲朝廷出力。若是遲暮，何所用之？』事後深思，有味乎其言之也。

譔《藍毫襍記》一卷、《試院述懷詩》六首：

暫解銅章意灑然，誰云吏俗不如仙。來參玉尺掄才地，坐對金風洗露天。文價早輸鸞掖貴，名場尚結鹿鳴緣。連宵湘岸殷雷動，幾許潛鱗待躍淵。

秋闈九上四春官，席帽麻衣力就殫。從此出頭真不易，即今經手忍相謾。虚叨憲府殷殷聘，怕素公庖日日餐。文字久抛塵牘外，微才欲竭夢難安。

楚客辭華自昔聞，三閭餘韻尚留芬。程材細準新裁格，迷眼愁辜舊論文。曾是揣摩行我法，了無恩怨與人分。心聲第一懲鉤棘，會有濂溪獨冠群。

濡毫染靛幾俄延，過眼安能信了然。不是承恩先一第，多應逐隊試三篇。尋常魯衛難兄弟，銖兩王盧別後前。爲問無雙誰國士，好從萬選覓青錢。

又聽喧喧報鼓吹，文場鏖戰已竣期。欣逢片玉初商價，愛看飛鴻欲漸逵。甲乙我愁持鑑誤，推敲人訝拔尤遲。輪腸不盡憐才意，除是朱衣或未知。

參斗芒寒夜氣深，短檠摇影更披尋。也知遇合關渠命，未敢倉皇負我心。青鬢能消秋幾度，驪珠肎使海終沈。區區報國文章分，桃李他年何處陰。

九月初一日揭曉，本房中卷五名：石門梅嶧、侯登元，湘潭江起鳳、龍先法，甯鄉劉宜翥；副榜一名，華容程廷舉。廷舉，前副榜也。甯遠中式一人，樂之祈，生與王定元、李承膺，余所稱書院三俊者也。出闈後，臬司欲留余在省勘獄，會南園先生清理猺籍，縣多猺産，告撫軍，命余兼程速歸。稟辭後謁南園先生，論體國治民之道甚悉。贈余楹帖曰：『修身欲到顔曾地；奉國唯從官禮書。』命從者抱幼子出見，曰：『吾在京師，同年交好，惟有二雲，其他皆不相往還。若君者，雖隔省，不可不敘。』蓋先生辛卯進士，而鄉舉則戊子也。遂行。

二十日回任。秋有年，集三十六里紳士殷户，議修城垣，僉曰惟命。乃周閲四門，估工價銀三千四百兩有奇，分三十六段，令各里分任，里之産少者，以産多之里助之。各段設董事二人，應捐若干，聽其自議，歸成數於官。官董其工，各匠應領工料價值，官覈領狀無浮，則給印單，令赴董事處支領。銀不入署，以杜吏胥之剋扣，并免染指之謗議。既定，刻日購料，定於次年二月初一日興工。

常平倉向無應祀之神，内有伯公祠，設像三，土人稱三伯公，相傳皆捕虎有功之人。秋成後，各里報賽甚盛。余從民志，捐俸錢新之，即奉爲倉神，加敬禮焉。

縣民黄名世，訟師也。前令趙君任内與人訟，上控撫院，長沙太守已審誣矣，復翻控，逸不到案。余以他事獲之，檢得院役史坤攬訟筆據，禀院發審。浦公見禀，立將史坤革役，遞解下縣，同官詫爲異數云。

零陵縣民謝子純弟亡六月，婦劉氏生遺腹子，三歲矣。劉有傭婦董，與無賴子蔣甲有連。會董以眦睚去，子純覬劉産，啖蔣以利，指劉子乃其子，董爲劉乞養，欲以其子歸原，而董證之。控縣控府，逾四年，滴血亦介游移。適余以公事謁府，府提此案，犯證俱齊，委余代鞫。劉之證佐，皆生子時喜筵親友，不能塞董口。余細檢原卷，證者不一，曾無一語及穩婆。惟劉雇乳媪，在生子四月之後，董據爲乞養蔣子之驗。因屏去吏役，一一研訊。劉稱穩婆錢氏尚在，并産時服役有别媪鄰居現存。産後自乳，以患乳癰，始雇乳媪，亦有治癰醫師，詢其居里，離城七里。密諭劉不得漏洩一字，託故出城，赴劉居查訊穩婆、乳媪，并侍産鄰婦及醫師，各供皆與劉符。歸詰蔣、董，得子純唆訟狀，分别辠之，未終日而案定。

縣南下灌里，李氏聚族焉，傳爲唐狀元李郃後。里左有山，曰祖墓，爲李家地，鬻自藍山縣民蕭氏。蕭舊有冢，李削平之，上立始祖啓祥墓，碑稱爲郃父。蕭屢愬前縣，皆以李碑有據，蕭墓無憑，不直也。聞余勘山詳審，復呈圖求勘。余詣山，兩族迎者各數十人，從而觀者不下千人。案蕭氏圖繪，五冢在李墓後小峰之上，平原茂草，無墓狀。蕭力言下有屍棺，具結求開掘。掘至五尺餘，尚無蹟。余欲輟工，蕭再三哀籲。余疑之，召觀勘之臨武縣耆老，問鄉俗葬法，僉曰深者或至八尺。令再掘，約七尺，見堊灰，色潤而味淡，入手粉碎。耆老曰：『此灰色性入土約二百餘年矣。』更掘一尺，則兩脛骨在焉。蕭族群仆李碑，余曰：『曲誠在李，碑必仆。然不待官斷，是玩法也。仆且得辠。』命李族侍立余後，蕭皆斂手聽命，乃督役助蕭埋骨訖。余下山，命李族前導，慰諭蕭族安塋。次日詣縣，余爲之讞曰：『李山原受於蕭，舊葬諸墳，皆在蕭之下，山名祖墓，當因蕭氏而起。蕭族微居遠，致先墓漸爲李侵。今既驗有墓據，李自不得復佔。查李家譜，載始祖郃墓在木塘，去下灌二里，竝不載啓祥墓所。且稱郃係唐太和元年狀元，授河南府參軍，讓第劉蕡，忤中官，出知賀州。案兩《唐書·劉蕡傳》，俱云李郃河南府參軍，應賢良方正被選，以蕡下第，疏諫不納，後歷賀州刺史，非由入選而後授參軍也。唐惟進士第一人稱狀元，他科首選無此號。遥遥華胄，李郃之名之稱與宦蹟先後，已俱未確，何況其父？且始祖之稱，以上世更無可攷也。郃尚有父，即不得爲始祖。今李譜祖始郃，墓祖又始啓祥，以矛刺盾，不攻自破。是啓祥墓碑，顯屬李氏僞造。但建立已久，沿譌承謬，莫究所始。

追祀之禮，有興無廢，應將原碑移置小峰之下，李墓之上。其自峰而上，地盡歸蕭。李再侵損，執此呈究可也。』

郴州宜章縣寡婦鄭宋氏無子，欲繼親姪鄭觀。族人謂觀無兄弟，且父死，不宜後他人。宋愬縣及州，越四年，愬本道，發余關訊。余先關卷覈之，曰：『觀宜嗣宋無疑。孀婦立繼，聽其自擇，昭穆相當，獨子勿禁。《傳》曰：「已孤不爲人後。」謂不受命於所生父也。今例得出繼，天子之命矣，又何訊焉？』因止宜章不傳兩造，徑援例議詳。世公批允，而語同官曰：『若此一批可結，何至延案累民？律例未明，便不能斷制，諸君可竟委幕友乎？』

繼坊從里中來，知方太宜人家舅氏皆故絶。令家人買湖汀地，爲外祖、外祖母安葬，歲祀如禮。

五十四年己酉　六十歲

正月，行鄉飲酒禮。

二月初一日，興工修城垣。選幹役八人，分督四門，查察工匠。余稍暇，即親詣各段巡閲，無敢偷料惰工者。各董事照分段董理，相較争勝，期速工堅。三月二十日告成，公堂讌各董事，酬其勞。

巡行郊野，見曠土甚多，憶丁未春杪初入縣境，春蕎夏麥，彌望皆是，今種者絶少。始知往日廣種，因丙午歉收而起。詢土人如處處種植，可資三四月口糧，乃諭農民宜種蕎、種二麥。境内倉厫儲穀，多在居室之外，不設典守，盜竊頗多。因勸諭富家以慢藏爲戒。

四月，聞錢南園先生丁艱回籍，追致賻焉。縣民劉開揚與成大鵬争山，控大鵬毆斃其弟劉開禄，而大鵬怨未在場，不知毆者主名。庭訊開揚，辭色屢變，因竝繫詣城隍廟，余先焚香叩禱，命大鵬、開揚叩首階下。開揚獨惴惴戰栗，相驗時，開揚瑟縮不前，甚疑之。丙夜復禱於神，專鞫開揚，猶未得實也。忽有醉者譁於門，闖然入，門者不能禁。訊名劉閏喜，爲開揚之子。余心動，令引開揚去，婉導閏喜，則言開禄爲開揚從弟，病垂死，開揚屬從子劉長洪等負之上山，使閏喜擊而斃之。長洪等皆開揚詞證，隔别研訊，脗合，開揚亦無異詞。覆鞫閏喜投縣之故，則垂泣對曰：『昨欲竄匿廣西，正飲酒，與妻訣，有款扉者呼曰：「速避去，縣役至矣。」啓扉出，一頎而黑者導以前。迨至縣門，若向後推擁者，是以譁。』夫閏喜下手正兇也，牘無名，而其父開揚方爲屍親，脱俟長洪等供吐攝問，已越境颺去，安能即成信讞？款扉之呼，神其相某矣。余念開禄氣已將盡，不毆亦死，以開揚父子抵之，情稍可憫，因將下手之閏喜照故殺擬抵，不究餘犯。比解省，臬司委員審出主使緣由，頗關出入。

是年，恭逢恩科。七月，行賓興禮。後奉調至省，時恩公署藩司。謁署臬司姚公學瑛，甚蒙原邺。撫軍浦公詳問此事，曰：『汝何至失出？恐是故出。但頃兩司言汝數年來委審衡、永多案，諸事認真出力。且府道嘗言，數年甯遠無一上控之事。此事雖誤謬，自當將功補過。吾豈以此令汝獲咎？果不迴護，可速自審正也。』遂集犯鞫實，改依謀殺擬詳。

八月初一日，院考簾官，取第二名。四書題『何用不臧，子路終身誦之』，詩題『披沙揀金得求字』。初二日，藩司柬送《科場續例》。是科同考官閲卷，應加切實評語。初六日入内簾，主考翰林院檢討漢軍徐鏡秋先生鑑、檢討普安鄧蘭溪先生再馨。至二十七日填草榜，本房遺卷皆補加小批。鏡秋先生受業孫暹舟編修，曾見余詩文，定榜後縷陳舊款，相得甚歡。

譔《藍毫再記》一卷、《書懷詩》六律：

簪花又傍玉堂仙，稽拜承恩列座偏。白髮今年添幾許，藍毫有約待重研。芷蘭得氣秋風遠，鵰鶚盤雲勁翮聯。是處楚材供採掇，知誰飛步冠群賢。

棘院沈沈月影寒，商量文律坐更闌。人多舊侶纏緜話，篋檢生書反覆看。大府例容寬禮數，科條新與戒欺謾。名銜莫訝如蠅細，永叔曾呼小試官。

壽考培材典禮殊，連番科第闢皇途。文章有價王言大，評騭無私士論孚。敢以微瑕輕白璧，却愁依樣畫葫蘆。此中趣味嘗曾徧，十五年前策蹇儒。

場屋虚聲昔濫叨，廿年落拓澀霜毫。何圖垂老銅章吏，屢厠衡文玉尺曹。翰墨前緣榮齒録，風塵俗狀愧形勞。機邊舊樣糢糊甚，乞取新花式俊髦。

幾回把卷獨微吟，秋露新涼入夜衾。陡覺精神輸往昔，勉支筋力到而今。衡量怕負掄才分，鐙火私憐下第心。領略官題珍重意，長期妙揀出沙金。

匝歲秋光彈指中，九人幸得六人同。重來誰預三年約，此去多憑尺素通。衰未敢慵猶戀職，病如催老欲成翁。賞奇更與燒殘燭，萬一能酬稽古功。

《内簾十詠》十首：

《入簾》云：『委佩峨冠鵠雁齊，至公堂下即雲梯。縣名唱到容長揖，試卷攜歸見品題。瓜李周防門下鑰，蠹魚互訂壁分藜。從容獨有金陀客，冷眼看人五色迷。』

《分房》云：『久次新除各就銓，籤題曾不繫官聯。籠鐙忽换東西舍，坐席遥分上下筵。鍼芥若投應得地。燕鴻相避總隨天。憐余短視茫茫甚，恰傍前榮獨炯然。』

《掣卷》云：『暗中結契是文章，豈有丕休待忖量。多士唱名纔給卷，九人同考已分房。鵬搏一任摩空漢，蝶浪誰容過短牆。此際投胎關福命，恩無可感怨應忘。』

《命題》云：『冰壺清映兩心同，造化全歸數字中。百步懸侯藏彀力，萬花鏤樣待春工。案頭條例長箋録，紙額關防小印紅。捧出層門争引領，桂枝香裏散秋風。』

《閲卷》云：『赤罽丹文射兩眸，澄心先自滌輕浮。遺珠可許仍留櫝，索劒何當僅刻舟。愜意詩憐排雁齒，聱牙字欲辨蠅頭。瓣香卅載南豐祝，三楚風騷自古優。』

《薦卷》云：『爲揀精金披盡沙，斒斕入手望尤賒。堂前許試量才尺，暗裏還分障眼紗。便有瑕瑜能不掩，終難銖兩信無差。從教近墨增聲價，都是春階桃李花。』

《落卷》云：『千古文心如面然，春華秋實那能全。風簷駒影馳彌迅，蜀道蠶叢徑易偏。無可奈何終一抹，誰能堪此又三年。飲名多少荆南客，枉費君平卜肆錢。』

《摭遺》云：『緘題入篋已經宵，棐几重攤念寂寥。萬一看朱曾誤碧，尋常畫雪可兼蕉。摘髭科第恩方渥，撒手因緣氣忍驕。添得幾行評語在，鴛鍼欲度轉無聊。』

《草榜》云：『甄别連朝水鏡如，欣從碧海掣鯨魚。里居未識青衿籍，次第先憑紅號書。得入彀中差不負，懸知名下定無虚。翻愁前度成均士，狙擊重驚中副車。』

《揭曉》云：『奎光四照恰飛騰，士氣三湘正蔚興。甲乙姓名文字券，風雲際會鬼神憑。初昏預促譙樓鼓，報捷先籠驛路鐙。淡墨晴霞相映射，歡聲到處頌升恒。』

九月初一日，揭曉，本房中卷六名：武陵姚定益、長沙曹有健、常德唐虞樂、攸縣鄧德麒、湘鄉王步雲、安鄉樊恭清。曹生撥歸醴陵樊柏林寅捷。副榜一名，零陵劉方璿。方璿己酉拔貢生。先是填草榜時，余以戊申取中副榜，由副貢生再中，稟商兩主考，如拆副榜彌封，本係副貢生，請以備卷易之。是日，主考言之監臨浦公，浦公以爲然。比拆副榜，第二名果副貢生，遂易以備卷。至方璿拔貢生，主考欲援副貢例。浦公曰：『永州無正榜，當令副榜有名。』因不易。科名有數，不其然乎！

出闈，臬司留委勘獄。凡委審者，皆先探臬司指，然後提犯訊供。余懼有先入之言，不敢請示。犯供未定，則告病假，或一日，或二日，得有確供，方稟見，往往不愜臬司意，而案無游移，卒邀俯允。故逗留兩旬，臬司即令回任。二十日稟辭，謁督學張訒齋先生姚成，乙未同年也，甚稱余治蹟，遜謝不敢當。先生曰：『浦中丞言錢公在楚五年，於州縣絶少許可，獨譽君不啻口出，謂非今人可及。察之皆信，故亦不以常吏待君。』中丞馭屬嚴厲，不多言，獨於余每事許盡所言，虛衷聽從。余於中丞，甚感知己，不知錢公齒牙獎借，實爲先容。大君子曲成人材，不使受者知，真可感也。

十月初一日，回縣。秋有年，勸富紳修武帝廟，輿情踴躍，輸貲至四百餘兩。董事儘數籌辦，規模宏大，築臺樹旂於門外，觀美爲城南各廟之最。營中馬神廟，不知始自何時，奉韋馱爲神。廟久圮，馬常倒斃。余因移韋馱於佛寺，捐俸修葺，中奉馬神之位。詣各鄉，申勸農民播種二麥。

五十五年庚戌　六十一歲

正月，恭逢恩詔，請封祖父母、父母。行鄉飲酒禮。是時，王蓬心先生俸滿入覲，永綏同知張公健來署府篆。

四月，欽命内閣學士兼禮部侍郎滿洲傅公森祭告舜陵，本道世公陪祭。舜陵在甯遠南鄉九疑山，距縣城九十里。十三日，傅公由道州來，將入縣境，天未明，有以甎裹辭擲入輿中，傅公祕之。宿行館，向世公問余政聲，世公言勤民治匪，爲湖南第一好官。祭畢，傅公問余曰：『君爲政何先？』余謹對曰：『治害民之訟師、地棍、盜賊，不敢不嚴，餘無他能。』傅公曰：『君亦知若輩之不欲君久此乎？』余曰：『不知。』傅公出辭授余，則具呈人趙司空訐余不理民事、不禁盜賊、縱惡殃民、浮收錢糧等十款。余悚然起立，傅公笑曰：『君毋訝，此必仇君者陷君耳。余沿途體問，人人説君官好，與辭相反。吾將辭交世君，必稟巡撫。刁民固當治辠，然到省審理，君亦不免往還之費。聞世君言君廉勤不虧空，吾何忍累君？君自察治之可也。』余敬謝之，覈其筆蹟，即余丁未究逐之訟師黄天桂所書。偵知傅公以原辭畀余，又由道州竄入廣西。訟棍之伎倆，一至於此！各前任之不敢究懲，非無所見。抑不能化以德，而第治以法，適招之怨耶？然余治訟棍，止黄天桂一人，衿士則自榜示之後，皆改前非，竝無以身試法者，乃知化士究易於化民也。

余初涖甯遠，舊俗尚未盡善，嘗次第諮詢示禁。至是彙爲《善俗書》一卷，鏤版頒行，士民稱便。適舊纂《史姓韻編》六十四卷稾初成，梓訖，即梓《九史同姓名略》。

自修城之後，城内列肆增多，石氏子入郡庠，堪輿家以爲城完氣聚，理或然歟？各鄉二麥豐收，耆老有至公堂謝者。

當是時，兩淮鹽引壅滯，撫軍札飭召募水販，制府嚴行緝捕私鹽。甯遠之東南鄰縣藍山、臨武，例食粤鹽，每鹽一斤，價錢二十二三文，計價八斤，方食淮鹽一斤，故民間多食粤私。督撫兩院差弁改裝易服，至境查緝。本府各弁藉以行私，地匪更爲之輔。縣無官鹽店，他肆中列售鹽斤，輒被拶詐。至以水入鹽，每錢一文，得鹽水一杯，人情惶擾。余約兼食粤鹽之江華、新田、東安、道州，會銜通稟，同官不允，遂專銜稟兩院鹽巡二道，其略曰：

甯遠僻處萬山之内，自永州至縣，雖有溪河可通舟楫，然皆溯流逆上。水長之時，已屬溜淺灘高，於嵯岈亂石之中，力争一線，船路艱險可慮。若遇水小，則由道州青口而上，即不能通舟，極小之船亦不過勉强拖挽，至泥灣而止，離縣城尚遠三十餘里。是以淮商從不到境。乾隆二年清查引地，前督憲史諱貽直。奏准，淮鹽不能接濟，得以兼食粤鹽，數在十斤以内者，許民零星買食，寬免緝捕。迄今五十餘年，遵循辦理。某乾隆五十二年三月到任之初，見有肩挑背負鹽斤，即經嚴查禁止。嗣因詳覈檔案，事屬便民，隨聽仍沿舊例。上年正月，接奉憲行飭令嚴禁私販，疏通淮引。某遵會同營員，認真查緝。據紳耆人等僉稱，自有知識以來，從未見過淮鹽。復經反覆，勸其勉爲。水販赴漢口運買淮鹽，可以稍獲微利，公私兩便。無如縣境既無著名殷户，俗又不諳經紀。某數年以來，代籌生計，勸諭貿易，若輩尚視爲畏途，况持挾重資，遠涉江漢，更無怪其呼而不應矣。民間嚮食粤鹽，不過制錢二十二三文一斤。自上年禁鹽之後，五六月間，增至每斤三十六文。入冬以來，禁愈嚴而鹽愈少，鹽愈少而價愈增，近已每斤需錢五十文内外。鄉里蚩氓，不嫻法律，居然於公堂之上，愬稱食鹽太貴，懇平市價。某隨時申明例禁，爲之顯切戒諭，目下稽察嚴密，竝無擔鹽入境，肩挑背負之徒，益得藉以居奇。境惟東北二門伙舖稍多，俗稱歇家爲伙舖。比歲各舖户畏有鹽累，俱不敢停歇帶鹽之人。近聞委員到處改裝訪查，人人意中時有一改裝試買之官，雖零鹽亦不敢列賣，甚將鹽斤攪入水中，居民皆買鹽水而食。過往旅客，至無零鹽可買。某恐傳聞未確，慎選親信丁友，分路扮作行商，隨處試買，實與所聞無異。當民物恬熙之候，似不宜有此驚惶蕭寂之形。某身任地方，深懼不成政體，自維庸淺，無以孚信於民，以致水販裹足，招募久虚。私販萬不敢縱，而食淡實屬可虞。輾轉籌算，慙無良策。因思政在利民，術須裕課。甯遠每年額銷淮鹽一千三百一十四引，向來雖有此數，歷無水程到縣，亦竝無銷引報文。是淮鹽僅繫空名，而粤私久資實用。與其民食無引之鹽，不若官辦有引之課。查縣境東距城三十里，地名藕塘舖，與藍山接壤。藍邑例食粤鹽，價貴之時，每斤不過二十文。甯遠小販肩挑油麻等物，至彼貨賣，順帶鹽斤，勢甚利便。貪賤食私，乘間攜帶，查察有所難周，況零星粤鹽，例聽兼食，亦不便瑣瑣苛求，致滋紛擾。可否仰邀憲恩，俯念民食攸關，循照郴、桂二屬之例，將甯遠應行一千三百一十四引，改爲粤鹽引額，減淮課以增粤課，庶幾課不虚虧，事歸有濟？伏讀前督憲史原奏内開，『如淮鹽一時不能接濟，許買食粤省零鹽』等語，夫曰一時不能接濟，計其時，淮鹽尚有到境者，故濟以粤零，爲權宜辦法。今則淮鹽絶蹟，無可望其接濟，而水販難招，更無肎爲淮商接力之人。淮鹽不到，禁盡粤私，其勢不至民間食淡不止。夫以數百年相沿之習，而革以一時，以十數萬人待用之需，而憂其不給。某分須奉法，義屬親民，斷不敢以粉飾稽查爲故事，虚誑憲聽，復不能以顆粒盡禁爲職司，重違民隱。是以不得不通盤籌畫，求其變通，用敢委晰稟陳。伏乞恩賜察核示遵。倘蒙鑒允，飭查兼食粤鹽之道、江、永、新四州縣，是否與甯遠情形相等，會同議詳妥辦，德施無既矣。

稟後示諭巡役地保，十斤以下零鹽，不得混捕。營弁揭示稟總鎮，總鎮劉公君輔以奉檄緝私，毋許顆粒走漏，而甯遠免捕十斤以下，與憲行不符，轉稟制府請示。余復録示具稟，略曰：『營弁與某奉法雖均，處境稍異。蓋營弁恪守功令，功令常能凛遵，即爲辦公無悞。某責任地方，地方必須甯謐，方可供職相安。甯遠僻處山陬，境内户口十有餘萬，如三日之内私鹽盡禁，淮鹽不到，百姓向某求鹽，勢將束手無策。故由藍山、臨武兩縣入境，可通粤私者，有路四條，某禁止其三，姑留一條，以濟百姓食鹽之用。待淮鹽到境，不難立時杜絶。因緝私而滋擾，恐釀事端，出示曉諭，委非得已云云。』

各稟雖未蒙批發，而委員盡撤，制府嚴諭營弁，密緝大夥梟販，十斤以下，不必概禁。後晤同年章實齋學誠，向在制府畢公幕，言畢公見稟，令幕友傳觀，有莽知縣之稱，不可謂下情之不上達矣。

節孝祠未協典禮，捐俸錢改建。甯俗舊不以貞節爲重，無過祠而問者。至是落成，余躬率儒學祭告，觀者皆爲感動。作碑文記之，記曰：

於戲，此敕建甯遠縣節孝祠也。往史所載，旌門之婦，尤者專祠，非有奇行者，表宅里而已。世宗憲皇帝御極之元年，詔直省州縣各建節孝祠，有司春秋致祭。蓋專祀節婦，而貞女、烈婦類及焉。所以勵壼範，肅陰教，典至鉅也。甯遠節孝祠在學宮左，春秋之祀，舊以學官主之。余莅甯遠，謁祠瞻禮，堂分三間，虛其中，不設位，左立總位一方，書唐宋以來忠臣義士孝子姓名，而書節婦總位一方，奉於堂右。蓋創祠之初，以節屬婦，而屬孝於士，因兼忠義之士而竝祀之。烏虖，戾矣！夫守貞之婦，律己素嚴，非懿戚不得相見。既完節克終，奉旌入祠矣，而轉與不知誰何之男子雜坐一堂，魂而有知，必不能安也。彼忠臣義士孝子，皆明禮達義者，又豈忍入敕建祀婦女之祠，覬覦俎豆哉？然則甯遠之節孝祠，自建立至今六十餘年，殆虛無人鬼焉享此祀也。且其門垣湫隘，棟宇頹圮，不稱朝廷褒異勸揚之義。今年三月，鳩工修葺，與學官謝君、張君酌議撤嚮所設忠臣義士孝子之位，遷附鄉賢祠，而清祠之基址，固祠之牆垣，傾者植之，罅者補之，丹雘塗墍，一改舊觀。於是奉詔旌節婦於中堂，按名設位，以崇體制。其未嘗請於朝，而自地方大府，以逮有司官給扁褒表者，題曰憲旌，亦附位於堂之左右。夫袝祀非禮也，獨念我朝重熙累洽，化理覃敷，禮部歲旌直省節婦，無慮百數十人，而邑志所載，僅雍正十二年旌表馬頭鄭氏一人。近年奉旌三人，二禮士灣李氏，一東門樊氏，皆現存，遵功令則中堂特一位耳。其他志載故明節婦楊文試妻孫氏，萬曆二十八年奉旨建坊，給銀三十兩。此詔旌也。又趙英妻張氏傳云，弘治八年，永州通判任良才署邑事，遵恩例具申當道以聞，建坊與否，無可考證。我朝貞節十二人，皆未邀旌典。是十三人者，竝列於詔旌節婦之數，則分有未安，輒之復義有不可，分祔左右，庶幾禮以義起，亦善善從長之道歟。且余涖甯遠三年矣，摎甄貞節，非不殫力竭誠，僅於聽訟時訪得一人，邑人士公舉四人，此外闃無聞焉。蓋甯遠之俗，孀婦不以再適爲恥，間有守節之婦，罕知敬而禮之，往往湮没不彰。此而不急予表章，又孰知茹苦壹志之難能而可貴哉？祔祀之舉，非惟褒往者，亦勵來許耳。是役也，余經營其始，節孝後裔洎尚義紳儒，相與出資成之。夫以敕建之祠，名不辨，分不正，余忝司斯土，不能早爲釐定，而濡遲至於三年之久，是余之辜也夫。既竣事，爰潔治酒肴，依禮致祭，用妥貞魂。而著迎神送神之詞，勒於麗牲之碑。其詞曰：廟貌新兮肅觀，名分正兮神安。樂具奏兮森列樽盤，嘉婦行兮白璧完。貞風扇兮芳名不刊，靈之來兮露潔霜寒。淚九疑兮竹斑，澄瀟水兮煙鬟。皇旌憲旌兮志行允班，席長筵兮無怍顔。媿鬚眉兮起懦頑，靈之去兮天朗風閒。

六月，奉惺園師書。書云：『四月望後回京，接手書，猥蒙關念，竝悉近況一切，且慰且感。年兄涖甯遠三年，儉約持躬，誠信親民，此平日之所深信者。至力辭繁劇，常懷斂抑，尤爲卓見。國家取士，畀以百里重寄，原藉以愛養斯民，非爲居官者一身一家計也。此理不明，遂至百計圖維，如程子所謂日志於尊榮者，其弊何可勝言！年兄以此自待，以此訓子，以此化導朋友，其積德更無涯涘。愚碌碌如常，毫無裨補，每念聖恩高厚，愈切慙惶。今春復邀恩命，襄事禮闈，幸免大咎。賤體亦平適，尚可支撑，精力自覺不能，亦斷不敢戀棧也。專此佈覆，并候近好。不宣。』

本道世公委赴桂陽州勘陽山尼菴被焚一案，由甯遠行三日，始望見陽山，計程四日。層厓曲澗，有筍輿所不能行須步者，險惡不可狀。烈日中汗雨驚心，意萬一中暍，不免烏鳶蠅蚋之侵。素無宦情，自此乞休之志愈決。勘訖，由桂陽至衡州，謁世公繳委，將精力不能供職苦衷面禀，欲告病解任。世公許到省轉陳。八月，叩祝萬壽後，正擬引疾。九月初五日，道州知州王君覲伯卒，太守委余兼理。即日詣州受篆。至十三日，奉藩司札委兼署，清查倉庫錢糧。十月初一日，蕭君國璋署甯遠，余卸甯遠事，專署道州。將查造三十六里户口門牌底册，移交甯遠新任。蓋自有此册，民間辭訟無敢冒充鄰佑，恐不肖書吏或有弊匿耳。

初六日，奉臬司詳委，赴桂陽縣檢辦何劉氏命案。先是，余赴桂陽晤知州常公明，今貴州按察使。語辦案之難，因言頃在省聞桂陽縣報何劉氏四命一案，云係虎傷，然傳聞四屍無虎齒痕迹，衣服亦未傷損，或云因奸致死，疑不能明，已委員審辦，亦未確鑿。余心識之。今適以委余，疑竇種種，不敢不加詳慎。檢骨例須訪傳諳練仵作，永州府屬向無其人，即分關郴、桂各處名仵，期悉心檢驗，以雪此獄。

道州敝俗，額賦向多抗欠。乾隆四十年間，知州汪君燦家素封，恐誤奏銷，干考成，出私財墊完，民以爲例。王故牧交册，有民欠三千一百餘兩，積十數年之久。王牧既故，余勢難詳辦，不得不接，而糧户任呼不應。推求其故，自佾生以至職員，皆於實徵册内註明衿户，余即諭示禁革，闔州大詫。而營陽上、中、下三鄉，毆差拒官，習爲常事，近年糧役不敢往催，積欠尤甚。查營陽欠户共一百二十有三，自四十五年以來，積銀一千五百餘兩。令户書以衿户爲綱，欠數爲目，彙造一册，繕欠户榜之縣，掛三鄉公所。十一月十五日，以抽查社倉爲名，先期飭役傳齊衿户在公所，届期相候。是日，輕輿簡從抵營陽，則衿户無一到者，遂止宿營陽，責役催傳。次早，原任長沙訓導何延壽來謁，年七十餘，言民力不及，請寬限。余曰：『欠十餘年矣，尚有限可寬耶！』叱去之。陸續來者二十餘人，教其跪拜，予之坐，諭以國課早完之故，詳述乾隆丁酉浙江嵊縣吴家山王姓抗糧拒捕、駢誅遣戍之案，一一指陳，聞者漸漸色動。乃提欠户之白丁，量責數人，而諭已到衿户於册内親註限日，令傳諭未到各家趕緊完納。其時環侍而觀者，不下千人，肅然俯聽，因縶抗欠最多之衿户，監生、生員、佾生各一人。回州出境時，衿民跪送者項背相望，皆以好語慰之。不二旬，營陽完欠八百餘兩，其餘各鄉亦陸續輸將。

十二月初四日，江華縣典史詳請代驗楊古晚仔命案。由道州至屍場二百餘里，雨雪連緜，山徑欹仄。初七日驗後，正欲升輿，失跌山坡，傷左足。星夜舁回，負病勉將命案審明通報後，足創轉劇。繼坊由里至署，知繼墉生子，以余同生庚戌，命之曰小同。今名世鎬。伯姊卒。伯姊歸同邑陳雙玉珏。

五十六年辛亥〔一〕　六十二歲

正月，奉到敕命二軸，先大父貤贈文林郎，先大母貤贈孺人，先考贈文林郎，嫡妣、繼妣、生妣竝贈孺人。二十日，以足傷未痊，禀府委員代理。會得長沙府信，知奏調善化縣。余自維迂拙，屢荷上憲拂拭，力圖報稱，急於醫療敷藥，受寒下痢旬餘，偃臥難起，不得已，二十九日通詳解任調理。

二月初二日，道州州判王醉蕘鈞由省城奉臬司專委，來州促赴桂陽，實驗病也。王君見余委頓，以實禀。十五日，署甯遠蕭君國璋由省來，奉本府委驗病，具結詳覆，府委代理。十八日，余卸州篆。當余之跌傷舁歸時，因通禀沿途瑞雪，竝及失跌情形，頗忤臬司。至是本道世公、長沙太守潘公成棟、長沙張君博、湘潭趙君貴覽、華容趙君宗文聯翩札致，述臬司傳諭，屬余力疾赴檢。而左膝痛縮，不能步履，加以治腿傷寒，疲困益甚，不得不奉身求退。臬司以爲規避，約藩司王公懿德會劾，王公不可，臬司遂專劾。是時浦公調撫福建，繼之者馮公光熊，持劾不下，曰：『且俟委員驗病不實，查辦未遲。』迨蕭君驗報跌傷屬實，藩司委褚君爲章接署，臬司再以劾上。馮公以原辦官署桂陽縣陳玉垣尚未參革，先參委員，與例不協。王公則昌言於庭曰：『牧令平日虧帑病民，分當速去。已病猶稱未病，不可不查。汪某平日官聲尚好，方調首邑，今以失跌求去，湖南雖乏人，何必斤斤留跛吏？因其跛而辠之，更何以服人？既告病，吾知辦告病官例耳。』蓋藩司專錢穀，以余清查積欠爲功，臬司專刑名，以余不速檢辦爲辠，兩姑之間難爲婦，信夫。比桂陽案别委衡州府郴州會檢，訊有毆死者，有縊死者，確非虎傷，而馮公有調任山西之命，臬司又劾余規避。

五月初一日，馮公特參陳玉垣革職提審，附奏汪某是否藉病遷延、有無規避情事，俟本案審明，另行查處。時余方在道州交代。六月初三日，臬司委員至道州守提，過永州，蓬心先生留之，而致余書曰：『臬司委提震君耳。故不令到州，君緩緩來可也。』會道州交代已結，即日治任，假道甯遠，士民款留，止居兩日。適《九史同姓名略》七十二卷梓成，檢閱訖，命兒子覆校，余遂行。守備彭君善越、把總馬君世武皆數載同官相得，送至十里亭，揮淚而別。邑人送者絡繹，至界首舖，多叩首流涕，余亦爲之黯然。過永州，蓬心先生贈余方竹杖一枝，零陵典史吴竹泉英玉恐余觸熱，雇杷杆船相送。

十七日，至長沙，臬司禀知撫軍姜公晟，委員看守。姜公曰：『何必爾。』臬司疑余僞傷，必欲嚴辦，然撫、藩俱諭長沙府，不令委官到寓。長沙府因爲余備述撫、藩、臬三憲節次齟齬，及附參之故。初馮公去任，王公實護撫篆，部議准調善化咨到，王公以余二月告病在先，例應另行調補，專摺具奏，奉有『汪輝祖委檢桂陽何劉氏一案，是否規避，交姜某查訊』之旨。七月十六日，姜公傳余至院，司道俱在座。姜公細問顛末，余以實對。姜公曰：『交代有册籍，何須印官清查積欠？』余對曰：『王故牧任所資財，業已查封，實貯與册籍不符，非清查不可。』姜公曰：『畢竟不成事體。』余又曰：『永州無檢骨仵作，分關郴、桂未到，不得不緩。』姜公曰：『兩月關不到仵作，成何政紀？皆不敢入告。』余又曰：『十月間，有承審本州蔣坤榮命案，亦不能遠出。』姜公曰：『此尚易辦，何致久稽？遲延自不可諉。』余又曰：『十月初六日奉委，至十二月初五日公出代驗，扣算承審，分限未逾。且仵作未到，例准寬展。』姜公曰：『關仵作曾詳臬司否？』余對曰：『十一月間，臬司催檢，曾據實具詳。』姜公曰：『催而後詳，遲矣。況初七日失跌，已逾兩月，如何避遲延之咎？陳玉垣是浙江人，必因迴護同鄉，所以規避。』余對曰：『四命重案，必不能因輝祖不檢，可以縣宕。輝祖告病，即委衡府郴州會檢，可見非輝祖所敢迴護。』姜公曰：『汝必因臬司劾參，所以告病，安得不承規避？』余對曰：『臬司委王州判到州催檢，輝祖已先三日通詳告病，未知有劾參之事。』姜公曰：『汝必規避檢驗，是以捏病。』余對曰：『輝祖在江華屍場跌傷，衆目共見。求提司監江華兇犯楊古晚仔，竝江華原差查問，即見真僞。』姜公曰：『今腿傷愈否？』余對曰：『左膝筋攣，未能伸舒，求親驗。』姜公諭曰：『且退，另日須具親供來。』

八月初二日，姜公傳余至官廳，長沙府帶醫學驗看，左膝實係受傷筋攣，年老血衰，驟難醫痊，具結送院。初四日，長沙、衡州二府傳余，命寫親供。語余曰：『昨臬司怒不可解，必欲擬發新疆。余二人長跽乞恩，尚未邀允。』余念奉委分限，未滿兩月，可無處分，且古者告病例爲民，革職分也。今二太守恐余罹新疆重譴，至不憚屈體以請，如此體恤屬員，實爲難得。因具親供，以諳練仵作例應關傳，既經失跌，實難赴驗，奉文未及兩月，竝非規避。嗣又以奉文後須查故牧交代，并清理民欠，承審蔣坤榮命案，不能遠出檢骨，例以仵作到案起限，仵作未到，短視難以率檢。皆拂臬司意，再上再不行。乃敘親供四命重案，因仵作不到，畏難遷延，即與規避無異。臬司核轉十月何劉氏正案，奏擬陳玉垣軍臺，余附參革職。昔徐太宜人病亟，輝祖泣請命，微聞太宜人喉間作聲，曰煩難，須臾棄養。輝祖嘗栗栗自誡。蓋輝祖畢生身名，慈訓兩言該之矣。

十一月，潘公邀閲童子試文。自游幕後，常州、無錫、長洲、秀水、平湖、歸安、烏程、仁和、錢塘、龍游及仕甯遠，校童試者十有七度。至是又結文字之緣，幸也。案發，頗孚士論。諸童謁潘公，潘公歸功於余，多至寓執弟子禮。過從論文，踵趾相錯，倚杖見之，大破旅寂。

湖北撫軍福公甯屬候補知府張公方理聘余佐理，以疾辭。

余在道州，革衿户，追積欠，甚非州士之意。聞余告病，欣欣然欲復舊名，因作《後春陵行》以諗來者。序曰：

昔唐元漫叟爲道州刺史，地經賊創，不忍徵求賦税，《春陵行》所由作也。我國家太平休養百五十年，州之民雖未盡殷阜，而有力者輒託一衿自庇，號稱衿户，率以逋賦爲能。余奉符權知州事，丁甯告誡，哀如充耳，且有議爲苛碎者，勢不至大懲不止，畫然傷之。因作《後春陵行》云。

我讀春陵行，字字生惻楚。可憐有司心，誰不懷嫗煦。民困當急甦，士驕彼何取。皇治熙熙如，率俾達寰宇。道州楚南隅，去天亦尺五。九則貢有經，要會上金部。爾獨非王民，舊章敢撓沮。俗學簪紳稀，科第罕接武。宫牆幸注籍，榮逾綰華組。名隸太學中，居然軒蓋侶。揚揚飾頭銜，貲郎儼蟻聚。不屑編氓齊，哆口號衿户。名器旋旋干，冒濫逮佾舞。區區贊禮生，吏員共參伍。曰吏曰佾贊，爲衿作肱股。偶得免撻笞，勢雄負嵎虎。其初傲鄉閭，其漸狎官府。常賦歲久逋，玩法轉自詡。豈無催科方，追胥怯枝拄。作俑者伊誰，濂溪之後緒。恭維聖恩隆，崇儒端士矩。博士翰林官，數典竟忘祖。宗族提挈之，若祭以尸主。何氏尤而效，營陽互撑拒。蔓延徧諸鄉，嚚頑狂聾瞽。譬如病膏肓，湯藥那能瘉。是詎生使然，養癰歷年所。忝余志整齊，遑忍剛且吐。考册甘下下，政紀力須舉。障川迴倒瀾，計當脱其距。稍稍繩以法，怨讟起庠序。拔薤非所難，薰燒愍社鼠。用期誘循循，推誠入肺腑。或點頑石頭，弗煩千鈞弩。微款未及申，引疾去兹土。過慮士風囂，行或羅臯罟。三復漫叟詩，今事異於古。覼縷爲此歌，採風冀小補。

先是，州有訟師曰陳禹錫，老而黠，以攬訟爲業。余怒批其頰，禹錫恨次骨。知余忤臬司，改名陳君賨，糾州生營陽何竹筠及生監、佾生二十餘人，訐余加徵浮收。撫軍批司確查。余因將鈔存營陽積欠抗糧底册禀呈，屬委幹員提鞫，浮加無據，抗欠有憑。各委員以事關歷任墊完，上司均有失察之咎，礙難實辦，欲擬竹筠等杖枷外結。余謂道州衿民刁頑成習，告官不究，後益難治。且五十四年奏銷，王故牧已參，遲延至五十六年正月，余始解足，專辦是年，可無瞻顧。各委員猶議余過執，余曰：『余事已白，計日去湖南，不治若輩，於余何損？但爲道州吏治起見，則若輩目無官長，將來必有大獄耳。』堅請督審之長沙府潘公、澧州方公維祺轉稟撫軍。姜公韙余言，因曰：『汪某以署牧清追十餘年民欠，不得遠赴桂陽，致掛彈章。今被欠户誣告，又不究治，何以服汪某之心？且如汪某言，刁風益長，亦傷政體。』乃擬何竹筠等流徒有差，咨部完案。

自余謁選至赴任，在京在里諸知交，或規余毋伉直，或規余勿恃才，急於效用，皆切中病源，奉爲韋絃之佩。不幸而有幕名，至湖南即爲上官所知。余幕游三十年，稔知仕途要人不可爲，上官私人更不可爲，不敢稍有偏倚。蒞甯遠，不延幕賓，不任長隨，事無巨細，罔弗身親。縣在山鄉，土宜粟米苧麻之外，惟産椋桐松杉，日用百需皆資外來。境雖褊小，商賈頗多。余日升堂，邑人及外商環伺而觀者，常三四百人，寒暑晴雨無間。余欲通民隱，不令呵禁，謬致虚聲，傳播近遠。初到時，遇户婚事，率傳堂下耆老，體問風俗，然後酌判。不輕撻人，欲撻必諭以應撻之由，使心折乃撻。或是日訟簡，進堂下人問所疾苦，曉以務本守分之利，訟則終凶之害。故民見余不甚懼，有狡黠者，與言家常生理，輒得其情，訟費若干，民亦告余，無所避忌，吏役不敢爲厲。嘗諭兩造曰：『官之問事，如隔壁看影戲，萬難的確。但不敢徇私得錢，總無成心。剖斷失平，官之咎，非民之辱，再愬當覆審，愼勿上愬。若輩稱官爲父母，名耳，我家自有子孫，我偶忝長民，子孫之爲民者正多。我欺民虐民，我子孫必受人欺、受人虐。以我故致民犯鬭争，我子孫亦犯鬭争。民釀人命，我子孫亦釀人命。』在堂，自巳至酉，或至戌亥，疲不可支，將退食，有兩造到案求訊，亦勉應之，俾免守候。硜硜之性，爲民所諒，折獄不必皆中。或曰：『我們官今日錯了。』旁觀者曲爲余解曰：『我們官那得有錯？必汝不知自省。』或勸上愬，曰：『我們官尚如此，他愬何益？』稱我們者，甯俗親官之詞也。余聞之，必反覆體訪，果有屈抑，必示期再鞫，不憚平反，故民益信余拙誠。間有臨審時，原呈稽顙悔辠，求免訊者，衆供相符，即予省釋。余亦喜民之易治。凡舊牘有上官批發他處，及他處訟牘久愬、上官未結者，多乞上官發余訊。上官曲徇其請，余不敢不爲速辦。而本道所屬衡永郴桂，有事累蒙發審，極繁苦，幸可藉手盡分。且湖南解鉛、解餉、辦銅諸差，例委簡僻之令，余獨以勘訟得免，心亦樂之。

至庚戌春夏，向晦理事，對兩造言，氣往往不續，又不敢倦怠草率，正欲乞休，有道州之役。受州篆，心意煩亂。王故牧任内既多虧帑，復多積欠，民俗骫骳，非病軀可治，據實禀撫藩本道，願辭甯、道兩篆，求委別差。會欽命吉公、王公查理湘陰倉儲，本道見禀，將撫、藩兩禀截留，致余書曰：『來字愷切，具見實心。兄向來謹飭，自不冒蹈虛行事。但目下省垣現有差務，大憲見此，轉致棘手。且王牧已故，不得不藉後人擘畫。以兄宏才，自有條理，不可鹵莽也。』世公素知己，且揆之時事，亦不能脱然自潔。因盡晝夜之力，經營整飭，衰憊彌甚，覺心緒無一刻自甯，卒以告病獲咎。然使不失跌，必不能告病，不告病，力疾爲善化，必不可久，薰以香自焚，櫄以不材老其天年，余殆一身兼之，甚矣，吏之難爲也。自維迂拘戇直，萬萬不能爲吏，而數年奉職，居然志可徑行，能獲乎上，見親於民，皆初念所不到。匿名之詞，小人何足深責！然嫉惡太甚，有以召之。甯、道等耳，甯遠循序而治，得以和平見效，道州權篆，追欠之事，其勢不能受之以需，求治太急，以致與人乖忤。孟子曰：『爲政不難，不得辠於巨室。』子産曰：『衆怒難犯。』余深自愧矣。我朝綱紀肅清，上官無能作惡，得荷聖天子豢育之恩，仰承神靈之庇。浦公之逾格優待，則錢南園先生之延譽也。姜公之竭力矜全，則藩巡首府之公論也。傅公素昧平生，而能受辭博訪，體邺周至，實出意外，此甯遠官民一體之效也。履險而亨，幸莫大焉。

余在長沙養疾，讀《史記》以下諸史，日有恒課。摘二十四史同姓名録。甯遠士民至長沙，必到寓問病，固求相見，見余頽廢，有淚下者。或以薏苡三四升相贈，謂可去溼治風也，意甚厚，受之惻然甚歉。先是歸途過甯遠時，曾譔《留别士耆詩》六首：

春來腰脚漸成頑，乞得前休生放還。去燕何心經故壘，歸鴻覓路出重關。手栽桃李垂垂實，目送雲霞旋旋閒。未忍輕抛緣底事，講堂風月郭門山。

憶昨星沙問俗時，懷甄舊習劇堪嗤。秋風捲籜愁非分，古井無波愜所期。政拙幾曾籌注考，形勞幸不廢吟詩。誤人翻是輿人誦，虚譽難酬國士知。

眠欲先人起後人，新裁椰櫪伴吟身。從知天靳清閒福，敢悵生逢骨相屯。對影已同孤鶴瘦，寫真都作老松皴。方書稠疊勞相憶，强試梨花幾琖春。

琴鶴風清愧不如，經營鉛槧去徐徐。他時恐受明珠謗，此日欣看兼兩儲。姓氏編從鈔史後，烏焉校自退公餘。行人若問郎官富，佳話新添説数書。

雙鬢何嫌綴曉霜，來時丱角盡頎長。全家飽喫官廚飯，垂老歸尋餌服方。豈有甘棠懷召伯，翻期朱邑祀桐鄉。庸人徼幸饒庸福，雨渥東疇歲歲穰。

聽報郵籤第一程，風吹五兩别山城。鴻泥過處虚留爪，魚素憑誰遠寄聲。地爲經心頻入夢，人曾識面總關情。猶餘文字因緣在，待與昭彤更表貞。

至是多索稾者，梓以贈之，并分致邑中紳士。又譔《春陵褒貞録》一卷，紀甯遠、道州兩任扁表幽隱節孝婦女。鐫成，即寄甯、道，以備修志時採入。

校勘記

〔一〕『六』，底本誤作『八』，徑改。

五十七年壬子　六十三歲

正月，奉旨革職。二月初，將稾憲回籍，適清查倉庫。潘公謂余曰：『君在甯、道，倉庫充實，通省皆知。然接手者萬一以君去諉藉，轉貽口實。不若俟覆到再行。』又言姜公欲款留入幕。余因稱病重，鍵户不會賓客，静候甯、道消息。三月望間，兩處先後稟詳，竝無虧空。王蓬心先生寫《九疑山圖》《瀟湘送别圖》寄贈。

甯遠紳士樊在廷等寄到《柏梁體聯句紀事送行詩并序》，序曰：『我侯自道州移病，取道甯遠晉省，作《留别詩》六章，惓惓於舊治士民。時侯方調善化，上官未允賦閒，廷等不敢爲送行之章。今聞侯得遂初衣，雖爲吾楚南人悵，不得不爲我侯慰也。方廷等祖道魯川時，侯即席示長歌一首，謹録侯詩起句作倡，各占一韻，寄申微悃。敝邑素不善韻語，奉侯訓迪，粗知體裁。下里皇荂，終慙樸鄙。詞皆徵實，知不以不文棄也。時乾隆壬子穀日，治晚生樊在廷謹序。』

宰山水縣俄四春，敬録侯詩首句。德洋恩溥難具陳。樊在廷。侯初來兮鬢未斑，樂師尚。頭今雪白精神完。樂大觀。先勞弗暇終晨餐，歐紹緒。慈惠第一鋤奸頑。王萬偉。豪猾斂迹萑苻遯，叶。樊在紳。禺中升堂退定昏。王萬倫。手披口答聰偏聞，盧學聖。心聽容盡無情言。楊上瓊。慎刑曾弗輕笞鞭，鄭采藻。治蔣劉獄民無冤。李維翰。觀者堵牆頌明神，劉永光。畏威懷德咸振新。樊日新。巡部時時平觸蠻，駱孔僎。屏除呵導乘輕箯。蔣漢鼎。往往露宿宵弗飱，李高爽。積勞致疾心力殫。李承綱。實覈丁籍躬以親，歐人傑。籌利去弊詳咨詢。田逢源。一夫不獲痛在身，李承紀。飲射讀法何彬彬。王國才。相土宜培衣食源，李芹。厲士氣尤廣陶甄。樂之祁。側聞退食手簡編，李大年。條示學規崇雅馴。李際可。談經絳帳琴堂縣，王定元。上謁不嫌吐握頻。鄭文衡。凡奉教誨知希賢，歐陽光善。述所自來太夫人。楊登蟾。贈公清節流淇泉，楊際春。庭訓至老肝腑鐫。歐輝楚。閨行竝叨錫類仁，黃岐山。章明風化彝倫先。李承經。譔善俗書比户頒，石光化。米鹽井竈瑣屑全。楊永沛。亮哉樂只父母官，柏際昌。治邑奚啻治家然。柏永年。屹屹高墉峙南天，楊鳴盛。衛民寧損旬支錢。鄭文治。勞心不藉賓友分，歐建元。謂事必親治乃勤。陳經國。謂任必久政乃純，李承膺。卅載佐吏更事繁。鄧永波。牽絲志不期除還，歐以芹。前年詔沛貤封恩。柏富官。計捧黄紙焚墓門，李承業。移節道州封域聯。鄭攀月。我人日望侯來還，石光輝。喧傳下堂傷厥跟。李承南。飛𦨭上達祈歸田，黄正中。憲府否否多縈牽。歐陽永。越夏秋冬許投閒，歐陽俊。歸帆行指蕭然山。李卓。如嬰離母望眼穿，劉廷楨。惠政在日輿碑傳。李崇光。有斐君子終弗諼，李光裕。作歌萬一揚清芬。劉紹良。何以報侯心緜延，周成鳳。願侯世世長子孫。張之斗。鳳毛煜耀鵬高摶，楊之洙。花開五桂香氤氲。楊華。山陰巖壑湘湖蓴，楊之泗。柴桑松菊北海樽。楊登訓。興來覓句酬芳辰，楊上融。搘頤閒看思洛雲。鄭廷芝。優游眠食安太年，歐洪璋。洛社耆英今散仙，鄭興璋。侯兮侯兮念我民。張興甲。

句皆有注，不具録，録其詩，用誌紳士姓名。

會姜公奉命貴州公事，余遂赴護撫王公及各衙門禀知回籍，諏吉四月初二日起程。三月二十七日，督學張訒齋先生飲餞。二十八日，潘公張讌，大集賓僚。酒半，潘公奉觴而揖曰：『君歸矣，當有言教我。』余再三謝不敢，潘公固請。余起揖潘公曰：『有一言，未知可否。官無大小，皆奉朝命而來，分足以臨民者，體尊於部民也。今巡檢、典史被部民上控，遂勒令解任，晉省質審。嚴不肖吏，固愛民之道，然往往審誣，刁告者僅予杖枷，巡檢、典史仍回本任，甫與部民憲庭對簿，而復南面以臨之，體統褻矣。且褻則玩生，其勢必至無賴之民得以挾持官長，不遂則併一枷責，而先使解任庭質，恐自愛者不能爲，而爲之者將不自愛。執事謁大憲時，愷切陳之，倘亦整飭吏治之一端乎。』潘公唯唯，爲余勉飲數杯，極歡而散。次日，潘公至寓送行，甚善余言。未知今竟何如。

四月初一日，長沙黄君允洙爲余買舟，與署善化李君其豐會餞。因初二、初三日在省同官候補縣張文山博、酃縣趙漢章宗文、原綏寧葉存齋世經、湘鄉樊柏林寅捷、新善化馮方山城、永明林醇叔崑瓊、原零陵吴菊田哲留餞，止二日。至初四日啓行，是日大雨，眷屬先下船。署祁陽李東川樹穀移樽到寓，會長沙門人毛慶善、善化門人孫鴻、湘潭門人秦松、龍先法先後惠詩贈行，即留飲暢談。慶善字積安，才九齡，端重好學，可望有成。其送行七律四首：

士論傳推品誼高，欣承咳唾識清標。鬱林船去惟裝石，玉局詩成止和陶。著録褒貞心自苦，圍鑪題扇興彌豪。方書聞説慵頻檢，跂脚看山不厭勞。

屢陪杖履稔家常，絶勝彭宣到後堂。白鶴雙童鋤藥地，烏頭百尺表貞坊。雨肥春水魚鰕足，字校秋鐙簡墨香。忍爲一官抛擲盡，朝衫約束老奔忙。

了了曾聞笑小時，鈍根況復慣兒嬉。慙叨齒録逾曹耦，待檢牙籤補闕遺。八卦久輸蘇晉論，一囊虛羨杜陵詩。服膺絳帳殷勤訓，三復芃蘭警佩觿。

惆悵黄頭報曉程，春風吹席去江城。壓裝書是來時篋，送別人多門下生。幾處關山勞遠望，他年狂簡記裁成。平安爲頌東橋竹，會見徵書禮五更。句亦清婉。東川甚爲擊節，浮數大白，即席賦詩四章。余次韻答之，第四首云：『此去居應依木石，他年累不到兒孫。猶餘一事真徼幸，手捧鸞章拜墓門。』東川讀至『不累兒孫』句，泫然曰：『惟君敢作此語。吾本無累，今已累不可解，柰何？』東川河南夏邑人，辛卯舉人。博學多才，文酒跌蕩，兼工書畫。治事明爽，而理財非其所長，故不免於累。初官華容，不相識，余罷官，甫來訂交，誠款甚密。時已薄暮，冒雨送至河干，灑淚而別。余數日猶爲鬱鬱。後二年得其來書，被議去官，流寓長沙。今不審作何狀矣。

是日解維，行一里許即泊。次日過湘潭，趙君貴覽留飲贈賮，誼甚惓惓。至蘆溪過塘行，有八十餘老人見而詫曰：『此非數年前偕眷赴甯遠者耶？吾六十年來，見攜眷赴任者多矣，歸復攜眷者絕少，是可羨也。』余因味其言，官之以他事去者不論，至遷擢者，官亦不必偕行。近爲交代累，往往將離任，則遺屬先歸，宜老人言之太息也。

過貴溪縣，太和典問訊魯絜非，始知已選山西夏縣知縣。閏四月初六日，大風雨，泊蘭谿縣。初七日曉發，未暮抵義橋。過塘易小舟。初八日，歸蕭山。先是，以丁口漸增，大義里尚友堂老屋不敷居住，於縣城南汪家衖購新屋一所，額題『樹滋堂』，遂移家焉。

余二十歲，貧惟壁立，然妄冀他日能闢舍奉母，當以樹滋名堂。凡手鈔書籍，皆署是名。四十餘年而始償素願。念兩母皆棄養，不及享一椽之安，不禁泣下沾襟也。

繼坊就職直隸州州同，援例加二級請封典。七月，閲邸抄，知四月十六日道州士民欲復實徵册内衿户舊名，知州劉君國永不允。刁民聚衆抗官，道府督捕全獲，首犯李長春梟示，其餘斬絞新疆數十人。制府畢公奏内，查敘原案起於余之革衿户、追積欠，幸曩時姜公俯採芻言，覈實咨部，萬一顢頇外結，則余轉有牽連之累，痛定思痛，爲舌撟髮指也。得良醫治，腿傷漸痛，步履如平常。十月，繼壕援例補國子生。行焚黄禮，爲祖考、祖妣、先考、先妣題主。

汾州張顧堂太守專致山西撫軍蔣公兆奎聘訂入幕，以疾辭。繼埒娶王氏，同邑庠生王日京景祚次女。繼培娶陳氏，長興縣訓導會稽陳芑洲士鎬次女。歸三女於同邑貢生周豹文子蘭生。治壽木，題前和曰『汪龍莊歸室』，并作詩以識之：

平生願力志全歸，六十三年幸庶幾。得到藏身須繭室，居然無縫是天衣。材從楚産緣非偶，制比桐棺魄可依。蓋後何時真論定，硜硜素履任褒譏。

是年，食米一斗，制錢二百八九十至三百十餘文不等。憶十餘歲時，米價斗九十或一百文間，至一百二十文，即共訝其貴。乾隆十三年，價至一百六十文。草根樹皮俱盡，地中産土如粉，人掘以資生，名曰觀音粉，有食之至死者。十餘年來，此爲常價，或斗二百錢，則以爲賤矣。木棉花一斤，制錢八十餘文，鬻不過三四十文一斤。自五十六年歉收，價至百文，時已少殺，不知何日得復舊也。辛巳以前，庫平紋銀一兩，易錢不過七百八九十文，至丙午猶不及一千，至是可得一千三百文。番銀一圓，舊易錢六百三四十文，此時亦幾及一千矣。私錢充斥，法禁不能止。民間田産交易，開除過户，例每畝制錢十文。吾邑舊規，畝一百文，除七收三，勒有碑記。三十年前，蕭公超群來署縣事，加至三百文一畝，後至談公官誥任内，日漸遞增，甲辰、乙巳間，畝至五六百文，數年來，鄉民愿而闇者須千文以外，即紳士亦非五六百文不可。嚮例，條銀輸櫃，糧米上倉。近年花户不堪吏之刁措，銀必須銀匠代折，凡銀一錢，折制錢一百八九十文至二百餘文。米亦不能不向倉房折色，升四十餘文，或至五六十文。民未嘗不控愬，而於事無濟，弊其胡底耶！

錢塘江素號平穩，西興岸有五廟路，約四里餘，江甚窄，自北岸沙漲，有時須套礫行，輒以爲不便。近年北沙愈漲，西興岸時復坍卸，五廟俱入波中，常虞覆溺。憶幼聞先大父言，欲渡錢塘江，必祀神而行，自余客游，幾不知風濤之險。今渡江者又栗栗有懼色，蓋余赴楚後不過六年，而風景之變遷如此。

五十八年癸丑　六十四歲

正月，奉到誥命二軸，先考晉贈奉直大夫，嫡妣、繼妣、生妣竝晉贈宜人。輝祖封奉直大夫，妻王氏贈宜人，曹氏封宜人。繼坊赴禮部試。

二月，授家事於五男。余不幸少孤，先人遺田十數畝，典質至再，幸得歸原。佐幕數十年，增田七十畝，以四十餘畝爲累世祭産，五男所受，數畝而已。四年爲吏，禄羨無多，不足置産，酌分兒輩，聽其治生。惟培、壕穉弱業儒，不得不賴余經理，多男多累，不能爲向平五嶽游矣。

客從湖南來，知永州守王公、衡永道世公先後告病去。六月，繼坊下第歸。奉惺園師書，書云：『去冬張年兄差竣回京，接手書，極承關注。令郎到，又接來書，備悉年兄罷官之由，而其詳已得之張年兄口述矣。以年兄之才之守，僅爲邑令，方以未得大究其用爲惜。君子立身，自有本末，區區銜名，何足輕重！至於嚴譴之説，果有其事，是真無天道矣。甘心罷職，而不肎爲私人，此等見識，尤爲堅卓。年兄氣誼學問，愚每爲知好者稱道之，無不謂當於古人中求之者。世譽之不足慕，益可知矣。近審疾已就愈，深爲忻慰。來書又云息足杜門，安貧自守，益徵定見不摇。貧無不可對人者，惟不貧足患耳。幕游之説，斷斷不可。本省上游，尤非所宜。俟長中丞有信，書院一席，當爲致意。長公到處，士民感戴，近去山西時，攀轅卧轍，男女遮道，馬不能行，聞之喜不自勝，惜不得身親見之。寄來家刻四種，皆有用之書，必然可傳。已將《佐治藥言》及《續編》重刻裝訂，俟同人出仕者來見時，人授一編，以廣年兄之惠。愚近况一切如前，惟庸拙日甚，衰病日增，自問一無禆補，而虚糜廪禄，日夜悚惕，不能自釋。前歲患脾胃病，幾成大證。去年服熟地佐歸湯，漸覺飲食如舊。然以七十之年，又何所望？而必爲之療治者，亦姑從家人之意耳。專此布覆，順候近好。不宣。』

初，壬子夏，西江塘、張神殿、荷花塘等處塘工頂衝蟄陷，太守李公亨特借款搶修。於是山陰、會稽、蕭山紳士具呈蕭山，獨捐銀二萬兩，山、會協捐銀二萬兩，紹所鹽商捐銀一萬兩，以爲修塘還款之需。正月，縣尊謝公最淳奉撫軍覺羅長公麟符，傳紳士面議。余以疾辭。長公臨塘履勘，估工銀二萬四千兩，以一萬三千兩歸李公借款，以一萬三千兩生息，具摺入奏。工由民辦，寬免報部核銷，而侔利者攘臂攬工，風聲四達。長公檄署縣蔣公重耀慎選董事，以余名暨王穀塍宗炎名上。穀塍亦辭。五月，餘杭縣張公鳳鸞來署紹興府同知，奉長公命過訪，余以在官未能辦公，里居不宜干預堅辭。已而郡尊高公三畏招紳士會議，余語穀塍曰：『吾無去理，恐君難終避。萬一議不妥，而君承其後，必累。宜應召。』穀塍去，因與山、會紳士忤。蓋其時鹽道改設鹽運使，隸鹽院，恐撫軍不得專政，欲以商捐歸蕭山，且欲并派桃源、長山鄉田，以盈其額。穀塍不可。六月十四日，長公由台州公回，入縣境，知余未出，手柬屬署縣于公鼒臣代拜。十五日，于公來，述長公語，謂：『鄉先生宜任一鄉之事。西江塘公事也，不宜諉。即不然，與余同年，以年誼相託，亦不宜卻。如堅執成見，當另委賢員專請。』余因與穀塍約，憲詞直，違之不義，遂同答拜張公、于公，謂：『攬工者多，因價浮耳。價浮則承辦獲利，獲利則攻訐叢生。既曰民捐民辦，無報銷襍費，應覈實減價。』穀塍亦謂：『估工之外，應修者尚多，可減原估之價，增修未估之工，以符二萬四千兩之數。』于公不以爲然，余遂退。已而張公又固請再議，復與穀塍約：蕭山工程多以訟終，以辦工之人即收捐之人，賬目易淆，指摘易起。今擬紳士司局收捐，般户分段辦工，捐難侵蝕，工有稽查。既曰民辦，應照民價，比部價酌減，仍寬二三分，以備辦工者倩親託友之需。邀集親友，公議俱孚。而商捐之項，長公已行知如數，蕭山得如原議，捐銀二萬兩。照時價每銀一兩，收錢一千二百文，應收錢二萬四千千，計得利田二十三萬畝，畝應收錢一百五文，尚需四千兩，則取給於協捐之内。議既定，余徑稟長公，請減價增工。長公許可，命張公同紳士另估，閔余足疾未瘳，令張公、于公枉駕商榷，不煩奔走。適孝廉何葭汀其茭下第歸里，即偕張公詣塘另估。原估條塊石工一百七十三丈，錢二萬八千九百餘千，照民價覈實減估，止錢一萬八千一百十四千九十五文，增工二百二十餘丈，尚節省錢六千三百八十七千。奉給董事薪水，概不分支，留爲一切紙張、飯食、舟輿、應酬襍費。工價則憑委員票給。局中日用，則每日由局中開單付余，余換單支發。規條畫一。長公深以爲然，專委張公監督，飭令工竣，董事將報銷册親齎送院，由院發各衙門備案，不必各衙門稽查，或致吏役滋擾。憲心曲體，親友和衷，會長公陞任兩廣總督，恐大局紛更，頗爲惶惑，幸新撫軍覺羅吉公慶蒞省，按工巡閲，悉照舊章。八月初一日，開局收捐。十月初一日，給價興工。天色晴霽，至十二月二十外暫停工作，雨雪連緜，於工無礙。司局者余與王穀塍、鄭緒肩飛鳴、吴菉菴斐、何葭汀其茭、韓仙霞城、蔡雲白英、丁昂若仲舉、來充宇起浩、徐念兹藉、陳惠霑培，其實任事者止王、丁二君，余則虚受其名耳。時李太守已調任杭州，與嘉興李太守坦遣丁齎吉公名刺關聘，延佐幕務，以辦工辭。

得甯遠王定元書，知壬子中式湖南舉人，余所稱書院三俊，已中其二矣。是歲，《雙節堂贈言墨蹟》十册石刻成，闢舍後竹園，建譔美堂三間，周以迴廊，上奉神堂，下嵌石四壁。譔《學治臆説》三卷刊行。繼坊生次子甘兒。今名世銘。還先人遺願，赴雲棲建水陸道場。余素懵内典，讀蓮池大師《雲棲法彙》《竹窗隨筆》，事事從根本著力，乃知天下無不忠不孝神仙，成佛作祖，皆非倫外之人，實與吾儒道理異室同堂。空虛寂滅，特釋氏流弊，亦如吾儒以文字爲學，與聖道無關也。

十二月，奉惺園師書，書云：『王年兄到京，接手書，得悉年兄近履增和，足疾業已全愈，快慰之至。西江塘工，義關桑梓，且屢承中丞之敦懇，亦不可以過卻。况爲之畫策，而已無利焉，尤覺青天白日，何所顧忌？惟是盛名之下，干謁必多，其端斷不可開。官場中嗜好，醎酸各異，此一是非，彼一是非。既無所利，而徒招物議，安知不更爲身累耶？竣事後，即杜門息足，決意安貧，此則年兄識見堅定，尤愚所素佩服者也。家居課子，亦人生樂事。愚謂書院一席，若距家不遠，似尚可就，以薦主爲去留。年兄就之，當不至是，即至是亦無甚關係耳。愚近境一切尚叨平適，惟老病日增，支持不易。而感荷聖恩優渥，刻骨銘心，午夜懸懸，未知息肩何日。寄來墨刻，均已收到。高門至行，自足千古，愚之里句拙書，何足增重？未免益滋慙愧。祈年兄以後勿以示人，徒令士林中閒生評論，更覺無謂也。羽便布覆，竝候邇祺。不具。』

五十九年甲寅　六十五歲

正月，繼培生子，名曰美成，以諜美堂落成也。今名世銘〔一〕。繼培府試第一名。吉公勘工，命添築新舊兩塘中縫，增塘後陂陀，加塘外塊石，補舊塘頹缺，培三都土備塘，建鎮水菴石倉。四月初十日，全塘告竣。凡增修各工及一切委員役食、董事薪水，并修理公所、添雇書役等費，皆於節省項下支銷，統計視原估工價，尚羸錢三百七十八千有奇，撤局籍數并未收捐項造册送縣。五月，同穀塍赴省謁吉公，送工程報銷册。吉公面致悃忱，欲招余入幕，以目昏鐙下不能辨字固辭。六月，吉公列輝祖名，覆奏工竣。是役也，交張公鳳鸞。公號東厓，山西猗氏人。己亥舉人。性質實，清儉自持。令餘杭，有賢聲。署紹興同知，擢海寧州知州。引見，歸途告病回籍。七月，繼培院試，撥入府學第一名。

彙録《雙節堂贈言續集》二十二卷梓成。蓋自乙酉乞言以來，面求者無論，四方仁人君子聞名而不相識者，多懇二三知交輾轉徵乞，稟啓稠疊，至再至三，或至八九，不得不止，垂三十年，不啻萬有餘函。群公答札及鉤存墨蹟并未上石者，裝成五十三册九軸，什襲珍藏，以詒後人。作《記事詩絶句》六首：

憶從鄉國達京師，名士名公不我遺。初念何曾能到此，先靈呵護乞言時。
二母心誰筆墨傳，烏私非此若爲憐。錦囊卷帙天涯共，坐詠行哦三十年。
千金一字寫松筠，共勵孤兒善守身。老病於今惟欠死，蓋棺忍玷贈言人。
解識親尊身自尊，此身可易受人恩。公卿何處無東閣，不爲徵詞不到門。
百牘千函往復還，封題稽拜淚痕斑。他年攜向泉臺讀，萬一雙親許解顔。

重重籤軸護銀鉤，冰雪精神文字留。莫笑傳家無長物，官箴人樣是貽謀。

八月，挈繼培鄉試赴省，與浙西故交聚會，頗足樂也。十月，改建西江塘石工碑記，豎笠山廟北。復與穀塍赴省謁吉公，送碑模。穀塍，庚子進士，少騰文譽，好學不倦，乙未同赴會試訂交，年才二十，工局共事，益知其爲人老成慎密，能審緩急，有裁制，命繼培受業焉。梓《雙節堂庸訓》六卷，分授五男。繼壕娶來氏，同邑貢生來端植作楷第四女。繼墉生次子，以余生日初見，名曰生兒。今名世銈。

是年，庫平紋銀一兩，易制錢一千四百四五十文。番銀亦增價。夏間米一斗，錢三百三四十文。往時米價至一百五六十文，即有餓殍，今米常貴，而人尚樂生，蓋往年專貴在米，今則魚鰕蔬果無一不貴，故小販郵農俱可餬口。

校勘記

〔一〕『世銘』與前文重，當誤。據王宗炎《汪龍莊行狀》所記八孫姓名及次序，似應爲『世鈺』。

六十年乙卯　六十六歲

正月，繼坊赴禮部試，自丁未至是五次矣。藩司安陽田公鳳儀，戊子同年也，印《佐治藥言》《學治臆説》各一百五十本，分給所屬官幕。聞《佐治藥言》惺園師於京中重刻，刷印千本，芻蕘末論，過蒙大人先生賞識至此，真爲萬幸。

二月十七日，鄭又亭師卒，年八十。師視輝祖猶子也，見呼名，拜不答。言必講學，道家事則纖悉周到，宛然骨肉。輝祖赴楚，師命之曰：『利不如名，須做好官爲要。』楚還，師甚喜。一日語輝祖曰：『阿孟不知禮，謂吾宜呼子字。吾以子事吾謹，不冐薄待子，故他弟子皆稱字，子獨呼名，阿孟何足知之？』阿孟，師子王賓小名也。輝祖對曰：『呼名，分也。且輝祖不逮事父，父在時延師訓誨，見師如見父。黄髮先生，白頭弟子，得有此光景，是輝祖大幸也。』師大悦。閒攜杖過舍，終日侍談，師無少倦容。今年元旦，賀師新歲。師留小食，講『忠恕違道不遠』一節，是以人治人之證，援引史事，反覆周詳。二十九日再謁，師午睡未起，不謂竟成千古。感逝悲生，呼號欲絶。敬制輓聯曰：『父命從游，成就孤兒心獨苦；師門再到，拜瞻遺像泪長懸。』蓋記實也。

四月，繼坊下第，留館京師。山陰四十一都一圖黄盛隝生壙成，題墓前石曰『歸廬』，因易歸廬爲號，用陶梟亭先生元藻《生輓詩》韻落之：

彭殤古齊致，七尺誰永存？堂封親締造，休旺都莫論。敢煩鉅公表，手書題墓門。憶昨事奔走，卜宅虚東屯。江南更江北，風轉秋蓬根。歸歟此千古，敬謝黄埃昏。庶幾保膚髮，未辜鞠育恩。譬若潮已退，沙際留餘痕。過客任憑弔，雲來薦清樽。群山儼供揖，萬象供咀吞。及今筋力健，飛蘿時一捫。他年灑然去，底用歌招魂？

葬前室王宜人於左穴，作《紀事詩》六首：

西小江邊陟彼岨，經營蘊室闢榛墟。髮膚到此方全我，手足他年待啓予。氣恰乘生除五患，身還慎疾避三虛。歸歟一覺游仙夢，不更人間僦寓廬。

踏徧晴巒復雨巒，芒鞋到處萬峰攢。行從鳥道穿雲上，脈認蛛絲倚杖看。豈有鄰墦争尺寸，懸知歲奠得平安。半生胸次眈高曠，羅拜人來布席寬。

松杉鬱鬱草芊芊，溪澗縈紆赴大川。敢信岡巒城郭似，端期封樹子孫賢。枕山雅愜尋幽性，近水偏宜上冢船。料理陳人先合窆，憑棺從此了前緣。

地鑑山經互短長，不須兒輩費商量。一邱幸自生前定，七尺從渠化後藏。漫飾頭銜留俗眼，聊憑手筆記年光。幾人出宿歸無日，生許頻游樂未央。

鸞膠續後世緣深，偕老曾期幸到今。可易嫁婚粗得了，翻憐衰病兩相侵。灌園圖踐天涯諾，同穴盟遲地下尋。待覓肩輿秋竝上，臨風先和白頭吟。

生小身宫值滋河，桑榆誰乞魯陽戈。棧棊幾著枰將徹，百歲三分二已過。臨穴何須殉老子，易名只合唤蘇何。還愁他日煩親故，費唱山頭蒿里歌。

五月，繼埔之京師。陳氏妹卒。余姊二、妹二，陳氏妹王太宜人出，幼同憂患者，遭變戚然，無能自已。聞長沙守潘公陞辰沅道，未幾卒於位。

六月，繼坊寄到惺園師書。書云：『閏月初，令郎至京，接手書，備悉年兄前此經理塘工始末，及履祉綏佳。慰甚，慰甚。比維家居課讀，益覺優游自樂，漸與當事跡疏，可徵信道日篤矣。書院一席，非不可就，視其來意之敦誠與否，以定去就可耳。所刻《臆説》《庸訓》二書，出處胥資，閲之深爲忻賞。來札云：「天下無不可効用之地，儒者無不可致用之方。」此實見道之言，非反身修德者，不能及此。四令郎亦得入學，可喜之至，所云教之讀有用書，益可以知家學也。予嘗謂子孫不以能文得官爲賢，惟願以知廉恥、明道義爲賢。窮通知有命在，讀書不爲利禄，則出處俱可自信。年兄與愚，真可謂同志者。愚近景尚幸平適，第衰病日增，不堪勞頓，夙夜趨直，勉强支持而已。報稱無聞，馬齒徒增。去冬賤辰，仰蒙恩眷，錫賚駢蕃，彌深慙悚。年兄惟當規其不及，俾免叢愆，乃亦爲過情之譽，益切汗顔。專此布謝，順候邇祺。不備。」

吾師門下士滿天下，輝祖何足比數，而師遇輝祖獨逾常格，凡有禀啓，必手書作答，皆言律己之道，惟恐輝祖失檢，望輝祖爲完人。輝祖益用自勉，古人所謂『得一知己，可以不憾』者，故詳録吾師各書，以誌禀承有自云。

八月，挈繼培至杭鄉試。初七日，忽奉督學懸牌，繼培改歸蕭山縣學。督學李公潢重默經，凡科試入學未默經者，皆以是年七月至省覆試。又每邑另招未入學之備卷數名，與覆試者同考，名曰考奪。有補進者無可歸，因黜縣學生之已進者，虚其名次，以府學生撥歸縣學，而以新進者補府學之額。繼培入府學年餘，又改縣學，職是之故。

十一月製附身衣，得七律一首：『斟量要領放寬裁，舊典朝衫待贖回。至竟終隨黄土化，當初秪是赤身來。裹非馬革生何幸，兆得牛眠死莫哀。聞説王孫曾裸葬，未能免俗亦堪咍。』

閱邸鈔，知福建巡撫浦公獲辠。公在湖南時，政紀嚴明，無聲色玩好之娛，事皆手自治辦，藩、臬兩司不能旁分其柄。屬吏到省，無朝暮必見，見必詳詢地方情形。公事畢，即諭回任，出省城，守門弁兵有日報，或逗留一二日未出，必立傳面誡。與屬吏言，不假辭色，然論公事極和恕。余性戇戇，遇委辦事，必求申所見，甚或絮絮詳辯，皆荷優容。嘗偕同官謁見，公語同官曰：『親民官以勤爲本。甯遠只是耐勤，故事事踏實，有見解，即未必皆合吾意，吾樂竟其說。即如稟晴雨，各處多不留意，惟甯遠一語無泛，吾訪之皆確。若等惟幕友是倚，安得不誤事？』又曰：『湖南幕風日下，與主人休戚無關。吾知甯遠佐幕時，必不若是。』余恧然敬謝，實愧且感，益兢兢奮勵。丁未大計，兩司填余考語『居官謹慎，辦事勤勉』，公特改『謹慎』爲『整肅』，『勤勉』爲『安詳』。同官有擬調繁者，公曰：『昨考簾官，某文甚草率，字亦越格，豈能認真做官？』其察吏如此。丁未、戊申間，繁缺出，公即屬司道詳調，余力求道府籲免，公曰：『甯遠儘可勝任，如何無志上進？豈欲爲自了漢耶？』本道世公語余，余謹對曰：『某自分衰茶，甚懼不能了此官。儻容自了，恩幸大矣。』他日世公以余言告公，因曰：『甯遠甚感憲恩，只是拘謹太過。』公曰：『拘謹卻是好處，冒久耐苦缺，真自愛之士。』從此遂不復言調。至庚戌，資格已深，循例調善化。署長沙張君博致余書曰：『大憲命某寄聲，善化雖衝要，將來不以應酬相累，可竟行君志，毋慮也。』其愛惜人才又如此。何調閩後，忽喪所守，豈橘化爲枳，遷地弗良，抑宦怠垂成，天奪其魄歟？公以名進士起家，敭歷中外，卓有聲望。年已六十有六，末路改絃，殃及嗣子。《傳》曰：『非無賄之患，而無令名之難。』每讀一過，輒爲公喟悼也。

二十日，《二十四史同姓名録》稾成。編家藏書目，至十二月初三日録訖，爲之序。序曰：

『積書貽子孫，子孫未必能讀』，人多信之，故蓄書者尠。然獨不聞『積財貽子孫，子孫未必能守』乎？何求田問舍之惟恐不廣也？余少孤露，先世手澤，僅坊刻《古文喈鳳》《陳檢討四六》二書〔一〕，《綱鑑正史》約一部，假諸舅氏，未幾歸焉。年十四五，見《五經類編》，如得瑯嬛祕簡。既補博士弟子，家奇貧，衣食出兩母十手指，力不能具一卷書。間從友人借讀經史、古文選本，率意鈔撮，不終卷輒索去。已而讀律餬口，寄蹟官中，主人有插架書，稍稍繙閱，官事不易了，未能卒讀，讀亦無所得也。忝賦鹿鳴，年已三十有九。游京師，側聞大人先生緒論，甚愧嚮學之晚，亟走琉璃廠西門，市得《漢書》，歸寓讀之。南還佐幕，以館脩益市正史，晝夜讀。其後稍市他書之涉史事者，旁及諸子，而於群經，勢尚不遑。及成進士，益慙枵餒。脩入較豐，先人遺事以次告竣。館茗霅間，與書賈習者七八年，聚書數十百種。謁選都門，增所欲備，約載一車，請急過里，彙録書目，都爲二本，一隨行篋，一庋書樓，手自編扃，攜鑰以行。罷官歸來，啓鑰見書，幸無蟊敝。會移居城南，即於宅後隙地築樓三楹，中奉神主，藏書左右，重加整比，略涉違礙，細意汰毀。因區門類，恭列御製、欽定於首，餘遵《四庫總目》編次收貯《四庫》之例，縷分子目。余書本無多，不復析編，惟於史部立備史一門，紀掌故者入之，子部立襍攷一門，記瑣事者入之，以便檢閲。榆陰衰促，家無餘資，不能再聚書矣。雖所聚之書類，塾本恒見，絶無枕祕，然畢生心力盡此，區區得之不易，則思守之不失。世世子孫，不得贈人，不得假人。即遇密交懿戚，貴人達官，不得違吾此訓，私爲贈假。度仁人孝子罔有瑕疵，别具經史副本，留傳家塾。非能攷訂著述，不必登樓啓視，致有損失。坊、培、壕三房同守此規，墉、垿不得顧問。培兒尚知慕學，匙歸收管。培如他出，聽其交託，但不得付不知學問之人經手。曩讀《平泉花木記》，竊笑李衛公之未達，今亦不免過計，行自笑也。余薄宦未久，又不善治家人生業，惟望兒輩他日收稽古之益。古人以書爲良田，穫且無算，達可以經世濟物，窮亦不失爲學人。如其不材，即與以田宅，其能長裕乎？癸丑析産以來，培、壕遇余所嗜書，輒以受分市産之資，時時增益之，四年中續置不少，此即培、壕之田宅矣。兩兒嗜好已不盡同，培喜收經集，壕喜收類書及説部，各得其性之所近，余亦不復强之使一，聽其别立書目，附庋樓西，隨時檢閲，各從其便，不必援公書之例。兩兒當奮志於學，毋自舍其田，余有厚望焉。

序成，時已丙夜，歸寢鼾睡，逾時右手麻木，漸及右足，遂不能起立。越四五日，方省人事。自問必死，制輓聯二：一曰『賸有餘慙名過實；差無遺憾死如歸』，一曰『讀聖賢書，曰懷刑，曰守身，歷種種風波，此日髮膚還父母；爲衣食計，也求田，也問舍，成區區基業，他年顔面任兒孫』。屬穀塍代書書目序。屬吾婦檢衣篋，分培、壕各數種。兩兒以余衣爲衣，余病未免應酬，故授之。

余年十七，羨單紗衫，受人錢，代作試文，蒙兩母泣誡，知服之美惡，不關身之榮辱，漸解緼袍不恥之義。年二十二客游，攜一竹笥，冬夏兼儲。是冬嚴寒，外舅以裘衣余，謝卻之。後入胡公幕，止服高麗布袍褂。高麗布絲爲經，木棉爲緯，簇簇有皺紋，如鰪觳然。今久不見矣。時幕風樸素，重裘尚少，即衣表亦未嘗有紅青色也。己卯、庚辰間，或衣反裘馬褂，群耳目之。己卯，胡公贈余灰鼠褂，辛巳，孫師贈余羊皮袍。余始得重裘，然皆盛服，非敢常服也。戊子，叨鄉薦，製山羊皮袍褂，爲公車之飾，其餘緜夾衣，無紅青褂。都門以元青爲素色，見大人先生，則假紅青褂於沈青齋，青齋亦無他製，良友易衣而出，至今感同袍雅誼。所見孝廉反裘者，十不得一二，迨乙未則無不反裘者。宦途服飾之華，亦始於戊子、己丑，至是益麗。吾鄉素號簡質，二十年來，亦俱絢爛，今則賓朋讌集，冬皆反裘，夏皆紗羅，以羊皮、山羊皮爲不足齒數。葛不經見，甚至婦人女子，十有六七亦衣裘、衣羽毛緞矣。

校勘記

〔一〕『喈』，原作『階』，據《環碧山房書目序》改。

嘉慶元年丙辰　六十七歲

正月初一日，右體略能動移。初七日，口授培、壕作家書寄繼坊，勉其力學自樹立，遇合有命，慎毋躁進，爲識者所鄙。初八、初九日，大風雨雪，奇寒，擁重緜不温者三日。自十二月二十四日夜，夢人邀余同行，至曠野，有宫殿，金碧巍峨，闔中扉，闢東西二門。余朝珠補褂入，有頎而髯者，亦朝珠補褂，衣蟒袍，先在東門語余曰：『何不衣蟒？』余亦衣蟒，從西門入。兩廡外大樹甚多，有縶於樹者。至階，階甚峻，一人下階，持帨拭余面。余不自知面目何等，視髯者，則猙獰改觀，而詣東階。余自西階上，一紅緯帽青袍如吏人狀，導余入中堂。面南坐者，鬚眉皆白，紗帽鋭兩翅，上綴明珠無數，光彩照人，衣紅繡蟒。吏贊余揖，面南者出位答揖，謂余曰：『積案煩君清理。』遂令僉坐西北隅，與面南者同几。吏奉册設余前，即有數鬼卒引囚向余跪。余依册鞫問，頃刻便了數事。每交睫復往案事，故睡時多，醒時少，凡十餘日。正案事間，一婦捧帛向面南者跪，帛有朱書數行，稱告汪輝祖。余悚然起立，婦自言爲秀水虞氏，因許某調戲捐軀，余不爲抵。余一一剖辨，面南者顧余曰：『君不差。』婦又言奪辦他人事，是私也，余又辨，面南者復曰：『君不差。』遂舉筆書數字還婦，婦稽顙去。凡所案事，開睫輒忘，獨此事醒猶了了，蓋辛巳年在秀水辦許天若案也，殆余切己事，神故牖其衷以示戒歟！

先是十月間，史郕有念佛媪，夢余與數官人同坐，一少婦指名告余，議余於婦人有枉，疑即此事。不知何以遲至正月，方入余夢。又數日，案事畢，面南者起語余曰：『君速歸，不再煩矣。』送余出堂。余行至階，則風雨驟作，天墨色，欲再入堂，吏不可，促余下階出門外，吏入。紅日當天，又一人伴余行數里，風波震蕩，帆檣錯褷。其人推余下舟，余即醒，自此醒多睡少矣。蓋正月十四日也。案事時，旁止一吏，他無侍從。面南者體極尊貴，不置一詞。余亦未嘗刑鞫，若人世秋讞然。

二月初一日，請西席於鞏垣保延代筆作家書，又口授鞏垣書遺屬寄繼坊，萬一不諱，本日斂，三日舉喪，不得虛文飾觀聽。他年祭掃，婦女不得上冢。初五日，足能伸縮，右臂亦漸可舒展。當余病劇，候病者多慮不起，及是方來相慶也。然輾側、眠起、飲食、溲溺、抑搔，皆非人不可。培、壕兩兒，數月奉事甚謹，余習而安焉。因於公書中酌賞以犒其勞，培兒喜讀經考古，給《通志堂經解》全部，《通典》《通志》《通考》各一部，壕兒喜褉覽，給《説郛》一部，令各自收藏檢閲，不入公書數内。屬榖賸録附書目序後。

聞督學試甯波，乃命繼培治舉業，專責繼壕侍病。往歲乙亥，余館常州，從駱炳文先生讀律。先生年七十三，子年纔十二，從余問學。余以先生得子晚，先生曰：『此真吾兒也。吾年二十有室，使一二年間得子，今已五十餘，人事牽涉，豈復能在吾膝下？吾即病且死，亦無繫輕重。此兒尚不及二十，必戀我，哭必哀，故曰此真吾兒。』余以先生言過激，今閲事久，乃知確有所見也。

四月，繼坊之京師，壯者散而之四方矣。得繼坊書，知試後即歸，甚慰。命繼壕編《二十四史同姓名録》總目十卷成，分編一百六十卷，得姓名一萬四千五百有奇，同姓名者四萬三千有奇，存疑四卷。《遼金元三史同名録》八卷。培、壕兩兒分纂《逸姓同名録》一卷、《字同名録》一卷、《名字相同録》一卷，倩友人繕稾。後人如能付雕，即以目存公書酬之。

是時扶杖能舉步，右足麻輭如故，右臂甚痛。醫師重用黄耆，令以薏苡爲小食。嚮寓長沙，甯遠人來問疾，率以薏米相贈，積至二石餘。余以民情可念，捆載而歸，不常服。至是日服數次，益感甯遠人之待余厚也。

來茂才渭濱𥫤言御史錢南園先生卒於位。余去湖南不四五年，而曩所知契之上官無一存者，良可慨也。

長夏無事，培、壕檢故篋，得舊作詩文襍稾，請余編定。余學殖荒落，詩文無師法。詩自庚午至庚辰，曾編《紀年草》六卷，刻《獨吟草》一卷，庚寅有《題衫集》三卷，辛卯至辛丑，有《辛辛草》四卷，丙午有《岫雲初稾》二卷，辛巳至庚寅、壬寅至乙巳，俱零散失編。丁未至辛亥，《楚中襍詠》亦未編定，壬子歸田，更寥寥矣。詩餘則《詅愁符詞草》二卷，皆丙寅至己巳少作，不能協律，後不復爲綺語。文則《龍莊四六稾》二卷，皆代人應酬之作，自爲亦復無多。乙未以後，始學爲散古文，未合作者法度，所專攻者八股文，而揣摩場屋，不免勦襲雷同，所存者不過數十篇。《策拾》十卷，多拾前人唾餘，絶少心得。選録者有《駢體鈔存》八卷、《詞律選鈔》四卷，二十一二歲手録，皆兔園册耳。所録正史總目，間有校訂，編史姓時爲之，其已刻者《史姓韻編》諸書，分録歷年之後。余意文以載道，無關懲勸，偶然適性陶情、贈答紀事，皆可不録，無庸爲棗梨禍也。丁丑，偕胡公辦理船差，作《舟見録》一卷，自第一號沙飛至小划船，共七十餘種，詳記名目制度，可資考訂。不知何人攫去，念之悵然。

余舊僻處東鄉，足跡不入城市，所知契者，惟族兄茂才克標銓、上舍佐荆士湘、族子處士昌年永祚、介甫永祺、上舍星旋辰。今克標兄與昌年、介甫、星旋相繼歸道山，佐荆兄亦衰老，歲不過三四聚首而已。邑中鄭世兄貢生覲瞻王賓外，素罕交游。自省試始交於體乾，上公車，先後交來江皐、王穀塍。今卜居城南，過從漸夥，如蔡貢生雲白英，孝友誠篤，胸無城府，何孝廉葭汀其芠，工賦多才，通達事理，丁茂才昂若仲舉，尺步繩趨，精心勁氣，徐中翰古梅國楠，明通爽直，議論端純，湯解元敦山金釗，斂才篤志，内朗外凝，皆盛年豪俊，他時樹立，未可限量。病中垂問，氣誼肫然，惟恐其去。『樂莫樂兮新相知』，其數君之謂乎！

讀邸鈔，京師每小錢五文，直制錢一文，蓋於行使之間，寓禁止之權。浙省尚未通行，官非不禁，而民間小錢愈熾。每番銀一圓，直制錢一千七八九十文，市肆交易，竟有作錢一千一百三四十至七八十者，杭州尤甚，銀價因之日減。蓋錢肆易錢，價無一定，自鵞眼以至制錢凡數等：襍小錢者曰時錢，其稍净者曰鄉貨錢，純制錢者曰典錢，以銀易錢，相錢議價，錢既參錯，用者不便，乃計所易之錢，折受番銀，故番銀之價昂於庫銀。余年四十歲以前，尚無番銀之名。有商人自閩粤攜回者，號稱洋錢，市中不甚行也。唯聘婚者取其飾觀，酌用無多，價略與市銀相等。今錢法不能畫一，而使番銀之用，廣於庫銀，小錢之利，數倍制錢，不知其流安極。番銀又稱洋銀，名亦不一，曰雙柱，曰倭婆，曰三工，曰四工，曰小潔，曰小花，曰大戳，曰爛版，曰蘇版。價亦大有低昂，作僞滋起。甚至物所罕見，輒以洋名，陶之銅胎者爲洋甆，髹之填金者爲洋漆，松之鋮小本矮者爲洋松，菊之瓣大色黑者爲洋菊，以及洋罽、洋錦、洋綺、洋布、洋銅、洋米之類，不可僂指，其價皆視直省土產較昂，毋亦鄭聲亂雅之弊歟！

作《昔有詩》二章示培、壕兩兒：

昔有兩間屋，晨所西夕照。長夏苦炎威，炊煙襍茶竈。我依二母居，一經課後效。牀前書几陳，蚊蚋常繚繞。攤書紡車旁，形影互相弔。庭闈樂復樂，寬窄那計較。即今擴新居，高爽向南曜。雖殊廣厦觀，幸免傴仄誚。是處可延佇，堂誃隨所到。誰云熱難避，廢書日坐嘯。古賢容膝安，努力事讐校。

昔有一束書，無多手澤在。雒誦功易殫，文章溯流派。一瓻偶借人，何處得津逮。勤勤剋期鈔，腕脱敢云憊。一隅以三反，周行問向背。揣摩耑且精，倖邀葑菲采。即今萬牙籤，經史頗萃薈。餘力羅百家，編輯及細碎。愛博情轉疏，讀多不求解。譬如寶山回，空手徒自慨。古賢惜分陰，青春可能再。

六月酷暑，余畏熱煩悶，家人言讌美堂静涼可憩。余曰：「此堂上奉先靈，藏書籍，下嵌石刻，皮書版。余有約，毋許子孫爲書塾、爲客寢，非祭祀不得輕到。余何敢自開其端，貽後人口實？」

譔亡友於體乾墓誌銘。倪孝廉南崗名皋求曾祖伯興公家傳，諾二年屬稾寄之。皃亭先生去夏以《全浙詩話》屬序，既病，再四敦迫，爲譔書後一篇。《山陰朱節婦贊》，節婦孫甥繼英姑也，應其請爲之。桐鄉施上舍憲祖乞節母詩，作五言古，屬鮑以文轉致。填《望海潮》一闋，題丁昂若《觀潮圖小照》。皆口授壕兒代繕。文逋俱償，不復更事應酬矣。

二十一日，繼坊自京師還里，酌定曾大父以來城鄉祭規，命繼坊手録。其序則令孫甥繼英代繕，寄墉、埁京寓。余少羸多病，生三歲始能行。年十五，行不二三百步，腹輒下墜，足腫筋凸，於膚骨見衣表。每飯不過一盂，不能食肉，日恃藥以生。兼丁家變，撲捉是懼，兩母愛護，如燭當風，惴惴恐不育，旁人皆以爲必難成立。既娶婦，外舅嘗謂汪郎恐不及三十，惟鄭又亭師爲吾母慰解曰：『此子作事有恒，且知惜福，必能永年。無慮。』比游幕爲養，歲必病，或二三次，四五次不等。年三十，病大劇，幾無生理。是時家四壁立，膝下止一女，無可爲生，亦無可爲嗣。屬吾婦爲女擇人童養，事終兩母天年，黄泉相見。吾母夢先人有留垃圾之語，垂絶得甦，飯可二盂，精神漸覺强固，終年不病，步履亦康，可行四五里。然九月至四月夜寢，兩膝尚不能舒也。至年四十六十月間，寢覺膝灣微汗，伸縮自然，從此日健，能耐勞勩。我汪氏始祖遷蕭以來，傳世二十，歷六百餘年，未有科第。余以膚學開先，衰齡入仕，獲免大戾，歸田數載，課子讀書，婚娶皆完，孫男林立，芋羹豆飯，夏葛冬裘，差免飢寒，不勞奔走。回念孤寒陳迹，過分多多，薄植粗材，所向如意，先人積慶，鍾於一身。去臘患風頗重，復得從容調治，迄於今兹，可不謂重徼天幸歟？

先是，正月恭逢恩詔，飭府州縣衛舉孝廉方正。三月，邑人士具余名公舉，兩學師海甯俞公潄園超、蘭谿諸葛公筠堂謣核報，縣尊桐城方公春池于泗兩顧潄廬道款。致書辭曰：

日前屢枉旌旗，未克摳迎。小兒傳述面諭，將以輝祖充薦舉之數。聞命惶恐，背汗交流。伏念輝祖早歲曰孤，寄身賓幕，垂衰筮仕，終掛彈章。草土餘生，幸延喘息，授徒自給，等於蒙師。此古人所謂德不修而行不著於時，道不充而材不適於用者，未知執事何所取之？且聖人有譽必有所試，輝祖受治未久，親炙未深，無寸長自見於左右，未知執事何所信之。熙朝盛典，斷不當以無可取録、不足徵信之人，濫膺薦牘。況舉主重任也，與受舉者相爲終始。輝祖儻不自揣，忝荷齒芬，將來不肖之身設有瑕玷，則所以負執事知人之明者甚鉅。自累累人，辱莫大焉。故菲材冒濫，輝祖分不敢居。在貢舉非人，執事義宜自重。知己之言，感深臑腑，過情之譽，愧怵夢魂。用敢倚枕口授，命小兒莊書，齎送臺端，敬辭台命。

已而縣尊具結核詳，府尊郟縣高公枕山三畏加結看轉。至是督學儀徵阮芸臺先生元譔示兩母雙節五言古詩，由本學師轉頒。詩中牽綴輝祖薦舉事云：『龍飛在丙辰，興廉復舉孝。我爲風化司，咨詢徧學校。既無左雄試，恐致別居誚。安得盡如君，舉以答明詔。』恧然無似，即具禀致謝，仍由學師轉呈撫軍吉公批准，縣詳行藩司結報。

六月二十八日，呈縣詳辭，呈曰：『爲曠典不敢濫邀，乞賜詳銷事。伏查乾隆五十五年，輝祖於署道州任内，十月初六日，奉臬憲委赴桂陽縣檢驗何劉氏母子四命一案，關查鄰境諳練仵作未到。十二月初五日，公出代驗江華楊古晚仔命案。初七日，在屍場失足跌傷，左腿醫治不痊。至五十六年正月二十九日，詳請解任調理。因失跌之前，未赴桂陽檢驗，十月間，附參革職，五十七年閏四月回籍。長男舉人繼坊，援例就職直隸州州同，加級請封從五品職銜。近年足疾漸瘳，授徒自給。前邑中紳士謬採虚聲，具呈公舉，過蒙俯允，當即辭謝。今聞郡憲又賜結薦，仰奉撫憲行司結報。譽起不虞，慙無可釋。伏念輝祖髫齡失怙，恃母以生，壯歲依人，傭書爲活。學無根柢，行乏方聞。居家則爲子未能，竊禄則服官無狀。加以瞶聾洊及，衰病相尋。自賦閒居，惟課功於佔畢；比嬰末疾，難徵效於耆苓。榮鄉里以封銜，衣冠忝列；冀階梯於進用，才識慚虚。聞薦牘之聯翩，撫私衷而歉仄。欣逢盛典，敢希褒異之名；伏處衡廬，自樂涵濡之化。用敢瀝誠上瀆，攄悃叩辭。伏乞鑒詳，轉請銷案。庶名器不假，群材欽相士之公；而獎勵有真，特詔收得人之效矣。』

夢痕録餘

夢痕録餘

丙辰病榻，命兒輩詮次《夢痕録》訖，夏月輒授梓人。緜息三年，幸能握管，縈迴近事，手自劄記。始於七月，繼前録也。前專敘事，此多記言。親知答問，有關世務，足與《藥言》《臆説》《庸訓》相參者，具存之。冬爲歲餘，余齒冬矣。歲杪付兒晉鈔，開春上版。嗣是以往，餘年知幾，大夢之覺，遲疾聽天。隨録隨刊，其痕斯在，故不繫『病榻』，而謂之《夢痕録餘》云。戊午長至前三日，歸廬主人識。

七月，吉公陞兩廣總督，專使聘延，辤以疾。又屬縣尊方公到家諄致，實不能應，聞公甚爲悵惜。余自罷官後，累奉楚晉憲府相招，浙中故人亦申舊誼，皆婉辭固謝。或疑厚殖自豪，或讓孤介絶物，迨見資用竭蹶，則群笑爲迂。嗟乎，知我者其惟惺園師乎！見前録癸丑手書。蓋幕客與主人禮相抗，故言可行。既忝爲牧令，大吏縱恭敬，下士終宜自循素分，小謙抑即難堅行吾志。此理之不可者，一也。幕曰硯田，寒士資以治生業，爲之數十年，長分官俸。幸登仕版，不能保有常禄，而復與寒畯争升斗之糈。此義之不安者，二也。且鄙性硜硜，曩佐州縣，受擠排，忍笑侮，賴主人敬信，得行我法。今幕於憲府者，居養漸移，氣體烜赫，既北轍南轅之各異，必圓錐方鑿之相違。此勢之不協者，三也。至故人幕中，尚多舊友，更恐今昔殊致，轉被揶揄。杼柚余懷，不敢告人，而今而後，人其忘我矣乎。

八月，得良醫張上舍樹堂應椿，專主補氣，每劑黄耆四兩，上黨蔘三兩，附子八錢，他稱是，重逾一斤五六兩。見者訝其膽，然服之兩月餘，食飲日加，右手漸能執筆。初醫者狃於治風先治血之説，重用地黄，痰溼日增，微樹堂病幾積重。樹堂於醫家言無不究心，切脈定方，各有依據，而以意參貫之，所治多效。其言中風『中』字，當作平聲讀，中虚則氣虧血熱，風自内生，與外感不同。惟猝中之『中』讀作去聲，其風由外入，法不可治。論最精確。

先是譔美堂成，樓上祏室奉先世神版，而木主尚祔大義小宗祠，春秋二祭，余詣祠襄禮。既病不能赴鄉，日夕耿耿，念宗嫡在城，禮須守祏，諏吉十一月，命坊、培、壕恭迎曾祖考、曾祖妣、祖考、祖妣、先考、先妣、繼妣、生妣洎前室主，奉安祏室，堂門補懸雙節扁額。先祖考年五十時，繪存小像，神容逼肖，敬謹裝潢，奉懸堂中，與兒輩縷述遺訓，永誌感慕。

戚山陰諸氏，嫡庶各有子，嫡長庶幼。父治命妾當祔葬。越廿年父殁，嫡子治葬事，以庶由婢升，有難色。庶子告於房族，嫡子勉遵父命，然築壙以父母分昭穆，而祔庶壙於穆右，退後五尺，勢將搆訟。庶子知余葬生母與嫡母，並邀其兄來質，余應之曰：『余生母之葬，禮由義起。蓋先嫡母無腹出兄弟，寒家四世單傳，余承宗祀，以子葬母，無應殺之義。若嫡子主葬祭，則庶宜少屈。《喪服小記》「易牲而祔於女君」，《義疏》云女君指適妻言，妾牲當下女君一等，今祔於女君，故易女君牲。言牲則壙可例推，功令妾無子女，謂之父妾，有子女者，嫡子稱庶母，制服朞年，何可以婢升薄之？權以管見，壙制應父居中，嫡居昭，庶營於穆，比嫡退讓一尺，似合易牲之義，情理俱順。憶往歲壬午館平湖，有嫡子陸騰與庶子陸煌，造壙互訐，略與此同。騰營壙時，欺煌幼，壙退四尺，又故隘。比啟視，煌已成立，遂訟。余議斷改造。騰累控府司，録案詳銷，復控撫軍。熊公學鵬提卷覈批，飭遵縣斷，謂余不信，可至平湖録案也。案起於壬午九月，定於甲申五月。方互訐時，騰受産本多，兼有私蓄，訟師簧鼓，志在必勝。迨丙申余再館平湖，煌可自給，騰窶已久。天道響應，如之何勿懼！』兄若弟唯唯去。越二年，友人謂若兄弟聞言悔悟，如余言安壙，式好無尤。

十二月，徐古梅寄到惺園師小春望日書。書云：『孟冬中澣，徐年兄至，接手書，極荷遠注。比惟年兄起居勝常爲慰。來書謂當今吏治，莫要於培養元氣，表率得人，則治道日上。真見到之言。愚濫厠樞庭，毫無建白，清夜捫心，汗流浹背。今舉以相勖，益覺慚惶之至。徐年兄云吉撫軍欲保題年兄孝廉方正，信名實相副，而年兄謙讓未遑，再三辭謝，亦足爲奔競者作中流砥柱矣。令嗣少年英發，暫時鎩羽，不足介意。愚謂就幕非不可爲之事，況年兄老成練達，實心經理，歷有年所。令嗣稟承有素，自必高出時輩。來札云近日幕道日非，恐不能造就人才，而反易荒故業，轉瞬計偕，就近課徒，可以教學相長，計慮更長。愚嘗謂兒輩安分讀書，此是脚踏實地工夫。自棄與希冀者，蓋兩失之，古人格言具在，不可不深長思也。愚老病日增，時形衰朽，左腿舊有溼疾，夏間扈從灤陽，酸痛更甚。乞假四月，猶未漸痊，而閒居私寓，實抱不安。因於前月將内廷及軍機處差使，懇恩寬假，暫免行走。請專于内閣、禮部兩處，黽勉供職。蒙聖恩並免管理禮部，衹在内閣專閱章疏，以資調養。高厚鴻慈，實非夢想所及。敝寓均叨庇平善，可紓錦念。草此覆候。不一。』

是年，番銀一圓，直制錢一千二百數十文，後至三百餘文。北海塘外充公沙地，木棉花歉收，佃户欠租，不足滿洲營贍養孤寡之額。將軍劾奏，奉命侍郎到縣確查，藩司汪公志伊、縣尊方公于泗被議鐫級。充公沙地者，錢清場所轄濱海沙塗，先經陞科，坍而復漲者曰原業，本無業户、漲而報陞者曰新陞，經界不清，强侵弱控，自乾隆四十四年後，争訐紛仍。五十六七兩年，木棉極盛，覬爲利藪，搆訟日劇。屢斷屢翻，每至七八月，械鬬傷人，吉公患之。五十九年，分委道府，釐清塵牘，通計新漲地十餘萬畝，奏請輸官，許民承佃，畝徵租錢三百文，以贍滿營孤寡。佃户赴場納課，赴縣輸租。然沙地既坍漲靡常，木棉復衰旺不一，奏案甫定，會收成歉薄，佃户逃徙，次年即徵租棘手，累及當事。安得歲歲普豐，官民並泰耶？

聞邵學士二雲晉涵卒於官。余自友二雲，始得知天下士，羅臺山、魯絜非其最也。二雲每握手，必以道義相勖，常戒余伉直太過，恐處事易迕，書來亦然，余敬佩不忘。少余十二歲，丙午送余彰義門外，余曰：『此行幸邀封典，即作歸計，未必再入此門。脱不幸，銘幽之文，責在吾子。』泫然分手。

方余告病獲僧，同官吴敬齋繩祖在都，二三故人，爲余惋惜。二雲曰：『諸君勿爾，龍莊當泰然也。』因誦余留别詩『最好官箴雙節録，無多宦味五年心』句，歎爲素志不欺。敬齋還楚述知，余乾笑領之。然繼坊言惺園師亦嘉余有定志。紀曉嵐先生知余被劾，逢人歎惜。同里來明府虹橋珩成進士歸，言先生於衆中屢屢齒及。迂拙之素，信於師友若此，滋之媿矣。

虹橋以知縣即用，問治術，出《臆説》贈之。聞善飲，勸先止酒，讀律例，究《洗冤録》，以植治本。去臘嬰風疾，相愛者憂，期月復發。秋中婦病，殆而復安。今得團聚迎年，實出意外。除夕作《書事》四律：

蹩躠枝梧到歲除，緒風吹鬢怯攻虚。昨年今日懸絲喘，此際餘生慶燕居。老去光陰蛇赴壑，病來精力螘霑蔬。媿難消受康甯福，待覓安心噞雪蛆。

相憐同病笑山妻，蛩駏因緣共絜提。談虎比來常色變，對鴻猶幸得眉齊。舊方藥慣從醫試，凡鳥書慚任客題。便許開春身更健，嶽游應是屐難攜。

身世茫茫百感摧，更無吟興賦庭梅。號寒愛遇三冬日，占瑞驚聞十月雷。十月六日事。争看桃符循例换，獨支笻杖祭詩來。微聞米價江東賤，好語尊前笑口開。

衰齡聊爾祝長延，食蠹虚聞可得仙。絲賸一絇禁幾絡，甲餘七札可能穿。難償舊債兼新債，敢信來年勝去年。解悟淵明歸化指，早疎機巧樂吾天。

二年丁巳　六十八歲

《元旦口占》：『衰倦從容晏起時，褰帷幾度見兒嬉。占秋先喜風來吉，賀歲何嫌日上遲。六十七年慙素食，百千萬國望彤墀。陽和共飲承平福，誰賦王褒樂職詩。』

二月，漸可校書。取《廿四史同姓名録》稾本重加覈訂，再録再校，脱漏終不能免。補遺之功，不得不俟諸兒輩。五月，粗能作字。取穀塍代繕書目序，及孫甥繼英代繕城鄉祭規各序，皆一一手書，以信子孫。前一年，繼培歲試前列，至是食餼。繪三代合像二軸，一送老屋收藏，一貯謨美堂。余與曹宜人同繪生像，並摹王宜人遺像於左。

謨神堂柱聯一：『高閣直臨城闕迴；先靈長伴聖賢居。』

謨美堂四箴，乞湯敦山書之素屏。

《敬先箴》曰：『奕奕斯堂，世德流馨。傳紀頌賦，歌贊箴銘。乞言卅載，稽拜涕零。前芬是誦，後嗣之型。猗歟我祖，陟降在庭。繩繩勿替，敬妥先靈。』

《藏書箴》曰：『詒孫有穀，書爲良田。稽古有穫，是謂豐年。可以用世，可以樂天。儲藏非易，賣文之錢。來無不義，書難求全。勿散勿褻，庶永吾傳。』

《守身箴》曰：『吉士守身，嚴於處女。遠嫌慎微，動循規矩。青蠅玷圭，辱不在鉅。甯介毋隨，勿狂與腐。小人所譏，君子所取。徇物者愚，人貴自樹。』

《治家箴》曰：『克振家聲，務本爲大。媢莫繫援，交毋向背。勿吝而鄙，勿夸而泰。重學尊師，守常遠怪。御下宜寬，睦鄰須耐。要言不煩，此其大概。』

堂聯一：『聽聽祖考彝訓；思貽父母令名。』

柱聯二，一曰『天下文章莫大是；先人名蹟因繫之』，一曰『述先芬，垂後範，殫一生心力，壽棗鏤珉，他日魂歸應戀此；循天理，順人情，揭四則箴規，承家保世，汝曹口誦好爲之』。

自四月中至六月望前，陰雨連緜。低田種後復淹，東鄉尤甚，過大暑，猶紛紛補種。西興沙地全坍，漸露塘根。望京門外，海潮由閘口溢入内河，水味常鹹。鎮水菴迤南達四都，偪江勢尤危險。閏六月瘧作，幸不久即止，繼以脾泄大困。

七月朔，親友集議，以鎮水菴一帶，向係長河里承辦，縣尊光山李公蘇鄰庭蘭履塘勘估，令邑之有力者公捐錢四百餘千文，交長河里人修築土備塘，不足則聽里人捐益。

八月，甯遠縣民陳瑞元齎紳耆柬札過訪，必欲面陳，感其意，延見於寢。渠云民又苦訟師爲厲，俱望病痊復出。蓋邑距省一千三百里，傳聞未確，以余未至善化告病時，繫甯遠縣銜，謂病痊當坐補原缺，而不知余已鐫職也。一一告之，款留兩日，口授兒輩作報書，并寄詩一章：

我歸別甯遠，荏苒餘六春。桑下三宿戀，矧百五十旬。客從甯遠來，訪我湘湖濱。覼縷述舊事，相望雉再馴。鬱鬱重鬱鬱，根觸懷前因。汲深綆苦短，素餐慙伐輪。拔薤志未逮，膏雨安能均。負郭歐與劉，樊樂多耆紳。西北推揚李，柏鄭皆媚鄰。盧王李田蔣，東南稱俊民。早晚諏得失，惠然偃室親。尺素久疎闊，離緒誰爲申。故人今念我，我彌媿故人。此心沾泥絮，不揚東海塵。側聞新令尹，慈惠專撫循。願言頌樂土，幸毋襍囂嚚。化成俗愈美，熙熙慶皇仁。嗟我困二豎，望遠虛殷殷。揞枕哦此詩，臨風慨以呻。瑞元怏怏别去，余亦憮然竟日。虹橋謁選入京，附上惺園師書。

九月，歸第四女同邑國子生於泗堂學傳次子文熊。東鄉何氏妾有勞于家，生女殤，年四十餘病殁。家長欲爲立主，難其稱謂，介媚項氏問余可否。余曰：『《雜記》云：「妾祔於妾祖姑，禮得有主。」今律有女之父妾，嫡子稱庶母。主題先庶母，而書嫡子某敬立於旁，繹禮與律，似無不可。』

十月初，番銀一圓，易制錢一千二百文，逐日遞減，不浹旬每圓止直錢八百文。紋銀一兩，直錢一千二三十文，米價平減。十二月，爲族節婦李氏立繼。李氏者，縣學生紫驪天樞妻也。年二十四無子，嫠居久，欲以夫兄獨子勳嗣夫後。堂從覬以其子入繼，非李所喜悦，數年不决。今李年五十二且病，走愬於余。余爲定議，猶有不肯畫押者。案乾隆四十年十一月，奉上諭：『獨子不准出繼，本非定例，前因太僕寺少卿魯國華條奏，經部議准行。但立繼一事，專爲承祧奉養，固當案昭穆之序，亦宜順孀婦之心。所以例載不得於所後之親，准其另立，實准乎情理之宜也。至獨子雖宗支所係，但或其人已死，而其兄弟各有子，豈能視其無後？况存者尚可生育，而死者應與續延，即或兄弟俱已無存，而以一人承兩房宗祀，亦未始非從權以合經。又或死者有應襲之職，不幸無嗣，與其拘泥獨子之例，求諸遠族，何如先儘親兄弟之子，不問是否獨子，令其繼襲之爲愈乎？嗣後遇有孀婦立繼，擇其屬意之人，併問之本房，是否應繼，取具合族甘結，即獨子亦准出繼，庶窮鳌得以母子相安，而立嗣亦不致以成例阻格。著爲令。欽此。』欽遵已久，因備録議後，敬告族衆，乃畫押。

除夕得詩志喜：『迎貓祀竈日營營，唤看儺翁倚杖行。新舊年華分半刻，笑談兒女守三更。屠蘇遞酌嘗偏後，爆竹連街夢屢驚。又是一年徼倖過，病來何事不關情。』

三年戊午　六十九歲

元日試筆，書五十六字：『料峭東風拂面頻，疎雲漏日歲華新。衡門自杜俄三載，時憲初開第一辰。休訝寄生同木偶，媿難緘口法金人。未容結習都抛盡，天與昇平作幸民。』

三日，奉惺園師前一年長至後二日書。書曰：

良月接到惠函，肫摯之情，溢於楮墨。藉稔年兄近遘瘧疾，尋已痊止爲慰。愚謂此後惟當以静養爲主，濟時利物，固是隱願，不宜太自勞苦。來書所云士習吏治，皆實有關世道人心，然不得其權，不能爲力。秖可於相信之人言之，告非其人，雖言而不著，此亦有時運，不可强也。至云近日風氣，經求古義，文講金石，此各視其學識所至，大概近名之念爲多耳。多一分近名之念，即少一分務實之念。後生小子，能于此處劃開界限，心地便另有一番瀟灑光景，可以意會，而不可以言喻。年兄教兒子讀有用書，常常提醒，自不至爲習俗所移矣。吉公和平静正，天資粹美，南園志行，一時罕有其匹，年兄爲二公所深契，大可自驗所學。惜乎錢公不可作矣。其教人讀經史，不必寫古字，摭古義，亦是靠實近裏功夫。予之所望，更欲如斯人者，何可易得哉？愚向屬年兄得暇補《郡國利病書》，細思之，風氣所趨，今古異宜。年兄謂必取明人志集，補綴議論，轉不切當，不能補，亦不必補，見解極是。《二十四史同姓名》及《三史同名録》，俾讀史者得資攷訂，是有益書。承屬序言，俟病少間，或可爲之。然愚素不欲以文章自鳴，舊時所作，存者什無二三。偶一覆檢，毫無關於身心性命之學，轉有近於巧言令色之爲，是以輒自焚棄，而不自惜。近日小暇，專温習經書。從前偶有識記，尚不爲無見，亦不欲以此傳名，藉以澆灌此心，所見漸覺不同，竟不但以之養心，并可以之養身。春間再入樞庭，益形竭蹶。長夏扈從興桓，又以連次陰雨，足疾復發。仰荷聖慈，免在軍機行走，已於七月初旬回京供職。自顧虚縻廪禄，毫無裨補，而急切又不能乞身，職此耿耿，未由自釋。近日亦屏絶醫藥，老病諒難復元也。風便專此佈復，並候近好。不宣。

初八日，繼坊生第三子，於日爲穀，名曰穀兒。十一日，第五壻歸安孫編修遲舟辰東第三子憲儀來贅。初遲舟在京師，聞余舉第五女，書來請婚。不二年，遲舟謝世，余亦年逾五十。今得及見其有家，幸也。寄答惺園師書。

二月，虹橋選江西萬載縣，請假歸。屢問政要，余曰：『素所知者，略具《臆説》，最喫緊者，莫若「官須自做」一條。自做則勤，勤則百弊自絶。而欲勤必先寡欲。非酒色玩好之足撓其志也，讀書甚美事，不知所節，亦足廢事。昔有鄉先生沈某，以名進士令山東，潔己自愛，僻好八股文，日夕不去手。而以官中諸事託親友，任長隨，甚至論文忤上官。不三年，被劾那移公帑，褫職，籍先世遺産填補，暮年不免飢寒。子姪不嗜學者，某督之，對曰：「吾家若曏不讀書做官，至今猶可喫安穩飯。」某嘗舉以語人，聞者傳爲談柄。夫以學廢事，害猶如此，況其他乎？至麴糵是耽，不惟誤事，尤易失言，往往得罪上官，啟釁僚屬。人已次骨，己不自知，其害有不可勝言者。當官諸事宜勤，而命案尤不可刻緩。曏余佐幕，主人相驗歸，有疑竇者，雖深夜必令覆鞫，親於堂後聽之。禁押保釋，鞫訖即定，其應保者，必俟取有保狀方寢，以免羈累。三十年藉刑名餬口，惟此一念，可質鬼神。嘗勸主人驗畢，當在屍場質取確供，非應訊、應押者，當場保釋，毋令入城，主人以爲難。比忝身親，覺心力所至，無不可爲。庫項自有司者，家用之出入，時須自檢，以防虧那。斷不宜任筦鑰於内助，蓋閨人多不知大體，見有餘則增衣飾之華美，見不足則刻親朋之周卹。習華美則不足而亦增之，靳周卹則有餘而亦刻之，其弊也，仕則難爲交卸，歸則難對婣鄰，進退維谷，可不慎歟？」

四月，孫氏女從壻歸歸安菱湖鎮。七月，永州人黄谷如復齋甯遠紳士書，紆道來訪。先是三月間，得李生憲三承綱書，無從寄答，至是又承來札。憲三縣學生，丁未余病噤口痢，醫者多用涼劑，益殆，或言生善醫，延其切脈，投以肉桂附子，再服即瘉。後體中不佳，即浼診視，適三年，無一語及於私，稔其事母篤孝，甚敬禮之。今知余風疾未瘳，言脈歸虚寒，當重服蔘耆桂附。與樹堂論合，可謂真相愛，不以遠而疎者。曾見《學治臆説》多及甯遠縣，書來索贈，因并《庸訓》《夢痕録》貽之。

八月，繼培赴省試。是科廣額三十名，榜發被放。昨秋譔美堂右柱產五色芝一本，層累而上，高尺許。今夏又產一本。私冀兒子倖售，仍不見收，豈秪爲假年之祥歟？重陽後，病傷風浹兩旬，甫能起坐。樹堂勸服紫團蔘，力弗逮也。讀查初白愼行《敬業堂集》，有《謝撰副憲惠人蔘一斤詩》云：『十金易一兩，又苦襍贗真。投之湯劑中，日飲僅數分。』味其言，若甚慍然。今則蔘每株重一錢餘者，十金不能易二分矣，其重二三分者，亦非二十七八金不能得一錢，況一兩耶？且有高麗、昌平、東洋諸產，以僞亂之。往歲己卯九月，徐頤亭爲余治病，前婦摒擋衣飾，質錢十千，易蔘一株，重一錢一分。不過四十年，價昂若此。使初白翁在，不知當作何語。

是月二十四五六日，早晚六潮，西興望京門外沙地，約漲十餘里，視歸年較遠。舟渡甚近，行人忭悦。

十月，製衾。吾鄉大歛不具衾，城中多用之，禮也。飾終之典，所以重吾親遺體，何敢自儉？作《生輓詩》二章：

名韁競馳逐，吾獨愛吾身。七尺全所受，明發懷二人。迴憶弱冠後，閲世五十春。風波起平地，著絮過荆榛。舉足防罥罣，懼與刑戮鄰。衾影跼還蹐，重荷天公仁。懸厓勿隕墜，絶路得通津。恢網疎不漏，曲恕無懷民。行年近七十，兢兢葆厥真。向平婚嫁畢，素願亦已伸。髮膚幸無恙，變滅從衣薪。去去更何戀，敬謝平生親。

摶沙聚還散，蕭然净塵根。一了便百了，未了聽子孫。此境雖未歷，其事可意論。筋弛氣不續，肌冷難再温。安知所由路，莽莽山與原。號復尚在屋，挽郎先到門。廣柳隨素旐，徑去辭故園。臨穴送者反，歸廬自朝昏。上界足官府，地下多游魂。翦紙招何處，靈光趁風翻。及兹杖能起，視息猶幸存。分甘兼童穉，絶勝莫東墦。

又制輓聯二：一曰：『延喘四年餘，不能執箸，猶可拈豪，且任優游自在；周身百事備，莫訝打包，終須行脚，早拌去住隨緣。』一曰：『一了百了，笑半生西抹東塗，此漢於今自了；小成大成，問何事躬行心得，爲人至竟無成。』書室聯一：『展卷慎毋忘手澤；傳家最好種心田。』寢聯一：『身如未正家難教；晝有所爲夜更思。』樹滋堂柱聯二：一曰『用百倍功行成名立；退一步想心平氣和』。一曰『讀雙節贈言，念先人清白流芬，事事紹聞不易；留幾條庸訓，願來者詩書承學，時時聽聽無忘』。錢南園先生舊贈一聯云：『修身欲到顔曾地；奉國唯從官禮書。』其人其書其言，皆可矜式，勒懸中堂。

十一月，屬畫師王林一寫《静觀圖》小影，圖中諸孫環侍。自題七絶三首：

省識形勞悔故吾，頽顔愁見雪盈顱。探支隔歲春和景，寫入消寒九九圖。

繞郄來回日幾巡，分甘恰稱自由身。橫經撰杖從渠戲，都是他年拜像人。

管城到手墨先乾，波磔欹斜鉤畫難。題字不教兒輩代，憑留腕力異時看。

余年三十客江蘇，始作行看子，曰《陟屺望雲圖》，懷二母也。四十一作《題衫圖》，悼王宜人也。越二年作《環碧山房圖》，記葺故廬，銘祖德也。又二年作《硯湖保宅圖》，誌二母撫字恩也。又五年作《滋蘭圖》，客中課子也。又六年作《秋鐙校字圖》，時方讀兩《唐書》也。明年將謁選人，作《藝蘭圖》，以蘭爲女子花，寄教子之任於婦也。銓得甯遠，作《望衡圖》，記行也。藝苑題詞，皆琳琅滿幅。將之官，作《灌園圖》，冀歸田而偕老也。庋行篋自箴，既還里，方出示同人，均非苟作者。今老矣，詠『萬物靜觀皆自得』句，有概于中，寫此自遣。

十二月朔，繼坊以明春將赴公車，與培、壕謀預稱七十觴，乞葭汀稟命，作七律十章止之。

花甲周來又九年，冬贏旬六歲將遷。風鐙暮景吟豪澀，木石餘生藥裹延。往事久孤弧矢志，來朝長廢蓼莪篇。先嚴忌辰在次日。慈幃無復稱觴慶，前二日爲先生母生朝。忍見兒曹拜後前。

最傷心是脱胞纔，人説充閭瑞氣來。誰分孤生慳禄命，翻教母疾兆胚胎。先生母免身，即病脾泄，爲終身大患。秋風獨活搖曾耐，蜀道當歸寄未回。聽徹慈烏啼子夜，枕函泪落漬泉臺。

憶從晝荻話初生，夜柝沈沈雞再鳴。香發一枝春信早，瑞占三白月華明。先生母言余初生前二日雪，是夕月。神寒那解因人熱，夜息從知到曉清。輪與五陵裘馬客，灞橋驢背氣峥嶸。

蓬轉行縢吴楚暝，春風歸棹鼠兒年。摩挲長鋏馮驩老，收拾雙鳧葉令旋。乙部鈔成虚點鬼，幽堂營得待求田。枉他月旦輕題品，錯認頑夫作散仙。

幾載繩牀印兩趺，黑甜鄉外一筇扶。壁魚食息依緗袠，岡鳳飛鳴戀碧梧。瀹茗焚香閒事業，占晴課雨病工夫。直應感謝偏風力，不作兒孫牛馬呼。

孤兒苦恃兩慈貞，壟鞅勞勞凛捧盈。私計歲行憂在戌，何圖吾降喜惟庚。田園縱欠陶元亮，婚嫁初完向子平。傳食千金曾未辦，分甘贏得讀書聲。

腸肥腦滿記吾曾，歲月空教馬齒增。撼樹蚍蜉良獨苦，升場傀儡總無能。非關隸籍希賢聖，豈但翹車畏友朋。誰似白楊何祭酒，風旛不動續傳燈。葭汀近精内典，勸余學佛。

尊前愁見綵衣新，可是桑鳩養未均。扶杖影隨憐少子，問安書杳念游人。不得墉、塝消息。歌闌欲作收場勢，棊劫偏饒未了因。苦憶慈顔親握算，爲兒添得幾回春。詳前録丙午歸舟紀夢。

蝸廬近市静觀宜，門外風埃了不知。舉案人能同淡泊，作翁事早慣聾癡。客寬禮數科頭見，詩孏推敲脱口爲。東海笑吾干甚事，揚塵莫記下籌時。

清白遺安是素衷，卌年齒冷送韓窮。鳶飛弋盼虚弦下，瓶罄炊難巧婦工。湯餅探支真作劇，摶沙參透愛談空。何如預節賓筵費，留待他年好飾終。

然已聞之媚友，届期多蒙惠顧。少時同學，惟鄭覲瞻白頭相向，餘皆中年後新相知者。轉增太息，仿少陵《同谷七歌》，作古詩七章：

父兮母兮空悵望，兒天獨虧兒薄相。老來得健慈鞠恩，負伏迎僵記相傍。硯畝稅入飽妻孥，黍馨知否達幽壙。嗚呼一歌兮歌已哀，寒雲漭漭雪欲來。

有姊篤老有妹貧，子賢不肖安能均。異縣消息雨天絶，同氣相命惟三人。觥籌交錯萍梗合，雲際嗷雁悲離群。嗚呼二歌兮歌始放，縮地無方重悒怏。

長女長女冰霜姿，青春齧糵甘如飴。鬼車號旦訓狐覗，諸孤羸弱臣叔癡。年未五十衰且病，手龜目眊門户持。嗚呼三歌兮歌三發，鏡中白盡殘鬢髮。

天涯投分無黄金，雲泥難計升與沈。獨前穮秠慚齒敘，萬里憂患關一心。乍彈指頃傷宿草，夢魂是處勞追尋。嗚呼四歌兮歌四奏，孤影淒清坐寒漏。

白衣轉睫蒼狗幻，燕蝙啾啾競昏旦。須臾蝴蝶還夢周，淹久丁零可并案。羊腸振轡何崎嶇，行百里程九十半。嗚呼五歌兮歌正長，舉頭欲問天茫茫。

腰頑頭重行欲跛，斜日沈沈影西墮。老信頻催知幾時，蛇傷鼠齧無不可。人力便許榮唐花，天心可能慇碩果。嗚呼六歌兮歌思遲，虚聞逸少金堂芝。

庭前舞袖何煌煌，中廚新婦調羹湯。祝嘏客來多不速，斗酒幸有山妻藏。爰居海上鐘鼓震，小樓兀坐聞暗香。嗚呼七歌兮悄終曲，熱砂蒸飯甚時熟。

是日曉起，宿雨初收，天氣和燠。諺言：『生朝陰晴，可占來歲休咎。』然癸卯余客杭州，十三日，晝暄夜月，衣縕袍汗下。十四日，雞初鳴，烈風自北來，屋瓦南飛，侵晨昏曀。辰巳間迅雷，震遠近，繼以驟雪，亭午積地盈尺，奇冷，重裘肌粟纍纍，已而斜日照東楹，月朗如秋。一日而寒暑備歷，次年游蹤無恙也。十五日，大雪。

友人丁菊山治歸自京師，奉惺園師冬至月十日書。書云：『春間接到年兄正月廿五日所寄書，以春夏之交，爲幼子、次孫連舉兩姻，意緒繁擾。六七月間，又以雨多，腿疾復發，嬾于搦筆，是以未即具覆。茲丁年兄來京，又接夏間一書，殷殷關念，感切，感切。愚年來不服藥餌，頗得調息之益。脾胃中秪令受穀麥餚蔬氣味，精神轉覺清健。惟夜間僅可安睡十餘刻，過子刻再不能熟寢，此亦氣血之故，然亦無大害事。一燈熒熒，問己並無希冀分外，以致輾轉不能成寐，此則可自信者。耳目不致聾瞶，牙齒一無動摇，以七十四歲之人，尚能如此，初念亦不料及。夫婦齊眉，四子七孫，又何不足耶？至於家口衆多，終年累責，此則命運使然，人乎何尤？惟慮不能固窮，爲同人減色耳。川楚賊氛，尚未勦滅，至尊宵旰焦勞，非臣子可以息肩之候。惟累責度日，不免貪位苟禄之誚，亦不必見諒於人也。年兄前書言每日讀《論語》數篇，甚好。經歷世事久，讀《論語》更是一番見解。愚年來温習《論語》，省悟得自己多少過失？至來書謂三代以下人才，惟郭汾陽庶幾近之，宋儒講學，猶未能盡到云云。愚謂此等議論，且勿輕易，恐是自家學識尚未到。至謂天分過人，以學力充之固是，然天分過人者有幾，畢竟還是學力切實無弊。孔子生知之聖，猶曰好古敏求，其下者又何如致力可知矣。《元史》字音參差、表傳歧異處，年兄能校録一過，有裨於學者匪淺，此即静養之功也。先儒曰「動亦定，静亦定」，要在收拾此心，不至入於他途，得静中趣味矣。道里遥遠，無緣一晤，接讀來書，不啻覿面，何遠之有？天下惟覿面殊心者，乃真遠耳。手顫不能多及，此覆並候近佳。不既。』書後蓋『葆淳』圖章，面籤題『葆淳手緘』，知吾師又號葆淳也。

是年夏秋，雨暘時若，欣卜大有。八月朔至七日，熱過中伏。初八日，微雨。次日，復炎曦如暑。直至二十三日後，始漸涼。木棉花及田禾皆生蟊賊，東鄉尤甚。秋成多歉，然亦間有大稔者。數畝中豐儉懸殊，説者謂昨年之被淹補種，則壅能肥者息阜，利在上農，今年之因熱生蟲，則糞不足者坐享，利在下農，又非常理可概矣。

縣俗持服之家，年終奉像，几圍布素，亦有用綺錦者。穀塍方宅母憂，言《禮》及之，余曰：『逝者無服，似宜從吉。』歲祀竈，或二十三日，或二十四日，殽品葷素，各處不同，大概自沿其先世主饋之風。後二三日祀神，曰年福，報歲貺也，亦曰春福，祈來歲也，即古蜡祭。城中以道士讀祝疏，吾鄉率子弟行禮而已。雖城居，仍遵祖例。余十二三歲，二母先一夕命沐浴齋誡，雞再喌起。牲殽果品，二母手自潔治。年二十授室，猶不令新婦代勞。祀畢，賚抱兒糉，兆宜男之慶，以承神惠。家雖貧，熙熙然樂也。二母相繼棄養，每念及輒不自怡。病四年不得承祀，聞爆竹聲，益無以爲懷。

除日丑初一刻立春，天氣暄和，分歲口占三絶句示兒輩：

商陸頻添細細熏，辛盤生菜口餘芬。深宵陡覺冬寒減，占得春光已一分。

肉味經年了不知，齒牙脱盡輭庖宜。慙教諸婦多諳性，自奉豐於奉母時。

愛説增年是老人，兒曹莫詡歲華新。流光瞥眼誰能駐，珍重分陰策致身。

督學歲試，鼏例二月出巡，首甯波，次及吾郡。吴稷堂先生省蘭由典試爲學政，十一月初旬，即試甯波，繼台州。十二月二十二日案臨吾郡，應試生童在郡度歲。相傳雍正初年，茶陵彭公維新督學時，臘杪臨郡，至次年開篹方試，今封篹期内試不輟，創舉也。

四年己未　七十歲

正月初一日，晨起天晴。試筆作小真書，竟能成字。得七律四首示兒輩：

萬里驚濤傍岸舟，居然七十見平頭。行年未必古稀得，習嬾真應今病休。一畝宫安城市隱，五車書豫子孫謀。更無餘事縈心曲，鎮日消渠茗半甌。

丹鳳銜書出帝京，晴雲瑞靄滿山城。科名已付兒曹事，聞望何如鄉曲英。人遇新年先賀喜，天留老眼待觀成。茹豪笑作塗鴉狀，合譜昇平雅頌聲。

蠲疴悔覓艾三年，粗解神閒氣自全。去日苦多來日少，飢時喫飯困時眠。呼童展席長枯坐，愛客談空漸悟禪。憑仗東風春借色，藥鑪不費杖頭錢。

笑看椒觴一再行，吾衰可稱頌長庚。壓肩裘緻猶嫌重，移步笻揞過慮傾。漸悟色空空五蘊，應無煩惱惱三彭。隨緣便是延齡訣，新换頭銜壽者氓。

作書答葆淳師，略曰：『同里丁治歸，齎示手書，讀至「天下惟覥面殊心者，乃真遠耳」二語，不覺泫然，已而破涕爲歡。性情感浹，言不能宣。某氣質粗浮，自辛丑、壬寅，常侍左右，稍知變化之理，恨無涵養静功，未有進境。前論宋儒，深慙鹵莽。往讀諸史，總從事蹟上攷證得失，比温四子書，方知事蹟自有本原，宋儒全從誠敬著力，所以顯晦窮通，無入不得。某鄙於《論語》「懷刑」「以約」兩言，《孟子》「守身」一言，時時留心體貼。然止就形迹用功，苟可罹刑失身者，斷斷不爲，而反己修道之實，曾未講求。自得吾師道義廉恥之論，始識守身門徑。因思不能習静，只是見理不真，認不定一「位」字，思常出位，學無把握。數十年來，時過增悔，事過增尤，老大無成，職是之故。前在楚中，浦撫軍有汪某欲爲自了漢之目，某深自幸。蓋天下惟處瘠者易了，處膏即不得了。亘古以來，悲天憫人者不忍了，求田問舍者不肯了，忘己徇物者不知了。無不忍之本領，而省識不肯之滯，不屑不知之愚，則斤斤自了，尚近下學實地工夫。持此一念，已歷十餘年，冀能不踰素位，或可得吾師所云静中之趣味，與制心不動、清静無爲者有别矣。某病四年，日以讀史自課，親故來候，均無謔談讕語，間及人事，則言惠迪從逆之常、餘慶餘殃之變，聞者頗不以爲非。昏定著枕即睡，子後有時轉側，冬夜醒二三次，皆默背四子書及《性理》數葉，或十數葉，觸處尋繹義藴，便穩睡達曙。蓋從前有想有因，夢魂顛倒，寐不甯貼。自習經書，神清氣定，夢雖不免，而境界少安。特風不可犯，此是氣虧所致，無可如何。舊苦出位之思，不能收拾，因專校全史姓氏一家，其功雖無關性命，而攷覈異同，一字不敢放過，實藉爲治心之學。《廿四史同姓名録》一百六十卷，草稾粗定。遼金元三史名易混淆，某又録《三史同名》二十二卷。上年以《元史》繁複，擬爲《本證》一書，尚未輟功，謹録自序兩篇，呈請誨定。至某歸里後，即授家事於五男。次、三兩男分居鄉間老屋，長、四、五三男隨某城居，薄田將近百畝，皆幕脩所積，留奉先人歲事外，各分授不及十畝。城中住屋，幸籍官贏。某夫婦受三房輪膳，一應門僕，一藝圃傭，一供役婢，俱從食焉。某素不食肉飲酒，家人亦久習淡泊。蔬腐卵鰕，力猶可給。壯者各聽謀生，少者不能不爲經理。現今孫男七人，五已就傅，孫女八人，長、次及笄。書韻機聲，怡然足樂，命數修短，久無罣礙。丁生言吾師詢某度日情形，至於再三，謹陳梗概。倘蒙師庇，懸喘一日，則受朝廷一日之豢養，勵學人一日之修爲。桑榆短景，其志如此。四年不能正書，元旦試一爲之，猶可辨識。不揣冒昧，親書此稟。區區依慕之誠，委非篇幅可竟，惟吾師憫而察之，恕其不恭。幸甚，幸甚。」

繼坊將赴禮部試，以余病未愈，不忍即别，勉以及時自効。十一日俶裝，書七律示之：

臨分絮語燭花紅，四世箕裘先汝躬。日月光華依北闕，文章聲價重南宫。懸弧壯志從移孝，束髮初基記教忠。檢點行囊雙節傳，清芬莫負舊家風。

二十四日晚，縣尊傳知初三日太上皇帝龍馭上賓，次早衹園寺公所哭臨。輝祖以痺廢不能匍匐盡哀，五中摧裂。二十五日，率家人縞素，午後咳喘大作，夜不成寐，遂病卧。至二月初八日，始扶杖强起。方校補《三史同名》《元史本證》二書，恐難卒業。繼培力請代勞，檢各槀畀之。三月初十日，赴故里拜埽先塋。自中偏風，久未上冢，恐衰邁日甚。春氣暄和，勉至曾祖、祖兩代墓前瞻仰，兩兒左右掖，不能登岸，舟中俯伏，訖難成禮。先考墓竟不能到。

四月，孫氏女歸甯。姑喪未期，簪環傅粉，衣裙元綺，履月白布。疑以余老病避忌，問之，家居常然，甚非之。余舊游吴興，見士人持服者衣元布，何於婦女獨異？命女去飾易服，以存禮意。吾邑男婦居喪，三年皆純素，探親則蒙元，鈕用骨，履素如常。婦女簪不金銀，耳不環，面不粉。持服必周三年，律應起復者二十七月。遵例呈官，居家常服，仍皆用元布。女既嫁，服父母喪，踰期不衣褋綵，曰除紅斷緑。雖告以禮律，習不可移，是過也。然較之湖俗，未可厚非。吾家二母終身不傅粉，是以前婦來歸，逾兩月即不簪花，去脂粉。今婦亦然。兒婦五人，遂無不然，非賓祭不盛飾。蓋習貫自然，果傳爲家風，亦幸事矣。

繼坊下第，五月寄回葆淳師四月望日答書。書曰：『令郎至都，接到新正手書，纏緜周摯，可勝感泐。年兄親寫長札數千言，雖云右手右足微腫，可知精神復舊，愚則竟不能矣。年兄以佐幕束脩，及爲令廉俸所積，置有薄産，僅供饘粥。今聞去官後，士民尚不能忘，可以無媿此生。至讀《論語》解「懷刑」「以約」二語，讀《孟子》解「守身」一語，反身切己工夫，即是素位門徑,即是主静根基。夜間得穩睡,便是效驗。遼、金、元三史同名攷訂非易,年兄得成是書,又爲《元史本證》,甚有益於學者,不可云讀書末節。自序二篇,講得極有關係。從前不爲作序者,實未用功於此,不敢强作解事也。愚近倖甚健,現充恭理喪儀,每日卯出申歸,頗不覺勞。近復充實録館總裁,一切尚可支持。惟年逾懸車,戀棧之譏,不能不過慮耳。令郎春闈未捷,當亦有時命焉。此覆,並候近佳,諸惟珍重。不宣。』

湯敦甫敦山更號。選庶吉士,吾邑入國朝館選四人,西河以博學鴻詞入,嘉慶丙辰陸君平泉以莊、陸君鄰仙泌,今敦甫繼之。兩科連得三人,士氣蔚興可喜。

接繼坊四月二十六日信,手書答之。書曰:『四月二十外,知汝下第,旋聞開科之信,月二日即寄書,令汝覓館留京。來信甚愜吾意。新榜多知名士,汝之不預宜也,急宜媿奮力學。吾嘗言學人可以自爲者,惟讀書、寫字二事,功候既到,得失有命。況苦心不負,終必得之,其不得者,畢竟功不到也。見汝與培書,謂人生須有生計,方可兼圖進取,目下生計艱難,不可專靠兔園册子,此是近日識解進境。儒以治生爲本,古有明訓。至云進退維谷,功名念灰,此則大謬。古來端人傑士,無不從困頓中磨鍊出來。無暇遠引,即吾契好如邵二雲學士、孫遲舟太史、沈青齋觀察,皆備歷艱難,而後得成學問,得有遇合,立身樹品,處處站得穩處。向使吾席豐履厚,恐亦悠悠忽忽,不能耐苦提心。汝不幸少值順境,又徼倖早貢於鄉,吾望汝專心儒業,不督汝以世務,汝遂易視成名,學鮮精進,是吾之過也。汝年三十有八,婚嫁漸起。吾既力不能顧，無怪汝之長慮。然吾三十八歲時，尚未鄉薦，兩間半老屋外，一無長物，專憑筆耒所入資給事畜，而且先人諸事未完，視汝現在光景何如。而吾未嘗愁苦者，信先德所鍾，必不至飢寒終困，惟豎起脊骨，務本做人，竟邀天庇。吾於先世事一一做好，即吾夫婦身後一切，亦具有條理，不致重爲汝累。夫聰聽祖考彝訓，思貽父母令名，爲先人子孫事也。遺安遺清白，爲一身子孫計也。未遇而憂貧，得時而躁進，無論所求未必能遂，即幸遂，必玷先德，貽後患。故士人行己，寧爲小人譏笑，毋爲君子輕薄，吾一生用力立志如此。幕脩刑名最重，吾幕食三十餘年，何敢爲過橋拆橋之語？然諺言「刑名喫兒孫飯」，吾母嘗不許。吾立誓入幕，盡心力爲之，如非義財，祀吾父不享，及不長子孫者，必不敢入橐。故游幕以來，必誠必慎，念念以百姓爲事，怨勞不辭。汝隨吾讀書十年，眼見耳聞，同事諸君，才多勝吾，誠慎似少不及，甚有數年間家即饒裕，不數年而或老病死亡，或嗣絶家破，吾目見而心懼焉，所以《庸訓》中不願吾子孫更習此事，汝念及此，亦非得已。此事近來多無真實根柢，文義明析，學之不難。先須心術端正，操守慎潔，講律例以植其本，閱京報以達其宜，習批詞以治下，辦讞斷以申上，不過潛心一年，便優爲之。所慮者，知法而不通乎法之神明，則諺所云「依律法打殺」者，造孽已多，更不在心之不正、守之不潔，故可危也。萬一爲之，則《佐治藥言》不可不條條玩繹，刻刻念先世積累，不可及身而斬。可以餬口，可以立身，可以成家，公餘仍須不廢故業，爲進取張本。此數語是吾數十年實功，汝當切記勿忘。汝丙辰南還，既因吾病不忍遠離，授徒兩年，毫無裨益。今吾已成貞疾，歷年交夏，飯食遞減。今年從三月起，却每日藥兩盃、飯六盌，只是杖履不便，而右手轉能作字，勝於往時，當是延年之兆。即或不然，齒臻七十，尚何奢望？有子有孫，光景甚不寂寞，正不必汝之日在𦢊前。人生非麋鹿，安得長相聚？萬勿以吾爲念。汝母近亦平善，舉家大小皆安，毋庸掛懷。惟憂用老，況在遠客？努力安命修德，不必懸憂，且憂亦何補於貧耶？切囑，切囑。舍館若定，即從古梅兄處寄吾得知，亦省牽繫也。』

六月初四日，得敦甫書，問立身之本、爲學之要。余雅重敦甫植品，語多誡勉，敦甫不以爲戇。書指獨見懇摯，因答以行己須認定路頭，脚踏實地，事事存誠務本，不從顯晦著想，則充之可爲醇儒，約之亦成端士。至玉堂儲才，爲異日國家倚畀，學必求其可用。凡朝廷大經大法，及古今事勢異宜之故，皆須一一體究，勿以詞章角勝。無益之書，不妨少讀。吾鄉魏文靖之勳德，自遠在毛西河文章上也。手書數百言貽之。遂進兒輩而語之曰：『國家養士，始庠序以至詞垣，教之甚備，原期收得人之用。爲之士者，束髮受書，父兄即望其以功名自効。乃或高談古昔，自矜淹雅，於時務一無通曉。小試之民社，教養不知，大畀之封疆，緩急失据。所讀何書？是誰之過？汝曹當求志之時，冀策名之會，均宜重自期許。安身立命，勿務名，勿躁進。學則根柢經史，厚樹本原，熟讀《資治通鑒》《文獻通攷》以知古，博覽《大清會典》、直省通志以知今，旁及《天下郡國利病書》[一]《方輿紀要》以周知古今治理之大勢。才識苟裕，窮達咸宜。八比文、試體詩、臺閣字，雖未能資以壽世，然出身之所藉手，斷不可荒。若夫纂輯逸書、攷證古義、搜採金石、講求音律，上而上智軼材，早躋清華，用式後學，下而宿儒居士，自安韋布，借著聲聞，有暇日者固優爲之，要非舉業家先務。中人之質，精力有限，學其所不必學，勢不能學其所必當學，而總歸不學無術。吾身歷而知有不勝追悔者，願汝曹戒之勉之。』

七月初二日，暴風從東南來，高樹皆折，屋瓦紛紛飛墜，雨雹大如雞卵。或見龍從空中過。大義里雙節坊烏頭摧動，四柱欹側。當坊初建時，余客烏程，倩人董理，比歸坊已成。嘗慮地偪河岸，基址難固，甫三十二年，天降此戾。原址萬萬不能經久，里中又無地可遷，商之葭汀，於西興道上購址移建。

繼培校覈《三史同名》，增益幾倍，并敘録爲卷四十，從之。二十一日，繼坊佐友倅廣東肇慶，便道歸省。

戚友來，多言近苦盜賊肆横，瀕江郭家埠尤爲盜窟，皆赦回舊犯，莫敢誰何。余校《元史》，讀《張養浩傳》，至『罷舊盜之朔望參者，曰：「彼皆良民，飢寒所迫，不得已而爲盜耳。既加之以刑，猶以盜目之，是絶其自新之路也。」衆皆感泣，戒曰：「毋負張公。」』竊嘆盜之可格。今盜亦猶是民也，貪黷忿争，自干法紀，或遠戍累歲，或配駟充徒，得遇赦放免，不止罷朔望參也，而無良至是。豈怙惡不悛，其天性然歟？抑有司之不能宣上德化，無以感之，而赦非善人之福歟？

八月，聞督學將於來春科試吾郡，令繼培專温經書。仍取《元史本證》自訂。得山東孫西林方伯公子若伊書。公子與弟若夔、子樹穀並爲諸生，兄弟有子五人，已得四孫。公與余交甚摯，嘗和《獨吟草》四十首，奬愛不啻口出。己丑北上，主公寓廬，歡然不知身之在客也。藩浙時，屢招入幕，固辭。詳前録。及卒，余屬二雲爲狀。二雲徵公家世及居官政蹟，時長公子北還，餘皆幼，未有以應也。余見公治官書，夜輒達旦，不自覺勞勩。所至奉爲神明，久而彌見愛戴。每欲訪求行事，爲之排纂，然卒莫能道其詳者，竊傷公之大德，不傳於後。今孫曾林立，能世先業，公固不死矣。

書芻言九則上葆淳師，略曰：『五月望日，讀手諭，敬稔起居安健，深慰戀慕私忱。六月二十一日，兒子繼坊回里，備述吾師氣體充腴，精神强固，益信天之祚國祐民，所以福大賢而庇時事者，未有艾也。春日至今，屢讀邸鈔，欽惟聖天子刑賞舉措，動愜輿情，如天之仁，涵濡怙冒，海隅蒼生，額手感頌。遥想殿陛之間，明良襄贊，不但吾師道可竟行，凡名公鉅卿之純正不偏者，皆能密陳持久之箴，時進貞恒之頌。下至草澤狂愚，干嚴瀆冒，曲予優容，不加罪譴。此自設軺懸鐸以來，實所僅見。某病廢累年，竟得躬逢盛事，自問餘生，尤深萬幸。伏念吾師荷聖主之知遇，至優極渥，埏垓仰望，積久彌殷。際可言之時，居得爲之位，誠信既孚於當宁，矜式復浹於群僚，當無虞掣之肘者。而某受吾師教誨，迥越尋常，懸揣政府謨猷，固非草茅所能窺測。區區之見，竊以爲聖政維新，源清本正，直省大吏，知皆廉正自持。第柄臣秉國以來，元氣日漓，求治於今，必得學識能通經達權，才略能整綱肅紀者，經營調劑，威德兼施，方可力挽頹風，漸臻上理。如僅以含宏養度，介節鳴廉，恐大廉而未必小法，積重之勢，斷難遽反。吾師澄觀已久，當世賢豪，盡歸藻鑑。某嘗讀前史，每見功名之士，多喜事而不盡解事，能解事矣，又往往身家計重，轉至避事。故得解事而肯任事者任之，事始有濟。相臣之道，莫要於薦賢。望吾師以能愛能惡之仁，密爲推舉，庶天下蒙偏德之休，而國家收得人之效。稔思政紀大端，約有九事，非敢爲出位之思，妄獻芻蕘，而寤寐耿耿，無能自釋。且日者謂某歲行在申，當有大限，桑榆迫促，又恐將來未必能申稟啟。及今尚有一隙微明，用敢不揣冒昧，擬効捧土益岱之勞，謬竭愚誠，以報知己。臆見淺率，不知可備採擇于萬一否。近日握管更難，力疾書此。另摺繁冗，不能手録，令幼男代繕，不敢令外人見也。筆畫陋劣，統惟鑒察。』

得銅仁劉仙圃三月六日書，知前以平苗功蒙賜花翎，俸滿已奉部行調。因軍需報銷未竣，尚留黔中。

九月，繼坊赴廣東。得湖南友人書，知湘陰曾洞莊師次子輝越中式戊午鄉試舉人，余戊申分校薦士也。其弟遇唐戊申中副貢生。

十月十五日子夜，繼培次子生。枕上口占四詩：

乍聽喤喤第一聲，閨人傳説相豐盈。興門期遠吾難待，會見呼翁捧杖行。

巷柝丁丁雞未鳴，霜天夜氣似秋清。良辰記取初冬暖，姮御纔西魄正盈。

呱泣聲連比舍嬰，一嬰猶乳一嬰生。老懷占喜無多事，來歲丁添嬰又兄。

三世伶仃一線身，貞心裕後兩慈親。兒名他日通詞苑，雙節曾孫第七人。

昔先生母病亟，慮誤輝祖秋試。輝祖泣而對曰：『吾汪氏遷祖至今六百年，未有甲第。兒不肖，素未計及科名，誓遵母命，從此專治舉業，逢場必到，死而後已。子孫有志讀書者，必道之學，令其應試。恃吾母節孝，後人理當受祐。』母微點頷，已不能再出辭矣。服除，自刻私印，文曰『雙節母兒』。繼坊充博士弟子，以『雙節長孫』一石授之，繼培入學，授以『雙節第四孫』一石。並命兒輩有業儒者，自曾元逮雲仍，皆以雙節第幾世第幾孫爲圖章，故結句云爾。

彌月文葆相見，眉目疎朗，咳名芝生。右拇枝指，亦可曰枝生。異時就塾，當以世錦名之。實齋作《七徵》一篇，先期寄壽。錢塘潘侍御德園庭筠過訪，款敘兩日，述官中書侍武進劉文定公，言及隸篆書，公曰：『君當作真書，爲進奏之用。分草隸篆，徒資人驅使，韓昌黎所謂可憐無益費精神也。』曩聞番禺莊滋圃先生有恭任江浙巡撫，日以作真書爲曉課。葆淳師在浙，每晨起書真體百字，方理他事。嘗語某：『吾前督閩學，疾作，屬人書奏摺，奉至尊訓詰，故不敢一日曠功。』文定公篤論，聞者皆當書紳自勖也。

十二月初三日，重建雙節坊成，敬告先靈，因樹碑於大義里聚奎橋北岸，題曰『欽旌汪氏雙節坊故址』。嘉慶四年十二月，移建縣治西門外官道，用誌厥初云。

浙西知交有惠生日詩，并訂枉顧者，作七律六首答謝：

萬方遏密未忘憂，忍記鰥生七十周。春酒何須蛇畫足，嘉賓應笑雉藏頭。閒從病乞容容福，老更衰催旋旋休。添得新愁南海路，白雲飛處日凝眸。

慙媿貽箋章表民，卅年後似再生身。授書莫副丸熊志，鳴杼終辜織素人。相伴梅花寒徹骨，獨依黍谷暖回春。可堪此景長追憶，一讀高文一愴神。

蟫芸纏結舊因緣，充棟書消日幾篇。臂苦不仁難使指，魚終未得忍忘筌。別淮細辨呼兒證，甲乙粗分倩客編。倘問今年六時課，差同博奕號猶賢。

少年家落老垂成，漫計餘齡作麽生。鼴鼠飲河將滿腹，白鷗戲海待尋盟。許酬弓冶傳經志，綽有斑烏繞郄行。容易龍鍾親見得，敢徼天幸忘持盈。

大千世界一蘧廬，根偶塵緣莫問渠。醫説精神渾未減，我知腠理已全疎。春聲互答欣秋稔，藥債頻徵怯歲除。喉罷梳翎憐病鶴，負暄嬾更檢方書。

稠疊瑶章念軸薖，忡忡古井欲生波。山中風吼松濤震，海上樓驚蜃市過。六月虎頭方授鉞，兩川螳臂盼韜戈。春來八袠初開一，聽賦還歸約和歌。

是歲早、晚二穀皆豐登，米價、銀直俱與前年相仿，惟市錢更襍。縣城及南鄉并近城之東鄉，交易用市錢，一百文抵制錢九十五文。極東各鄉至紹興郡城，則抵九十文。名制錢曰九折錢，頗省選换之煩。然東鄉人齎制錢入縣城，行使不免虧折。縣城番銀一圓，直制錢八百四十或四十五文，市錢則八百七十八十文不等，亦與東鄉懸殊。食用百物，俱比往歲更昂。余少聞故老言，中人之家，有田百畝，便可度日。爾時上田不過畝直銀十三四兩，每兩作制錢七百文，或七百四五十文，計田一畝止錢十千餘文。今上田畝直制錢三十五六千文，有增至四十千者，東鄉較賤，然亦自二十七八千至三十千文。里人多瘠，其田半鬻於杭人。佃户利種杭田，可減租額，故近年租入較絀，田百畝計歲得租米一百餘石，頗襍秕和水，斗止直錢一百七八十文，條銀南米，約費二十石之直，十餘口之户，支給不易，況不能百畝者乎？余嘗語親友，誨子弟，雖有恒産，當有恒業，苟無恒業，必無恒心，設無恒心，終無恒産。有恒心而無恒産者，尚可以生，有恒産而無恒心者，必至於死。人生在勤，今尤爲不習勤者危也。

温州、甯波二府沿海各縣，四五年來常爲艇匪所擾。艇匪多屬安南人，爲粤東閩海盜。每夏月，乘南風由閩粤來浙，僞張旗號，遇商船劫而繫之，量其貨之貴賤贏絀，縱本人到家取番銀，或一千圓，或二千圓，依期赴贖。官軍勦逐，亦有被獲伏誅者，然未足褫其魄也。北風作則南去。往年八月至次年四月，海中安戢。今年商船不敢出洋，無貨可劫，匪多留而不去。故六七月，制府中堂書公麟與撫軍玉公德在温州督捕。十一月，復擾甯波。玉公已署制府，又往督巡。前者止擾温境，今及甯波。吾紹與甯界毗連，説者謂山陰之白洋等處，偪海而居，前明倭寇可到者，勢恐洊及。余則謂清水灣距白洋不過五六十里，亦爲吾邑之患。清水灣者管隸海甯，而地在海南雷山、青龍山之内，實與山陰、蕭山沙地緊接，距北海塘數十里，乃海潮衝刷之溝，深不可涉。惟一處最淺，土人可通往來。蓋草爲屋，恃爲匪藪，凡梟販賊盗及餘姚、上虞無藉之徒，繇佃沙地而近失業者附焉。數月間，蔓引滋延，叢集數百人，各以渾名相呼，如闖王阿

三、後改名昌阿三。羅成阿二後改名成阿二。之類。出必挾刀自衛，夜則行劫，人莫敢攖，號其處爲小梁山，知者深以爲憂。會前督學阮公元以户部侍郎巡撫浙江，下車數日，即訪確匪踪，密飭杭、紹二府名捕，究鞫黨羽，多皆冬月劫案正犯，從此翦枝拔本，當無後患。又密遣幹員捕獲楊家浜積匪韓求，各盜畏避，居人行舟，均慶甯謐矣。

雷山與赭山相近，舊在海北，故隸海甯管轄。今漲在南沙，赭山巡檢司屬於海甯，而所轄沙地皆在山陰、蕭山。海甯既苦鞭長，山、蕭復同隔膜。歲癸巳，余佐幕海甯，以提犯徵糧，率多周折，遇有人命及鬬毆傷重者，風色不利，印官必紆道杭、蕭查驗，動輒稽延，謬議改隸山、蕭。且沙民獷悍，械鬬相仍，巡檢權輕，不能彈壓，海甯勒捕，則散竄山、蕭境内，輾轉關提，狡避詭脱，似非治道。因思紹郡海防同知素駐梁通，今久在郡城，任輕事簡，請改爲南海防同知，移駐赭山。屬主人劉仙圃面禀撫軍熊公，奉諭補禀商辦。迨禀上，未聞可否。今小梁山之名，倘聞諸當事，或當有以慮其後乎？

吾郡倉穀舊赴外江採買，丁亥、丙子間，始買自本境。今秋欽奉上諭，買補倉穀，在豐稔鄰縣，案照時價公平採辦，不許向本地派買。近完條銀，每錢折制錢一百八九十文。冬月又奉上諭，條銀一項，例應民間自封投櫃。其鄉民向有折交錢文者，若竟行禁止，恐小民不諳銀色，反受胥吏愚弄。各督撫務於開徵之先，案照時價，核定折銀上庫之數，每兩征大錢若干文，出示曉諭，聽民自便，毋許絲毫浮收。仰見聖天子體卹民隱，洞鑒幽微。吾邑額徵條銀，曏至次年五月地丁奏銷，絶户間有尾欠，其有著之産，從無梗延。近年追呼星急，上中各户，率于三四月間全完，五月通邑額徵即完至八九分。乃二月開徵旬日，圖差地保，即將鄉居孤寡及樸愿中户，代爲足額全完，向本户每銀一錢索大錢二百三四五十文不等，定數出示，仁政先周無告矣。南米例至八月開徵，今則三四月間，差保亦爲墊納，每升索價六七十文至八九十文。往歲丙辰，上米斗直錢三百三四十文，故倉書折收南米，升五六十文，今可上倉之米斗直一百九十至二百文，而折轉加增，升至五十餘文，尚云賠累。至銀米印串，舊時每張給錢三文。癸丑，縣尊陸公德燦請鈐府印，加費七文。今府不蓋印，而十文轉難再減，似亦不能無望于愛民者之建白也。

山陰孫氏仲姊卒。姊長余六歲，先生母嘗言，某嬰孩時，姊護視周謹，恩誼尤摯。秋初病瘧，余往省視，姊甚歡，未半年遽成永訣。繼壕同坊婦送斂，歸述繼英遵母命，不用僧尼樂人，帷堂肅然，治斂唯謹。往見親友斂時，梵誦鼓吹閒襍，孝子眷屬耳目紛撓，余素嫉之。今壕等眼見吾姊之事，繼英事母非儉於財者，此事愈徵其孝，他日兒輩當如繼英之不爲俗尚所惑，吾庶安焉。

二十二日，奉葆淳師十一月初八日書。書云：『九月十九日，接年兄手書及言事一摺，皆切當今急務。本欲呈諸至尊，立見施行，既而思之，其中五六事皆曾略陳其概，而愚之意，總以平賊爲急。是以自正月以來，或進芻言，或蒙召見，多言兵事。無如謀迂計拙，未能裨補萬一。

此時方以戀棧爲羞，竟有無暇他及之勢。然年兄一番忠愛之誠，天日可鑒，愚終不敢隱匿也。年兄所書稟函，尚有氣力，天佑善人，氣數未可盡信，惟冀善自保養。倘更有可以助愚者，不妨令郎代書，字之工拙，有何關係？賤體粗安，足疾亦竟全愈，惟精神漸衰，家運多乖。正月間，長媳病故，八月次子又以解血而亡，心緒甚爲不佳。然旦晚惟盼賊氛净掃，愚之一身，何足重輕？草木同腐，由于材質，自顧亦無足惜也。此覆並候近佳。不宣。』狂瞽之言，竟蒙鑒納，用自慰幸。

冬暖無雪，除日微霰，見雪花數片。午後嚴寒，氣逼重裘，硯冰不能作字。余少稟二母訓，家非賓祭，無特殺雞鳧之事。佐幕服官，不渝此素。丙辰，病少痛，思啖雞臛鳧羹，諸婦常以充庖，未及一月，惻然誡止。是夕家讌，約數家常，自城居以來，賓至市熟於肆，不煩宰殺。然終年祀先而外，合坊、培、壕三房祀神度節，及姻友贈答，歲用雞鳧五十餘隻，奉膳之數，約亦如之。鄉居墉、坍兩房，雖不祀先輪餐，計度節、祀神、餽戚，亦非四十餘隻不可。視兒曹未析居時，費過四倍，大虧好生之德，敕諸婦開年治膳，急當止殺。往年十歲時，是日奉直公爲叔父債累，昏定始挈輝祖詣店薙髮，比歸鄰皆閉户。二十二歲爲童子師，分歲後束脯方至，急償米欠，復賒斗米度歲，慨然知授徒之不足爲養，次年辭館習幕。今吾父見背六十年，二母亦棄養三四十年，米薪粗給，幸免假貸，拜瞻先像，不覺淚下。作五古一首，示培、壕兩兒，及諸孫之漸解事者：

歲事今告備，我心忽煩憂。過荷高厚德，食肉衣重裘。栗棗先幼穉，魚菽從婦謀。吾衰縱日甚，居養安且周。借問何以致，先人餘慶優。藝黍秋不及，厥後盈車篝。仰事一無逮，忝生空白頭。此意誰解識，展像涕泗流。

校勘記

〔一〕此處『遂進兒輩』至『天下郡國利病書』凡一百六十四字，底本及光緒十二年山東書局續刊本皆作『七月初二日，吾里暴風陡作，屋瓦齊飛。雙節坊烏頭摧動，四柱欹側。當坊初建時，余客烏程，倩人董理，觀者皆謂地偪河岸，基址難固。甫三十二年，天降此戾。原址既萬萬不能經久，里中又無地可遷，商之葭汀，於西興道上購址移建。繼培校覈《三史同名》，證誤存疑，小變原例，增益幾倍，裁并敘録，爲卷四十，從之。二十一日，繼坊佐友倅廣東肇慶，便道歸省。閱邸抄，有儒臣勤匪不力獲咎者。至尊俯鑒書生未嫻軍旅，加』，與下文語意不聯，且多有重複，顯係誤植。今據望三益齋藏板《汪龍莊先生遺書》本補正。

五年庚申　七十一歲

元日曉起，同雲四散，須臾復合。口占七絶四首：

八袠初開第一朝，匒尼音好不嫌囂。便教跳得猴圈過，猴兒跳圈，諺語也。魯君謂余厄在庚申，故云。容郗居應號寓寮。

起聽兒童話曉晴，晨光欲上雨雲生。濡豪待寫椒花頌，呵凍難融字未成。

兒掖孫扶拜起遲，年年勉肅祀先儀。朝來陡覺腰難折，喘息頻調坐嬾移。

賴得梅花伴草廬，幽香恰稱野人居。螭坳久斷山中夢，師友纏綿索報書。

手書答葆淳師。初三日夕，大雪。十一日立春，先兩日晝夜雨，是日甲子，幸晴霽。十五日黄昏，大雪。次日晨起，平地深二尺。至十八日晡時，園中積幾四尺。耄耋之人，詫爲創見。比晚，月出甚皎。命兒輩扶掖登樓遠眺，不見城闕舍宇，雪月連天，真爲奇觀。三月，穀兒殤。學使劉信芳先生鐶之科試，繼培倖充辛酉科拔貢生。舊例，選拔科試時，每學止取一人。如本科鄉試中式，不復選補。己酉科學使朱石君先生珪於正貢外，取備貢二人，首名獲儁，即以次升充。劉公遂沿此例。吾邑繼培居首，次盛君蘆汀唐，次來君劍城煥。大君子憐才之意，先後如一也。

上年恩諭完納錢糧，照依時價。大憲二月發示，鄉民未見。是時庫銀一錢，直制錢一百八文，而櫃書銀匠，收尚浮冒，遂滋物議。邑尊訪聞示諭，於是合計平餘解費、傾鎔火工等項，每銀一錢，收制錢一百三十六文，串票每張五文，差保代墊。當堂諭禁，輿情歡忭，不兩旬而完額九分。有延至八月後者，又增收至一百五六十文不等，串票仍每張十文。

四月，繼坊自粵東歸，聞葆淳師患痢，寄書問安。二十八日，繼坊四子生，足娛吾老也，名曰娛兒。今名世鋙。旋聞右手駢拇，又令呼駢兒。娛生後芝生五月，駢拇、枝指聚於一門，作七絶一首誌之：『不信蒙莊妙寓言，駢枝真箇弟承昆。憑渠啼笑堪娛老，知更餘年見幾孫。』

五月，在心客平湖歸，云：『前言乍浦奉叔生像者，今復過其家，主人高丈已歿，家人禮像如故。詢之，曰：「乾隆二十八年，吾父爲怨家陷入命案，官驗時適他出，官諭補提，旬日後竟不被傳，偵問承行吏，知令叔在幕中屢抹稾不行，官曲從之。吾父感不去心，嘗言：『微汪公，吾身受刑，家必破。』後於褾背鋪見令叔小像，倩人摹壞，供奉十年。前吾父聞令叔出仕，子亦發科，喜告家人，謂天道報善不爽，諄誡某等勿忘。」我以叔近狀語之，其家歡喜贊歎。前録疑是歸教人誤也。

因思初至楚時，長沙知府陳公嘉謨。錢塘人，辛巳進士，後陞福建延建道。稱余諳吏治，剛介有識，遂叨上官知遇，數年不違余志。己酉秋語余，當調攸縣，余乞代辭，至屈郄固請。公曰：『大奇，大奇。此缺人皆求之不得，君荷大憲特賞，勝甯遠十餘倍，且地非衝要。君屢辭調，舍此何俟？』余謹對曰：『非敢擇地也。缺美則事繁，不能親辦，恐負憲恩耳。』因叩受知之故，公笑曰：『吾固確有所見也。』余敬謝不敏，公曰：『君記丁亥佐仁和李大令治王氏婦魏殺婢芝香獄乎？』余唯唯，公曰：『我猶記讞詞云：「律載奴婢違犯教令，而依法決罰，邂逅致死勿論。王魏氏病需薓治，芝香碎盃於地，薓汁全傾。魏氏方起坐待飲，順取牀前几上界尺，信手一擊，不期誤中左太陽，立時仰跌斃命。已訊伊夫王某，歷歷供明，驗其卧室，碎盃猶在，所指毆處，形勢宛然。毆因違令，死係邂逅，魏氏律得勿論。恐扶病匍匐，或釀不測。夫既供明，應免提質。」吾嘗語親友，佐幕入官，必具此等才識，方是仁恕。』余媿謝而已。

乙卯，繼培省試，遇歸安嚴茂才九能元照，問爲余子，親如舊識。因言其家『舊置錢肆，甲辰秋，因主簿差役婪贓逼命，贓錢由肆兑給，牽連入案。後縣中僅令地保傳諭弔驗錢簿，即日發還。聞爲尊公力持，幸不到官，吾父常感矜全厚誼』云云。前事遠踰三十年，近亦十年有餘，余皆茫無記憶，而受者志之，聞者尚能言之。乃知百姓懼累人命，尤甚諺云『公門中好修行』。反是可知三十餘年累人不少，詛者必多。天不逸余以康甯，殆非無自。

徐端揆銓。改名秉銓。以候選知縣揀發福建。六月四日過別，言閩令不易爲，漳、泉兩郡尤甚。相驗命案，更恐滋事。余曰：『微獨閩也，曩令甯遠，山鄉民悍，前官嘗被屍親譟鬨，習爲故常。余每驗屍，案上先置《洗冤録》，遇屍親恃狡争傷，即檢録指示曰：「此聖天子所以教有司驗傷之法，若者真確可信，若者近似增疑。」顔色部位，歷歷具在。有司遵録填格，不敢略有私意。令屍親依録親辨，細與講解。四年中，本境及鄰境所驗鬬毆、自盡等案，不下百十餘起，觀者不禁，無不肅然心折，皆案頭置《録》之效也。顧亦有不可拘泥者。如自縊一條，惟八字不交，舌出齒不出齒之故，一定不易。兩腿如火炙斑痕，則間亦無之。有坐而縊、蹲而縊、卧而縊者，録所未備，余俱經見。全在驗時察訊形勢，實無他故，不妨遵格填報，以免推敲。至驗骨最慘，皆因初驗不慎釀成，此則官幕鶻突，造孽匪細。下部虚怯，無骨可驗。驗于上身，如小腹有傷，血廕在齒牙及頂心骨者，蓋受痛齩牙，氣上衝也。其理甚明。然龍游盧標一案，踢傷小腹，已逾二十七日，中間患傷寒，醫藥有案，齒牙、頂骨，屢檢無故，共信爲傷痊而死於病矣。臬司李公獨執成見，以方骨黑色爲小腹踢傷。此則部位相通，色傷相證，《録》俱不載。臬司必欲以此定案，余爲主人累稟剖辯，臬置不問。衢守王、處守楊迎合臬意，刑求醫生，力翻醫案。詳見前録。余知獄不枉不止，遂辭王君歸。後聞臬司陞楚藩，急急招解，竟以方骨爲小腹膺傷，余某擬絞奏請。竊意論傷不本《洗冤録》，事屬創解。余既不經手，亦未聞部詰。其時官文書諸可通融，未知撫軍核題，曾否改方骨爲頂骨，抑小腹有傷，原可舍頂骨齒牙，取證方骨，或竟删去醫案，專辦傷死。距今二十七年，積疑莫釋。楊守是年猝死，次年撫軍緣事伏法，王守以撫軍牽連擬辟，長禁刑部。臬司由楚藩陞撫，旋罷，不久物故。惟主人王君告養回義州，去年書來，娱親教子，安甯無恙。案犯余某例得減軍，亦未知曾否赦回。往事東流，與余無涉，因慮《録》之不能盡該，又見天之報施可畏，故追述之，以備攷鑑。』贈《佐治藥言》《學治臆説》各一册，冀日復手書《説贅》十四則貽之，並刊附《臆説》之後。

越旬，端揆復來曰：『賜書已一一卒讀，抑事上理民之道，書有未暢者，乞再面命之。』余曰：『事機百變，非名言可罄。惟「積誠」二字，上下相宜。君素給事吏部，有能名，藐外官久矣。一爲令，慢丞倅輒獲咎，況道府上乎？上官静躁不同，寬嚴亦異，要之理無不明，莫難於事，非筆墨可申。不得不爲面請者，宜預先積誠，將案情委曲籌定，然後據實面陳。理直則氣壯，氣壯則辭達，必能動聽。上官變色厲聲，更當從容辨説，力期自伸其理，斷不可游移唯諾，轉爲上官所輕，事致掣肘。遇委審事，尤不宜先請憲示，以致委蛇絀法。至百姓可誠感，不可僞欺。誠則信，信則從。聽訟宜緩不宜急，宜和平，不宜剛健，宜速宜結，不宜改期宕延。平時柔之以漸，臨事厲之以威。詰囂者數人，而諸囂者不敢試，懲梗者數人，而將梗者不敢横。百姓雖獷悍，斷不敢遽抗官也。余聞令漳、泉者，公出聞械鬭，輒紆道避之。官愈葸則民愈驕，釀至民不畏官，則令之不能爲治，匪一朝一夕之故矣。果能官不畏民，未必民不畏法，先自去其厲民之政，而與民相見以誠，久之民必信從，何慮焉？』

先是，艇匪未靖，阮公親駐甯波，添造戰船，封禁海關出入，察治偷漏硝磺。匪船不得内匪確信，游奕海中，偵探動静。二十三四日，暴風大作，多被覆溺。其不覆者，又自相撞擊碎裂。間或吹入海口，被弁兵擒獲數百名，有僞稱侯帥衣繡蟒者，亦束手就捕，分别正法。得脱逃者僅兩船。仁者必勇，宜天之相公也。

九月，繼培省試又斥。曩壬午客秀水，過僧舍，遇丹徒測字者，爲謝石再見。余書一『佛』字叩之，其人曰：『君必爲地方官，立得穩處，以進士起家，能知退，壽至七十。』余詢其説，曰：『君書「亻」字，方依几立，亻配以立，必有職位。亻乃人也，非地方官，安有人？「亻」字丨竪得直，是能自立者。「弗」爲弓，兩矢貫之，一中再中，非進士而何？佛無貪戀，必能勇退。佛以七紀數，故壽可滿七。』丙戌，新城魯絜非進士仕驥推余星命，謂運利于水。自維幕游不離江、浙二省，始於常熟，古曰琴川。訖於歸安，縣隷湖州。其間長洲、秀水、平湖、甯波、龍游，地皆屬水，仁和、錢塘、烏程，雖字不傍水，然仁和、錢塘並在江干，烏程古名苕溪，在湖州境。及選官，得湖南甯遠，舊稱泠道，且瀟水之所發源，仕亦無累。移道州輒躓。利水之説，信而有徵。

又云：『丙午八月得官，丁未春夏之交得印，至庚戌八月，所向如意。九月初五日换度，仕途不利。壬子歸田，乙卯有災，庚申九月，必當長行。』余意乙巳可選，後以事滯留。得官得印，並如所言。庚戌八月望後，擬即告病，會以委審事，輾轉濡遲。九月初五日，受道州篆，馴致跌傷獲咎。歸田中風，年無一爽，春來飯止一盂。自信七月有凶，不意八月後，健飯如常。合之測字所許，亦已過期。豈死生大故，未許前知耶？詩以誌幸：『廿年前已警庚申，珞琭家言不食新。今日加餐升穀後，天分藥裹徧家人。』蓋入春以來，舉家遞病，幸未久淹。日藥鑪三四不輟，當皆爲余分譴也。

十月十四日，以文渡江相訪，款留三日。日晨起，暢談至二更餘，不覺少疲，真病後快事。二十四日，薙髮冒風，舌木陡强，不能步，賴眠食如常。越十日得痛，然食飲頓減，視前更困。余中年病齒，三年前齒全脱。今上齶左存一牙，下齶右存三牙，不能咀嚼，唯以腐羹爲常餐。飯非顆粒不分，即難入口。昂若勸以黄耆、黑棗，襍糯米煮粥，爲晨起點心。稍試之亦止。頃讀《史記·倉公傳》，趙章病法五日死，而後十日乃死，其人嗜粥，故中藏實，中藏實故過期。近日雞鳴後輒醒，胸揺揺若舂，當由中虚，似宜食粥，而無如素性不嗜何也。

十一月十五日，昏定微雪，次早霏霏不絶，過午止，平地盈尺。

二十一日，古梅寄到葆淳師書。書云：『夏間接四月廿三日所寄書，備悉年兄近日服餌見效，並四令郎得與選拔，欣慰之至。其所以未即具覆者，緣愚初夏感患赤痢，起即誤投補劑，以致淹纏日久。幸荷聖慈，賜醫賜蔘，得以從容調治，元氣尚不至大虧。中秋前數日，方始斷痢銷假，彼時屢欲搦管而未能也。近又聞家二兄病逝之信，中情摧愴，更無暇及。來書惓惓于彌補虧缺，爲外省吏治之大患，使當局者皆能如此存心，何有于賊氛之肆擾耶？年兄伏處田間，不忘國計民生，宜乎後人之隆隆日起也。前次所言九事，往來胸臆，未嘗刻忘。邇來賊氛似有敗亡之勢，至尊宵旰焦勞，嚴旨頻頒，而埽蕩尚稽時日。愚以衰病，計拙謀迂，纖毫罔效，每慚素食，夙夜靡甯，縷縷情懷，又有不能盡述者，年兄可以心照也。草草佈覆，順候近佳。不具。」

十二月，邑孝廉以來春大挑截至甲寅，恐人多車貴，邀繼坊克日先行。作書答葆淳師。見竹汀宫詹文集刻所撰先人傳銘，作書命繼坊過蘇親謝。舄乞贈言，今見入稾者，文則盧學士文弨《抱經堂文集》、朱太史士琇《梅厓文集》、吴祭酒錫麒《有正味齋集》、魯明府仕驥《山木居士外集》、鄒孝廉方鍔《大雅堂集》、羅孝廉有高《尊聞居士集》、邵學士晉涵《南江文鈔》，詩則杭太史世駿《道古堂集》、吴侍講壽昌《虚白齋存稾》、張徵君雲錦《蘭玉堂集》、朱明府坤《餘暨叢書》、徐明府志鼎《吉雲草堂集》、吴孝廉蘭庭《南雷草堂詩集》、鍾明經駕鼇《海六詩鈔》，賦則陶州司馬廷珍《午莊賦鈔》，閨秀則屈鳳輝《步月樓詩鈔》、沈彩《春雨樓集》、潘素心《不櫛吟》，總集則《越風》《兩浙輶軒録》，詩話則戴太常璐《吴興詩話》，先人均得附以傳矣。

生日晴暖，意緒閒適，即事抒懷，成七律十首：

漸懶披吟晝欲眠，宵長無計得安便。居雖近市人稀到，暖只依暄坐屢遷。屑玉那廻駒隙影，銷金不耐藥鑪烟。多情惟有當簷月，冷浸梅花又一年。

登塲傀儡待人支，笑語頻頻襍涕洟。熟客相逢名屢問，生書乍展字多疑。模糊舊事迴腸久，輾轉新聞到耳遲。寓屋何當喬作主，綢繆欲待未陰時。

親知握手慰還憐，盡道顏丹勝昨年。近事方疑風有約，餘生翻喜命無權。閻羅萬一真忘我，默照尋常自樂天。怕向鏡中問消息，松皴面與鶴翎顛。

幾載辛勤百卷完，重開轉訝未曾看。車前螳臂當非易，鐙下蠅頭辨已難。賸欲丹鉛慳手筆，生憎點畫誤雕刊。從今只合尸居似，一簣功虧更尠歡。

七十年來鮎上竿，阿誰真見未央丸。閱人曾訝全才少，讀史方知備福難。春夢綺羅桃葉渡，秋江潮汐子陵灘。可容重理三千牘，更計遺文卷若干。

計偕幾輩話鵬摶，示疾維摩强自寬。跂脚飽看山一角，蒙頭濃睡日三竿。人辤白社吟初罷，祭辦黃羊歲欲闌。最喜敝裘新贖得，圍鑪更不怯宵寒。

寸燭何由照四筵，自濡惶恐賦蝸涎。纓冠枉急鄉鄰鬪，垂橐癡談子母錢。舊雨客憐今雨客，逆風船羡順風船。陳人入夢多師友，絶少葭莩到枕邊。

天涯陳迹感勞薪，誰見金剛不壞身。寒就重衾眠愛早，饌嫌復進味求新。虛期病覓三年艾，差解心空一斛塵。太息妖氛秦蜀界，書來東閣說憂民。

慈航何處問通津，纏結偏餘未了因。吟叟謂陶丈鳧亭。剛催酬別句，公車又送遠游人。

山猶待雪雲長凍，水欲凝冰風作鱗。喚取兒曹頻炙硯，裁書凝望六街塵。

畢竟精神病就尪，卻前兒女祝康强。童孫犢健更端戲，老子鷗閒百慮忘。省費心皆行樂地，休饒舌是攝生方。閏餘七日春風近，紙閣温存賴孟光。

十六日五更起，繼坊俶裝北上，繼培送之過江。坊自粵東歸，兩足患風，有時不能起立，卧亦不能轉側。雖未久即痊，猶慮再發。既起不復寐，走筆書二律寄之：

喔喔三號燭乍然，披衣已聽促開船。老人送子難爲别，佳節思親恰近年。駟道慣經愁雨雪，羸軀新健念揚鞭。征途留眼南還客，口語書函報慎旃。

觀光絡繹聖恩覃，鈴語郎當我夙諳。先後五上京師。雲路遥瞻天尺五，前風光僂指月重三。行將及弟應前導，好與傳家作美談。漫羡捧符榮百里，蓬萊聲望重圖南。

是歲雨暘時若，惟六月二十三四五日淫雨。二十五日夜，金、處二府各山蛟起，水驟發，金華山衝決，平地水深數丈。金華淹溺最多，由蘭谿而下，近江無不受害，波及諸暨。數日間，錢塘江漂浮樹木房屋無算。幸吾郡他邑秋成皆稔，沙地木棉花收成中等。市肆小錢漸净，庫紋一兩，止直制錢一千文。番銀一圓，秋間猶直制錢八百七八十文，十月漸減，至十二月，止七百六七十文。二十一日立春，前一日微雪，是日見晛。二十九日歲除，庚申畢矣。分歲後喜成一律：

歲庚今夕盡申年，運厄龍蛇度已遷。閲世春秋增幾許，留身著述想當然。天倫長聚神仙福，人事倘來飲啄緣。齒冷隨園真作劇，吾生不賦告存篇。袁子才信相士言，預索同人輓詩，歲終不死，又作《除夕告存詩》遍遺親友，索賦和章。

六年辛酉　七十二歲

元日，晴。成二絶句：

又聽牙牙學語新，畫圖遺像認來真。後人漸遠前人近，我禮前人教後人。

蕿耆徵效有無中，修短從今付太空。合謝岐黄勞剞劂，精神至竟壽雕蟲。

入春以來，胃衰脾弱，餐秖一盂。甘淡食，稍鹹輒不受，腥膩不能入口。氣急痰多，語澀步重，向晦欲眠，達曙目猶倦開。窗外群鳥聲疾徐呼應，枕上聽之，差足沁脾。唐人『春眠不覺曉』絶句，或譏爲瞽者詩。昔嵇文恭師謂白米飯淡喫最佳，聞者知公廉貧，疑爲戲言。由今思之，殆皆衰年實事，未歷其境者不知耳。

西山日薄，不能再事校讐。四月朔，屬梓人開雕《三史同名録》。曩刻《雙節贈言初集》，每百字版片寫刻，共制錢五十六文。迨刻《續集》，增工價七文。丙辰，兒輩刻《夢痕録》，又增十七文。今欲仍八十文之數，承攬者尚有難色，彊而後可。昨年以文言杭、蘇已至一百十文，而刻手不如《初集》之工。鏤版日增，勢實使然。

先是，歸廬既成，談地理者僉疑有水。余曰：『水成於地，地安得無水？即有水亦葬。』屢言之，家人似不謂然。去冬繼坊將赴京師，集諸男申前説。繼坊言：『大人壽自無量，久聞地須他求，水壙當無用理。』余慮治命之不可行，深以爲憂。吾婦密與繼壕謀，命周壻别邀相墓師俞君，挈匠啟視。歸以告余，言：『俞君登阜周視，謂：「龍自東來，轉折而西，爲陽脈陰受，阜盡山平，樹東西分列，爲肌理刷開，佳城也。必無水，請勿啟。」』壕慮無以徵信，乃啟穆壙，果乾潔，復啟中壙亦然。所貯木斤兩如初，識油香洌，穀不枯不芽。昭壙已葬，不更啟。余驗之信，與往來啟秀山壙同。曏言有水者，多來徵視，相顧詫異，蓋至是而余得定歸骨之地矣。文以記之，記曰：

余悲夫求葬地者不人事之修，惟地利之擇，爲相墓師所蠱。若子孫枯菀，無不由先塋所致。究之地不能自言其吉凶，而術家言亦無定，愈求而愈不得，或歿身不葬其親。爲之子孫者沿而效之，甚至兄弟析居，彼此歧見，家且日落，木朽于堂，不得已貰地浮厝，無暇更籌入土。瓦裂甃傷，有目不忍見、口不忍言者。余自成童至今六十餘年，歷歷在心，故平生持論，力主葬義爲藏之説。往爲先考妣卜兆秀山，未嘗延師覆相，後啟壙甚吉。歸廬之地，余初未之聞也。乙卯三月二十三日，方與相墓師童君竹巖商所之，會執友顧君在西過訪，言山陰九里嶴似有可取。翼日，偕童君放舟出南郭門，十五里爲漁臨關橋，入山陰縣境西小江。又三四里，曲折入小河，舍舟陸行，約三百步爲嶴郎沈氏居里。又北爲九里嶴，約一里許，山腰平坦。由東而西，其最高者曰黄盛塢，松檜叢生。涉其顛少夷，艮趾而下，見松林中突起小阜。童君曰：『阜下可葬也，宜作巳山亥向。』升阜而望，則向之最高者環其下，爲青龍爲案。其白虎之山稍遠，重疊映衛。山下多殯舍，而山中無墓，蓋求地者之所不到也。余甚樂之，遂屬童君代購。主者樸愿，直尚廉，券書五畝。比立界，爲黠者旁撓，所受不及券之半。時四月二日也。越九日壙成，又四日遷前婦匶葬焉。遂自題墓前之石曰『歸廬』，用識全歸之志。未幾親友往視，多言水侵壙，不合葬法。余不爲動。今之啟視，非余意也，而適如余意，殆真有天幸焉。葬書之説，余素不解，亦不求其解，恐僅解大略，轉足掣地師之肘，而葬地卒不可得。夫人之居室，最久不過百年，其間多爲游踪所間，不啻雪泥鴻爪，猶且尺土寸椽，不可强求，馬鬣之封，瘞骨千古，詎能以人力謀者？涉世無大惡孽，天必不忍暴其枯骸，宅心無甚險慝，天必不忍斬其拜埽。墓之吉凶，當於人事求之，豈宜責效於黄壤哉？余性迂拙，惟栗栗焉不敢逆理喪心、上累先德之一念，夷險不移。先人窀穸，人以勞覓，余以逸獲，而所以藏魄者，復賴良友一言，不費心力而得之。雖發祥之説，未敢懸信，而水患浮談，可以頓釋，則惑暱風水之蔽，而耗力費財，竭智巧以求之者，其亦可憬然悟矣。

書寄繼坊，系之以詩：

昔吾葬吾親，信天不問地。甯獨營自藏，轉於地擇利。天地豈有私，吉凶稱人事。五男各盡心，此精彼求備。山神默無言，臆測憑誰試。過慮兒輩才，萬一增妄冀。吉壤不可知，曠日淹枯骴。以此謀一邱，不欲勞後嗣。喜兹墦祭便，更乏鄰冢比。結廬兩旬間，高爽符夙企。灑然賦歸與，幸畢守身志。局外饒舌何，龍脈辨真僞。可憐愛我心，翻使聞者悸。啟埏衆愕眙，寬閒實神畀。昭然大道旁，未許凡眼覬。俯感地效靈，仰荷天曲庇。心力不曾煩，獲免溝壑棄。作詩貽子孫，蕃後先自治。寄聲遠游人，無憂異時累。

先世祖墓在航塢山，土名晝山。舊許後裔祔葬，迄今五百年，祔者蟻附，棺上架棺，冢平結冢，見之惻然。聞支下遷居東村畈裏汪者，有木字號公山，與晝山相對。以制錢十四千文易山十二畝，立石曰『汪氏公山』，爲祔葬之地。告知族衆，呈縣示禁，不得復於晝山震動先靈。

閲邸鈔，户部尚書傅公森卒於位。公輶軒偶過，留意人才，詳見前録。真能爲國家愛人者。年不副德，當不獨受知者隕涕矣。

六月初七日，繼坊寄回葆淳師四月初十日書。書云：『春中長君至，接手書，諸承關念爲感。年兄年逾七十，著書不輟，抑且蒿目憂心，不能少釋。此等胸襟，超出尋常萬萬。天之報施善人，自必不爽。來書云四令郎惟耽書卷，別無嗜好，即此可以爲年兄慶。此後惟當頤養精神，委心任運而已。來書又云一交酉月，每飯二盂，星命家言，非盡不驗，其中必別有微奥，非人所能盡釋也。《三史同名》《元史本證》二書，將已脱稾，足見精力未衰，甚爲欣慰。長君春闈復躓，無介意。家門過於此旺盛，亦不可爲厚福。有績學力善而并不逮者，造物之意，要自有在。《學治臆説》以同人任民社者得此，可以啟發識見，勉爲良吏，行之一方，一方之人被澤無窮，此即年兄之陰德也。續增十數則，益覺周密，讀之者當惟恐其盡，豈有辭費之嫌？ 愚年已七十有七，久應懸車，秖以受恩深重，當此軍務倥偬，豈可自圖安逸？所幸近日捷報聯翩，蕆功在即，彼時可乞骸骨。歸里後令兒孫輩租種數十畝薄田，以供饘粥，自信尚能安之。兒孫輩資質俱屬中平，來書謂官可不做，書則不可不讀，與愚見正同。天命人事，各居其半，解得此意，足矣。近體如常，惟血氣日衰，步履尚艱。竊位之譏，更不能不畏人言也。此覆並候近佳。不具。』

七月十五日，大雨如注，不逾時水溢階除。是日東陽、義烏暴漲，沿至諸暨、蕭山、山陰，近江田畝被淹。西興江水溢入内河，北海陡漲，倒灌入三江閘。曹娥江亦被海水漫入，山陰、蕭山沙地俱淹。海沙牧地，七月初阮公入告，分别減租，并減場課之則，歸縣征收，民困稍蘇。不意秋棉垂穫，盡付波臣，又煩當事分别勘免。聞新昌、嵊縣地方，俱遭水患。

八月望後三日，《同名録》成。九月初二日，繼坊書至，知繼埔充實録館供事議敘。京師自六月初一至初五，晝夜大雨，積水數尺，寓舍坍壞，日用大難。永定河決口四處，直隸所屬九十餘州縣被災，文安最重。順天鄉試，改期九月。至尊宵旰焦勞，發帑賑恤，民情寧謐。浙闈榜發，繼培僅得而失。繼坊公車七上，培亦五試於省，屢逢曠典，空入寶山。病廢久延，未得見其寸進，更待來年，命竟何如？回念昔年久困場屋，重吾母懸望者，真乃百身莫贖。聞闈中填副榜時，監臨阮公商之主考，遇有拔貢，易以備卷。果易二名，皆本科選拔。曩余湖南同考，請勿令副貢再中副榜，見前録。得皆援爲故事。則於試典無礙，舉子有益，未始非權宜作人之道。

寄實齋次子緒遷華紱論幕學書，書云：『客歲聞足下歸覲，未幾復出，非得已也，至今常懸懷抱。昨尊公書來，以足下決計習幕，期爲軍府參謀、節鎮奏記，較雞鶩争食，稍存身分，屬僕致書商榷。尊公所見，乃經世大計，立業遠謀。僕特知其小者、近者耳。雖然，切己之實功，而持身之要道也。幸足下恕其戆焉。夫寒士身分，在乎品學，不關幕地之崇卑。僕嘗見講身分者，托足幕府，侈然自放，若主人當在子弟之列者。然有識者觀之，不直齒冷。幕之爲道，佐人而非自爲，境同羈寄。無論所處何地，等是雞鶩爲伍。言行道行，總以得伸吾志爲上。欲不降其志，惟佐州縣爲治，庶幾近之。蓋書生與牧令，分相當，體相敵，合則留，不合則去。品無瑕玷，學不拘迂，到處逢迎，不憂一日無館。節鎮軍府，雖養尊處優，亦與所主抗禮，畢竟分位相懸。爲之者非主人甚賢，計畫少有齟齬，訑訑之聲音顔色，常有難以爲情之處。異鄉遠客，去之則猝無所就，降心抑氣，間或不免。僕嘗聞而矜之，是以佐幕數十年，專就州縣禮聘。州縣而上，至于司撫，無不堅辭。太守去州縣不遠，然亦未嘗就者，此則别有苦衷。以爲幕之佐吏，專爲治民，民之利弊，惟牧令當周知之，亦惟幕州縣者，有以熟察而詳審之。事無鉅細難易，無一不權輿州縣牧令真知確見，其所可否，大吏不得而奪之。獄有關繫，牧令鞫於庭，幕屬耳焉，情實情虚，不難立時剖辨，盡得其真。居太守幕，秖據詳供核辦，設有絲毫點綴，便成枉縱。以人之失，成我之辜，可已乎？不可已乎？由前所云，兩利相形，則取其重。由後所云，兩害相權，則取其輕。願足下慎思之，無幕節鎮也。且吾輩業儒，自有利世濟物之途，爲人謀終不若身親爲之，幕所托足，皆借徑耳。官無大小，以能治民爲本。節鎮經濟，皆當於州縣幕中裕之。雞地雖衝劇，日必有暇，暇則温故業，以爲他日身親作用。博奕歌彈，庸幕之所事，一切屏除。雞群自可鶴立，鴻鵠志不妨任鷃雀笑，毁譽俱可聽之。此中人材不易得，擇友不可不嚴。至非道非義，凡失心拂性之舉，固知足下有所不爲也。僕荷尊公厚愛，謬爲中山之馬，不知忌諱，惟足下鑒察。舊著《庸訓》，諄戒子孫不得習幕。近見入幕者，不必衡品，不必課學，律義可不解，例文可不讀。如文之待批者曰申，備案者曰驗，罪之在徒上者曰通詳覆擬，不及徒者曰隨詳擬結，皆習幕三五日，即當耳熟。今則儼然大幕，得厚脩，據首座，應驗而申，應擬結而通詳，案牘徒煩，轉滋駁詰，累官累民，動輒流毒。論者或疑其有慾，余獨愍其無知。因思士君子不得志於時，而求可以造福於人，莫若佐州縣爲治，猶得澤及一方。故遇親友之心術純正、才識通敏者，力勸幕游，亦見地之隨時進境，非淆初志也。力疾手書，覼縷不盡。』

先是，《元史本證》分證誤、證遺、證名三門，草槀甫定，未及覆勘。繼培試竣，令重校，每門皆有增補，成五十卷。十月望日開雕。

内子六衮生日家讌，即席成七律四首：

廿年前悵别離多，盼到團圞鬢早皤。心力都隨兒女耗，容輝那乞膳脩和。何圖周甲稱偕老，頻見添丁唤阿婆。記得慈闈親説與，新人如故壽應過。婦素工病，余憂不永年，吾母曰：『毋慮，渠淑慎同前婦，而精神周到，壽當過之。』

幾曾戟佩侈瓊華，憔悴姬姜手繭麻。愛説官貧身易退，相期名隱樂彌賒。款賓自豫東坡酒，提甕同澆五色瓜。不是徇憂規北郭，誰從宦海急歸槎？

舉案天留病伯鸞，持螯酌酒爲君寬。韶華苓术香中度，暮景桑榆照裏看。種樹十年都結果，栽花九畹自培蘭。底須更羡劉樊耦，庸福而今亦可歡。

停樽忽觸杞人憂，候入初冬稼未收。生耳曾聞禾覆野，驚心尚見水盈溝。忍忘西北逢多難，私計東南慶有秋。願得年年同一飽，勞君擊缶我長謳。

秀水沈吏部帶湖叔挺過訪，言沈青齋月初卒於署河庫道任。時已補山東運河道，未及聞命。余與青齋結契，始於爲二母乞言，交深痛切，更不第惜其用之未竟已也。又言嘉興太守伊公，方修府志，見《夢痕録》記蔣虞氏事，行秀水查案，年久遺失，據録載入列女門。乃知虞之冥訴，實由正氣不湮，而因記夢以傳，藉可少救余過。飯量漸增，至十一月初，復二盂之舊，少知肉味。

是歲穀縢主講杭州紫陽，葭汀客游江蘇，覲瞻老病，昂若遷居，門無來客，寂寥益甚。幸武進臧茂才序東鏞堂。號拜經，經術淵邃，性情肫摯。寓居西湖，代徵雙節文字，手書稠疊，情溢楮表。敦甫亦以都門徵得詩文，聯翩寄惠，時時展誦，藉爲忻慰。番銀逐月減直，冬初每圓止易制錢六百五十文，東鄉更減二十文，與三十年前等矣。庫紋直制錢九百文，亦與二十年前略同。惟市肆制錢稀少，每九十四文作足錢百文，名曰大錢，仍攙私錢三四十文。用者輾轉受虧，錢肆因以得利，怨皆次骨，而蹠徒不卹也。

十二月十四日，成七律二章：

二萬五千二百日，揆初默溯降吾時。如流歲月忙中度，無影暄涼静裏知。安樂有窩聊復爾，神仙不死妄言之。憑誰爲探先春信，放到梅花第幾枝。

病來幾度見星移，久慣蹣跚杖履遲。夢喜蕭閒頻索睡，藥從加減更延醫。紀年待换宜春字，餽歲先分介壽巵。詎意良朋能愛我，郵緘遠慰乞言私。

十八日，以文來，越五日别去。往歲丙午，以文贈前明《雙節堂卷跋》墨蹟，跋稱詩文若干，高大王父侍御公乞名卿碩儒之筆，以闡揚二母貞懿云云，末題七代孫曾省識。詩文既佚，侍御及二母名氏里居，俱不可攷。余以事類吾母，附刻《贈言續集》，欲按跋蒐採，以還舊觀。十餘年來，惟仁和朱朗齋文藻録寄二詩，而事蹟又復歧異。今秋書賈以明人集覓售，中有《雙節堂銘寫本》，急取讀之，始知雙節爲永樂初常熟朱昌妻錢、昌弟亮妻陳，侍御則亮子鉉也。十月間，貽書昭文張比部理堂夔，屬訪朱氏顛末。二十二日得覆書，寄邑志各傳及詩文五首，事蹟於是大備。余得銘後，乞山舟先生題識，先生大書『雙節一揆』四字於卷端，并爲作跋。烏程陳廣文無軒焯取全卷録於《寓賞三編》。二母洵不朽矣。

聞章實齋十一月卒。余交實齋三十二年，踪跡闊疎。甲寅歸自湖北，就館近省，往來吾邑，必過余敘談。見余譔述，輒作序言、書後以贈。去春病瞽，猶事論著，倩寫官録草。今夏屬誌歸廬，實齋易名豫室，中有數字未安，郵筒往反，商榷再三，稾甫定而疾作，遂成絶筆。昔二雲言實齋古文根深實茂，重自愛惜，從無徇人牽率之作。文稾盈篋，數月前屬穀塍編次，異日當有傳人也。

俗以七十二歲爲八九厄年，今年食雖屢減，無他病患。除日襍賦《八九今宵盡》六首：

八九今宵盡，平安又一年。紀時歌白雪，愛燠就黄緜。北户猶餘墐，南枝漸放妍。滿腔生意足，吾自樂吾天。

八九今宵盡，端居四序周。避人新論議，過我舊朋儔。弱息猷誰賣，頽齡願易酬。愴懷長夜客，私幸得天優。

八九今宵盡，吾衰分所當。冰霜貞古柏，雨露潤枯桑。福賴家貧積，名依母節彰。少年回首處，竿木幾逢場。

八九今宵盡，安知異日名。黄婆甘小食，少女妬徐行。敝帚千金享，爲山一簣成。荷薪欣有託，何事問雲羹。

八九今宵盡，冬寒已解嚴。晴光融蠟燭，暖氣入氊簾。疎嬾從人笑，頽唐顧影嫌。看雲依檻坐，天許老夫潛。

八九今宵盡，來朝頌履端。春風遥送喜，王路慶彈冠。緑野篝車祝，紅旗旦暮看。祥光彌宙合，聽賦碩人寬。

七年壬戌　七十三歲

元日，風景晴和，拜像後，諸孫琅琅誦書，掩袌輒相娱戲。命扶杖徐行廊下，欣然舉筆，得五律六首：

人生行樂耳，況是病餘身。又值新春節，欣逢首祚辰。一番寒徹骨，七度歲更新。假面觀兒戲，髯袍迓喜神。

七年頻晏起，今見日初紅。春近神先王，時和氣自融。雲行青間紫，風過北兼東。第一昇平瑞，天家紀歲豐。

古來稀七十，今日幸加三。榮衞猶差健，披吟尚自堪。報章從口授，記事及街談。欲識逃禪趣，邀人試説參。

兒輩分曹去，東西褒刺行。事循新歲例，人記老夫名。好與題門籍，安能謝世情？最憐筋力廢，相鳥媿嚶鳴。

忽作窺園想，支藜度曲廊。脚慙三寸短，陰惜一分長。待袖籬邊菊，看栽牆下桑。養生贏妙訣，新悟槖駝方。

聞説今年好，余懷亦庶幾。春風吹面輭，生客款門稀。家兆添丁喜，人期入甲歸。更無塵夢擾，久息漢陰機。

二月二十日，《本證》成，自此不復讀史矣。三月初八日，繼培首塗之京師。五月，得繼坊書，會試薦而不售。吾邑館選二人，一何君春廬丙咸，一瞿君良士昂。籍大興。七月十五日丙夜，繼壕舉長子。亥子二時，未能即定，詩以志之：『瑜伽課畢漏遲遲，弧矢懸門慰所期。喚婢推窗親看月，團團金鏡正中時。』咳名望兒。蓋繼壕婚已九年，甚望其得男也。入塾當名世鈴。

九月朔，繼培歸，齎到葆淳師手書二函。

一四月十三日書，書云：『三月初五，接年兄手書，雖字畫不能端整，而真誠之悃，溢於楮墨。感切，感切。畿輔去歲春秋積雨，爲數十年所未有。至尊宵旰焦勞，力謀拯濟，己飢己溺之懷，昭然共見。以此地方大概寧静，惟刻下賊氛尚未全净，不能不抱隱憂。歸休之説，本不忍言，而戀棧貽譏，亦所當慮。至於家居之後，藜藿不充，此自有命，非人意計所能及也。來書云道義餽贐，無庸堅卻，此以告者過也。長孫年二十四，文義粗通，入泮或尚可望。刻下已就府試。七子年二十，去歲方學爲文，亦同應試，觀場而已。次孫年亦二十，文理尚早。其餘諸孫七人皆幼，曾孫兩人。年兄五男各有職業，可謂善於位置。來書云得福未嘗不厚，屬兒子輩績學力行，以盡人事，可謂知命者矣。《元史本證》及《三史同名》業已付梓，梓成得先覩爲快。《藥言》《臆説》等書，嘉惠匪淺。阮中丞所贈襪録序，言理切實，可傳也。愚去臘復患血痢兩月，仍服苦寒之劑而愈，然精力亦大減矣。近亦懶於作書，以後彼此秖可令人代書，不必强勉也。另單所言，具見濟世苦衷，得言之時，敢不竭此鄙忱？惟學淺謀迂，深懼効忠之無術耳。令郎又未得售，未可致怨衡文者，惟當返求諸己。轉瞬三年，不患不扶摇直上也。去歲令内人帶同子婦孫曾輩回家，意謂居鄉日用可以少省，不意家鄉食物亦貴。所餘房價，約有二千金，希冀可買薄田數十畝，以爲衣食之計，柰半年之内，已用去少半。此非命而何？近日京城望雨頗殷，不雨而風，更損麥田。天心仁愛，大水之後，未必復繼以旱。然距麥收尚遠，米糧價昂，諸物皆貴，而錢價又貴，甚爲可慮也。風便草此佈復，順候近佳。不具。』

一七月望日書，書云：『端午前接手書，並《三史同名録》《元史本證》。年兄文學政事，兼擅其長，可謂之讀書人。《病榻夢痕録》勘辨冥事，尤足以證生平之判斷，可告無愧。令郎朝攷未取，固覺可惜，然以愚見，安知非福？從此向學，年紀尚輕，鄉、會試安知不聯翩而上耶？愚告休摺已於月之初三日具奏，仰蒙聖恩過於優崇，益加慚悚。將來恩允之後，愚亦不忍急作歸計也。前函已封，兹又略佈數行。病後不能縷及。五月間染患時疫，因急於求痊，服石膏十餘兩，致傷胃氣，近日漸覺復元矣。某又書。』

繼培述師告歸，欽奉恩俞，晉階太子太傅，在家食俸，當俟來春啓行。又言師子孫先歸者應試，二人均已游庠，爲之欣慰。

初十日，省歸廬，得五、六、七言絶句三首：

蕭蕭萬木空，山腹環烟翠。松柏自蚴蟉，生機秋不閟。

峰繞嵐迴如畫，藏風止水天真。此來且作游客，他日方知主人。

結廬細細自安排，一鍤貽兒死便埋。翻笑種桃癡道士，欲分生氣待歸骸。

十月，繼坊歸。十一月十二日，長孫世鐘娶同邑縣學生沈世泰女。

是年春杪，食飲大減，秋分後始復舊。然不耐葷腥氣，抑抑不振，惟夜坐可至人定。視夏秋未瞑輒睡，覺精神又可支持。吾郡諸暨間有水災，餘皆豐稔。番銀每圓直錢六百五六十文。艇匪不到，雖閩盜蔡牽幫未靖，而洋路通行。閩粵貨賤，哆囉呢、羽毛、紗緞之類，價減往年十之三四，絲帛亦然，而販者寥寥，僉云民力不充，余以爲未始非治不尚華之驗也。春夏米價日昂，石直錢三千一二百文，至冬初稍減。新米尚須二千六七百文不等。作書呈葆淳師。

十二月，繼墉子小同殤。十二日，以文挈其家孫來，好學可愛。以文性畏江行，北不渡揚子，東不渡錢塘。庚申以來，念余三顧，皆於冬月。長余二歲，精力甚健，聚談竟日，意興甚適。然回念前二年光景，大覺疲憊。夕不成寐，得七律四首，晨起口授繼壕繕稾請正：

桑弧懸處甲辰雌，蹭蹬年華竟到兹。留我精神堆故紙，從人評騭欠新知。平生親友垂垂盡，過眼雲烟細細思。清寂閒門塵慮息，行當養氣似嬰兒。

冬來憂樂總闌珊，桃李穠華至月看。景過更誰談冷暖，身親好自記支干。事從耳食書偏誤，境憶魂消賦亦難。願乞朱陳村裏住，只知眷屬不知官。

扶持賴得細君賢，白髮青藤老比肩。附影何能星替月，諧聲不啻管隨絃。典釵佐我長留客，買藥從渠更覓錢。絮絮燈前兒女約，爲祈春健兩輕便。

不肖兼愚歲月增，又勞鮑叔訪西陵。丹經莫問蓬萊客，苦海還同粥飯僧。於我何加皆長物，相看不厭是殘燈。明年應許重來顧，臘味春醪舊貫仍。

十五日晨興礎潤，以文慮風雨，汲汲西渡。次日陰，又二日小雨，繼以微雪。聞盛林、黨山諸處有郡丞鹽運分司，并武弁彈壓，將沿海一帶私竈改爲官收，新政也。

除夕，與家人守歲，口占五律六首：

歲去何能守，宵中换故新。飛騰分一刻，旖旎入三春。餞臘杯盤共，圍鑪笑語親。餘年知更幾，燭采逝奔輪。

遠聽譙樓鼓，鼕鼕報二更。分錢兒唤母，索果弟隨兄。於我偏多幸，加年或老成。秖宜相煖熱，深闥夜寒生。

敢説康甯欠，身閒樂未央。客來兒婉謝，羹進婦親嘗。老愜宜家願，貧諳養病方。年年欣代嬗，拭眼慶春陽。

翻下人辭歲，參差禮數多。吾衰言啞啞，孫稚舞傞傞。鄉味羅糕糉，神筵薦鶩鵞。吟成方自笑，孌婢已能歌。

春閏寒應久，冬晴候轉温。人皆祈雨雪，我自愛朝暾。爆竹封門早，趨庭繳課喧。先二母訓輝祖時䢜。歲後，命背誦舊書數葉，謂之繳課。元日拜先畢，即朗誦生書，然後出門賀歲，謂之開課。今傳爲家規。書田誰藝種，笑看拜長恩。書神名長恩，除夕呼其名祀之，鼠不齧，書蟲不蠹。見《致虚襍俎》。

學道吾何有，全家意趣同。百千萬事過，三十六旬終。紀麗慳新句，書名倣長翁。來朝期早沐，好與坐春風。

八年癸亥　七十四歲

元日晨起，得五古一首：『昨與兒曹約，夙興應蚤伺。破曙呼披衣，大小已環侍。堂中雙炬煇，遺像懸三世。一跪三叩頭，俯仰猶自遂。不敢禮衆神，懼以弛而肆。比似去年衰，履閾愁跛躓。鹿鹿六袠餘，歸來歲十二。一病俄八年，分爲天所棄。塊然轉無他，得此非夢冀。筋力今既銷，豈復計趨避？言念韓城師，傳命箴素位。静養乏祕方，君子惟居易。嗟我溯有生，久切希賢志。苦爲名利驅，躬恥行不逮。俟命夫何如，聞道知及幾。勗哉幸息存，七十初開四。小子聽且書，斯語請永事。』凡十八韻，粘之座右。

亭午晴和，命兒輩扶至譔美堂，遂登樓觀書。口占七律一首：『不上層樓七載餘，重重推挽陟桃徐。病前一日猶依此，夢裏千竿儘憶渠。到眼雲山都昨夢，凝塵卷袠負閒居。彷徉合記元辰吉，可許年年得慰予。』

客來言，浙撫臘杪准咨四川、陝西、湖北教匪剗平，欣然額慶。二十四日，杭友寄到南海馮方山城。前令善化，引疾回籍。書，備述湖南舊友，趙鄠縣、林永明庚申作古。趙名秉文，籍山西。林名崑瓊，籍福建。二君余素相得，壬子分手，年甫强仕。丁巳見邸鈔，並以辦苗匪事加同知銜。何圖數年之間，俱登鬼録，惜哉！同日郡友又轉致甯遠李憲三書，敘邑中紳士存殁甚詳。二書均辛酉春初緘託，遠郵之不易如此。

晦日奇冷。二月朔，大雪。十四日，晝夜雪，平地積七八寸，惜不在春前也。鄬讀《元史》，嘗取明南北監本以校新刻本，頗有異同，撰《元史正字》，草稾未定。閏月，精神稍强，因排比先後，釐爲八卷。復令兒輩編寫《二十四史希姓録》四卷、《讀史掌録》十二卷、《過眼襍録》四卷，皆平時隨手劄記者。舊輯歷科會元墨，至辛丑而止，命繼培採甲辰以後墨卷補之。後人苟能揣摩，庶不負余苦心也。

二十日，葆淳師寄到手書二函。

一新正十日書，書云：『十月望間接手書，以愚蒙恩予告，同深欣慶。并悉年兄近日動履稍健，且能啖飯二盌，息心静養，日與稚孫識字嬉笑。如此頤養，自能日臻强健。甚慰，甚慰。愚歸里之後，亦願如此，但不知有此清福否。然一生頗知安命，或不致煩擾方寸也。愚以老病難支，不得不仰乞聖慈，俯予退休，至俞允之後，恩賚駢蕃，實非夢想所及。兒孫輩未知能仰酬萬一否。歸期約在春中，四兒因京中首尾未清，不能告假送歸。現已令七兒來京，一路服侍，不致寂寞。去夏因時疫傳染，頗以爲懼，過服石膏，致傷胃氣。數月以來，調理飲食，漸覺復元，似可無慮。年兄有孫八人，兒子輩俱能自謀生，得天不爲不優。來書云不願看書，不願談天，且不願參聞外事，見地甚高，但祈守此不變爲禱。愚歸家後，雖同輩無幾，而親舊紛至沓來，支持亦自不易。惟宦橐蕭然，能見諒於知交，而親族無一相信者，爲可慨耳。臨行草草書懷，順候邇祺。不具。』

一新正望日書，書云：『前札正在封函，新正十三日，復接來書，情意殷殷，可勝感泐。所云「孫曾環列，分甘問字，自有真樂，不必午橋平泉，遺興園林」數語，可以明愚素志。然古人功成名立，受此自不爲過。若愚者受國厚恩，纖毫罔效，得賦遂初，已爲過分。今雖餬口不給，自省亦似有足樂者。籌補虧空之説，各省辦理情形不同，大吏果能潔清，再加調劑，自有起色。不然，究成虛誑，無益於事。年兄自九月來飯藥復如往年，可喜之至。百凡應酬，俱付兒輩，精神自必健旺。惟善自調攝是囑。某又筆。』

計此時吾師當税駕韓城矣。往繼坊述師言：『退食鮮暇，刀札酬應，多倩記室。唯尊甫書字字性真，非他人所能代畣，手自裁覆，尚覺言不盡意。』余每愧是言，念不去懷。自此秦越遥睽，余更病不能書，藴結何能自已？謹彙集裝池，朝夕展誦，且使子孫知余之所以不見棄於吾師者，以實不以文。書多格言，永爲家範，子孫能世世守之，受教當無涯涘也。

三月，繼坊客閩。

八月初四日，何孝廉葭汀卒。先是，秀水沈吉士鼎甫維鐈至，知吾友帶湖正月作古。越數日，聞桐鄉李大令立三廷輝六月卒於官。大令二月書來，以百韻雙節詩見贈，並述平湖徐同年春田志鼎辛酉物故。書未及畣，忽來凶耗，孝廉又遭此變，不勝傷悼。

讀帶湖《雙節賦》注，知《二林居集》載《書雙節贈言後》。二林居者，彭進士紹升集名也。近年見贈言刻入本集者，又有朱學士筠《笥河文鈔》、朱相國珪《知足齋詩集》、吴槎客騫《拜經樓詩鈔》，未見者當更多矣。

十四夜雞鳴後，夢入廟見衆神聚而檢書，一神授余一册，曰：『此君家書也，中多奇字。』一神曰：『君還家自識。』欲請其故，聞樓梯有聲，遂覺，則婦方下樓入室。語余曰：『培兒喜又得男。』時月初墜，天未曙也。欣然成二十八字，呼培書之，以記其事：『夢回猶憶夢中身，一册親承似有因。時記庚寅辰丙子，他年可稱讀書人。』咳名文孫，入塾當名世錫。

是日培、壕同周壻赴歸廬丈界立石，蓋增置墓旁山三畝，通前爲八畝也。山主舊種桃樹，立時剗去。自相山結壙及一切布置，皆壕禀命料理，周壻佐之，今方竣事。

九月，繼坊長女歸同邑縣學生葉暉第四子洪域。歸安孫壻書來，院試附入郡庠。檢斂衣補所未備，篋貯布汗衫，前婦病時製遺，曾作《題衫詩》，意在殉葬。詳見録。今家人皆謂衫布色黯，不可附身，舊願不能酬矣。

壬子，余治壽木。吾友穀塍言既斂之次日，應剗平前和刻字，磨去面漆，再用盌灰，以通幅夏布將棺周圍紮裹，復用盌灰做平，然後加退光黑漆，則永久堅固。記及録誌，他年兒輩可面請吾友訓也。鄬撰寢聯，屬湯刺史稻邨元芑書，書室聯乞梁侍講山舟先生同書書，皆鐫板懸之。

十一月十七日子丑分，暴風烈雨雷作。時過長至七日，未知何祥。二十三日夜雨，至二十七日甫晴，河水長數尺，東鄉低田俱淹。是年九月，封邱衡家樓黄河暴决，修理功鉅。開衡工事例，較川楚、永定二例，捐銀俱減。吾郡秋成尚稔，木棉花豐歉不等。塘北沙田，二三年來，收穫最豐，當亦地氣使然。署縣尊堅欲採買倉穀，富户遵四年諭旨，紛紛上控，以在籍紳士不肯列名，嘖有煩言。或轉告余，余曰：『官事非紳士可阻，越俎多事，實干例禁。』聞者不以爲然。既而郡尊臨縣勸諭，頗費周章。讀書萬卷不讀律，東坡所慮遠矣。

十二月生日，鄬常作詩記事，今年吟思枯澀，不能成章。口占七絶二首：

經旬春到尚遲遲，淑氣先浮座上巵。我與梅花如有約，年年此日見南枝。

喧傳疑鬼復疑神，老我閒閒局外身。誰分乾啼兼溼哭，耳邊消息總驚人。

鐙下家人聚談許久，不能起立，左手足亦難運動，復爲風困。自入夏痰湧，氣急且促，語不連屬，今忽如是，當無輕減之望。次日飯食大減。先大夫忌日，不能與祭。病風後可以握筆，幸得成書數種。去夏以來，作《貽穀燕談》，記見聞近事，約四五卷，《續越女表微》一卷，共五十三人，皆奇窮極苦，或已久死，俱録存之。繼墉選福建漳州府長泰縣典史，十七日便道歸省。

二十日，得鮑以文書。書曰：『屢欲東渡，常被病牽，悵悵無已。五月間，於禾嘉遇秀水宋君閒雲履貞，偶談及蔣虞氏事，渠乃親辦此案，稱烈婦張姓，夫爲陳經叔，非蔣虞氏也。旋至其家，招册尚在，案情與録相同，惟許天若作許五，詢朱君，則許五本名天若。前修府志，已載蔣虞氏事，後得張烈婦事，因姓氏殊異，遂致兩案重載。聞許五死後，令君曾給婦扁。頃朱君至烈婦舊閭，屋屢易主，扁字無存。老鄰龔叟引至烈婦姪女陳家，陳年老夫亡，言烈婦催審後，天若晝夜惡詈，且汙以不潔之名，致速婦死。迨天若問徒逃回，伊兄力拒不納，奔至杉青閘，投河淹斃。縣因給扁，時婦遺子十歲。婦亡後，夫死，子亦殤，今三棺暴露。朱君相商，欲爲設法埋葬，并置些小祀產，以爲久計。大兄似可量力酌助，并勒碑立石，藉瞑烈婦之目，亦仁者之用心也。先此奉布，餘俟明春面罄。不盡。』當允捐銀四兩，作札先畣。獄名許五，而冥控直稱天若，益信前夢非幻。『蔣虞氏』三字，不知何以舛錯，得毋時勘冥事，誤記他案姓氏耶？越今九年，幸得朱君訂正，故詳記之。

病體骫骳，數人扶掖，始得著衣舉步。樹堂謂候近立春，非重用蓡桂不可。乃購蓡四錢，連服四日，未能速效，惟胃氣復原而已。

二十四日立春，微雨甚寒，口占四句：『冬暖春寒氣自然，手風難寫彩雲箋。歸休早辦長閒地，又見辛盤待送年。』

月小，歲除日入雨，席上口授壕兒代繕七律四首：

晚風吹雨夜瀟瀟，重箔深圍興自饒。三十九旬虧六日，閏餘成歲守今宵。身難自主纔知老，氣不能舒那更調。邵憶康甯平步候，洞天福地境非遥。

紅燭燒殘欲换年，團圝子姓擁長筵。吟來岵屺嗟兒役，語到春紉識婦賢。同輩幾人能健在，四時佳節自歡然。從今擬守中醫訣，漸遠刀圭合近仙。

十載前猶百不須，今勞兒掖更孫扶。久諳餌藥何嫌病，纔到憂貧已負儒。梅嶺迢遥占馹使，春光輝映見桃符。誦詩欲廢苞桑句，鴞集偏憐反哺烏。

兒歸日下省吾旁，家計王程費揣量。八口米薪慳桂玉，重關山水待車航。升真聞説須官獄，升真者皆須曾爲獄官。見道書。作善應知得降祥。慎莫殷勤來歲約，誤營升斗寄高堂。

九年甲子　七十五歲

元日子時，大風，至辰時方止。晏起，不能行禮。得七絶八首，命孫世鐘書之。

麗景今年今日初，須人持護起徐徐。自憐憑几猶能坐，好看從前未見書。

如此良辰如此風，占年欲辨去來蹤。紛紛童稚窗前報，四面看雲面面峰。

榻前便仗筍輿乘，新製雙輪推挽勝。合倩丹青留畫稾，徐行庭户小窗憑。

醫緣漸淺病緣深，病柰醫何屢不斟。膚理全疎風易入，最難調護是而今。

形骸如贅自嫌身，賴得閨中氣味親。攬鏡相看同一笑，白頭人慰白頭人。

數葉書禁半日看，朦朧掩卷更慵攤。風淫十載應成廢，爛熟心經背誦難。

打鼓吹簫柰若何，庭前語笑襍謳歌。幾回欲向家人問，先慮聲喑字易訛。

三徑苔封度歲朝，微吟新句理詩瓢。卌年愛客心猶在，隔院人如閬苑遥。

十二日夕雨，至十七日早方霽，薄暮復雨。十八日後，連日雷電，時有大風雨。驚蟄在二十五日，候尚早也。二十四日雨止，東鄉低田，春花已不免受傷矣。錢塘江行，四五年來皆安穩。二月十二日上午微雨，忽長暗潮，俗稱鬼潮。風陡作，覆二舟。又有被波浪掀簸墜水者，相傳淹斃八十餘人云。

三月初八日，繼墉赴長泰任。民稱典史，亦曰父母，當愛民，或乃虐民，餘慶餘殃，在墉之自爲矣。先大夫居是官，廉平仁厚，能造福以遺後嗣。余閲事五十餘年，所見牧令及幕客，善不善報應無纖毫爽者。每録於燕談，以示來許。嘗曰：『人得服官，即命可自造。《書》曰「自作孽」，《詩》曰「自求多福」，愛百姓乃真愛子孫，念子孫當兼念百姓。長記此語，當不敢動輒造孽。』

舊譔生輓三聯，乞陶大令南園廷琡書素箋，誌以歲月。語意切實，他日兒輩可以長懸堂寢。命外孫陳掄元陳述母節，呈學牒詳請旌。

余病後數年，荷二三知好，轉乞群雅，寄賜雙節詩文，分類彙編，通得十卷，又書札四卷，爲《贈言三集》，倩友繕正，交兒輩收貯。續得者隨時補録，俟余没齒付梓。六月，復細細校正，并校《贈言》初、續二集。應改字樣，神渙心摇，竟不能執筆，從此真廢矣。

年來胃大薄弱，食不知味，然見物輒思入口。憶年十一時，侍吾父奉吾大母，每得物少許，必先進。吾母微嫌不敬，吾父曰：『必多而始進，其不進者多矣。』常默識之。今培、壕頗知此意，余甚樂之。

九月十三日揭曉，三更得報，繼培中式第五名舉人。枕上哦得七絶二首：

枕畔喧喧聞報聲，欣傳榜上有兒名。也知鄉薦尋常事，喜我尸居尚幸生。

五雲多處望三台，九萬鵬程風止催。記得未生慈母夢，白衣媪語好滋培。

曩婦病，常服六味散。乙未正月八日子夜，吾母夢白衣老婦坐牀沿，曰：『汝婦孕男，亟當止藥，好好培養。』蓋時孕已三月矣。余今春病甚，日惟培、壕左右侍奉，無暇肄業，竟得忝此，真天幸也。

十五日赴鹿鳴宴，座師、房師問培家世，知二母節孝，津津歎美。予家賴二母之德之教，以傳吾父之仁心遺澤，俾余肇始科名。今坊、培聯翩繼起，後之人知紹聞有自，心必正，行必謹，學必勤，不敢以非道非義之事，遏佚前光，則二母之流澤長遠矣。繼坊丙午得售，余同年許春巖祖京子宗彦、沈念祖丙子培元中順天榜。今繼培幸中，同年謝韞山嘉玉子照同榜，劉穎思以垂子九華中順天榜，俱可喜也。

十一月十八日，繼坊自閩歸，言漳、泉至今不知法紀，守令之治，多在常刑之外，能者以此見長，殊駭聽聞。竊意民何至此，恐教之不先，咎當在吏。

是歲三月二十九日至五月十七日，陰雨連綿，十八日後，亦晴雨相間。三江閘大開，無所宣洩，東鄉田皆更種。石米直錢四千二三百文。幸六、七、八三月晴和，禾皆茂盛，收成尚七八分，木棉亦大熟，民氣稍紓。

十二月初十日，得繼墉信，知九月十一日得男，命繼坊寄字咳名泰兒，塾名世銑。

十四日生日，口占七絶二首：

衰到今年色色真，隨時坐起總因人。藥能治病難扶老，事偶經心便耗神。

精力何從更補填，飯匙日減夕稀眠。座中客語都嫌絮，夢裡兒啼總可憐。

自培倖售，朋友多爲余慶，音書絡繹。湯敦甫書後繫以示培詩，情甚懇摯：『巍巍雙節重天宫，又庇孫枝掇桂叢。叔重儒宗經訓闡，孟堅家學史裁通。丹霄鳳翽鳴岡日，碧海鯤乘破浪風。並駕公車兄及弟，半人應健八旬翁。』余次韻一首，口授壕兒書𣽬：『春光待入玉蟾宫，得路兒今忝桂叢。豈有文章稽古力，漫叨科第策名通。先芬倘許承餘慶，後進端應拜下風。知否妄言猶及見，十年風漢秃頭翁。』敦甫常代徵雙節詩文，再次元韻奉謝：『閶闔迢遥入帝宫，瑶花琪樹萬千叢。多君慧眼搜羅徧，俾我烏私婉轉通。母氏勤勞同苦行，仁人闡表扇清風。此身易朽心難朽，報德今慙欲朽翁。』

閲邸抄，見韓城師謝恩奏。師八旬壽日，皇上命巡撫親齎恩賜二分，至家頒給，一賜吾師，一賜師母。此從來未有之榮幸也。

除夕詩二首，命鐘書之：

爲問今年事，餘生造化仁。難忘暘雨換，不惜寢興頻。意思兒能喻，勤勞婦自均。隨緣聊復爾，吾尚愛吾身。

秋薦兒真忝，憐余病尚安。知交紛慶賀，近遠惠詞翰。爲感殷勤意，從教反覆看。假年猶有望，未礙歲今闌。

十年乙丑　七十六歲

元日晴霽，得五律二首：

今日爲元日，新年勝去年。窺天檽户外，謝客板扉前。脱口平安語，哦詩吉利篇。雲容成五色，占歲且欣然。

逢新猶屬咏，鹿鹿抑何愚。句到老來滑，心從病後粗。豈能饒興趣，無柰感乘除。聊以書時序，光陰半日徂。

又得五絶二首：

昨歲諸孫病，年終復尠歡。知今更令節，闔宅慶平安。

上計兄兼弟，甯風眠共餐。熙熙天錫福，老景笑相看。

十八日，坊、培啓行，示以五律二首：

兄弟公車共，心懸十載前。蹉跎吾久病，喜懼汝同緣。人説椿萱茂，天教鶩鷲聯。泥金遥計日，會許見雙全。

去去無多慮，鐙明月尚圓。加餐身自健，念遠意難專。隨路書頻寄，成名人便還。天心留老眼，舊句七年前。『天留老眼與覲成』，余己未年句也。

二月十一日，讀邸鈔，知韓城師於去臘至闕謝恩，留京未歸，正月初十日以疾卒。師爲輝祖生平第一知己，永訣終天，哀痛不能自已，遂設師位於寢，招同門士湯元芑、陶廷琡、王宗炎同哭祭焉。

三月初二日，孫芝生殤，詩以哭之：

諸孫叢裡汝翹然，生小迎歡在意先。刻刻眼前今不見，無多來日待黄泉。

問卜求神事總非，海天空闊任渠歸。七年一瞬曇花現，小影虚傳捧杖依。

殤死長留骨肉恩，一堆寒土記吾孫。前姑今日應相倚，麥飯他年侍九原。

粗識之無問獨勤，千餘難字畫能分。家人猶説從前事，兩字芝官不忍聞。

泣不成聲淚欲乾，老妻勸慰亦汍瀾。愛孫不是都成癖，安静聰明似汝難。

病風久悵負乾坤，望汝才賢報國恩。如此收場關我福，餘生知更幾時存。

天生靈物合非常，草草如何赴北邙。不信無根年便短，前身應未是芝祥。孫生時，神堂産芝一本，因名。

玩好收羅總畀炎，干戈俎豆盡成嫌。爲憐都是兒經手，過眼先教淚欲霑。

百藥千方兩歲曾，誰能油涸再然鐙。泣看元氣絲絲盡，聽我呼名尚一譍。

容易提攜到七齡，算無欠汝一星星。如何丱角成童子，不許書聲與我聽。

十首哀吟字字真，兒應聽得點頭頻。不知寒魄今何似，波逝雲飛迹已陳。

童烏無復預元功，去住因緣問化工。再世會逢羊叔子，重來合作顧非熊。

初八日，上王宜人冢，命世鈺酹芝生詩曰：

酹汝一卮酒，記我七年心。酒盡心無盡，銜哀始自今。

埋汝三尺土，祔我百年墳。歲歲清明節，紙錢幾陌分。

十六日，得徐古梅書，略云：『去冬十二月，韓城師到京，某謁見之。頃言及九令郎鄉薦，當與大令郎同來，師甚爲欣喜。不意正月中，遽爾溘逝，追維師誼，良用痛悼。皇上賜卹優隆，贈太子太師，謚文端，入祀賢良祠。賚銀二千兩，爲歸櫬之費，并敕沿途地方官妥洽料理，哀榮極至云云。』坊、培兩兒至京，已不及叩奠矣。書中又言紀曉嵐師協辦兩句，二月間作古，賜謚文達。是日適傳同年許春巖方伯亦於二月辭世。師友之痛，愴入肺腑。

陽湖洪編修稚存亮吉過訪，出贈《更生齋集》，有跋輝祖所撰二母行狀一篇，情詞真摯，至文也。編修初名禮吉。卅年前介二雲乞言，得七古長篇，前年臧序東又爲余乞得此文，重感良友之意。二雲嘗述編修行誼，心甚慕之，垂暮乃得一見，深自慰也。

四月十二日丙夜得報，世鐘附入縣學，喜得七律一首：『枕函聞喜四更前，記陟初桄六十年。余丙寅入學。敢説詒孫曾有穀，何圖繩武遽稱賢。聯芳竚盼泥金帖，小試先揚上馬鞭。應是天憐貧老病，傳家許看藝書田。』

十九日人定，報知繼培會試中式第四十七名，枕上成七律一首：『先人庇蔭到孫枝，僥倖將歸及見兹。事本尋常成異數，想懸萬一竟無差。他年報國文章力，此日承家弓冶基。最喜天資安樸僿，望渠長似讀書時。』

忽有感於芝生，悽然成二絶：

去歲秋風翼俊鷹，盼兒他日共飛騰。而今杏苑酣春色，泉路長眠見不曾。

合眼長如近我身，每逢喜事更傷神。何當眼底懸雙淚，秖覺心頭少一人。

五月十二日，繼坊自京歸，言繼培四月十四日覆試。二十五日，知培殿試第三甲第三十六名，朝考取第十名，分部學習。得五律二首寄之：

汝材差可篤，帝簡與天同。俾爾從容日，勉旃練達功。忠誠勤職業，孝節繼家風。責實談何易，榮名保始終。

久病留余仕，徐徐待汝成。學惟優可仕，心以養能平。稽古應資治，通經莫近名。師門遺教遠，趨步稟韓城。

是科吾邑中式三人：一盛君鳴和唐館選，培得主事，一葉君維城楙勳，榜姓錢，籍宛平。以知縣分發四川。欽賜學正一人，王君景園宗彬也。

自三月初長雨，至五月霉後方晴。去冬市米石值三千文，入春漸貴，至夏至每石四千五六百文。官爲平糶，於祇園寺設廠給票。二十九日，鄉民赴寺領票，擁斃婦女六十餘人。人情凶慘，官爲給費埋葬。其有受傷歸斃者，尚數十人。嗣後每日領票，多有傷折皮骨，飢餓餘生，不能復辦藥物，常致殞命，同人公捐給資，爲醫藥埋葬之費。豈寠人劫數使然？抑辦理者之未善也。

六月十五日，得繼培書，分得吏部文選司，以余病即乞假歸。七月初一日旋里，説部載關帝之籤，莫靈於正陽門側之祠。然有祠之處，籤無不靈。坊、培隨計日，余遣世鐘詣衙後關帝廟祈籤，籤曰：『百千人面虎狼心，賴汝干戈用力深。得勝回時秋漸老，虎頭城裡喜相尋。』培初字汝滋，『汝』『用』二字，已示必售。培以立秋後半月回家，又與第三句相合，靈應如此。聞關帝籤語，天下相同，惟吾郡至大寺獨異。往歲庚午，同一友祈籤，友籤神斥其隱事，甚爲駭愕，蓋是處有神，所謂相在爾室也。

二十日，孫娱兒殤。娱與芝生俱歧指，同生同死，老人遘此，惋痛何言！

得桐城胡徵君虔《識學録》，内有《書佐治藥言後》一篇，議秀水陶惠先事。詳前録。謂《禮》庶子成人無子者，無以兄弟子爲後之義。惠先不當後其叔，其長子非大宗，不當立後。其所後之叔，當祔於祖。援据《禮》文，反覆申辨，其言甚正，然於當日情形殊未脗合。蓋惠先之後叔父，歷有年所，陶氏無議之者。今因其子争繼，而輒奪其所繼，於理不順。况陶氏家貲巨萬，向未分析，叔不議繼，姻族必不允服，一經議繼，必須分家，分家則覬覦分肥之輩，從旁搆扇，勢不至破家不止。是以余佐孫師定議，斷主祔食之説，使争繼者無所藉口，案遂完結。一時權宜調劑，不得不爾，而陶氏遂得保全無恙。且禮順人情，情之所不可禁，不能執禮以奪之也。世俗無子之人，苟稍可支持，未有不立嗣者。如胡君言，惠先之叔與其長子皆不合立後，揆之人情，亦屬不安。從來令之折獄，幕之議事，當以愛民省事爲主。遇富家事，尤苦棘手。讀書者拘文牽義，解事者避謗引嫌，觀望蕩延，滋爲民病。余前録所記，凡引經決獄諸案，往往經旨不必如是，每藉以厭服人心，慘淡經營，頗費神用，故通經之上官，無不委曲允從。同年章實齋《書夢痕録後》據經疏證，謂余讀書通變而不失其正，可爲經旨通其外義，真通達治理之言。恐因胡君之論，事有難行，聊復申明鄙意，非護前也。

晝寢不寐，成《書懷》七律十首：

今年更比去年慵，左右手如官印封。身似摧枯頻緩帶，誰能起蹩更扶筇？青鞋布襪緣都謝，掃地焚香孰與從？卻到祇園鐘鼓後，晚風遥聽隔鄰舂。

五男三聚一家歡，况有諸孫擁膝端。閒話有時談故事，同人無奈望長安。忽傳急雨娥江溢，又報洪流甓社漫。徐州發水，高寶湖隄坍漫，與河合流。夏令秋行秋復夏，眼前合作夢痕看。

西薄何由日再中，如斯逝者歎匆匆。年將八秩歸非遽，矢欲三遺氣不充。短髮搔來驚早秃，雙聰聽久愧全聾。即今厄比黄楊閏，知識俱銷悵病風。

世事回環總悵然，破巢完卵記丁年。生成最幸依荼檗，少小何曾輟誦絃。代闡烏私良友力，得昭彤管令聞傳。春暉寸草終難報，便到歸廬劇自憐。

曾笑何曾食萬錢，齒牙全脱斷腥羶。累人口腹平生孽，遠我庖廚近日緣。菜可朵頤堪惜福，藥能扶老望長年。卜居最愛湘湖好，嬴得蓴香勝鱠鮮。

追痕記夢奈春何，痕短痕長夢裡過。愛客人偏愁客至，好談事轉怕談多。因依木石耽居僻，脱略衣冠任俗訶。敢説禮非爲我設，守身得了更無他。

半生縞紵夢中緣，覆雨翻雲頃刻遷。意不盡宣艱口授，書當欲寄轉心懸。九原可作悲身後，四海論交負眼前。正是西風蕭瑟候，南柯一枕獨悽然。

檢點身心七十年，平陂倚伏總由天。鄰醯與或何周折，官紙鈔書亦辠愆。幸少忮求名利淡，猶多期望子孫賢。茫茫舊事難追憶，習坎誰將撮土填。

一番秋雨一番涼，十日淫霖鬱寸腸。氣候難調多自誤，陰陽不定可誰商。海沙吉貝風全掃，隴畝嘉禾水漸傷。癡坐頽然無箇事，也隨鄰里祝民康。

三年閣筆語支離，坐席長欹寢似尸。賸欲殺青存舊槀，更難塞白賦新詞。懸厓況味知心少，小住光陰轉眼移。過去未來都莫問，好憑現在辨醇疵。

命世鈺録存，以誌近狀。

十月，繼坊次女歸山陰候選知府徐秉鈐次子候選同知青照。是歲雨暘時若，秋收豐稔，惟石米值錢三千文未減，木棉中下市價甚昂。

十二月十二日，鮑君以文東渡。喜陰雨連日，藉可信宿盤桓。予交以文四十年，雙節詩文刻碑鏤板，具費心力。爾來歲一訪予。今七十有八，精神愈健，談説舊事，亹亹可聽，於書籍尤殫見洽聞。嘗勸其録記異同存佚，以資攷訂，以文每笑頷之，至今尚未屬筆。

生日得七律一首：『又是生朝歲欲移，今年筋力更難支。啓予手足知何日，凜我冰淵及此時。病類戚施痕記夢，筵開湯餅例添詩。渡江鮑叔多情甚，春酒從兒頌介眉。』命世鈺録存。

十七日，以文病頭暈，急西渡。余用自危也，自憶平生秉性戇直，不能謹言，雖幸親知曲諒，未干大戾，而事後之悔，紛不可追。惟『敬鬼神』三字，服膺勿失。鄖幕遊時，每到館次日，齋誠詣城隍廟，訴不得不幕之故，默誓神前，念稍苟且，神奪其魄。是以兢兢自凜，凡不可入廟之事，俱不敢爲。後吏甯遠亦然，水旱祈禱，無不立應，疑獄二事，詳前録。靈祐昭然，此余治心之實學也。自讀姚端恪公『嘗覺胸中生意滿，須知世上苦人多』之句，偶生怨尤，立時悔悟。佐幕時，自譔『苦心未必天終負，辣手須防人不堪』一聯，書以自警，尤舉念可質鬼神。病廢十一年，猶得徼天之幸，及見子孫輩讀書成立，未必不由於此。吾子孫善承之而已。

二三月來，痰多氣滯，精神愈憊，不願開口，不願見人，並不願聞家事。命繼坊重繕曾祖以來祭規，俟吾夫婦百年後，城居三房輪值。墉、垿二房鄉居不便，酌付祭産數畝，令其自祭。因念余身後百事預備，口定終制，撒手即可治斂，附身附棺，誠敬如禮，斷斷不可用僧道、鼓樂、樹燈等項。余四世單傳，房族無應服之人，距鄉路遠，不須分帛，自至親密友以外，不必徧訃。七日原可發引，或有月日避忌，亦當選擇。但不可久遠停住中堂，致使魂魄不安。吾墓遠在山陰，會葬以勞親友，宜敬辤之，萬不可已者，及門而止。俗例至親有祖道之祭，此最無謂，當以遺命毋受。吾生無益於世，然守先人之訓，以節儉自持，兒輩治喪，宜體此意。惟饋奠依禮用牲，此外素膳最宜，不必行酒，無得豐侈肴饌，烹宰暴殄，陷吾於不節不儉。可以此語揭於匵前，親友食於有喪之側，諒不以口腹責人也。喪事稱家，切不可負債飾觀，貽吾後累。吾平生不敢累人，又何忍死累子孫？余一生謹慎，不敢造孽，未必仗二氏解脱，即有罪惡，亦非二氏之徒所能懺悔。七七毋令僧道治懺醮。余治命如此，萬勿故違。當邀穀塍至家商酌，渠比原稟略有刪定。吾素志已畢，更無一字可商，違即不孝，辱莫大焉。即欲從此輟録。兒輩謂余神明未衰，可以從緩。余自維語言謇澀，萬一將來不能出聲，所關非細。且此時長嫡三房同居侍膝，日後宦客分手，俱未可知。不及今明白定制，余心何安？嘗讀朱子跋吕伯恭日記云：『觀其繙閲論著，固不以一日懈。至於氣候之暄涼，草木之榮悴，亦必謹焉。則其察物内省，蓋有非血氣所能移者。』是録亦頗具此意。顧手不能記，而託之於口。至於口難盡言，則其勢不得不止。爰成《俟命詩》四首：

得過申秋六見霜，未來歲月可誰量？起居是處須扶掖，眠食猶來自主張。去早去遲心總愜，名存名没事何常。惟餘一念增悽惋，師友彫零孫兩殤。
縈迴疇昔閱難堪，閱歷因緣仔細探。可奈物情争絢爛，幾曾家食忞肥甘。生涯到此身餘幾，世務關心事尚諳。邸報傳鈔頻額手，綸言崇樸聖心覃。
結習深深老蠹魚，精勤聊借補荒疎。銷磨歲月經兼史，檢點篇章卷更舒。潤飾尚期師一字，工夫何忍負三餘。十年前與家人約，欲回首時先廢書。
繭室親營十一年，口裁終制意欣然。不豐不儉行吾素，全受全歸去自便。嫁娶早完兒女累，詩書儘畀子孫傳。巡檐索共梅花語，便許勾留秖信天。
情事如此，更復何言？倘天假餘年，此身幸免大戾。兒輩隨時補録，不補亦可。二十七日，命世鐘録記。越一日小盡。除夕夜雪，至天明霽寒，爲丙寅元旦，時嘉慶十一年，余年七十有七矣。歸廬主人自識。

先府君自録行事止此，時爲嘉慶丙寅正月朔旦。至丁卯三月，府君棄養，中間十有三月，不復命筆。不孝繼坊等，當府君精神稍勝時，間請續記，府君笑而不答，坊等不敢瀆也。惟念府君生平以守身爲事親第一義，嘗自言一日不啓手足，則守身之事一日未了。是以此十有三月中，雖體氣衰減，至於綿惙，未嘗片刻縱逸。不孝等若不補綴紀録，無以徵府君修身俟命、全歸所受之終事。謹按録中體例續書，仍退一格，以示區别云。

十一年丙寅　七十七歲

正月，刻譔美堂神堂柱聯，府君丁巳自製語也。歸安孫氏妹病，命繼培往視，以其女配繼培子世錫。

四月，繼坊客蘇州。

五月，妹壻於虎文文熊入縣學，時距府君入學已六十年。戚友欲請重修謁廟禮，府君以錮疾不能備禮謝之。作詩以誌：『咫尺宫牆萬里如，支離病耐十年餘。忘機已判同漚鳥，遣興猶教伴蠹魚。文字感深知已往，衣冠禮笑半人疎。不堪重賦搴芹句，欲踵錢盧願復虚。』錢竹汀宫詹、盧抱經學士皆重遊泮宫，賦詩紀事。

六月，重纂《越女表微録》。往歲癸亥，作《續録》，復有以事狀聞者，故再編次，入録者共六十有一人。

府君自前丙寅後，每歲皆有詩稾，或數歲一編。詳前録。歸田十餘年，草稾叢襍，夏日删定詩六卷、文二卷，因曰：『吾自是不復以文字應酬。』然七月間又爲表兄徐蘭臺譔尊甫頤亭先生墓誌，題仁和孫侍御頤谷志祖《深柳勘書圖遺照》，固未嘗廢筆墨也。

九月二十三日，鮑緑飲先生來，知《學治臆説》《善俗書》刻入『知不足齋叢書』第二十四集。是夕疾作，日轉劇。府君自慮不起，寄書召繼坊歸。越十餘日，神氣復安。爲繼培子世鈺聘同邑國學生蔡一峰崧次女。十二月，孫氏妹卒。除夕，繼壕婦來氏卒。

十二年丁卯　七十八歲

正月初四日，陝西韓城王武部新齋堉時過訪。文端公第四子也。時夜漏下十餘刻，府君聞之，忽披衣起，延入，握手甚歡。武部出文端公行述、墓誌，府君讀終篇，因述平昔知遇之感，哀不自勝，武部亦爲之泣下。語良久，方寢。次日，武部入辤，府君款談移時，猶戀戀不忍別也。二十日，繼坊客蘇州。

二月，倩畫師王景昭寫真，復作小照，繪世錫於旁，命曰《授經圖》，口授記數行，屬繼培識之卷尾。爲繼壕聘山陰國學生婁東書先生大甯第三女爲繼室，謂繼壕曰：『吾久病，早晚不可知。設有不測，孫輩幼，不可使無母。既聘，當即娶，吾亦庶無心事。』因手取時憲書選吉日，曰：『三月二十四日最佳，勿更緩也。』嗚呼，孰知壕婦於歸之日，即府君棄養之辰。豈府君自知去期，而不忍雛孫弱息，伶俜數年，以益繼壕護視之勞耶？嗚呼哀哉！

府君去冬病愈，胃氣頗强，飲啖勝於常。輔以藥餌，面貌豐悦，背上肉益隆起，僉謂期頤之徵。正月下旬，食量驟減，見藥物輒揮去，意忽忽常若不樂。家人以爲憂，然未嘗淹卧牀笫。晨興，二人舆至堂中，檢新購書，一一繙閲。時復讎校《贈言三集》，命世鐘、世鈺檢字典，點定訛字，倦則舆入内寢，睡片時起，復手書，薄暮猶不忍釋，日以爲常。

府君生平略無嗜好，惟癖耽經籍。嚮幕遊時，繼坊嘗侍左右，見府君治官書，每日三二時便了，暇即瀏覽書史。同幕諸君或以飲酒博奕相娱樂，府君終不一過，諸君亦無敢以俗事慁府君。及宦湖南，讀史日以卷計，有事不滿數，必益燭補之。歸里後鍵户養痾，課繼坊等讀書，亦自讀，往往至夜分不止。吾母苦諫，府君笑應之曰：『吾依書爲命，子但見吾廢書，當爲料理後事。』易簀前三日，猶坐堂中看書，數數摺角，若將覆閲者。日下舂，神氣微倦，忽命整理入廚，隨取《贈言三集》稾本授繼培，曰：『此吾未了事也，好藏之。』命家人燂湯洗足畢，就寢，自是遂不起。嗚呼，府君至是真廢書矣。

次日，疾有加。繼坊自蘇州歸，府君坐牀，絮絮問客中事，問已復卧。又次日，家人晨起問安，府君語坊等曰：『吾昨夢吾父、吾母、汝前母環坐榻前，執手相慰勞，吾殆將不起矣。吾少孤，恃兩母苦節，長教成人，常恐此身失檢，玷及先人。佐幕當官，兢兢以保身爲念。幸遇覃恩，封贈二世。奉身求退以後，節鎮幣聘，稱疾固辭。中風十餘年，得老死牖下，完身體髪膚，以見先人。吾幸多矣！今即死，吾復何憾？』又曰：『堂尊於寢，吾死後，歲朝當奉先像於堂，饌品如吾在時，不可簡慢。祀吾内寢，肴饌毋視先人，吾不可與先人並也。』既復泛言家事，又屬坊等曰：『吾無遺訓，《庸訓》一編，吾遺訓也。汝輩時時展玩，能自愛如吾愛身，吾先人當呵護之。』醫來診視，云：『脈如常，幸勿他慮。』坊等竊喜，益進蔘桂，庶幾有起色。

二十四日清晨，繼壕婦婁氏至，謁見府君。府君側身面外，色和婉，語答如平日。辰巳間，脈忽透出手背，坊等倉皇無策，急進蔘，府君勉啜，復棄去。親友來問疾者，撫枕以好言慰謝。日亭午，遽命易衣。坊等以氣息微弱，不可動，固請少緩。府君意甚不悦，語益急。乃令家人環侍，次第易内外衣，整冠履，府君以手自理其鬚，粲然微笑，秀色溢於目，若生平極得意時。逾數刻，日交未，目暝遂逝。嗚呼慟哉！府君志在守身，匑匑抑畏，數十年如一日，啓手啓足，得遂初願，固宜含笑而逝也。庸詎知不孝等不肖，不克自樹立，以承先訓，以遺府君憂者，知復何窮？而府君遽棄不孝等而長逝耶！哀哉慟哉！不孝繼坊、繼墉、繼埒、繼培、繼壕泣血謹識。

附録一　汪輝祖行述

附録一　汪輝祖行述目録

汪輝祖行述卷一

辭薦舉孝廉方正案

吏部咨開文選司案呈，嘉慶元年正月初一日，欽奉恩詔，内開：『每府州縣衛各舉孝廉方正，暫賜以六品頂帶榮身，以備詔用。務期採訪真確，毋得濫舉。欽此。』查定例，恩詔『保舉孝廉方正，直省督撫轉飭府州縣衛各官，令該地方紳衿耆庶、鄰里鄉黨合詞公舉，該地方正印各官採訪公評，詳稽事實。其所舉或係生員，會同該學教官查核。造具事實清册，加具印甘，各結申詳。該管上司逐加訪察，督撫核實保題。如樸實拘謹，無他技能，不能考試者，給與六品頂帶榮身。如其中果有德行，才識兼優，堪備詔用者，准該督撫出具切實考語，破格保薦，給咨赴部。俟到部後，吏部會同九卿翰詹科道，公同驗看。如果衆論相符，均無異議，吏部、禮部定期具奏考試，帶領引見，候旨簡用』等語，相應通行八旗並直省各該督撫、府尹、將軍，欽遵恩詔，查照定例，作速採訪保題，並知照各部等衙門。如内有應行知照之處，即爲轉行可也。三月初二日浙江准咨。

具呈紳士：原任山東莒州知州鄭飛鳴，原任甘肅崇信縣知縣吴斐，原任山西萬泉縣知縣蔡雄，候補內閣中書徐國楠，原發山西候補知縣富國寧，進士候選知縣王宗炎，舉人揀選知縣何其菼，韓城職貢生張龍五，歲貢生鄭王賓，優貢生蔡英，廩生陳灝、陳應坡、陶定山，附生丁仲舉、王家達、陸棻、陳庭驥、於燦文、湯炳焱，監生陳之灝、於士達、顧庚等呈稱：嘉慶元年，欽奉恩詔，內開：『一、每州府縣衛各舉孝廉方正，暫賜以六品頂帶榮身，以備詔用。務期採訪真確，毋得濫舉。欽此。』欽遵。竊惟察孝興廉，盛世廣掄才之典；懷方秉正，端人考視履之祥。行必綜其始終，非其人則不舉；格寧拘於仕隱，有其善則必彰。茲有原調湖南善化縣知縣，今封從五品銜汪輝祖者，世嗣清芬，夙懷至性。方十齡而失怙，能讀遺書；賴兩母以成人，克遵慈訓。洎乎授室以後，孺慕如初；即當遊幕之餘，承歡彌篤。逢人拜跪乞言，而金石刊銘；生我劬勞臚行，而賜金表里。推之彌廣，表微闡八邑之貞；貧而能施，分惠濟三宗之急。著書滿屋，文章洵足傳家；削牘片言，才略尤堪經世。晚歲琴鳴南楚，善俗成編；比年塘董西江，堅工入告。至如峻潔持躬，端嚴型俗。風清兩袖，田廬之計不營；門掩雙扉，干謁之緣盡杜。洵稱善士，無忝完人。紳等居處匪遥，見聞尤切，理應合詞公舉。伏祈確加訪核，優予申詳。覩所勉，覩所忽，知鄉黨無溢美之詞；書其賢，書其能，爲國家收樹人之效。上呈。

計開事實：

一、原調善化縣知縣汪輝祖，現年六十七歲，身中面白，微鬚，係本縣二十四都下二啚民籍。曾祖必正，曾祖母沈氏，祖之瀚，祖母沈氏，父楷，嫡母方氏，繼嫡母王氏，生母徐氏。以上俱殁。

一、該員於乾隆十一年學憲陳科試入學，中式乾隆三十三年戊子科本省鄉試舉人，四十年乙未科進士，五十一年選授湖南永州府寧遠縣知縣。五十五年調繁長沙府善化縣知縣，未經到任，于署道州知州任内跌傷左腿，五十六年正月詳請解任調理。該員先有奉委檢驗桂陽縣命案，未即檢辦，附參革職。嗣因伊子舉人汪繼坊捐級請封，從五品職銜。今在籍。

一、該員年十一歲，父故，即能哀哭成禮。繼母王氏、生母徐氏青年守節，教以業儒，該員率循誠謹。二母時或不懌，必長跪請誡。授室以後，奉教如故。徐氏病故時，該員年三十三歲，王氏病故時，該員年四十六歲，孝事終身，承順曲至，邑人咸稱爲汪孝子。

一、該員早歲孤貧，年二十餘，游幕爲養。念二母嫠居，不忍遠離，即在本省就館。一切家事，禀承母訓，修脯所入，盡數奉母。王氏秉性睦卹，該員曲成母志，雖遇稱貸，從不靳惜絲毫。

一、該員念兩母苦節，乾隆二十九年臚陳實行，題請旌表。復遍乞當世能文之士，作詩文表章，彙刻《雙節堂贈言》五十餘卷。至今道及二母，尚涕泗交頤。

一、該員操行峻潔，才識明通。遊幕二十餘年，所至竭誠佐理，以官聲政體爲重，以勤民省事爲心。賓主之際，慎於去就，意所不合，雖厚聘卑辭，未嘗遷就。嘗著《佐治藥言》二卷，習幕者奉爲程式。

一、該員任寧遠知縣時，事無鉅細，曉夜躬親，恪守官箴，以勤以儉。寧遠地居僻遠，間有陋俗未革者，該員竭力整頓。著有《善俗書》一卷，傳聞該邑，輿情頗爲愛戴。

一、該員回籍後，課子讀書，絶不干預外事。乾隆五十八年，本縣西江塘、張神殿等處改建石塘，前陞院憲長奏明民捐民辦，慎選董事，再三招令經理。潔己奉公，實心督率，得以料實工堅。經院憲具名入奏在案。

一、該員辦塘之時，與地方官以公事相見，言不及私。工竣之日，杜門養疾，仍不與當事往來。

一、該員秉性端方，待人誠樸。朋友有過，苦言力勸，從不少事唯阿。至爲人謀事，惟力是視，纖悉周到，並不稍存歧視。

一、該員自曾祖以下，從堂伯叔兄弟，凡故絶者，皆爲買地營葬，歲時祭祀，以敦本誼。

一、該員嫡母方氏舅家他徙，兩世遺棺，皆係該員葬祭。繼母王氏外家式微，母舅舅母皆該員爲之生養死葬。姊妹外姻，力不能娶者婚之，貧不能喪者葬之。人皆稱其古誼。

一、該員生母徐氏母家鄞縣，徐氏故後，該員親赴鄞地，根訪母黨湮没，爲徐氏父母歲時設位祭獻，以體母志。

一、該員賴兩母節撫，稔知苦節之難，爲二母請旌後，搜採紹興八邑湮没不彰，例得請旌之節婦，共得三百餘人，詳臚事實，先後具呈前藩憲國、陞任學憲王、陞任學憲竇，給匾旌獎，飭府縣存案，以備志乘纂輯。並彙撰《越女表微録》六卷，闡揚潛德。

一、該員自幼父命從本縣學生鄭嘉禮受業，終身敬禮，事師如父。乾隆六十年，嘉禮物故，該員盡哀盡禮。師弟之誼，感動士林。

嘉慶元年三月初十日呈。

蕭山縣知縣方批：查原調善化縣令汪，學術醇正，品行端方。孝以事親，表幽貞而孝思不匱；清非矯俗，歷出處而清操彌彰。夙披滿架之書，藹如仁言，具徵躬行心得；今愜造廬之願，翕然輿論，洵爲實至名歸。在本縣早已傾心，爾紳士亦無溢美，惟採風必先學校，録善不厭周詳。候即移學查復，以憑核詳可也。册結存。

儒學教諭俞超、訓導諸葛謣確查：看得原調湖南善化令汪輝祖，性秉端嚴，行敦篤實，半生負米，愉顔謀菽水之供；四海乞言，没齒抱蓼莪之慕。筮仕而清操益勵，甑屢生塵；歸田而峻望彌彰，門真長杜。書之惇史，洵爲表而爲坊；綜厥輿情，實可儀而可範。雖一行作吏，已久播其循良；而三物興賢，宜首推夫碩彦。今准移查擬，合据情牒覆。

蕭山縣知縣方于泗查：看得原調善化縣知縣汪輝祖，誠以修己，孝以事親。養志乞言，已盡顯揚之實；敬寡恤族，俱推錫類之恩。當梓鄉伏處，早已心凛四知；及花縣分符，更覺風清兩袖。自讀書入官以至歸田，無非型仁講讓；由律己治家以暨應世，共欽行表言坊。著述等身，俱可師而可法；譽聞動衆，洵斯愛而斯傳。既名實之相符，允薦揚之必及。兹據該員里鄰親族投具切結前來，理合開造履歷事實清册，加具印結，備文通詳。仰祈憲臺察核。恩准薦舉加結轉詳。四月初六日申。

紹興府知府高三畏查：看得原調善化縣知縣汪輝祖，賦性純良，禔躬謹慎。孝思不匱，善承膝下之歡；德意有加，遍濟里中之困。掇巍科於早歲，大著文聲；分花縣於巖疆，夙優吏治。即至歸田養望，益徵制行之芳；況乎教子成名，更見貽謀之善。言爲坊而行爲表，洵洽輿情；處有守而出有爲，足邀曠典。茲據該縣學舉報前來云云。

六月二十八日，汪輝祖呈爲曠典不敢濫邀，乞賜詳銷事。呈稱：竊輝祖奉諭查原任革職緣由，伏查乾隆五十五年，輝祖於署道州任内，十月初六日奉臬憲委，赴桂陽縣檢驗何劉氏母子四命一案，關查鄰境郴桂諳練仵作未到。十二月初五日，公出代驗江華楊古晚仔命案，初七日在屍場失足跌傷左腿，醫治不痊。至五十六年正月二十九日，詳請解任調理。因失足之前未赴桂陽檢驗，九月間附參革職。五十七年閏四月回籍。因長子舉人繼坊援例就職直隸州州同加級請封從五品銜。近年足疾漸瘳，授徒自給。前邑中紳士謬採虛聲，具呈公舉，過蒙准薦，當即辭謝。今聞郡憲又賜加結詳保。仰奉藩憲行查例案，重煩左右傳命咨詢。伏念輝祖髫齡失怙，恃母以生；壯歲依人，傭書爲活。學無根柢，行乏方聞。居家則爲子未能，筮仕則奉職無狀。加以聵聾洊及，衰病相尋。秖合閒居，惟課功於簡籍；比嬰末疾，難徵效於蓍芩。榮鄉里以封銜，衣冠忝列；冀階梯於進用，才識慚虚。聞薦牘之聯翩，撫私衷而悚仄。欣逢曠典，敢冒竊夫褒異之名；伏處衡廬，自樂育於涵濡之化。用敢瀝誠上瀆，攄悃叩辭。伏乞俯賜鑒詳，轉請銷案。庶名器不假，群倫欽貢舉之公；而獎勵有真，明詔收得人之效矣。上呈蕭山縣轉詳銷案。

汪輝祖行述卷二

壽序

汪龍莊先生六十壽序

餘姚邵晉涵撰

吾友汪君龍莊，謁選得湖南之寧遠縣。初至，上官知其才，欲留之會垣，龍莊固謝。既爲治有聲，上官欲與量移，龍莊復固謝。龍莊豈有戀於寧遠耶？寧遠於湖南爲偏壤，縣之北西二面皆有猺地，瘠而俗偷，號難治。前此知縣事者，率以速遷爲幸。龍莊獨安其土，暨於今四年矣。頃詒余書，自言政拙，將以秋冬告歸。然則龍莊豈有不樂於寧遠耶？夫地無豐儉，視所養，俗無厚薄，視所教。謂龍莊有所戀與有所不樂，舉不足以知龍莊也。

父母之愛其子也，以長以育，不遺於纖悉，必計其久長業成，而授其子焉，父母不自以爲功。州縣之官胥，於民有父母之責矣。顧或視其官如傳舍，環眂旁郡，擇善地而營。求之既得，則據爲己私，逞其攫索。嗟乎，其人之賢不肖，觀其意趣可知也。

龍莊初至縣，凜然於衆母之義，題楹柱以自警。安其俗，申其教化，思蒸民於俗，以變其故俗。縣多惰農，秋後皆曠土，則勸其相原隰沃衍所宜，廣其種植。山鄉之田以火耨，耨畢，盡決其水，而望夏秋之間雨集，旱潦無備，則修水防之瀵，令其備塘堰，多瀦蓄，歲比有秋。縣遠於省會，士憚於試，久之錮蔽其聞見，課業日衰。廼董振而導率之，校覈其文蓺，翊以學古，士皆自奮勵，連歲有領鄉薦者。民染於猺俗，昏祭諸禮，歌呶褻狎，踔躍號嘑，沿習不克改。乃告以律文所勸懲者，申明禮意，繩以防閑，激發其廉恥，旋且子孝婦順，業安訟簡，煦煦然從所指示而相勉爲善，龍莊誠顧而樂之。然龍莊起孤童，奉兩節母之教，蘗苦自樹立，孺慕終身不衰，汩於營利，惟故山邱隴，夢寐繫之，政成而扁舟徑返。龍莊又奚所戀哉？

寧遠人游京師者，時爲余述龍莊之善政。且曰：『公行年六十，神明如少壯。公固無所戀於兹土，而縣中樂得父母爲依恃，竊願其久留而不去也。願以躋堂之嘏祝，申卧轍之謳思。其見許乎？』余曰：『是在龍莊之行其志。雖然，民與官相維繫，勤其事者不自爲功，而被其澤者至纏緜篤念而不能自釋，俗善治和，用以翊扶聖朝純懋融熙之雅化，是可書也。請即以是爲樂筵之致語焉。』

時乾隆五十有四年，歲在屠維作噩月在圉涂十有四日。

七十壽言

會稽章學誠撰

龍莊大夫，七十引年。夫婦相莊，子姓斐然。覽揆之辰，戚里蟬聯。奉酒稱觴，祝踰彭籛。

大夫悄乎其容，若忘憂喜。泛然挹觴，將進復止。徐曰：『壽之爲道，久亦如常。人鮮百年，乃祝陵岡。古人貴壽，何者爲當？余不釋然，是用徬徨。諸子抑抑，目營手語。諏於賓客，孰善辭序？』時有穀塍進士揖進，石齋典籍抗聲前曰：『夫轉大木者，謨詔不若呼樗。導真言者，經弢不如相馬。苟談言而微中，會心豈必帶下？』大夫拱手曰：『敬聞命。』四座肅然，傾耳以聽。

典籍曰：『淇尉世澤，高臺早傾。破巢霹靂，堅節雙撑。鶯花繁而春老，蛬露咽而秋清。繴纑塡楮，午夜書聲。竟甘回於荼蓼，備哀榮於先後。九陛綵綸，千秋俎豆。顯揚錫類，同時無偶。金石丹青，足以不朽。』大夫謝曰：『罔極如天，區區何補？寸草春暉，難喻恃怙。』

典籍曰：『繹書爲學，述意爲文。落實於秋，舒華在春。理本一致，迷者悞分。居閒習經，服官究史。君有名言，文能稱旨。布帛菽粟，人情物理。國相頒其政言，市賈刊其《佐治》。雅俗爭傳，斯文能事。』大夫謝曰：『余於文事，有愧前修。衛文之服，未饜漁蒐。』

典籍曰：『良相良醫，同推功濟。孤寒謀養，幕遊不易。遂爾名動諸侯，禮欽上遊。神驗後事，急爭去留。若乃律令無文之解，官禮三千；爰書嫌介之交，春秋十二。山林鬼享，歸冰霜寡婦之田；鼎鑊魂生，辨風雨椎埋之被。雖舉一隅，堪徵歷試。事出依人，可云行志。』大夫謝曰：『是有主者，非吾能然。亦恃天幸，所遇皆賢。』

典籍曰：『廷獻家脩，理符鍼芥。吏不妨儒，并功則憊。乃則髫童小試，勵誡絺袍。志正功苦，譽聞俊髦。荏苒卅年，青衿久滯。至於飛磚警案，鬼賞文心；連理分釵，神傳甲第。宗工付衣鉢之傳，子舍見薪火之繼。家學師傳，連篇相次。』大夫謝曰：『科第稱榮，未免世見。偶然得之，豈足爲羨？』

典籍曰：『百里寄命，有社有民。蠻荒殊習，禮教鮮新。覆水歌堂，中道交昏之俗；燒山決壑，懸炊供食之風。推迹權輿，本招鴻集。絃歌起化，如導蠶叢。至於摧蠹懲頑，扶良翼秀。觀禮知讓，喝勇成鬬。鄰封百姓，扶老携幼。争相父母，訟庭奔叩。乃至夜臺列炬，冥曹服判決之公；城社揚靈，鬼伯縶凶奸之脰。循良傳記，安能屢覯？』大夫謝曰：『飢易爲食，渴易爲飲。補弊救偏，未敢爲盡。』

典籍曰：『見可而進，知難而退。身世之間，儔能無悔？弗逢時以希進，寧忤指而辭尊。居依木石，累免兒孫。洞庭春水花雨，餞萬里之舟；湘渚秋菰風月，訂三生之願。樓開讃美，仰榱桷兮千秋；堂榜樹滋，貽貽謨兮萬卷。擁被而聞鷄唱，少壯之刻勵堪追；策杖而聽松濤，舊涉之風波更惋。聃也猶龍，莊名如贊。』大夫謝曰：『本爲拙宦，豈曰名高？幸反初服，何敢自豪？』

典籍掀髯抵掌，進而言曰：『憶昔乾隆己丑，京師春暮。朱學士座，與子初遇。各傾所懷，欵言情素。如車異轍，要歸同路。今三十年，相見如故。《夢痕》一録，具子生平。去就出處，人可謂成。余客諸侯，文墨爲生。倦鳥投林，欲集未寧。白首相見，蕭然之城。忘年宿契，進士縠媵。學優趣超，朝夕嚶鳴。舊雨新篇，相與繾綣。南邨素心，庶幾不遠。每見宦成，退老林泉。流俗無論，姑舉其賢。或長齋而佞佛，或導引以希仙。咸自私以自利，豈知命以知天？名教可樂，日用皆道。力取其壯，智深於老。冬日雖短，燭夜如杲。百半九十，晚節彌皎。惟善作而善成，爲善頌而善禱。』於是轂膝進士拊掌稱然，酌以大斗，佐以加籩。大夫投杖，交拜而起。連醻鉅觥，闌筵甚喜。

汪焕曾豫室誌銘

會稽章學誠撰

蕭山汪焕曾氏，卜地得佳兆，爲曠（壙）三焉，題曰歸廬。厝其原配王宜人於左，而虚其中若右，以待己與繼配曹宜人。書來告余，且喜其得之無心，有合於古之所謂人棄我取也，屬爲之誌銘。余曰：美哉斯壙，請改題爲豫室，可乎？非苐（第）豫卜其生壙之謂也，蓋焕曾少壯至老，皆有得於豫力者然。而斯壙之成，又適合於豫卜之義。故改其所題，而以余文爲《豫室誌銘》。

焕曾幼孤，許十歲讀書里塾，貧衣敝緼，不能無動心。偶爲人倩試文，得酬一袍，太夫人痛懲非義，立返其人。由是辭受出處，必貞古志。此立己之豫也。交友半天下，純駁不一律，道義不一取。雖恕全於後，而擇慎於先，故無終乖末隙。此與人之豫也。佐幕州縣，身輕責重，惕然警心，密誓神明，毋欺毋苟。既而聲望漸起，列城爭聘。於刑獄疑難，以禮通法，賓主交際，以義斷情。雖讒妬間搆，而金鍜愈光。相處者惟恐其去，既去，輒追思不已。此經世之豫也。晚登進士，十年出宰，蠻荒獷俗，人嫌我否。手治官書，興利剔弊，嬰兒毒虎，詩禮猓獠。其民乍疑漸信，率爲善俗。上官見才，請移膴劇，雅志淡泊，移疾不應。洊至釁尤，幾罹不測，卒以公論，得善其歸。此服官之豫也。講學論文，務期實用，不隨時尚，不求世譽。著書滿家，布帛菽綺，稻粱珍錯，識者爭寶之。母節徵詩文，遍及海内知名之士，意有所鄙，雖表表負盛名者，擯不與也。余嘗謂論文至此，方可爲潔。此文學之豫也。罷官以後，精力猶健，節鎮鉅公，爭相延聘。煥曾顧宦橐未可恬熙，然已足承先志，勵勤子孫，毅然不出。此晚節之豫也。在《易·豫》之象曰『雷出地奮』、『作樂崇德』，人心和悦之謂也。惟有豫立而後有豫悦，此煥曾平生之占也。然其反卦承《謙》而來，《謙》『亨，君子有終』，此煥曾歸休之占也。地中有山，藏身安固，不騫不崩，又煥曾卜兆之占也，然則千秋其永利乎？

余與煥曾籍同府，舉附同歲，志同道，所愧有不同者，少豫力之學也。讀書服古，期許不甚讓於前賢，而有體無用，涉世迂拙，失人失言，悔尤時見。爲《豫室銘》，惕然有省，既貽煥曾，亦以勵我後人。煥曾名號、祖系、配氏、子孫、科第、官階，空其右方，以待他日補注，此不具書。銘曰：

豫之室，安且吉。慎百年，如一日。豫之名，歸廬更。松柏秀，林泉清。豫之道，可以教。子子孫，是則傚。

汪輝祖行述卷三

行狀

皇清敕授文林郎湖南永州府寧遠縣知縣晋封奉直大夫汪君行狀

王宗炎

曾祖考必正，曾祖妣沈氏。

祖考之瀚，貤贈文林郎，湖南寧遠縣知縣。祖妣沈氏，貤贈孺人。

考楷，河南衛輝府淇縣典史，敕贈文林郎，湖南寧遠縣知縣，晋贈奉直大夫。妣方氏，繼妣王氏，生妣徐氏，竝敕贈孺人，晋贈宜人。

本貫浙江紹興府蕭山縣大義里。年七十八歲。

狀：君姓汪氏，諱輝祖，字焕曾，號龍莊，晚號歸廬。系出唐越國公華，先世自鄞遷蕭山大義里，十七傳至君。祖贈文林君，以行誼見推於族。君考贈奉直君，廉信慈篤，友于兄弟，官河南淇縣典史，盡於其職，去而民思之。娶方宜人，無子。簉徐宜人，生君。方卒，繼王宜人，有賢行。君生十一年而孤，遭家難，幾毁室矣。王與徐守奇窮撫君，且教之，世所稱汪氏兩節母者也。君在傅勿勤，克自表見，年十七，補博士弟子員，以貧故，依婦翁金山官署。常州知府海陽胡公文伯見其文而器之，延主書記。察君有才略，欲以細密成就君，與議論折難甚苦。君感其意，益練吏事，學刑名家言，前後佐元和、長洲、無錫、仁和、錢塘、海寧、秀水、嘉善、平湖、烏程、歸安、龍游、慈谿諸州縣治，所至嚴憚倚重。

君識開敏，能決大疑，險健争構，鉤鈲析亂，淆眩曲直，一覽得要領，勿問株蔓，吏不得緣爲姦。治爰書，不設成見，平情静慮，易地而身處，侔境揣形，反覆求間，予以可生之路。乍浦同知申督撫言，獲海盜四十餘人，掠治辭服，當付獄。符下平湖，君覆審其辭，惟林好嘗略人財，餘十六人竊魚及網，皆繫治，而縱遣其連逮者。會總督上同知獲盜狀，命江蘇、浙江巡撫會讞，檄囚至杭州，屢鞫未定。君謁知府，爲别白言，知府曰：『他不具論，十五人合劫沈某三舟黄盤外洋，非盜而何？』君曰：『河湖之岸，東西相距數十丈，連檣東岸者，風斷其纜，漂而之西岸，必不能比次。如泊東岸，時黄盤外洋之於河湖千萬矣。沈某三舟同漁同漂同泊，不失尺寸，盜同時乘之，遠於事情。或憎盜者甚，其詞未可信。』知府以君言重詰沈某，則三舟遇風，不相顧，十五人者，異地而各竊，遂如議，坐林好絞，餘以次第減。疏入，得俞旨。孝豐民行舟於平湖遇劫，獲盛大等八人，并所褫布被具獄。君語知縣覆訊，立屏間聽之，囚同聲輸供，若素習。次日故增減别訊，則參錯無一合，且有呼枉者。君命吏假質庫布被二十具，中雜所獲被，私記別之，孝豐民不能辨也，遂脱囚，踰年而獲真盜。其所平反類如是。治獄二十六年，論辟者六人而已。

君講習律令，剖條發藴，尋繹究竟，輕重之間，不爽銖黍。及其援据比傅，惟變所適，不爲典要，律之所窮，通以經術。無錫浦經與兄子童養未婚妻私，按律當擬充軍。君引婦未廟見而死，歸葬女氏之黨，以減其罪。長洲周氏婦張早寡，有子繼郎，將授室而殤。張爲立後，族人欲後其父。君引爲殤後者服以其服，以定其繼。秀水陶惠先以大宗獨子爲叔父後，生子五人，其長者先死，無子，例得後次子之子璋。璋叔世侃乘惠先死，僞爲遺命，令璋父歸嗣所生祖，冀己子得嗣伯兄。君引殤與無後者祔食於祖，以杜其謀。平湖殳球瞰緦服叔鳳于死，思攘其貲，自言當爲後。君引已孤無所受命，不爲人後，以折其争。初若矜己立異，切瑳究之，然後知其析義精而審情當也。人謂君得法外意，君曰：『吾安敢弄法？惟於立法本意不敢不詳盡耳。』

君歷處繁劇，力餘於事，又自策之以勤。久困場屋，志不少挫，晨起，界素紙習書數百字畢，次第判案，量事繁簡、道里遠近，録要以授主者。日昳竣事，則挾策誦經書及制舉業，中程，然後就寢，以爲常。學益進，文日益有名。乾隆戊子舉於鄉，年已三十有九。又七年乙未成進士，需次十年，謁選得湖南永州府寧遠縣知縣。寧遠雜猺，俗喬野鄙僿，積逋而嚚訟。前令以被訐去，攝者政姑息，民益伺間爲挾持地。歲頻歉，穀貴，流丐載道，强索詈毆，勢洶洶然。君下車，即掩捕其尤者老猴，而盡毆餘黨出諸境，民懽言新官能去害矣。時奏銷期迫，君用書告民謂：『令與民體一而分殊，令分勤職，民分奉公。令與民約，月有三旬，旬有十日，七日聽訟，二日校賦，一日治文書。官不敢廢事，民亦不當玩課，勉完正賦，可免追呼，則減一校賦之日，即增一聽訟之日。令未遑撫字，先急催課，殊自愧也。』民讀之大慙悔，相與言：『撫字何等語，生平耳目所未聞見，何敢負好官，頑抗自外。』未匝月而輸賦足額。君知民可以理諭，乃延見紳耆，詢問疾苦、四鄉壤地廣陝肥瘠、俗美惡、人情良莠而籍記之。邑在萬山中，道險遠，多争界之訟。無賴指道殣恫猲，不遂，則聞於官，與吏胥比而取錢，饜其欲，然後具狀請無譣。官憚行，輒聽之，殷而愿者以爲厲。君受辭即訊，訊畢即簡從行，窮崖峻嶺，未嘗回阻，宿不擇地，餐不擇膳，奸窮僞得，立正其罰，訟衰息矣。

君尤善色聽，匿情之獄，鈎距得之。縣民匡誠養陳氏子學義，其後自生子學禮，而命學義歸宗。學禮娶於李，生勝時，病且死，屬學義佐李治家，甚賴其力，增田以百畝計。學義他出，有贖質田者，李呼勝時持契來，契皆書學義、李氏合買字，詢學義，遂大言己出半貲，亦半收租入。李歷愬於官，學義持田契租籍爲驗，無以折也。君佯爲不直李氏者，而獎學義善經理，絮絮語及生業，學義言：『誠予田八畝，學禮復予田五畝，家有一妻、三女、二子，其長者始能耕。』君曰：『若足以畜妻子乎？』曰：『度日良苦。』君曰：『然則契籍盡若僞爲也，不然，安得錢同李氏買如許田〔二〕？』學義出不意，叩頭服，悉以田還李氏。

零陵民蔣甲訴謝氏婦劉乞養其子，今當還，引劉傭婦董爲證。訟不決，屬君訊。劉言實夫遺腹，有侍產鄰媪及產後治乳癰醫可質也。君戒勿洩，遽託故詣其居，問媪及醫，語符合。窮治，則劉夫兄子純利其產，啗蔣及董所爲，分別辠之，不終日而折獄。人藉藉頌君摘發隱伏，若神明焉，顧君治實能感神。縣民劉開揚與成大鵬争山不勝，乘弟開禄病垂斃，負以登山，使子閏喜擊殺之，控大鵬毆斃。大鵬愬言争山有之，無相毆事。君察開揚詞彊而色屢變，心疑焉，禱於城隍神而鞫之。夜將半，有醉人譁於門，闖然入，則閏喜也。君引辟開揚，而研詰閏喜，得其情。問何以來，則言：『將竄廣西，飲酒與妻訣，聞欻扉呼者曰：「速去，縣役且至。」啟扉出，有導之行，頎且黑。至縣門擁使入，是以譁也。』君因是愈悚懼，事無鉅細，若有臨監，哀矜明慎，而不用刑。小争訟一朝之忿，委曲譬諭，立解散，勿留滯。其庭讞，聽兩辭竟，問堂下觀者：『聞某某辭乎？』曰：『聞。』『今若爲讞，允乎？』曰：『允矣。』然後判。即當予杖，呼罪人前：『若某事干某律，不可恕。若受父母膚體，奈何行不肖，虧辱父母！』再三語，罪人泣，君亦泣。或對簿者反爲謝，得保任去，卒改行爲善。君猶歉然，謂：『吾特以術銛民，幸億中，不能興教化，美風俗，不足稱百里寄。』乃令民廣生計，多種粱粟蕎麥，毋洩水，毋燒山，教之爲竈以爨，毋懸釜，造醬若醯，無食鹽苦。誡婚禮之浮費，而民知儉，禁封喪之酒肴，而民知哀，嚴勸嫁孀之罰，而民知節，明處女可爲繼室，而民知娶再醮之恥。沿習樸陋，翕然丕變，親睦安樂，各事其事。歲以大稔，則勸其買，補常平倉穀，修城垣，繕壇廟，聽民自爲，而總其成。

捐俸入建節孝祠，落成之日，迎貞婦栗主，爲文祭之。正月之吉，行鄉飲酒禮於堂，三揖百拜，歌《鹿鳴》之章，觀者如堵牆。重新崇正書院，季課生徒，躬自校閲，定其甲乙，講解指示。大比之日，設賓興燕，資而送之。士連歲舉於鄉，益厲學矣。民德君甚，入城市，必躋堂叩謁，君温語撫慰，人人各得其意。檄兼新田縣事，治如寧遠，政聲大播。他邑有訟，聞移君鞫治則喜，往往有赴愬者。君益發舒，爲民任事。

寧遠例食淮鹽，而鄰境藍山、臨武諸縣則食粵鹽。淮鹽值昂，粵鹽八而當一〔二〕，民皆食粵私，淮引壅滯。督撫遣營弁微服偵緝，人情惶擾。君爲帖以白，其略曰：『自零陵至縣境〔三〕，皆溯流逆上，溪水稍涸，不通舟楫，淮商所不能至。乾隆初，史總督奏淮淮鹽不能接濟〔四〕，許其兼食粵鹽，數在十斤以内，聽民零星買食，寬免緝捕。迄今五十餘年，民間嚮食粵鹽，斤直制錢二十二三。上年禁鹽之後，斤錢三十有六。入冬以來，斤錢五十。今則稽察更密，鹽不入境，販夫居奇，數日以來，聞有員弁易裝訪查，人懷疑懼，零鹽亦不復列買。甚者以鹽入水，計杯酬直。深恐不成政體。伏思寧遠每年額銷淮鹽一千三百一十四引，歷無水程至縣，亦無銷引報文，是淮鹽僅繫空名，而粵鹽久資實用。況鄰境接壤皆食粵鹽，價賤徑便，小民乘間攜帶，勢難盡禁。請循郴、桂二屬例，改淮引爲粵引，庶課不虧而事有濟。』久之未報，君張示諭民零鹽不及十斤，民得鬻販，官不收捕。偵弁之受遣者揭告總兵〔五〕，謂君有意縱私。言之總督，君復以揭辨曰：『營弁與某奉法雖均，處境稍異。營弁止守功令，某則當綏靖地方。寧遠僻處山陬，户口十有餘萬，如粵私盡禁，淮鹽不至，民有食淡之虞。故由藍山、臨武兩邑入境，可通粵私者，其路有四，某已禁其三，姑留其一，以濟食用，以待淮鹽。張示諭民，勢非得已。』揭上，總督鎮洋畢公沅大嘉賞，立弛零鹽之禁，撤所遣偵弁去。時偉其議，稱莽知縣焉。

君疾惡嚴，牓訟師姓名里居於通衢，大書其下曰：『既往不咎，再犯必懲。』有詭名投牒嘗試者，輒辨詰得之，不少假貸。又力行保甲法，集三十六里地保，人予一册，俾書其里之邨莊、疆界、田山、塘堰、橋梁、道路、廛宅之數，丁中黄小之籍，辨其土著流寓，而糾其惰游無恒業者。姦宄無所寄跡，多不利君。滿洲侍郎傅森公以祭告舜陵至，君謁見次問治縣何先，對曰：『去莠民之害百姓者。』傅森公曰：『然亦知若曹齮齕君乎？吾初入境，輿中得斥君匿名狀，徐察君治行，與狀大違異，乃知仇者之傾陷君。今以辭畀君，自治之可也。』君諾敬謝。後廉得主名，不窮治，意不能無少戒。

桂陽州陽山尼菴被焚，奉檄履勘。盛夏冒炎暍，蹊徑危險，劣可容步，下視深不測，跕跕欲顛墜。君心惴焉，乞休之計決矣。未幾而有桂陽縣何劉氏之獄，大吏令君往檢。會君移署道州甫逾月，叢脞紛委，未竟端緒，行稍稽。而江華請代驗者至，先往應之，大雨雪，就輿失足傷，移疾自劾免。時已疏調君善化，大吏疑君詭疾，有所避，請奏治。得旨查訊，竟坐奪職。歸途出寧遠，民空邑走送境上，以所産薏苡爲餽。老幼跪泣，擁輿不得行，有從至長沙者。君將之官，便道過家，語其友曰：『吾本無宦情，此行得恩命及親，即當引退。』志先定矣。君以丁未四月上官，辛亥二月去職，壬子四月歸里，在官不及四年，遇覃恩，贈君祖若考如君官。至是君長子舉人繼坊引例贈秩，爲君請封，得階奉直大夫，貤贈君考亦如之，成君志也。

君故居簃樓二楹，湫隘不可容，買宅城南之蘇潭，始奠居焉。五男，四女，婚嫁粗畢，病良已，以歲時爲酒食，召平時姻戚、宗族、交遊，飲飫讌笑，極歡洽，不問外事。明年，邑西江塘告險。山陰、會稽、蕭山三縣民輸貲修築，蕭山得塘利田二十三萬畝，畝捐錢百有五，奏聞，允行，核定工價矣。今協辦大學士覺羅長麟公，實爲巡撫，遣官走蕭山，勸君董事。君辭不獲，乃集邑人士，爲議減價增工，擇其才者分任之，會計綜核，局治其要，率作興事，工受其成。視工者賦丈而役徒，司局者按成而予價。長麟公擢督兩廣，繼之者覺羅吉慶公，亦雅重君，所請輒報可。初定條塊石工一百七十八丈，需錢二萬八千九百緡，用君議，增工至二百二十餘丈，省錢六千三百八十七緡，器用、舟輿、薪水之費，咸取給焉。價不虛縻，工得堅實，民大和會，奏告成事，礱石於塘。君一渡江謁謝吉慶公，歸而閉門下鍵，蓄書數萬卷，手自讎校，以譔述、課子孫自娱，長吏造門，謝不敢見。邑有大事，露版侃侃言，中朝貴人，竟歲不通一刺。韓城王文端公，君舉會試時總裁也，知君最深，時致書問，密有所諮詢，君剴切陳告，無諱飾，尤多述邑中利病，牧租之宜減則，南沙之宜改隸，皆累牘及之。其後阮撫部奏定減則，蔣撫部奏請南沙改隸蕭山，皆如君言。

乙卯冬，得末疾，不良於行。丙辰，嘉慶改元，詔舉孝廉方正，邑人以君應，力辭不赴。病浸劇，良醫治之，小愈，輒强起，自爲終制，端坐俟命。如是者十年，及見其第四子繼培成進士，爲吏部郎官，長孫世鐘入邑庠。又二年而終，嘉慶丁卯三月二十四日也，距君之生雍正庚戌十二月十四日，春秋七十有八。君剛毅自遂，勇於赴義，意所不可，不爲威愓，不爲利疚。少尚志節，老而彌厲。在金山時，婦翁薦之揚州鹺賈，歲可得百六十金。君以其倨，謝不行，而就胡公聘，歲二十四金耳。君曰：『金不及什二，禮固當勝之。』初任寧遠，巡撫即檄君至省治事，將拂拭用君，君辭曰：『令職親民，不久居，不能得民隱也。』何劉氏之獄，死者四人，縣以虎傷上，君微聞衣皆完好，屍無虎齒痕，或云死由於姦，疑不能明。寧失官，不肯稍委蛇其間。既罷免，大府將延之節署，吉慶公之撫浙，招君者三，君皆固辭。或問之，君曰：『州縣體鈞敵，合則留，不合去耳。若勢分懸絕，不得不稍委曲，不能徑行其志，故不就也。』君一介不苟取，而不以守潔自矜炫。有延譽及之者，君怫然曰：『爲淑女褰修，而稱其不淫，可乎？』歸自湖南，出所餘俸金買田供祭，笑語諸子：『吾憎人爲廉，自佐幕以至今日，一切食用，無非取於人者，焉可誣也？然所得止此，不能爲若曹計矣。』居數年，家日艱，諸子析爨，或不給饘粥。清畏人知，是難能也。

君坦白無城府，爲人謀，必盡其誠，面折人過，能改即止。善牖進人，一長一藝，譽之若己有。持論挺特，不可屈撼，而從善如轉圜，人咸畏而愛之。君自云所學在宋儒『喫緊爲人』一語，故其治身汲汲孳孳，不予以暇。君不逮事父，奉母篤孝，依人以爲養，必於近地便省覲，脩脯悉持獻母，無私財。在母所，不命之退，不敢退，所與爲友，某有品，某有學，必以告。衣食粗給，即具狀請表兩母節行，建坊里門，費不足，稱貸成之。徐宜人疾病，君自秀水兼程歸，抵西興，不得船，徒步疾趨數十里。比卒，毁瘠過禮，饋奠必親執。第進士，在京師聞王宜人訃，見星而奔，居喪送葬，哭皆極哀，觀者不疑君非腹出子也。

手撰父母行狀，乞言天下能文章者，以没身爲期，纏綿悱惻，讀者感動，咸極思慮以應其求。凡傳誌銘誄賦詩數千百篇，彙爲《雙節堂贈言集録》二十六卷、《續集》二十二卷，最後得而未刻者十四卷，遺命繼坊等梓而傳之，踐没身之言也。君之乞言，自達官貴人下至窮巷布衣，無論識與不識，拜跪誠請，輾轉郵寄，不遠千里，牋简尺牘，酬答往復，一生精力，畢萃於此。所得詩文，多撰人手書，擇其致佳者，命工刻石，釐爲十卷，於宅後築譔美堂以庋之。嘉慶己未秋，颶風大作，雙節坊圮。君自傷工不堅緻〔六〕，爲再不食。其冬，重建於西興官道旁，崇闕峨峨，加偉麗焉。君十五六時，力不能延師，嘗夜讀，兩節母績而課之，秋風破户，一鐙熒然。每憶其境，悲來填膺，繪《夜績課兒圖》，屬同志者題咏以寫其懷。既篤老，述父母遺事，涕泗被面，孺慕摯至，天性過人，而其大者在於守身。君自以少遭閔凶，顛沛困厄，中更疾病，屢頻於危。高祖以下，死喪離析，無一存者。單煢孤孑，所繫甚重，稍不檢飭，恐致隕越，懷刑慎獨，凛於屋漏。入幕服官，小心抑畏，若負芒刺。以微罪行，不見愠色，曰：『今而後可奉身全歸矣。』耄耋之年，稱道不倦，起居飲食，動必中禮。嘗言此身一日不死，則事親之義一日未盡，其諸所稱孝子不匱者歟。

君受制義法於昌邑孫先生爾周，終身師之。鄉舉後，集録有明以來禮部試第一人之文，手鈔口誦，熟精神理，旬課三藝。歸安孫編修辰東、同邑來户部起峻爲之點定，清淳粹美，具有體要。其教後學，則謂文以時名，當審宜稱，勿貌襲高古，經指授者多得雋以去。幼時奉直君授以《陳檢討四六》，習之，遂工駢體文字，有《龍莊四六藁》二卷。中年與錢塘潘御史庭筠、餘姚張助教羲年、會稽陶州同廷珍酬唱爲詩詞。及交餘姚邵學士晉涵、瑞金羅舉人有高、新城魯知縣仕驥，相鏃厲爲古文。詩興象深至，不屑雕繢，詞則緣情綺靡，古文質而有法。所選集有《駢體鈔存》八卷〔七〕、《詞律選鈔》二卷。所自著有《紀年草》六卷、《獨吟草》一卷、《題衫集》三卷、《辛辛草》四卷、《岫雲初筆》二卷、《楚中雜咏》四卷、《歸廬晚藁》六卷、《詅愁符詞草》二卷。謙言不能成家，不肯付寫官也。君邃於史，尤留意名姓之學，謂古者書記姓名而已，後世春秋家有王侯大夫諸譜，班氏《古今人表》，蓋其遺意，而後遂失傳也。乃以姓統名，爲《史姓韻編》六十四卷。讀新、舊《唐書》，以梁元帝、余寅書例，録姓名之同者，以辨其異，次及新、舊《五代》，宋遼金元明諸史，爲《九史同姓名略》七十二卷。歸里以後，復通校全史，彙爲《二十四史同姓名録》一百六十卷。仿楊慎《希姓録》〔八〕、單隆周《希姓補》，爲《二十四史希姓録》四卷。遼金元三史人名之取國語者，不盡繫姓，别爲《三史同名録》四十卷。《元史》之成，最爲草略，紀傳志表，參錯歧誤，援彼證此，爲《元史本證》五十卷。《元史》脱誤難讀，以官本校明南北監本，爲《元史正字》八卷。讀史有得，録於簡端，爲《讀史掌録》十二卷。應場屋所業，爲《策拾》十卷。乾隆丁丑在江南，記南巡時所集大小船名若式，爲《舟見録》一卷。家牒浩穰，檢記爲難，節録近屬，附以行略，爲《汪氏追遠録》八卷。推兩母之志，徧訪同郡八縣婦女貞孝節烈力不能請旌者，録册上學使者，扁表其門，行册於縣，以裨志乘，爲《越女表微録》六卷、續一卷。答甥孫繼蕃問習幕之道，爲《佐治藥言》一卷、《續佐治藥言》一卷。官寧遠時，病俗未淳美，思户知諭，隨事興革，爲《善俗書》一卷。褒窮嫠以示風教，爲《春陵褒貞録》一卷。戊申、己酉，兩爲湖南鄉試同考官，記闈中瑣事，爲《藍豪隨筆》一卷、《載筆》一卷。居長沙一年，有問政者，爲《學治臆説》二卷。答慎咸熙問，爲《續説》一卷。答徐秉鈐問，爲《説贅》一卷。追述先世嘉言善行、生平師友及立身行己之要示子孫，爲《庸訓》六卷。雜記聞見，間涉考證，爲《過眼雜録》二卷、《詒穀燕談》四卷。病間感異夢，記生平行事以自質，爲《病榻夢痕録》二卷。其後續有所記，爲《録餘》一卷。

君讀書貴通大義，不好章句瑣碎，所撰著金玉、布粟、藥石也，實有濟於用。其道易知，其迹易由，其事盡人能之，其業終身莫能竟，惟君則皆身所履，心所得也。古者學以成德，仕以行義。後世經術事功歧而爲二，而學與仕違，文章道德歧而爲二，而學與行又戾。求其兼長，必至互絀。君事親爲孝子，佐治爲名幕，入官爲良吏，里居爲鄉先生，教子孫爲賢父師，可謂有德有言，學優而仕者已。

君初娶王氏，贈宜人，繼娶曹氏，封宜人，側室楊氏，例封孺人。子繼坊，乾隆丙午科舉人，就職直隸州州同，今改名光誥。繼壗，福建長泰縣典史。繼埒，議敘候選，從九品。繼培，嘉慶乙丑科進士，吏部文選司主事。繼壕，布政司經歷。孫八人〔九〕：世鐘，縣學附生；世銘、世鈺、世銈、世鈴、世錫、世銑、世鉉，俱幼。女四人，孫女九人。

宗炎始冠而識君，君年長過倍，折行輩與交三十餘年，資其直諒多聞，規誨補救以自淑也。及君徙居，衡宇相望，無日不相往來。通書而讀，易子而教，心術之微，行事之詳，有他人所不及知者。君作《夢痕録》，宗炎實發其端，謂不及今記載，後世誰相知，傳君行事？比書之成，芟校商榷，咸與斯役。疾既彌留，握手訣别，以附身附棺儀事屬宗炎助正。蓋君擇交最慎，心知不過數人，老而零落殆盡，惟宗炎終始之。所愧文筆冗弱，不能發揮德業明著之後。承繼坊等請，謹條舉件繫，略陳梗概，以備當世大人先生採擇之萬一。

乾隆庚子科進士、候選知縣同邑王宗炎謹狀。

校勘記

〔一〕『田』，原作『由』，據徐氏鑄學齋重刻本《元史本證》所附該文改。

〔二〕『八』，原作『入』，據徐氏鑄學齋重刻本《元史本證》所附該文改。

〔三〕『零陵』，原作『陵零』，據徐氏鑄學齋重刻本《元史本證》所附該文改。

〔四〕『准』，原作『淮』，據徐氏鑄學齋重刻本《元史本證》所附該文改。

〔五〕『揭』，原作『謁』，據徐氏鑄學齋重刻本《元史本證》所附該文改。

〔六〕『堅』，原作『鹽』，據徐氏鑄學齋重刻本《元史本證》所附該文改。

〔七〕『駢』，原作『辨』，據徐氏鑄學齋重刻本《元史本證》所附該文改。

〔八〕『録』，原闕，據徐氏鑄學齋重刻本《元史本證》所附該文補。

〔九〕此處所列八孫姓名，與《病榻夢痕録》所載略有出入。相同者有世鐘、世銘、世銈、世鈐、世錫、世銑六人，《病榻夢痕録》有世鋙、世鎬，没有此處所列的世鈺、世鉉。

汪輝祖行述卷四

墓志銘

皇清敕授文林郎湖南永州府寧遠縣知縣晉封奉直大夫汪君墓志銘

洪亮吉

賜進士及第、誥授奉直大夫、前翰林院編修加三級陽湖洪亮吉撰文。

亮吉年二十餘，客安徽學使者署，始與餘姚邵學士晉涵訂交。甫二日，即出《雙節堂啟》索詩，曰：『此吾鄉汪孝子輝祖爲二節母乞言也。』亮吉讀竟，悚然異之，亦曾作一詩郵寄，未識得達否也。厥後四十年，宦轍南北，卒未得與君一面。歲辛酉，亮吉自伊犁放還，君時已罷湖南縣令歸里，又介吾里中臧文學庸乞爲《雙節堂序》，亮吉不敢辭也。越二年甲子，有天台之行，道出蕭山，甫得訪君於里第。時君已得末疾，兩公子掖之出，得訂交於撰美堂。其貌温然，其言藹然，而家法修整，又甲於浙右，然後歎學士不妄許人，以亮吉所見，有過於學士所許者。爲飯半升，談竟日乃去。昔唐蘇源明之言曰：『余不幸生薄俗，所不恥者，以識元紫芝耳。』亮吉偏交海内士大夫，其不愧紫芝者，惟有君耳。

謹按狀，君諱輝祖，字焕曾，號龍莊，晚號歸廬。十九世祖大倫，始由浙之鄞縣遷蕭山。祖之瀚，父楷，原任河南淇縣典史，皆以君貴，贈文林郎，晉贈奉直大夫。嫡母方，繼母王，生母徐，皆贈太宜人。君五歲，方太宜人卒。十二歲，贈君又亡。君孤苦無所依賴，王、徐兩太宜人勤紡績，黏楮鏹自給，夜嘗達旦。太宜人泣而訓之曰：『兒不學，必不可爲人，使汝父無後，吾二人生不如死。』於是太宜人泣，君亦泣，以爲常〔一〕。君性開敏，七歲就外傅，夜輒能背諷日所誦書。君既孤，而叔父某又以博破家，疑兩太宜人有私蓄，求索不遂，則撻君。太宜人百方貸錢應之。後又從徐太宜人手篡君去。人有勸徙居避之者，太宜人以宗祊所在，堅不忍去。於是往往絶食，過臘恒無複衣。蓋君少歲之苦，家難之多，有與吾母蔣太宜人撫亮吉同者，讀君手録，未嘗不淚涔涔下也。

君能文後，所歷凡數師，惟同里鄭文學嘉禮、上虞徐明經冕課君最嚴。每作一藝，必令三四易藁。明經又勖之曰：『汝不成立，則汝母無淚乾日矣。』蓋知君有家難也。年十七，補博士弟子員，鄉試數報罷。家計益窘，遂入州縣幕，掌書記，漸習刑名。君既善讀書，又勤於其事，每仿漢江都相《春秋》決獄之法，時以《禮經》參會律條，平疑獄者數十。前巡撫侍郎胡公文伯、協辦大學士莊公有恭尤契重之，語屬吏曰：『事經汪君，必無寃獄。』君藉此亦得展布其所長。君理刑名至三十年，平反大案者無數，皆詳君《佐治藥言》，不贅。

君以戊子年舉於鄉，越七年乙未成進士，又十年而官縣令，得湖南寧遠縣知縣。蓋君自弱冠以後，未筮仕以前，皆在州縣署主刑名。及入官而洞悉民隱，燭照物情，胥吏舞文之弊，墨尿恫嚇之謡，罔不剖悉入微，故甫抵任，民即號爲神君。縣界廣西，國初兵燹後，城堞久圮，庫藏無所，廨宇半頹。君以次修舉，又值歲稔，集三十六里紳士殷户，以里數分段爲三十六，令分任之，里之産少者以産多之里助之，七閱月告成。又以其暇修武廟、城隍廟、龍神廟、馬神廟。正月之吉行鄉飲酒禮，四月朔出勸農，七月朔行賓興禮，觀者塞塗，諸父老有歎息泣下者，以爲數十年所未有也。以士風樸陋，創修崇正書院，一月數課之，一如家居教子弟法。蓋自君修城堞後，城以内始多有補博士弟子者。自君葺書院後，縣始連歲有舉於鄉者。

君欲清吏治，以爲非力行保甲法不可。於是集三十六里地保，人與空白簿一、墨一、筆一，令所轄郈莊注管内四至八到接壤及山多田多、塘堰若干，大路通某處、小路通某處，某土著住己屋、某流寓主何人，有無恒業，一一注入簿内，限三月繳。并手諭各鄉，官民本屬一體，緩急義須相關。聽訟之任，責專在官，完賦之任，責分於民。官不勤職，咎有難辭，民不奉公，法所不恕。寧遠錢糧素多延欠，今舊習已更，深可嘉尚。今定約月三旬，旬十日，以七日聽訟，以二日校賦，以一日手辦詳稟，校賦之日亦兼聽訟。爾等若遵期完課，則少費校賦之精力，即多留聽訟之工夫云云。後傳誦至長沙，大府命州縣皆仿行。是君治一小縣，而湖南八府七州皆隱受其福，以爲非今日之循吏不可也。

君爲治，尤嚴於訟師、土棍、流乞之貽害一方者。訟師則有黄天桂一案。天桂一名名世，前縣趙君任内，與人訟，歷控大府，已審誣矣，復翻控，逸不到案。君以他事獲之，檢得與大府吏史坤攬訟筆據，禀大府發審，大府立革坤役，歸縣案審辦，事遂得直。天桂雖逸去，然恨君刺骨。適侍郎傅森以祭告舜陵，道出寧遠，天桂遂誣砌各欵，乘夜以甓裹紙擲入輿中。侍郎沿道詢君治蹟，則雜然應曰：『湖南第一好官也。』侍郎大異之，即以匿名呈辭發君究辦。君覈字蹟，則天桂所書也。天桂偵知狀，復由道州竄入廣西，終君任不敢返。流乞則有老猴夫婦一案。老猴者，廣西人，俗呼飛天蜈蚣。妻號飛天夜叉。年僅五十，有拳勇，佔居縣境巖穴中十六七年，黨羽六七十人，分路强乞，輪日供老猴夫婦。積餘貲，則轉貸貧民，博厚利。或忤其黨，則挺身行兇，人莫敢觸。君訪知，即與營弁里民設法同捕，伺醉掩縛之。妻竄逸。栲治，盡得匪黨姓名，羈老猴獄，分路緝捕，各各遠竄出境，不半月，縣中無乞。後君兼攝新田〔二〕，惡乞懾君名，亦皆遠去。兩縣士民至今感誦之。

君以餘閒復能考古，據《漢書·趙廣漢傳》鉤距法，斷縣民匡學義獄。據新、舊《唐書·劉蕡傳》，斷縣民李氏祖唐李郃與蕭氏争先隴獄。嘗夜聽訟，聞雁聲，按輿地書，寧遠在衡州南五百里，以爲雁未始不過衡陽，駁前人回雁峰説之誤。蓋君勤於官，又不廢讀書如此。

君兩爲湖南同考官，兩署道州，又兼攝新田縣事，皆有惠政。奏調善化縣，時君以代驗江華縣楊古晚仔命案，越山險二百餘里，道失足，舁回，病轉劇。君年已逾六十，將以此乞休，適有承審遲延一案，廉使遂舉以劾君。大府以君良吏，欲爲之地，又欲引入幕中。君固辭，遂以壬子年二月罷官歸里。時君抱末疾，已不良於行。里居十年，課子及孫外，寒暑昕夕，皆手不釋卷。前後所著，有《史姓韻編》《廿四史同姓名録》《遼金元三史同名録》《元史本證》《越女表微録》《春陵褒貞録》《佐治藥言》《學治臆説》《善俗書》《雙節堂庸訓》《藍毫隨筆》《貽穀燕談》《病榻夢痕録》暨詩文集，共十數種。及見第四子繼培成進士，官選司，孫世鐘補博士弟子員。又一年而卒。君生於雍正八年十二月十四日，其卒也以嘉慶十二年三月廿四日，得年七十有八。娶王氏，繼娶曹氏，簉楊氏。子五人：繼坊，乾隆丙午科舉人，候補直隸州州同；繼墉，福建長泰縣典史；繼塝，候選從九品；繼培，甲子、乙丑聯捷進士，吏部文選司主事；繼壕，布政司經歷。女四，皆適士族。孫八：世鐘，縣學生；世銘、世鈺、世銈、世鈐、世錫、世銑、世鋐。孙女九人。

繼坊等將以明年四月癸酉葬君於山陰黄盛塢之原，述君遺命，乞亮吉爲墓道之文，而錢塘梁學士同書手書上石。烏乎，亮吉與君神交四十年，甫獲一面即卒。若吾兩人之交，多一面不可得，缺此一面又若斷斷不可者，豈相知之深，反不在笑言促膝之久乎？然計君一生，在家爲孝子，入幕爲名流，服官爲循吏，歸里後復爲醇儒，律身則全受全歸，應物則實心實政。烏乎，君亦可爲完人矣！重爲之銘曰：

曾閔卓魯一已難，兼而有之古所罕，經史學況兼劉班。三唐以降求人師，薄俗乃生元紫芝，一千餘年君繼之。廬名歸休禹冢旁〔三〕，循聲乃在舜所藏，九嶷三湘阻且長。我臻赤城兮訪黄髮，兒傳六經兮母雙節，冀君淳風兮被吴越〔四〕。

校勘記

〔一〕「常」，原有缺損，據洪亮吉《更生齋集》所收該文補。
〔二〕「攝」，原作「設」，據洪亮吉《更生齋集》所收該文改。
〔三〕「名」，原作「民」，據洪亮吉《更生齋集》所收該文改。
〔四〕「被」，原作「破」，據洪亮吉《更生齋集》所收該文改。

表

皇清敕授文林郎湖南永州府寧遠縣知縣晋封奉直大夫汪君墓表

潘世恩

賜進士及第、誥授資政大夫、吏部左侍郎、署户部右侍郎、提督浙江全省學政吴縣潘世恩撰文。

昔讀蕭山汪君所録《雙節堂贈言集》，輒心韙之，以爲賢母之後，必生孝子，孝子之出，必爲循吏，驗諸史册，蓋千古不爽焉。嘉慶九年，奉命典浙江鄉試，君子繼培出予門，明年成進士，官吏部文選司主事，以君老病，乞假歸。予方視浙學，喜繼培能色養其親，愈信君之教其子者有素也。越二年，君捐棄館舍，繼培持年譜請表君之墓。

君諱輝祖，字焕曾，號龍莊。先世由鄞遷蕭山之大義邨。曾祖考諱必正，祖考諱之瀚，贈文林郎。考諱楷，官河南衛輝府淇縣典史，贈文林郎，晉贈奉直大夫。妣方氏、繼妣王氏、生妣徐氏，皆贈宜人。君舉乾隆戊子科浙江鄉試，越七年，登乙未科進士，又越十年，謁選官湖南永州府寧遠縣知縣。五載歸里居，不復出。此君之科目出處也。

君幼失怙，遭家難，屢瀕於危，賴王宜人與徐宜人撫孤勵節，翼而成之。家貧，依人爲衣食計，然遊不出千里，歲莫必歸。凡一行一止，必矜慎淵默，如對神明。爲諸生時，以雙節聞於朝，旌表如制。又徧乞名公鉅卿爲詩文，宣著操行，雕版行世。此君之孝行也。

君年弱冠，即習法家言，佐治州邑。世所稱幕賓者，大率迎合長吏意指爲自固計，甚或舡文破律，殘虐民生。君慈祥惻隱，平準於禮與法，而申律文以折其中。自壬申至乙巳，幕遊凡三十四年，遇大疑獄，輒焦然勞心，平反往復，無所阿比，故佐治之處，全活甚多。其官寧遠也，地故險遠，好爭健訟，吏胥夤緣爲奸，號稱難治。君嚴絶訟源，昭雪寃獄，凡所更革，皆根柢深固，堅如拔山。君顧綽有餘裕，公餘勸農課士，舉鄉飲酒禮，行保甲法，寧邑大治。大府雅重之，委署道州知州，尋以他邑事牽連落職。此君之行誼治績也。

君賦質甚敏，鉤稽案牘之暇，徧誦經史，日有程度，故博通群書，挹注不竭。爲文貴有心得，學者奉爲模臬。詩綿摯沈著，遇忠孝節烈事，尤極意表揚。暮年閉門課子，著述不輟。有詩文集若干卷，及《史姓韻編》《二十四史同姓名録》《遼金元三史同名録》《元史本證》《越女表微録》《春陵褒貞録》《佐治藥言》《學治臆説》《善俗書》《雙節堂庸訓》等書，藏於家。此君之學術也。

君煢煢孤露，卒能奮其志氣，明體達用，卓然自立如此，可謂賢矣。

君生於雍正八年十二月十四日，卒於嘉慶十二年三月二十四日，年七十有八。初娶王氏，勅贈孺人，誥贈宜人，先君三十七年卒。繼娶曹氏，勅封孺人，誥封宜人。副室楊氏。子五：長繼坊，乾隆丙午科舉人，就職直隸州州同；次繼墉，福建長泰典史；次繼埣，候選從九品；次即繼培；次繼壕，候選布政司經歷。女四人，孫八人，婚嫁皆士族。君言行詳著年譜中，不可盡舉。其居官行事，終身凛凛勿失者，兩節母訓也。因繼培之請，揭其大略表於阡。

傳

循吏汪君傳

阮　元

君姓汪氏，名輝祖，字焕曾，號龍莊，晚號歸廬，浙江蕭山人。父楷，官河南淇縣典史，娶方氏，無子。側室徐生君，方卒，繼娶王。君生十一年而孤，王與徐撫且教，世稱汪氏兩節母。君才識開敏，年十七，補縣學生員，練習吏事，前後入諸州縣幕，佐人爲治，疑難紛淆，一覽得要領。尤善治獄，平情静慮，侔境揣形，多所全活。

以其暇讀書，年三十九，舉於鄉，又七年，成進士。需次謁選，得湖南永州府寧遠縣知縣。縣雜猺俗，積逋而多訟。前令被訐去，攝者政姑息，黠者益伺間爲挾持地，流丐强横，勢洶洶。君下車，即掩捕其尤，而驅餘黨出境。徵賦期迫，君用書告民，剴切誠至。民讀之慚且感，相戒無負好官，不逾月而輸賦足額。治事廉平，尤善色聽，剖條發蘊，不爽輕重。及其援据比傅，惟義所適，律之所窮，通以經術，所決獄辭，不可殫述。人藉藉頌神明，而君益欿然。聽辭畢，輒問堂下觀者曰：『允乎？』僉曰：『允矣。』遇罪人當予杖，呼之前曰：『若律不可逭。然若受父母膚體，奈何行不肖虧辱之？』再三語，罪人泣，君亦泣。或對簿者反代請，得保全去，卒改行爲善。延見紳耆，問民疾苦，四鄉廣狹肥瘠，人情良莠，皆籍記之。然後教民多種殖，知禮讓，惜廉恥，誡昏禮之費而民知儉，禁喪禮之酒而民知哀，鄙倮之俗，翕然丕變。歲以大稔，復行鄉飲酒、賓興禮祭，建節孝祠，行保甲，政聲大播。他邑有訟，聞移君鞫之則喜。寧遠當食淮鹽，而鄰境多食粤鹽。淮鹽直數倍於粤，民多食粤私。大府遣營弁微服偵捕，人情惶擾。君爲帖白上官，請改淮引爲粤引。久之未報，君引例張示諭民，零鹽不及十斤者聽。偵弁謂君故縱私，聞於總督，君復揭辨，謂縣官當綏靖地方，張示諭民，執非得已。揭上，總督鎮洋畢公沅大嘉賞〔一〕，立弛零鹽之禁。時偉其議，稱莽知縣云。

官寧遠未及四年，以足疾自劾免。時大吏已疏調君善化，疑君詭疾有所避，竟坐是奪職歸。民空邑走送境上，老幼泣擁，輿不得行。君歸里，值西江塘告險。塘關數邑田利，巡撫覺羅公長麟、吉慶先後遣官勸君董其事，不獲辭，輿事任工。初定費錢二萬八千九百緡，用君議，增工倍之，而省錢六千三百餘緡，工用堅實。君一渡江謝巡撫，歸而閉户，積書數萬卷，不問外事。暇輒手自讎校，以譔述課子孫。嘉慶元年，詔舉孝廉方正，邑人以君應，君辭。君少尚志節，老而愈厲，持論挺特，不可屈撼，而從善如轉圜。嘗自謂生平得力，在『喫緊爲人』四字，故其自治汲汲孳孳，不予以暇。性至孝，痛父早殁，兩母孤苦，撫己成立，撰父母行狀，乞天下能文章者，以没身爲期。凡傳、誌、銘、誄、賦、詩數千百篇，彙爲《雙節堂贈言集》，多至六十二卷。自以孤子所繫甚重，故終身於守身之義，凛凛自防，罔敢隕越。官私一介不取，而不以所守自矜。有譽之者，君佛然曰：『爲淑女蹇修，而稱其不淫，可乎？』

爲文質而有法，詩寄興深遠。尤邃於史，留意名姓之學。讀書貴通大義，凡所論述，期實有濟於用。所交多老宿，以道誼文章相切劘。所著書有《元史本證》五十卷、《讀史掌録》十二卷、《史姓韻編》六十四卷、《九史同姓名略》七十二卷、《二十四史同姓名録》一百六十卷、《二十四史希姓録》四卷、《遼金元三史同名録》四十卷、《龍莊四六藁》二卷、《紀年草》一卷、《獨吟草》一卷、《題衫集》三卷、《辛辛草》四卷、《岫雲初筆》二卷、《楚中雜咏》四卷、《歸廬晚藁》六卷、《汪氏追遠録》八卷、《越女表微録》七卷、《善俗書》一卷、《庸訓》六卷、《過眼雜録》二卷、

《詒穀燕談》四卷、《病榻夢痕録》三卷，其尤著者有《學治臆説》四卷、《佐治藥言》二卷。

嘉慶十二年，年七十有八，卒。子五人：長繼坊，丙午舉人，第四子繼培，乙丑進士，吏部主事。

論曰：天下雖大，州縣之積也。州縣盡得孝廉者治之，則永治矣。余讀《學治臆説》《佐治藥言》，未嘗不掩卷太息，願有司之治盡若汪君也。余撫浙，嘗行其書於有司，權撫河南，復刊布之。士人初領州縣，持此以爲治，雖愚必明〔二〕，雖柔必强。是故學與仕合，濟於實用，其道易知，其迹易由，其事盡人能之，而其業亦終身莫能竟。君循吏也，然孝子也，廉士也。嗚呼，良吏之所以必舉於孝廉者，觀於汪君，其效不益可覩哉！

校勘記

〔一〕『賞』，原作『賓』，據阮元《揅經室集》所收該文改。

〔二〕『必』，原作『明』，據阮元《揅經室集》所收該文改。

汪輝祖行述卷五

祭文

湯金釗

維嘉慶十有二年，歲在丁卯，四月甲申朔，越二十四日丁未，邑後學翰林院編修湯金釗謹遣僕某，以清酌庶羞之奠，致祭於敕授文林郎、湖南永州府寧遠縣知縣、晉封奉直大夫龍莊汪先生之靈。

釗年廿一，獲拜先生，時爲先生，書介壽幀。先生謂釗，字秀在骨，似韓城師，來者必發。繼是相見，論詩論文，剴切誘獎，聞所未聞。先生稱釗，吾蕭第一，釗聞逡巡，背汗面赤。先生風采，重正樸方，先生言論，暢達直剛。釗性選愞，不敢俗抗，每一見歸，氣挾以壯。釗領鄉薦，釗入詞垣，先生喜甚，諄諄寄言。教之守身，脚踏實地，務信存誠，正路是自。我五十年，閱人不少，走是路者，畢竟不倒。學以致用，鑒古適今，讀書應事，一一究心。昔鄉先生，西河文學，不若文靖，勳望卓犖。近世學者，多蹈迂疎，訓詁辭章，於事何補？玉堂儲才，爲異日用，幸勿自隘，薰馬摘宋。釗媿先生，無能樹立，碌碌浮沉，有傳不習。先生篤孝，慕兩節母，言輒涕洟，流淚入口。徵辭海内，要諸没齒，千里懇誠，書屬小子。云昔吾友，有沈啟震邵晉涵孫辰東，今仗閣下，待報九原。釗負先生，乞一遺百，先生書謝，讀令人泣。先生病風，手足偏攣，札必手寫，點畫屈蟠。壬戌之秋，釗喪大母，請急省親，趨謁左右。入拜牀下，執手諵諵，肺腑之言，感慨深談。爲釗强起，肆筵設尊，云匪燕賓，謝君乞言。季君繼培，行掖食飲，笑顧釗言，此子有志。他日如幸，繼君而起，我心則降，恐不能俟。釗對先生，世德深厚，天錫之福，必大且久。先生雖僊，功普行全，神明扶持，壽其克延。甲子秋闈，季君爲魁，爰暨伯兄，公車竝來。詩賀先生，先生和答，疊韻連篇，神思周帀。季君聯捷，爲郎吏部，觸暑長途，棄官將父。有客南來，輒詢起居，聞説加餐，康寧勝初。私意老成，有益邦族，先生之壽，鄉黨之福。胡不憖遺，召歸天廷，聰明正直，決爲神靈。有札在笥，有詩在壁，思音懷容，如聆如覿。先生孝子，先生循吏，先生著作，才學識備。列於行狀，詳於墓誌，釗復何言？述釗契誼。先生已矣，釗則依然，何以副知？臨文涕漣。嗚呼哀哉！尚饗！

誄

汪龍莊同年誄

吴錫麒

維嘉慶十二年歲在丁卯三月二十四日，原任湖南寧遠縣知縣汪君龍莊卒於蕭山之里居，計輟瑟之辰，猶驚入夢，賫磨鏡之具，何日渡江，哭寢未能，瞻梁已缺。嗚呼哀哉！

君諱輝祖，號龍莊，浙江蕭山人也。考南有君，氓不富中，官壓僚底，謀越橐而旅往，歌虞殯而喪歸。繼母汪太宜人、生母徐太宜人，重一脈之延，比千鈞之繫，穗燈夕課，荻畫晨授，相助折蔞之教，絶無治疙之嫌。亡何難起鴒原，危驚鴞室，波瀾洶其阻越，風雨益之震淩，幸而室不異心，巢能完卵，三遷無煩於孟母，六尺終保乎趙孤，遂得振發英姿，輔成令器。

年十七補博士弟子員，時則外舅王坦人先生小試宦途，預開甥館，授元獻之硯，冀副其傳，讀崔氏之書，豈嫌其竊，爰乃通知時事，洞練古今，法十家而並精，律三尺而能析，援《春秋》決獄之例，不離乎經，通《汝墳》解帶之心。更徵其孝，從此羔雁踵接，蒲帛遮邀，小山之桂樹如迎，油幕之蓮花不落。陳藩在郡，懸榻争先，王符到門，倒屣恐後，所謂棲静隱賓，淪虚藏器者非歟？

戊子鄉試中式，乙未與余同榜進士引見，歸班銓選，君亦旋以憂返，望蓬山而鷁退，愴子舍而烏啼，禮速星奔，書違風問，迨丙午始以謁選北上，乃得重聯舊袂，兼示新編。簻簻竹竿，漬淚斑而尚碧，皎皎明月，狀孤心而更寒，蓋所編雙節堂詩文褒已千家，填幾三篋，余亦得殿貽彤之什，奏汎柏之章焉。

既而授湖南永州府寧遠縣知縣，元次山之故治，柳柳州之熟游，山水致清，風氣已古，然而訟箭未息，害馬風行，甌牘相尋，淄蠹日積，君炳温犀以燭吏，課龔犢以息民，以農里之言，慰勞父老，以絃歌之意，教示生徒，用能化肅宵魚，仁洽春雉。不謂謳歌者未已，謡詠者已興，一旦聚蝨成雷，飛言如雨，摭毛卵鬢鉤之説，作風邪響黷之糾，君本無宦情，遂决歸計，難進易退，亦何嘗焉？

於是闢淵明之徑，葺揚子之居，龍陽木奴，千頭雖欠，魏風桑者，十畝已多，時復臥雨茵苔，候蟾席石，不忘絃酌之趣，彌勤筆墨之弄。每謂史才難得，俗學多乖，昧亥豕之誤文，信公羊爲反切，廼讀從剛日，命彼柔翰，考核同異，折衷是非，爲《史姓編》六十四卷、《二十四史同姓名録》一百六十卷、《遼金元三史同名録》四十卷、《三史本證》五十卷、《讀史掌録》十二卷，古人所以證包胥、勃蘇之合，釐宰予、闞止之分者，皆能判若眉詮，臚如星粲。至于學求致用，意取闡微，馮抗論蒙之書，諸葛貞潔之記，流其悱惻，可續舂陵之行，慰彼髧髦，用彰節母之訓，文之著也，本之敦也。

是以德修於己，法式於家，鄧侯教兒，一藝各守，李邕繼父，兩書並行，測既得乎臣文，喬又傳乎祖硯，嘗搆隙地，築樓庋書，别具經史副本，留存家塾，示子孫非能考訂著述者，不必登樓，納晏子之楹，無非秘記，入崔儦之室，有待專家，用期永紹清芬，常垂葆澤。形神方湛，委化前知，夢呼鄭公之起，簀易曾子之革，種松已老，眠牛先卜于生前，執紼行來，弔鶴頻聞於雲外，況僕廿年判襼，千里結言，尺素之通，屢煩于魚腹，寸長之嗜，義篤於熊掌，時荷提撕之及，不遺葑菲之採，緗紈可信之終古，瓊瑰竟墮而盈懷，敢述哀忱，藉紓情款，論其遺愛，定留朱邑之祠，表之素旗，竊比仲宣之詠。其辭曰：

苦節之貞，松柏之榮。蟠根鬱結，雪拄霜撑。千尺直上，百鍊乃成。完孤勵志，母兮程嬰。孑駒角既豐，虹彩四射。人稱英物，文采必霸。美錦未製，前箸先借。筆硯代耕，江湖促駕。孑孑干旌，以禮爲羅。文能無害，法在不苛。應劭斷獄，郭躬定科。元本經術，平亭實多。及乎身親，重以民寄。何況春陵，昔賢所治。求如古人，恥爲俗吏。民饑民寒，我涕我淚。往時餞君，余媵以詩。曰衆人母，曰節婦兒。循聲方奏，卓行可知。胡昌其貝，竟剔而龜。君謂何尤，歸不待卜。裝惟典琴，徑思栽菊。田無十雙，書有幾簏。用拓侯封，藉媚幽獨。我約訪君，唱渡江雲。客帆未挂，鄰笛先聞。車阻三步，月遲二分。先生逝矣，余欲何云？所喜諸郎，父風不墮。清白有遺，堂構克荷。曳有華綬，趨已清瑣。一笑淩雲，仙乎其可。而我感者，老輩凋零。秋難駐葉，晨易飄星。鼠跡徒在，驢鳴忍聽？悲無終極，些以代銘。嗚呼哀哉！

汪輝祖行述卷六

像贊

梁同書

處爲曾閔，出爲召杜。諭蒙有書，理縣有譜。先生歸來，垂二十年。不入州府，不治園田。左圖右史，與我周旋。今之完人，緊古之賢。

王紹蘭

元道州可謂良吏，而世爲名節士。陽道州亦可謂良吏，而勉人爲孝子。孝子也，良吏也，名節士也，兼之者，其汪道州乎？

朱上林

天下無雙有黄童，先生孝行將毋同。教民以禮有卓茂，先生治理亦既覯。處爲曾閔，出爲召杜，學士兩言足千古。

許宗彦

先生少孤，母夫人教育之，篤願奮學，通古今，明練吏事，江以南州府争辟致，所至比于岑公孝、范孟博。賢士大夫多樂見先生，見必嗚咽述母夫人之德，以故汪氏雙節母名聞天下，天下莫不以先生爲孝子，能顯其親。成進士，爲湖南寧遠令，惠政及人。當擢任，意有不合，投劾去。里居箸書，尤長于《元史》，糾補譌漏，爲《元史本證》。教子孫後進有法度，蓋古君子言行慥慥，先生有焉。先生舉鄉試，與先大夫同年，相知深。其歸也，先大夫亦歸自粵東，相見武林。宗彥獲與撰杖之末，數聞緒論。今先生下世五年，瞻拜遺照，敬爲贊曰：

古大儒，叔孫宣，郭令卿。暨馬鄭，竝下義，釋律章。惟先生，施于政，罔不臧。箸藥言，示來者，其澤長。瞻遺貌，感先友，心彷徨。

何煊

入爲孝子，出爲良臣。岸然道貌，今之古人。

輓詩

湯金釗

摛毫弱冠感知音，獎借提撕屬望深。匪直文章相勸勉，還將德業示規箴。篋中尚襲纏緜字，壁上猶黏寄和吟。痛矣老成人遽謝，寢門一哭攪予心。

盧蔭溥

雙節坊成四十年，九原侍母去懽然。冬心題徧通人集，春夢痕留病榻編。孝行傳中無愧色，循良吏後亦争傳。平生履薄臨深志，日在青鐙夜績邊。

吴騫

夏駕峰頭日沈莽，西陵渡口雲連浦。挹浦爲酒雲作絮，欲持酹君道脩阻。嗟君弱齡藐孤孑，畫荻丸熊賢二母。業成上第泊牽絲，到處民懷歌召杜。自憐禄入不逮養，中夜啣哀膺獨撫。遂初蚤賦歸去來，采采湘湖蒓滿滸。林泉歡傲尋舊遊，我亦常參漁釣侣。兩峰三竺六橋側，皆是品泉携鶴處。自從噩夢徵往夕，十年不見劉遼父。公子重逢慘玉顔，故人一别成千古。手澤縱横尚滿家，上媲皇墳下箋詁。我聞孝德多感召，浮珍恪艸援神數。語見《孝經援神契》。何當磨鏡還江潮，哭君雙節祠邊瑞芝隖。

潘奕雋

汪龍莊先生既逝，哲嗣硯湖孝廉，蘇潭吏部彙寄所刻遺書各種。披覽尋繹，感舊有作。

芳訊西興遞，開函意惘然。戴星思報最，話雨憶悽禪。己丑春試禮闈，余與瑞金羅臺山同寓水月庵，龍莊過訪，因與定交。一時直諒多聞之友，如休寧戴東原、大興陳伯思、餘姚邵二雲，並龍莊皆時時過從。繼龍莊出宰湖南，余弟畏堂主試，至楚得悉治行之最。由今思之，如諸君子者，皆不可得矣。雙節前徽迴，聯鑣繼起賢。遺編咀炳燭，吾欲佩韋絃。

題像

鄧廷楨

歸廬先生古之人，結廬舊傍湘湖濱。經神治譜千秋業，聖域賢關八袠身。守身便是傳家事，苦節慈親教識字。歐陽修母范滂兒，小時已解全歸義。含芬綺歲掇儒冠，硯向蓮花幕下安。棠舍相依皆召杜，藥言親纂陋申韓。一編篤守芸香篋，五典三墳是能讀。半壁秋鐙校豕魚，百城古牒撑腸腹。文心鬱怒筆生花，倒峽詞源氣自華。蕊榜春秋争奪錦，蓬山咫尺又迴槎。九天閶闔親臨試，帝曰此才能作吏。仙令新飛鄰縣鳧，專城遂展龐公驥。雅抱謙言學治初，九疑山下雨隨車。春陵行補齊民術，泠道人遵善俗書。精疲宦海身難健，引疾皤然竟肥遯。爲愛吾廬歸去來，灌園始遂當年願。苦念茹荼雙北堂，捧將天語敬焚黄。贈言集刻平泉石，旌節坊崇大義莊。城南高閣峨峨起，萬卷藏書課孫子。鷄次羅胸細注經，螺紋指掌閒評史。元日詩成禮告存，蕙蘇益壽道彌尊。去來了了營生兆，心跡皦皦托夢痕。先生本是三英彦，身世精金經百鍊。錢江東去禹陵西，巋然獨峙靈光殿。我識文郎乙丑年，藤廳風度最翩翩。服膺爲述趨庭訓，會面偏慳香火緣。舊年捧檄之江路，化鶴丁公已去歸。躡履來登雙節堂，一幀遺像猶儒素。清標睟盎義心融，今日鬚眉始識公。不敢題詩先下拜，謹拈香瓣祝南豐。凉飈瑟瑟生秋草，蒼茫古驛西興道。我來不及坐春風，太息歸廬歸太早。

潘奕雋

知非伯玉行藏決，學易尼山歲月長。會得翛然獨坐意，不須五夜更聞香。

潘奕藻

思到無邪絶衆緣，如君燕處獨超然。初爻象已占元吉，晚節功寧倦一鞭。點去都消鑪上雪，鍊來不壞火中蓮。儒門大有修行課，肯借諸方五味禪。

南宮待詔交初訂，己丑歲會試後，始與君相識。鎖院論文跡共羈。戊申秋，余典試湖南，君與分校。事去恍疑春夢斷，人亡偏切異時思。披圖識面今何日，酹墓停車未可期。獨喜陰功流慶遠，聯翩先起稱家兒。

祝塈

循良無奇功，薄俗尚武健。賢豪不世出，素位行吾願。先生起少孤，晝粥研螢案。束脩苦不足，佐治矢廉幹。中年舉賢書，射策登虎觀。一官近桂嶺，止酒加餐飯。抱雛幸雉馴，赬尾憐魚困。表閭褒節義，苦心勤激勸。有恥風漸移，立儒悟愚鈍。君筮仕，得楚南之寧遠，其俗不恥再醮，而室女羞爲繼室。君反覆開諭，采訪明季國初遇寇殉難及嫠婦守節事實有徵者，咸爲作傳入志，例不應旌者表其門，數年之後，風俗一變。日用資飲食，器具圖尺寸。纖悉及醬醯，精心與鈎貫。楚徼朴僿，不善治生。君模示越中鍋蓋式，飯熟則殽羹並具，省費便俗。又如曬醬、蒸豉、作醯，一一具有日期法度，勒爲一書，民甚感之。吁嗟三代後，見此羔裘彦。魯山信有諸，渤海名豈但？手板事上官，和諍其言巽。推擠人弗及，偃蹇復何怨？華髮映青山，喟然發微歎。十年更牧令，晚達功業建。抑抑貌退思，藹如志蜚遯。頗異愚公愚，將毋漫士漫。余生識面晚，余年卯夏於邵二雲先生館舍初識君。把臂接餘論。著述富等身，嗣聲翽霄漢。披圖懷曩日，讀訓興私讚。君所著家規《庸訓》，皆布帛菽粟之詞。紀實非華詞，歌詩當作傳。

范來宗

龍莊先生本孤子，祁寒無衣炊無米。賢哉母氏兩劬勞，晝荻丸熊頭角起。或謂即上青雲梯，詎宜俯同幕下士？先生曰吁豈其然，是亦可以爲政矣。讀書讀律會一心，生人殺人憑五指。剖折毫釐分寸間，死者忘悲活者喜。天高聽卑鑒察精，似此立功能得幾？鎖闈光燄燭文昌，墜瓦入簾良有以。君自記戊子闈中事。紅綾啖餅歷十年，黃綬垂腰閲半紀。山城斗大落蠻荒，中有豺狼雜貓鬼。官而兼幕不鄙民，日坐堂皇清獄市。有時猛焉烈於火，有時寬之濟以水。政成只合報岩廊，塞翁失馬亦福耳。銅符交去幣聘來，大吏達官延玉趾。先生曰吁豈又然，卷懷善藏吾其已。扁舟借石壓輕裝，樹滋顔額新堂啓。鳳毛五色耀雲霄，鸞誥十行降閶里。崇坊突兀聚奎橋，立者咨嗟行者止。先生之學無不窺，先生之化無能擬。先生少苦淚流胸，先生晚樂肉生髀。同探春風上苑花，往事回頭如夢裏。内外殊途盼斷鴻，後先息影懷雙鯉。點睛添頰寫退思，塵寰撒手騎箕尾。縹緲丹厓絳闕間，想見翩然來杖履。

茹棻

生涯筆墨認前緣，獨抱遺經思悄然。慈訓敢忘湖墅荻，詩囊都付灞橋邊。豈知試綰腰間綬，翻憶閒依幕下蓮。剩有愛民心未泯，一編誰與細參禪？

一生清白遺規在，膝下都稱才不羈。桑梓獨傳風雅脈，鬚眉轉動老成思。焚香退食心何忝，淡墨書名報有期。却笑杜陵還未達，歸來真欲答其兒。

徐國楠

畫裏鬚眉夢裏痕，枌鄉遺範百年存。交群憶昔由陳紀，説項何人似許渾？雙節顯揚全母子，一官清白爲兒孫。傳家自有科名草，好比綿綿葛苊根。

張廷濟

道光十一年辛卯八月九日，客武林，季深十一兄先生令題龍莊老伯大人遺照。翦鐙成此請正。

識韓真悔卅年遲，季子論交秋雨時。庸行一生從性出，清名終古畏人知。等身書絶空譚語，墮淚碑懸去後思。旅夜重繙嘉傳讀，江聲山色凛須眉。

富呢揚阿

一鐙照讀對鳴機，寡鵠孤雛性命依。久奉蘐庭嚴斷杼，暫開蓮幕試征衣。陳蕃幾下江南榻，王導終馳冀北騑。雙節名垂光史册，寸心未足報慈暉。

仙才吏治小諸侯，經濟曾傳狄道州。葉縣鳧雲飛去舄，米家虹月載歸舟。文章禮樂生徒業，雨露桑麻父老謀。廿載息廬初願遂，照人清節永千秋。

那清安

浮榮振衰薄，古道難具陳。由來志士懷，畢世常苦辛。東海有遺哲，風義矜群倫。孤生痛莪蓼，苦節標松筠。霜露日夕彫，盤錯乃愈伸。幽光發柔翰，重輝播千春。襲生泣北海，文翁撫西蜀。製錦緬古初，拔薤感流俗。先生抱微尚，吏治景前躅。慈祥增戀嫪，周内耻嚴酷。自非至性殊，何以斷斯獄？遺型勒貞珉，即物有遐燭。明德日已遠，垂裕珍徽言。著書千萬篇，允矣貽後昆。殫見溯蜚仡，述志紉蘭蓀。歘詠先王風，蕭然歸田園。令子昔通籍，翺翔協吹塤。繩武期諸孫，勖哉揚清門。

汪輝祖行述卷七

遺事上

府君幼慧，生四歲，曾祖示以佛手柑，令名之。府君對曰：『香手。』曾祖喜，謂善杜譔。九歲客來訪曾祖，府君方讀太白詩，客指李白屬對，應聲曰：『揚朱。』客大稱賞，里中子弟常傳誦之。

府君至性過人，年十歲，遭曾祖大故，哭不絶聲。時或逐群兒嬉戲，戲罷復哭。入曾祖卧房，見几席杖履，輒哭曰：『吾祖安往？吾祖安往？』後二年，先祖喪自廣東歸，兩太宜人哭，府君必慟哭。自是常依太宜人左右，群兒或招之戲，勿往也。

王太宜人外家在郡城横街，先祖赴廣東時，迂道謁外曾祖母，府君同行，遂成永訣。後隨太宜人歸寧，舟中必涕泣不止。及曾祖母卒，太宜人即不歸，不忍傷府君心也。

曾祖母卒時，府君贅外祖武進官舍，族祖表山公出錢助兩太宜人治喪。畢事至署告府君，外祖意欲攸之，府君輒取衣物及吾母首飾影質以償，不足更立息券。表山公以爲過，府君曰：『喪祖母而使親戚資我，異日子孫尚爲口實，恐先君在九原亦有遺憾也。』表山公遂不復言。

徐太宜人疾病，府君方客秀水孫景溪太夫子幕，聞信兼程，行至西興，急不得船，徒步疾趨，羸憊不能運支體，遇便船，得載歸。及卒，府君朝夕慟哭，饋食必親，不令他人分勞。居喪未一月，孫公以事邀至館，府君篋白衣菲屨，請終百日不出户，有事則屈公就商。公憫而許之。是時居父母喪未定百日薙髮例，府君獨蓄髮百日，日蔬食，不與同事宴談。同事竊笑之，弗恤也。

王太宜人約勑府君素嚴。府君年十三，族人某私謂曰：『汝母自有女，愛汝必不若愛汝妹。汝父遺貲，必匿以厚汝妹。汝好留意。』府君心鄙之。某後屢以事招府君，一府君不應。太宜人促之行，曰：『是常教兒不孝，無好語，兒往何爲？』太宜人因知前事，憫然曰：『兒至性一至是耶！』太宜人常向長姊道之，因曰：『諺云：「兒須親生。」若汝父事我，親生兒誰能及之？自五歲依我，我感疾，偶不食，汝父亦不食。汝祖招之，終弗去，必留侍我，我必勉一舉箸。我色小不懌，汝父必問我：「娘氣惱誰？娘莫氣惱。」向我背書，或唱山歌，我卒爲之解頤。汝祖没後，我與徐孺人茹苦萬狀，有時相對泣，汝父在旁亦泣。立志讀書，爲我兩人争氣。我與徐孺人雖辛苦，念汝父，心常安之。汝父幕脩歲入數十金，或數百金，皆時時寄我，歸家行李亦交我。遇鬀髮，或買餅餌，向我索錢如童稚時。汝母購寸縷尺帛，必稟命於我，皆汝父教也。汝父得食物，必先奉我及徐孺人，或卻之，必固請略嘗。我向見汝祖事曾祖母亦如是，汝父真肖子也。』太宜人每話府君事，縷縷數千言，長姊尚能道之。

東鄉俗，大斂必以鼓樂助，賓客來會者設食，樂人浩歌侑之。徐太宜人卒，將斂，家人請召樂人，府君曰：『惡有夷尸於堂而鼓吹愉樂者乎？』然恐鄙人遂謂嗇於財，因坐樂人堂外，給其直，勿令奏樂。族人觀者皆謂得禮俗之宜。然自是竟有不具鼓樂者。

王太宜人卒，府君在京師聞訃，觸熱走數十里，氣體癯惙，唁者哀愴。比葬，積雨中得三日晴霽，人皆以爲孝感。府君曰：『某何足以致此？此天矜吾母苦節也。』聞者益稱純孝。

府君之爲兩太宜人乞言也，奉啟再拜，縷述前事，輒涕泗夾頤，座客多爲感慟。有遺書遠乞者，必向寄書之人稽首再拜，如見所乞者。每得一篇，反覆頌誦，喜見顔色，當食或爲之廢箸。或數求之未得，皇皇然如有隱憂。暮年心益切，嘗恐不得身親見之。中風以前，所得詩文皆手自莊録。諸老或有點定，易書至再至三不厭。邵二雲先生嘗有札云：『字裏行間，皆含孝思。』先生固心知府君者。

府君乞言幾遍天下，遇知名士，不遠數千里，馳書請譔文字。晚學後進，亦必以謙稱下之。然苟心有所鄙，雖前輩負盛名者，或覿面不相問也。曩在江南胡觀察文伯幕時，袁大令簡齋枚以詩文鳴。一日飲胡公官齋，公欲爲府君丐詩，府君敬謝曰：『某乞言以寵先人，此君輕薄爲文，恐非先人所樂聞也。』胡公深以爲然。章實齋先生爲府君作《豫室誌略》，述其事，以爲論文至此，方可爲潔云。

府君暇日嘗爲家人陳述先世行事，往往言出淚下，與親友言類然。暮年疾屢作，吾母慮傷府君，勑家人毋數言兩太宜人事。去世前一年，沈氏姑來，語及徐太宜人，相向哭，逾時不止，目盡腫。自是遇哭泣不下，蓋淚已枯矣。

府君佐幕，遇公事不少委曲，偶主人意見不合，則曰：『官在君，我不能强君就我。心在我，君豈能强我就君？』即辭館。主人自悟其失，卒固留，舍己以從。或法應死，而主人不忍，欲從寬典者，府君必晝夜思索，以成其美，曰：『我不忍違主人仁心，仍思有辭以對死者。此際自有仁術，非苦心何以兩全耶？』

府君館仁和、錢塘、烏程、歸安、秀水，邑皆附郡，同事者多與郡友聯接，以爲援繫。縣有事達郡，必先呈藁郡友，商可否，議定然後敢申。府君獨不與通，主人以爲言，府君曰：『事有一定章程，今即商，或有他意，從之則代人受過，不從則以爲專擅，嫌隙自此生。我自行我法，不知其他。』嘗有事申上官，駁詰六七，終得不改初議。當時有汪七駁之名。然性謙和，非公事，率退讓，不以才智上人。故幕遊三十餘年，未嘗有相忤者。

客有薦府君者，盛稱府君操守，府君聞之，拂然曰：『是爲室女執柯，而誇其不淫也，烏足爲知人？』聞者大笑。

館歸安日，太守演戲讌郡屬幕僚，府君以疾辭，再三招不往。同輩有靳之者，謂汪君惜纏頭費耳。主人王公曰：『太守面命勸駕，已具白金十錠候指揮矣。』府君曰：『十金吾猶能辦，惟某素不謁太守，太守亦未嘗下交。今讌歸安刑名友耳，非知汪某也。未同而言，某以爲不可。』王公遂不相强，太守亦不訝也。

浙西有漕之邑，遇開徵日，輸米者麕至，一時不能盡納，往往守候經旬，漕胥遂得以賂先後之。府君館海寧，屬主人劉仙圃先生簿録各鄉道里遠近，通計所徵多寡，分里定期，令鄉民各依期輸米，漕户不病積壓，而吏胥亦無能上下其手。海寧人至今德之。

甲申館平湖，有短人往來市中，善卜，自稱籍江蘇南匯縣，年四十一矣。長不滿二尺，鬚半之，行走甚捷。一壯者從其後，短人弟使之夜宿德藏寺，欲觀者給錢二文。一日入署，衆皆相視歎詫。府君察非善類，屬主人逐之出境，禁寺觀毋得容留。兩月餘，鄰邑嘉善獲盜，詰黨與，則壯者實盜魁，而短人爲之媒，凡墻垣門扉，必先令相定其徑，從之舉事。海鹽、秀水行竊者蓋屢矣。

丁亥館仁和，有婦人援『夫逃亡三年不還，告官改嫁』之例具呈者，主人欲許之。府君曰：『繹例文承上「期約已過五年，有過不娶」而言，當指未婚之女，如已嫁則當從一。如逃亡三年即請改嫁，是人倫之大變也，理不可允。』後訪知婦有姿首，不肖者欲納爲妾，而道之呈官，以塞衆口。越二年，其夫竟挾貲而歸。

汪輝祖行述卷八

遺事中

寧遠素號險健，有事訟縣，不勝輟。控於上官，上官僉差提犯，歲無虚月。府君莅任，飭吏彙造憲准訟案册，案凡四百餘，核分三項：歷年久遠，兩造未經催訊者，注銷；雖經兩造呈催，互有規避者，勒催，逾限不到，亦暫行注銷；年月較近者，定限集訊。遂備文申請，以爲事由前令，在某無所迴護。容某察問虚實，苟兩造依允，徑當取遵詳結，以省守候奔走之煩。某自限三日一案，有逾此約，甘受處分。所有現在公差，請賜撤回云云。正候示，衡永道使人索費喧競，府君重笞之，而告於觀察世寧公。公方嘆賞前稟，即致札引過，命革役荷校以徇。各上官亦俱從約。府君分日訊斷，終任上控舊案未結者，惟祁陽、道州會勘山場十餘事，餘則未有移後任者。

寧邑平田富民楊繼時無子，死，其妻立楊逢年之子玉珍爲後。楊逢星欲以兄子玉盛繼之，不得，遂誣其妻他事，互相控訐，歷十有八年，嘗經一州八縣勘讞，未能定也。府君莅任，繼時妻來訴前事，府君披閱故牘，積高二尺許。因删取關要，手諭楊氏族衆，大旨謂：『定繼一節，無可酌參，妄控一節，不忍深究。惟産業不清，則訟源不息。爾等可將繼時原産若干，現存若干，分給同房若干，中間變賣何項主自伊妻，何項盗由房族，秉公確查，五日内開單送核。爾等操戈同室，積案多年，此時不徹底清釐，將來必釀成大獄。匪惟本縣有所不忍，爾祖宗有知，亦當憫惻。本縣以父母斯民之心，體爾祖宗保世之念，誼聯一本，籌出萬全。爾等俱當感發天良，無欺無隱，以體本縣曲予矜全之意。』縷縷千餘言，詞旨剴切。楊氏見諭，皆悔悟，相謂曰：『使吾等早聞此言，何忍仇訟不休，自傷族誼？』遂相率聽質。府君諄諄勸諭，不半日，兩造感泣輸欵。逢星擬誣，身已篤病，族人皆爲哀籲，因詳請寬宥。先是，逢星曾控臬司，臬司見詳，以府君新任，遽斷富家舊案，疑有他，申駁五反，後訪楊氏族無異言，遂止。

己酉冬，有戚自浙赴寧遠，陸行過祁陽，雨雪失道，憩民家。主人傅姓，問知至府君任所，欣然止宿。因言：『附近有群毆殺人者，已定正兇矣。事上輒狡翻，株累二十餘人。今春寧遠公奉檄來勘，畢兩晝夜案定，盡脱無辜者。中有一人，余戚也。言公終夜未嘗假寐，不施扑責，與犯人言，温温然，犯人亦竟不能欺公，以是知公真長者。』

府君在寧遠，遇重案，往往徹夜研鞫。更殘燭灺，左右皆欠伸，若不勝勞苦。府君危坐堂上，神氣愈静肅，呴呴以好語開導。犯人百方狡飾，終不以盛氣淩之，詞窮卒吐實。定案後，未嘗有反覆者。鄰邑有疑獄，上官檄府君往讞，囚見府君，悉以情告。府君閔其意，必委曲以情達上官，而代爲之請。或拂上官意，必再四申剖，終從輕典。一時奉鞫者，皆稱汪佛。

道州民何氏争山木，訟數年不解。府君奉檄往讞，曰：『爾種木幾何年矣？』一以七年對，一以十二年對。府君給紙筆，令兩人計木大小，畫其圍上，召山農來觀者數人，人畫木圍七年、十二年者，絜之，則所争十二年木也，遂罪言七年者。

寧遠李某佔徐某山場，嗾衆毆徐垂斃。比就鞫，李詭言是日赴胡某家壽讌，以同座六人爲証。質六人，供詞如出一口。府君遂寘六人他所，次弟傳詢，入門先後、坐位上下、肴饌名品，六人語無一同者。親書硃供，付押訖，復以詰李，供與六人異，再令六人覆供，則又與原供異。蓋六人皆聽李囑，而讌時節目，未嘗預擬也。李遂吐實定案。

有母訟其子不孝者，其子愿人也，以傭養母及其弟。既齒壯，將謀納婦，母慮有婦必外視其弟，禁弗納，因忤。府君廉得實，密諭其母曰：『汝子勞作養汝，今杖之，必重傷，數日不傭，汝且不得食。不如佯責之，而汝爲之請，吾因嚴諭之，必畏汝，感激汝，益善事汝。』其母願如府君言。府君命隸取大杖進，召其子，厲聲呵之，若將斃之杖下。其母哀請數四，因諭其子曰：『汝不孝，母且慈汝。姑貸汝，勿懲，必寘汝死。』其子涕泣叩首，負母去。歲餘，府君以事過其地，其母率子焚香迎道旁，曰：『感公教誨，子順吾勝昔時矣。』府君温言獎勉，母子歡喜叩首去。

寧遠南鄉荆子寶，富民也，爲盜誣引。府君察其枉，令子寶立堂下，召堂下鄉民衣服年貌似子寶者，與子寶錯立，呼盜認子寶，盜固不識荆也，遂脱子寶。

歲戊申，安南阮光平既内附，復圖不靖。兩廣總督孫公士毅以狀聞，議者皆謂必出師。永州爲師行要道，王太守因檄府君議事，總兵劉公復調寧遠駐防兵八十名待遣。府君曰：『此事不宜張皇，俟奉命籌之未晚也。』然各邑所調兵已次第赴郡，每兵一名，官給白銀二兩。營弁以告，府君曰：『姑緩之。果行，吾必不靳此金。』已而有招附之命，光平輸欵入覲，竟不用兵。

嘗有事詣永州，會總兵劉公春讌，府君與焉。劉公令雛伶進觴，府君辭，太守王公曰：『汪君素不飲。』劉公戲曰：『伶幼，合口奉一杯，不則賞十金。』公知府君素不妄費，故以相謔。府君則急假守署金賜之。劉公起謝曰：『君守正如此，宜寧遠人之稱汪龍圖也。』立飲一巨觥，自罰失言。從者唐邕嘗述以告人。

府君爲牧令時，不置幕僚，每日坐堂上，手治官文書，有投牒者，即輟筆聽之。或限日集訊，遇他故不得已改期，必先懸牌，勿令在城守候。民皆信而樂之勘驗。公出及詣府晉省，不携奴僕，常以老門房唐邕自隨。邕朴而愿，不敢假威需索，而上官閽人亦不能轉令干請，故常省事。庚戌，欽使祭告九疑，僕從多覬以辦差牟利。府君親自料檢，百物皆按時價給發，責成吏役。事治而民不擾，視向之辦差者十省六七。

府君謝病歸里，寧遠紳士倣柏梁體聯句送行。《夢痕録》止載其詩，不録詩註。今原詩手卷具存，詩注皆寧遠人所記府君蒞邑事。補録於此：

盧學聖注：侯受訟牒，皆立時詰正。兩造同至，即予以讞結。民無守候，訟師懾服。邑人爲之語曰：『終日坐堂汪龍莊，事如眼見汪寧遠。』

楊上瓊注：侯聽訟不動聲色，必令兩造盡所欲言，方出片言決之，曲直悉中。

鄭采藻注：侯杖人，先反覆開諭，令其自言應杖不應杖，知所以應杖之故，然後予杖。杖亦甚輕，非不孝及訟師、盜賊、棍徒，無用重杖者，杖皆不及盈數。在官四年，三木未嘗試也。

李維翰注：侯莅事十日，邑民蔣良榮自殺其妻以誣人。又一年，劉開揚殺其從弟，妄控仇人。侯皆專詰原呈，各得其實，被誣者無纖毫累。

劉永光注：侯廳事不禁聚觀，曰：『使人知勝負之理，即教也。』雖烈日霖雨，觀者常數百人。

樊日新注：舊稱健訟者，自侯下車，皆感愧自新。

駱孔僎注：凡勘念公事，侯受牒即行，不以寒暑稍緩。

蔣漢鼎注：侯公出，恐僕從累民，止乘笱輿，令數役隨行，遇於塗者幾不知爲長官也。

李承綱注：侯巡行不設行厨，食冷傷脾，利下幾殆，猶治事不輟。

歐人傑注：門牌保甲，向多虚應故事。侯親定編查之法，捐給各里保紙筆，逐户挨造。公出則携簿抽查，一年餘始編印發牌單。有業無業，釐然具載。盜賊無窩主，率皆遠去。

田逢原注：侯郊行，遇耆老輒停輿，訪問利弊，故風俗人情，纖微備悉。

李芹注：邑素不種麥，有桑而不解育蠶。侯勸種二麥，頗獲豐收，今皆知樹藝矣。又製繅車，示蠶絲之法，近亦有能育蠶者。

黄岐山注：侯推兩太夫人貞節之意，褒異窮嫠數十人。

石光化注：侯著《善俗書》一卷，自倫常至日習，諭改俗弊，今已遵改舊俗十七八矣。

駱騰漢注：城垣久圮，侯捐奉重脩。

歐健元注：侯無幕賓，鉅細無弗身親。

府君暮年檢寧遠紳士贈行詩聯，獨喜樊君朱箋書『爲政真如慈父母；願公長得好兒孫』一聯，授壕曰：『他日子孫娶婦，可常懸也。』壕裝治敬藏。近爲兒世鈐、世鈜等娶婦，皆用之。當貽子孫，永寶勿失。

汪輝祖行述卷九

遺事下

府君料事明決，存心忠厚。家居日，戚友以事就商，指陳得失，洞中竅要。既與聞，必始終其事，弗諉過避難。與人言，無誑語，人皆敬而信之。邑中有大事，經府君議者，皆無異言。人或兩家爲難，將搆訟，咸愬府君。府君告以利害，曲爲排解，兩家心折，往往和解去。或有人來告將仇某，府君雖不識某，亦必固勸其人息事，人多陰受府君之惠者。一日，檥舡錢清，有拏小舟至，以巨蟹數十杖投船中，曰聊以報公，問姓名，竟不能記前事。府君之隱德類如此。

府君鄉居時，有惡少年相戲曰：『若敢侮某翁，當飲若酒。』一人遂登門大詬，觀者群不平，欲奮歐。府君止之，弗與校。其人旋悔悟謝罪，謂：『某實誤我。』府君笑遣之。舊有屋典於同堂人，既具價回贖矣，其隣有欲占此屋者，率家衆入室喧嚷，三五日不已。家人以爲言，府君曰：『此豈可口舌争者？』讀書如故。其人亦意解，遂已。府君之容忍類如此。

府君篤於師友之誼，幼從鄭又亭太夫子受業，終身視之猶父，有所餽獻，必手挚以奉，應對恂恂，歷五十餘年無異。嘗從孫景溪太夫子受八比文法，公卒後，遇家人應試獲儁，必爲位祭公，與人論文，亦必稱公言以實之。交游衆多，歲時緘問不絶。或自遠方至，喜甚，劇談至中夜不休，數日留亦無倦色。得故人凶耗，哀感累日，聞其後嗣賢能繼起，輒爲之色喜。嘗謂：『吾不幸少孤，無兄弟，賴師友之訓，得成名以慰先志。乞言四方，闡揚母德，亦良友之助爲多。吾念此極不敢忘也。』

府君待友以誠，有善稱賞不置，有不善亦面言，不少假借。或遠有所聞，必遺書督責之。嘗曰：『吾不能爲君子，而惟恐人之不爲君子。吾未免近小人，而惟恐人之樂爲小人。』與游諸公亦俱樂聞直言，從無結怨者，蓋府君心地光明，有以見信於平日也。

府君性愛客，往有幕中歸，有過談文字者，往往欵留終日。兩太宜人必潔盤餐待之，不敢以貧故簡客也。有時客入門，甫接談，輒反入内室，使人以疾謝客，堅卧不肯出。客候良久，徬徨忍飢去。太宜人問府君，府君曰：『彼以官事説吾行賄，何爲禮之？』

歸田後，當事重府君名，必造廬問起居。府君每稱疾謝之，不得已延見，諮詢公事，侃侃言，無所諱忌。然雖甚欵洽，終不及私。以疾故，常遣人報謁，終歲或不入縣門。嘗曰：『邑中利害既蒙下問，自當直陳所見。若無事往來，迹近干預。媚戚之涉訟者或望盻睞，謝而絶之，亦生嫌怨，不可不先自慎也。』

府君持身儉樸，飲食服御，安足恬淡，尤競競以惜福爲念。往在幕中，同輩數評雋肴饌，府君曾不置詞。語表兄孫繼英曰：『使吾素豐，事兩母，每食得具魚肉，吾何忍遠遊？今幕中餐勝吾事親遠矣，尚斷斷然論厚薄耶？』言之必泪下。向晚與同輩宴談，輒退燈中火主，止留一條，曰：『勿令無事耗油。』隆冬室中不爇爐火，曰：『吾家曷嘗用此，奈何妄費主人錢？』居官亦然，見書吏稟紙有餘幅，必手自裁割，篋藏之。凡書銜單，皆取給焉。嘗云：『吾初入幕即然，同輩多笑吾。後聞撫軍莊番禺、陳桂林皆然。吾在長洲見陳公手諭，紅白楮率謄柬。大君子之惜福如此，汝輩當常常念之。』

府君健於談論，遇客抵掌論事，引證古今，覼縷數千百言，意氣豪邁，常傾一座。有時客至，即迎之，立談逾數時不倦。

北海塘外沙塗，初漲時，豪民欲罔爲己産，陞科納粮，而懼上官之不遽從也。孫西林先生方爲布政使，與府君交最密，有走謁府君，請言於公，曰：『事成，當餉所陞之半。』而先以熟地若干爲贄。府君曰：『吾義不干公，此事固不當言。且沙地驟致饒沃，争者蠭起，異日必有大灾。吾不欲以此禍子孫，君等亦慎毋占近利，爲子孫禍也。』後紛紛報陞，互相吞併，械鬭無虚歲。吉慶公撫浙，奏入其地於官，令業户承佃納租，歲歉，租不敷，追逋嚴急。業主欲棄去，而人莫敢受者，家破身死相隨屬，人方多府君先見。府君念之恒惻然，曰：『此吾邑大患也。安得聞之當事，急爲調劑？』嘗陳九事於文端公，此居其一。李蘇隣先生爲邑令，亦文端公門下士也。府君數言其害，遂啓阮中丞，得奏減租則，而免其坍瀉者，實府君持議居多云。

汪輝祖行述卷十

曹宜人家傳

湯金釗

曹宜人者，蕭山汪君輝祖之繼室也。汪君初娶於王，有賢德，生一女及子繼坊而卒。時汪君母在堂，妾子亦幼，繼娶甚難其選，媒氏接踵，無可意者。聞史村曹韞奇翁有幼女，父母最鍾愛，兄五姊二，而處之無間言。汪君曰：『是必善處骨肉間矣。』遂聘之。

汪君家故貧，賴游幕以養，雖已舉於鄉，歲脩外無宿儲。母氏治家嚴，宜人善承意恉，勤紡績，工織紝，以佐薪米。自奉刻苦，而供館師甚精潔，恤戚黨極周至，人感其誠。汪君成進士，未歸而母氏卒，宜人執姑之喪，凡附於身者，必誠必備，曰：『毋重貽夫子悔也。』汪君官湖南寧遠知縣，宜人從之任，儉薄操作，無異曩時。汪君喜曰：『往往官欲廉，而内眷奢靡敗之。君能若是，吾無憂矣。』善造醬醋，每歲必自治署中。買魚價孔廉，詢之左右，則曰：『此官價耳。』宜人曰：『官民兩價，非平也。』以告汪君。汪君盡革諸物官價，市民德之。生平不佞佛，而祭祀竭誠敬，早作晏息，至老不懈。御婢僕整肅而仁恕，見有苛責者，則曰：『彼亦人子，脱才智能盡如主人意，安肯爲人役乎？』後汪君十六年而卒，年八十一。封孺人，晉宜人。子五：繼坊，今名光誥，繼墉，繼埒，繼培，繼壕。繼培、繼壕宜人出。

湯金釗曰：汪君之母王氏、徐氏，守節撫孤，世所稱雙節母也。汪君用是兢兢守身以孝親，出爲循吏，海内士大夫咸稱之。寧遠地瘠，令其土者率虧累牽掣，汪君在職四年，獨克行其志，不合則綽綽然退。固汪君之賢乎，亦宜人廉儉之助云。

汪母曹太宜人贊并叙

王紹蘭

曹太宜人，汪焕曾先生之繼室，元可、勤可、序可、因可、深可之母也。紹蘭甫冠時，因家兄以除先生得從先生奉手，深敬其論議崇閎，風度端整，爲可師範。承不鄙棄，亦折節爲忘年友。然紹蘭終以鄉先進禮嚴事唯謹，而與元可、因可、深可游。因可、深可，太宜人出也，側聞内教之方亦頗覈，惜未獲登堂拜母爲闕禮焉。今因可墓木且拱，去年深可將元可命，以所述太宜人事略來乞傳贊。莊誦數過，辭達其誠，事詳其實，同於前所聞。此即家傳中之信而有徵者，紹蘭何能更措一辭？況年老智短，又實不文，以是逡遁不敢爲。廼深可必欲迫促之，不得固辭，爰就事略疏通證明，約其恉而作贊曰：

猗歟宜人，曰曹大家。繼嬪于汪，嗣雙節姑。雙節繄誰？粤王粤徐。節孝家壼，姓氏寰區。據《事略》云：先妣姓曹氏。《後漢書·列女傳》扶風曹世叔妻，同郡班彪之女，名昭，字惠班，一名姬。世叔早卒，有節行法度，帝數召入宫，令皇后、諸貴人師事焉，號曰大家。《雙節堂贈言續集·例言》云：《大清一統志》新增節婦，每縣例擇一人，大書作綱，餘皆細書類叙。母王、母徐得邀大書，首冠蕭山，非常榮幸也。龍莊適儷，鈒鏤偁妣。宜人續之，士行堪紀。生自史邨，振鐸之裔。季女有蘭，中人不莒。龍莊，焕曾先生自號。《雙節堂集》載王宜人行略，宜人名寵，字令儀，家山陰之安昌鎮。考宗閔，上海縣知縣。宜人卒於乾隆三十五年，子一人，繼坊。《事略》云：先妣同邑史邨莊貢生韞奇公第三女。二親諸嫂，鞠鞠匔匔。五兄兩姊，肅肅雝雝。室宜可卜，媒言遂通。蔦蘿松上，蘋藻澗中。《事略》云：先妣有兄五，姊二，齒居幼，性淑慎。不獨外祖父母最所鍾愛，即諸舅母莫不親之如手足。初府君悼前母王宜人賢，而先大母在堂，性嚴肅，諸姑又好論議，下則長姊未嫁，繼坊等皆幼，庶母亦有子皆待撫，甚難繼室。是以媒者接踵，皆謝去。先大母敦迫不已，嗣聞先妣賢，遂聘之。大母謂府君曰：『媒言女皆淑，多不合汝意，曷知是必賢而聘邪？』府君對曰：『世俗幼女，恃母愛驕傲，多與嫂忤。兒聞諸其嫂家戚屬無間言，是必能善處骨肉間矣。』大母頷之。既而先妣來歸，宜于家室，共服府君先見云。

車裧迎門，褘縭結母。母實難爲，處極盛後。先姑是程，前室是守。心力姜勞，動居爪授。以除先生《曹宜人七十壽言叙》，論者謂宜人所處之境較易，不知居最美之名，继極盛之後，初約而終泰，舍逆而處順，望之者深，責之者備，掃而更之，則有不承權輿之譏。謹守尺寸，則時異而執殊，寡恩不可爲也。或放佚而失教，貴倨不可爲也。或過自卑深，至於亡等，奢靡不可爲也。或拘於纖嗇，不能中禮，甚者積德累行。且有議其求勝於昔人而矯爲之者，是以難也。《事略》云：先大母家山陰附府郭，予家舊居大義邨，在邑極東，風俗與山陰同。先妣家邑南鄉，距大義將百里，語言土俗多異。且大母治家嚴整，諸事皆有法度。先妣初至，能一一默會，以從大母，人皆謂能通變。劉向《列女傳》：『孟母曰：「夫君子學以立名，問則廣知，是以居則安康，動則遠害。」』世俩孟母仉氏，實爪字，形近致譌。反爪爲𠂎，讀若掌。有法有度，無非無儀。勤儉中禮，寬嚴合宜。白緜織雪，黄潤筒絲。館師感膳，女妹恤嫠。《事略》云：先妣初歸，府君雖已舉於鄉，歲脩外，家實無宿儲。大母不使先妣知之，先妣默體大母意，惟晝夜勤紡織，治木緜必去穢雜，絲絜如雪。織紝又工，布薄而堅韌，貨之每得善價，以佐日用。然惟儉於己，爲繼坊等請師，供膳必加意。師嘗語人曰：『吾處館，豐腆有倍於汪家者，而精潔得味，未有能過之。蓋素豐家多藉手婢僕，不若汪家躬親庖廚。且吾聞其内眷飲食粗糲，吾甚感其誠，故教法不敢不勉耳。』是時沈氏、陳氏兩姑家中落，皆藉府君以存。先大母見府君境不裕，每却之。先妣私質嫁衣給之，惟恐傷先大母意也。

夫舉孝廉，幕游它處。陟屺猶來，脯脩衣褚。瑣屑行幐，目張綱舉。必躬必親，置於姑所。《事略》云：府君歲脩所入，及歸家行李瑣雜，皆置於先大母處。載覘子舍，纖丰無私。湫帷牀桯，敗絮被池。鞶衺紛帨，礪燧屨綦。箴管線纊，禀命乃施。《事略》云：先妣鍼線細碎，一一皆禀命而行。夫捷泥金，姑具琀玉。坿身坿棺，皆手皆足。必信而誠，甯厚毋薄。痛姑盡傷，恐夫悔哭。《事略》云：乾隆乙未，府君成進士，在都未及歸。先大母去世，先妣於附身附棺極力假費營辦，必周必備。族叔佐荆公經理喪務，素知府君節儉，意以先妣費於無益。先妣泣謝曰：『附身之具，他日雖欲增華不可得。且夫子向事先姑，無微不至，今不幸不視含斂，已抱恨終天，毋更貽夫子悔。』或請受弔，母曰無然。夫爲喪主，婦敢自專。奔歸典喪，又何後焉？人曰知禮，母則血漣。《事略》云：斂畢，佐荆公請開喪受弔，先妣曰：『此則宜俟夫子歸，非婦人事也。』族人皆欽先妣知禮。

鴟舅如鴞，鷹飢虎餓。攫子而飛，居爲奇貨。夫簒匙遺，婦金則那。每攫每賕，輒遮輒邏。

《事略》云：嫡母兄無俚，往往竄取繼坊爲挾持計，先妣謹謹保護，每周之無厭。別居夫叔，鄒也不良。課兒夜績，博進責償。事同鴟舅，老乃鬼倀。母忘舊惡，桂束珠量。《事略》云：叔祖攜眷它徙，垂暮無所之，歸依府君。患病狼狽，先妣謹事如禮。《雙節堂集》：王、徐兩母嘗夜績課兒，有嚴誡、王宸兩圖。集又載彭紹升《汪氏二節婦傳》，偁淇尉弟好博，窘輒索錢，意不足則挾諸博徒，破壞門壁，篡孤子去，得錢而後舍之。元配之親，老母氏沈。來依壻家，見母歡甚。甚於己生，非矯實審。悃愊志誠，唸吅口禁。《事略》云：適母母沈孺人亦老依府君，先妣事之，情勝所生。沈孺人嘗謂人曰：『我自有子女，不我顧。吾見夫人於同胞諸兄來，多落落，其親母在，饋遺甚菲，獨拳拳厚我貧老人。相依久而不變，察之非矯飾。我閱世多，未有如夫人肫摯醇厚者。必有後福。』每道及，輒涕泣不已，蓋先妣所感者誠也。臨危後事，目翳手營。自衾及幎，由衵曁裻。櫬從王庇，斂殯自行。魄妥魂樂，義盡恩明。《事略》云：迨卧病，先妣方病目，爲手製附身衣，夜不得卧，目生翳，後爲終身之患。當沈孺人病亟，衣衾棺斂俱備，視勢不起，具舟送歸安昌鎮王氏本宅，曰：『我家爲同支公宅，我難自主，儻他人有言，不幾爲孺人累乎？况孺人本自有家也。』卒後，仍歲時爲之祭祀不怠。其明決如此。

夫子服官，偕之寧遠。中饋貞居，小煁內梱。梁案眉齊，陸葱頭扚。醬矩酢規，盉鬻就飯。《事略》云：先妣於中饋粥飯，皆有法度。醬醋歲必自治，從府君官寧遠，亦不假手婢僕。嘗以醬醋主一歲吉凶，親自營造，以給一署之用。又云：性澹泊，不喜外廚肥鮮，自立小廚，飭婢僕爨煮，如在家儉素。一物造瀵，載善俗書。齊民要術，仿母偫儲。好醬好酢，又能烹魚。守曰家鄉，客云內廚。《事略》云：府君從先妣得作醬量水蒸曬之法，載於《善俗書》，以授縣人，頗傳其法。最善烹魚，魚似鰱而巨首，俗名胖頭魚，即鱅魚也。其美在首，用自製醬和薑屑，雜豆腐，味甚美。府君同僚知己至署，用以供客，客甘之，往往置官廚物不食，皆偁爲內廚魚。時永州王蓬心太守甚風雅，聞之，曰：『汪君恬退，不忘家鄉風味，且浙中有家鄉肉，宜名家鄉魚。』遂贈句云：『心在湘湖身在楚，家鄉魚美當蓴鱸。』一時傳爲佳話，比美東坡肉云。因此一魚，遂知兩價。官民不同，貴賤胥訝。魚特一耑，它價都假。夫子勖哉，一切革罷。《事略》云：初買魚至署，魚大直廉，先妣疑，問左右，對曰：『民間固不賤，此官價耳。』先妣曰：『小民同獲一魚，官買價薄，民買價厚，是不平矣。』以告府君，府君飭吏禁官價。吏曰：『此舊例，何用禁？即官廉而禁，如後任何？』府君曰：『何例之有？我行我法，聽之而已。』於是盡革諸物官價。民心咸喜，由是權輿。感恩靡極，圖報尚虛。密探覽揆，千燭煒如。星羅人拜，光借卿餘。《事略》云：市民德府君甚，圖報無由，密探府君生日，醵燭大小千枚，恐府君却其意，皆插架焚以獻。燭耀庭院，羅拜而去。府君戲謂先妣曰：『此仗卿之光也。』

雖則居官，井臼如故。齏淡飯麤，釵荆帬布。茹辛而甘，處華而素。究竟當歸，不如大苦。《事略》云：先妣在署，衣布素，勤操作，無異處約時。不增一衣一簪，家人等皆謂過自刻苦。先妣曰：『我憂患餘生，今至署，邀天幸，無病即福，敢有奢望？且終必歸家，官署可恃邪？』語聞夫子，莧尒歒然。官司公帑，用若私錢。吹綸設幃，毒冒肆筵。百萬一鞶，千萬一嫣。《事略》云：府君聞而喜曰：『往往官欲廉，而內眷奢靡敗之。用不足，則操守不謹。今君能若是，吾無憂矣。』蜉蝣內奢，菅蔽外匱。卿儉非難，我廉孔易。緡限屋縣，繩贏鉅置。願學蘇公，庶無誣誘。《事略》云：府君涖任，日費不過數百文。《東坡集·與秦太虛書》：『痛自節省，日用不得過百五十。每月朔，便取四千五百錢，斷爲三十塊，挂屋梁上。平旦用畫叉挑取一塊。既藏去叉，仍以大竹筒別貯用不盡者，以待賓客。此賈耘老法也。』《爾雅》：『誣誘，累也。」及瓜而代，粢黍不虧。法良夫倡，意美婦隨。旋車輓鹿，病榻羞鰭。侍翁夜誦，絜母晨炊。

《事略》云：寧遠地瘠，前任每以虧空去官。府君得善全無累，先妣節儉内輔之力居多也。

夫死歸廬，婦存主舍。仁溥諸孤，或婚或嫁。平平匀匀，上上下下。暫鳩如一，豳鴟皆化。

歸廬，煥曾先生晚年生壙之名，因以自號。《事略》云：先妣黎明先人而興，夜必檢點周備，後人而卧，歷老耄不懈。又云：撫諸子女一如己出。又云：米鹽出入，典質期約，久遠無舛。即同支共居，人或未諒，多意外釁。先妣能容忍不與較，久亦感化。

一裘在笥，祀慶章身。兩素終年，元旦新春。齋食擾主，念彼親鄰。日惟菜飯，何用欺人？

《事略》云：先妣製裘，惟歲朝祭祀慶會一服，平居恒布素。衣帬雖舊，必補綴完整，不棄。又云：飲食惼惡，而不服齋。歲齋元旦、新春兩日，以一爲歲首，一爲年首。見鄉里婦女親戚讌會，反因服齋故擾主人，嘗曰：「彼仕宦大位借齋名歲，可全物命無算，而供應無暴殄之虞。我等儒素家風，非祭祀供賓不殺牲，日惟疏食菜羹，安可假齋名欺人以欺吾心？儻終日虛度，雖素食亦干天譴。若稱事隨分而食，又何必齋？」

祠禴必誠，而不佞佛。父母釋迦，靈山近乞。伊蒲布施，匪莪則不。梵唄耳鳴，孝經口吃。

《事略》云：嘗見先妣祭祀、歲節祀神，必誠敬以將。而不佞佛，每見婦女菲薄其親，獨不惜重費布施僧尼，舉諺語：「爺娘就是靈山佛，何必靈山去燒香？」

嘗謂諸子，自我來歸。勉循先軌，庶免人譏。竊聞女範，媿莫能睎。勿以陳言，文我知微。

《事略》云：先妣嘗謂不孝等曰：「我見世間婦人，不賢者無論，即賢而遭境不淑，抱恨無告，或稍賢又偁美過實，更稍有才，以與聞外事者爲能，皆非婦人所宜。我幼叨父母姑息，迨歸汝家，勉循先姑法度，幸無過失。嘗聞汝父述古女範教汝姊，每愧不能希古人萬一。所知不過日用家常事，尚不能如我量而行。汝等慎勿以知書識字陳言文我。』中心惟忠，如心其恕。奴亦人子，遠合陶語。兒皆我兒，邇感陳女。垂老追思，涕零如雨。《事略》云：見有非禮苛責婢僕，則曰：『彼亦人子，儻才智果能盡如主人意，在家儘可餬口，安肯爲人役？宜恕之。』又云：『御婢僕雖教督約飭，將辭，必涕泣不忍去。』又云：『迄今適陳長姊年七十餘，道述先妣遺事，猶復淚下。』

无成地道，克永天年。子孫椒衍，科第蟬聯。疊受綸誥，茀禄康繇。怛焉化去，何憾遺旃！《事略》云：先妣儉約純固，廉静恬曠，出於天性。處約處豐，終身不改常度，處之安然，以故克享耆年。及辭世之日，親戚家屬，下逮婢僕，莫不涕泣悲痛，傷歎今人中不可得也。生於乾隆七年壬戌十月十四日時，卒於道光二年七月十七日時，享年八十一歲。勅封孺人，晉封宜人。子五人：繼坊，乾隆丙午科舉人，就職直隸州州同，嘉興府嘉善縣訓導，候補教諭，今名光誥；繼墉，福建長泰縣典史；繼埈，議叙候選，從九品；繼培，嘉慶乙丑科進士，吏部文選司額外主事；繼壕，國子監生，捐職布政司經歷。孫十人：世鍾，嘉慶癸酉拔貢生，江西瑞昌縣知縣；世銘，國子監生；世鈺，縣學附生；世銈，世鈐，縣學附生；世錫，世銑，世鋐，縣學附生；世鉞，世金。女四人，孫女十三人，曾孫五人。我思大家，七篇女誡。卑弱第一，母謙不敗。夫婦第二，母賢克勷。敬慎第三，母柔如戒。曹大家作《女誡》七篇，《卑弱第一》有曰：『謙讓恭敬。』《夫婦第二》有曰：『婦不賢，則無以事夫。』《敬慎第三》有曰：『陰以柔爲用。』婦行第四，母心克存。專心第五，母不闚門。曲從第六，母屈所尊。和叔妹七，母也崇恩。《女誡·婦行第四》有曰：『惟在存心耳。』《專心第五》有曰：『無看視門户。』《曲從第六》有曰：『姑云不爾而是，固宜從命，姑云不爾而非，猶宜順命。』《和叔妹第七》有曰：『崇恩以結援。』四惪三從，七誡備矣。姬班母汪，載鼇女士。遥遥兩曹，若鶼鰈比。耄言不文，敢告惇史。

附録二　傳記　序跋

附録二　傳記序跋目録

附録二

傳記

汪輝祖傳

汪輝祖，字龍莊，浙江蕭山人。少孤，繼母王、生母徐教之成立。習法家言，佐州縣幕，持正不阿，爲時所稱。乾隆二十一年成進士，授湖南寧遠知縣。縣雜瑶俗，積逋而多訟，前令被訐去，黠桀益肆挾持。又流丐多强横，輝祖下車，即捕其尤，驅餘黨出境。民納賦不及期，手書諭之曰：『官民一體，聽訟責在官，完賦責在民。官不勤職，咎有難辭；民不奉公，法所不恕。今約每旬以七日聽訟，二日較賦，一日手辦詳稟。較賦之日亦兼聽訟。若民皆遵期完課，則少費較賦之精力，即多聽訟之功夫。』民感其誠，不逾月而賦額足。

治事廉平，尤善色聽，援據比附，律窮者，通以經術，證以古事。據《漢書·趙廣漢傳》鉤距法，斷縣民匡學義獄；據《唐書·劉蕡傳》斷李、蕭兩氏争先隴獄。判決皆曲當，而心每欲然。遇匪人當予杖，輒呼之前曰：『律不可逭，然若父母膚體，奈何行不肖虧辱之？』再三語。罪人泣，亦泣。或對簿者反代請得免，卒改行爲善良。每決獄，縱民觀聽。又延紳耆問民疾苦、四鄉廣狹肥瘠、人情良莠，皆籍記之。

寧遠例食淮鹽，直數倍於粵鹽，民食粵私，大吏遣營弁偵捕，輝祖白上官，以鹽愈禁則值愈增，私不可縱，而食淡可虞，請改淮引爲粵引。未及報，輝祖即張示：『鹽不及十斤者聽。』偵弁謂其縱私，輝祖揭辨，總督畢沅嘉之，立弛零鹽禁，時偉其議。兩署道州，又兼署新田縣，皆有惠政。以足疾請告，時大吏已疏調輝祖善化，又檄訊鄰邑獄，因足疾久不赴，疑其規避，奪職。歸里，閉户讀書，不問外事。值紹興西江塘圮，巡撫吉慶强輝祖任其事，帑節工堅，時稱之。舉孝廉方正，固辭免。

輝祖少尚氣節，及爲令，持論挺特不屈，而從善如轉圜。所著《學治臆説》《佐治藥言》，皆閱歷有得之言，爲言治者所宗。初通籍在京師待銓，主同郡茹敦和，論治最契。同時朱休度並以慈惠稱。

（《清史稿》卷四百七十七《循吏二》）

汪輝祖傳

汪輝祖，浙江蕭山人。少孤，繼母王、生母徐教之成立。入州縣掌書記，漸習刑名。乾隆三十一年成進士，授湖南寧遠縣知縣。縣雜猺俗，積逋而多訟，前令被訐去，攝者務姑息，黠桀益伺間爲挾持地。又流丐多强横，輝祖下車，即掩捕其尤，驅餘黨出境。民納賦不及期，諭以官民一體，緩急相關，聽訟之責在官，完賦之責在民。官不勤職，咎有難辭；民不奉公，法所不恕。寧遠錢糧素多延欠，今約每旬以七日聽訟，二日較賦，一日手辦詳稿，較賦之日亦兼聽訟。若皆遵期完課，則少費較賦之精力，即多留聽訟之功夫。民感其誠，相戒無負好官，不逾月而賦額足。

治事廉平，尤善色聽，援據比附，律窮者通以經術，決獄皆曲當，而心每欿然。遇匪人當予杖，輒呼之前曰：『律不可逭，然若受父母膚體，奈何行不肖虧辱之？』再三語。罪人泣，亦泣。或對簿者反代請得免，卒改行爲善良。每決獄，縱民觀聽。又延紳耆問民疾苦、四鄉廣狹肥瘠、人情良莠，皆籍記之。

據《漢書·趙廣漢傳》鉤距法，斷縣民匡學義獄，《唐書·劉蕡傳》斷縣民李氏、蕭氏争先隴獄。他邑有訟，聞移輝祖鞫之者，皆大喜。在寧鄉時，訟師黄天桂與大府吏史坤攬訟，輝祖以他事搜其筆據，陳之大府，革坤役，天桂逸去，終輝祖任不敢出。

寧遠例銷淮鹽，值數倍於粤鹽，民多食粤私，大吏遣營弁偵捕，人情惶擾。輝祖爲帖白上官，以鹽愈禁則值日增，夫私不可縱，而食淡可虞，請改淮引爲粤引。未及報，輝祖即張示：『鹽不及十斤者聽。』偵弁謂其故縱私，聞於大吏。輝祖揭辨，總督畢沅嘉賞之，立弛零鹽禁，時偉其議，稱莽知縣云。

兩署道州，又兼署新田縣，皆有惠政。以足疾請告，時大吏已疏調輝祖善化，疑詭疾規避，奪職。歸里，值西江塘圮，巡撫長麟、吉慶先後遣官勸輝祖董其事，不獲辭。初估工費錢二萬八千九百緡，用輝祖議，工倍而錢省。嘉慶元年，詔舉孝廉方正，邑人以輝祖應，固辭免。

輝祖少尚志節，老而愈厲，持論挺特不可屈，而從善如轉圜。性至孝，痛父早殁，兩母孤苦，撫己成立，故於守身之義懔懔自防，終其身罔敢隕越。嘉慶十二年卒。著有《元史本證》五十卷、《史姓韻編》六十四卷、《九史同姓名略》七十二卷、《二十四史同姓名録》一百六十卷、《希姓録》四卷、《遼金元三史同名録》四十卷、《學治臆説》四卷、《佐治藥言》二卷。

（《清史列傳》卷七十五《循吏傳二》）

汪龍莊大令事略

李元度

汪君名輝祖，字焕曾，號龍莊，浙江蕭山人。父楷，官河南淇縣典史。君年十一而孤，繼母王、生母徐教之成立，世稱汪氏兩節母。君才識開敏，十七補縣學生，練習吏事，前後入諸州縣幕佐其治，疑難紛淆，一覽得要領。尤善治獄，俾境揣形，多所全活。

以其略讀書，乾隆三十一年成進士，授湖南甯遠知縣。縣雜猺俗，積逋而健訟。前令被訐去，攝者務姑息，莠民益伺間爲挾持地，流丐强債，勢洶洶。君下車，即掩捕其尤，而驅餘黨出境。徵賦期迫，君爲文告諭民，剴切誠至，讀之慙且感，相戒無負好官，不逾月而賦額足。治事廉平，尤善色聽，剖條發藴，不爽錙銖。及其援据比傅，律之所窮，通以經術，所決獄詞皆曲當。人藉藉頌神明，而君益欿然。按事畢，輒問堂下觀者曰：『允乎？』僉曰：『允矣。』遇罪人當予杖，輒呼之前曰：『若律不可逭。然若受父母膚體，柰何行不肖虧辱之？』再三語，罪人泣，君亦泣。或對簿者反代請，得免，卒改行爲善良。延見紳耆，問民間疾苦，所語皆籍記之。教民廣種殖，導以興禮讓，惜廉恥，誡昏禮煩費而民知儉，禁喪禮用酒而民知哀，俗丕變。歲復屢稔，乃復行鄉飲酒、賓興禮，建節孝祠，行保甲，政聲大播。他邑有訟，聞移君鞫之，則皆喜。甯遠例食淮鹽，直數倍於粵鹽，民多食粵私。大府遣營弁偵捕，人情惶擾。君爲帖白上官，請改淮引爲粵引。久之未報，君引例張示：『零鹽不及十斤者聽。』偵弁謂君故縱私，聞於總督，君復揭辨，謂縣官當綏靖地方，張示諭民，勢非得已。揭上，總督畢公沅尤嘉賞，立弛零鹽禁。時偉其議，稱莽知縣云。

官甯遠未及四年，以足疾請告。時大吏已疏調君善化，疑君規避，劾免歸。民走送境上，老幼泣，擁輿不得行。君歸里，值西江塘圮，關數邑水利，巡撫長麟公先後遣官勸君董其事，不獲辭。初估工費錢二萬八千九百緡，用君議，增工倍而省錢六千三百緡，工用堅實，爲永利。君渡江一謝巡撫，歸而閉户讀書，不問外事。嘉慶元年，詔舉孝廉方正，邑人以君應，固辭免。君少尚志節，老而愈厲，持論挺特不可屈，而從善如轉圜。性至孝，痛父早殁，兩母茹苦鞠孤，撰父母行狀，乞天下能文章者表之。得傳、志、銘、誄、賦、詩數千百篇，彙爲《雙節堂贈言集》六十二卷。自以孤子所繫甚重，故於守身之義，懔懔自防，終其身罔敢隕越。官私一介不取，而不以所守自矜。有譽之者，君怫然曰：『爲淑女蹇修，而稱其不淫，可乎？』

所交多老宿，以道誼文章相切劘，尤邃於史。著有《元史本證》五十卷、《讀史掌録》十二卷、《史姓韻編》六十四卷、《九史同姓名略》七十二卷、《二十四史同姓名録》百六十卷、《二十四史希姓録》四卷、《遼金元三史同名録》四十卷、《龍莊四六稾》二卷、《紀年》《獨吟草》各一卷、《題衫集》三卷、《辛辛草》四卷、《岫雲初筆》二卷、《楚中雜詠》四卷、《歸廬晚稾》六卷、《汪氏追遠録》八卷、《越女表微録》七卷、《善俗書》一卷、《庸訓》六卷、《過眼録》二卷、《詒穀燕談》三卷。其尤著者，《學治臆説》四卷、《佐治藥言》二卷，言吏治者多宗之。阮文達撫浙及豫，皆刻行其書，下有司俾爲法式。嘉慶十二年卒，年七十有八。子繼芳〔一〕，丙午舉人。四子繼培，乙丑進士，吏部主事。

（李元度《國朝先正事略》卷五十三，清同治刻本）

校勘記

〔一〕『芳』，當作『坊』。

序跋

重刻汪龍莊先生遺書序

許寶書

龍莊先生《學治》一書，居官与幕者皆宜日覽。吴仲宣制軍爲漕督時，曾爲刊刻，自移節川中，携板以行，清淮之間，此書遂日以少。余以承乏北鹺來浦，金匱楊君蓉塘以中表親屬襄幕事，約取是書，互相砥礪。雖其言愧未能行，而藉以儆惕於心，幸免隕越。楊君念是書之有益於官与幕者非淺鮮，而其板遠隔，刷印爲難，思爲重刻，以廣同好。竊維古人居官格言，不勝僂指，而龍莊先生之書，其去今也近，其遇事也習，故其爲言也平易而可行，親切而有味。誠使爲官与幕者人置一編，進可以講求吏治，無忝厥職，退亦不失爲自守，而居官居幕与立身之道，均在其中。此楊君欲爲廣傳之盛心，誠不可没也，故樂與贊成之。刻既成，書其緣起於首。

同治十年歲次辛未，錢塘許寶書序。

（清同治十年慎間堂刻《汪龍莊先生遺書》本）

重刻汪龍莊先生遺書序

楊紹祖

昔歐陽公多教人以吏事，謂文學止於潤身，政事可以及物也。嗣是箸述代興，提要鈎玄，不乏深微之旨。顧施之於事，往往猶難盡合。非法之不善也，意者人之資禀不能無高下之殊，而揆諸時宜，亦有今昔之異與。惟《汪龍莊先生遺書》六種，以躬行心得之言，發其修己安人之藴，雖論義若近庸常，然而明練庶務，鑒達治體，莫不本之物理人情。是故實可見諸施行，而不流於迂滯。非特爲服官佐幕之準繩，即吾人淑身涉世，亦隨在皆當取法。宜乎不脛而走，爲識者所共寶也。

自庚申、辛酉，江浙迭遭兵燹，篇籍多罹虐燄，是書亦散軼無存。盱眙吴公於辛酉冬督漕淮浦，首取是書，敘而刊行，期與寮屬相勖勉。一時吏治蒸蒸向風，意甚善也。未幾，擢任閩疆，板亦攜歸。皖省坊肆，印本無多，即間有存者，類皆居爲奇貨，購置匪易。是不惟無以副學者之求，抑與吴公刊行之意，不幾重相違耶！余適客遊袁浦，謀欲另梓成帙，以公同志。於是詳校全書，正譌訂悮，集資重付棗梨，開雕於辛未季春，畢工於仲秋，凡六閲月而蕆事。因記其緣起如此。

同治十年歲在辛未八月既望，梁溪楊紹祖蓉塘甫序。

（清同治十年慎閒堂刻《汪龍莊先生遺書》本）

汪龍莊先生遺書序

張　曜

蕭山汪龍莊先生，少治法家言，屢佐州縣。晚成進士，出宰新甯，權道州。其佐幕也，爲直諒之友。其從仕也，爲循良之吏。著書數種，曰《佐治藥言》，曰《學治臆説》，曰《庸訓》，曰《病榻夢痕録》。《藥言》《臆説》《庸訓》，言也。《夢痕録》，行也。平易切實，中材可勉而至。其爲教，家人父子之教也。其爲文，布帛菽粟之文也。賀耦耕制軍輯《皇朝經世文編》，采《藥言》《臆説》者數十條。其書之貴重於世久矣。

本朝名臣以州縣起家者，陸清獻、于清端爲最著。清獻之治嘉定、靈壽，則三代之遺，孔門弟子之爲政也。清端六載羅城，堅苦卓絶，任人所不能，處人所不堪。然二公之所樹立，中材以下，有不能强學者矣。先生斟酌情理，出入於世故之中，使其意無悖於古，而其道可行於今，豈非天下之至言乎？

曜於先生爲鄉人，先祖光禄公爲州縣山右，所至有聲，絳州之政，至今父老思之。兩廣制軍南皮張公撫晉時，曾列奏於朝，請祀名宦。曜初宰固始，先大夫以《藥言》《臆説》授之，曰：『我不能教汝，此光禄所奉爲治譜也。』故曜於先生之書，讀之最久，雖不能如光禄之篤守，然從仕三十年，幸免咎戾者，獲益於先生也。

今奉恩命調撫山東，會書局刊先生遺書成，合《庸訓》《夢痕録》都爲一集，用敘簡端，以發明先生遺書之意，並以誌不敏所得力云。

光緒丙戌仲冬之月，之江張曜。

（清光緒八年山東書局重刊《汪龍莊先生遺書》）

夢痕録庸訓合刻題跋

邵綸

汪先生龍莊《病榻夢痕録》二卷、續一卷、《雙節堂庸訓》六卷，皆賦遂初後所著也。先生年二十，爲諸侯上客，晚而登第，服官之日淺，所著《佐治藥言》《學治臆説》，早膾炙人口。世皆知先生爲名幕也，而吏事已不及知，更無有知其學行之醇者。中丞清河龔公每舉先生爲僚屬法，竝出二書相示曰：『人之立言，有根柢，然後有枝葉。《藥言》《臆説》爲吏與幕導之源者，先生之言也。言與行必相顧，《夢痕録》所以踐其言也。言何以踐？述詒謀，誦清芬，《庸訓》者，學行之本，言之所由立也。合二書觀之，庶可補《藥言》《臆説》之所未及乎。』雖然，猶有説焉。

近朱者赤，近墨者黑，方枘圓鑿，格格不相入也。先生少無期功强近之親，長鮮聲勢攀援之力，乃歷聘數十州郡，所主賢士大夫，咸倚爲左右手。其時上游若桂林、韓城兩相國，番禺中丞，有人倫鑒，聞先生名，翕然無異詞。即浦嘉善、王臨汾輩，才智氣力，雄視一時，而先生獨浩浩落落，進退自如。固其立於己者真，而信於人者久乎？而其時之以道義相切磋，亦可見矣。

余受而卒業，既服中丞所見之大，持論之正，顧以習俗好尚，風氣各殊，人之一身，但求自立，惟其能立於己，故行克肖其言，人亦遂信所言，而不疑於所行。否則其言雖著，試之行而或不然，久且竝其言而廢之矣。後之學者，誠由《藥言》《臆説》以求夫言行相顧之旨，而咸思所以自立焉，則必有不爲風氣轉移者。然則録也訓也，又豈第爲吏與幕導之源哉？廼請於中丞重梓以行世，綴述緒論，附以己意，俾讀是書者其覽焉。

時咸豐紀元長至月，湖北黄州府岐亭同知邵綸跋於望雲官舍。

（清望三益齋藏板《汪龍莊先生遺書》本）

汪龍莊先生病榻夢痕録跋

許宗彦

此先生之年譜也，亦先生之學案也。先生雙節母子，性至孝，爲母乞言徧海内，海内士大夫莫不知有雙節汪氏者。自佐幕至爲宰，治獄所全活甚衆。生平制行肫誠，立言篤實，具見於斯録。而尤惓惓世道人心，於崇儉斥奢、尚誠去僞再三致意。凡有治民治家之責者，均當熟讀深思，不可以尋常説部視也。

先生與先大夫早相善，復同舉於鄉。先大夫宦都中時，先生公車至，過從談論，宗彦往往在側，時才七八歲耳。更十餘年，宗彦赴試入都，而先生亦以謁選至，復得侍坐。又十餘年，先大夫自粤東旋里，先生亦自楚南歸，相見於杭城，翦鐙道故。聚散之蹤，宦游之況，録中未及詳者，宗彦實備聞之。其距於今蓋十有五年，先大夫見背已四年，先生下世亦兩年矣。每對是録，泫然不忍卒讀也。

今秋，先生令子因可九兄屬爲題識數語。嗚呼，先生學行當於古人中求之，著述垂世，必有不可泯滅者，豈宗彦區區所能測量？自念孤露餘生，父執凋零略盡，出處無所取裁，學業無所就正，惟恐陷於不韙，以忝所生。因可昆季皆善讀父書者，其能惠顧前好，不忘《伐木》詩人之義，宗彦猶有所厚望焉爾。

（國家圖書館藏清乾隆嘉慶間刻《雙節堂雜録》本《夢痕録餘》附）

夢痕録節鈔序

何士祁

士祁既校勘龍莊先生《佐治藥言》《學治臆説》，重梓以廣流傳矣，又取先生病榻自定年譜，所謂《夢痕録》及《録餘》節鈔成帙。凡其《佐治》《學治》推所言以見之施行，爲慈惠師者，顛末具在，折獄聽訟，成案昭然，而神理之響應，寃縱之報施，則尤凛凛如晨鐘禪棒，提喝昧夢，深切而著明極矣。

士祁章句下士，承乏繁劇，簿書案牘，夙夜惶懼。惟以先生之書爲科律，兢兢奉持，冀毋隕墜，并以付刊，願與同志者共紬繹之，期稍裨於欽恤明慎之治焉。同里後學何士祁撰。

（浙江圖書館藏清刻本《夢痕録節鈔》）

佐治藥言學治臆説病榻夢痕録書後

何振岱

右蕭山汪龍莊先生遺書。先生由幕而吏，佐人之治與所以自爲治者，體驗至隱，考究入微，言人所難言，知人所弗及知，真有用實書也。竊維治術無他長，人情已耳。嬰兒之飽暖，惟慈母之意而皆中其節、悉其情也。悉其情者，出於愛之至極也。天下無不能育子之母，而有不能育民之官。不能子視其民，故不悉民之情。不悉其情，惟其意所欲爲，斯顛倒錯亂，豈有終極？州縣親民之官，治之施於民也近，民之受治於官也亦近。今之州縣，若用其揣摩上官之心以揣摩民情，亦何治之不古若？惟其聰明才力盡用於媚上，而用其餘於民，有並其餘不肯用者，所以民日窮蹙而國以日敝。治之不可輕言如此乎！先生天生吏才，益之以學問，其言無奇，要惟洞徹人情，合於治體。而佐人治與自治，匪不一歸於至當。曰藥言者，以醫病民者也；曰臆説者，自道所得也；而臚其生平事蹟曰病榻夢痕録者，著己之效，明所言之不欺也。蓋先生得力於勤而享大年，膺厚福，勤而不瘁，其爲自强之驗歟。嗟乎，先生之術仁矣。是書又能自言仁術，以告世之仁而無術與術而不仁者，讀先生書足興起矣。

（劉建萍、陳叔侗點校《何振岱集》，福建人民出版社二〇〇九年）

史姓韻編序

章學誠

吾友龍莊先生，惇行工文，初以名幕成名進士，試爲州縣，以名宦聞，究以直道齟齬，投劾歸里。著書滿家，多孝友藴積，及愷惠緒言，其書布粟而不雕繪，識者稱之。又以其餘力爲《史姓韻編》及《二十四史同姓名録》二書，以備讀史者之稽檢。蓋君嘗謂居處宜窮經藴，在官宜覽史事，然則二書非徒著書餘工，抑亦臨政之餘課也。君自謂此事殆於古人所云『無補費精神』者，然十許年之功力，不忍虚擲，俾余序言其端。序曰：

古人讀書精專，務大而不遺其細。經史囊括甚富，大義昭矣。其間名數事物，非具數家專門之學，分途攻取，不足盡其藴也。《姓編》倣於劉宋《姓苑》，《名録》倣於蕭梁孝元，人皆知爲比類徵事之書而已，不知《周官》小史掌奠系世，而譜牒爲姓氏專司，御史掌贊書，數從政，而仕版爲人民綜要。古人大典存其官守，所謂制也。後代禮亡官失，師儒沿其遺意，遂爲治經業史專門名家。至專家又失其傳，而比類徵事之書紛然雜出，剽掠近似，以爲耳目玩弄之具，而古人之家學亡矣。昔者諸侯去籍，周譜僅存，史遷因之以作世家系表，而餘文遂不復究。《世本》流傳，六朝尚有其書，杜預之治《左氏春秋》，所爲《世卿》《公子》諸譜，多所取質。此姓系名録，所以爲經史專門之家學也。班氏《古今人表》，爲世詬厲，史識如劉知幾，乃亦從而非之，至今史家以爲瘡痏。嗟夫！此正《春秋》家學流傳，非班氏所能私創。史遷忽略，而班氏特取以補其疎，與《地志》《藝文》諸篇，並爲要典。後世於《藝文》《地志》之補，則爲有功，而《人表》一篇，不但不知闡其絶學，且隨聲附和而詆毁之，宜史家之列傳，日出日繁，而不可簡料矣。蓋史以紀事，事出於人，人著於傳，凡史莫不然也。溯古之傳，非得《人表》以爲總彙，則於故籍必有偏枯去取之嫌；徵今之傳，非得《人表》以爲總彙，則於近人必有隨類求全之弊。故《人表》者，《春秋》譜曆之遺，而類聚名姓之品目也。《人表》入於史篇，則人分類例，而列傳不必曲折求備。列傳繁文既省，則事之端委易究，而馬、班婉約成章之家學，可牽而復也。夫史之大忌，文繁事晦。史家列傳，自唐宋諸史，繁晦至於不可勝矣。使欲文省事明，非復《人表》不可。而《人表》實爲治經業史之要册，而姓編名録，又《人表》之所從出也。故曰專門之學，不可同於比類徵事書也。

余嘗歎史家絶學，千載失傳，而史籍猥繁，殆如昔人之論治河，所謂增修故隄，勞費無已，且不知於何底也。其故雖不止列傳一端，而列傳實爲尤甚。若由汪君之書，而思類别人名，因以復《人表》而清列傳也，亦廓清蕪蔓之一道歟。

（章氏遺書本《文史通義·外篇二》）

史姓韻編序

魯仕驥

昔宋鄭漁仲氏善太史公之作《史記》，而譏班固以下斷代爲史之非，以爲作史之難，莫難於志，於是作《通志》，以紀上古以來至於五季數千年帝王卿相之蹟，以二十略盡其典章制度文物之大，其所自矜爲漢唐諸儒所不得而聞者，凡十有五焉，《氏族略》其一也。古者天子建德，因生以賜姓，胙之土而命之氏。諸侯以字爲氏，因以爲族，官有世功，則有官族，邑亦如之。故同一姓也，而氏異焉；同一氏也，而族又異焉。《周官·太宰》以九兩繫邦國之民，一曰宗以族得民。甚矣，氏族之重也。然自太史公創立紀傳之體，敘述帝王公卿，譜厥由來，或曰姓某氏，則姓與氏混矣。其所作《五帝本紀》，紀黄帝之子得姓者綦詳，其贊曰：『余觀《春秋》《國語》，其發明《五帝德》《帝繫姓》章矣。』且是時《春秋曆譜牒》尚存，太史公既得讀之，而於自著書反致姓與氏混，何耶？豈《史記》之成，藏於石室，及其出也，傳之既久，不能無譌缺與？自漢以來，高帝以婁敬請都關中，賜姓劉氏，其後王莽之亂，士大夫多改士族以避禍。沿及東漢六朝，訖於唐室，賜姓尤衆。五代之季，撫養異姓，往往傳國。當是時也，不特姓與氏混然無辨，即族亦不可問矣。余嘗讀《氏族略》，稽斯人得姓受氏所由來，而不禁慨然也。漁仲之功，亦曷可少乎哉？

蕭山汪君龍莊，合二十四史紀載之人，標姓彙録，依韻分編，著《史姓韻編》一書，俾余序之。其義例見於自序中，以爲是書爲讀史者便檢閲，非爲傳中人詳世系也。而吾因其通二十四史爲書，遂有感於漁仲之言，而發氏族之義。竊以爲著書之意雖不在此，然好學君子，因此而爲得姓之人，溯所自出，則是書也，不獨爲讀史者示之階梯，亦可爲讀《通志》者導之先路也。是爲序。

乾隆甲辰年仲秋月，江西新城魯仕驥撰。

（光緒二十九年上海文瀾書局石印本《史姓韻編》）

史姓韻編序

馮祖憲

學者載籍極博，枕經尤資葄史，誠欲以尚友之道，論其世而知其人也。余家畊餘樓藏書不下數十萬卷，而乙部尤富。然欲上下數千年，羅列姓氏，編爲一書，簡而明，約而備，於《尚友録》外别開生面，惟《史姓韻編》其庶幾焉。是書纂於鮑氏，又得汪君焕曾贊而成之。合廿四史列傳名姓，依韻分編，瞭如指掌。刊於乾隆四十九年，海内風行。嗣後同治初，金陵書局復以聚珍版印之，於是流傳更廣。乃不數年而詢之，坊間已無存者。余慮日久有志讀史者，更難購求，是書不幾如《廣陵散》乎？爰用聚珍版排印一千五百部，續行於世。余知士君子有志讀史，得是書而知其人，論其世，亦未始非尚友之一助也。

光緒甲申孟冬月，慈水馮祖憲辨齋氏識。

（光緒二十九年上海文瀾書局石印本《史姓韻編》）

元史本證序

錢大昕

讀經易，讀史難。讀史而談褒貶易，讀史而證同異難。證同異於漢、魏之史易，證同異於後代之史難。昔温公《資治通鑑》成，惟王勝之假讀一過，他人閲兩三紙輒欠伸思臥，況宋元之史，文字繁多，雖頒在學官，大率束之高閣。文多則檢閲難周，又鮮同志相與商榷者，則鑽研無自。即有譔述，世復不好，甚或笑其徒費日力。史學之不講久矣。僕少時有志於此，晨夕擕一編隨手紀録，於《元史》得《攷異》十五卷，自媿搜索未備。今老病健忘，舊學都廢。頃汪君龍莊以所著《元史本證》若干卷寄示，竊喜天壤間尚有同好。而龍莊好學深思，沿波討源，用力之勤，勝於予數倍也。

本證之名，昉於陳季立《詩古音》，然吴廷珍《新唐書糾繆》已開其例矣。歐、宋負一代盛名，自謂事增文簡，既精且博，廷珍特取記、志、表、傳之文彼此互勘，而罅漏已不能掩。若明初史臣，既無歐、宋之才，而迫於時日，潦草塞責，兼以國語繙譯，尤非南士所解。或一人而分兩傳，或兩人而合一篇，前後倒置，黑白混淆，謬妄相沿，更僕難數。而四百年來，未有著書以規其過者，詎非藝林之闕事歟？廷珍求入史局弗得，年少負氣，有意吹求，其所指摘往往不中要害。龍莊則平心静氣，無適無莫，所立證誤、證遺、證名三類，皆自攄新得，實事求是，不欲馳騁筆墨，蹈前人輕薄褊躁之弊，此所以有大醇而無小疵也。

攷史之家，每好搜録傳記小説，矜衒奧博，然群言淆亂，可信者十不二三。就令采擇允當，而文士護前，或轉謂正史之有據。兹專以本史參證，不更旁引，則以子之矛刺子之盾，雖好爲議論者，亦無所置其喙。懸諸國門以待後學，不特讀《元史》者奉爲指南，即二十三史皆可推類以求之。視區區評論書法，任意褒貶，自詭於《春秋》之義者，所得果孰多哉！

嘉慶七年歲次壬戌四月辛丑朔，嘉定錢大昕書。

（續修四庫全書影印清光緒十七年徐氏鑄學齋重刻本《元史本證》）

元史本證跋

徐友蘭

右《元史本證》五十卷，蕭山汪龍莊先生著，存其子蘇潭先生之説，用《穀梁集解》例也。趙松雲曰：『一代修史時，稗乘脞説，無不蒐入。史局其所棄而不取者，必有難以取信之處。今或反據以駁正史之訛，不免貽譏有識。就正史紀傳表志中參互勘校，其有牴牾處自見。』是書與趙氏《劄記》體格不同，其法一也。

先生著書皆平易周至，務使中人以下咸可津造。是書評史法不爲高論，是正譌錯，再見三見，條舉件繫，不用隅反類録之例，皆斯義耳。證名一科，尤便學子。其體類《春秋名號歸一圖》，而爲之較難。還音異字，七九未巳，或甲丙同名，表傳乍見，便生轇葛。修史之初，已有不能識別，致一人兩傳之失者。先生以事定人，以人求名，臚而陳之，信鴻寶巳。

國朝經史之學，遠邁前代，阮氏《皇清經解》及王氏《續編》，足爲經義海藪。而乙部群書無會録者，竊不自量，有志焉爾。是書既鄉先遺墨，傳本尤尟，先斠而刻之。

光緒十七年七月，會稽徐友蘭識。

（續修四庫全書影印清光緒十七年徐氏鑄學齋重刻本《元史本證》）

越女表微録序

邵晉涵

《越女表微録》者，余友蕭山汪君焕曾承節母之訓，著爲録以表章同府貞節婦之微隱者也。先是，焕曾奉兩節母家居，微甚，兩節母閔勉劬肄，處之泰然。焕曾益自感奮，漸以學行著於時。具兩節母事狀，白大吏以聞，詔建雙節坊於里。而焕曾亦成進士，光顯矣。

曏者節母微時，嘗僂述里中節婦志行，其茹苦大致相埒，用自慰，焕曾耳熟焉。既建坊，節母又悲諸婦之同處憂患，而終於泯泯，莫有聞也。焕曾緣母意，先据所知者白於縣，具册以俟纂載縣志。既而推廣之，及於同府，得貞節婦之隱晦者，山陰、會稽、蕭山、餘姚、諸暨、嵊六縣，合計之約三百餘人，白於院司，許爲旌其門。久之復徵諸上虞、新昌，又得若干人。條繫件記，閲八九年而始克成書，上溯節母殀世之年，已十載有餘矣。余感焕曾哀慕之久，知其錫類之思，愈引而未有既也。

曏嘗論女之從一而貞也，與夫子之孝於其親、臣之忠於其君，皆根於天性，而不可移者也。先王知性之相近，而質有厚薄，習有淳漓，於是乎有勸懲之法，驅天下之染而爲不善者，敦勉以爲善。成周鄉物之舉，兩漢興孝察廉之詔，有志於化民成俗者，恒於斯廑廑焉。後世好爲議論，自處於僞而疑人之僞。凡夫閭巷之孝養竭力，與夫硜硜守一節而不改者，率慮其非真。其始嚴以待天下之善者，其後習爲固然，而寬以待天下之不善者。嗚呼，人心風俗之不古，若其不以此與節婦旌門之令久而相沿不廢，以女子微不能自達，甚而尚有疑其好名者。

今請以焕曾所録者觀之。長吏所未聞，綽楔所未逮，子孫陳乞所未及，非焕曾彙萃而表章之，幾於鄉里莫舉其姓氏。而爲節婦者苦志歿世，而莫悔如是，而可疑其好名乎？夫好名亦後世所不禁，而本於天性者不容僞，斷不得疑之爲好名。録中所載，天下可共信爲微隱無名，而有待於表章者也。則凡節婦之幸而得與於旌者，舉不得疑其好名也。凡天下之孝睦廉靖者，舉不得疑其爲僞也。彰善癉惡，不遺幽微，豈非化民成俗之要道哉？焕曾排纂有法，其體例見各門小序。讀其書，知其所用心矣。

乾隆五十年二月既望，餘姚邵晉涵謹序。

（四庫未收書輯刊影印清乾隆四十五年雙節堂刻增修本《越女表微録》）

越女表微録序

盧文弨

蕭山汪進士焕曾，既以其母與其生母之節孝上聞於朝，得旌表如例矣，又推母之遺意，以其同族中之節婦應旌格者如干人，代爲之請於所司。既又念單門貧户，所居窮僻，更或子息早絶，叔伯靡依，銜荼茹蘗，卒保其貞，其艱難辛苦，視尋恒殆百倍，鄰翁里媪未嘗不爲之咨嗟歎息，不幸或不聞於士君子之耳，無爲之稱説傳播者，數十年之後，故老且盡，遺迹亦復就湮。嗟乎，地非秦越之異，分無霄壤之隔，而猶或不能以周知，又安望其以狀言縣，縣以達府，府以申之大府，大府以聞於朝廷也哉？汪子愍然傷之，加意訪求，由同邑以及於同郡之七邑，約同斯志者以爲之助，意主於發潛闡幽，故凡力足以自表見者不與。更四年之久，先就山陰、會稽、蕭山、餘姚、諸暨、嵊縣六邑所得，合計之約三百餘人，具録事狀，呈方伯國公，乞檄縣旌門，以爲風化之勸。其無人爲主者，縣爲備案，俟異日修志乘時，亦可以資採擇。而上虞、新昌二縣猶有需焉，以待後之續請。

事既允行，汪子又輯爲《越女表微録》四卷，曰録事、曰類叙、曰述譜、曰外姻。其體例皆見於小序中。列上之後，復有見聞，又彙爲一卷於後，曰識軼。仁乎哉！汪子之用意何若是之摯而達、曲而盡也。蓋嘗謂人也者，天地正氣之所生也。人能完天地之生氣，始得成其爲人。忠孝節義，其歸一也。然聖賢豪傑之所爲，事皆炳炳著見於外。美斯愛，愛斯傳，宜若無難焉。唯婦人女子身處奥渫之地，所執煩辱之事，而早失所天，誓不再偶，内有寒餓之迫，外有侵陵之患，智竭於補苴，力瘁於捍禦，節之苦者，在孤貧爲尤甚。要其人本不爲名，而名亦弗之及。譬猶空谷之蘭，自榮自落於荒煙蔓草間，豈不深可愍悼也哉？此一編出，而後爲造物弭不平之憾，爲風教助激勸之權。昔日之淒風苦雨，今視之，皆景星慶雲也。山川若爲之鮮潤，閭里若爲之輝光，後之人咸得有所徵，以侈爲美談焉。是則汪子之有功於名教者大也。至於節婦之後，有寖昌寖大者，有不克自振至於泯滅無聞者，遇之不同，不特非人所能爲，雖天亦無如之何也。人祇自完其爲人而已矣，他何知焉？

汪子示余此編，適余北上，悤迫不能助爲訪求，而先爲引其端如此。乾隆四十有五年季夏六日，姚江盧文弨書於吴江舟次。

（四庫未收書輯刊影印清乾隆四十五年雙節堂刻增修本《越女表微録》）

越女表微録序

談官誥

嗚呼，仁人孝子之用心，豈有窮盡哉？歲丁酉，予復宰蕭山邑，進士汪君以其二母雙節徵言於予，予敬成五百言復之。踰年，出所集當代名公卿贈言見示，鴻章鉅制，炳炳麟麟，裒然成袠，而予言亦厠其中。予既媿不文，又以念君之表揚二母，苟有可採，無不兼收而竝蓄如此其至也。

又明年，以所編《越女表徵録》屬予爲之序。展讀終篇，曰録事，曰類叙，曰述譜，曰外姻，曰識軼，凡五卷。卷各若干人，計三百三十有奇，彙一郡中數百年來湮没不彰之貞媛節婦，或稽之家乘，或訪之師儒，或徵之故老之稱述，里巷之流傳，無弗旁搜博討，詮次而綴輯之，以資志乘之採擇。又得請於大吏，以其册下之郡縣有司扁旌之，祠祀之，以發潛德而闡幽光。嗚呼，甚盛事也。

此在士大夫維持名教，固宜有然，而自汪君出之，則其仁人孝子之心，惻然有動於中而不能自已者也。何也？是書之成，成於慈母之一言也。當二母矢節之時，藾難困苦，百變不渝，遑計其後之必顯揚而彰大之哉？使非有子而賢，其不與集中所録諸婦同歸於骨化形銷、音沈響寂者幾何？逮夫藐孤成立，門閭光大，卒以膺褒榮而崇綽楔。遇固有幸有不幸，此慈母所由感而歎也。爲母也子者聞言惻愴，心母之心，即以此爲報母之一端，所謂仁人之心、孝子之心也。由是以推，其意蓋將由族而鄉而邑而郡而天下，且極之前古後今，舉凡空閨孤嫠，所謂天荒地老、杳杳冥冥於同聲一哭之中者，無一不破涕爲笑，光日月而垂千春，然後孝子報母之心快然而無憾。非是，則孝子之生也有涯，幾長抱無涯之戚也。嗚呼至矣！其在《詩》曰：『孝思不匱，永錫爾類。』其是之謂夫。

君以序屬予，固謂予職司風化，有表章之責，而予竊欷歔感悼夫君之用心，而矍然以起也，爰掬筆而爲之序。

乾隆四十五年歲上章困敦仲夏辛卯上元，談官誥拜撰。

（四庫未收書輯刊影印清乾隆四十五年雙節堂刻增修本《越女表微録》）

跋汪龍莊越女表微録

周廣業

廣業讀《雙節堂贈言集録》，欽二母之賢；讀《越女表微録》，知龍莊之孝。非是母不能有是子，非是子亦烏能慰是母哉？夫以母之同心砥節，養老字孤，自甘荼蘖，其分也。當家難蠭起之際，皆以有躡財相煽惑，故逼勒震撼特甚。二母貞固不回，仍竭資産餍之，而躬忍饑凍，治針黹以活，終身無忿言愠色。論者已難之。及教子有成，名顯朝野，旌門頌德，駸駸日盛矣。人情痛定思痛，縱不自多，亦用自慰。而母乃獨愀然於族婦之向隅，欿然於食報之偏厚，曰：『若與吾等，何獨吾異？』噫，此其宅心仁恕，用意深遠何如哉！

雖然，族婦則絀於力矣，即母言之，亦未能表闡之也。龍莊先意承志，采邑乘家牒及所睹聞二十三人，請於府縣，表宅祔祠。未已也，遍訪同郡，得三百餘人，皆困乏鄉僻不能自達者，上之當事，標其閭。又詳述事蹟，彙輯斯録，使壽諸不朽之文。而其事實始於賢母之一言，則非純孝不能錫類如此矣。

曩者海寧節孝祠有唐、宋兩節婦主，旌於雍正年，子姓零落，後入者賄守祠户撤而據之，急索始得復。州北王氏有同堂，守志之婦七人，王功山妾姚氏最著。姚年十九，主與嫡俱死，撫出腹子，娶媳，又俱死，撫孫，孫長，又死，撫嗣曾孫，未幾殤，又撫其弟。隻身搘拄五十年，卒綿宗祀。他所行悉合旌格，而後人莫爲之請。余亟從族屬慫恿之，不應，因作《七節婦傳》入之《寧志餘聞》中。

嗟乎，人度量相去殊遠，貞操奇行爲庸碌子及黠奴所淹抑者何限！覩此録所載，脱不遇龍莊，亦俱長與草木同腐耳。越女既若干人，推之通省，推之天下，奚啻數十百倍。而表微如龍莊不多見，此不可謂非越女之幸。然使得是書以感發其仁孝之本心，而各以其所愛及所不愛，則亦天下之女之幸也。

龍莊之言曰：『吾兩母先後棄養，更無可報，惟此力尚能致之。』於是孜孜搜訪，凡貞烈孝婦，一例兼採。此其意豈僅以越女止哉？抑龍莊是舉，固專在慰母心也。竊計自今以往，遇春秋肸蠁，二母顧見族中諸窮嫠濟濟會食於祠，喜必甚。又是三百餘人者，時前後百數十年，地遠近數十百里，今一旦同膺嘉獎，光賁重泉，群聚而喜曰：『此汪孝子之所以善成其賢母之志者也。』因相率以賀二母，二母喜必滋甚，則龍莊之所以報其母者，不已奢乎！

廣業少孤貧，老大無所就，念先慈教養深恩，涓埃未報，手是編，嘆慕愧恨，涕泗交頤。謹識數語於末，并連及唐、宋、王三人，俾得蠅附，當亦二母所許，而龍莊所樂聞也。

時乾隆五十一年丙午六月二十一日，年愚弟海寧周廣業拜手跋。

（四庫未收書輯刊影印清乾隆四十五年雙節堂刻增修本《越女表微録》）

三史同名録序

章學誠

遼金元三史，人多同名。如前人所論，元有五伯顔、四脱脱，金有兩婆盧火、三婁室，遼有兩蕭韓家奴，其類甚多。汪上湖韓門綴學嘗論及之，且云：『或謂譯無定字，同名者不妨易换同音之字。若遼之耶律撻不也與耶律塔不也，「撻」「塔」異文，阿里海牙與阿禮海牙，「里」「禮」異文，可以示别。』汪氏以謂同者太多，勢難盡變。是固然矣，抑有未也。譯取同音，本無定字，史官以私意改易字形，取其易於分别爾。假如撻甲而塔乙，里丙而禮丁，惟史官得自知之。他處紀載，仍可彼此互换，或一概無分。蓋本無一定不易之義例，其勢自不能盡人皆心喻也。故汪氏之説，徒慮太多不能盡變，不知縱能盡變，其勢亦不行也。

又云：『金有兩婆盧火，皆太宗時宗室，以在後者附前。有兩訛可，皆内族之護衛，又同守河中，因合爲一傳。兩蒲察六斤，一與謀逆，一守門不肯從亂，並見《胡沙虎傳》。分其所分，合其所合，《金史》首創其例，似可爲法也。』案《金史》創例，固未足以立訓，而汪氏以爲可法，則亦不知古人之大體矣。夫窮則必變，變必求通，而後可垂久。凡事莫不然也。史家發凡起例，當爲後世師法。遇此等參差之事，皆爲前代所無，而後世之所必不免者，尤宜立法以濟其窮，豈可以巧術小數，穿鑿私智，苟免己責，而不顧後人之難爲典要哉？夫對音繙譯，文字無多，名字相同，觸處多有。作史者自應推《春秋釋例》，兼法古人同姓名録，特撰爲同名考，將全史所載，毋論有傳無傳之人，凡有同名，詳悉考别，勒爲專篇，與《國語解》並編列傳之後，豈不軒目豁心，可爲久法？又何苦心曲意，斤斤於列傳分合之間求識别乎！且史家銓配列傳，自有精義，或以事聯，或以道合，或以類從，或以時次，其常例也。至於老莊申韓之異操同歸，屈原賈生之絶代同録，霍光日磾之敬肆非倫，夏侯諸曹之宗戚無辨，古人比事屬辭，其道通於神明變化，是何如絶業也，而區區以名字之同，强爲分合，則亦無異兒童數枚之見矣。況人名豈盡限於列傳，本紀志表，參差雜出，即使列傳可分，閲紀、志者又豈能皆悉歟？

夫不明於法度，而維以小慧苟爲彌縫，未有不反失大體者也。余向所譔著《文史通義》之篇云爾，今見龍莊三史同名之録，蓋先得我心之同然矣。龍莊問序於余，即以舊稾貽之，事理之當然者，不容有異説也。龍莊是書，蓋三易其稾，再涉寒暑，有苦心矣。前人謂元有五伯顔，或廣至九伯顔，以爲詳矣。今龍莊所考，蓋同名伯顔幾二十人，視前人所考，不啻倍蓰。此則書之精詳，不可不著者也。

嘉慶戊午暮春下浣，會稽章學誠序。

（叢書集成叢編本《三史同名録》，缺字據章氏遺書本《文史通義》補）

雙節堂贈言序

謝振定

古今來忠孝節義之事，以人傳，或以文傳，文傳即人傳，人傳亦文傳也。余嘗採輯本朝名家古文，竊究乎所以必傳之故，以謂文以載道，而生乎情，其文必可傳。至於人之可傳者，大要不外乎忠孝節義。然有奇行焉，有庸行焉，二者皆秉天地之正氣，而所處之時與勢有不同，故夫捨生取義，殺身成仁，其計畫無復之，斷斷焉必出於此，遂皭然與日月齊光。人之震企之而心慕之者，未嘗不津津然樂道之也。若夫日用常行、飲食男女之大端，其境苦，其慮危，安之乎其心，而蹈之若常，瞬息如是，百年亦如是，是非得之於素定者不能。而世之人每易視之。故奇行易，庸行難，傳奇行易，傳庸行難。

蕭山汪君龍莊，爲其太夫人兩節母乞言，每有所得，即壽之貞珉梨棗，建雙節堂以庋貯之。

於是雙節堂之詩若文遍天下。余往歲游浙西，嘗登其堂，受其集而讀焉。琳琅彪炳，應接不暇，浹旬乃卒讀。龍莊猶以爲未足也，又索余言。余心諾之，而實無以易乎人人之言之也。抵胥江時，於贈袁綬階序附及之，卒未得專詞以復。比余歸京師，又數年，龍莊子孝廉繼坊、拔貢生繼培，先後來謁，請益力。龍莊旋郵書來責前諾，懃懃懇懇，意摯而語諄，若不得文不已，且慮其不及見者。弇拙如余，何所必需，而求之甚殷，至閲六七年而不懈耶？毋亦謂余之言樸而不諛，或足以信今而傳後耶？於戲，此乃其不匱之孝思也。

余惟天下事，未有不難而可傳。夫安貧守貞，奉姑訓子者，天下之庸行也。報德罔極之懷，抑又夫人所宜自致也。兩節母日慎一日，罔負所天，以二十餘年之精神，聚而致之龍莊之一身，以克有成立。而龍莊鋭志顯親，積三四十年之力，以求之天下之人，至老而彌篤，乃能集天下學士大夫數十百人之心思才知，以道其實而闡其微。其難也如此，欲弗傳也，得乎？霤之穿石也，蠹之截玉也，二曜之麗天而久照也，無在不本乎誠。誠故不息，故動物。而又得修辭立其誠者，託諸筆墨以揄揚之，以垂之無窮，其不傾人之肺腑而油然生感者，未之有也。惜余文不足以逮此，第觀夫天下之人之言，一一如其心所欲出，蓋二母之節與龍莊之孝，自有其足以千古者，固不徒藉贈言以爲重也。《贈言》初、後集共五十卷，石刻凡十册，續致者又不一而足。是其精心果力，畢具於斯，余固樂夫有志者之必成也。顧余從事古文之役，垂二十年而其書未竟，皆畏難之心誤之。書此質龍莊，且志余愧。嘉慶癸亥月日序。

（紹興圖書館藏清嘉慶間刻本《雙節堂贈言三集》卷一）

雙節堂贈言序

潘世恩

國家旌門之典，歲無慮數百人，率皆限年立格，有司循例題請。十室之邑，三家之邨，建烏頭綽楔表閭者，所在都有。求其含冰茹櫱，撫孤勵志，阨於始而亨於終，其一言一行，皆足與古賢母相接跡者，往往難之。蓋婦德柔順，非有卓識定力，不能以陰教扶陽教之窮。則信乎奇節難，奇節而能裕後爲尤難也。

蕭山汪君龍莊，幼失怙，兩太夫人撫之成立，遠近稱爲孝子無異辭。君未通籍時，即臚述二母節操，乞士大夫表揚之。其後所得詩文益多，彙爲《雙節堂贈言》若干卷，雕版行世。君以名進士出宰寧遠，循廉之聲，馳播南楚。及解組歸，足不踐守令之庭，讀書樂道，著作高與身等。人見君沖和夷粹，出則爲清白吏，處則爲耆儒碩德，以爲君所獲於學者如是，不知皆兩太夫人之教也。松柏之質，凌霜不凋，其毓材也彌鉅。太夫人親歷艱苦，反覆成君之德，君復以所受於太夫人者啟其後，故一門之内，文章行誼，卓然爲世模憲。在《易·節》之九五曰：『甘節吉，往有尚。』如太夫人者，可謂得甘節之吉者矣。

君子繼培，爲余甲子典試所得士，持是集來謁。因推本兩太夫人節行所垂裕，序其端而歸之。嘉慶十二年歲在丁卯春三月序。

（紹興圖書館藏清嘉慶間刻本《雙節堂贈言三集》卷一）

雙節堂贈言集序

鄒應元

蕭山汪君死南海，喪歸，其繼妻王氏、妾徐氏撫其子輝祖，哭曰：『夫死，義當以身殉。雖然，汪氏一線，繫此藐孤，未亡人敢以一死塞責耶？』遂相與守節以終。輝祖既長，哀其母之憂危困苦，廣徵當世能文之士以張之，而屬應元爲之序。

南豐曾子固撰《顏魯公祠堂碑記》，謂公之能處其死，不足以觀公之大，何則？及至於勢窮，義有不得不死，雖中人可勉焉。惟歷忤大奸，顛跌撼頓，至於七八，始終不以死生禍福爲秋毫顧慮，非篤於道者不能。嗚呼，忠之與節，綱維古今，其爲道豈有二哉？汪君死時，王年二十八，徐二十有九耳，内侮外釁，更伏疊起，煢煢兩嫠婦，撑持外内，以撫其孤，以事其堂上，艱難拮据，什伯於尋常。如是者閲數十年，以幾其子之成立，所爲『顛跌撼頓，至於七八，始終不以死生禍福爲秋毫顧慮』，兩節母有焉。然則死固未易言，而古人權其重輕，謂死易而立孤難者，豈不然邪？

輝祖以乾隆乙未成進士，兩節母俱前死，不及見，論者悲之，不知兩節母之所爲，所謂盡其在我者而已，而他非所計也。當汪君之死，輝祖才十有一歲，其後成立、舉進士與否，不可知，兩節母爲婦爲母一日不死，則盡其一日之職。《易》之所爲『恒其德貞』，《中庸》之所爲『居易以俟命』，其所見甚大，而其所自任者甚遠。曾子固謂魯公非篤於道者不能，兩節母不知書，未嘗講論於聖賢之道，而考其所爲，若合符節，雖謂之篤於道焉可也。

輝祖所徵詩文之富，以千百計。應元謂兩節母樹立如此，正不必以詩文重，而詩文則實有以重者，故樂爲序之。

乾隆四十二年二月既望，金匱鄒應元序。

（浙江圖書館藏清乾隆四十三年刻《雙節堂贈言集録》卷首）

雙節堂贈言集序

彭啟豐

蕭山進士汪生輝祖少孤，依繼母王孺人、生母徐孺人，克有成立。既以二母之節陳有司，得請於朝，旌門如制，復自編次其乞於當世士大夫之詩歌褉文，都爲一集，名曰『雙節堂贈言』，而屬余序之。余觀集中諸作者，其誦二母之堅志苦行及所以慈於生者備矣，余復何以益之？乃余反復於生之述二母者，而獨重有感也。

述言生父南有君故爲淇縣典史，視獄囚有恩，每笞人，輒數日不怡。及生佐州縣，治刑名，王孺人常舉先人志事以勖。生時其歸省，必問不入人死罪否，不破蕩人家産否，無則歡然竟日。脱有之，輒與徐孺人愀然色沮，相視泣下，曰：『吾聞刑名家多獲陰譴，吾兒其無懼乎？』徐孺人之將終也，戒生曰：『深刻者不祥，毋以刑名敗先德。』噫，二母之言，足以教天下之爲刑名者矣。

余考自漢代以來，前史所載諸酷吏，其得良死者蓋尠，輕則自裁，重或夷族。嗚呼，天之道何其炯也！好生惡殺者，天之道也。好生者天生之，好殺者天殺之。天惟好生，故生好生者以生天下。天惟惡殺，故殺好殺者以生天下。然則好殺者非能殺人也，自殺而已。自殺者固無待於人之殺之也，方其恣睢自適，莫敢誰何，而其命之絶於天也久矣。而天下之爲刑名者未必盡知之，二母知之，故余特表而出之，以復於輝祖。

乾隆四十一年冬十月，長洲彭啟豐序。

（浙江圖書館藏清乾隆四十三年刻《雙節堂贈言集録》卷首）

雙節堂贈言集序

王　杰

歲乙酉，余視學八閩，有客自浙中來，言蕭山汪氏兩節婦其子輝祖，以孤弱奮起，植學砥行，將徧求當世士大夫之詩歌銘贊，垂其兩母王孺人、徐孺人之節於不朽，乞言之啟與客所言狀悉合，遂作古詩一章貽之。歲乙未，余主禮闈試，輝祖成進士。既來謁，出其《雙節堂贈言》，已編纂兩大袠矣。丙申，余再督學浙江，輝祖謁余，請序以弁《贈言》首。

余聞諸《孝經》，『居則致其敬，養則致其樂，病則致其憂，喪則致其哀，祭則致其嚴』，五者備而後可以爲孝。此事親之常也。至以未亡人當凋零之際，泯嫡庶之嫌，撫遺孤，支門户，茹

荼集蓼，卒能出屯險以餘善慶，尤爲孱弱女子所難者。苟非緝貞規而闡揚之，其何以慰孝子之

心也？

在《易·恒》之六五曰：『恒其德，貞，婦人吉。』方輝祖考縣尉君殁於嶺南，兩孺人煢煢相

弔，上有老姑，年七十餘，輝祖止十一齡，其成立未可知。而蒿簪裙布，鎮静於飄揺傾覆之餘，

非守貞以恒其德乎？及輝祖發聞於時，兩孺人安潔白之養，康强壽考以終，非所謂婦人吉

乎？吾知兩孺人之志，祇知恒其德以盡婦人之道而已，至於綽楔旌閭，贈章盈軸，豈其志之所

及哉？而輝祖愈惄然不敢安，以兩孺人之苦節不彰，縣尉君之清操亦不著，亟亟然思藉贈言

以光母範，則仁人君子之用心也。

輝祖行將出膺民社，他日本此志以措施，所謂道之以孝，則天下順者，由是而益貽父母令

名焉，豈僅傳兩孺人之堅操苦行於瑶編彤管間乎？余故不辭而爲之序。

乾隆四十一年三月既望，韓城王杰譔。

（浙江圖書館藏清乾隆四十三年刻《雙節堂贈言集録》卷首）

雙節堂贈言集序

邵晋涵

古之贈言局以則，今之贈言敷以夸。古之贈言樂其實，爲言而求永之也，自愛其言，則必

擇天下之實之具美者，得當吾文，焉以文之？故曰古之道不苟毁譽人。今之贈言，闕工弔詭，

市交而已矣。噫，言之積於㪍其久乎。其非誠言，豈必讀竟篇而後辨晳以察乎？雖然，烏亦乞言者之心有未誠，無以發制言者之誠，徒感其僞，兩僞薄，華巧滋，又曷足怪乎？

吾友汪君輝祖，蕭山人也，少孤，繼母王、生母徐同心持節，鞠之極艱。比長樹志，治三代古文，而兼通當世之務。於是臚兩母之義告大吏，大吏上其事於朝，制旌曰雙節，建坊蕭山大義邨。而輝祖畜念兩母備荼苦不釋，朋友燕閒，道説兩母，輒涕泗交頤〔一〕，跽拜哽咽請文章。四方賢士大夫接輝祖，即未嘗不感動歎息兩母之賢，改容爲敬，爲屬文惟懼不切雅，以虚輝祖之求。或輾轉爲代請，期必得，故致文至富，諸體備，多事辭相稱之言。偶有不工者，而無害於古人不苟毁譽之恉。蓋輝祖乞言之心誠於中，信於人，人其博矣。既輝祖塗墍先人之舊廬，而名曰雙節之堂，而復編次所受歌詩褋文梓布之，命曰『雙節堂贈言集』，以其序屬晋涵。

嗟夫，兩母不幸而以節婦名，以節婦名不幸而又遭家多難，奉姑翼子御窮，卒復於常，遇彌屯，節彌堅，聞彌馨，神彌傷，而心彌苦矣。若然者，集中諸贈言皆兩母所不忍言者也。輝祖早歲爲諸生，不偶，以謀養依人，歲時歸省，每未能浹旬而復出。客秀水，聞生母病，遽歸，歸侍疾三日，生母逝。成進士，繼母先期逝，自京師徒跣奔喪，晋涵送之國門，流涕以别。若然，則贈言又輝祖所不忍讀者也。夫以兩母所不忍言之言與輝祖所不忍讀之言，乃當世之賢士大夫卒不能已於言，而莊敬慎重以明贈，是兩母不忍言之苦心，輝祖不忍讀之苦心，鬼神聽覩之，特假諸贈言者之心之手之一雪其幽獨焉。世以輝祖廣聲氣交游，勤苛索而得之，是猶未爲概於誠，篤於理術之論也。晋涵嘗以謂時有今古，人之心無今古也。時無今古，人之心爲之今古也。兩母梱内行古矣，遂滙天下之制言者，均濬之於古。輝祖反覆贈言，葆是心以愼守其身，以淑其後昆，延風聲於世，觀摩士女，竝樂古義而誠，斯集之梓，第汪氏之世澤已乎。夫小儒喜以升降論言，而離牉今古，昧本實，其尚得謂之知言也邪？否邪？

乾隆四十二年歲陽彊梧歲陰作噩涂月癸巳，邵晋涵謹序。

（浙江圖書館藏清乾隆四十三年刻《雙節堂贈言集録》卷首）

校勘記

〔一〕『交頤』，原作『夾頤』，據《南江詩文鈔・文鈔》卷六改。

雙節堂贈言集後序

彭紹升

余友羅子臺山數爲余言蕭山汪子焕曾之爲人，汪子早喪父，有二母者王氏、徐氏，能自厲節，成汪子之名。汪子思所以報二母，亦將揚二母之名，俾天下萬世，無不知有二母之節也，於是有《雙節堂贈言》之集。噫，汪子之志則勤矣。顧吾聞之，大孝尊親，尊之云者，謂尊其親之名乎？抑不僅以其名乎？名者，風力所鼓，生謝無常，不可恃也。君子之致於其親，則有其實矣。實者何？人之生也，以道受命，順而由之，萬善以興，默而成之，萬感以寧。君子終日乾乾夕惕，若新新不已，以基命凝道。夫然故能成其身，能成其身，而後能成其親。成之也者，尊之也。尊莫尊於道，尊莫尊於命。天無二命，人無二道，母子一體也，古今一息也。君子之所謂道者，名邪？實邪？願與汪子辨之。

乾隆四十一年冬，長洲彭紹升題。

（浙江圖書館藏清乾隆四十三年刻《雙節堂贈言集録》卷末）

雙節堂贈言集後序

袁鈞

乾隆丙申之冬，余識蕭山汪君龍莊於平湖令署。前一年，龍莊成進士，其繼母王太孺人先於是春三月卒，距生母徐太孺人之卒已十四年，距父淇縣府君之卒，則三十有六年矣。先是，浙江大吏以兩母守節事請旌於朝，爲建坊大義邨，曰雙節。入節孝祠，春秋歲祀如禮。龍莊則重繭扶服，徧干當代之名能文章者，積十餘年，得志表傳記及襍文詩詞垂千百首，將編次鋟板，以壽諸世。於是兩母之名，口傳耳熟以辨者，幾半天下。於乎，可謂盛矣。

顧余竊獨有感焉。當龍莊之十一歲而孤也，祖母老貧，不繼爨火，多家難，岌岌有不能共保其孤之勢。苟得延千鈞一髮於係絶復屬之際，可以告無罪於死者已萬幸，而何暇及没世名。即今名信稱於没世矣，顧當龍莊之舉於鄉也，生母不及見，其貢於禮部也，繼母可見而亦終不及見，其他則又何望？區區寂寞身後之名，其得償畢生之荼苦者幾何哉？

龍莊曰：『終養之望絶矣，其尚得自致於吾母者止此，而忍已乎？』乞言之志，有要諸没齒耳。殆孝子萬不遂，而幸一盡之苦心也。嗟乎，天下而有無父母之人也，天下而無無父母之人，有不聞之聲淚同盡者，罕矣。余鮮民也，倚兩母成長與龍莊同，顧才知下凡，龍莊之所得効於母者，百無一能。此余所以手《雙節堂贈言集》，哽咽而不能竟讀者也。悲夫。乾隆四十二年暮春之月，鄞縣袁鈞題。

（浙江圖書館藏清乾隆四十三年刻《雙節堂贈言集録》卷末）

雙節堂贈言集後序

鮑廷博

曩余未識龍莊，嘗見龍莊爲二母請旌事狀及乞言之啟。嗣與龍莊交，則天下頌述二母之歌詩褉文，已裒然成袠。龍莊方分類編集，剋日梓行，而屬余董其剞劂之事，余忻然諾之。既而有重刻内府聚珍書之役，官程敦迫，是集之輟工者，一月而再三焉。龍莊責諸之書相屬於途，余竊深自媿也。每成數版，輒郵寄校讐，載歷寒暑，厥事始蕆，字畫之閒，必稽於古。於戲，勤已。

夫立言之士，無不自貴其言，龍莊文游餬口，非有尺寸之藉，而所得當世之言如此其廣，是固二母之純孝亮節，有以致之。顧即龍莊授梓已來，所以力謀表章二母者，往往情溢於詞，時或相見，幾欲淚與聲兼，則其感人之深，而求無弗得也，又豈偶然哉？而龍莊之意，猶將畢生以之。訖工後，續有投贈，即依類補録。異日所得，當更未有艾矣。

集中論紀二母之言具矣，余因約舉龍莊編録之誠，而二母之所爲克成其子，以不朽其名者，淵然可想見於楮墨之表。讀是集者，仁人孝子之心，夫亦可以油然而生也已。

乾隆四十五年七月既望，歙西長塘鮑廷博謹跋。

（浙江圖書館藏清乾隆四十三年刻《雙節堂贈言集録》卷末）

書雙節堂贈言集録後

王大鶴

汪君輝祖持其繼母暨生母《雙節堂集録》詣余，余以疾辭。越日晤朱石君先生，云：『汪君欲見子有年矣，幸勿拒。且汪君之欲傳其母，志良苦，大人先生能文章者，無不踵門求而得之。願子之勿靳也。』余曰：『諾。』又越日汪君來，達乞言意甚摯。余笑曰：『君以余之文能傳君母邪？集中傳誌銘誄等作，數十百篇，文章事實，既足以傳矣。余雖欲有言，更何從而言之？雖然，此意不可以不報。請無言事而申言其意。』

汪公楷，字南有，蕭山人。初娶方氏，無子，貳以鄞女徐氏，生子輝祖。方氏卒，繼娶會稽王氏，所謂雙節者也。楷以貧不能養，棄舉子業，治刑名。念非仁術，又棄而學賈，致田百畝。乃納資爲淇縣典史，兩孺人從焉。楷之言曰：『縣尉雖微，亦民父母，且職司獄禁，是即學者求仁地也。』此意兩孺人能喻之，是故勤苦操作踰窶人婦，而相得無間言。居八年，以父母老，引疾歸。歸而父母卒，向所置田，不肖者誘其弟某，蕩且盡，生計大蹙。乃跳身游嶺南，鬱鬱無所遇，尋卒。凶問至，徐呼天搶地，欲以死殉。王輟涕，正色語徐曰：『族人不知夫子貧，傾汪氏者利吾之死。夫子之行也，姑老子幼，特恃我兩人在。今死，其與舍姑與子而去者何遠哉！不可以死而死，死重得辠。然不死而無以養吾姑而成吾子，是又不死而死，夫子何賴焉？死節易，養姑難，撫孤尤難。天重阸吾夫子，而遺孤與子，非我兩人，孰責？願與汝勉爲其難者。』徐敬諾之。

蓋自是禦侮捍患，養姑教子，諸奇節美行，書不勝書矣。人第知汪氏有子，皆賴兩孺人力，豈知其撐拄調護於傾危困餓之餘，惟能明乎不死之義，而以死持之，夫然後仰爲子而俯爲父，以養以教，底子於成名。惜乎子成進士，兩孺人悉不及見，宜進士欲傳其母之急也。矢節而欲使後世知名，豈兩母心？然有子而欲傳其母如是其急，斯則九原心慰，而人所樂言者。余故略其事實而發揮其意如此。

（稀見清代四部輯刊影印清嘉慶間刻本《雙節堂贈言續集》卷一）

書雙節堂贈言集録後

黄　軒

今年秋，同年友蕭山汪君輝祖謁選來京師，捧持卷軸甚鉅，流涕語余曰：『此吾繼母王孺人、生母徐孺人雙節請旌之事略，而當世之蓄道德而能文章者，前後所爲闡揚襃錫之辭也。某不克立身行道，以顯揚吾親，而僅摭遺言遺事之能記憶者，乞言於當世以傳吾親，則必其辭之覈實者而始永其傳，又必其平日之嫺習者而始能覈其實。以某之久習於子，而子何以闕然無言？敢以爲請。』余自惟樸僿，何足以永二母之傳？且集録幾千有餘篇矣，備其體，累屬其辭，以輝祖之請之勤，與夫贈言者之感其請而各盡其辭，自來表揚貞節之文，未有若是之多者，又惡乎贅？顧輝祖請益力，義不可卻，則取其前後贈言而反復之，未終卷，輒嗚咽不自勝，曰：『酷哉，輝祖之遇，何與余近似也！』

余年十有九，先大夫見背，越五年而生母汪宜人殁。先大夫勇於爲義，而束躬修潔，無一壟之植，以私其後人。既殁，家日益落。吾母閔勉有無，躬操作，節縮衣食，其艱苦倍於人人。余以諸生奔走支絀，無可博一日歡。迨倖成進士，官翰林，竊禄於朝，而吾母不及見矣。時繼母程恭人尚無恙，春秋佳節，奉巵匜，沃盥，承顔色，用破涕相慰勖。比余年四十有二，而程恭人又殁。自是而後，長爲鮮民矣。嗚呼，俛仰身世，所遭略同，禄不逮親，拊膺何及！讀是編，能無南嚮而悲號也與？曾子曰：『君子思其不可復者而先施焉。親戚既殁，雖欲孝，誰爲孝？』痛哉言乎！痛哉言乎！而況於矢靡它之節，經患難之餘，顛頓駹飑，撫藐孤而教之成立者乎！

二母之行足傳，而贈言者樂稱道以求善其言辭，則雖充溢卷軸，要皆爲道善之言，而讀者不覺其繁富，宜乎輝祖之勤懇求請而未有已也。輝祖既欲永其母之傳，又推母之志，以及其宗族，及其媦娅，又由媦娅以及其同郡邑，得節婦三百餘人，録狀上之方伯，皆旌其閭。其無主者，縣爲具牒，以備他日志乘之采，庶幾曾子所云博施備物，謂之不匱者。輝祖錫類之思，殆能久而不怠者哉！余感輝祖之勤懇，書此以塞其請，且以志余之私悃，亦以告夫世之爲人子者，使之無忘愛日之忱也。乾隆五十一年中秋後一日書。

（稀見清代四部輯刊影印清嘉慶間刻本《雙節堂贈言續集》卷一）

書雙節堂贈言集録後

任大椿

蕭山孝子汪君輝祖，以《雙節堂贈言集録》見遺，屬余綴言於其後。汪君以乾隆乙未進士，需次授湖南寧遠令。時將之任，謂余曰：『輝祖幼失怙，生母徐太孺人誓以死殉，以繼母王太孺人之命，乃不死。事姑撫孤，忍飢禦患，竭二人平生之心力，而僅乃存伶俜孤露之一身。不肖之所以生，吾母之所以死也。然既有此一日之生，竊願乞言於大人先生，俾吾母死而不死，則不肖當死而生，安知非天之藉以生吾母也？顧不肖今作令，彌自惴惴，倘虧守身之道，即所以死吾母也，且足以玷諸君子之贈言。子其爲我開陳之。』

余曰：『以君之言，求君之志，則非夫人之所謂孝矣。以君之孝，求二節母之教孝，則非夫人之所謂教孝矣。蓋他人之教孝以慈，而二節母之教孝以節。節婦之守身，與廉吏之守身，有二道哉？二節母之節，《集録》所載，靡有闕遺，茲不復述。惟吾子當服官之時，敢以貞一之義，推之於服官者之身，於是節母之節見，即吾子傳母之節，亦不待大人先生之言，而即自以其身傳之矣。《唐六典》載縣令職，曰養鰥寡，恤孤窮，務知百姓之疾苦。夫縣令導揚風化，撫字黎氓，惟知以百姓疾苦爲心。凡有一端自利，而足以疾苦吾民者，雖小必絶。是謂居官之節。然自治愈嚴，閲境彌苦，困阸備嘗而人不知，疑忌交深而志莫白，節至此窮矣。窮而思通，終不可通，則將柰何？以吾子之言，求吾子之志，居官之節，當必至此。然將何以通其志，復不失其守乎？曰吾法吾母之節，吾法吾母之守焉，斯可矣。二節母迫於飢寒，瀕於死亡，而又難搆於外，釁兆於中，計絶望窮，無一可恃。當此境而志不轉，是真能不轉者矣。厥後煢煢之子，克膺榮遇，天特以之報冰雪之操。揆諸節母初心，不及計也。吾子以此居官，不求令名而令名歸之，亦復如是。夫以節母爲母，廉吏爲子，則即節母之生平，足以定廉吏之生平矣。何他求哉？若吾子恐隕修名，致爲贈言之玷，充此志也，即凡贈言之人，又可隕厥修名，致貽吾子之玷乎？此其所宜交相勉者夫。』

（稀見清代四部輯刊影印清嘉慶間刻本《雙節堂贈言續集》卷一）

書雙節堂贈言集録後

錢棨

壬寅歲，棨在王西霞夫子座，出示蕭山汪氏《雙節旌門詩》一册，且備言汪氏兩節母事，並其子輝祖進士奉兩母孝行甚悉，屬題辭以附簡末。桀敬諾之。遲久未有作，旋奉諱南歸。越三年丙午春，北來，進士適以謁選人詣京師，復持前刻并增益《贈言》之勒石者，至邸舍，陳狀乞辭。

余始接孝子之言貌，睟然盎然，識其内行純篤，有古儒者風。嗣舉《集録》中之傳紀贊頌，以及詩歌誄銘，一一伏讀之。因歎兩節母之苦心苦行，無幽不闡，而孝子之所以報其親者，於此爲極也。當兩節母丁阸運，撫遺孤，極人世窮愁悲楚危難百出之境，而節母當之，若性焉安焉，亦曰畢吾未亡人之事而已，姓氏之傳不傳弗計也。厥後子成立，登進士，請於有司，詔建坊以旌其閭。一時名公鉅卿，鴻儒碩彦，争以詩文揚頌潛德，而兩節母之名，於是彰彰矣。

於戲！名者，造物所靳，而獨於堅苦卓絶之事往往曲折而予之。觀於汪氏兩母之併心一志，苦節自貞，不求名而名著，則凡舉世之茹荼飲血，積久幽光，理無不顯。間有不傳，其可傳者自在也，信之於天也。然則是録也，非獨爲汪氏家乘之光，扶節教孝，胥於是乎在。桀不文，跋數語於後，以誌肅敬云。

（稀見清代四部輯刊影印清嘉慶間刻本《雙節堂贈言續集》卷一）

書雙節堂贈言集録後

陳萬全

今天下能文士，莫不有述汪氏雙節篇者。三十年來，海内耆舊搢紳，以及山野之宿儒，爲詩文凡千餘篇，而汪君龍莊乞言之志，猶欲要諸殁齒，則節母之名滿天下也固宜。自前古已創爲烏頭綽楔之制，旌乎此，蓋將以勸乎彼也。乃其被旌者，或不足以勸，間有卓卓可傳之行，又不得與焉，此誠司是土者之責耳。若欲徧干當世之文章，以垂名於久遠，則非汪君之自能文，而又畢竭苦心，以感人之深，恐不能如是之絡繹投贈也。今夫蓼莪之言罔極，言顧復出入，不過追思其二人之慈，而兩孺人之難，則尤在姑老子弱，寡助多侮，處貧境而課讀弗衰，稱未亡而嫡庶同志。綜生平苦節奇行，欲曲寫其難寫之情，又豈末學苟且爲哉？跋於後，仍一詞莫贊云。

（稀見清代四部輯刊影印清嘉慶間刻本《雙節堂贈言續集》卷一）

書雙節堂贈言集録後

錢　灃

會試同年餘姚邵晉涵，嘗以其同郡汪輝祖二節母事告灃，且稱輝祖孝。輝祖舉戊子浙江鄉試，於灃爲同年，後灃五年成進士，愧未之識。今年春二月，出宰永州寧遠縣，始得識於衡陽。夏五月，再見零陵，持所刻《雙節堂贈言集》及《越女表微録》示灃，受而讀之竟。

嗚呼，二母所爲尚矣。顧其來之所自，不可誣也。觀淇縣本末，可不謂之仁心爲質者歟？不卑小官，循循然盡其分所當爲與力所能爲，期於物無負而止。妻若妾觀型深矣，故當身之既没，亦各即分所當爲與力所能爲而盡之，形分而心不異，勢難而氣益厲，不至於事之濟，不敢以爲志之遂。至聲聞於帝，光施來世，非所謂捷若枹鼓者歟？士有教家之責，不自側身修行，將以所難者覬巾幗，豈可得也？抑淇縣亦有所自，觀其先人，能知後之將大，命易輝祖故名，非生平隱德實有可自信而信諸子孫者，不能也。降之百祥，降之百殃，視其身之所作，必有餘慶，必有餘殃，決於家之所積，昭昭自古不爽也。輝祖承累代之遺，又親見二母所爲卓卓如此，宜乎其側身修行，無忝所生，日增月益之不已也。今既有社有人，天下皆拭觀他日之成。然讀是集，已可知輝祖之體，讀《越女表微録》，又可以知輝祖之用。

（稀見清代四部輯刊影印清嘉慶間刻本《雙節堂贈言續集》卷一）

書雙節堂贈言集録後

王　宸

乾隆五十二年夏四月，浙東汪君輝祖以名進士來宰寧遠，遺宸《雙節堂贈言》一編。受而讀之，既卒業，歎曰：『母以節名，非福也。天之所以成人之德者，奪其所恃，困其所守，抑塞其心，勞瘁其形者無不至，於是乎成其德而隆其名。嗚呼難哉！亦默觀其操持者何如耳。夫以南有先生之尉淇也，卑其官而不降其志，薄其禄而不改其操。迨引疾去，終以不能家食，走粤而亡。天之所以遇賢者何薄邪！而一門雙節，撫一孩提，操戈者有同室焉，侮慢者有族黨焉，而兩節母之内修外禦，教子以成天下士，世罕有能之者。其事具載於傳誌，宸何能贊一詞。而竊怪夫造物之遇堅貞，如此其無不至也。經曰：「磨而不磷，涅而不緇。」信有然矣。然其雙節請旌，垂芳不朽，而汪君又能善承先志，利益斯民，世咸知汪氏節孝之風，甚爲希有。其食報於天者良厚，豈庸庸之福所能幾及哉？以是知《易》之苦節不足尚，《詩》之《柏舟》未爲奇也。乃拜手而書其後。』

（稀見清代四部輯刊影印清嘉慶間刻本《雙節堂贈言續集》卷一）

書雙節堂贈言集録後

方維翰

邑孝廉汪君繼坊來謁，出其家《雙節堂贈言集録》以示余。余見其哀然成鉅袠，謂：『君之尊人抱罔極之痛，既徧乞當世賢士大夫之文詞，以顯其親，兩太孺人之賢，畢見於諸君子之頌述，炳炳烈烈，復奚藉於余言？』而孝廉請之不置。噫，孝廉可謂能承父志矣。

嘗讀《易·家人》之象而繫以『利女貞』，聖人豈忽男子而重女子哉？蓋逆計天下後世，一家之人，或不幸男子形銷物化，不復相關，其家政非女子孰主之？而女子非貞又無以堅其志，以成代終之事。余觀集中述兩太孺人所遭之境，酷矣。當其乍隕所天，家徒壁立，堂前皤髮，剎下孤雛，加以外侮交訌，牆鬩迭起，幾不復有以自生。乃以孱孱兩女子，嘵音脩尾於漂搖風雨之中，相依共命，事育同肩，一綫宗祊，烝嘗弗替，卒之釁患消弭，有以全婦孝而成母教，非其恒德之貞，至死不變，而能若是乎！今兩太孺人之節，既聞於朝，旌其閭矣，而其子輝祖以名進士宰楚之寧遠，孫繼坊復舉於鄉，豹變雲蒸，方興未艾。雖兩太孺人不獲身享禄養之厚，而其蒙難艱貞之志，固已致釐女士而從孫子之祥，明德達人，本支百世。則兩太孺人以女貞而爲家之利者，又曷有涯哉？乾隆五十四年仲冬七日，書於蕭山官舍。

（稀見清代四部輯刊影印清嘉慶間刻本《雙節堂贈言續集》卷一）

書雙節堂贈言集録後

張姚成

歲乙未，予與蕭山汪君龍莊同年舉進士，龍莊以瑞金羅臺山、金匱鄒半谷所爲二節母傳示予。二節母者，龍莊之繼母王、生母徐也。龍莊之尊甫南有先生，官淇縣典史，棄去，客死廣州。二節母赤手搘拄，以終事南有先生之母，以撫龍莊至於成立。龍莊聞予嘗治古文詞，欲更乞予一言。予以臺山、半谷之文，既足以傳二節母，不欲贅述也，蓋虚龍莊之請者十有二年。而龍莊謁選來京師，貽予以《雙節堂贈言録》，則所徵文裒然至二十七卷矣。顧龍莊必欲得予文，既選湖南寧遠縣以去，其明年，龍莊之子來試禮部，猶寓書申前請。越二年，予來湖南，龍莊請益堅。予不文，何重煩龍莊之請若是！予即勉應龍莊之請，掛名於此二十七卷之末，徒支辭耳。

雖然，予來湖南，聞龍莊之治縣頗詳。縣故好訟，訟于縣不勝，則訟於府，於大府，其訟詞率虚譎不可鞫實。其地與猺人襍處，頗染其習俗。其昏喪賓祭，多不軌於禮。其輸公家賦，往往不如期，雖督責之，不即輸也。以是曩治縣者，同聲謂縣難治，謂縣民刁悍不可馴。龍莊至縣，獨不刁悍其民，爲《善俗書》，與其民約：日坐堂上，受民牒，有投牒者，即面詰之，投牒者詞窮，即叩頭引罪去。其當質訊者，即以符授投牒者，曰：『汝偕汝所訟者，明日來。』明日來，一訊服，即決遣之。其決遣也，堂下環觀者常數百人。其當杖決者，必謂之曰：『汝當杖乎？』曰：『當杖。』乃予杖。其不予杖者，必告以貰若杖之故，必以孰當杖、孰可不杖之故，徧告堂下人，堂下人常諾聲雷動。初坐堂受牒時，日常餘百牒，其後日漸減。其民間昏喪賓祭，漸如書所約約之。輸公賦，無不即輸者。治縣四年，無一訟於大府者。

龍莊之治縣如此，此固有所本矣。龍莊嘗謂予言：『昔挾司空城旦書，佐人治縣，歲時歸省二母，二母必絮絮誥誡。今自治縣，而二母逝矣，不得聞誥誡語。二母之志之行，具所徵二十七卷之文。讀二十七卷之文，如聞二母誥誡也。吾苟愧吾縣民，吾即愧二母，吾即愧二十七卷贈言之大君子。』烏虖，龍莊之歉然常若有所愧者，其固二母之節之所激勵乎。龍莊勉之矣！豈惟龍莊，龍莊之子若孫，其蘄無愧當如龍莊也。豈惟龍莊與其子孫，龍莊以予治古文詞，而必欲得予文，所貴古文詞者，豈惟文詞已哉？予因龍莊之蘄無愧，而滋自愧矣。龍莊不愧寧遠知縣，龍莊真不愧二節母之子，二節母乃真善教。龍莊以此著二節母之母教，則臺山、半谷之所未及者，而遂以書於二十七卷之後云。

（稀見清代四部輯刊影印清嘉慶間刻本《雙節堂贈言續集》卷一）

書雙節堂贈言集録後

樊在廷

侯之初莅吾邑也，道出清泉，在廷方爲清泉司訓，辱侯左顧，問邑之風俗利弊，及民所疾苦甚悉，蓋知侯之必有以福吾邑矣。越數月，親知過清泉者，敬詢侯治蹟，僉曰侯禮士愛民，嚴盜賊，懲訟師，無賴奸胥猾吏屏息束手。受訟牒，耳聽，口詰，手判，誠僞畢露。兩造集，立予剖斷。將撻人，必令受撻者曉然於應撻之故。爲民計日用，雖米鹽淩襍，無不洞中原委。幕無賓佐，一切官文書，皆堂上治辦。遇巡行，不攜傔從，以官役給左右使令，嘖嘖稱真父母官如一口。

會侯以《雙節堂贈言集》雕本寄示，屬在廷以言，並轉乞能文者之言。在廷受而讀之，乃知侯之所以周知民隱，與其勤民不怠者，其來有自也。侯以少孤之身，家丁多難，恃兩太夫人持節長教，艱難困苦之故，固已歷歷親嘗之矣。比壯而資幕脩爲養，佐州縣吏數十年，於吏治之得失，物情之愛憎，又一一洞若觀火。宜其爲治也，廉而恕，勤而覈，信而果，惟恐一事之有累於民，一民之不免於累也。始侯下車甫浹旬，民有蔣良榮者，與胡開開争佃，自殺其妻誣之。侯察有異，得良榮情，立釋開開。又一年，劉開揚與成大鵬争山積釁，適從弟開禄病篤，命其子閏喜負至山斃之，而控成氏群毆。侯閲詞心動，禱於神，驗有疑竇，顧下手者尚無左證也。閏喜忽被酒，譟於門，召之入，色變，研鞫得實。一邑驚爲神明。侯日聽訟，堂上下環而觀者，嘗數百人。侯勿禁，曰：『若者直而勝，若者曲而負，即所以教也。』且往往呼觀者，體詢民俗。道州何氏控争山木，累數年不決。侯奉符集訊，一曰樹之方七年，一曰樹之已十有二年。侯命其人各作一圈，别其大小，而召堂下之藝山者數人，令各繪一七年之木，及十二年之木圍圓尺寸，核何氏所繪十二年之圈相符，冒稱七年者乃絀，案遂定。其他物價土風，多質正於觀者之口，險健者無能趨避，以故侯在吾邑，無敢更爲欺者。

在廷既引疾，居里門，益得習聞侯之治術。又嘗讀侯所頒《善俗書》四十餘則，鉅細兼周，非治邑如自治其家，其能盡心至是乎？侯之言曰：『吾向佐幕時，吾二母嘗以此誡勉。今不獲奉吾二母訓，懼爲贈言諸公玷，貽吾二母憾也。且先君子有遺命矣，逢運氣做官，當做好官，毋致百姓詬詈，毋流毒子孫。吾二母嘗言先君子尉淇縣時，間撻一人，竟夕不眠。吾每念此意，輒慄慄循省，不敢一日肆也。』嗚呼，贈公之賢，得兩太夫人以傳，侯以身傳兩太夫人之賢，而贈公益顯。

侯牧道州半年，邑之人顒顒日望侯之再莅也。顧以病足請休，行將歸矣，在廷不能轉乞能文者之言，仰副侯命，竊欲綴名於贈言之末，因約著侯之政績於篇，以見兩太夫人之教澤爲無窮也。至侯以錫類之仁，褒異邑之貞嫠，俾含齒戴髮無不知婦節之可尚，則敦本厚俗之化。吾邑實陰被侯之福，至深且遠，而不僅在區區耳目間也。乾隆五十六年夏五月二十日書。

（稀見清代四部輯刊影印清嘉慶間刻本《雙節堂贈言續集》卷一）

書雙節堂贈言集録後

世寧

嗟乎，汪子歸矣。歲丁未三月，汪子來寧遠，余方署岳常永靖道，未之相見。比回長沙，則汪子廉勤之聲，已徹省垣。至衡州、寧遠舊牘檄佗州縣鞫治者，先後來愬，言新縣官賢，乞歸寧遠覆案。詰之，曰：『新縣官自辰至酉，日在堂聽訟，每斷事，必以勝負之故，反覆開示。訟者釋，聽者悦，傳誦者莫不咨嗟贊歎。是以求歸寧遠也。』余頷之。符下立辦，凡讞上，皆曲中物情，如治其家事然。信夫，民之服以誠也。當是時，中丞浦公力儆官邪，將以汪子矜式群僚，已注調善化矣，而永州王太守恃汪子爲左右手，懇切籲留。中丞念永州積案纍纍，曲從所請，於是余所轄衡郴桂三府州疑獄，率倚辦焉。汪子爲人誠愨，秉正不回，余甚愛敬之。而汪子未嘗一至衡州。又二年己酉七月，汪子奉調入省，始謁余。言貌粹然，更爲之心折。後又不復相見。庚戌四月，余陪欽使祭告帝舜之陵，未至寧遠，屢聞道路之口頌寧遠縣官。既入境，頌聲籍甚。進而質之，曰：『官初來，耳目一新，百姓無不知官。一二年後，法立無犯，幾不知有官矣。』嗟乎，官至於百姓可以不知，則涵濡休養，其爲治可知已。

往還九疑，凡三宿，數與汪子相見，稔其家世。蓋汪子生十一歲而孤，賴繼母王孺人、生母徐孺人壹志勵節，鞠育有成。既請旌於朝，顔其坊曰『雙節』，復求當世賢士大夫之言以章之。因奉《雙節堂贈言集録》二十八卷，匄余題詞，且跪而請曰：『某不肖，懼孤上官知遇，爲先人辱，竊禄四年，夙夜慄慄。近即衰頽，益隕越是虞。俟恭祝萬壽，當陳情去職。惟公愍之。』言已，潸焉涕下。余爲惻然感動，許轉達中丞。會中丞委汪子署道州，兼奏調善化，不果言。無何，汪子罹下堂之阬。明年正月，以病足求退。先是，臬司委檢桂陽縣何劉氏母子四命，汪子鬮隣郡仵作未到，濡遲兩月，疑汪子飾傷，不聽去。或勸汪子急治痊，可進用，汪子弗顧也。久之，傷確有徵，坐檢遲劾罷。至是汪子得有歸期。適余以公事至長沙，倚兩童子掖以來告别。余憐其跛曳憊困，慰之。汪子曰：『某奉職無狀，媿不能再圖報國，荷聖天子錫類推恩，捧鸞書，歸先隴，得以無罪去。幸矣！惟前者有請，願賜一言，以寵先人。』色充然若甚豫者。嗟乎，是汪子之所以爲汪子也。

湖南有賢令四人，醴陵樊寅捷，益陽劉爾芊，邵陽盧煒，汪子實居其首，時號四知縣。顧盧牧武岡，劉牧郴，樊遷湘陰，汪子甫遷省劇，而遽蹉跌至此，豈人事之不臧歟？抑室於命者莫之爲歟？往中丞嘗爲余言：『吾不解寧遠之何以不樂有升調也。』余聞汪子之言曰：『吏稱待罪，一日在官，一日未可知。』然則汪子之病足，庸詎知非天之所爲全其守身之志乎？今距王孺人之殁十有八年，徐孺人殁且三十一年，汪子年已六十有三，而惓惓以母訓是念，則夫兩孺人義方之教深長矣。

余不文，不忍重違汪子之請，爰書《集録》後歸之，俾知汪子之吏蹟，其來有自云。乾隆五十七年上元後一日，書於長沙行館。

（稀見清代四部輯刊影印清嘉慶間刻本《雙節堂贈言續集》卷一）

書雙節堂贈言集録後

金朱楣

同年友汪君輝祖，既以繼母王孺人、生母徐孺人之節聞於朝，得旌，復裒其所乞當世詩文，都爲二十八卷。汪氏之不亡，繄兩孺人力，過其里，聞其風，雖小夫婦皆知兩孺人節也。初輝祖以穉弱兒，賴兩孺人擕持保抱於艱危困苦中，難矣，血指束腹。自輝祖少時，得一二賣文錢，即斥爲不義，垂涕泣，欲予撻。及輝祖治刑名佐吏時，爲述贈公尉淇縣恤囚事，雖歐母之往復崇公遺訓不過。至廉其束脩出入，戒毋以貧故受不義金，煢煢兩女子，寸絲半粟，直視爲萬鍾千駟之不可苟，寧以其身茹荼虀苦至終其身，未嘗一日安於養自適。此則兩孺人之大義凜然，而輝祖之所爲乞言於士大夫，述之而哭欲失聲者也。

國家歲旌苦節婦以什伯計，一與之齊，終身不改，中材之女，亦知勉焉。命適丁其窮，而義無可他計，既以存孤守節矣，聖人不以其安處順而靳旌也。然較其顛倒撼踣、展轉失所以有立者，什伯中未一二數也。失所矣，而能厲，蓋孤危之甚焉。至於彌失所，彌益厲，始終不以貧賤憂戚，絲毫顧慮，而所以督其子而淬厲之者，皆出於仁人孝子之用心，聖賢行己立身之大節。此讀書稽古之士之所難，而兩孺人見及此，嗚呼，豈不卓哉？

始贈公勖輝祖以爲官不如爲人，時輝祖十一齡耳，提策訓言，懋成其材，以束躬砥行，無愧爲人，惟兩孺人賴。嗟乎，輝祖爲人，汪氏有人矣。豈獨三十年之不以存亡易心，不以嫡庶易視，終俾厥子取科名，登甲第，遂畢未亡人報所天之責也哉。故獨著孺人之勖輝祖者書於後，以告天下之讀《雙節堂贈言》者。

（稀見清代四部輯刊影印清嘉慶間刻本《雙節堂贈言續集》卷二）

書雙節堂贈言集録後

吴蘭庭

戊子五月，過亡友高東井所，東井爲余具飯，止余宿，鐙下爲言蕭山汪氏雙節事。雙節者，汪龍莊之繼母王與其生母徐也。余久聞龍莊名，知其爲孝子。東井曰：『龍莊方爲二母乞言，我二人不可無作。』即出二赫蹏分占之。漏二下，東井成七言律四首，余得二首，爲五言律。既遞讀訖，東井取別幅連書之，云俟秋試時示龍莊。其後余刻詩四卷，前之二詩者，第存其一。蓋當戊子秋試時，余不及訪龍莊，龍莊旋得儁以去，而余及東井詩之示龍莊與否，余固不能知也。

今年九月，龍莊以進士謁選人，余方留京師，龍莊過余，出《雙節堂贈言集》見示。先是，余於朱竹君先師處始識龍莊，因與往還。龍莊隨以繼母喪南歸，久亦不相聞。今見之，幾不相識。蓋一別十餘年，余須髮皤然，已成老翁，即龍莊亦非少年，固無怪也。集中收録甚富，余亦厠名其間，則即余所刻之一詩。而東井之作，別爲五言古詩，蓋七律之四首，又不與焉。此或東井之自爲更定。且知余方有删潤，姑爲蘊而不出，而龍莊乃於鄙刻中取録刻之爾。龍莊徵猶未已，徵乞四出，且謂余前詩未盡所長，屬令改作。然集中衆美備具，余即畢力從事，豈有當新，不獲舉以相質，且不知七言之四詩，尚有爲摭拾之者否也。乾隆丙午秋日，書於金臺旅次。於作者？乃爲重述前詩緣起，及所以得交於龍莊者，以附於書後之例。而惜乎東井之宿草迭

（稀見清代四部輯刊影印清嘉慶間刻本《雙節堂贈言續集》卷二）

書雙節堂贈言集録後

魯嗣光

予始讀宋歐陽公文，即穆然想見其爲人，及得讀公所作《瀧岡阡表》，乃知公固稟母氏魏國夫人之教以有成者，未嘗不歎魏國夫人之賢，得文忠公而益顯，而文忠公之克爲大賢，亦由母夫人教誨之力也。夫自古節婦之後，每多賢人。説者謂天之所以報其志，是固然，然非教之有素，而其子能不負所教，亦難乎其爲賢矣。故古今來如歐陽氏者，不多覯也。今讀《雙節贈言集》，竊歎歐陽氏之風復見於今也。

《雙節贈言集》者，蕭山汪龍莊先生所徵四方能文士，以闡揚其繼母王太孺人、生母徐太孺人苦節之文也。先生幼孤，兩孺人艱難守節，以養以教。先生亦能勤學有成，不負母氏教，故至今人皆稱兩母爲節母，而先生爲孝子。嗚戲，信矣！夫爲節母之子，而不能立身行道以顯揚其父母，不足爲賢子，而爲節母者，非得大賢以爲之子，則其德名不著。今先生不負母教如此，汪氏之世德，吾知其日盛而不衰也。

昔歐陽文忠公之父嘗爲吏，治獄有陰德，未得大行其志，後文忠公實克成之。先生之父，

亦嘗爲淇縣尉，有盛德，未獲大用而卒，與文忠公之父同。今先生方由縣令起家，則所以竟賢父未竟之志，而報賢母教誨之恩者，其施設固自有在，將何以繼文忠公而起乎？小子不敏，敬書其後以俟之。

（稀見清代四部輯刊影印清嘉慶間刻本《雙節堂贈言續集》卷二）

書雙節堂贈言集録後

魯肇熊

紀完貞於大義，歌也有思，哭也有思。留正氣於斯文，鏤金不朽，勒石不朽。由來雙璧，不似尋常，即所見聞，聊綴一二。則有蕭山汪氏《贈言集録》，誠爲宇宙之大，綱紀人倫者也。我父執龍莊先生，乃斯世純孝君子，家傳廉讓，更富文章。痛大椿之蚤彫，荷靈萲之久蔭。特闡家乘，揚合璧之坤儀；廣輯鴻文，著北堂之苦節。聯爲大册，用布同人。小子過庭之餘，得聞纂録之意。竊見筆工墨妙，聚星宿之精靈；麗句清詞，若雲霞之舒卷。凡序所爲乞言之隱，陳義極高；其相屬以粲然之文，風世尤切。縱横叙事，俱馬遷作史之才；委曲寫生，悉虎頭傳神之技。若傳紀，若碑銘，爲歌行，爲誄頌。能使生者終於不死，即令死者可以復生。蓋作者之既多，繄小子又何述？惟是聚海内之雋彦，備文苑之英華。璧連城以可傳，珠在盤而不定。鈞天樂奏，四方共仰鳳凰鳴；下里巴吟，斗室亦繼慈烏曲。

（稀見清代四部輯刊影印清嘉慶間刻本《雙節堂贈言續集》卷二）

書雙節堂贈言集録後

魯迪光

父執汪龍莊先生，往歲嘗以書問與先君子往復，並以《雙節堂贈言》諸刻見寄。《雙節堂贈言集》者，先生之繼母王、生母徐，艱難立節保孤，所徵海内賢士大夫有道而能文者之譔述也。迪光其時方童騃，粗解訓詁，隨侍先君子左右讀書，每見先君子與諸同學講説贈言各種篇體，卒亦不能領解。逮弱冠，稍知致力，而先君子以謁選入都，出宰山西之夏縣。小子以離侍數年，頹惰自棄，未克樹立，詎意先君子遂棄養也。趨庭訓誨無聞，惟先生垂念小子兄弟之孤露，遠數千里，猶畀以長書，懃懃懇懇，流溢楮墨。並寄示《贈言續集》墨蹟及《雙節堂襍録》。小子循環盥誦，具見先生仁孝之思，愈久而不倦，知其所以闡揚先業者，正未有艾也。而先君子曩所作傳文、序記、書簡，無一不備諸集内，此小子所爲讀未竟而不知涕淚之交流耳。若夫兩太夫人之賢行，鉅集裒然可觀，皆足以揚幽光於不朽，又豈小子能有所增益？獨是先生與先君子廿年神交，未獲一握手，先君子雖已見背，而先生之念小子兄弟者，尚有加無已。此尤純孝君子之用心，匪僅友誼之純摯已也。小子雖不敏，情其能已於辭也耶？用敢質書數語，郵呈几席誨正，以俟他年登雙節堂而請益云。

（紹興圖書館藏清嘉慶間刻本《雙節堂贈言三集》卷二）

書雙節堂贈言集後

帥承瀛

會稽古郡，於越名區。人題黄絹之碑，訪孝娥於江上；地號清風之嶺，拜貞婦於祠前。惟巖壑之鍾奇，亦分巾幗；故冰霜之勵志，並採輶軒。況乃同室完貞，共著北堂之節；一門守義，新成中壘之編。固宜表母德之無慚，垂閫儀而不朽者矣。

夫其生遭轗軻，境涉屯邅。百里分猷，仇季智本稱賢吏；一官去職，梅子真遽作仙人。望輀軸之遥歸，華表則已驚化鶴；悼藁砧之長逝，空閨則共痛離鸞。斯時也，老母七旬，榆陰已薄；遺孤六尺，椿蔭何依？恨泣然萁，季父寧憐於猶子；寒傷衣葛，舊交孰念於故人？固知齊國崩城，難釋重泉之慟；豈學楚山化石，莫支大厦之傾。遂歃血而披肝，乃同心而秉志。並矢《柏舟》之義，寡鵠銜悲；曲承萲室之歡，慈烏終養。作羹湯而手奉，共餕敦牟；量藥水以親嘗，常依牀蓐。盛來筐筥，薦蘋藻之馨香；鬻盡簪笄，締蔦蘿於婚嫁。而且守窮益固，處變能全。客少馮驩，酬私貸者不留故券；僕慚李善，鞠遺孤者獨賴中闈。固幕燕於漂摇，無憂毁室；化原鴒於急難，終免鬩牆。愴何如乎，瘁可知矣。

至乃訓詳荻畫，謀切穀詒。奉絳帳之膴脩，勤勞十指；傳青箱之手澤，講授一經。軋軋寒機，多是和丸之後；垂垂短髮，半關截髢之餘。以故杏蕊搴香，蚤掇巍科於驥子；桐枝擢秀，旋躋清秩於龍孫。綵綸荷兩世之榮，疊頒寵誥；綽楔酬廿年之苦，並錫崇褒。信積德之必昌，知流光之愈遠。

嗟乎，蘭生空谷，豈自表其幽芳？草遇疾風，乃益彰其勁質。青天夜夜，常懷補石之心；碧海年年，每抱填波之恨。竹名慈姥，都染淚以成斑；木是女貞，更交柯而連理。誓一心於白首，真同百鍊之堅；表雙闕以烏頭，遂著二難之美。令聞永昭夫來許，徽音克闡乎後昆。志切顯揚，屢倩陸倕之筆；情深採輯，頻酬皇甫之碑。五十卷之鑱刊，貞珉續刻；三十年之搜集，密室重緘。幸窺家乘之藏，得悉賢聲於陶母；願入史宬之載，用傳高行於桓嫠。嘉慶七年四月謹跋。

（紹興圖書館藏清嘉慶間刻本《雙節堂贈言三集》卷二）

書雙節堂贈言集後

法式善

孝，庸行也。人子自盡之愛敬，不求人知，而其親之善，則不可不使人知。求人知，乃所以爲孝。余數十年前，聞汪氏二節母事，深歎其處境甚難，而終自成其節，以爲賢母之所爲，有足媿乎士大夫之厲節概者也。顧恨未識汪君，然觀其求得贈言之文至多，知汪君之欲顯揚其親之意，爲已勤矣。夫欲顯揚其親者，不徒著之當世而已，固期傳之後世也。傳後世者，必藉乎文。聚海内之爲文者，而皆使執筆以紀事，雖不必其皆可傳，而有可傳者在焉，則文傳而人遂傳矣。此汪君所以勤求贈文，至於今而猶不怠與。

汪君之子繼培，介其鄉人王進士宗炎，來索余文。余乃書其後如此。雖甚媿其文之未工，然期以副乎孝子傳其親之意，則不敢不勉也。嘉慶七年六月書。

（紹興圖書館藏清嘉慶間刻本《雙節堂贈言三集》卷二）

書汪氏雙節録後

趙貴栻

史稱賢母之成其子者不一，若《漢書》所載雋不疑爲京兆尹，其母視録囚之有無平反以爲喜怒，則人且顯被其德矣。余友汪君龍莊爲養讀律，以佐人治文書。嘗爲余言曰：『吾之業此也，吾兩母誡之曰：「麤疏與慘刻同禍。」吾嘗懼焉。』余於龍莊辨洋匪楊極事，而知龍莊之所以奉兩太孺人之教者，非爲虚言也。

楊極者，平湖漁者也。功令能捕劇盜者擢不次，而捕海盜，視捕内地盜最。乍浦丞某、參將某利其然，因之餌楊極，漁者輾轉株連，得盜凡三十餘人，以寄贓、買贓諸名牽致者，又不下四十人。符下平湖勘詳，而先録盜供上申。是時，知平湖劉君國烜，臬司、知府素殊其能，而劉君實倚任龍莊若左右手。劉君得符，集囚庭鞫之。囚徧身血痂墳起，皆搒掠痕也，其膝踝無不潰爛者。鞫反覆，則惟閩人林好，曾搶奪人財物，其十六人，或竊魚，或竊網，餘人畏創痛，自誣服，非劫，且非竊也。劉君愕，奈何與丞鞫乖異。龍莊曰：『察囚膚，足曉丞之所由得盜矣。』遂削牘，報搶奪一人，竊賊十六人，繫之獄，以待覆勘，而盡釋餘人，俾歸復其業。先是，巡撫欲據丞申入告，臬司遲之。至是得平湖報，曰丞不足信，應如縣申勘結。已而參將以調考，謁總督於福建省，張辭暴能。總督以參將語，下教詰劉君，劉君持初説力，大與丞等迕。會有短龍莊於劉君者，龍莊聞之曰：『知其枉而人之是狥，吾負此心，違吾兩母訓，吾不敢。顧一書生何能爲，吾爲人謀，而使人因吾以受謗，不可。且恐不能終成吾志。』遂辤劉君。劉君曰：『君幸毋去。吾亦愛吾官，不若愛吾心。吾枉平人，吾獨不畏天理乎？』讒者絀。

未幾參將病疽死，丞丁父憂去。而總督竟具丞、參將捕獲洋匪狀上聞，奉旨命江蘇、浙江兩巡撫會讞。臬司提囚至杭州，屬知府親鞫，囚供如縣申。惟慈谿沈氏一案，與事主報辭異，知府疑爲劫，屢鞫未定。劉君爲知府别白言，不釋。龍莊乃上謁知府，知府曰：『余非忍於枉人者，然以十五人搶三船，謂之非劫，誰信之？』龍莊曰：『然。故可疑也。公不見内河船乎？河寬五六丈者，纜數船東岸，遇風纜斷，漂西岸，數船者必不能聯檣如東岸纜時，無尺寸後先。今黄盤，外洋也。而事主之辭，以爲三船同漁一處，被風漂至黄船，又同泊，爲三盜船同時强劫，有是理乎？主人未有不憎盜者，或甚其辭。是以不敢遽信也。』知府矍然易容曰：『微君言，吾幾大誤矣。』詰事主，則兄弟三人，始雖同漁，既遇風漂失，各不相顧。林好等十五人，各竊各船，初非同謀，亦非同行。案遂定。

已而兩巡撫謂洋匪宜重創，且奉命嚴讞，雖搶奪，亦當援强盜律治之。幕中賓連翩託故去。龍莊曰：『是磯之也。上以强盜故，命嚴治，非强盜，固例有本條也。』獨力贊知府定爰書，盡四晝夜，草凡十數易，竟如龍莊初指，擬林好絞，餘十六人及續獲七人，流徒杖笞各有差，牽致者一無與焉。已而命下部議，報可。於是巡撫才劉君，而龍莊仁明强毅之操，布聞搢紳間。余以奉符協辦，相與始終，知龍莊心跡尤詳。是歲也，福建、廣東皆報獲海盜，廣東多至數十人，皆駢首焉。傳聞臬司幕之司其事者，白日爲鬼搏，幾死。然則龍莊於此，其亦可以無憾也已。

嗚呼，古言刑官之後不昌，而漢廷尉于公，實以大其門，要其用心何如耳。當丞以得盜上申，諸人之命，岌岌乎如游釜之魚矣。參將福建之行，不啻益之以薪焉。其間局幾屢變，而龍莊不隨不激，以弱書生周旋當事之間，至誠悱惻周詳，事卒以濟。而龍莊特以爲不敢違兩母訓也，則兩太孺人之爲教，其於漢雋不疑母，何必有古今人之别邪？

龍莊以兩太孺人《雙節旌門録》徵詞於余，余既賦詩以歌詠之，并書楊極事簡末，以見兩太孺人之所以成其子者，不獨其志節之凛凛也。覩於龍莊，而蒞治、佐治之人，莫不惕然於麤疏慘刻之誡，竝不宜以時勢方圓枘鑿爲解，以求全吾無憾之心。以斯知斯録之澤，將溥於無窮，亦即龍莊錫類之仁矣。不亦善乎！浙江巡撫熊公名學鵬，臬司李公名治運，嘉興知府鄒公名應元，皆名進士，能成龍莊之志者，竝書之。乾隆三十一年上元後二日書。

（紹興圖書館藏清嘉慶間刻本《雙節堂贈言集録》卷七）

書汪氏雙節録後

曾光先

乾隆三十三年秋八月，賓興，余充浙闈同考官，分校《毛詩》。得一卷，學識該洽，本房無出其上者，首薦之。十日後，以第三人魁其經。揭曉，知爲蕭山汪生輝祖。方伯劉霽庵先生昌言於衆曰：『此生孝行學識，士林共推美，當爲浙榜賀得人。』既同官私爲余慶者，皆如方伯言。余徵其實，曰：『節婦子，孝謹，博學。二十年佐州縣治刑名，雪冤獄，活人不可計。』余心識之。越數日，生來謁，詢其家世，愀然泣下，對曰：『輝祖少不天，賴繼母王、生母徐得成人。今者幸夫子之祓濯之，而生母棄養已七年，未及一見也。』余以活人語質之，對曰：『母氏之教也。輝祖父薄宦於淇，斤斤守尺寸，慕古人廉介之行。是故輝祖孤而窶，年二十而習法家言，資菽水之養。二母嘗誡之曰：「業此者往往獲陰譴，汝家三世支屬凋零，惟汝一脈，其存心寬恕，以承祖父，長子孫。」輝祖念母氏言，志活人，多不獲申，幸一二事偶濟，好事者傳述逾其分，生滋痛矣。』嗚呼，是足以見生之善事其母，而二母之賢爲不可及也。

嘗讀歐陽子《瀧岡阡表》，至『求其生而不得』語，未嘗不流連三復也。夫好生之德，人同此心，而膠於識者成見錮之，絀於學者成例格之，知其一，不知其二，無以曲致其求，將毋有可以獲生者，而亦竟死之。人第以爲死於法，而不知其實死於不能求其生之心，況其糅之以希還轉、愳降調、逢迎風氣之俗慮也。二母所謂往往獲陰譴者也，有旨哉！士君子達則行其道，窮則托之言議。今之幕賓，古之長史、參軍屬，言議行，則其道行矣。而或視民之疾痛疴癢，漠然無所繫，不擇主者之賢不肖，阿諂順意，糈俸入橐，洋洋然鮮衣逐聲色。此與胥役何異！其自待不太薄乎哉！

歐陽子表唐子方之先墓，謂子方方進用於時，其所以榮其親者，未知其止。生既已決科，進用有階，奉其二母之訓，終身弗替，異日策足要津，得自爲，行且活人無算，不獨王孺人忻然加餐，即徐孺人亦必含笑地下矣。方伯素不識生，而推許甚至，蓋大君子樂成人之美，誘掖切磋，無窮之教思也。《詩》不云乎，『庶幾夙夜，以永終譽』，汪生勉乎哉！

汪生之將計偕也，出《雙節録》乞余言。余既賦古詩一章，因復著二母所以成汪生者，知本而能見其大，可書也，書之簡末以歸之。

（紹興圖書館藏清嘉慶間刻本《雙節堂贈言集録》卷七）

書汪氏雙節録後

芮泰元

世言福善禍淫之事，往往取證於場屋之得失。夫身名之故多端，區區一第，詎必有物焉相之，而文章顧未可遽信乎？余故嘗疑其説。

乾隆三十三年，余以知壽昌縣，分校浙江鄉試，與象山曾君房相比。八月十六日，漏下二十刻，忽聞曾君拍案叫呼，急款扉叩之。曾君曰：『户牖閉，有瓦墜於几，是何祥也？』余視瓦，厚不盈一指，落痕斑剥，半在几，其半斜壓一舉子卷上。曰：『異矣，祥在是。』揭瓦，取卷讀，光偉密粟。謂曾君曰：『佳卷也。』曾君曰：『余固歎賞焉，將覆校也。』掩卷，篋藏之，相與談鬼神數事，雞喔喔三號，各就寢。少選，曾君款余扉曰：『大怪，大怪。頃聞几上有聲，瓦已失所在，而前卷出篋，陳於几，必有異。』邀余同審視，相吟賞達旦，於是呈卷於堂。兩座主爲擊節，遂以第三人魁其經。比撤棘，知爲蕭山汪子也。夫以汪子之文，得遇於曾君，即無瓦警，未有不見知，而天若故神之，以顯其冥漠之權。而余之薦嘉善金生汝珪卷也，其夕夢有火色馬，向余作人語，騰余屋而上。既而列金生前者，爲德清許子，亦若有祥焉者。則科第一途，天固寄視聽於司文者之耳目，而實陰操其予奪低昂之衡，因運會升降，銖兩精微，非通經聖儒，蓋未足以析其理也。

金生與汪子皆少孤，長教於母氏。而汪子之兩母孺人，先於乾隆二十九年奉旨旌表雙節，建坊里門。汪子録其《請旌事狀》乞余言，余不文，因書汪子得舉之跡於録。蓋兩孺人之節孝，其足以感鬼神、庇後昆者，於斯見其端矣。嗚呼，天人之間，豈不炯然哉？豈不炯然哉？

（紹興圖書館藏清嘉慶間刻本《雙節堂贈言集録》卷七）

雙節堂贈言續集序

覺羅長麟

蕭山汪君輝祖與余同舉禮部試，時所生母徐太夫人已前逝，甫釋褐，又奉繼母王太夫人諱，見星而奔。余唁而送之，未得見也。讀《詔旌雙節事實》與君所撰行述，知君先世積累，暨兩太夫人艱貞荼苦之狀。比余宦游四方，見當世賢豪長者及諸大家詩文集，往往紀汪氏雙節事，然後知君之信於友以孝其親。其後君筮仕湖南，吏跡有聲，重爲上官信用。而君以病足，固求退，因挂吏議，則益欽君之樹名檢，以無忝所生。

今年春，余至浙江，浙中士大夫莫不稱君賢。冀朝夕見君，相助爲理。而君杜門養疾，不與當事通往來。會蕭山有捐修江塘之役，董事者難其人，屬守令以禮訪君，三辭而後應。致書數千言，條指利弊，節浮費，稽實功，纖鉅中竅。余倚君如左右手，君亦不以余非才，思盡其所欲言。而余奉命總制兩廣，遽離浙江去，君送余江行，語塘事外，以《雙節贈言續集》序爲請。余謭陋荒略，無能闡揚潛德。而君請益堅，不敢以不文辭。

竊以世之論文者，皆言歡愉難工，愁苦易好，非文之有異，所遇之境殊也。顧嘗受《贈言集録》而讀之矣，始而喜，繼而悲，終而流連往復，不知涕泗之何從。夫艱阸顛躓，言者未嘗身受之也。劬躬峻範，言者未嘗親見之也。然而其情苦，其詞堅，栗而悽惻，若躬遭其困而目覩之者。子輿氏曰：『至誠而不動者，未之有也。不誠，未有能動者也。』兩太夫人節操足以自表見，君又重之以篤摯，能感人心而使之不自已於言。且君少孤露，稍長，以刑名家言，衣食於奔走，處約固窮。洎成進士，出宰百里，膺綸綍以顯揚其親，菀枯榮悴，今昔懸殊，而乞言之誠，逾三十年如一日。則以君之堅持素著，不爲境遇遷變，益徵兩太夫人之植節勵行，所流被遠矣。

余聞《易》之義曰利永貞，《中庸》言誠，而極之於悠久。君其益潔爾志，錫爾類，以無忘兩太夫人之行，以無負當世大人先生贈言之意。抑余又聞君子之舉事也，爲則必要其成。君前所集録贈言，既富且工，數年之間，續得者復蔚爲巨觀。以此終其身而傳後世，何其力之勤而不倦耶！夫爲之以實，持之以恒，而本之以誠，君之所以孚於人者，胥視乎此，《贈言》其尤著者也。然則以君董江塘之事，其成可拱而俟之矣。獨是余於君有同譜誼，知君深，慕君切，垂二十年始得相見。及相見，而君已老，余又將遠去。君能贈余以言，而余言不足以盡意，惟恃區區以誠相與之故，默喻於無言而已。此余所爲序《贈言》而感慨係之也。

乾隆五十八年十月既望，覺羅長麟譔。

（稀見清代四部輯刊影印清嘉慶間刻本《雙節堂贈言續集》卷首）

雙節堂贈言續集序

魯九皋

《詩》曰：『民之秉彝，好是懿德。』《傳》曰：『言之不足，故長言之。長言之不足，故詠歌嗟歎之。』此形容詩人好德之言也。夫人之德何與己事，而詠歌嗟歎之不已，豈非其秉彝之好，動於其中，而有不能自已者邪？

蕭山汪君龍莊幼孤，兩太夫人艱難立節，以成其德。君自爲諸生，以兩太夫人之節行聞諸人，人之從而詠歌頌揚之者，交相屬也。既成進士，朝廷公卿大夫至於四方文人學士，聞其事者曰繼有作焉。君得之，集而刻之，既已成巨袠矣。及謁選入京師，令湖南，所得益多。君又集而録之，歸家增刻之，以爲續集。書來命余序之。

君前集之録，余見之，亦謬有論著，著爲《汪氏世德傳》，以君之祖若父居家多隱德，治獄仁恕，能直人之冤，逮於兩母苦節，以成其子之德，詳書之，比於歐陽崇公、鄭太夫人，而冀君之克全大節，不辱其先，如文忠公也，繼又申言以勵之，君皆附於集中矣。今兹續刻又欲余賡續以終之。余之文亦何足重，而君之爲令，有文忠公令彝陵之風，不辱兩太夫人之教，而足繼祖若父之德行。此亦余之所願長言詠歎，而自喜其前之言不虛也。於其集之成，序以歸之。

時乾隆五十有九年歲在甲寅暮春月，江西新城魯九皋撰。

（稀見清代四部輯刊影印清嘉慶間刻本《雙節堂贈言續集》卷首）

雙節堂贈言集録題詞

孫星衍

蕭山拔萃汪君繼培來謁，攜其尊甫龍莊大令《雙節贈言集録》卅卷、《續集》廿四卷，乞余言。夫兩節母茹苦廿三四年，撫十齡孤，教之成立，以名進士出宰寧遠，循吏聲著海内。海内士夫無論識與否，莫不聞風欣慕，感其誠而贈以言。其詩文既勒石者十册，通六十二石，凡一萬九千三百卅七字，又鋟諸梨棗者五十餘卷。蓋節母孝子一念之真，其所感孚者神矣。是非兩節母之賢明，不足以成其子，非龍莊之修身砥行，不足以信乎人，而表揚其母。經曰：『立身行道，揚名於後世，以顯父母。』龍莊之謂也。又撰《越女表微録》六卷，以闡揚同郡節母三百卅餘人。撰《春陵褒貞録》一卷，以闡揚寧遠、道州節母廿八人。信乎人子之心，無微不至。《詩》曰：『孝子不匱，永錫爾類。』龍莊之謂也。

余大母許太恭人，以守節撫孤旌於朝，今九十有三歲，神明精健不衰。家大人官山西河曲令，立志清白，不墜母訓。兩家所遇略相似。前年九十生辰，侍家大人稱祝於歷下廉使署中，徵言爲壽。世之孝子慈孫，亦多錫以鴻文。然篇什之富，未及斯集之半。讀龍莊之書，有餘羡焉。案《贈言》中，凡誌銘、事狀、傳記、序跋、雜文、頌贊、詩賦等體咸備，惟闕題詞之作，因仿趙邠卿《孟子題詞》之稱，知非詩餘之謂也。時嘉慶五年九月十九日，題於杭州西湖之蘇文忠祠。

（紹興圖書館藏清嘉慶間刻本《雙節堂贈言三集》卷一）

雙節堂贈言三集題詞

談印梅

歸安女子談印梅書奉歸廬先生大人左右：曩年承以尊慈兩太夫人雙節事實命印梅題咏，後并賜書敦促，盛意殷殷，久稽報復。竊印梅閨中弱女，何能從事文辭，導揚貞節？顧念印梅與女嫛印蓮，亦屬孤露之人，仰蒙我兩母恩勤撫育，迄今二十餘年。生鮮兄弟，書窗篝火，女當兒看。他日符例請旌，幸乞大人先生巨製鴻文，附傳不朽。用是印梅於兩太夫人盛節，益不敢故藏其拙。謹撰七言截句四章，録求誨定，伏乞恕其不文。幸甚，幸甚。嘉慶丙寅孟冬廿有五日，印梅恭復。

交枝慈竹蔭西陵，臺省喧傳國史稱。添得九原人一笑，徵詩今已到孫曾。

桐孫秀絶傍階開，不負重慈合意栽。寒食棠梨花下酒，焚黄又到墓門來。

三集哀成寫未休，至今孀侶卷中留。從知孝水源頭活，不廢江湖萬古流。

堪嗟儂不是男兒，廿載將雛負母慈。一樣雙幃冰雪節，他年何處乞文詞。

（紹興圖書館藏清嘉慶間刻本《雙節堂贈言三集》卷十四）

雙節堂襍録序

阮元

立言之道，期於濟世而已，然非中有所得，則其言僞而不誠。何也？無本不立，無文不行也。蕭山汪君龍莊，童牙孤露，奮自樹立。爲兩節母乞言，凡海内鉅公鴻儒名能文章者，所述志傳、誄頌、詩歌累數百篇，天下之士，知與不知，皆曰汪君孝子。及君以名進士出試爲吏，所至有聲，人又皆曰循吏。夫何以得此稱哉？

其所著有《雙節堂襍録》六種：曰《佐治藥言》，爲幕客時所作，隱然有人佐之忠焉；曰《學治臆説》，爲縣令時所作，蹇然有當官之心焉；曰《越女表微録》《春陵褒貞録》，昭我管彤錫類之仁也；曰《庸訓》，述德垂範，顔柳之志也；曰《善俗書》，因勢利導，龔黄之術也。其言莫不切事比理，陰施陽設，質而不俚，文而不華。蓋其少服母氏之訓，以表厲風俗爲亟。自少出游，及爲縣令、刺史，務得民之情，不以法術爲治。故其爲書皆自得于心，而出之以誠。世徒知其爲孝子、爲循吏，而不知其所立者固也。

予嘗謂孔曾之學，以庸言庸行爲實踐。孔子所謂「一貫」者，乃以忠恕貫一切治平之道。曾子曰「忠者，其孝之本與」，可知孝亦本于忠恕也。予願當世士大夫家置此編，循而習之，固而存之，因其文以探其本，於世道人心庶有補乎。嘉慶六年冬十有一月既望，儀徵阮元序。

（國家圖書館藏乾隆庚子年録《雙節堂雜録》卷首）

雙節堂襍録叙

黄璋

予友蕭山汪子龍莊，純孝人也。於越多材，予嘗推以爲第一流人物。先遺獻公云人生墮地，分父母以爲氣質，有氣質而後有義理，則義理之發源在於父母。故民生在三，事之如一，大而倫紀綱常，細而日用云爲，皆本父母之心以爲心，所往無不宜也。或謂汪子於王、徐二母宜人雙節，既已遍謁當世名公鉅卿、藝苑名流，以及山林韋布，皆頓首丁寧，必得其詩若文以傳二母，麻沙鏤版，孔悝鼎銘，裝成巨袠，自少壯至仕宦，精神血脈資財全傾於是，汪子不既愚矣乎！

嗟乎，自世有不愚者，而睽離閒隔，骨肉等於行路，同氣視爲寇讐，而汪子之愚，乃真不可及也。且猶未已也。汪子年垂七旬矣，其心之所營，目之所注，手之所運，日夕無不以此爲事，而有一刻捨者乎？《書》云：『念兹在兹，釋兹在兹，名言兹在兹。』《記》云：『詠歌之不足，故長言之。長言之不足，故嗟嘆之。嗟嘆之不足，不知手之舞之、足之蹈之。』殆汪子之謂歟！

近復彙《越女表微録》《佐治藥言》《善俗書》《春陵褒貞録》《學治臆説》《庸訓》六種，統名曰『雙節堂襍録』。所言皆布帛粟菽，可以療飢去寒，亦絶不事文采炫燿，爲驚世駭俗之言。此真天下之至文也。而總之皆推本二母之志，由己及人，由一鄉而一邑而天下，由今日而及千秋萬世，無不知有二母之志，即無不知有汪子之志，夫而後汪子二母之志益無窮矣，故曰純孝人也。

嘉慶己未五月中澣日，姚江黄璋拜譔。

（國家圖書館藏乾隆庚子年録《雙節堂雜録》卷首）